A SOMBRA
FLAMEJANTE

CB013370

JENNIFER L. ARMENTROUT

A SOMBRA FLAMEJANTE

O LIVRO DE EVIE

Tradução
Bruna Hartstein

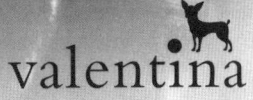

valentina

Rio de Janeiro, 2022
1ª edição

TÍTULO ORIGINAL
The Burning Shadow

CAPA
Sérgio Campante

ILUSTRAÇÃO DE CAPA
Ale Santos

FOTO DA AUTORA
Franggy Yanes Photography

DIAGRAMAÇÃO
FQuatro Diagramação

Impresso no Brasil
Printed in Brazil
2022

DADOS INTERNACIONAIS DE CATALOGAÇÃO NA PUBLICAÇÃO (CIP)
(CÂMARA BRASILEIRA DO LIVRO, SP, BRASIL)
CIBELE MARIA DIAS - BIBLIOTECÁRIA - CRB-8/9427

Armentrout, Jennifer L.
    A sombra flamejante / Jennifer L. Armentrout; 1. ed. – Rio de Janeiro: Editora Valentina, 2022.
    456 p. (Série estrelas negras; 2)

    ISBN 978-65-88490-43-3

    1. Ficção norte-americana I. Título II. Série.

22-107960   CDD: 813

Índices para catálogo sistemático:
1. Ficção: Literatura norte-americana 813

EDITORA VALENTINA
Rua Santa Clara 50/1107 – Copacabana
Rio de Janeiro – 22041-012
Tel/Fax: (21) 3208-8777
www.editoravalentina.com.br

Para você, leitor.

AGRADECIMENTOS

Obrigada a meu incrível e inigualável agente, Kevan Lyon, e minha extraordinária editora, Melissa Frain, por acreditarem que o Luc merecia ter sua própria história. Obrigada a você, Taryn, por ajudar a espalhar o amor pelo Luc por todo o planeta, e um gigantesco obrigada à fantástica equipe da Tor — Saraciea, Elizabeth, Anthony, Eileen, Lucille, Kathleen, Isa e Renata, assim como a todos os demais membros dessa excelente equipe. Agradeço a você, Kristin, por se intrometer quando foi preciso e ajudar a divulgar a mim e meus livros pelo mundo afora. Eu teria perdido o que resta da minha sanidade se não fosse pela Stephanie Brown, mas não contem isso a ela; preciso que ela se mantenha alerta e pronta para entrar em ação. Escrever é uma experiência muito solitária, de modo que quero agradecer aos amigos e entes queridos que me ajudaram de tantas maneiras diferentes — Andrea Joan (exceto quando você não parava de me mandar mensagens sobre sua teoria a respeito do Prometeu); Jen Fisher (especialmente quando me trazia cupcakes); Jay Crownover e Cora Carmack (vocês são basicamente a mesma pessoa agora); Andrew Leighty (quando me mandava mensagens sobre os Snaps esquisitos que recebia); Sarah J. Maas (exceto quando leio seus livros e fico me sentindo uma fraude); meu marido (quando não me interrompe); Hannah McBride (quando não fica me mandando mensagens para falar sobre o orçamento do ApollyCon); Kathleen Tucker (quando não passa dias me olhando de esguelha); Valerie, Stacey Morgan, Tijan, Jessica, Krista, Sophie, Gena, Kresley, Brigid, Jen Frederick, e muitos, muitos mais.

Ao pessoal da JLAnders, vocês são absurdamente fantásticos. Obrigada por apoiarem a mim e minha pedra, e me divertirem com todos os seus posts.

E, por fim, nada disso seria possível sem você, leitor. Obrigada por permitir que eu continue indo atrás dos meus sonhos.

1

ete isso logo na boca.

Piscando, ergui os olhos do meu prato fumegante de sopa de tomate e olhei para minha mãe.

Aquela era uma sequência de palavras que esperava nunca mais ouvir saindo de sua boca novamente.

Seus cabelos louros estavam presos num perfeito rabo de cavalo, e a blusa branca não apresentava um amassadinho sequer. Parada do outro lado da ilha da cozinha, os olhos pareciam duas metralhadoras.

— Bom — respondeu a voz grave ao meu lado. — Agora estou me sentindo superdesconfortável.

A mulher que até uns dias atrás eu acreditava ser minha mãe biológica parecia inacreditavelmente calma apesar do estado caótico em que a sala de jantar havia ficado depois da épica batalha de vida ou morte que ocorrera há menos de 24 horas. Uma mulher que não tolerava desordem de nenhum tipo. Ainda assim, os cantos repuxados de seus lábios me diziam que ela estava a segundos de se tornar a *coronel* Sylvia Dasher, o que não tinha nada a ver com a mesa de jantar quebrada ou a janela estilhaçada no andar de cima.

— Você queria queijo quente e sopa de tomate — disse ela, assinalando cada item como se fosse uma nova doença recém-descoberta. — Eu preparei, e tudo o que você fez até agora foi olhar para a comida.

Verdade.

— Eu estava pensando. — Ele fez uma pausa elaborada. — Fazer com que você preparasse essas coisas para mim foi fácil demais.

Ela sorriu, porém o sorriso não chegou aos olhos. Olhos que apresentavam um tom castanho apenas porque ela estava usando as lentes de contato especialmente desenvolvidas para enganar os drones Verificadores de Retina Alienígena — VRA. Eles, na verdade, eram de um azul vibrante que eu só vira uma vez.

— Tem medo de que a sopa esteja envenenada?

Arregalei os olhos e soltei o delicioso sanduíche de queijo derretido perfeitamente tostado de volta no prato.

— Agora que você mencionou, receio que talvez contenha uma dose de arsênico ou de alguma sobra de soro do Daedalus. Quero dizer, nunca é demais ser precavido.

Virei-me lentamente para o garoto sentado no banco ao meu lado. *Garoto* não era bem a palavra que eu usaria para descrevê-lo. Tampouco *humano*. Ele era um Original, algo *mais* do que um Luxen ou um humano.

Luc.

Três míseras letras, nenhum sobrenome, a pronúncia igual a *Luke*, ele era um profundo enigma para mim, e era… bem, era especial e *sabia* disso.

— Sua comida não está envenenada — falei, inspirando fundo enquanto tentava injetar um pouco de bom senso numa conversa que estava indo rapidamente pelo ralo. Uma das velas acesas, cujo aroma me remetia a abóbora, quase sobrepujava o perfume singular de pinho e ar fresco do Luc.

— Não sei, não, Pesseguinho. — Seus lábios cheios se curvaram num meio sorriso. Lábios com os quais eu recentemente me tornara bastante familiarizada. Que, tal como o restante dele, eram uma tremenda distração. — Acho que a Sylvia adoraria se livrar de mim.

— É tão óbvio assim? — retrucou ela, o sorriso falso e contido se afinando ainda mais. — Sempre achei que eu fazia uma excelente cara de paisagem.

— Você nunca conseguiria esconder o fato de que me detesta. — Luc se empertigou e cruzou os braços diante do peito largo. — Na primeira vez que vim aqui, anos atrás, você apontou uma pistola para mim e, na última, me ameaçou com uma espingarda. Acho que isso deixa tudo muito claro.

— Podemos tentar uma terceira vez — rebateu ela, espalmando a mão sobre o balcão de granito. — A terceira é que traz sorte, certo?

Luc ergueu o queixo e baixou as pestanas, ocultando aqueles belíssimos olhos com tom de pedra preciosa. Ametista. A cor não era a única coisa que entregava o fato de ele ser mais do que um simples exemplar de *Homo sapiens*. A linha preta irregular que contornava as íris também era um bom indicativo de que apenas uma pequena parte dele era humana.

— Não vai ter uma terceira vez, *Sylvia.*

Ó céus!

As coisas entre ela e o Luc eram… bem, estranhas.

Eles tinham uma história complicada que tinha tudo a ver com quem eu *costumava* ser, mas eu tinha imaginado que o lance do queijo-quente-com-sopa-de-tomate era o jeito dela de levantar uma bandeira branca — uma estranha oferta de trégua, mas, de qualquer forma, uma oferta. Obviamente, estava errada. Desde que o Luc e eu havíamos entrado na cozinha, as coisas entre os dois tinham ido de mal a pior.

— Eu não teria tanta certeza — observou ela, pegando um pano de prato. — Você sabe o que eles dizem sobre o homem arrogante.

— Não. Não sei. — Luc apoiou o cotovelo sobre a bancada da ilha, sustentando a cabeça sobre o punho fechado. — Por favor, esclareça.

— O homem arrogante continua achando que é imortal… — Ela ergueu os olhos e o fitou. — Mesmo em seu leito de morte.

— Certo — intervim ao ver o Luc inclinar a cabeça ligeiramente de lado. — Vocês podem parar com essa disputa para ver quem é mais sarcástico a fim de que a gente possa comer os sanduíches e tomar a sopa como seres humanos normais? Isso seria fantástico.

— Mas nós não somos seres humanos normais. — Luc me lançou um olhar de esguelha. — E ninguém consegue ser mais sarcástico do que eu, Pesseguinho.

Revirei os olhos.

— Você sabe o que eu quero dizer.

— Ele tem razão. — Mamãe esfregou uma mancha na bancada da ilha que somente ela conseguia ver. — Nada disso é normal. Nunca vai ser.

Franzindo o cenho, tive de admitir que ela não deixava de ter razão. Nada tinha sido o mesmo desde que o Luc entrara — na verdade, *reentrara* — em minha vida. Tudo havia mudado. Meu mundo inteiro implodira ao descobrir que tudo a meu respeito era uma mentira.

— Mas eu preciso de normalidade no momento. Preciso mesmo.

Luc fechou a boca e voltou a olhar para o sanduíche, os ombros tensos.

— Só tem um jeito de sua vida voltar ao normal, querida — disse ela.

Encolhi-me ao escutar o termo carinhoso.

Era como ela sempre me chamara. Querida. Mas agora, após descobrir que ela só fazia parte da minha vida havia quatro anos, aquela simples e doce palavra parecia errada. Surreal até.

— Você quer normalidade? Corta esse aí da sua vida.

Soltei o sanduíche, chocada por ouvi-la dizer aquilo — não apenas diante do Luc, mas por dizer de maneira tão casual.

Luc ergueu a cabeça.

— Você já a tirou de mim uma vez. Não vai tirar de novo.

— Eu não a tirei de você — rebateu ela. — Eu a salvei.

— E com que propósito, *coronel* Dasher? — Luc abriu um sorriso afiado. — Para substituir a filha que você perdeu? Para ter algo que pudesse usar contra mim?

Meu peito apertou dolorosamente.

— Luc…

Mamãe crispou a mão, amassando o pano de prato entre os dedos.

— Você acha que sabe tudo…

— Eu sei o suficiente. — A voz dele soou calma demais, suave demais. — É melhor que não se esqueça.

Um músculo pulsou na têmpora dela, e me perguntei se os Luxen podiam ter um AVC.

— Você não a conhece. Você conhecia a Nadia. Ela é a Evie.

Inspirei fundo, mas o ar ficou preso na garganta. Ela estava certa e, ao mesmo tempo, errada. Eu não era a Nadia. Mas também não era a Evie. Não tinha ideia de quem eu realmente era.

— Elas não são a mesma pessoa — continuou ela. — E se você realmente se importasse com ela… com a Evie… iria embora da vida dela.

Pulei.

— Isso não é…

— Você acha que a conhece melhor do que eu? — A risada do Luc poderia ter congelado as planícies geladas do Alasca. — Se acha que ela é a sua filha morta, então está vivendo uma fantasia. E se acha que eu sair da vida dela é o melhor para ela, então não sabe de merda nenhuma.

Olhei para os dois.

— Para informação de vocês, eu estou bem aqui. Totalmente presente enquanto vocês discutem a meu respeito.

Ambos me ignoraram.

— E só para ser totalmente claro — continuou ele. — Se você acha que tem alguma chance de eu ir embora de novo, então obviamente esqueceu quem eu sou.

Era fumaça saindo do pano de prato?

— Eu não esqueci quem você é.

— Pode ser mais específica? — desafiou ele.

— Nada além de um assassino.

Puta merda.

Luc soltou uma risadinha debochada.

— Então nós dois deveríamos nos dar maravilhosamente bem.

Ai, meu Deus!

— É bom que não se esqueça que você só faz parte da vida dela agora porque eu permiti — retrucou ela.

Luc manteve os braços cruzados.

— Adoraria vê-la tentar me afastar de novo.

— Não me provoca, Luc.

— Caso não tenha notado, *estou* provocando.

Uma luz branco-azulada faiscou em torno dos dedos da minha mãe, e eu surtei. Um turbilhão de emoções brutais e violentas brotou em meu âmago e se espalhou por cada célula do meu ser. Isso tinha, pura e simplesmente, passado do ponto.

— Parem! Vocês dois, parem! — Levantei num pulo, derrubando o banco. O som dele ao bater no chão assustou momentaneamente os dois. — Vocês acham que essa discussão ajuda? Sério?

Luc se virou no banco, os olhos ligeiramente arregalados. Minha mãe, por sua vez, se afastou da ilha, soltando o pano de prato.

— Vocês esqueceram que eu quase morri ontem à noite porque um Original psicopata e um tanto ou quanto suicida tinha um problema do tamanho de um *Tiranossauro rex* para resolver com *você*? — Apontei para o Luc. Ele trincou o maxilar. — E *você* esqueceu que passou os últimos quatro anos fingindo ser minha mãe? O que é cientificamente impossível uma vez que você é uma Luxen, algo sobre o qual mentiu para mim também?

Mamãe ficou pálida.

— Eu continuo sendo sua mãe...

— Você me convenceu de que eu era uma garota morta! — gritei, jogando as mãos para o alto. — Eu sequer fui adotada. Como algo assim pode ser legalmente viável?

— Excelente pergunta. — Luc deu uma risadinha debochada.

— Cala a boca! — Virei-me para ele. Meu coração martelava feito louco e minhas têmporas começaram a pulsar com uma incipiente dor de cabeça. — Você também mentiu. Chegou até a obrigar minha melhor amiga a se tornar minha amiga!

— Bom, eu não fiz com que ela se tornasse sua melhor amiga — retrucou ele, descruzando os braços. — Gosto de pensar que isso aconteceu naturalmente.

— Não insira lógica nessa discussão — rebati, crispando as mãos ao ver as linhas em torno de sua boca se suavizarem. — Vocês dois estão me deixando louca, e já está difícil tentar manter a sanidade. Preciso relembrá-los do que aconteceu nas últimas malditas 48 horas? Eu descobri que tudo o que eu sabia sobre mim mesma era mentira, e que meu corpo está recheado de DNA alienígena, cortesia de um soro que mal consigo pronunciar, que dirá soletrar. E, como se isso já não fosse surtado o bastante, encontrei um colega de classe mortinho da silva. Os olhos do Andy foram queimados até só restarem os buracos. Depois disso, fui literalmente arrastada por um bosque e obrigada a escutar as bizarrices de um Original com problemas sérios de abandono!

Ambos me fitavam.

Recuei um passo, a respiração pesada.

— Tudo o que eu queria era comer um maldito queijo quente, tomar uma droga de sopa e fingir que tudo estava de volta ao normal por cinco segundos, mas os dois tinham que arruinar... — Sem aviso prévio, fui tomada por uma onda de tontura que me deixou com uma súbita sensação de vazio no peito. — Uau!

O rosto da minha mãe perdeu definição ao mesmo tempo que meus joelhos fraquejavam.

— Evie...

Luc se moveu tão rápido que eu não conseguiria acompanhar mesmo que não estivesse vendo dobrado no momento. Em menos de um segundo, seu braço forte estava em volta da minha cintura.

— Evie — disse ele, envolvendo meu rosto com a mão livre e levantando minha cabeça. Sequer havia percebido que a tinha abaixado. — Está tudo bem?

Meu coração batia rápido demais e meu cérebro parecia feito de algodão. Uma forte pressão esmagava meu peito, e minhas pernas tremeram. Eu estava viva e inteira, o que significava que estava bem. Tinha que estar. Só não conseguia dizer isso em voz alta no momento.

— Qual é o problema? — A preocupação era notória na voz da minha mãe ao se aproximar.

— Estou tonta — arquejei, fechando os olhos com força. Eu não tinha comido nada desde o dia anterior, e só conseguira dar uma mordida no sanduíche antes de os dois começarem a discutir, portanto, a tontura não era de surpreender. Além disso, a última semana… ou mês tinha sido um pouco *demais*.

— Respira. — Luc correu o polegar pela linha do meu maxilar com movimentos longos e tranquilizadores. — Fica calma e respira. — Seguiu-se uma pausa. — Ela está bem. O problema é que ficou muito machucada ontem à noite. Vai levar um tempo até estar cem por cento.

Achei aquilo estranho, porque de manhã me sentira como se pudesse correr uma maratona, e eu normalmente não sentia vontade de correr, a menos que houvesse uma horda de zumbis atrás de mim.

Aos poucos minha cabeça e meu peito foram voltando ao normal, e a tontura passou. Abri os olhos e inspirei, mas o ar ficou preso na garganta. Não tinha percebido que ele estava tão perto, debruçado sobre mim de modo a deixar nossos olhos no mesmo nível, o rosto a centímetros do meu.

Um misto desconcertante de emoções despertou em meu âmago e lutou para vir à tona — para me obrigar a prestar atenção, a tentar entendê-las.

Seus olhos brilhantes estavam fixos nos meus. Uma mecha de cabelo castanho pendeu sobre sua testa, ocultando um daqueles belíssimos e estranhos olhos violeta. Observei o conjunto de traços extraordinariamente perfeitos, algo que nós, meros mortais, só conseguiríamos obter com a ajuda de um excepcional cirurgião plástico.

Luc era tão lindo quanto uma pantera selvagem, que era o que eu sempre imaginava quando olhava para ele. Um predador esperto e cativante que distraía ou atraía a presa com sua beleza.

Um sorrisinho presunçoso repuxou-lhe os lábios cheios. Uma luz típica de uma manhã de outubro penetrava pela janela da cozinha, destacando as maçãs bem talhadas de seu rosto e criando sombras atraentes sob elas.

Meus olhos se fixaram novamente em seus lábios.

Quando eu olhava para ele, sentia vontade de tocá-lo e, enquanto o observava pensando nisso, o sorrisinho ampliou-se ainda mais.

Estreitei os olhos.

Poucos Originais conseguiam ler a mente de uma pessoa com tanta facilidade quanto eu conseguia ler um livro. Luc era um deles, claro. Ele havia prometido ficar fora da minha mente, e acho que na maior parte do tempo ficava mesmo, mas sempre parecia estar espiando nos momentos em que meus pensamentos não poderiam ser mais constrangedores.

Tipo agora.

O sorrisinho se transformou num sorriso de orelha a orelha, provocando uma espécie de comichão em meu peito. Aquele sorriso era mais perigoso do que a Fonte.

— Acho que ela está melhor.

Afastei-me dele, desvencilhando-me de seus braços ao mesmo tempo que um calor invadia minhas bochechas. Não conseguia olhar para ela. Sylvia. Minha mãe. Não fazia diferença. Tampouco queria olhar para ele.

— Estou bem.

— Acho que você devia comer alguma coisa — disse ela. — Posso esquentar a sopa...

— Não estou com fome — interrompi, tendo perdido completamente o apetite. — Só não quero que vocês dois briguem.

Mamãe desviou os olhos, projetando o queixo para frente e cruzando os braços diante do peito.

— Também não quero isso — replicou Luc, tão baixo que não sei se minha mãe escutou.

Fitei-o, sentindo o peito apertar.

— Jura? Você me parecia mais do que disposto a brigar.

— Tem razão — respondeu ele, me pegando de surpresa. — Eu estava sendo antagônico. Foi errado da minha parte.

Por um momento, tudo o que consegui fazer foi fitá-lo. Mas, então, assenti.

— Preciso dizer uma coisa, e quero que os dois escutem. — Crispei as mãos, porém sem muita força. — Ela não pode me manter longe de você.

Seus olhos violeta pareceram escurecer um tom e, ao falar, sua voz soou rouca.

— Que bom.

— Apenas porque ninguém pode me forçar ou obrigar a fazer nada que eu não queira fazer — acrescentei. — O mesmo vale para você.

— Jamais pensaria o contrário. — Ele se aproximou, movendo-se tão silenciosamente quanto um fantasma.

Inspirei fundo e me virei para minha mãe. Ela estava pálida, mas, afora isso, não consegui decifrar nada em sua expressão.

— Sei que você não quer forçar a gente a se separar, não agora, não depois de tudo o que aconteceu. Você só ficou puta. Vocês têm uma história complicada, sei disso, e sei também que vocês provavelmente jamais irão gostar um do outro, mas preciso que finjam que gostam. Pelo menos um pouco.

— Sinto muito — disse minha mãe, pigarreando. — Talvez ele tenha alimentado a discussão, mas a culpa foi minha. Eu o convidei para almoçar e acabei sendo desnecessariamente grossa. É óbvio que ele tem motivos para não confiar em mim ou aceitar qualquer ato com boa-fé. Se a situação fosse invertida, eu me sentiria da mesma forma. — Ela inspirou fundo. — Sinto muito, Luc.

Arregalei os olhos, chocada. Eu não era a única que a observava como se não conseguisse entender as palavras que saíam de sua boca.

— Sei que nunca vamos ser amigos — continuou ela. — Mas precisamos tentar nos relacionar de maneira educada. Pela Evie.

Luc estava imóvel como uma das estátuas dos poucos museus que haviam sobrevivido à invasão. Após alguns instantes, ele assentiu.

— Por ela.

✳ ✳ ✳

Tempos depois em meu quarto, peguei-me sentada na beirinha da cama, olhando para o quadro de cortiça repleto de fotos minhas e dos meus amigos. Sequer sabia quando tinha começado a olhar para elas, mas não conseguia desviar os olhos.

Luc tinha ido embora pouco depois do #incidentequeijoquente. Melhor assim. Mesmo que eles tivessem meio que chegado a um acordo, era melhor manter certo espaço entre os dois. Provavelmente uma rua inteira de espaço. Eu gostaria de ter esperanças de que eles pudessem se dar bem, mas acho que era esperar demais tanto de um quanto do outro.

Suspirei, correndo os olhos pelas fotos. Algumas mostravam nós todos juntos, sem nenhum motivo particular. Noutras estávamos fantasiados para o Halloween ou arrumados para alguma festa, cabelo e maquiagem nos trinques. Eu, Heidi, James e Zoe.

Zoe.

Ela havia sido a primeira amiga que eu fizera ao entrar para a Centennial High quatro anos antes. Tínhamos nos dado bem de cara, ambas tendo sofrido — pelo menos eu achava que sim — perdas inimagináveis após a invasão. Nosso pequeno grupinho de duas expandiu-se rapidamente para incluir a Heidi e, tempos depois, o James. Nós quatro éramos carne e osso, mas a Zoe havia mentido também. Tal como o Luc. E minha mãe. Zoe tinha recebido ordens de se tornar minha amiga, a fim de ficar de olho em mim porque o Luc não podia. Mas talvez o que ele dissera mais cedo fosse verdade. Talvez ela tivesse feito amizade comigo a pedido dele, mas tínhamos nos tornado melhores amigas por conta própria. Quem poderia saber? Eu não. Nunca saberíamos.

Meu estômago roncou mais uma vez. Estava na hora de descer, porque minha barriga parecia prestes a se autodevorar. Parte de mim esperava que mamãe estivesse no quarto. Senti-me terrível por desejar isso, porém a situação sempre ficava superconstrangedora depois de uma briga, e no momento eu não tinha cabeça para lidar com esse tipo de coisa. No entanto, assim que botei o pé no vestíbulo e escutei a televisão, soube que não teria tanta sorte.

Inspirei fundo, empertiguei os ombros e entrei na sala. Estava passando um episódio de *Acumuladores Compulsivos*. Balançando a cabeça, atravessei o aposento em direção à cozinha.

Ela estava em pé diante da ilha, com um pote de mostarda, um pacote de pão de forma e uma bandeja de rosbife sobre a bancada. Havia também um saco de batatas sabor cheddar e sour cream, minha favorita. Mamãe estava preparando sanduíches de rosbife e, a julgar pelo fato de que até o momento só havia mostarda no pão, tinha acabado de começar.

Ela ergueu os olhos enquanto pegava a bandeja de rosbife.

— Imaginei que você pudesse estar com fome.

Diminuí o passo.

— Como você sabia que eu estava descendo? Estava escutando atrás da porta do meu quarto?

— Talvez. — Ela pareceu um pouco sem graça. — Estava planejando persuadi-la com um sanduíche se você não aparecesse.

Parei atrás do banco que eu havia derrubado mais cedo.

— Estou com fome.

— Ótimo. — Ela apontou para o banco. — Só vai levar mais alguns minutos.

— Obrigada. — Sentei. Soltando as mãos sobre o colo, observei-a arrumar uma fatia de rosbife e, em seguida, outra sobre o pão. Não tinha ideia do que dizer para quebrar o silêncio que recaiu entre nós. Por sorte, ou não, ela parecia saber exatamente o que dizer.

— Vou entender se você ainda estiver chateada comigo — disse ela, indo direto ao ponto de um jeito tipicamente coronel Dasher. Outra fatia de rosbife foi arrumada sobre o pão. — Eu me desculpei, mas sei que disse coisas para o Luc que não deveria ter dito, e você estava certa. Depois de tudo o que aconteceu, você não precisava disso hoje.

Cruzei os braços sobre o colo e corri os olhos pela cozinha.

— Na verdade... Luc meio que começou. Quero dizer, ele não precisava ter tocado no assunto de apontar-uma-arma, e sei que vocês dois provavelmente nunca vão ter uma relação amigável, mas...

— Você precisa dele — completou ela, fechando o sanduíche com outra fatia de pão.

Um calor invadiu minhas bochechas.

— Eu não diria isso.

Um ligeiro sorriso repuxou-lhe os lábios e ela me fitou.

— Você é tão parte dele quanto ele de você. — O sorriso desapareceu e ela balançou a cabeça. — Luc acha que sabe tudo. Não sabe.

Graças a Deus ele não estava aqui para escutá-la dizer isso.

— Ele acha que sabe por que eu fiz o que fiz quando decidi... ajudá-la a se tornar a Evie, mas não sabe — continuou ela. Perguntei-me se mamãe sabia que ele podia ler mentes. Devia saber. — Sei que ele não confia em mim. Não posso culpá-lo.

— Mas você impediu meu pa... impediu o Jason de atirar nele — ressaltei. — E não foi a única que guardou segredos. Ele também guardou. Não é como se você tivesse dado a ele algum outro motivo para não confiar em você. O mesmo vale para o Luc.

Ela assentiu e pegou o saco de batatas fritas.

— Tem razão. Talvez eu tente de novo e, da próxima vez, a gente consiga melhores resultados.

— Talvez — murmurei.

— Você não me parece muito confiante.

— Não estou — admiti com uma risada.

Com um sorrisinho irônico, ela despejou as batatas num prato descartável, ao lado do sanduíche.

— Mas pode ter certeza de que sou sua mãe. Talvez não biológica nem legalmente falando, e talvez eu só tenha participado da sua vida nos últimos quatro anos, mas você é minha filha e eu a amo. Faria qualquer coisa para vê-la feliz e em segurança, tal como qualquer outra mãe.

Meu lábio inferior tremeu ao mesmo tempo que o peito e a garganta queimavam. *Filha. Mãe.* Palavras simples. Poderosas. Palavras que eu desejava reivindicar.

— Sei que está puta por eu ter escondido tanta coisa de você. Posso entender. Acho que ainda vai levar um bom tempo para você superar tudo isso. Não a culpo. Gostaria de ter sido mais honesta sobre ele e sobre quem você é. Devia ter lhe contado a verdade na primeira vez que ele apareceu aqui.

— É, devia, mas não contou. Não podemos mudar o passado, certo? As coisas são como são.

Mamãe desviou os olhos e esfregou a mão na parte da frente da camisa. Ela havia trocado a blusa branca por uma camisa azul-clarinha.

— Gostaria de ter feito escolhas diferentes para que as suas também pudessem ter sido diferentes.

Ergui os olhos e olhei para ela — olhei com atenção. Alguma coisa parecia meio fora do lugar. Mamãe sempre parecera uns dez anos mais nova do que realmente era, mas estava mais pálida do que o normal. Seus traços pareciam mais repuxados, e havia linhas em torno dos olhos e no centro da testa que eu podia jurar que não estavam lá duas semanas antes.

Apesar de todas as mentiras e das milhares de coisas que eu ainda não compreendia, fiquei preocupada.

— Está tudo bem? Você parece cansada.

— *Estou* um pouco cansada. — Ela ergueu a mão e tocou o ombro de leve. — Já fazia um tempo que eu não invocava a Fonte.

Um calafrio percorreu meu corpo. Ela havia usado a Fonte ao lutar contra o Micah.

— Isso é normal?

— Pode ser quando você fica um tempo sem invocar a Fonte, mas vou ficar bem. — Mamãe sorriu, um sorriso leve, porém genuíno. — Come.

Sentindo-me um pouco melhor acerca de tudo, quase normal, devorei o sanduíche e as batatas tão rápido que fiquei surpresa por não engasgar. Eu continuava com fome. Joguei o prato descartável no lixo, fui até a geladeira e parei diante dela, ponderando se queria passar pelo trabalho de cortar os morangos e polvilhá-los com açúcar ou se desejava algo mais fácil.

— Quando terminar de se refrescar diante da geladeira, quero te mostrar uma coisa — anunciou minha mãe.

Bufando, peguei um pacote de queijo em palito. Fui de novo até a lixeira, rasguei a embalagem e a joguei fora.

— O quê?

— Vem comigo. — Ela se virou e eu a segui até as portas francesas que davam acesso ao escritório dela. Diminuí o passo ao ver mamãe abri-las.

Parte de mim não queria entrar ali.

Eu tinha encontrado fotos dela e da verdadeira Evie escondidas num álbum. Sempre acreditara que não tínhamos nenhum álbum de fotos antigo. Que minha mãe não tivera a chance de pegar nenhum deles durante a invasão. Acreditara cegamente nisso, mas agora sabia a verdade, sabia por que não podia haver nenhum álbum.

Não havia fotos minhas. Apenas da verdadeira Evie.

— Lembra da noite em que me ligou enquanto eu estava trabalhando porque achou que alguém tinha entrado aqui em casa? — perguntou ela.

A pergunta me pegou de surpresa. Ela estava falando da noite em que eu ficara sozinha e tinha escutado um barulho no primeiro andar.

— Lembro. Provavelmente vou ficar velha e não vou esquecer. Você achou que eu tinha imaginado.

— Não imaginou. — Ela se virou para a escrivaninha. — Alguém esteve aqui, e levou uma coisa.

Abri a boca, mas não consegui dizer nada. O que provavelmente era bom, porque a maioria das palavras que fervilhavam em minha língua eram palavrões. Por fim, encontrei minha voz.

— Você disse que nada tinha sido roubado.

— Estava errada. Não tentei esconder nada de você. Simplesmente não percebi nada até hoje à tarde. Estava organizando o escritório quando reparei — respondeu ela.

Não tinha ideia de como ela poderia organizar o escritório ainda mais. Pelo amor de São Pedro, aquele lugar já era mais organizado do que uma planilha mensal.

Incomodada, ergui os olhos para ela.

— O que foi roubado?

Ela abriu uma das gavetas, retirou o maldito álbum de fotos e o colocou sobre a escrivaninha. Em seguida, abriu numa das folhas em branco.

— Enquanto estava arrumando, abri o álbum. Eu não o folheava já fazia um tempo, de modo que não tinha reparado. Havia fotos da filha do Jason aqui. De alguns aniversários e de momentos aleatórios. — Os dedos demoraram-se sobre as páginas em branco. — Elas sumiram.

Confusa, olhei para ela, os pensamentos a mil.

— Só pode ter sido o Micah. Ele…

— Ele o quê?

Ele tinha estado em nossa casa antes, enquanto eu dormia. Tinha me arranhado — e *estrangulado*. Eu achava que fora um pesadelo até ele admitir o que havia feito. Um calafrio percorreu meu corpo. Mamãe não sabia sobre esse incidente. Cruzei os braços e baixei os olhos para meus pés descalços. O esmalte roxo estava começando a descascar.

Micah não dissera nada sobre ter roubado alguma foto, e jurara que não havia matado o Andy, um dos meus colegas da escola, nem a pobre família na cidade. No entanto, admitira ter matado a Colleen e a Amanda, e Luc e eu havíamos presumido que mentira sobre o resto.

E se não tivesse mentido?

Mas por que ele roubaria as fotos da verdadeira Evie? Ele sabia quem eu era desde o começo. Não precisava de fotos para provar. Sentindo meu estômago se retorcer em nós, fitei-a novamente.

— E se não foi o Micah? Por que alguém iria roubá-las?

Minha mãe apertou a boca numa linha tão fina que o lábio superior praticamente desapareceu.

— Não sei.

  inguém vai nos silenciar! Não vamos viver com medo! — A voz da April Collins ecoava diante dos portões da escola na segunda de manhã, o som como pregos enferrujados em minhas terminações nervosas. — Chega de Luxen! Chega de medo!

Diminuí o passo, apertando os olhos contra o brilho do sol. April segurava um cartaz rosa e o brandia no alto, enquanto um pequeno grupo de alunos às suas costas continuava a entoar:

— Chega de Luxen! Chega de medo!

Uma das professoras tentava convencer todos a entrar, sem muita sorte. A jovem mulher parecia precisar de mais duas xícaras grandes de café para lidar com a situação.

Era cedo demais para toda aquela loucura.

Eu devia ter ficado em casa como mamãe sugerira, só para evitar ver a April incitando os alunos. Por outro lado, ficaria para lá de entediada, e ela não teria ido trabalhar. Se quisesse ver meus amigos e o Luc, como planejava fazer mais tarde, precisava ir para a escola.

E, pelo visto, lidar com a April.

A boa notícia é que não tinha sentido mais nenhuma tontura, ainda que não tivesse dormido muito bem. A princípio, não conseguia parar de pensar nas fotos que tinham sumido do álbum, embora só pudesse ter sido o Micah quem as roubara e, quando finalmente peguei no sono, acordei horas depois com um pesadelo.

Eu estava de volta no bosque com o Micah e o Luc… o Luc estava seriamente machucado e…

Afastei esses pensamentos da mente, sentindo um calafrio descer pela minha espinha. Continuei andando. April dera para protestar todos os dias, diante dos portões de manhã e no estacionamento depois das aulas, ambos lugares em que ela com certeza seria vista pelos Luxen registrados que frequentavam nossa escola.

Corri os olhos em volta, mas não vi o Connor nem nenhum dos outros Luxen. Esperava que isso significasse que eles tinham chegado antes que a April começasse. A maioria das pessoas os ignorava. Apenas uns poucos paravam para olhar. Uma garota que não reconheci, provavelmente uma aluna do primeiro ou segundo ano, gritava de volta, mas não dava para escutar o que ela estava dizendo acima dos protestos da April e seus minions.

Crispei as mãos e acelerei o passo, descendo rápido os degraus que levavam até a frente da Centennial High. Ao me aproximar do grupo, April se virou para mim, os cabelos louros e compridos chicoteando o ar como o rabo de um cachorrinho. Ela abaixou o cartaz idiota que dizia PROIBIDO LUXEN em letras grandes, escrito com uma daquelas canetas com glitter.

Balançando a cabeça, foquei a atenção no drone VRA que pairava ao lado dos portões, verificando os olhos de cada aluno para se certificar de que não houvesse nenhum Luxen sem registro. O que os criadores dos drones não percebiam é que os Luxen e os Originais tinham descoberto um meio de driblar a verificação com o uso de lentes de contato especiais. Volta e meia, me perguntava quanto tempo isso duraria. O governo acabaria descobrindo mais cedo ou mais tarde, mas, por outro lado, olha quanto tempo os Luxen tinham vivido na Terra sem que muitos setores do governo ou a população em geral soubesse que eles estavam aqui. Décadas, se não mais.

— Ei, Evie! — chamou April. — Quer se juntar a nós?

Sem sequer um olhar de relance para ela, mostrei-lhe o dedo do meio da mão direita e continuei andando em direção às portas de vidro.

— Isso não é legal. — April começou a andar do meu lado. — Você não devia tratar os amigos assim, mas vou perdoá-la, porque sou uma pessoa bacana.

Parei e a encarei. As coisas andavam tensas entre a gente. Nós duas nunca tínhamos sido muito próximas, mas eu costumava considerá-la uma amiga, ainda que ela sempre tivesse sido um tanto espinhosa.

— Nós não somos amigas, April. Não mais.

Ela ergueu as sobrancelhas.

— Como assim, não somos amigas?

— Tá falando sério? — rebati.

April bateu com o cartaz na coxa.

— Eu pareço estar brincando?

— Você parece uma daquelas fanáticas religiosas que prendeu o cabelo um pouco apertado demais — retruquei, e ela corou. Talvez fosse o fato de quase ter morrido no último fim de semana, mas eu estava absolutamente sem filtro. — Tentei conversar com você sobre as coisas terríveis que você tem dito e feito, mas foi como tentar falar com uma parede. Não sei o que aconteceu, April, quem não a abraçou o suficiente quando você era criança, mas o que quer que seja, não é desculpa para essa merda.

Ela estreitou os olhos.

— Não entendo como você pode ficar parada aí defendendo os Luxen...

— Nós já conversamos sobre isso — interrompi antes que ela mencionasse meu suposto pai. — Não vou entrar nesse assunto de novo, April.

Ela balançou a cabeça de leve e inspirou fundo pelo nariz. Sua expressão era de pura determinação.

— Eles podem nos matar, Evie. Com um estalar dos dedos. Nós duas podemos morrer num piscar de olhos. Eles são perigosos.

— Eles estão usando Desativadores — argumentei, mesmo sabendo que apenas os Luxen registrados os usavam. — E, embora você tenha razão ao dizer que eles podem ser perigosos e nos matar, o mesmo vale para qualquer pessoa à nossa volta. Nós somos tão perigosos quanto eles, e você não vê ninguém aqui fora protestando contra a gente.

— Não é a mesma coisa — retrucou ela. — Esse é o nosso planeta...

— Ah, vamos lá, não somos donos do planeta, April. É um maldito planeta, com espaço mais do que suficiente para todos os alienígenas do mundo. Esses Luxen não fizeram nada para você...

— Como você sabe? Você não sabe o que eles já fizeram ou deixaram de fazer comigo — rebateu April, e eu ergui as sobrancelhas. Duvidava de que ela tivesse sido arrastada por uma mata recentemente. — Olha só, sei que temos opiniões diferentes, mas você não precisa ser grossa comigo só porque não concordamos nesse ponto. Só precisa respeitar a maneira como me sinto.

— Respeitar como você se sente? — Soltei uma risada seca.

— É, foi o que eu disse. Não sei o que tem de tão engraçado nisso.

— O que tem de engraçado é que você está errada, April. Não se trata apenas de termos opiniões diferentes e respeitar o fato de que eu não gosto de pizza e você ama pizza. Nesse caso, podemos concordar em discordar, mas isso é sobre certo e errado, e o que você está fazendo é errado. — Afastei-me um passo, sem a menor ideia de como ela não conseguia entender o que eu estava dizendo. April sempre fora uma pessoa difícil de lidar, e muitas vezes tinha opiniões que me deixavam com vontade de esganá-la, mas isso? — Espero que um dia você entenda.

Ela inspirou fundo, fazendo o peito inflar.

— Você acha que eu estou do lado errado da história, não acha? É aí que você se engana, Evie.

—**É** verdade? — perguntou **Zoe**, aparecendo do nada ao lado do meu armário, os cachos tom de mel presos num coque impecável que eu jamais conseguiria imitar.

Abri a porta do armário e olhei de relance para ela. Não fazia ideia sobre o que ela estava falando.

— O quê?

— O quê?! — Ela me fitou. Em seguida, deu um soco no meu braço. — Tá falando sério?

— Ai. — Esfreguei o ponto que ela havia socado. Não tinha sido um soquinho de leve, mas fiquei grata por ele mesmo assim. As coisas entre nós tinham estado um pouco estranhas pela manhã. Não ruins nem nada parecido, apenas como se ambas estivessem pisando em ovos em relação uma à outra. O que não era de surpreender. Eu ainda estava processando o fato de que não tínhamos nos tornado amigas naturalmente, e que não só a Zoe era uma Original, tal como o Luc, mas que ela me conhecera quando eu ainda era a Nadia.

Zoe estava obviamente preocupada com a possibilidade de eu ainda estar chateada com ela, mas não estava. Não mesmo. As coisas estavam estranhas, mas ela ainda era minha amiga — uma das minhas melhores amigas, e eu não ia deixar a maneira como nossa amizade começara destruir o que tínhamos construído.

Além disso, olhar a morte de perto me fizera perceber o quão sem sentido era guardar ressentimentos quando você-nunca-sabe-se-haverá-um-amanhã. A menos que o ressentimento envolvesse a April. No caso dela, eu ia niná-lo, regá-lo e alimentá-lo com todo o carinho.

Zoe inclinou a cabeça de lado.

— Você discutiu com a April hoje de manhã?

— Ah, tá. Isso. — Peguei o livro de literatura inglesa dentro da mochila e o guardei no armário.

Zoe estava com cara de quem ia me bater de novo, de modo que me afastei.

— Você teve a manhã inteira para me contar sobre essa discussão. Tive que descobrir por uma garota que acho que nem frequenta nossa escola enquanto ela falava sobre isso no banheiro.

Eu ri.

— Não foi nada de mais. Ela tentou conversar comigo, mas eu não estava a fim de escutar.

Zoe segurou a porta do armário ao vê-la começar a se fechar sozinha. As pulseiras laranja e marrons em torno de seu pulso delgado chacoalharam de leve.

— Nada de mais? Preciso saber exatamente o que você disse para ela que a fez jogar o cartaz em cima do Brandon.

Ergui as sobrancelhas.

— Ela fez isso?

Zoe assentiu.

— Fez.

Uma risadinha maliciosa borbulhou no fundo da minha garganta. Contei para ela tudo o que eu tinha dito para a April enquanto pegava o livro de história e fechava o armário.

— Acho que mexi com os nervos dela.

— Parece que sim. Jesus, ela é terrível.

Assenti, contornando um aluno mais novo que estava andando devagar demais.

— Então, o que você fez ontem?

— Nada. Só fiquei assistindo um documentário supertriste sobre pacientes em coma.

Zoe assistia as coisas mais estranhas.

— E você? — perguntou ela.

— Luc foi lá em casa — respondi em voz baixa. — Minha mãe preparou queijo quente e sopa de tomate.

— Uau! — Ela me deu uma cutucada de leve. — Que legal!

— Bem…

— Não foi?

— A princípio foi. Nós dois ficamos um tempo no meu quarto, só conversando. — Pude sentir minhas bochechas queimarem. — Mas depois as coisas entre eles foram de mal a pior rapidinho. Eles tiveram uma discussão horrível. Acabou com os dois pedindo desculpas.

— Luc pediu desculpas? — Ela soou surpresa.

— Pediu. As coisas estão bem agora, mas eles nunca serão fãs um do outro.

— Você não pode culpá-los — replicou Zoe. — Eles têm...

— Uma história complicada? Eu sei. — Entramos na cantina. O ambiente cheirava a pizza queimada. — Mas acho que foi um tremendo passo os dois pedirem desculpas. Tenho a sensação de que ambos vão dar o melhor de si de agora em diante.

— Eu adoraria ser uma mosquinha para escutar você gritando com eles — comentou Zoe ao entrarmos na fila. — Você é assustadora quando fica puta.

Ri ao escutar isso, porque quando eu ficava zangada, tudo o que conseguia fazer era gritar. Se a Zoe ou o Luc ficassem putos, eles podiam incendiar casas inteiras com um simples brandir da mão. Ela me considerar assustadora era uma piada.

Após encher o prato com algo que imaginava ser rosbife, mas que mais parecia um cozido, Zoe pegou uma fatia de pizza e tentei não vomitar ao ver sua pobre escolha de vida.

James já estava sentado à mesa, mastigando um punhado de batatas fritas. Seu tamanho era assustador para a maioria das pessoas, mas ele era como um grande ursão de pelúcia que odiava confrontos... e a Foretoken. Não podia culpá-lo, considerando que a única vez em que ele estivera lá, tinha conhecido o mais diabólico Luxen de todos os tempos.

Grayson.

Argh.

O Luxen basicamente dissera para o James que ele o fazia lembrar uma das vítimas de *O Albergue*. Dava para ser mais bizarro?

Assim que nos sentamos, James perguntou:

— Então, qual é o melhor filme da franquia *Busca Implacável*? O primeiro, o segundo ou o terceiro?

Olhei para ele.

— São três? — perguntou Zoe.

Ele abriu a boca, e uma das batatas caiu. Eu ri.

— Como você pode não saber que existem três?

— Não vi nenhum deles — admiti.

Ele se virou para mim, piscando.

— Se conseguisse arregalar mais os olhos, eles pulariam para fora das órbitas. Estou escandalizado.

Heidi se sentou na cadeira ao lado dele, os cachos vermelhos roçavam bochechas que pareciam bem mais pálidas do que o normal. Meu estômago retorceu instintivamente.

Zoe devia ter reparado também.

— Qual é o problema?

— Vocês conhecem o Ryan Hoar? — perguntou ela, e meu estômago foi parar no chão. Nas últimas duas semanas, quando alguém fazia esse tipo de pergunta, boa coisa não era.

Com uma batata a meio caminho da boca, James se virou para ela.

— Conheço. Ele tem aula de artes comigo. Por quê?

— Não sei quem é ele — comentou Zoe.

— É um garoto alto e magro que costuma mudar a cor do cabelo com frequência. Acho que da última vez que o vi estava verde — explicou Heidi. A descrição me soou vagamente familiar.

— Na verdade, estava azul na sexta — corrigiu James. — Ainda não o vi hoje. Artes é minha última aula.

— Nem vai ver — disse Heidi, apoiando as mãos sobre a mesa. — Acabei de escutar o primo dele dizendo que ele morreu esse fim de semana.

— Como assim? — James soltou o saco de batatas fritas. — Ele estava na festa do Coop na sexta à noite.

Pensei imediatamente no Micah. Não podia ser, podia? Micah estava morto, o que não significava que ele não tivesse matado o garoto antes de o Luc dar fim nele.

— Ele foi… assassinado?

— Não. — Heidi fez que não. — Ele pegou uma gripe ou algo do gênero e morreu por conta disso.

— Uma gripe? — repetiu James, como se não conseguisse acreditar no que tinha ouvido. — Daquelas que provocam espirros e tosse?

Heidi fez que sim.

— É.

— Uau — murmurei, incapaz de me lembrar de alguém que tivesse morrido de gripe.

Zoe baixou os olhos para o prato.

— Que horror!

— É mesmo — concordou Heidi.

James não disse nada. Recostando-se na cadeira, deixou as mãos caírem sobre o colo. Um pesado silêncio recaiu entre nós e, simples assim, descobri... ou melhor, me lembrei, que uma morte natural, inesperada, podia ser tão chocante quanto um assassinato.

A morte era uma companheira constante, com ou sem alienígenas perigosos.

oca.

— Não — respondi, deitada de lado, a atenção focada no livro de história. Eu estava no apartamento do Luc havia cerca de uma hora, e precisava estudar pois tinha a sensação de que teríamos um teste surpresa no dia seguinte. No entanto, nesse tempo todo acho que só conseguira ler um parágrafo.

Se tanto.

Não só o Luc era uma distração terrível, como não conseguia parar de pensar no Ryan. Embora não o conhecesse, ele não saía da minha cabeça. Morrer assim, tão novo, de gripe? Era assustador — assustador e triste. Quase podia escutar a voz da mamãe no fundo da minha mente, ressaltando a importância de tomar a vacina de gripe.

Nossa escola já sofrera perdas demais.

— Vamos lá, Evie. Toca — insistiu ele, me fazendo pensar no modo como meus lábios se curvaram ao escutar aquela voz grave enquanto traçava distraidamente círculos sobre o edredom macio.

— Não, obrigada.

— Sou muito mais interessante do que qualquer coisa que você esteja lendo.

Irritante, porém verdade. Ler sobre o Discurso de Gettysburg, um assunto que tinha certeza de que era tratado todos os anos na escola, não era uma leitura exatamente empolgante.

— Toca — repetiu ele. — Só um pouquinho. Você sabe que quer, Pesseguinho.

Sem conseguir mais ignorá-lo, ergui os olhos do livro e os foquei no corpo comprido e esguio deitado ao meu lado. Ele sorriu, provocando uma espécie de comichão em meu peito. Aquele sorriso era tão perigoso quanto a Fonte.

— Toca. — Luc deixou a cabeça pender de lado.

Eu não devia tocá-lo de forma alguma, visto que com ele as coisas tinham uma tendência a sair rapidamente do controle, do melhor e do pior jeito possível.

— Pesseguinho — murmurou ele.

— O que você...? — Deixei a frase no ar ao ver o que ele queria que eu tocasse.

A ponta de um dos seus dedos emitia um forte brilho branco, como uma pequenina lâmpada. Inspirei de maneira superficial, dividida entre a vontade de me afastar e me aproximar.

— Você é o ET?

Luc riu.

— Sou muito mais gato que o ET.

— Isso não é muito difícil. O ET é como um bicho disforme feito de massinha — retruquei, olhando para o dedo dele. O que eu estava vendo não era uma simples luz. Era a Fonte, um poder extraterrestre trazido para cá pelos alienígenas. Apenas os Luxen, híbridos e Originais podiam invocar essa energia de diversas formas. Alguns podiam usá-la para curar. Outros conseguiam mover objetos. Todos eram capazes de usá-la para matar.

E o Luc era perito em todos os seus usos.

— Por que você quer que eu toque seu dedo? — perguntei.

— É uma surpresa, Pesseguinho — respondeu ele. — Sei que sentiu minha falta enquanto estava na escola.

— Não senti, não.

— Não minta.

Fuzilei-o com os olhos, mas a verdade é que ele havia pipocado várias vezes em minha mente no decorrer do dia, sempre seguido de um friozinho na barriga. Não fazia ideia do que isso significava, se era bom ou ruim, mas *era* estranho. Nós havíamos passado um bom tempo juntos, portanto, como eu podia já estar com saudade? Costumava ficar fins de semana inteiros sem ver meu ex, Brandon, e nunca sentira falta dele. Para ser honesta, jamais sentira um pingo de saudade dele.

— Tudo bem — falei após alguns instantes. — Senti saudade de você.

— Muita.

— Um pouco — corrigi, lutando para não sorrir enquanto observava o brilho branco na ponta de seu dedo. Olhei, então, para aqueles olhos estonteantes. — Por que quer que eu te toque?

Ele ficou quieto por alguns instantes, e a expressão desafiadora desapareceu.

— Porque é algo que você *costumava* adorar fazer.

Meu coração foi parar na garganta. Ele queria dizer que era algo que a Nadia adorava fazer.

Quando descobri quem eu era, escutar aquele nome — *Nadia* — me deixava enjoada, mas agora estava sedenta para saber mais, para descobrir o que ela gostava ou não, quais eram seus sonhos, o que desejava ser quando crescesse. Se ela era como eu, com medo de praticamente tudo, ou se era corajosa.

Queria descobrir o que ela possuía de tão especial que havia capturado o coração de alguém como o Luc.

Inspirando, ergui a mão, confiante de que ele não deixaria a Fonte me fazer mal. O brilho cálido era agradável, tal como deitar ao sol, e produziu uma leve descarga de eletricidade que subiu pelo meu braço. Assim que encostei meu dedo no dele, o quarto explodiu numa miríade de luzes. Com um arquejo, fiz menção de me afastar.

— Olha — disse ele baixinho. — Olha em volta.

Desviei meus olhos arregalados de nossos dedos, que haviam desaparecido sob o brilho branco, e os corri em volta, sem acreditar no que estava vendo.

O apartamento do Luc era um espaço grande e aberto, como um loft, com apenas duas portas, que davam respectivamente num banheiro e num closet. Da cama onde estávamos, eu podia ver a sala e a cozinha, que pelo visto era pouquíssimo usada.

Mas cada centímetro quadrado — o grande sofá em módulos, a televisão, as mesinhas de canto, até mesmo a guitarra apoiada contra uma das janelas que iam do chão ao teto — parecia coberto por um manto flutuante de pulsantes luzinhas brancas de Natal.

— O que é isso? — perguntei, observando uma das luzinhas passar ao lado do meu rosto. Ela era tão pequena, do tamanho da cabeça de um alfinete.

— São as moléculas presentes no ar, acesas. — A respiração dele roçou minha bochecha. — A Fonte pode se ligar e interagir com essas moléculas, e com os átomos que as formam. Normalmente, você não consegue enxergá-las porque elas são muito pequenas, mas a Fonte atua como uma lente de aumento e, quando você as vê, está na verdade vendo milhares delas.

Para todos os lados em que eu olhava, via as diminutas bolas dançantes de luz.

— É assim que vocês usam a Fonte para mover objetos?

— Sim.

— É lindo! — Observei, maravilhada, a belíssima visão diante de mim. Senti vontade de estender a mão e tocar uma daquelas luzinhas, mas não queria perturbá-las. — Acho que é a coisa mais linda que já vi em toda a minha vida.

— Não é a coisa mais linda que eu já vi. — A voz dele soou diferente, mais grossa e grave. Sem conseguir me controlar, virei a cabeça para ele.

O olhar do Luc capturou o meu, e um arrepio se espalhou por toda a minha pele. Cada centímetro do meu corpo tornou-se imediatamente ciente da proximidade dele.

Meu coração acelerou.

— Eu costumava fazer isso com você?

Ele não fez que sim nem se moveu, mas, de alguma forma, pareceu subitamente mais próximo. Inspirei fundo aquele perfume singular de pinho e especiarias.

— Você costumava me pedir para fazer isso pelo menos uma vez por dia.

— Uma vez por dia? Parece um pouco demais.

— No começo era — admitiu ele, e não havia como negar o carinho que se insinuou em sua voz. — Quando você era bem pequena... bem jovem, eu me irritava porque você ficava andando atrás de mim por horas a fio até eu parar e invocar os vaga-lumes.

— Vaga-lumes?

— É. — Luc baixou as pestanas, ocultando os olhos. — Era como você chamava as luzes. Vaga-lumes.

— Elas realmente parecem vaga-lumes num pote. — Sem aqueles olhos intensos focados nos meus, era mais fácil me concentrar no que ele estava dizendo. — Quer dizer que ficava puto comigo quando eu te pedia para fazer isso?

— Você sempre me irritava quando era mais nova. — Luc riu e pressionou a palma da mão na minha. O contato produziu outra descarga de eletricidade que me deixou com as pontas dos dedos formigando e fez as luzes pulsarem. — Quando eu me recusava a fazer, você ia até o Paris, e aí ele enchia meus ouvidos até eu concordar, ainda que ele próprio pudesse fazer o mesmo.

— Gostaria de me lembrar dele. — Especialmente vendo como o Luc falava dele, como se ele fosse um irmão mais velho ou um pai para a gente.

— Posso te ajudar a lembrar. — Ele correu o polegar pela lateral da minha mão. — Porque muitas das minhas lembranças são iguais às suas.

Todas as minhas boas lembranças são de você.

Meu peito apertou, ameaçando fechar minha garganta com uma bola de emoções. Era isso o que o Luc me dissera quando lhe perguntara se eu fazia parte de suas raras boas lembranças, e eu acreditava nele. Só não conseguia acessá-las.

Às vezes, era difícil conciliar aqueles dois mundos totalmente diferentes — aquelas vidas diferentes. A Nadia que o Luc dizia ser ousada e corajosa, forte e gentil. A Evie que pensava na Sylvia como sua mãe e que não tinha ideia do que estava fazendo na metade do tempo. O monstro conhecido como Jason Dasher e o herói homenageado em todo o país que nunca fora meu pai. Eu tinha lembranças do homem, chorara a sua morte e, na verdade, nunca o conhecera.

Dava para ser mais bizarro?

E o pior de tudo é que de vez em quando eu não me sentia *real*.

Por exemplo, será que eu realmente adorava fotografar, ou será que era apenas algo que a Nadia gostava? E, se fosse esse o caso, será que tinha importância, uma vez que, no frigir dos ovos, eu *era* a Nadia? Será que eu não sabia o que fazer da minha vida porque não tinha ideia de quem realmente era, das coisas que gostava e deixava de gostar? Será que podia confiar nos meus desejos quando não sabia se eles eram meus, da verdadeira Evie ou da Nadia?

Será que o Luc a chamava de *Pesseguinho* também?

— Volta pra mim — sussurrou ele junto ao meu rosto. Inspirei fundo.

Piscando, foquei a atenção naqueles traços que eram ao mesmo tempo dolorosamente familiares e angustiantemente desconhecidos.

— Estou aqui.

— Mas estava em outro lugar. — Luc ergueu a mão, capturou uma mecha solta do meu cabelo e a prendeu atrás da minha orelha. Seus dedos demoraram-se ali um pouco e, em seguida, escorregaram para minha nuca. — Está vendo essas luzes?

Franzi as sobrancelhas, confusa.

— Estou.

— Está sentindo minha mão em você?

— Estou.

— Consegue sentir isso? — Ele deslizou a mão pela lateral do meu pescoço e pressionou o polegar de leve sobre a veia, os olhos perscrutando os meus.

— Consigo. — Teria que estar morta para não sentir.

— Você é real, Evie. Não importa quem você costumava ser ou achava que era. Você é real, e eu a vejo.

O ar ficou preso em minha garganta, e meus pulmões pareceram prestes a explodir.

— E eu nunca chamei a Nadia de *Pesseguinho*.

Ele tinha lido a minha mente.

— Luc...

— Não pude evitar, você estava pensando alto demais. — Ele deslizou o polegar, acariciando o ponto logo abaixo da orelha.

O mais inteligente a fazer seria me afastar e colocar alguma distância entre nós, mas não me movi. Não conseguia. Um arrepio acendeu minhas veias e um calor ridículo invadiu meu peito.

— Então... ele é só meu?

A pergunta poderia soar ridícula para qualquer outra pessoa, mas tinha a sensação de que o Luc entendia.

— É. — Com a voz rouca, ele correu o polegar pela linha do meu maxilar. — É só *seu*.

Soltei o ar com força. Não sabia como descrever a sensação. Era apenas um apelido decorrente do hidratante que eu adorava usar, mas, ainda assim, era algo que não havia pertencido à outra Evie ou à Nadia. Era algo só meu, particular, e agarrei-me a isso com unhas e dentes.

Luc fechou a mão em meu queixo e inclinou minha cabeça. Um calor subiu pela minha garganta, me fazendo corar. Os lábios dele eram macios como seda e duros feito aço. Não tinha ideia de como algo podia ser as duas coisas, mas os lábios dele eram, e eu sabia disso porque os havia tocado, provado. Aqueles lábios estavam perto demais dos meus — o mais perto que haviam chegado desde nosso beijo anterior, o que parecia ter acontecido há uma eternidade, mesmo que só tivesse sido uns poucos dias antes.

Eu tinha sido seu primeiro beijo — bem, a Nadia tinha —, mas tinha certeza de que fora o último.

— Evie. — Luc pronunciou meu nome como se fosse uma prece e uma maldição.

Inspirei fundo, mas o ar não chegou a lugar algum. Ele encostou a testa na minha, e pude jurar que meu coração parou na mesma hora. Os músculos em minha barriga se contraíram mais uma vez.

Luc estava tão perto que pude sentir seus lábios se curvarem num sorriso próximo à minha boca. Se eu virasse a cabeça um tiquinho, roçaria os lábios nos dele.

Será que ele queria isso?

Será que eu queria?

Não tinha certeza. Na noite em que nos beijáramos, tínhamos feito mais. Tínhamos ficado peito com peito, os corpos entrelaçados, movendo-se como um só. Luc, porém, havia parado antes que fôssemos longe demais. Além disso, não éramos namorados. Jamais havíamos definido em palavras o que rolava entre a gente. Não que precisássemos ser alguma coisa para *ficarmos* juntos. Só que havia uma espécie de expectativa de que poderia haver mais, de que poderíamos ter *tudo* se eu apenas desse o primeiro passo.

Eu queria dar, mas…

Estava com *medo*.

Medo de o Luc perceber meu maior receio. De que ele estava apaixonado por uma garota que já não existia mais e que, no fim, acabasse decepcionado. Morria de medo de me deixar sentir algo que poderia terminar com um coração partido. Medo de sempre ser a segunda melhor ou, pior ainda, uma imitação barata do artigo verdadeiro.

Será que ele me via quando olhava nos meus olhos, ou será que via um fantasma da Nadia e apenas não tinha se dado conta? Não tinha certeza se ele sequer sabia o que desejava de verdade, se realmente queria isso comigo, quem quer que eu fosse.

— Eu sempre vou querer — murmurou ele junto aos meus lábios.

Surpresa, afastei-me, quebrando o contato. Os átomos acesos pulsaram e, em seguida, se apagaram com uma série de estalos. Voltei os olhos para ele.

Ele me fitou de volta, um dos cantos da boca se repuxando num meio sorriso.

— Tudo o que você precisa fazer é pedir, Pesseguinho. Apenas me diga o que você quer e será seu.

Abri a boca para responder, sentindo as bochechas queimarem. Sem saber o que dizer, estendi o braço para pegar o refrigerante na mesinha de cabeceira e tomei um generoso gole. A lata tremeu ligeiramente quando a coloquei de volta sobre a mesinha vazia, exceto por um abajur prateado.

— Então… — Pigarreei, procurando algo para dizer. — Como você conheceu o Paris?

— É uma história engraçada — respondeu ele após alguns instantes. — Ele tentou me matar.

— O quê? — Virei a cabeça para ele. Por essa eu não esperava. — O que tem de engraçado nisso?

Luc riu.

— Foi pouco depois de eu escapar do Daedalus. Acho que tinha uns cinco anos.

Continuei encarando-o.

— Ele tentou matá-lo quando você tinha cinco anos?

— Bom, eu, aos cinco, era como um adolescente de 16 em todo e qualquer aspecto. Mas, sim, ele tinha sido chantageado para me caçar junto com alguns outros Luxen. A ordem era para que me capturassem e me levassem de volta. Mas não foi bem o que aconteceu.

Tinha a sensação de que podia imaginar o desfecho.

— Claro que eles não estavam preparados para o que iriam encontrar. Todos, com exceção do Paris, não tinham problemas com o que estavam fazendo. Dava pra ver. — Luc bateu com a ponta do dedo no lado da cabeça. — Assim sendo, eu o salvei.

Em outras palavras, Luc havia matado os outros... aos cinco anos de idade. Pisquei lentamente.

— Como ele estava sendo chantageado?

— O Daedalus estava com os irmãos dele — respondeu Luc. — Um irmão e uma irmã.

Ó céus.

— O que aconteceu com eles?

Luc desviou os olhos.

— A gente tentou encontrá-los e libertá-los, mas eles foram mortos assim que o Daedalus descobriu que o Paris tinha se juntado a mim, em vez de me matar.

— Jesus! — murmurei, pensando que havia muitos momentos desse tipo na vida dele. Pessoas tentando matá-lo, controlá-lo, fazer experiências com ele ou usá-lo. — Tem certeza de que você possui boas lembranças?

— Muitas.

Eu não tinha tanta certeza. Comecei a achar que talvez fosse uma bênção não me lembrar da minha infância. Gostaria de poder... mudar aquelas coisas para ele.

Desviei os olhos, focando-os na câmera que estava sobre a mochila. Eu a trouxera comigo na esperança de dar uma olhada nas fotos, mas ela continuava no mesmo lugar, intocada.

Tinha uma coisa que eu desejava fazer, mas era um tanto estranho. Tipo, superestranho.

— Nada é estranho para mim.

Suspirei.

— Você está lendo a minha mente de novo.

— Estou mesmo. — Ao me virar para ele, Luc arqueou uma sobrancelha, sem um pingo de arrependimento. — O que você quer fazer, Pesseguinho?

— Quero tirar uma foto sua. — Meu rosto parecia estar pegando fogo. — Sei que é meio bizarro…

Ele pareceu imediatamente interessado.

— Na verdade é excitante.

— Não é esse tipo de foto! — Agora meu corpo inteiro estava queimando. — Eu só… você tem traços tão interessantes! Estou falando do seu rosto. Gostaria de capturá-lo. — Levantei da cama e me virei de costas, esfregando as palmas subitamente úmidas. — Cara, dizer isso em voz alta soa superbizarro. Esquece…

— Pode tirar quantas fotos quiser.

—Jura? — Virei-me para ele de novo, entrelaçando as mãos. Fui invadida por uma forte empolgação. — Você não acha estranho?

Luc fez que não, balançando os cachos já bagunçados em todas as direções.

Olhei para a câmera e, em seguida, de volta para ele. A pergunta saiu antes que eu conseguisse me deter.

— Você disse que a Nadia… que eu sempre gostei de tirar fotos?

Ele anuiu.

— Você gostava de tirar fotos de paisagens. O outono era sua época predileta. Em segundo lugar, o inverno, mas só depois de nevar. Caso contrário, não, porque…

— Porque tudo parece morto no meio do inverno — murmurei e, ao vê-lo assentir novamente, senti-me ligeiramente tonta. — É estranho, entende? O fato de eu possuir certas características da Nadia. Talvez elas sempre tenham existido. — Eu fui até a mochila, peguei a câmera e enrolei a alça no braço. — Você acha que tem alguma coisa da Evie em mim?

Luc ficou quieto por alguns instantes.

— Não sei. Eu não a conheci.

Comecei a mexer nos botões da câmera.

— Fiquei pensando ontem à noite que parece errado tomar o lugar dela, entende? Como se fosse um insulto à sua memória. Faz com que eu me sinta uma pessoa desprezível.

— A escolha não foi sua. Você não acordou um dia e decidiu assumir a vida dela. A Sylvia… — Luc parou quando me virei para ele. Seus ombros estavam tensos, o maxilar trincado, tornando a beleza de seus traços algo mais brutal do que suave.

Ergui a câmera e bati uma foto antes que perdesse a coragem. Ele não pareceu se importar.

— Não se culpe por isso — disse ele. — A escolha não foi sua.

Sabia o que ele estava dizendo. Minha mãe é quem fizera a escolha, quem decidira substituir a verdadeira Evie por mim. Ela não precisava ter feito isso. Parte de mim achava que não seria esperto conversar sobre ela com o Luc, principalmente depois do que acontecera na véspera, porém as palavras saltaram da minha boca por vontade própria.

— Ela podia ter me dado outra identidade.

— É, podia. — Luc ficou imóvel quando me aproximei dele. — Faz com que a gente se pergunte por que ela fez isso.

Meus dedos pararam a centímetros de seu rosto.

— Faz mesmo. — Inspirei de maneira superficial e toquei-lhe o queixo. Ao sentir o corpo dele se contrair, puxei a mão de volta. — Desculpa, só ia…

— Não. Tudo bem. — Com os olhos violeta brilhando ainda mais, Luc pegou minha mão e a levou de novo para o queixo.

Sentindo a garganta inexplicavelmente seca, inclinei-lhe a cabeça um tiquinho para trás e para a esquerda, de modo que a luz do sol incidisse sobre seu perfil mais uma vez.

— Acho que ela fez o que fez porque sentia falta da verdadeira Evie.

— As pessoas fazem coisas estranhas por amor.

Com cuidado, afastei uma mecha de cabelo do rosto dele. Luc fechou os olhos quando as pontas dos meus dedos roçaram sua testa. Um súbito calor invadiu minhas bochechas. Afastei-me.

— Não se mexa.

— Seu desejo é uma ordem.

Contraindo os lábios, ergui a câmera, ajustei o foco e bati outra foto. Fui tirando mais enquanto me aproximava do pé da cama, tentando capturar todos aqueles belíssimos ângulos, sentindo-me bizarramente sem graça.

Abaixei a câmera, voltei até ele e virei seu queixo de modo a deixá-lo de frente para mim. Queria lhe pedir para que sorrisse, mas estava envergo-nhada demais para fazer isso.

— Não vai dar uma olhada nas que acabou de tirar? — perguntou ele.

Fiz que não.

— Só depois que terminar.

— Isso é novo.

Ergui os olhos e o peguei sorrindo. Não um sorriso de orelha a orelha. Luc raramente sorria assim, mas um sorriso meio de lado, que, acompanhado pelas mechas de cabelo que haviam caído novamente sobre sua testa, davam-lhe um ar adorável de menino travesso.

Bati outra foto.

— Quero dizer, diferente de antes — esclareceu ele. — Você costumava olhar cada foto assim que a batia. E nunca tirava retratos. Tira muitos deles agora?

— Não muitos, mas já tirei da Zoe e da Heidi. Do James também. Só que mais espontâneos, entende? Tipo, quando a pessoa não está prestando atenção. — Troquei para fotos em preto e branco. — Acho que isso é uma característica totalmente minha.

— É, sim.

Sorrindo, ergui a câmera e bati outra foto, agora em preto e branco. Em seguida, fui até ele para reajustar o ângulo.

Luc capturou meus dedos e me fitou no fundo dos olhos, fazendo meu corpo inteiro se contrair. Em seguida, deslizou-os pela linha de seu maxilar até os lábios entreabertos. Com seu hálito quente dançando sobre as pontas dos meus dedos, ele pressionou um beijo num deles. Um arrepio desceu pelas minhas costas.

— Gosto disso — disse ele, beijando o próximo.

— Gosta do quê? — Será que eu estava soando tão ofegante quanto me sentia?

— Você tirando fotos. — Mais um beijo em outro dedo. — É legal me ver envolvido em algo que você gosta de fazer.

Uma sensação inacreditável de arrebatamento, mais do que uma simples comichão, varreu meu peito, fazendo-o inflar de maneira impossivelmente doce.

— Eu gosto...

Ele me fitou através das pestanas grossas, a boca a centímetros do meu último dedo.

— De quê?

Senti-me quente e tonta vendo-o me encarar.

— Eu gosto que você... se envolva.

Um dos cantos de seus lábios se curvou ligeiramente.

— Eu sei — observou ele, e antes que eu pudesse replicar, mordiscou o mindinho, uma mordidinha rápida que provocou outro arrepio por todo o meu corpo.

Sentindo o estômago colar nas costas, inspirei fundo, o que não aliviou em nada o súbito e intenso pulsar.

Com um sorrisinho diabólico, Luc baixou minha mão e olhou por cima do meu ombro.

— Vamos ter que continuar depois.

Fiz menção de abrir a boca para contestar, porém uma batida à porta me silenciou. Pasma, observei-o se levantar, ainda segurando a minha mão.

— Como você faz isso? Como sabe quando alguém está prestes a bater?

— É que eu sou especial. — Luc me puxou para a sala de estar. — Como um floco de neve, puro e único.

Soltei uma risadinha sarcástica enquanto ele largava a minha mão e seguia até a porta. De onde estava, pude ver o moicano azul do Kent quando o Luc a abriu.

— Que foi? — perguntou ele, correndo uma das mãos pelos cabelos.

— Temos um problema.

4

entindo o estômago revirar, sentei-me na beirinha do sofá. Um problema podia ser qualquer coisa, desde uma topada com o dedão do pé até uma batida policial na boate. Qualquer coisa era possível aqui.

— Desculpa incomodar vocês. — Kent inclinou a cabeça de lado. Era de admirar que o peso do moicano não o fizesse tombar. Ele acenou para mim. — Olá, docinho. Fico feliz em ver que está bem. Seria uma merda se você tivesse morrido.

Acenei de volta. Eu não o via desde antes do ataque do Micah. Ele não havia participado da limpeza lá de casa.

Kent voltou a focar a atenção no Luc.

— É o oficial Bromberg. De novo. Dessa vez, ele se recusa a ir embora sem falar com você.

— Oficial? Meu coração bateu mais forte — Tá acontecendo alguma coisa?

— Nada com que deva se preocupar, Pesseguinho. — Luc se virou e seguiu para a cozinha. — Bromberg trabalha para a FTA, e gosta de aparecer de surpresa porque sabe que há Luxen não registrados aqui. — Rindo, pegou uma caixinha com lentes de contato. — Ele só não consegue provar.

FTA? Isso significava que havia um oficial da Força Tarefa Alienígena lá embaixo, e eu não fazia ideia de como aquilo não era motivo de preocupação.

— Então é melhor eu ficar por aqui — soou uma voz grave e familiar junto à porta. Um Luxen alto, de cabelos escuros, estava parado ao lado do Kent. Daemon Black. — Estou com muita preguiça para botar as lentes.

— Ou com medo — rebateu Luc, colocando as dele e mudando a cor dos olhos de um violeta vibrante para um castanho-escuro. — Você devia ter visto a primeira vez que o Daemon tentou. Achei que ele ia vomitar.

Daemon fuzilou-o com os olhos.

— Também não consigo nem me imaginar colocando lentes de contato. A ideia de enfiar o dedo no olho… não, obrigada — comentei, e os lábios do Daemon se repuxaram num dos cantos.

— É porque não é para enfiar o dedo no olho, Pesseguinho — retrucou Luc.

Ignorei o sarcasmo.

— Tem certeza de que não precisamos nos preocupar com a presença desse oficial?

— Está tudo sob controle. — Luc seguiu para a porta. — Você não estava de saída? — perguntou para o Daemon e, vendo os dois ali, um de frente para o outro, me perguntei se o Luxen acharia bizarro eu tirar uma foto deles.

Provavelmente.

Assim sendo, me contive.

— Daqui a pouco eu vou. — Ele entrou no apartamento do Luc como se fosse o dono do lugar. — Vou fazer companhia pra Evie enquanto você resolve o problema.

Luc estreitou os olhos, e pude jurar que o sorriso do Daemon se ampliou um pouco mais. Ele se sentou no sofá ao meu lado e jogou um dos braços por cima do encosto.

— Não vou demorar — disse Luc, lançando-me um último e longo olhar antes de enganchar um dedo na gola da camiseta do Kent e o obrigar a se virar.

Kent se despediu com um aceno e, então, a porta se fechou e me vi lado a lado com Daemon Black. Aqueles cabelos pretos revoltos e feições bem talhadas eram tão hipnotizantes quanto os olhos verde-esmeralda.

O DNA alienígena fazia bem para o corpo.

Brincando com a alça da câmera, olhei para a televisão, sem saber o que dizer. Ela estava ligada em um dos canais de notícias, porém o som estava baixo, de modo que não conseguia escutar o que eles estavam dizendo. A tarja na parte inferior da tela mostrava que era algo sobre uma situação de quarentena em Boulder, Colorado.

— Não precisa se preocupar com o oficial — disse Daemon, olhando para mim. Aqueles olhos verdes eram tão brilhantes que chegavam a incomodar. — Luc sabe como lidar com o cara. Para ele, é só outra segunda-feira normal.

— Não acho que seja normal oficiais da FTA aparecerem de surpresa. — Soltei a câmera sobre o colo. — Quero dizer, e se ele encontrasse provas de que há Luxen não registrados aqui?

— Luc cuidaria do problema.

— Cuidaria? Tipo, "cuidaria" do oficial?

— Você provavelmente não está pronta para ouvir a resposta.

Fiz menção de abrir a boca, mas a fechei de novo. Eu não era burra. Não precisava ser um gênio para entender o que o Daemon queria dizer, mas imaginar o Luc dando cabo do oficial de um jeito definitivo e permanente não era a mesma coisa que ouvir a confirmação da boca de alguém.

Assim sendo, mudei de assunto.

— Você ainda não foi para casa? — perguntei.

Daemon fez que não.

— Vou hoje, assim que escurecer. Eu ficaria para me certificar de que está tudo tranquilo, depois da merda que aconteceu com o Micah, mas preciso ir para casa. Minha garota está prestes a ter nosso primeiro bebê, e quero estar lá com ela.

— Bebê? Parabéns! — Imaginei imediatamente o Daemon com um bebê nos braços, e acho que meus ovários meio que explodiram. — Deve ser muito difícil ficar longe no momento.

— É mesmo. Vir para cá e ajudar a cuidar dos pacotes é algo que eu preciso fazer, mas não quero perder nem mais um segundo da gravidez da Kat — retrucou ele. *Pacote* era o código para os Luxen não registrados. Daemon e os outros ajudavam a transferi-los de seu esconderijo temporário na boate para um lugar seguro, onde eles pudessem viver sem medo e sem serem forçados a usar um Desativador. Para onde esses Luxen estavam sendo transferidos, eu não fazia ideia. Ninguém me falara nada sobre essa parte ainda. — Essa será a última viagem que farei por um tempo. Você provavelmente vai conhecer meu irmão logo, logo.

— Legal — murmurei, pensando no quanto aquele trabalho devia ser perigoso, nos riscos que eles estavam assumindo. — Eu conheço a sua…?

— Esposa. O nome dela é Kat, e vocês já se encontraram umas duas vezes. — Ele desviou os olhos. — Luc provavelmente vai ficar puto comigo por dizer isso, mas a primeira vez que a Kat e eu a vimos, você estava dançando.

Meu coração pulou uma batida. Daemon tinha me visto dançando? Não podia acreditar. Eu adorava dançar, mas só fazia isso na privacidade do meu quarto, onde podia sacudir o esqueleto como um bebê Muppet desconjuntado sem que ninguém me julgasse. A Nadia dançava na frente das pessoas... de gente como ele?

— Sério? — perguntei, a garganta seca.

Ele assentiu.

Imaginei que a Nadia — uma antiga e desconhecida versão de mim — tinha mais colhões do que eu.

Vai entender.

O pouco que eu sabia da vida dela me dizia que ela era uma versão mais corajosa, forte e fodona de mim.

— Foi na Harbinger, a antiga boate do Luc. Ela já não existe mais, foi destruída depois da invasão, mas nós a vimos lá. Você era uns dois anos mais nova do que ele, e estava dançando no palco. Uma ótima dançarina por sinal. Mas isso foi antes...

Assenti com um lento menear de cabeça, processando a nova informação. Eu sabia o que *antes* significava. Antes que os outros Luxen, os que não viviam aqui havia décadas sem que os humanos soubessem, invadissem. Antes que milhões de humanos e Luxen fossem mortos numa guerra mundial. Antes, quando eu era conhecida como Nadia Holliday, e antes de ficar doente e quase morrer por conta de uma leucemia que nenhum Luxen ou Original conseguira curar.

Não sabia dessa outra boate, mas com base na linha do tempo que eu conhecia fiz um cálculo rápido. Arregalei os olhos, balançando a cabeça, incrédula.

— Luc já tinha uma boate aos 13 ou 14 anos de idade?

Ele sorriu de maneira um tanto irônica.

— É, essa foi mais ou menos a minha reação quando descobri quem era o Luc. Mas isso foi antes de saber da existência dos Originais. De qualquer forma, no final daquela noite, enquanto a Kat e eu estávamos conversando com ele, você apareceu na sala. O modo como ele reagiu quando nós a vimos, quando descobrimos que você existia, fez com que eu percebesse na hora que o Luc e eu tínhamos algo em comum.

Franzi as sobrancelhas.

— O quê? Uma beleza de dar nó na cabeça da gente?

Seu lento sorrisinho foi acompanhado por uma insinuação de covinhas.

Espera um pouco. Eu tinha dito isso em voz alta?

Tive vontade de bater em mim mesma. Com força.

— Bom, a gente realmente tem essa característica em comum, mas não era disso que eu estava falando — replicou ele brandamente. O sorriso desapareceu. — Posso te dar um conselho, mesmo que não seja da minha conta?

— Claro — respondi, curiosa. Provavelmente era algo a ver com a maneira como eu dirigia, visto que quase o atropelara uma vez. Embora não tivesse sido culpa minha. Ele *tinha* aparecido na frente do carro sem o menor aviso.

Daemon ficou quieto por um longo tempo.

— Luc e eu faríamos qualquer coisa para proteger aqueles que amamos.

Congelei, incapaz de qualquer outra coisa que não inspirar de maneira superficial enquanto olhava para o Luxen. Não sabia o que dizer.

— Sou capaz de pedir, rogar, implorar e até matar para proteger a Kat — continuou ele em voz baixa, mas as palavras me atingiram como raios. — Nada nesse mundo poderia me deter, e não há nada que eu não fosse capaz de fazer... O mesmo vale para o Luc no que diz respeito a você.

Inspirei, mas o ar ficou preso na garganta. Minhas veias se acenderam. Uma alegria imensurável inflou meu peito como um balão. Senti como se pudesse flutuar até o teto. Ser tão amada assim? Eu via esse tipo de amor, forte e inabalável, sempre que a Emery olhava para minha amiga Heidi, portanto sabia que era real, mas descobrir que o Luc se sentia...

Luc se sentia desse jeito pela Nadia.

A lembrança estourou o balão e me fez despencar de volta para a realidade.

As coisas entre mim e o Luc eram complicadas, e não tinha nada a ver com o fato de eu ser humana e ele um Original, mas sim tudo a ver com *quem* eu costumava ser.

A garota que o Luc havia amado e perdido — a garota que ele *ainda* amava.

A menina que eu tinha sido.

Uma pessoa de quem eu não me lembrava, por mais que tentasse.

— Luc ama a Nadia, e eu não sou ela — falei, esfregando as palmas subitamente úmidas na calça jeans. — Talvez eu tenha sido ela um dia, e talvez me pareça com ela, mas nós não somos a mesma pessoa.

Daemon ficou quieto, me analisando.

— Você pode não se lembrar, mas não significa que não seja ela e que o Luc não sinta por você o mesmo que sentia pela Nadia. E ele era apenas um garoto na época, Evie, disposto a sacrificar todos à sua volta para salvá-la.

Alguma coisa naquelas palavras mexeu com a minha memória. Havia algo de familiar nelas, mas que desapareceu antes que eu conseguisse identificar.

— O que você quer dizer com isso?

— Quer saber mesmo?

Não tinha certeza, mas assenti.

— Quero.

Ele se recostou no sofá e olhou para a televisão, cruzando as pernas.

— Você sabia que a Kat foi capturada pelo Daedalus? — O Daedalus era uma divisão secreta do Departamento de Defesa responsável por assimilar os Luxen e inseri-los no meio da população humana antes da invasão, e que, depois, começara a realizar experiências tenebrosas tanto com Luxen quanto com humanos. — Como tudo aconteceu?

Fiz que não.

— A gente estava tentando libertar a namorada do meu irmão, e fizemos isso com base em informações que o Luc nos forneceu, ainda que ele soubesse que um de nós seria capturado e que o outro faria qualquer coisa para reverter a situação. Ele planejou tudo. Luc precisava de um de nós lá dentro, alguém que fosse exposto a todos os diferentes tipos de soro, especialmente os novos que eles estavam desenvolvendo. De certa forma, ele armou pra gente.

Acho que sabia aonde ele estava tentando chegar, e tive a sensação de que ia vomitar.

— Luc nos enviou para pegar o último soro que o Daedalus havia criado, numa tentativa de curar você. O nome desse soro era Prometeu — continuou Daemon. — O soro era para você. Kat e eu podíamos ter morrido. Nós sobrevivemos, mas outros morreram, Evie, e estou dizendo isso agora porque sei que ele faria tudo de novo mesmo sabendo o resultado.

— Quem morreu? — murmurei, gelada até os ossos.

— Várias pessoas. Várias pessoas boas morreram no processo.

Um nome veio à minha mente.

— Paris?

— Ele foi um.

Fiz menção de abrir a boca, mas não sabia o que dizer. Não conseguia acreditar. Paris tinha morrido por causa do Luc.

Por minha causa.

Apesar de tudo o que o Luc me contara sobre o Paris, ele nunca mencionara isso. Nem sequer uma vez.

— Se o Luc foi o responsável por vocês terem sido capturados pelo Daedalus e pela morte de tantas pessoas, como você pode ser amigo dele? — perguntei.

— Amigo do Luc? — Daemon riu, um som definitivamente agradável, ainda que eu não soubesse o que havia de tão engraçado. — Acho que você quer dizer como eu posso relevar o fato de que a Kat e eu quase fomos mortos por causa dele? Fácil. Porque no lugar dele eu teria feito a mesma coisa.

— Jura? — Fitei-o, boquiaberta.

— Juro. Se a Kat estivesse morrendo e houvesse uma chance de salvá-la, eu jogaria todo mundo nesse prédio debaixo do ônibus, inclusive você. — Pisquei ao vê-lo dar de ombros. — Luc e eu somos iguais nesse aspecto.

— Isso é… interessante. — Afastei uma mecha de cabelo do rosto e olhei para a televisão enquanto escolhia as próximas palavras. — Ele fez essas coisas pela Nadia, porque a amava… e acho que ainda ama, mesmo que ela esteja basicamente morta, Daemon. Nós duas não poderíamos ser mais diferentes.

Ele se aproximou ligeiramente, os olhos verdes brilhantes fixos nos meus.

— Se a Kat perdesse a memória amanhã e não soubesse mais quem era ou quem eu era, isso não mudaria em nada a forma como me sinto em relação a ela. Eu ainda a amaria tanto quanto amava no dia anterior.

Engoli em seco.

— Não é a mesma coisa. Vocês têm uma vida juntos. Não é como se ela tivesse desaparecido por anos e depois ressurgido sem nenhuma lembrança de sua vida anterior.

Um lampejo de algo sombrio cintilou nos olhos dele.

— Kat desapareceu por um tempo. Nada parecido com o que aconteceu com você e o Luc, mas o tempo afastado não diminui esse tipo de amor. Apenas faz com que você se torne mais protetor e disposto a fazer coisas que ninguém mais faria para se certificar de que nada semelhante aconteça de novo.

Desviei os olhos, focando-os nas minhas meias quadriculadas com fantas-minhas estampados nelas. Não tinha a menor dúvida de que o que ele estava dizendo sobre seus sentimentos pela Kat fosse cem por cento verdade, mas as coisas eram diferentes entre mim e o Luc.

— Agora é que entra meu conselho. Quer você acredite que o Luc esteja apaixonado por quem você era antes ou por quem é agora, não faz diferença. Ele fará qualquer coisa para mantê-la sã e salva, portanto, tome cuidado.

Levei um segundo para formular a resposta.

— Por que preciso tomar cuidado?

— Pessoas como eu ou o Luc? Não somos maus, Evie, mas também não somos bonzinhos. Entende o que eu quero dizer?

— Na verdade, não.

Daemon focou os olhos novamente em mim.

— Você tem poder sobre ele e tudo o que ele faz e, por não se dar conta, isso o torna muito perigoso.

Lancei-lhe um olhar cético.

— Não vejo como eu possa ter poder sobre ele, como isso o torna perigoso ou como o que ele faz ou deixa de fazer seja minha responsabilidade.

— Não estou dizendo que é sua responsabilidade. Não é. O que o Luc faz é responsabilidade dele. O que estou dizendo é que você precisa estar ciente do que ele é capaz.

— Estou ciente. Já vi em primeira mão.

— Você viu apenas uma amostra do que ele é capaz. Assim como eu, e gosto de pensar que sou um cara foda. Minha legião de fãs concordaria comigo. — Um rápido sorriso repuxou-lhe os lábios, deixando à mostra duas covinhas. — Ele poderia derrubar esse prédio inteiro com um estalar de dedos.

Arregalei os olhos, sentindo meu estômago revirar. Tinha visto o Luc arrancar do chão árvores tão altas quanto arranha-céus, mas derrubar um prédio inteiro?

— Você está exagerando, certo?

Ele fez que não, virando-se para a televisão.

— Minha irmã.

Franzi o cenho.

— O quê?

— É minha irmã na TV.

O volume aumentou sem que ninguém tocasse no controle, e imaginei que fosse cortesia do Daemon e de seus convenientes poderes alienígenas. Virei-me para a TV.

Reconheci o homem de cara. O senador Freeman aparecia numa das metades da tela, com Nova York ao fundo. Ele era senador por um dos estados do centro-oeste. Oklahoma? Missouri? Não sabia, mas o homem era totalmente anti-Luxen e a favor do endurecimento das leis do PRA — Programa de Registro Alienígena — que o presidente McHugh estava tentando aprovar no Congresso, juntamente com a exclusão da Vigésima Oitava Emenda, que garantia aos Luxen os mesmos direitos básicos dos humanos.

Ele não estava sozinho na tela. Na outra metade estava uma garota, uma jovem mulher com uma beleza de tirar o fôlego, e que era a versão feminina perfeita do Daemon.

— Dee? — perguntei, pescando o nome nos recantos profundos da minha mente.

— É, essa é a Dee.

— O que ela está fazendo na TV? — Imaginava que ela fosse como o irmão, uma Luxen não registrada.

— O trabalho de Deus — respondeu ele, com um sorrisinho presunçoso.

A jovem Luxen parecia absolutamente serena, com os cabelos negros presos e os olhos verde-esmeralda brilhando de maneira surpreendente. Não dava para saber onde ela estava. O fundo era uma simples parede branca.

O senador Freeman parecia incomodado com alguma coisa, o rosto vermelho e os lábios pressionados numa linha fina.

— Você diz que a sua espécie não é perigosa, que vocês são confiáveis e, ainda assim, houve um aumento considerável nos ataques dos Luxen contra os humanos.

— Não há provas de que esses desafortunados atos de violência contra os humanos tenham sido perpetrados por Luxen, apenas especulações…

— Uma família inteira de Charleston foi encontrada hoje de manhã com os corpos queimados de dentro para fora — interrompeu, enfurecido, o senador, o rosto ficando ainda mais vermelho. — Está me dizendo que não foi um dos seus quem fez isso?

A expressão da Dee permaneceu absolutamente impassível ao responder.

— A morte deles pode ser explicada de diversas outras formas que não necessariamente uma altercação com algum Luxen…

— Talvez eles tenham sido atingidos por raios? — ironizou o senador.

Dee ignorou o comentário.

— Nenhuma dessas mortes sem sentido foi oficialmente ligada a um Luxen, mas há provas contundentes de violência *contra* nós…

— Sério?

Ela assentiu.

— Vários vídeos de surras postados na internet…

— Vídeos de cidadãos americanos se defendendo.

— Deus do céu, será que ele vai deixá-la terminar pelo menos uma frase? — murmurei. — Como alguém consegue conversar com esse sujeito?

— Ele interrompe porque não quer escutar o que ela tem a dizer — observou Daemon, tamborilando os dedos sobre o joelho. — E não quer que ninguém mais escute.

— Não sei como ela não perde a cabeça e dá um soco na mesa.

— Você me conhece, certo? Dee tem 22 anos de experiência em lidar com alguém que sempre a interrompe.

Dei uma risadinha.

— Ela deve ter sido bem preparada.

— Pelo visto, sim.

Dee não pareceu nem um pouco abalada quando o senador soltou outro absurdo, dizendo que os Luxen estavam cometendo um verdadeiro geno-cídio contra os humanos, o que era um exagero mesmo que um Luxen ou um grupo deles fosse responsável pelos recentes assassinatos — inclusive as mortes cometidas pelo Micah. Ele dissera que não tinha nada a ver com elas, mas a gente sabia que era mentira.

— Ela é tão jovem. — Afastei o cabelo do rosto. — Fico surpresa que esteja dando essa entrevista. — Sua juventude era outra coisa que o irritava, a julgar pelo ar de superioridade com que ele falava com ela. O senador era a própria definição de condescendente e paternalista. Tinha a sensação de que ele provavelmente falava assim com *todas* as mulheres.

— Não sobraram muitos Luxen mais velhos — observou Daemon. — A maioria morreu durante a invasão ou no período que se seguiu. Dee meio que se tornou nossa porta-voz extraoficial.

— Muito corajoso da parte dela.

— É mesmo. A maioria dos Luxen sem registro prefere se manter na encolha, sem que ninguém conheça seus rostos. Ela está bem protegida, mas o mais importante é que é destemida.

— Archer? — perguntei. — Você?

— Todos nós. — Ele me fitou de relance. — A comunidade inteira a protege.

— Vocês não precisam temer os Luxen — dizia Dee pela milionésima vez. — Não somos mais perigosos do que os humanos… nem mais cruéis ou inocentes. Não somos monolíticos, senador Freeman, assim como a raça humana também não é. Se fôssemos julgar todos os humanos com base no número extraordinário de serial killers, terroristas, estupradores, racistas e por assim em diante, como vocês se sentiriam?

— Boa pergunta. — Olhei de relance para o Daemon. Ele estava com a cabeça recostada no sofá, expondo o pescoço. — Aposto que ele vai ignorar esse argumento.

— Eu não toparia essa aposta.

— Se não precisamos temer os Luxen, então por que não estamos tendo essa conversa cara a cara? — rebateu o senador com um bem estudado sorri-sinho de deboche, ignorando o argumento da Dee como eu sabia que ele ia fazer. — Em vez disso, você se mantém escondida em algum lugar secreto.

Dee fitou a câmera com um olhar duro.

— Porque ninguém precisa ter medo da gente, mas não podemos dizer o mesmo de vocês. Dos *humanos*.

enho uma surpresa pra você.

A mensagem do Luc entrou no meio da aula de história, provocando um misto de empolgação e ansiedade.

Ele tinha uma surpresa para mim?

Olhei de relance para o sr. Barker. O professor estava diante do quadro-negro, com um copo de um líquido verde numa das mãos, como sempre, e um giz na outra. O que quer que fosse aquilo que ele bebia todos os dias, nunca, jamais chegaria perto da minha boca. Eu gostava de carne, carboidratos e açúcar, e aquele negócio dava a impressão de que um jardim havia vomitado dentro de um copo.

Escondido debaixo da mesa, a tela do celular piscou novamente, indicando outra mensagem.

Me encontra no seu carro.

Com um pequeno muxoxo, digitei rapidamente de volta *agora*, seguido de umas cinco dúzias de pontos de interrogação e um 🤪.

A resposta chegou um segundo depois. *ASAP. A surpresa está numa caixa. E ela pode sufocar.*

Eu quase deixei o celular cair no chão enquanto digitava *O QUÊ?* Em seguida acrescentei um lembrete de que estava no meio da aula.

Então venha assim que der.

Assim que desse? Como se eu pudesse sair e entrar na escola a meu bel-prazer? Esse era o problema de ser amiga de alguém sem a menor noção de educação formal e que não seguia absolutamente nenhuma regra.

Fazia dois dias que o oficial Bromberg tinha aparecido de surpresa na Foretoken exigindo falar com o Luc. Não fazia ideia do que o homem queria com ele. Ao retornar, depois de o Daemon ter ido embora, Luc desconsiderara minhas perguntas dizendo que a visita do oficial era uma coisa rotineira. Não tinha certeza se acreditava nisso. Parte de mim suspeitava que o Original não estava me contando toda a verdade porque não queria que eu me preocupasse.

O que era irritante.

Empertiguei-me na cadeira e olhei por cima do ombro para a Zoe. Ela estava com os olhos pregados no sr. Barker e um sorriso sonhador estampado no rosto escuro, brincando de maneira distraída com um dos cachos cor de mel.

Zoe tinha uma quedinha pelo professor, assim como metade das alunas da escola. Em grande parte porque ele tinha um sorriso realmente fantástico.

Corri os olhos pela sala. A maioria dos alunos parecia estar quase dormindo, inclusive o Coop, que piscava sem parar para manter os olhos abertos. A cabeça de cachos louros estava apoiada num dos punhos fechados enquanto a outra mão pendia flacidamente ao lado do corpo. Considerando o quanto o cara gostava de festas, não era de admirar vê-lo daquele jeito. Eu não o conhecia muito bem, mas me perguntei como ele estaria se sentindo após encontrarem o corpo do Andy ao lado da casa de seus pais durante a festa que ele havia organizado. Será que o Coop também conhecia o Ryan?

A notícia de sua morte precoce tinha sido o tema de todas as conversas naquela manhã. Entretanto, na hora do almoço, era como se todos já a houvessem aceitado.

Isto é, até alguém espirrar.

Seguia-se, então, uma troca de olhares de medo, como se todo e qualquer espirro estivesse espalhando um vírus de gripe que provavelmente havia matado um adolescente. Quando conversara com minha mãe a respeito, ela me dissera que qualquer gripe podia matar, especialmente se a pessoa estivesse com a saúde debilitada, e que infelizmente a maioria das pessoas não se dava conta disso até ficar doente.

O celular vibrou contra minha coxa mais uma vez. Baixei os olhos.

Tenho medo de pandas. Só para você saber.

Pandas? Que diabos?! Dei uma risadinha. O balão de conversa apareceu de novo, indicando que outra mensagem estava a caminho. Enquanto o sr. Barker discorria sobre conquistadores ou algo do gênero, recebi o texto.

Os pandas são uma das criaturas mais enganosas de todo o reino animal. Eles são bonitinhos e fofos, te fazendo pensar que eles querem te abraçar, quando, na verdade, irão te destroçar membro por membro.

Não tinha ideia de como responder a um comentário desses.

Espera um pouco. Acho que esses são os coalas. Criaturinhas diabólicas.

Também não sabia como responder a isso, portanto, mandei de volta: *Vou sair em vinte minutos.*

É tempo demais.

O que vou fazer por vinte minutos inteiros?

Alguém pode tentar me sequestrar.

Sou super-requisitado.

E cobiçado.

É tão difícil ser eu.

Tão.

Difícil.

Ai, meu Deus. Luc estava pirando.

Com um balançar de cabeça frustrado, soltei o celular no bolso de fora da mochila e tentei prestar atenção ao resto da aula, mas havia uma espécie de comichão em meu estômago e outra ainda mais forte em meu peito. Como se eu estivesse vibrando. Jamais me sentira assim com meu ex, Brandon, nem com nenhum outro cara por quem tivera alguma queda. Não sabia como interpretar essa sensação, mas parecia o princípio de algo sério.

Os próximos vinte minutos foram os mais longos de todos os meus 17 anos. Quando o sinal tocou, pulei da cadeira como se tivesse mola nos pés.

— Você está com pressa — observou Zoe, guardando o livro de história na mochila.

— Estou mesmo. Luc me mandou um monte de mensagens. — Mantive a voz baixa. — Ele disse que tem uma surpresa para mim, que ela está numa caixa e que pode sufocar ou algo do gênero.

— Ó céus! — Ela arregalou os olhos. — Isso pode ser qualquer coisa. Sério, Evie. Qualquer coisa.

— Eu sei. É por isso que estou com pressa. — Pendurei a mochila no ombro.

— Me manda uma mensagem depois me contando o que é — pediu ela.

— Pode deixar. — Dei um tchau para ela e para o James que, pelos olhos vermelhos e olhar vidrado, parecia ter acabado de acordar.

James acenou de volta, bocejando.

Atravessei depressa o corredor, abrindo caminho pela multidão de alunos, seguindo direto para a porta dos fundos. Escapar foi fácil demais. Tudo o que precisei fazer foi abrir as portas e sair ao encontro do fraco sol de outubro.

Cruzei o gramado bem cuidado e comecei a subir a colina íngreme, o coração martelando com força. Não fazia a menor ideia do que o Luc podia ter escondido numa caixa. Se fosse um bichinho de estimação, minha mãe ia surtar.

Ela não suportava pelos de nenhum tipo, e eu não sabia muito bem como me sentia a respeito de escamas ou bichos despelados em geral.

Enquanto percorria o estacionamento asfaltado, a comichão em meu peito ficou ainda mais forte ao ver meu carro e o garoto encostado nele.

Luc estava recostado contra a porta do motorista, as pernas compridas cruzadas na altura dos tornozelos. Ele estava usando o gorro cinza de tricô que eu adorava e os óculos espelhados de aviador. Diminuí o passo, sentindo o coração acelerar.

Hoje ele estava com uma camiseta cuja estampa mostrava, ironicamente, uma nave espacial abduzindo alguém, e as palavras: ENTRA LOGO, IDIOTA, em letras brancas e grossas.

O Original segurava uma pequena caixa branca envolta em fita vermelha. Definitivamente não podia ser um gatinho nem um cachorrinho. Pelo tamanho, as únicas coisas que caberiam ali seriam uma tarântula ou um lagarto.

Eu lhe daria uma joelhada no saco se houvesse uma aranha peluda naquela caixa.

Ele ergueu os olhos quando me aproximei, e aqueles lábios cheios se curvaram num pequeno sorriso.

— Até que enfim. Estava começando a ficar preocupado que talvez tivesse que entrar lá e armar uma tremenda confusão para te pegar.

Olhei para a caixa.

— Você sabe que eu ainda tenho mais duas aulas, certo?

— Sei. — Ele se afastou do carro e falou junto ao meu ouvido, o hálito quente roçando a pele. — Mas o que eu planejei para você é muito mais divertido.

Uma ligeira ansiedade revirou minhas entranhas.

— Tem a ver com o que tem dentro dessa caixa?

— O que tem aqui dentro é só o começo.

Olhei para ela novamente. Não havia nenhum furinho para que o ar pudesse entrar.

— É um panda?

— Acho que um panda não caberia aqui.

— Um coala, então.

— Deus do céu, não! Se fosse um coala, ele nos mataria.

Meus lábios se curvaram num pequeno sorriso.

— Não acho que coalas sejam agressivos.

— Eles são, Pesseguinho. São pequenos demônios disfarçados de boli-nhas de pelos. Pergunta pra qualquer australiano.

— Não conheço nenhum australiano.

— Eu conheço. — Ele meteu a caixa debaixo do braço. — Me dá as chaves do carro.

Estreitei os olhos.

— Pra que você quer as chaves? O que tem nessa caixa? Achei que você tinha dito que o que quer que tenha aí podia sufocar.

— Preciso das chaves porque vou te levar para um lugar, e vou te dar a caixa quando estivermos dentro do carro.

Talvez eu devesse dar meia-volta e retornar para a escola. Seria o mais esperto a fazer. Não era certo matar aula, especialmente com o Luc. A curio-sidade, porém, levou a melhor de mim, assim como algo bem mais forte — algo que parecia *familiar*.

— Certo — respondi. Metendo a mão no bolso da mochila, peguei as chaves, destranquei o carro e, então, as entreguei para ele. — Se isso me causar problemas, vou botar a culpa em você.

— Pode botar. — Com uma risadinha, ele passou por mim e abriu a porta sem nem mesmo tocá-la.

Preguiçoso.

Joguei a mochila no banco de trás e contornei o carro para ir me sentar no banco do carona. A caixa agora estava no colo do Luc, mas não se mexia como se houvesse algo dentro dela.

Pelo menos, não algo vivo.

Luc ligou o carro e olhou para mim, mordendo o lábio inferior.

— Pronta para a surpresa?

Fiz que sim.

Ele me entregou a caixa.

— Abra com cuidado.

Botei a caixa no colo. Ela não era nem leve, nem exatamente pesada. Nada se mexeu. Olhei de relance para o Original.

— O que tem aqui dentro?

— Se eu disser, vai arruinar a surpresa. — Ele saiu da vaga. — Abre.

Apreensiva, meti os dedos por baixo da fita vermelha acetinada e a tirei. Inspirando fundo, levantei a tampa, preparada para que algum bicho pulasse ali de dentro e ferroasse meu rosto.

Até que vi o que havia dentro da caixa.

Abri a boca.

Fechei a boca.

E, então, soltei uma sonora gargalhada, sem acreditar no que eu estava vendo.

— O nome dele é Diesel — explicou Luc, saindo do estacionamento e virando à direita. — Ele gosta de colo e carinho.

— Luc, é uma… — Ri de novo, balançando a cabeça, incrédula. Não dava para acreditar no que eu estava vendo.

Era uma *pedra*.

Uma pedra oval do tamanho da mão, aninhada sobre bolas de algodão. E não era uma pedra normal. Ela possuía um rosto — um rosto desenhado com caneta hidrocor preta. Dois olhos redondos com íris violeta. Sobrancelhas. Um nariz anguloso. E um enorme sorriso. Havia até um relâmpago desenhado acima da sobrancelha direita.

— É uma pedra, Luc. — Olhei para ele.

— O nome dele é Diesel. Não o julgue por seu formato e material.

Continuei encarando-o, boquiaberta.

— Ele foi atacado pelo Voldemort?

— Talvez. — Um meio sorriso repuxou-lhe os lábios. — Ele teve uma vida muito interessante.

Balancei a cabeça lentamente, levando alguns momentos para formular uma resposta coerente.

— Você me fez matar aula para me dar uma pedra?

— Bom, Pesseguinho, ele é uma pedra de estimação, e eu não te obriguei a fazer nada.

Meu queixo caiu ainda mais. Não conseguia lembrar a última vez em que tinha escutado as palavras *pedra* e *estimação* usadas numa mesma frase.

— Onde eu devia tê-lo deixado enquanto esperava suas aulas acabarem? — perguntou ele. — Eu ando tão rápido que o trajeto até a escola já o deixou morrendo de medo.

— Não sei nem o que dizer — murmurei. Diesel, a pedra de estimação, sorria para mim. — Obrigada?

— Não tem de quê.

Pisquei e baixei os olhos para a pedra, lutando contra um sorrisinho bobo. Aquele negócio todo era tão idiota que chegava a ser fantástico.

— Então, aprendeu alguma coisa interessante hoje? — perguntou Luc. Ao erguer os olhos, percebi que estávamos na Interestadual 70, seguindo para oeste.

— Na verdade, não. — Continuei segurando a caixa. — April estava protestando de novo. Meio que tivemos uma discussão.

— O que aconteceu?

— Nada de mais. — Olhei pela janela. Os shoppings centers tinham dado lugar a elmos e carvalhos altos, as folhas formavam um arranjo belíssimo de vermelhos e dourados. — Ela… sei lá. Às vezes nem entendo como a Zoe conseguia ser amiga dela.

— Zoe possui um autocontrole formidável.

— Se você passasse cinco minutos com a April, entenderia o quão formidável é esse autocontrole — comentei, olhando de relance para ele.

Dei-me conta, então, do quanto a minha vida havia mudado em questão de semanas. Cerca de um mês atrás, eu jamais conseguiria me imaginar sentada no meu carro, indo para sabe lá Deus onde com alguém como o Luc, quando deveria estar em sala de aula me preocupando com o que diabos iria fazer depois que me formasse. Todos os aspectos da minha vida, dos menos aos mais importantes, tinham mudado. Alguns de maneira radical. Outros, como agora, de forma quase imperceptível, mas que chamavam minha atenção mesmo assim.

A Evie de dois meses atrás jamais ousaria fazer algo desse tipo. Eu não tinha o hábito de matar aula. Merda, quase me borrara de medo na primeira vez que havia entrado na Foretoken com a Heidi.

Mas agora?

Isso era uma aventura. Era divertido, apesar de todas as loucuras que tinham acontecido e que com certeza ainda iriam acontecer. Eu precisava disso.

Olhei para o Diesel novamente e sorri ao sentir a súbita queimação no fundo da garganta. Não tinha percebido até agora o quanto precisava disso — daquela pedra de estimação idiota e de um passeio para onde quer que fosse.

Olhei mais uma vez para o Luc e senti vontade de abraçá-lo. Talvez mais. Tipo, beijá-lo. Exceto que isso talvez o fizesse bater, e eu gostava do meu carro.

— Pesseguinho? — Luc esperou.

Corei, grata por ele aparentemente não estar espionando meus pensamentos.

— Tenho vontade de dar um chute na cara da April. Isso é tudo o que tenho a dizer.

Ele riu.

— Por favor, tente se conter, ou pelo menos certifique-se de que eu esteja por perto para testemunhar.

Rindo, apoiei a cabeça no encosto do banco. Vi uma placa indicando US-340 Oeste e, sob ela, as palavras *Harpers Ferry*. Repeti-as de maneira distraída. Havia algo de familiar naquele nome. Sabia que era uma cidade na West Virginia, só que tinha mais alguma coisa. Será que eu já estivera lá ou apenas ouvira falar da cidade?

— É para lá que a gente vai? Harpers Ferry?

— É. Ainda falta mais ou menos meia hora de viagem. É uma cidade pequena e antiga, que ficou famosa por causa de um abolicionista, John Brown. Ele invadiu o arsenal da cidade na intenção de armar os escravos, o que basicamente levou à Guerra Civil um ano depois.

Tudo isso soava familiar. A Guerra Civil tinha sido intensamente estudada no ano anterior, mas eu não conseguia me livrar do estranho formigamento na base da minha nuca.

— Ela também é conhecida por ficar na junção entre os rios Potomac e Shenandoah — continuou ele. — Uma cidade linda, e que, por sorte, não sofreu quase nada com a invasão.

Assenti com um menear de cabeça, escutando o que ele estava dizendo, mas ao mesmo tempo consumida pela sensação de já ter estado lá antes. Sabia, porém, que não. Pelo menos, não que eu me lembrasse, a menos...

Puta merda.

Será que eu estava lembrando algo que a Nadia vivenciara? Ou será que era apenas um conhecimento adquirido na escola e enterrado em meu subconsciente?

O formigamento só aumentou no restante do trajeto. O cenário era lindo, especialmente quando cruzamos a ponte e pude ver a cidade a distância, situada na encosta da montanha, que por sua vez era um caleidoscópio em tons de amarelo e vinho. Meus dedos coçaram para pegar a câmera no banco de trás, mas eu estava congelada, absorvendo as cristas esbranquiçadas das ondas do rio que passava sob a ponte e a vista da igreja ao longe.

Um nervosismo brotou em minhas veias. Com o estômago se retorcendo numa série de nós, fiquei em silêncio enquanto o Luc virava à direita ao passarmos por um pequeno hotel e pude ter minha primeira visão mais de perto da cidade, que subia e descia, com casas espalhadas por colinas e vales. Ele virou à direita novamente e, assim que contornamos a colina seguinte, a visão de casas e lojas agrupadas num só lugar trouxe à tona outra lembrança.

A *Cidade Baixa*.

Pisquei, fechando os dedos com força em volta da caixa em meu colo. Estávamos seguindo para o que chamavam de cidade baixa, uma rua repleta de restaurantes pitorescos e outros tipos de comércio local. Como eu sabia dessas coisas? Será que isso tinha sido mencionado em aula? Ou…

Luc parou num cruzamento e esperou um grupo de pessoas com viseiras e câmeras a tiracolo atravessar a rua. Turistas. Ele, então, virou à esquerda numa rua de paralelepípedos e entrou no estacionamento do que me pareceu uma estação de trem.

— Você está bem? — perguntou ele, desligando o carro.

Fiz que sim.

— Estou. É só… sei lá. Esse lugar me parece familiar, mas não sei se é porque ouvi falar dele na escola ou…

— Pode perguntar, Evie.

Engoli em seco e virei a cabeça lentamente para ele. Luc tirou os óculos escuros e os guardou entre o quebra-sol e o teto.

— A gente já veio aqui antes?

Seus olhos violeta se fixaram nos meus.

— Já.

Inspirei fundo.

— Sinto como se conhecesse esse lugar, mas não sei se é por causa de ter ouvido falar dele ou algo mais.

Ele ficou em silêncio por alguns instantes.

— A gente vinha bastante aqui. Na verdade, era um dos seus lugares favoritos. Tem um cemitério antigo onde você gostava de tirar fotos.

Soltei uma risada estrangulada.

— Isso é mórbido.

Ele abriu um ligeiro sorriso.

— Não era exatamente do cemitério que você gostava.

— Do quê, então?

Ele desviou os olhos e abriu a porta.

— Você vai ver.

Continuei sentada por mais um bom minuto, tentando decidir se estava preparada para o que viria a seguir. Era a primeira vez que ia a um lugar que costumava frequentar como Nadia, um lugar com um significado especial. E se eu fosse aonde quer que ele estivesse me levando e não sentisse nada? Absolutamente nada?

E se sentisse alguma coisa?

As possibilidades eram igualmente assustadoras, e embora uma pequena parte de mim quisesse ficar no carro com minha pedra de estimação, eu não era mais essa Evie.

Não podia mais ser essa Evie.

Inspirei para me acalmar, o que não ajudou em nada a aliviar a pressão em meu peito. Abri a porta e saltei, soltando a caixa com cuidado sobre o banco.

Deixei a janela como estava, entreaberta. Ao ver o Luc me fitando, soltei uma risadinha.

— É para o ar poder circular. Assim o Diesel não fica com muito calor.

Um lindo e amplo sorriso acendeu-lhe o rosto, me deixando momentaneamente sem reação. Aquele tipo era raro. Um sorriso de verdade, que chegava aos olhos, aquecendo-os.

— Olha só pra você. Já pensando no Diesel.

Rindo, fechei a porta e me juntei a ele.

— Então, para onde estamos indo?

— Você vai ver. — Luc começou a andar. Sabia que ele estava diminuindo o passo para eu não ter que correr a fim de acompanhá-lo.

Fomos andando pela calçada, passando por vários lugares que, a julgar pelo cheiro fantástico, estavam assando ou grelhando alguma coisa. Luc nos posicionou de modo a ficar à esquerda, mais perto da rua, um movimento estranho que não entendi muito bem. Enquanto prosseguíamos, nosso avanço atrapalhado por pessoas tirando fotos ou apenas olhando as vitrines, minha mão roçou a dele, provocando uma leve descarga de eletricidade.

Será que ele ia pegar minha mão? Andar de mão dada comigo?

Meu coração deu uma pequena cambalhota só de pensar.

Jamais havíamos andado de mãos dadas, pelo menos não que eu me lembrasse.

De repente, vi a igreja em estilo gótico um pouco mais à frente, à direita, a mesma que eu vira da ponte. Ao nos aproximarmos, percebi o quanto ela era antiga, feita de pedras avermelhadas, com um friso branco que contornava o campanário.

— É linda. — Meus olhos se arregalaram. — Deus do céu, ela deve ser velha.

— É a igreja de São Pedro.

Assim que paramos para atravessar a rua, senti um dos dedos do Luc roçar minha mão. Com o coração martelando dentro do peito, virei a palma para cima e encostei meu dedo no dele. Luc não hesitou. Seus dedos imediatamente se fecharam em volta dos meus, a mão quente e forte. Um gesto tão simples, mas que para mim significou muito.

— Acho que ela foi construída no começo do século XIX — comentou ele, a voz mais rouca do que o normal. — Dizem que é assombrada.

Virei-me em sua direção.

— Como?

Sorrindo, ele me puxou para atravessar a rua em direção à larga e íngreme escadaria que levava à entrada da igreja.

— Verdade. Supostamente por um padre, uma freira… ou o chupa-cabra.

— Chupa-cabra? — Eu ri.

— Acho que era um padre ou um reverendo. Um homem do clero. — Ele me conduziu através do pátio com piso de pedras, passando por um grupo grande que tirava fotos. Estávamos atraindo olhares. Bom, ele estava. Não por causa dos olhos. Mas por causa daquele rosto belíssimo e da altura.

— Fizemos um tour fantasma por aqui uma vez com o Paris.

Meu sorriso esmoreceu diante da menção ao Luxen morto.

— Você ficou com tanto medo que começou a chorar. — Ele manteve os olhos fixos à frente. — Obrigou a gente a abandonar o tour e levá-la para casa.

— Mentira.

— Não, juro. — Luc me lançou um olhar de esguelha, os olhos faiscando com malícia.

Passamos pela igreja e pegamos um caminho estreito de pedras que subia por uma colina razoavelmente íngreme cercada de árvores. À direita, ruínas despontavam por trás das árvores, resquícios de um passado brutal. Quando, enfim, chegamos à metade do caminho, minhas panturrilhas queimavam, prova de que eu precisava, tipo, andar mais. Luc continuou de mãos dadas comigo até alcançarmos um grupo de pedras lisas com algumas pessoas paradas sobre elas.

Virei-me imediatamente para a esquerda e o formigamento que eu sentira mais cedo retornou, só que dessa vez em meu corpo inteiro, como se eu tivesse atravessado uma gigantesca teia de aranha.

— Essa é a Jefferson Rock. — Ele apontou para um punhado de pedras planas situadas na beira da montanha que pareciam empilhadas precariamente umas sobre as outras. Quatro pilastras de pedra mantinham a que ficava no topo.

Luc começou a explicar por que ela era chamada de Jefferson Rock, algo a ver com Thomas Jefferson, porém meus ouvidos estavam zumbindo. Uma criancinha passou correndo pela gente em direção aos degraus de pedra que tínhamos acabado de subir, seguida por um pai aparentemente desvairado.

Fui atraída para as pedras. Soltando a mão que segurava a do Luc, andei até elas, as pernas bambas, e parei. Apoiando uma das palmas sobre a face lisa, olhei na direção do rio Shenandoah.

Eu nunca conseguia alcançá-lo.

As palavras surgiram do nada, me deixando toda arrepiada. Fui tomada por uma forte e súbita tontura. O ar ficou preso em meus pulmões. Não sabia se era por causa da altura ou...

— Cuidado — murmurou ele, subitamente ao meu lado, encostando a mão na base das minhas costas. — Não quero ter que mergulhar atrás de você.

Inspirei fundo e tentei falar, mas não saiu nada. Uma luz branca espocou por trás dos meus olhos e, de repente, já não via mais o rio lá embaixo ou o céu azul e sem nuvens.

Vi um garoto passar correndo pela igreja e começar a subir os antigos degraus. Ele ria, o sol incidia sobre os cabelos e dava a eles um tom acobreado. O menino corria tão rápido que eu não conseguia alcançá-lo.

Eu nunca conseguia alcançá-lo.

Mas tentava — sempre tentava.

Ele me deixou alcançá-lo ao chegar junto do monumento, nossas roupas cobertas de poeira e a pele suada, e eu o beijei. Erguendo-me na ponta dos tênis vermelhos e brancos, passei meus braços magricelos em volta de seu pescoço e o beijei.

A lembrança se desfez tão rápido quanto havia surgido, desaparecendo como gotas de chuva sob o sol.

— Evie? — Sua voz transmitia preocupação.

— Eu... — Ainda ofegante, fitei-o no fundo dos olhos. Os mesmos olhos do garoto que eu havia beijado bem ali, tantos anos antes. — Eu *lembrei*.

uc me deu a mão novamente e me puxou para longe do pessoal que circundava a Jefferson Rock. Continuamos subindo a trilha até chegarmos a um cume gramado que demarcava os limites do cemitério.

Nada a respeito das fileiras irregulares de lápides brancas e cinza me pareceu familiar. Algumas estavam dilapidadas pelo tempo, outras eram novas e brilhantes. Ainda assim, a sensação de dedos invisíveis em minha nuca continuou.

Luc se sentou na relva verdejante e me puxou para sentar também. De onde estávamos, dava para ver o rio cortando o vale. Minha mão tremeu sob a dele.

— Você se lembra? — perguntou ele, a voz áspera, como se a garganta estivesse seca.

Esfreguei a outra palma na perna e assenti, engolindo em seco.

— Lembro de você subindo aqueles degraus correndo, como se já tivéssemos feito isso muitas vezes antes. Eu nunca conseguia alcançá-lo, até que consegui. Você… — Fechei os olhos com força e, em seguida, os reabri. — Você me deixou alcançá-lo, e eu o beijei. Fiquei na ponta dos pés, passei os braços em volta do seu pescoço e o beijei. Isso aconteceu de verdade? Essa lembrança?

Seu belíssimo rosto ficou pálido e a mão se contraiu em volta da minha.

— Aconteceu.

Sentindo a respiração presa na garganta, fechei os dedos em volta dos dele. Em seguida, fechei os olhos de novo e o vi mais uma vez — os mesmos traços, porém mais jovens e suaves, o mesmo corpo familiar, apenas um pouco mais magro. Inspirei com força, sentindo uma brisa fria levantar meu cabelo e o soprar diante do meu rosto.

— Isso foi logo após a invasão. As coisas tinham começado a acalmar. Viemos aqui para ver se a cidade tinha sofrido algum dano, mas era como se esse fosse o único lugar num raio de quilômetros que permaneceu intocado.

— Estranho.

— Tem razão. O dia em que viemos… foi um bom dia. Você estava se sentindo bem. — Luc soltou minha mão. Reabri os olhos e vi que ele estava tirando o gorro. — Isso foi depois que você tomou o…

— Soro Prometeu? — completei, e ele me fitou com os olhos arregalados, questionadores. — Daemon me contou.

Luc continuou me fitando por um longo tempo. Uma leve tensão se insinuou em seus lábios. Ele, então, soltou o ar com força.

— O Prometeu pareceu funcionar por alguns dias. Sua energia voltou. O enjoo parou, e você conseguia comer. Todos aqueles *malditos* hematomas que cobriam seu corpo começaram a desaparecer. Ainda assim, eu achava melhor ir com calma. Não queria você correndo por aí, mas você quis vir aqui, e quem era eu para negar um desejo seu?

O Original olhou na direção do vale.

— De vez em quando me pergunto se você sabia que o soro não havia funcionado, que ele estava só lhe dando uma trégua temporária da doença. Olhando em retrospecto, acho que sim. — Ele ergueu as mãos e correu os dedos pelo cabelo. — De qualquer forma, foi nesse dia que você me beijou e, juro por Deus, não é fácil me pegar desprevenido, mas você conseguiu. Eu já tinha… sentimentos fortes por você. Não gostei deles a princípio. Sequer os entendia. — Os dedos se fecharam nos cachos curtos. — Sempre achei que você me via como um irmão. Era tudo o que podia me permitir pensar. Eu era jovem. E você, mais jovem ainda.

Não tinha ideia de como alguém conseguiria olhar para o Luc apenas como irmão, a menos que fosse um irmão legítimo, mas guardei esse pensamento para mim.

— Mas você me beijou e… — Ele soltou as mãos sobre o colo, virou o rosto para o sol e fechou os olhos. — O gesto mexeu comigo de um jeito que eu jamais imaginei que algo pudesse mexer. Me estraçalhou por dentro.

— Isso não soa muito legal. — Senti como se devesse me desculpar.

— Foi… — Ele ergueu as mãos e balançou a cabeça. — Não foi ruim, Evie. De jeito nenhum. — Um sorriso repuxou-lhe os lábios, mas logo desapareceu. — Você se lembra do que me disse depois, quando fiquei olhando pra você feito um idiota?

Fiz que não.

— Não, não lembro.

— Lembra de mais alguma coisa?

— Não. Só isso, mas assim que vi a placa que indicava a cidade, me senti estranha. Eu te falei. — Enterrei os dedos na grama. — Foi por isso que me trouxe aqui? Para ver se eu lembrava alguma coisa?

— Sim e não? Não sei. Trouxe você aqui porque é um lugar que você costumava amar. Queria saber se ainda se sentiria assim.

Olhando para as árvores centenárias, os vales e os rios abaixo, dava para ver por que eu costumava amar aquele lugar. Havia certa paz ali, no fato de estar perto da civilização e, ao mesmo tempo, cercada por tanta natureza e história.

— Acho que eu poderia voltar a amá-lo.

Luc ficou em silêncio por alguns instantes e, então, perguntou:

— Quer ficar mais um tempo ou prefere ir embora?

Sabia que se dissesse que queria ir, ele se levantaria antes mesmo de eu terminar a frase. E eu não queria.

— Ainda não.

— Tudo bem. — Ele engoliu em seco.

Um silêncio confortável recaiu entre nós enquanto eu observava os galhos se movendo sob a brisa, chacoalhando as folhas secas, que caíam flutuando em direção ao chão. O cheiro do rio e da terra úmida impregnava o ar, e se não fosse pelos milhões de degraus que havíamos subido para chegar ali, eu iria correndo até o carro pegar a câmera.

— O que foi que eu te disse? — perguntei, lembrando o que ele dissera. — Depois que te beijei?

Luc ficou quieto por um bom tempo.

— Você disse: Não se esqueça disso.

Congelei. Ó céus. Talvez eu realmente soubesse que o soro não havia funcionado, porque aquilo era algo bastante estranho para se dizer.

— Não é irônico? — Ele riu, porém sem nenhum calor. — Como se eu pudesse esquecer a sensação dos seus lábios nos meus. Como se fosse possível esquecer você.

— Eu é que esqueci. — Sentindo os olhos arderem com uma súbita vontade de chorar, dobrei os joelhos e passei os braços em volta deles. Luc não conseguira me esquecer, mas eu o esquecera. — Sinto muito.

Ele me fitou.

— Pelo quê?

— Não sei. — Dei de ombros e apoiei o rosto nos joelhos. — Por tudo? Porque parece mais fácil não possuir essas recordações.

— Não. De jeito nenhum. — Ele aproximou o rosto do meu. — Adoro todas as lembranças que tenho da gente. Mesmo as tristes. Eu não as trocaria por nada nesse mundo, porque pude guardá-las e você teve uma segunda chance. Você não morreu.

As lágrimas travaram minha garganta. Fechei os olhos.

— Você me perdeu — murmurei. — E eu o perdi.

— Será que nos perdemos mesmo? — retrucou ele. De repente, senti seus dedos em meu rosto, secando uma lágrima que havia escapado. — Estamos aqui agora, não estamos? De alguma forma, você me encontrou, e não sou o tipo de pessoa que acredita em coincidências. Não acho que foi por acaso que você entrou na Foretoken com a Heidi. Acho que isso estava destinado a acontecer e eu...

Abri os olhos.

— Você o quê?

— Estava só esperando.

❀ ❀ ❀

—É realmente uma pedra de estimação.

— Heidi olhou para o Diesel, que agora descansava numa cama de seixos rolados e bolas de algodão sobre a minha mesinha de cabeceira. — Puta merda!

Estávamos no meu quarto depois das aulas do dia seguinte. Fazia um tempo que nós três não nos encontrávamos fora da escola para bater papo. Zoe estava sentada na cadeira do computador que eu nunca usava, deslizando-a de um lado para outro, enquanto Heidi e eu estávamos esparramadas na cama.

— Não sei se é a coisa mais estranha ou fantástica que eu vejo em tempos. — Heidi estava com o queixo apoiado no punho fechado, os cabelos vermelhos presos num nó alto. — Acho que pedras de estimação saíram da moda antes de a gente nascer, mas, na minha opinião, é fantástico.

— É mesmo. — Sorri contra o edredom. — Não lembro a última vez que eu ri tanto.

Zoe balançou a cabeça e puxou a cadeira mais para perto da cama.

— Parte de mim esperava uma cobra ou algo parecido.

Arregalei os olhos.

— Não gosto de escamas de nenhum tipo.

— Eu sei. Mas aí você podia me dar. — Ela sorriu. — A propósito, já arrumou sua fantasia de Halloween? — perguntou para a Heidi.

Ela fez que sim.

— Já.

— Você vai de quê? — perguntei.

— Rainbow Brite — respondeu ela, e eu ri. — Por essa você não esperava, né?

— Na verdade, eu já te acho meio parecida com ela, portanto… — Olhei para a Zoe. — E você?

— Acho que vou de Mulher Maravilha. — Ela deixou os braços penderem pelas laterais da cadeira. — Ou talvez de Daenerys? Não sei. E você?

— Não faço ideia.

Heidi franziu as sobrancelhas.

— Você vai para a Foretoken com a gente, certo? Imagino que seu juramento de nunca mais pisar lá já tenha sido oficialmente quebrado.

— É, já. Vou, sim, mas ainda não pensei numa fantasia. Vou pensar. Tenho tempo. — Sentando, olhei de relance para a televisão e vi a tarja na parte inferior da tela com a chamada da última notícia. — Tá acontecendo alguma coisa.

Heidi olhou para a TV enquanto eu me debruçava sobre ela para pegar o controle, mas ele estava longe demais.

— O que está acontecendo em Kansas City?

Zoe ergueu a mão e o controle veio voando da beirada da cama até sua palma. Lancei-lhe um olhar de inveja ao mesmo tempo que ela aumentava o volume.

A câmera estava focada no âncora, com seus cabelos castanhos cortados rente à cabeça. Ele me pareceu familiar.

— Acabamos de receber uma declaração oficial referente a atividades alarmantes num condomínio residencial em Kansas City. Jill, você pode nos dar mais alguma informação?

A tela se dividiu ao meio, mostrando uma mulher de pele escura com uma blusa de gola alta rosa-claro. Ela estava diante de um prédio cinza de vários andares, cercado por uma fita amarela da polícia e parcialmente bloqueado por ambulâncias e carros de bombeiros.

— Então, Allan, o sargento Kavinsky acaba de nos informar que este prédio residencial na Broadway está sob quarentena. Ainda não foi feita nenhuma declaração oficial, mas sabemos que a situação começou ontem à noite quando um colega de um dos moradores apareceu para saber por que o funcionário de... — Ela baixou os olhos para algo que segurava fora do enquadramento da câmera. — Uma empresa de publicidade local havia faltado ao trabalho na quinta e na sexta sem avisar os chefes. Foi este colega quem descobriu várias pessoas seriamente doentes dentro do condomínio. Ao que parece, todas estão mortas agora.

— Cruzes! — murmurei. Heidi se sentou e se recostou em mim.

— Soubemos também que este colega foi posto em quarentena, uma vez que ele pode ter sido exposto ao que quer que tenha adoecido e possivelmente levado à morte os moradores — continuou Jill. — O condomínio possui 15 apartamentos e, pelo que conseguimos apurar, todos os moradores encontram-se em suas casas. — Ela virou o corpo ligeiramente na direção do prédio. — Soubemos também, com exclusividade, que um dos mortos, uma mulher chamada Lesa Rodrigues, trabalhava numa empresa de serviços voltados para os Luxen em Kansas City. Entramos em contato com o pessoal dessa empresa e estamos aguardando resposta. A situação, porém, lembra em muito os eventos que ocorreram setembro passado em uma casa nos subúrbios de Boulder, Colorado, onde uma família de cinco pessoas foi encontrada morta, seus corpos mostrando sinais de algum tipo de infecção bastante grave. O chefe da família, sr. Jerome Dickinson, era gerente-proprietário de um condomínio exclusivo para Luxen.

A câmera afastou a imagem, mostrando as atividades na calçada sob o prédio. Várias pessoas vestidas com macacões brancos usados em situação de risco biológico desapareceram atrás de um dos carros de bombeiros enquanto a repórter continuava:

— Segundo o sargento Kavinsky, eles não acreditam que isso configure uma ameaça para a sociedade. No entanto, estão pedindo às pessoas que procurem se manter afastadas do condomínio e da empresa de serviços, situada na Armour Street. Fomos informados de que a empresa está sendo mantida sob quarentena como medida preventiva até que eles possam determinar se ela é ou não um risco para o público. Os prédios vizinhos ao condomínio, que abrigam inúmeros negócios, também serão fechados até nova ordem. — Ela encarou a câmera mais uma vez. — Uma fonte ligada a essa investigação, que viu os corpos, diz que o estado deles é praticamente idêntico ao das pessoas encontradas no Colorado, fazendo-a acreditar que os moradores deste condomínio, assim como a família em Boulder, morreram em decorrência do mesmo vírus ou infecção. Ainda segundo essa fonte, embora as autoridades se recusem a declarar isso publicamente, acredita-se que a infecção ocorreu após um contato próximo com um Luxen.

Ah, não.

Heidi enrijeceu de encontro a mim, e meu estômago foi parar no chão. Uma infecção grave e generalizada tipo… uma gripe? Tipo a que havia matado o Ryan?

— Isso é bobagem — comentou Zoe.

— Se vocês se lembram, acredita-se que a família em Boulder tenha morrido devido a uma febre hemorrágica combinada com uma tempestade de citocinas, que é uma resposta exagerada do sistema imunológico a uma infecção. De vez em quando isso acontece com gripes graves e outros vírus. Os oficiais que investigam o caso da família em Boulder declararam que, embora eles acreditem que aquela seja uma situação isolada, o que quer que tenha levado a família a adoecer e morrer jamais foi visto antes.

O âncora reapareceu subitamente na lateral da tela, substituindo a imagem do prédio.

— E agora temos um prédio inteiro sob quarentena devido, provavelmente, à mesma doença, e isso a centenas de quilômetros de distância.

Jill assentiu.

— Ainda não foi confirmado, mas nossas fontes suspeitam de que seja a mesma doença que matou a família em Boulder.

A expressão do âncora tornou-se sombria.

— Com o aumento dos atos de violência e do medo nas cidades de todo o país, isso com certeza irá ajudar o presidente McHugh em sua luta no Congresso para revogar a Vigésima Oitava Emenda e endurecer as leis que restringem os Luxen, como o restabelecimento do Ato Patriota, defendido pelo presidente.

Jill assentiu com um menear de cabeça. Continuei olhando para a tela.

Ao meu lado, Heidi engoliu em seco.

— Você acha que essas pessoas morreram da mesma coisa que matou o Ryan?

— Não sei — murmurei. — Eles disseram que o que quer que tenha afetado essas pessoas não é uma ameaça para a sociedade, e a gente está a uns mil quilômetros de lá, mas…

— Mas vocês escutaram o mesmo que eu, certo? — perguntou Zoe, se virando para a gente. — Ao que parece, eles estão se armando para culpar os Luxen pelo que quer que tenha feito essas pessoas ficarem doentes.

—**Mãe! — gritei ao ouvi-la entrar** em casa pouco antes da meia-noite. Desci correndo a escada e fui ao encontro dela no vestíbulo. Se havia uma pessoa que eu sabia que conhecia bem os diferentes tipos de vírus e germes biológicos nojentos que podiam ser transmitidos de uma pessoa para outra, era minha mãe. Ela era uma enciclopédia em carne e osso, uma vez que trabalhava no setor de Pesquisa Médica e Compósitos Materiais do Exército dos Estados Unidos, no forte Detrick, em Frederick.

Não sabia como ela ainda conseguia trabalhar para um governo que havia aprovado e patrocinado as ações do Daedalus, mas, por outro lado, havia muitas pessoas infiltradas no governo que lutavam pelos direitos dos Luxen, e imaginava que fosse seguro presumir que havia também outros tantos como ela, Luxen escondidos em plena vista. E, depois de tudo o que eu tinha visto e vivenciado, sabia que não era possível mudar nada se você não estivesse inserido na batalha. Sentar de fora ou se esconder apenas ajudava a oposição.

— Na cozinha — respondeu ela.

Uma vela ardia em algum lugar, impregnando o ambiente aberto com um perfume de abóbora e caramelo. Atravessei depressa a sala de estar bem arrumada, com cada coisa em seu devido lugar, passei pela sala de jantar, cuja mesa precisava ser trocada após a confusão com o Micah, e a encontrei parada ao lado da ilha da cozinha, depositando a bolsa e a pasta sobre ela.

Seus cabelos estavam presos num rabo de cavalo, sem um único fio fora do lugar. Não precisava de um espelho para saber que o meu devia estar parecendo um ninho de passarinho no momento. Havia sempre um quê de elegância e graça em minha mãe e na maneira como ela se movia, enquanto eu soava como um tropel de cavalos descendo a rua.

Ela soltou as chaves sobre a ilha.

— Devo me preocupar com o fato de você ter descido as escadas tão rápido que poderia ter quebrado o pescoço?

— Não exatamente. — Sentei num dos bancos. — Tenho uma pergunta pra você.

— Eu talvez possa responder. — Mamãe foi até a geladeira, pegou uma garrafa de água e a colocou sobre um porta-copos dourado. Esse era novo. Ela colecionava porta-copos como algumas pessoas colecionam sapatos e bolsas caros.

— Os Luxen podem passar alguma doença para os humanos? Tipo, um resfriado ou uma gripe?

Ela me fitou por alguns instantes.

— Você andou vendo o noticiário.

— Andei. — Debrucei-me sobre a ilha, apoiando os pés na barra transversal na base do banco. — Um prédio inteiro em Kansas City foi colocado sob quarentena, e parece que todo mundo lá está doente… ou morreu. Os repórteres estão dizendo que parece algum tipo de infecção transmitida por um Luxen, mas…

— Os Luxen não transmitem nada para os humanos, Evie. — Ela ergueu as mãos e pressionou as têmporas como se estivesse com uma súbita dor de cabeça. — Não existe nenhuma doença conhecida que possa ser transmitida entre as raças. Os Luxen… a gente não fica doente, não como os humanos. — Ela fechou os olhos por um breve instante. — Se essas pessoas ficaram doentes por causa de algum vírus ou infecção, isso não foi transmitido por um Luxen. Se alguém está dizendo o contrário, é uma opinião infundada sem nenhuma base científica, nem nas extensas pesquisas já realizadas.

Era o que eu e minhas amigas achávamos.

— Então por que eles diriam uma coisa dessas? Você sabe como as pessoas acreditam em quase tudo o que escutam ou veem. Elas leem alguma postagem idiota no Facebook sobre aranhas assassinas escondidas dentro de privadas e, mesmo que isso não faça o menor sentido, não só acreditam como compartilham cinco milhões de vezes. A população vai acreditar nisso.

Mamãe balançou a cabeça e apoiou uma das mãos sobre o tampo de granito cinza da ilha.

— A ideia de os Luxen serem vetores de algum tipo de vírus desconhecido que pode infectar os humanos é muito mais sensacionalista do que a de envenenamento por monóxido de carbono ou de um vírus como a influenza, que provavelmente é a verdadeira causa nesse caso. Afinal, estamos na estação da gripe.

— Eles disseram que o Ryan, o garoto sobre o qual eu lhe falei, morreu de gripe. Eu sei que você me disse que gripes podem matar, mas elas são tão letais assim? Será que pode ser o mesmo vírus que matou as pessoas em Kansas City e em Boulder?

— Acho improvável que seja a mesma cepa, mas todos os anos ocorrem casos de H1N1 e de outras cepas potencialmente letais. Além disso, como eu falei antes, esses casos podem ser mais perigosos para pessoas com o sistema imunológico debilitado. Os noticiários não divulgam esse tipo de coisa porque isso não lhes dá a audiência que eles querem.

— O que esses repórteres estão dizendo é tão inacreditavelmente perigoso — murmurei, voltando os olhos para a pequena janela acima da pia. — As pessoas já...

— Têm medo da gente — completou minha mãe, a voz tão baixa que tive que me virar para ela. — O público irá fazer suposições e pensar o pior de nós, e é por isso que eu preciso tomar cuidado. É por isso que o Luc precisa tomar cuidado. — Um calafrio percorreu meu corpo enquanto eu fitava aqueles olhos exatamente da mesma cor que os meus. Suas lentes de contato garantiam a eles um tom castanho suave. — E você também.

oi culpa do meu irmão — disse Emery, correndo os dedos pelas mechas pretas brilhantes que pendiam até os ombros.

Seu cabelo era raspado de um lado, e eu estava a um passo de copiar o estilo.

— Eu amava o Shia e sinto sua falta diariamente, mas a culpa foi dele.

Fazia duas semanas desde o passeio com o Luc até Harpers Ferry e a situação de quarentena em Kansas City e, por sorte, não ocorrera mais nenhum caso semelhante.

Até o momento, prevaleciam argumentos e explicações mais lógicos. Muitos médicos e cientistas, assim como a irmã do Daemon, Dee, apareciam todas as noites na TV tentando dispersar os rumores de que era um vírus transmitido pelos Luxen para os humanos. Eles estavam ganhando a discussão, graças a Deus, uma vez que não houvera mais nenhum caso do misterioso vírus.

De alguma forma, enquanto conversávamos no apartamento da Emery acima da Foretoken, o assunto sobre o que acontecera com sua família durante e depois da invasão veio à tona. Antes de descobrir que ela era uma Luxen, Emery me dissera que sua família havia morrido, mas eu não sabia como.

— Muitos Luxen não estavam felizes com o fato de terem de viver como humanos. Eles achavam que deviam estar no comando — explicou Emery, recostando-se no sofá. — Que por serem uma forma de vida mais evoluída, não deveriam ter que viver à sombra dos humanos. Nessa época, minha mãe ainda estava viva, assim como meu outro irmão, Tobias. Eles eram como eu, não viam problema algum em viverem como humanos. Quero dizer, seria muito legal poder levar a vida abertamente. Fingir ser um humano não é fácil.

— Por vocês terem que se forçar a diminuir a velocidade e se mover como a gente? — perguntei, lembrando vagamente a explicação da Zoe sobre o motivo de sempre ficar em último lugar nos exercícios de educação física.

Emery assentiu e olhou de relance para a Heidi.

— A gente gasta mais energia tentando diminuir a velocidade. Para não dizer que é cansativo ter que ficar o tempo inteiro prestando atenção à maneira como você se move e se comporta, portanto seria legal poder viver abertamente. Mas não do jeito que eles queriam. Na visão do Shia e de outros como ele, não se tratava de direitos iguais. Eles queriam dominar os humanos e provar que nós éramos mais fortes, mais espertos e melhores em todos os aspectos. Eles ajudaram os Luxen invasores.

Inspirei fundo e enterrei o corpo ainda mais entre as almofadas.

— Shia os ajudou e, quando a guerra começou, ele ficou do lado dos invasores. — Ela mordeu o lábio inferior, correndo os olhos pelo cardápio da padaria que ficava no final da rua e oferecia todas as variedades humanamente possíveis de cupcakes. — A gente tentou convencê-lo a mudar de lado. Você sabe, fazê-lo ver que o que eles queriam não era certo. A mesma coisa que os humanos estão tentando fazer agora. Ele se recusou a escutar, e o lance aconteceu logo depois da guerra... durante a primeira onda de batidas policiais, quando eles simplesmente cercavam os Luxen e os...

E os matavam.

Minhas lembranças dessa época não eram reais... pelo menos, não eram *minhas*. Mas talvez a recordação do medo e da confusão fosse, e o trauma tivesse vencido a febre e permanecido comigo. De qualquer forma, tinha sido uma época assustadora tanto para os Luxen quanto para os humanos.

— Ele tinha sido visto antes, durante a guerra, e eles não conseguiam diferenciar o Shia do Tobias. Não que isso tivesse feito alguma diferença. Os dois foram mortos, e minha mãe tentou intervir. Ela acabou sendo assassinada também. Tudo aconteceu tão rápido! Num minuto eles estavam vivos e, no seguinte, mortos. — Emery balançou a cabeça, o lábio inferior tremendo. — Nem sei como consegui escapar. É tudo um tanto borrado, mas eu escapei.

— Você não precisa falar sobre isso — comentei, sentindo o coração apertar. Heidi apoiou o rosto no ombro dela. — Quero dizer, não quero que fique triste.

— Não. Está tudo bem. — Emery sorriu de leve. — É bom falar sobre essas coisas de vez em quando, entende?

Fiz que sim.

— O que você fez depois disso?

— Fui de uma cidade para outra, tentando viver sem chamar a atenção. Conheci outros Luxen ao longo do caminho, Luxen como eu, sem registro e que desejavam apenas viver em paz. Acabei em Maryland depois de escutar sobre esse lugar, um refúgio seguro para os Luxen não registrados.

— A Foretoken?

Ela assentiu.

— A princípio, eu não acreditei, mesmo depois de conhecer o Luc. Não conseguia entender como ele, na época com uns 15 ou 16 anos, podia garantir a segurança de alguém, mas ele me acolheu e me pôs no caminho certo.

— No caminho certo?

Heidi olhou de relance para a namorada antes de responder.

— Digamos apenas que a Emery estava, compreensivelmente, num caminho bastante destrutivo.

— Eu não cuidava de mim. Não comia direito e… existem drogas que produzem o mesmo efeito na gente que em vocês — disse ela, e *isso* eu não sabia. — Ketamina. E alguns outros tipos de narcóticos. — Ela esfregou as palmas uma na outra. — Heroína também. A dose só precisa ser duas vezes maior para fazer o mesmo efeito, às vezes mais do que um humano pode aguentar. Mas eu estava descendo essa ladeira.

Ai, meu Deus, não sabia o que dizer. *Sinto muito* não parecia suficiente. Tudo o que eu podia era não julgá-la, e foi o que fiz. Quer fosse Luxen ou humano, nem todos que enveredavam por esse caminho faziam isso porque acordavam um dia e decidiam acabar com suas vidas. Alguns acabavam nele por conta de prescrições contra dor fornecidas por médicos humanos. Outros, como ela, para fugir de um trauma, o que era compreensível.

Empatia era realmente um poder.

— Quando conheci o Luc, não tinha ideia de que ele era um Original. Sequer sabia que eles existiam. Não podia entender como, após dez minutos comigo, ele parecia conhecer todos os meus piores segredos.

— Ele leu sua mente — deduzi.

Um rápido sorriso repuxou-lhe os lábios.

— É. Luc percebeu de cara o meu problema. Disse que sua única condição para me ajudar era que eu abandonasse o vício. E me ajudou, ele, o Grayson e o Kent. Não foi fácil. Merda, tem dias que eu ainda…

— Nunca mais. — Heidi envolveu o rosto da Emery entre as mãos, forçando-a a olhar para ela. — Certo?

— Certo — murmurou Emery.

Sentindo como se estivesse invadindo um momento íntimo, vulnerável, baixei os olhos para o cardápio. Percorri a gloriosa lista de cupcakes, mas não conseguia processar o que estava lendo.

Não parava de pensar nas coisas que a Emery acabara de compartilhar.

Não apenas o Luc lhe garantira um refúgio seguro, como fizera com tantos outros, mas também a ajudara a se livrar do vício. Na visão dos humanos, uma façanha e tanto.

Luc não era um ser milagroso, ele era... bem, era apenas o Luc.

— Certo. Preciso muito de alguns cupcakes agora. — A risada da Emery soou trêmula. — O que você vai querer, Evie?

— Hum. — Olhei de novo para o cardápio. — Que tal um de cada?

Antes que as garotas pudessem responder, uma batida soou à porta, e a Emery gritou:

— Pode entrar!

Virei o corpo e meu coração pulou uma batida ao constatar que era o Luc. A gente ainda não tinha se visto hoje, embora imaginasse que ele devia estar por perto, em algum lugar do prédio. Reparei em sua camiseta de cara. Ela era cinza, com a estampa de um panda bem no meio e os dizeres: CUIDADO, PANDAS SÃO URSOS. E, logo abaixo, em letras menores: EMBORA NÃO TÃO PERVERSOS QUANTO OS COALAS.

Sorri ao lembrar da mensagem que ele me mandara.

Seus olhos se fixaram imediatamente em mim. Ele não precisou olhar em volta para me achar, era como se já soubesse onde eu estava antes mesmo de entrar no apartamento.

— Vim interromper a festinha das garotas. — Luc andou até onde eu estava sentada. — Sei que vocês estavam sentindo a minha falta.

— É, a gente estava sentada aqui, falando sobre o quanto você estava fazendo falta e imaginando onde tinha se metido — retrucou Emery, rindo.

— Na verdade, estávamos quase à beira das lágrimas por você ainda não ter nos dado o ar da sua graça — observou Heidi. — Não é verdade, Evie?

— Isso mesmo — retruquei, secamente.

— Vocês aquecem a minha alma. — Luc puxou de leve uma mecha do meu cabelo. Ergui os olhos para ele. — Tenho uma surpresa pra você.

Fiquei imediatamente apreensiva.

Heidi, por outro lado, bateu palmas, animada, me lembrando vagamente uma foca.

— Estou doida para ver o que é.

— Eu também — concordou Emery, apoiando uma das pernas compridas sobre a mesinha de centro.

Para ser honesta, eu também estava, porque não tinha a menor ideia do que o Luc poderia ter aprontado dessa vez. Diesel, a pedra de estimação, não fora seu último presente. Não tínhamos feito mais nenhum passeio, nem para Harpers Ferry nem para nenhum outro lugar, mas as surpresas não haviam parado por aí.

Surpresas para lá de estranhas.

— Essa é particular. — Ele abriu um sorrisinho totalmente travesso.

Arregalei os olhos.

— O que deixa tudo muito mais interessante — observou Heidi.

— Tem razão, mas... — Ele bateu com a ponta do dedo no meu nariz. Afastei sua mão com um tapa. — Posso te roubar por um minuto?

Olhei para elas e, após um momento, assenti.

— Vocês podem pedir pra mim um cupcake de manteiga de amendoim?

— Você quer dizer uns três? — corrigiu Heidi.

Eu ri enquanto me levantava, soltando o cardápio sobre a mesinha de centro.

— Pode ser. Me manda uma mensagem quando o pedido chegar.

— Deixa comigo. — Emery entregou o cardápio para a Heidi.

Contornei o sofá. Luc, que estava recostado contra o encosto, se afastou e me deu a mão. Senti as bochechas queimarem, sabendo muito bem que tanto a Heidi quanto a Emery estavam nos observando e que depois eu iria passar horas ouvindo piadinhas das duas.

Não tentei, porém, desvencilhar a mão. Deixei que ele me conduzisse em direção à porta do apartamento e corredor abaixo.

— Para onde você está me levando?

— É surpresa, Pesseguinho.

— Não tenho certeza se gosto das suas surpresas.

— Sei que não gosta — retrucou ele. — Você *adora* as minhas surpresas.

Arqueei uma sobrancelha.

— Acho que não concordamos nesse ponto. Eu adorei Harpers Ferry, mas o resto? Não tenho tanta certeza.

— Por que está dizendo isso? — A porta da escada se abriu antes que chegássemos lá.

— Diesel. — Lembrei-o.

— Qual o problema com meu belo garoto?

Começamos a subir as escadas.

— Nenhum. Ele está bem.

— Sei que está, porque está descansando na sua mesinha de cabeceira.

A pedra idiota *estava* realmente lá. Era a última coisa que eu via antes de pegar no sono e a primeira ao acordar.

Olhei de relance para ele, e o peguei sorrindo.

— Certo. E quanto ao domingo passado? Você me pediu para vir aqui porque tinha uma surpresa, e a surpresa foi uma maratona de todos os filmes do James Bond.

— James Bond é fantástico.

— Odeio esses filmes — ressaltei ao chegarmos ao andar dele.

Assim que paramos diante da porta de seu apartamento, Luc inclinou a cabeça na direção da minha, os lábios quase roçando meu rosto.

— Eu sei.

O hálito quente em contato com minha pele provocou um forte arrepio que desceu pelas minhas costas.

— E gosto de você mesmo que não tenha o bom gosto de entender que James Bond é um clássico — acrescentou ele, abrindo a porta com um brandir da mão.

— E desde quando uma maratona de filmes é uma surpresa?

— Você não sabia o que eu tinha planejado, sabia? Tenho certeza de que essa é a definição de surpresa. — Ele me puxou para o apartamento fracamente iluminado. As cortinas estavam fechadas, bloqueando a entrada do sol da tarde.

— Tenho certeza de que surpresas deveriam ser algo interessante para a pessoa que as recebe. — A porta se fechou sozinha atrás da gente.

— Não acho que essa seja a definição correta. — Luc me puxou de novo, me obrigando a parar bem diante dele.

Tive que inclinar a cabeça para trás para conseguir ver seus olhos.

— E quanto ao dia anterior? Você disse que tinha uma surpresa e, quando cheguei, me entregou um pacote de pão e um pedaço de queijo.

— A surpresa era você me preparar um queijo quente — explicou o Original.

Fitei-o sem expressão.

— E quanto ao Chia Pet?★

Luc riu, um som agradável que reverberou contra minha pele.

— Ainda não acredito que você conseguiu matá-lo em uma semana.

★ Chia Pets são figuras de terracota usadas para brotar chia. As sementes crescem dentro de algumas semanas e se parecem com o pelo ou o cabelo de um animal ou figura. (N. T.)

— Ele veio com defeito — murmurei. — E era a versão Chia Pet do BA, do *Esquadrão Classe A*. Como você conseguiu arrumar um desses?

— Tenho conexões com o universo dos Chia Pets.

Continuei encarando-o.

— Isso é... uau! Olha só, estou apenas tentando ressaltar o fato de que você tem um histórico de surpresas que eu não gosto ou que não consigo entender o propósito por trás delas.

— Todas as minhas surpresas têm um propósito. Você vai ver. — Ainda segurando minha mão, ele me puxou até a plataforma do quarto. Essa parte do apartamento era bem mais escura. Só consegui distinguir a silhueta da cama. — Essa é uma surpresa especial que não tem nada a ver com queijo, pão ou James Bond.

— Nem Chia Pets?

Luc riu de novo, fazendo meu estômago se retorcer de uma maneira superagradável.

— Eu não odeio os Chia Pets o suficiente para te dar outro.

Franzi o cenho.

— Espero que goste dessa. — Ele pousou as mãos em meus ombros e, no escuro, me virou. Suas mãos permaneceram sobre mim, um peso estranhamente reconfortante. — Pronta?

— Sim? — Esforcei-me para enxergar através da escuridão.

Um segundo depois, a luz do teto acendeu, me deixando momentaneamente ofuscada. Demorou alguns segundos para que meus olhos se ajustassem, então olhei em volta.

E vi o que era.

A surpresa estava sobre a cama, uma foto emoldurada de mais ou menos 16 x 20 cm. Assim que a vi, soube do que se tratava.

A foto tinha sido tirada do cemitério em Harpers Ferry, e mostrava os vales verdejantes e as águas azul-esverdeadas do Shenandoah. Soube em meu âmago e em cada célula do meu ser que eu a havia tirado. Não me lembrava de quando fizera isso, mas meus dedos coçaram mesmo assim.

Entreabri os lábios e balancei a cabeça, sem conseguir acreditar no que estava vendo. Acho que se o Luc não estivesse me segurando, eu teria despencado no chão.

— Eu... eu tirei essa foto.

— Tirou — murmurou ele junto ao meu ouvido.

— Não me lembro de tê-la tirado, mas sei que tirei — falei. — Isso não faz sentido, faz?

— Gostaria de poder te responder.

Sentindo a respiração presa na garganta, me recostei nele, apoiando a parte de trás da cabeça em seu peito.

— Você a guardou esse tempo todo?

Luc deixou as mãos escorregarem para os meus braços, parando logo acima dos cotovelos.

— Você a tirou numa das últimas vezes em que fomos lá, e gostou tanto dela que chegou a falar em imprimi-la e emoldurá-la, mas...

Fechei os olhos e engoli em seco.

— Não deu tempo?

— É. — A resposta saiu rouca. — Não tivemos tempo.

— Mas agora ela está aqui.

Luc ficou quieto por alguns instantes.

— Depois que me mudei para cá, resolvi dar uma olhada nas coisas que eu tinha trazido. Encontrei sua antiga câmera, que por sinal ainda está comigo, se você quiser vê-la. De qualquer forma, enquanto olhava as fotos, achei essa. Decidi imprimi-la e emoldurá-la uns três anos atrás.

Ele tinha aquela foto havia três anos? Abri os olhos, sentindo as pestanas úmidas.

— Eu não a pendurei. Não sei por quê. Mantive-a guardada num dos quartos sobressalentes. — Ele deu de ombros. — Como foi você quem a tirou, achei que talvez quisesse ficar com ela. Pode mantê-la aqui ou pode levá-la para casa...

Girei nos calcanhares, sem parar para pensar no que estava fazendo. Apenas fiz. Provavelmente do mesmo jeito que havia feito naquele dia ao lado da Jefferson Rock, quando eu era uma garota diferente e ele, o mesmo garoto.

Ergui-me na ponta dos pés e joguei os braços em volta de seu pescoço. Luc baixou as mãos para os meus quadris, me firmando enquanto eu aproximava minha boca da dele.

E, então, o beijei.

Não foi um beijo de cinema. Apenas um rápido selinho que, ainda assim, deu um curto em todo o meu sistema. Foi como tocar uma chama, e quando me afastei, recuando um passo e deslizando as mãos trêmulas pelo peito dele até deixá-las penderem ao lado do meu corpo, fiquei surpresa pelos meus lábios não estarem queimados — embora estivessem formigando.

Luc me fitou de cima a baixo, os lábios entreabertos, as bochechas levemente coradas. A impressão era de que uma simples pena poderia derrubá-lo.

— Obrigada — falei, recuando mais um passo e entrelaçando as mãos. — Adorei essa surpresa.

Ele pareceu ficar sem reação por alguns instantes, o rosto e o corpo tão imóveis quanto uma estátua. Mas, então, um lindo e amplo sorriso iluminou-lhe o rosto. Sabendo que aquele sorriso era dirigido a mim, senti como se precisasse me sentar por um momento para apreciá-lo devidamente.

— Sempre que quiser, Pesseguinho — murmurou ele. — Sempre que quiser.

* * *

Λbafei um bocejo enquanto seguia para a aula de história com a Zoe na sexta à tarde. Um pesadelo havia me acordado pouco depois de pegar no sono. Logo em seguida, o Luc me ligou, e acabei ficando acordada por várias horas, assistindo a uma série de comédia na internet enquanto ele fazia o mesmo em seu próprio apartamento. Peguei no sono de novo com sua risada em meu ouvido, o que foi tão legal — não, tão maravilhoso — quanto a foto que ele tinha me dado. Eu a levara para casa comigo e a pendurara acima da cama, rezando para que ela não tivesse ficado torta.

— Você acha que vamos ter um teste surpresa hoje? Tenho a sensação de que já era para termos tido um faz tempo.

— Jesus! Espero que não, porque acho que não consigo soletrar nem meu próprio nome no momento — respondeu ela.

Eu ri.

— São só três letras.

— Não subestime minha incapacidade de soletrar no momento — retrucou ela.

— Vou tentar… — Senti um tranco no ombro direito provocado por um forte esbarrão. Ao me virar, meu queixo caiu. — Caramba, Coop. Boa tarde pra você também.

O garoto alto e louro passou pela gente e entrou em sala. Ele não pediu desculpas, sequer pareceu perceber que quase havia me derrubado. Endireitei a alça da mochila e olhei para ele. Coop não estava com uma cara muito boa, embora continuasse gato. A camiseta listrada azul-marinho e amarelo-mostarda estava tão amarrotada que era como se ele a tivesse tirado do cesto de roupas para passar, e o cabelo, em geral artisticamente arrumado, parecia espetado em todas as direções.

Olhei de relance para a Zoe.

— Que diabos?

Ela balançou a cabeça.

— Ele parece estar de ressaca.

— Como se você soubesse como fica uma pessoa de ressaca.

— Ah, nunca vou esquecer aquele verão quando você decidiu experimentar todas as garrafas do armário de bebidas da sua mãe — retrucou ela.

— É uma lembrança que eu jamais esquecerei, muito obrigada.

Encolhi-me, quase sentindo o gosto das bebidas novamente. Era como botar gasolina para baixo e regurgitar todas as piores escolhas da sua vida.

— Deus do céu, nem me lembra.

— Ei, pelo menos a gente pode esquecer esse fato enquanto devora com os olhos o sr. Barker.

— Você é doida por esse professor — comentei.

— Não tem vergonha nenhuma nisso — replicou ela ao passarmos diante do quadro-negro.

Coop se sentou em sua cadeira de sempre, bem no meio da sala, branco feito uma folha de papel. Sua testa estava coberta por uma fina camada de suor. Será que estava com febre? Pensei no Ryan e nas famílias em Kansas City, resistindo à vontade de cobrir o rosto inteiro com minha blusa. Duvidava de que aquele vírus, quer fosse ou não de gripe, continuasse se espalhando.

— Ei, Coop?

Ele ergueu a cabeça, e seus olhos embaçados se fixaram nos meus.

— Oi.

Deixei a mochila escorregar do ombro.

— Você está com uma cara péssima. Está tudo bem?

— Estou me sentindo mal. — Ele esfregou o rosto com a mão.

— Acho que seria melhor ter ficado em casa. — Sentei na minha cadeira e comecei a vasculhar a mochila.

— Tem razão — murmurou ele. — Mas tenho uma prova no próximo tempo. Depois disso, vou dar um pulo na enfermaria.

Zoe se sentou na cadeira atrás de mim.

— Você não está com cara de que vai aguentar até o próximo tempo.

— Obrigado pelo voto de confiança. — Ele aninhou a cabeça nos braços cruzados. Em cerca de dois segundos, parecia ter pegado no sono. Soltei a mochila no chão quando o sr. Barker entrou em sala com seu habitual copo de suco verde nojento.

Comecei a morder a ponta da caneta enquanto algo maravilhoso me ocorria, tão maravilhoso quanto ganhar a foto que o Luc havia guardado e pegar no sono escutando sua risada.

As coisas pareciam… bem, elas pareciam normais.

Eu continuava com fome, mesmo já tendo almoçado. Zoe e eu não está-vamos mais pisando em ovos uma com a outra. No momento, ela observava o professor como se estivesse faminta. Tudo isso somava para a sensação de uma sexta-feira normal. Na verdade, a semana inteira parecera normal.

Músculos que eu sequer sabia que estavam tensos relaxaram. Eu preci-sava disso — dessa normalidade —, porque era assim que conseguiria lidar com tudo o que havia acontecido. E estava lidando. Com certeza. Porque a única outra opção seria me encolher num canto e começar a me balançar para frente e para trás e, embora não tivesse ideia de quem eu realmente era, sabia que essa não era eu.

Vendo que o professor já estava falando, comecei a anotar o máximo do que ele dizia, ignorando a Zoe, que repetia praticamente tudo por entre os dentes… com uma terrível imitação de sotaque inglês.

Eu continuava a anotar, com a cabeça apoiada num dos punhos fechados, quando a porta da sala se abriu. Um zumbido baixo e contínuo invadiu o ambiente, mas o sr. Barker não interrompeu seu discurso. Ergui os olhos e vi um dos drones VRA entrar na sala.

Drones.

Argh.

O objeto voava a cerca de um metro e meio do chão, as hélices pretas girando sem parar. Ele percorreu o primeiro corredor, parando diante de cada aluno para escanear sua retina.

Por mais que já os tivesse visto inúmeras vezes, tanto nos shoppings quanto na escola, eles me deixavam de cabelo em pé. Tipo, e se um deles fosse hackeado e começasse a furar os olhos das pessoas?

Mesmo sabendo que a Zoe estava com as lentes de contato e que nenhum deles jamais a identificara, senti as palmas úmidas só de pensar que ela era obrigada a passar por isso diariamente. Escondida por um simples par de lentes de contato. E os outros — os Luxen que não tinham como esconder o que eram? Meu estômago revirou. Algumas pessoas achavam que os drones VRA eram necessários. Parte de mim podia entender por que elas se sentiam assim, mas, de qualquer forma, era um abuso tenebroso de privacidade. E o pior era saber que havia um percentual da população que sequer pensava nisso, uma vez que achavam que os Luxen não mereciam os mesmos direitos básicos.

O drone bipou, um som que eu nunca tinha ouvido antes. O objeto estava no terceiro corredor, parado ao lado da cadeira do Coop. Ele estava de cabeça baixa, o cabelo em volta da nuca molhado de suor. Não tinha levantado os olhos como deveria ter feito.

— Coop — chamou o sr. Barker, a boca repuxada num muxoxo.

Ele não respondeu.

O centro do drone girou e ele bipou novamente.

Franzindo o cenho, o professor soltou o livro sobre sua mesa e se postou na frente dela.

— Coop — repetiu ele, mais alto. — Espero que não esteja dormindo.

Ele não estava. Os nós de seus dedos estavam brancos tamanha a força com que segurava o tampo da mesa. Seu corpo inteiro tremeu.

Soltei a caneta sobre a mesa e mudei de posição, imediatamente preocupada. Eu não conhecia o Coop muito bem, mas não queria vê-lo enrascado.

— Acho que ele está doente — disse uma garota chamada Kristen. Ela estava sentada ao lado dele, mas tentando se manter o mais longe possível. — Ele me parece bem mal. Será que pegou a mesma gripe que matou o Ryan?

Murmúrios de preocupação eclodiram por toda a sala enquanto o sr. Barker se aproximava da mesa do Coop.

— Coop, qual é o problema?

Ele ergueu a cabeça lentamente. Eu só conseguia ver seu perfil, mas ele estava mais pálido do que no começo da aula. O drone se colocou em posição, alinhando-se com seus olhos. A luz branca piscou uma e, em seguida, outra vez.

A luz ficou vermelha.

O drone apitou, uma espécie de sirene inicialmente baixa que foi aumentando de volume até parecer que um carro da polícia tinha invadido a sala. Não dava para escutar mais nada. Congelei na cadeira, os olhos arregalados.

O que estava acontecendo?

Uma vozinha no fundo da minha mente disse que eu sabia exatamente o que estava acontecendo, ainda que jamais tivesse visto aquilo antes.

— Merda! — Escutei a Zoe dizer por entre os dentes.

Fui invadida por um terrível mau pressentimento que provocou um calafrio em minha espinha.

O drone VRA tinha identificado a presença de DNA alienígena no Coop.

sr. Barker começou a recuar, o rosto pálido e contraído, ao mesmo tempo que um guinchar de cadeiras reverberava pela sala.

— Fiquem calmos — pediu, embora ele próprio não parecesse muito calmo. — Preciso que todos se acalmem e permaneçam em seus lugares.

Zoe já estava de pé, enquanto eu continuava em minha cadeira, petrificada, meu coração martelando feito louco.

Não era possível.

Alguém gritou acima da sirene do drone.

— Tem algo errado com essa coisa! Coop é humano!

Outros gritos de protesto se juntaram ao primeiro, porém o drone não se calou. Será que ele podia errar? Não tinha ideia. Jamais escutara algo sobre isso, mas só podia ser um erro, porque o Coop era humano. Ele não era Luxen, nem híbrido, nem Original.

A menos que, tal como a Zoe, tivesse escondido sua verdadeira natureza.

Mas, se fosse esse o caso, ela não teria dito alguma coisa?

Coop se levantou, fazendo com que o drone se afastasse ligeiramente. Ele oscilou, e sua cabeça pendeu para trás. Gotas de suor escorriam por seu rosto. As bochechas, até então pálidas, ganharam um ligeiro rosado.

Ele abriu os olhos, e o ar escapou de meus pulmões ao escutar alguém gritar. Sangue escorria pelos cantos dos olhos dele em direção à boca aberta. O peito arfava como se não estivesse conseguindo respirar.

Ah, não.

Na-na-ni-na-não.

O sr. Barker parou, a boca se movendo, mas sem emitir som algum. Talvez ele estivesse dizendo o mesmo que eu, e não desse para escutar por causa da sirene do drone.

Coop se dobrou ao meio, dando a impressão de que ia vomitar. Um jato preto e vermelho escapou de sua boca, salpicando o chão e as pernas das cadeiras.

Com um arquejo, coloquei-me de pé e recuei um passo, batendo na Zoe. Sua mão fria se fechou em meu braço.

— Coop — murmurei, o coração martelando com força. — Ai, meu Deus, Coop... — Sem pensar, fiz menção de ir ajudá-lo.

Zoe me segurou com mais força.

— Não. Tem algo errado aqui.

O eufemismo do ano.

De repente, o sr. Barker correu até o Coop, a expressão confusa substituída por um ar de preocupação. Ele segurou nosso colega pelo braço.

— Qual é o problema, Coop? Me diz o que está...

Tudo aconteceu muito rápido.

Coop se soltou com um safanão. Seu antebraço bateu no drone, que atravessou a sala feito um míssil, colidindo contra a cabeça de outro aluno. A sirene se calou. Alguém gritou enquanto o garoto despencava, já desmaiado, o rosto produzindo um estalo nauseante ao bater no chão. Uma poça de sangue se formou em volta dele.

No instante seguinte, o sr. Barker estava *voando* pela sala. Dei um pulo para trás ao mesmo tempo que o corpo do professor colidia e *atravessava* a janela. Cacos de vidro voaram para todos os lados, cortando peles e roupas.

Coop arremessara o professor.

Isso não era normal.

Puta merda, nada disso era normal.

Gritos esganiçados cortaram o ar. Coop continuou dando vazão à sua fúria, pegando e jogando mesas e cadeiras. Elas se espatifaram contra o quadro-negro. Os alunos mais próximos da porta fugiram, porém eu, Zoe e os demais perto da janela quebrada estávamos encurralados.

— A gente precisa dar o fora daqui — observou Zoe, correndo os olhos pela sala. Coop estava destruindo tudo.

— Não brinca! — Soltei num arquejo, gritando ao ver uma cadeira passar pouco acima de nossas cabeças. — Você acha, é?

— Tem alguma ideia? Porque...

Coop arrancou a perna de outra cadeira, partindo com facilidade metal e madeira. Sua força era sobre-humana. Ele a girou no ar e a arremessou. A perna veio como um míssil na... direção da Zoe.

Não pensei.

Virei e a empurrei. Zoe cambaleou para o lado, seguida por mim. Tive a sensação de que um pedaço de gelo bateu em minha bochecha esquerda um segundo antes de a perna da cadeira se espatifar contra a janela bem atrás de onde estava a Zoe. A princípio, essa foi a sensação, como se um pedaço de gelo houvesse cortado minha bochecha, que então começou a queimar enquanto uma chuva de cacos de vidro despencava sobre a gente.

— Evie! — Zoe arregalou os olhos. — Seu rosto!

Agachada ao lado dela, toquei o rosto com a mão trêmula e me encolhi.

— Eu… estou bem.

— Você sabe que não precisava ter feito isso — murmurou ela por entre os dentes cerrados, agarrando meu pulso e afastando a minha mão. As pontas dos meus dedos estavam sujas de sangue.

Nós duas demos um pulo quando algo se espatifou ao nosso lado mais uma vez.

— Preciso fazer alguma coisa. — Zoe continuava segurando minha mão. — Ele vai machucar mais gente. Preciso…

— Não. — Segurei-lhe o braço, fitando-a com os olhos arregalados. — Você não pode. Se fizer… — Não precisei terminar a frase. Se a Zoe se metesse no meio daquilo, acabaria se expondo para todo mundo. Ninguém sabia sobre os Originais e os híbridos. As pessoas achariam que ela era uma Luxen sem registro, e os Luxen não registrados…

Eles *desapareciam*.

Zoe apertou os olhos com força e inspirou fundo. Algo mais se espatifou acima da gente, e ela abriu os olhos.

— Evie, eu preciso…

— Todo mundo no chão!   retumbou uma voz masculina. — Todos no chão com as palmas voltadas para baixo.

Oficiais vestidos como uma equipe da SWAT, de preto da cabeça aos pés e com capacetes ocultando-lhe os rostos, invadiram a sala. Eles portavam assustadores rifles de longo alcance. Não pareciam membros da Força Tarefa Alienígena. Nem de longe.

Zoe me puxou, me fazendo cair de joelhos. Em questão de segundos, estávamos deitadas, com a barriga colada no chão. Coop se virou para eles, ainda de pé.

— Esse é nosso último aviso — disse a voz novamente. — Obedeçam ou iremos obrigá-los a obedecer.

Não, não, não. Eles não podiam atirar no Coop. Ele estava doente. Eles não podiam...

Seguiu-se uma espécie de zumbido, uma rápida sucessão de descargas elétricas. Coop se encolheu ligeiramente quando os ganchos se fincaram em seu ombro. Achei que ele fosse despencar. Um tiro de Taser não era brincadeira.

Ele, porém, não despencou.

Em vez disso, deu um passo à frente, na direção dos homens.

Escutei outro disparou. Os ganchos do Taser se fincaram em sua barriga, mas ele continuou avançando. Sequer diminuiu a velocidade, derrubando outra cadeira quando um terceiro tiro de Taser acertou-lhe a perna. Coop *continuava* de pé, *continuava* avançando em direção aos homens.

Como era possível? Tiros de Taser e de outras armas de choque afetavam os Luxen.

Os demais alunos estavam deitados no chão, os rostos brancos, alguns machucados, e todos de olhos fechados. Eu podia ver as botas dos oficiais parados diante da porta da sala. Podia ver o Coop.

Três tiros de Taser e ele *continuava* de pé.

— Mais um passo e vamos derrubá-lo para valer! — gritou um dos oficiais. — Vamos lá, meu irmão. Não nos obrigue a fazer isso. Pare!

— Por favor — murmurei, apertando a mão da Zoe até sentir os ossos. — Vamos lá, Coop. Pare, por favor.

Ele não parou.

Sangue escorria livremente por seus olhos e nariz. E não era um sangue normal. Ele tinha um tom preto-azulado, e *brilhava*.

Ai, meu Deus...

Coop jogou a cabeça para trás e rugiu. Encolhi-me ao escutar o som. Zoe xingou. Ele berrou tão alto e com tanta força que era como se estivesse se rasgando por dentro. Seguiu-se um estalo — um som de ossos se partindo.

Um dos oficiais com os rifles de longo alcance deu um passo à frente, postando-se na frente dos colegas. O som foi semelhante ao de um cabeção de nego. Um rápido espocar. Um buraco do tamanho de uma moeda surgiu no meio da perna direita do Coop, fazendo-o tropeçar. Dois outros oficiais pularam por cima das mesas viradas e se jogaram sobre ele. Coop lutou para se desvencilhar deles, conseguindo arremessar um e se livrar. Foram necessários quatro oficiais para derrubá-lo — quatro oficiais, três disparos de Taser e um tiro na perna.

Coop continuou gritando sem parar enquanto eu escutava seus ossos se partindo.

❋ ❋ ❋

Eles nos mantiveram deitados, com a barriga colada no chão e as palmas voltadas para baixo, até o Coop ser retirado da sala. A sensação foi de que demorou uma eternidade — ainda que tivessem sido somente uns poucos minutos — para que uma voz desconhecida nos mandasse levantar e formar uma fila para sair de sala.

Fomos escoltados até o pátio, sem podermos sequer parar em nossos armários. Fiquei perto da Zoe e, quando dei por mim, estávamos em meu carro, com ela atrás do volante, embora a Zoe possuísse seu próprio meio de transporte. Não precisei nem perguntar para saber que estávamos a caminho da Foretoken.

O que fazia total sentido. Luc precisava ser informado sobre o que havíamos testemunhado. Talvez ele pudesse nos dar alguma luz, porque eu própria não fazia ideia do que tinha acontecido com o Coop. Tudo o que sabia era que o quer que fosse definitivamente não era uma gripe.

Segurando a mochila junto ao peito, mantive os olhos fixos à frente como um pequeno robô. Depois de tudo o que acontecera, os arranha-céus, os jardins bem cuidados diante das casas e os carros que transitavam pelas ruas pareciam um tanto falsos.

Será que a mulher da van que parou ao nosso lado no sinal tinha ideia de que o Coop arremessara um professor pela janela? E depois machucado seriamente outro aluno? Será que o motorista do ônibus que atravessou a toda o cruzamento sabia que o Coop havia vomitado sangue e sabe Deus lá mais o quê antes de surtar completamente?

Será que o sr. Barker ia ficar bem? Ou o garoto que arrebentara a cabeça no chão? Não tinha ideia.

Imaginando que a notícia chegaria aos jornais em breve, mandei uma mensagem para minha mãe avisando que eu estava bem. Ela não me respondeu, o que não era incomum. Provavelmente estava enfurnada num laboratório em algum lugar.

A normalidade que eu sentira hoje durara muito pouco.

Apertando a mochila como se fosse uma daquelas bolas para aliviar estresse, soltei um longo e forte suspiro. Deus do céu, eles o tinham alvejado com um Taser. Atirado nele várias vezes, inclusive com uma bala de verdade, e nem assim o haviam derrubado.

— Você está bem? — perguntou Zoe ao entrarmos na rua da Foretoken.

Fiz que sim.

— E você?

— Não. Para ser honesta, não.

— Nem eu — admiti. — Não acredito no que aconteceu.

Zoe não respondeu. Em silêncio, ela estacionou o carro e nós atravessamos a rua movimentada. Clyde abriu a porta para a gente e, com um resmungo em forma de cumprimento, fez sinal para que entrássemos. Um sr. Cabeça de Batata estampado em sua camiseta nos observava por cima da parte superior do macacão.

Clyde segurou meu braço com uma delicadeza surpreendente para alguém com a mão tão grande. Ergui os olhos para ele, que apontou com a cabeça para mim.

— Seu rosto.

Não sabia sobre o que ele estava falando.

Os piercings nas sobrancelhas e no rosto cintilaram sob a luz do teto quando o segurança apontou para mim de novo, soltando meu braço.

— Tem sangue no seu rosto, menina.

— Ah. — Levei a mão à bochecha, sentindo uma leve fisgada. Tinha me esquecido disso. — É só um arranhão.

— Luc vai ver e reagir como se fosse um ferimento à bala — resmungou ele. Zoe bufou, concordando. Clyde meteu a mão no bolso de trás do macacão e puxou um lenço vermelho e branco. — Está limpo.

Não tive chance de protestar. Dando uma de enfermeira, ele rapidamente limpou com cuidado os resquícios de sangue.

— Obrigada — falei quando o segurança terminou.

Ele resmungou algo de novo.

— Luc provavelmente ainda vai reparar.

Esperava que não.

Clyde, então, se afastou, desaparecendo nos recessos escuros do andar da boate. Virei e segui a Zoe em direção à entrada dos empregados. Era sempre estranho ver a boate daquele jeito, vazia, sem cadeiras nem mesas.

Mal chegamos ao andar do Luc quando a porta da escada se abriu e ele apareceu, vestindo um jeans e uma camiseta camuflada com os dizeres VOCÊ NÃO PODE ME VER.

Abafei a risada que borbulhou em minha garganta. Diante do acontecido, parecia inapropriado.

— Emery acabou de me falar o que aconteceu. Heidi contou para ela — disse ele, seu olhar passando pela Zoe e se concentrando em mim. — Vocês estão bem?

— Estamos. — Soltei o corrimão e olhei de relance para a Zoe. — O que ela te falou?

— Que um garoto surtou durante uma aula e arremessou um professor pela janela. — Ele segurou a porta aberta para a gente.

— Bom, isso é mais ou menos um décimo da história. — Zoe passou. — Heidi está vindo para cá?

— Imagino que sim. — Luc franziu o cenho quando passei por ele. Antes que eu desse mais um passo, ele parou diante de mim.

Recuei, cambaleando.

—Jesus, odeio quando você faz isso.

— Você está machucada — observou ele, erguendo a mão e tocando minha bochecha. Somente então ele olhou para a Zoe, que havia parado ao lado da porta. — O que aconteceu?

Merda. Clyde tinha razão.

— Machucada? Eu não…

— Você tem um corte. — Luc trincou o maxilar e abaixou o queixo. — Isso não é um machucado?

— Estou ótima.

Um músculo pulsou em seu maxilar.

— Ela me tirou do caminho de uma perna de cadeira que foi arremessada feito um míssil — explicou Zoe. — Eu disse pra Evie que isso não era necessário.

Afastei-me do Luc e me virei para ela.

— Como assim, não era necessário? Você podia ter acabado com uma perna de cadeira fincada na testa.

— Eu teria saído do caminho antes que isso acontecesse. — Ela fez uma pausa. — Sou super-rápida.

— Ela não teria se machucado. — O Original puxou a manga da minha blusa, fazendo com que eu me virasse para ele. — Embora tenha sido uma atitude admirável que estou certo de que a Zoe apreciou…

— Verdade — intrometeu-se ela.

— Não era necessário — completou Luc. — Você sabe o que ela é.

— Só para que todos entendam. Se uma pessoa jogar uma perna de cadeira na cabeça de alguém que eu gosto e eu puder intervir… — falei. — Vou intervir. Não vou simplesmente ficar parada e deixar acontecer.

— Pesseguinho…

— Com exceção de você — completei. — No seu caso, vou deixar a perna da cadeira bater porque você é um tremendo cabeça-dura.

Ele abriu um meio sorriso.

— Combinado.

Revirei os olhos.

— Deixa pra lá.

Pousando a mão na base das minhas costas, Luc se inclinou e sussurrou:

— Eu deixaria mil pernas de cadeiras acertarem minha cabeça se isso significasse que nada de mau aconteceria com você.

Não sabia como responder a uma observação dessas. Obrigada parecia errado. Por sorte, não precisei, porque a Zoe começou a contar para o Luc o que tinha acontecido enquanto seguíamos para o cômodo ao lado do apartamento dele, um espaço aberto com sofás, pufes gigantescos e uma televisão enorme. Kent veio se juntar a nós, trazendo Coca-Cola e com o moicano todo espetado para o alto.

Enquanto o Luc e eu nos sentávamos no sofá, e a Zoe e o Kent se acomodavam num dos pufes, dei-me conta de que jamais vira nenhum dos dois no apartamento do Luc.

Quando a Zoe finalmente terminou de contar o que acontecera, eu tinha bebido quase toda a minha Coca e o Kent olhava para ela, balançando a cabeça com incredulidade.

— Não é possível — comentou ele. — Os drones VRA não detectam humanos.

— Eu sei — retrucou ela. — Mas foi o que aconteceu. E se ele estivesse se escondendo atrás de lentes de contato, eu teria sentido.

— Era como se ele estivesse com febre ou algo do gênero. Coop disse que ia embora para casa depois que fizesse uma prova. Ele estava falando e, de repente, surtou e começou a arremessar as coisas. — Apoiei a Coca no joelho e olhei para o Luc. — É possível que ele conhecesse um Luxen e tenha sido curado por ele? Que tenha começado um processo de mutação?

Kent fez que não.

— A mutação não ocorre assim. Você fica doente e tal, mas não entra num acesso de fúria desse tipo, certo, Luc?

O Original, que se mantivera terrivelmente quieto durante todo o relato, se inclinou para a frente e apoiou as mãos nos joelhos.

— Quando o Daedalus tentou recriar a mutação, eles desenvolveram soros que eram administrados aos humanos que tinham dado início ao processo. O LH-11 foi um desses soros, assim como o Prometeu.

Meu pescoço enrijeceu. Esses eram os soros que o Luc tinha mandado o Daemon e a Kat pegarem... por minha causa.

— Os soros foram desenvolvidos para acelerar e intensificar a mutação. Na maioria das vezes eles não funcionavam, fazendo com que a cobaia se transformasse rápido demais e, em alguns casos, entrasse num acesso de fúria autodestrutiva — explicou Luc. — Se o colega de vocês tomou algo do tipo, isso explicaria a força e a fúria.

— Mas como pode ser esse o caso? — perguntei. — O Daedalus não existe mais e, mesmo que o Coop tenha sido de alguma forma curado por um Luxen a ponto de dar início à mutação, como ele pode ter tomado um desses soros?

— Nós temos alguns — retrucou ele, recostando-se no sofá. — Para qualquer emergência.

Não queria saber que tipo de emergência exigiria uma coisa dessas.

— Mas você é o Luc, e aqui é a Foretoken. Posso entender que vocês tenham conseguido botar as mãos nesses soros, mas um Luxen qualquer?

Ele me fitou.

— Não é impossível, embora seja improvável. Se foi isso o que aconteceu, então tem mais alguém aí fora que tinha ligação com o Daedalus.

— O quão ruim seria isso? — perguntou Kent, empertigando-se.

— Se foi um Luxen que percebeu o início da mutação e deu o soro para ele, bem ruim — respondeu o Original.

— Espera um pouco. Se ele foi curado, não teria ficado com um rastro? — Olhei para a Zoe. — Você não teria visto?

— Os rastros podem desaparecer durante a mutação. A febre tende a apagá--los — explicou ela. — Mas eu não percebi rastro nenhum, e acho que teria visto.

Luc franziu as sobrancelhas.

— Então eu realmente não faço ideia do que poderia provocar uma mutação espontânea com esse tipo de resultado.

Olhei para ele, para lá de incomodada com o fato de o Luc não saber, porque ele parecia ter resposta para tudo.

— Talvez estejamos olhando para isso da maneira errada. Se não foi uma mutação, qual seria a causa? — perguntou Zoe.

Ninguém respondeu.

Pensei nas pessoas do condomínio, que tinham ficado doentes por conta de algum vírus que, segundo os repórteres, poderia ter sido transmitido por um Luxen. Mamãe tinha dito que isso era impossível, mas e se ela estivesse errada? As pessoas em Kansas City tinham ficado doentes e morrido, assim como o Ryan algumas semanas atrás. Tudo bem, talvez o Ryan tivesse pego apenas uma gripe normal, mas e se houvesse um vírus como o da gripe que os humanos estavam contraindo dos Luxen?

inguém teve notícias do Coop nos dias que se seguiram ao incidente na escola, quando ele vomitou uma espécie de sangue negro por toda a sala de aula antes de ser alvejado por três tiros de Taser e uma bala. A história, porém, chegou tanto aos noticiários locais quanto nacionais, com inúmeras especulações, que iam desde a crença de ele ter contraído o misterioso vírus transmitido pelos Luxen até a possibilidade de estar tomando uma droga chamada ET, a qual aparentemente envolvia injetar-se com sangue alienígena. Eu tinha quase certeza de que isso sequer existia, uma vez que nem eu nem nenhum dos meus amigos, inclusive o Luc, jamais ouvira falar de alguém ter feito uma coisa dessas.

Todos os dias, o noticiário da noite convidava uma pessoa de meia-idade e com alguma vaga especialização médica para falar sobre os riscos dessa nova droga que vinha varrendo os subúrbios de Atlanta. Eles diziam que o sangue dos Luxen misturado com opioides produzia um poderoso estimulante que podia causar severos sangramentos internos e levar a pessoa à morte.

Aquilo tudo soava sensacionalista demais, pura ficção, mas as pessoas acreditavam.

Soubemos que o sr. Barker ia ficar bem, assim como o garoto que havia batido a cabeça. Nenhum dos dois retornou na semana seguinte, e tínhamos dúvidas de que o professor fosse voltar algum dia, mas eles estavam bem.

Já o Coop, provavelmente não.

Apesar de todas as notícias sobre o que acontecera em nossa escola, de todos os boatos e especulações, ninguém sabia nada sobre o Coop, não tínhamos nenhuma resposta. Nem mesmo quando os pais dele apareceram na televisão, pouco depois do incidente, exigindo ver o filho, o que era para lá de estranho.

Algo muito errado estava acontecendo.

— Você devia ir com a gente — disse Zoe para o James enquanto subíamos a colina que levava ao estacionamento, me arrancando dos meus devaneios. — Todo mundo vai se fantasiar. É uma festa de Halloween. Vamos lá, vai ser divertido. Estamos precisando de um pouco de diversão no momento.

— De jeito nenhum eu boto os pés na Foretoken de novo — respondeu ele. — Nem que a gente estivesse no meio de um apocalipse zumbi e aquela boate fosse o único lugar seguro no mundo. Não volto lá nem amarrado.

Abafei uma risada enquanto tirava a câmera de dentro da mochila, tendo visto um belo conjunto de folhas douradas e avermelhadas brilhando sob o sol vespertino.

— É um tanto exagerado, não acha? — retrucou Zoe. — Quero dizer, e se eles tivessem a cura lá?

— Nem assim. Preferiria meter o braço para fora da janela e ser mordido por um zumbi a botar os pés...

— Chega de Luxen! Chega de medo!

Parando, ergui a cabeça e olhei para a entrada do estacionamento.

— Só pode ser brincadeira — murmurou James ao meu lado ao vermos o que estava acontecendo. — Eles não se cansam disso?

— Acho que a resposta é *não* — murmurei de volta. — Estou ficando de saco cheio de escutar esse coro. *Realmente* de saco cheio.

Um grupo de alunos estava sentado no meio do estacionamento, impedindo a saída de pelo menos duas dúzias de carros. A líder do grupinho imbecil estava bem no meio da roda, o corpo magro vibrando com hostilidade.

Argh. April.

Não havia falado com ela desde nossa discussão nos portões da escola. Obviamente, a conversa não levara a lugar nenhum. Para piorar, seu grupinho de protesto tinha dobrado de tamanho desde o que acontecera com o Coop.

Ela segurava um cartaz rosa-choque idiota com a cara de um alienígena cortada por uma barra invertida, e gritava:

— Chega de Luxen! Chega de medo!

Seus minions gritavam também, cada um segurando seu próprio cartaz idiota. Reconheci meu ex em meio a eles, o que era, tipo, duplamente constrangedor.

— Não vamos viver com medo! — berrou April, levantando o cartaz imbecil bem alto. — Não vamos ser assassinados em nossas escolas ou em nossas casas. Não queremos ficar doentes por causa deles. Não...

— Cala a boca! — gritei, suscitando algumas risadinhas das pessoas atrás da gente e muitos olhares de desdém.

April se virou para a gente, pressionando os lábios vermelhos numa linha fina.

— Ninguém vai nos silenciar!

Revirei os olhos.

— Não acredito que eu era amiga dela.

— Quer saber? Já pensei a mesma coisa uma centena de vezes. — James ajeitou a mochila no ombro largo. — Não faço ideia de como vocês conseguiam ser amigas dela. April nunca foi bacana.

— Não sei. — Olhei de relance para a Zoe, que observava o grupo com uma expressão surpreendentemente impassível. James não sabia nem a metade. Eu jamais entenderia como ela, sendo o que era, tinha conseguido sequer conversar com a April todos esses anos. Sabia que a Zoe não podia chamar atenção para o que realmente era, mas minhas loucas fantasias sobre arrancar aquele rabo de cavalo louro da cabeça da April sempre incluíam sua expressão quando descobrisse que uma de suas amigas há anos era, em parte, uma alienígena e ela não tinha a menor ideia.

O que certamente jamais aconteceria, mas que não me impedia de sorrir só de imaginar.

— Graças a Deus a gente sempre chega atrasado e para o carro nos fundos do estacionamento. — Zoe afastou do rosto os cachos tom de mel. — Podemos simplesmente ignorá-los.

— Verdade. Eles, porém, não têm tanta sorte. — James apontou com o queixo para um pequeno grupo parado à direita da April e de seus minions.

Meus ombros ficaram tensos ao reconhecer o Connor e o jovem Luxen, Daniel. Havia mais dois outros com eles, seus carros completamente bloqueados pela roda de protesto.

— Merda. Não tinha visto que eles estavam ali. — Zoe cruzou os braços diante do suéter lilás e olhou por cima do ombro. — Onde estão os professores? Eles não estão vendo o que está acontecendo?

Levando em consideração a enorme audiência que o grupinho da April estava atraindo, eles tinham que saber que algo estava rolando aqui fora.

Fui tomada por uma súbita irritação. Eu havia tentado conversar com a April sobre toda aquela merda anti-Luxen, mas tinha sido como falar com uma parede. O pior de tudo era que o Connor e os outros não podiam fazer nada. Com os Desativadores, eles se tornavam virtualmente humanos, mas se tentassem se defender, seriam considerados agressores, "provando" que os gritos desvairados da April tinham fundamento.

— Ei, April. — Ergui a câmera e bati uma foto dela. — Que tal uma foto para celebrar seu fanatismo?

April soltou o cartaz rosa e veio como um trem de carga em minha direção, os olhos azul-claros estreitados.

— Juro por Deus, Evie, se você tirar uma foto de mim, vou quebrar essa câmera idiota! — Ela fez menção de arrancá-la da minha mão, mas dei um pulo para trás, mantendo-a fora de seu alcance. — Estou falando sério.

— Eu também — rebati, segurando a câmera com firmeza. Provavelmente uma boa hora para mencionar o fato de que eu já havia tirado a foto. — Que foi? Preocupada que eu tenha uma prova concreta do quanto você está sendo idiota?

Zoe bufou.

— Duvido que ela se importe.

— Ninguém pediu sua opinião. — April ergueu a mão, a palma aberta a centímetros do rosto da Zoe. A Original ergueu as sobrancelhas, mas a atenção da April estava focada em mim. — Você não devia tirar fotos das pessoas sem a permissão delas.

— Tá falando sério? — retruquei. — Você está atrapalhando metade do estacionamento.

— E daí? Esse é um direito nosso, garantido por Deus. — Ela balançou a cabeça enquanto falava. — Liberdade de expressão e tudo o mais. Estamos protestando contra *eles*. — Apontou o dedo na direção do Connor. — Coop ficou doente por causa deles!

— Ryan também! — gritou uma garota do grupo dela. — Eles o mataram.

— Eles não fizeram ninguém ficar doente — rebateu Zoe.

— É óbvio que você não sabe do que está falando! — exclamou April.

— Achava que fosse preciso permissão para essas coisas — intrometeu-se James.

— É o estacionamento da escola — respondeu April. — Não precisamos de permissão e, vou repetir, é nosso direito.

— E quanto aos direitos deles? — argumentei.

— Direitos deles? — April soltou uma risadinha debochada. — Que direitos? Esse não é o planeta deles.

— O direito de frequentar uma escola e voltar para casa sem ter que lidar com vocês. E, sim, da última vez que verifiquei, eles tinham direitos.

Ela revirou os olhos.

— Eles não merecem direito algum.

— Ai, meu Deus! — Revoltada, ainda que não exatamente surpresa por ela ser capaz de dizer algo desse tipo, senti vontade de botar o máximo possível de distância entre nós. — Você é uma pessoa horrível, April. Vá protestar em algum lugar onde o resto de nós, Luxen e seres humanos decentes, não precisem ver ou escutar vocês. Melhor ainda, tente se tornar um ser humano melhor. — Passei por ela e quase colidi contra o Brandon.

— Evie. — Ele me olhou de cima para baixo, o cartaz pendendo da ponta dos dedos. — Você realmente não tem problema com a presença deles aqui?

— Não. — April cruzou os braços. — Ela é uma traidora da espécie humana.

Revirei os olhos.

— Não, não tenho problema algum com a presença deles aqui, e você também não costumava ter. O que foi que mudou?

Brandon olhou de relance para os Luxen. O grupinho de manifestantes continuava bloqueando os carros deles.

— Eu abri os olhos, foi o que mudou. — Seus olhos azuis, que eu costumava achar tão bonitos, perscrutaram os meus. — Eles mataram seu pai...

— Cala a boca! — rosnei, fazendo menção de passar por ele enquanto a April e a Zoe começavam uma discussão. — Você não sabe do que está falando. Não tem a menor ideia.

Brandon agarrou meu braço, me obrigando a parar.

— O que você quer dizer com eu não tenho a menor ideia? Seu pai *morreu* lutando contra eles. De todas as pessoas, você devia ser a última a querer apoiá-los.

— Meu *pai* era um ser humano de merda. — Baixei os olhos para os dedos dele, enterrados em meu braço. O mesmo braço que o Micah havia quebrado nesse mesmo estacionamento.

Sua expressão tornou-se confusa.

— O quê? Seu pai foi um herói, Evie.

Jesus, eu estava com vontade de vomitar. Ele realmente não fazia ideia.

— Me solta.

Brandon franziu o cenho.

— Por quê? Para que você vá correndo até os Luxen se certificar de que eles estão bem? Sair andando de mãos dadas com eles? Escutei o lance de você ter escoltado aquele Luxenzinho de merda até a aula.

— Me solta para eu não ter que quebrar minha câmera na sua cara idiota — respondi, puxando o braço. Ele o apertou ainda mais. Encolhi-me ao sentir uma súbita fisgada de dor. — Vou ficar muito puta se quebrar minha câmera, mas se você não me soltar, é o que vou fazer.

— Sério?! — exclamou Brandon. Seus olhos se arregalaram em choque, mas ele não me soltou. — Você prefere me machucar a machucar esses alienígenas?

— Prefiro não machucar ninguém, mas se tiver que ser, ficaria mil vezes mais feliz em machucar você. — Olhei de relance para o grupo de manifestantes. Eles estavam de pé, trocando olhares nervosos. — Quer saber por quê? É você quem está me segurando. Não eles.

— Cara, solta ela. — De repente, James estava do meu lado, e ainda que fosse um ursão de pelúcia que detestava confrontos, era muito maior e mais largo do que o Brandon. Ele tirou a câmera das minhas mãos. — Não quero vê-la quebrando isso na cara dele. Você adora sua câmera, Evie.

Verdade.

Com um olhar para o James, Brandon soltou meu braço dolorido.

— Não entendo. Eles mataram a Colleen e a Amanda. Mataram também o Andy, e vocês agem como se isso não fosse nada de mais? Qual é o problema com vocês?

— Eles não mataram ninguém, Brandon. Não tiveram nada a ver com a morte deles.

— Como você sabe? — rebatou ele.

Gostaria de poder dizer exatamente como eu sabia, mas não podia. Conhecia o Brandon desde que começara a frequentar a escola, quatro anos antes. Não tínhamos namorado muito tempo, apenas uns três meses, mas éramos amigos antes e continuamos a ser depois. Brandon sempre me parecera um cara legal, inteligente e gentil, mas agora parecia um completo estranho.

— O que aconteceu com você? Você nunca foi assim.

— O que aconteceu *comigo*? — rebateu ele. — Eu acordei, Evie. Abri os olhos para o que está realmente acontecendo... o que eles estão fazendo com a gente.

Ele estava tão cego que não era nem engraçado.

— O que você acha que está acontecendo?

— Eles estão roubando os nossos direitos, Evie. Estão roubando nossos empregos e nossa assistência governamental — argumentou ele. — Estão fazendo as pessoas ficarem doentes. Eles são assassinos.

Eles podiam ser assassinos — já tinha visto com meus próprios olhos —, e embora uma parte de mim estivesse começando a ponderar se não haveria alguma verdade nessa história de vírus alienígena, Brandon estava absolutamente errado.

— Os humanos também são — respondi. — Nós somos tão assassinos quanto eles. Talvez até piores, se você olhar para nossa história e para todas as doenças que transmitimos uns para os outros de maneira estúpida. Eles não entram atirando em escolas ou cinemas. Eles não matam adolescentes desarmados e se escondem atrás de distintivos. Não jogam inocentes em câmaras de gás ou explodem prédios inteiros. Eles não...

— São humanos — interrompeu-me ele. — Eles não são humanos, Evie, e estão matando pessoas... famílias inteiras. Assista às notícias.

Fiz que não, enojada.

— Eles são mais humanos do que você no momento.

— Ai, meu Deus! — April soltou um grito esganiçado, girando nos calcanhares. Pelo canto do olho, vi que os Luxen tinham entrado em seus carros, e como os manifestantes haviam começado a se dispersar, podiam agora sair do estacionamento. — Olha! Eles estão fugindo. Merda!

Brandon se virou com as bochechas em fogo ao mesmo tempo que os carros dos Luxen saíam do estacionamento. Ele, então, se virou de volta para mim. Abri um sorriso de orelha a orelha.

— Vocês não conseguem nem fazer um protesto direito. — Zoe estalou os dedos diante do rosto da April, fazendo-a se encolher. — Meio que patético.

— Merda — rosnou Brandon.

— Só para que você saiba, eu estou me sentindo superconstrangida por tabela — falei para ele. — Envergonhada por vocês. — Fiz uma pausa. — E por mim mesma, visto que tive a infelicidade de namorar você.

O rosto dele ficou vermelho feito um pimentão.

— Você fez mais do que só me namorar, sua vaca...

— Cuidado com as palavras, Brandon — interveio James, sorrindo para o sujeito menor. — Escolha-as com bastante cuidado.

Brandon trincou o maxilar e fechou a boca, me fuzilando com os olhos.

— Deixa pra lá — disse ele.

Ergui a mão, mostrando o dedo do meio.

Ele se virou de costas, murmurando algo como *amante dos Luxen* por entre os dentes e amassando o cartaz entre os dedos.

— Não se preocupe. — April foi correndo até o Brandon e deu-lhe o braço. — Eles não vão ser um problema por muito mais tempo.

— Vai sonhando — gritou Zoe ao vê-los se afastando.

April ergueu o braço e brandiu a mão como que descartando o comentário.

— Seu esmalte está descascando! — acrescentou Zoe, sorrindo e olhando de relance para mim. — Deus do céu, tenho vontade de socá-la.

— Bem-vinda ao clube. — Comecei a andar em direção ao meu carro.

— Se eu também quiser, isso faz de mim uma má pessoa? — perguntou James.

— Não — respondemos Zoe e eu ao mesmo tempo.

Enquanto prosseguíamos, Zoe olhou por cima do ombro na direção em que a April e o Brandon haviam desaparecido. Balançando a cabeça, disse:

— Estou preocupada.

Parei diante do meu carro. James me devolveu a câmera.

— Com o quê?

— Estou preocupada que eles acabem fazendo algo realmente idiota… e perigoso.

10

cordei suando frio. Ofegante, levei as mãos à garganta, procurando pelos dedos que ainda sentia enterrados em minha pele.

Não é real. Não é real. Não é real.

Inspirei fundo, a respiração trêmula, e me forcei a soltar o pescoço. Não havia ninguém aqui tentando me estrangular. Tinha sido um pesadelo. Mesmo sabendo disso, eu afastei o cobertor e me sentei. Com o coração martelando contra as costelas, corri os olhos pelo quarto.

A luz da lua penetrava por baixo das cortinas e incidia sobre o piso diante da cama. Verifiquei as prateleiras de livros e as pilhas de roupa. A televisão sobre a cômoda, ainda ligada e com o volume baixo, porque eu continuava tendo dificuldade em pegar no sono sem alguma luz. Ela piscava, pulando de uma cena de crime para a seguinte.

Medical Detectives.

Precisava parar de pegar no sono com essa série, ainda que considerasse a voz do narrador estranhamente relaxante.

A porta do quarto continuava fechada, assim como a janela. Ambas trancadas, embora eu soubesse que havia muitas criaturas lá fora que não seriam detidas por uma simples tranca.

Tinha sido só um pesadelo.

Mesmo sabendo disso, liguei o abajur sobre a mesinha de cabeceira. Diesel, a pedra, sorria para mim.

Levantando da cama, corri até o banheiro e apertei o interruptor. Uma luz forte derramou-se sobre o espaço estreito ao mesmo tempo que eu levantava a camiseta com os dedos trêmulos.

Não havia nenhum arranhão ou hematoma em minha barriga, tal como me informara a parte racional e lógica do meu cérebro. Eu estava bem. Ia ficar bem. Micah estava morto, e eu...

Não sabia *quem* eu era.

Uma súbita onda de enjoo revirou meu estômago, me fazendo cair de joelhos com um grunhido rouco. Fechando as mãos na porcelana fria do vaso, botei para fora tudo o que havia comido na noite anterior. Lágrimas escorreram pelos cantos dos meus olhos, enquanto minha garganta e meu peito queimavam com a força dos tremores que sacudiam meu corpo. Vomitei várias vezes, em ondas rápidas e fortes, até restar apenas uma ânsia seca e dolorida e meu corpo ceder, os músculos exauridos.

Quando dei por mim, estava deitada de lado no piso frio, encolhida numa bola. Ainda trêmula, apertei os olhos com força e pressionei os lábios, contando cada respiração que inalava pelo nariz. Não sei quanto tempo fiquei assim. Cinco minutos? Dez? Mais? Lentamente, estiquei as pernas e virei de costas. Em seguida, abri os olhos e fitei o teto com um olhar vidrado.

Eu tinha escutado uma voz em meu pesadelo. A voz do Micah. Ele divagava sobre o Luc e avisava que *tudo* estava prestes a terminar, tal como fizera na mata.

Nem o Luc nem eu tínhamos ideia do que ele quisera dizer com isso, mas suas palavras eram como fantasmas assombrando os recônditos escuros da minha mente. Será que tinha sido realmente um aviso ou apenas as palavras de alguém que desejava provocar o máximo de dor e medo antes de morrer?

Queria odiá-lo e, de certa forma, odiava, mas também sentia... Deus do céu, também sentia pena dele. Não gostava da sensação feia e sufocante que essa pena deixava em seu encalço. Era como uma camada de óleo manchando minha pele. Eu o odiava por isso e pelo que ele obrigara o Luc a fazer — matá-lo. Sabia que essa morte o assombrava, porque ele se sentia responsável pelo Micah e por todos aqueles outros Originais. Também desprezava o Micah por toda dor e medo que ele me fizera passar.

O jovem Original era um assassino, mas também era uma vítima. Criado num laboratório, o resultado do cruzamento de um Luxen com uma híbrida, desenvolvido para ser o humano perfeito — o soldado perfeito. Forçado a tomar só Deus sabe quantas drogas diferentes. Micah podia parecer ter a minha idade, mas tinha só 10 anos. Ele talvez fosse extremamente inteligente e extraordinariamente manipulador, mas era apenas uma criança que queria se sentir *amada* e que se sentira traída e abandonada pelo Luc.

Eu o odiava, e ao mesmo tempo tinha pena dele. Sentia-me mal por todas aquelas crianças que o Luc fora obrigado a... dar um jeito porque elas tinham se tornado *más*.

Só que o Micah estava definitivamente morto e eu estava deitada no chão do banheiro no meio da noite.

Gemendo, me sentei e, em movimentos lentos, me coloquei de pé. Aproximando-me da pia, abri a torneira e joguei um punhado de água gelada no rosto. Soltei um arquejo, mas repeti o processo, deixando a água encharcar minha pele e uma boa parte do cabelo. Em seguida, bochechei com antisséptico bucal até tirar todo o gosto de bile da boca. Ergui, então, os olhos para o espelho respingado e observei a garota que me fitava de volta.

Reconheci o rosto em forma de coração e os cabelos louros e úmidos grudados nas bochechas coradas pelo esforço de vomitar. Aqueles olhos castanhos grandes eram meus, assim como os lábios entreabertos e o queixo ligeiramente pontudo que não combinava com o resto do rosto.

Aquela era eu.

— Meu nome é Evie. — Pigarreei, apoiando as mãos sobre a pia para me equilibrar. — Meu nome é... Nadia Holliday? — Fiz que não. — Não. Eu não sou ela. Eu sou Evie Dasher.

Só que também não era, certo?

Mas eu era a Pesseguinho...

Esfregando o rosto com as mãos, me afastei da pia. Tinha lembrado algo da minha vida como Nadia. O beijo. Nosso primeiro beijo. Talvez essa fosse minha única lembrança como Nadia, mas sabia em meu âmago que aquele tinha sido meu primeiro beijo.

Tomei um susto ao escutar um som de mensagem entrando no celular. Esquecendo o espelho, apaguei a luz do banheiro e corri de volta até a cama. Encontrei o telefone meio escondido debaixo de um dos travesseiros e o peguei, sentindo o estômago revirar ao ver o nome do Luc na tela.

Não consigo dormir. Você?

Sentei na cama. A náusea deu lugar a uma mistura estranha de ansiedade e antecipação. Não sabia se isso era melhor ou pior.

As coisas entre nós haviam mudado desde o dia do passeio a Harpers Ferry. Estava confusa com o que começara a sentir por ele, ou talvez *sempre* tivesse sentido. Como podia separar esses sentimentos de um passado que não me lembrava e um presente que não entendia direito?

Também não, mandei de volta.

Após alguns instantes: *Abre a janela.*

Abre a janela? Merda! Levantei num pulo da cama e me virei para a janela. Será que ele...

Escutei uma leve batida.

Luc estava realmente do lado de fora da janela.

Corri para abri-la antes que um dos vizinhos o visse empoleirado ali fora como um pterodátilo supergato.

— Evie? — chamou ele baixinho. — Diesel está dormindo?

Um sorriso repuxou meus lábios. Provavelmente era má ideia deixá-lo entrar, mas, depois do pesadelo, estava precisando de uma distração.

Foi o que repeti para mim mesma enquanto abria as cortinas e levantava a janela. Que deixá-lo entrar não tinha nada a ver com o fato de *ele* ser a distração. Uma lufada de ar frio penetrou o quarto.

— Minha mãe está em casa.

— Eu sei. — A luz da lua incidiu sobre seus belos traços.

— Você não devia estar aqui.

Com um sorriso, Luc me ofereceu uma lata de Coca.

— Eu sei.

— E não se importa?

— De ser pego? Não.

Fuzilando-o com os olhos, tirei a lata da mão dele e recuei um passo.

— Se ela te pegar aqui, a coisa vai ficar feia.

— Ela não vai me pegar.

Luc pulou a janela e aterrissou com a graça silenciosa de um grande felino, empertigando-se em seguida. Eu não era exatamente baixinha, mas ainda assim ele parecia um gigante diante de mim. O Original se virou e fechou a janela.

Segurando a lata e tentando desesperadamente ignorar o bater de asas de borboleta em meu peito, fui verificar a porta do quarto para ter certeza de que estava trancada. Feito isso, inspirei de maneira superficial e me virei para encará-lo.

Luc estava com uma camiseta branca simples e uma calça xadrez de flanela cinza e vinho. O cabelo bagunçado, as pontas eriçadas em todas as direções. Sua aparência era simplesmente adorável, uma palavra que jamais imaginara um dia usar para descrevê-lo.

O Original exalava um charme maroto parado ali daquele jeito, os olhos pesados de sono. Com aquela cara de quem havia acabado de levantar da cama, quase dava para esquecer o que ele realmente era.

— Você veio até aqui de pijamas? — Baixei os olhos. — E descalço?

— Meus pés nem tocaram o chão. — Ele sorriu, me olhando rapidamente de cima a baixo. — Gostei da camiseta.

Olhei para mim mesma e franzi o cenho. A camiseta devia ser pelo menos três vezes o meu tamanho. Era como uma tenda disforme e, a menos que começasse a fazer polichinelos, não dava para ver que eu estava sem sutiã. Uma boa parcela das pernas estava à mostra, uma vez que ela batia na metade das coxas.

Luc, porém, já havia visto bem mais que só as minhas pernas.

— O que tem nela para gostar? — perguntei.

Ele curvou os lábios num meio sorriso.

— Uma série de coisas, mas o RAINHA DOS DORMINHOCOS estampado na frente lidera o top 3.

— Ah! — Baixei os olhos novamente. Verdade. A estampa dizia isso mesmo. Pelo visto, tinha perdido a capacidade de ler. Imaginei quais seriam as outras duas, mas não tive coragem de perguntar.

O olhar dele se fixou num ponto acima da minha cabeça. Um lento sorriso repuxou-lhe os lábios, e eu soube que ele estava olhando para a foto emoldurada que tinha me dado. Eu decidira trazê-la comigo para casa, e depois de abrir vários buracos na parede acima da cama, finalmente conseguira pendurá-la reta.

Pelo menos, achava que sim.

— *Medical Detectives* — disse ele após alguns instantes, virando a cabeça na direção da televisão. Aproveitei para puxar a camiseta para baixo o máximo possível. — Acho que você é a única pessoa que consegue dormir assistindo a isso.

Enquanto o Luc continuava de costas para mim, corri até a cama, ainda segurando a camiseta, e me enfiei debaixo das cobertas.

— Talvez por isso eu esteja tendo pesadelos.

Luc se virou para mim. Mesmo sem conseguir ver seus olhos, senti-os focados em mim. Puxei o cobertor até a cintura. Ele deu um passo à frente e parou.

— Não é por esse motivo que você está tendo pesadelos.

Soltei o cobertor e ergui os olhos para ele, sentindo o peito apertar.

— Como assim?

Ele afastou o laptop, que estava junto ao pé da cama, e se sentou.

— Você passou por muita coisa, Pesseguinho. Me viu matar três Luxen e se deparou com mais de um cadáver. Passou por maus bocados nas mãos do Micah e descobriu que a sua vida inteira era baseada numa mentira. Não é de admirar que esteja tendo pesadelos.

— Você também tem?

— Quase toda noite.

Meu peito apertou de novo, só que por um motivo diferente.

— Sobre o quê?

Luc ficou em silêncio por um longo tempo.

— Sobre coisas passadas — disse ele, perguntando em seguida: — O que te acordou?

— Micah — respondi com sinceridade, em vez de mentir ou sair pela tangente como eu normalmente faria.

— Ele está morto. Você mesma disse. — Luc virou a cabeça para mim, e nossos olhos se encontraram em meio à penumbra do quarto. — Provavelmente essa é a razão dos seus pesadelos.

— Eu sei que ele está morto. Só que…

— Você passou por muita coisa — repetiu o Original. — Gostaria que o Micah estivesse vivo para que eu pudesse matá-lo novamente.

— Não diga uma coisa dessas. Sei que você não queria matá-lo, e sei que isso o incomoda.

Ele inclinou a cabeça ligeiramente de lado.

— Por que acha isso?

— Porque lembro o que você me contou sobre os outros Originais, e dá para ver que o que você foi obrigado a fazer é algo que o assombra.

— Verdade, mas o Micah é diferente.

— Diferente como?

— Ele fez algo que nenhum dos outros fez. — Luc se levantou e, com o laptop na mão, veio para a cabeceira da cama e se sentou ao meu lado, no lado… *dele*. Não que ele tivesse um lado, mas meio que tinha. — Micah te machucou. Não me arrependo de nada do que fiz com ele.

Inspirei com força.

— Não está falando sério.

— Estou, sim. Não sinto um pingo de arrependimento. Ele mereceu… merecia pior. Ele te machucou, Evie.

— Ele também matou outras pessoas, mas…

— Isso não me importa.

Fitei-o, boquiaberta, sentindo uma mecha de cabelo grudar em meu rosto.

— Micah selou o próprio caixão quando quebrou seu braço. — Luc se recostou na cabeceira e esticou as pernas. — Atacá-la de novo, machucá-la do jeito que ele fez? Foi o último prego.

Ergui os olhos para ele e, inspirando de maneira superficial, falei com sinceridade:

— Não sei o que dizer.

Ele me fitou por alguns instantes e assentiu com um menear de cabeça.

— Não precisa dizer nada.

Afastei o cabelo do rosto, sem saber ao certo se acreditava nele ou não.

De repente, Luc estendeu a mão e fechou os dedos compridos em volta do meu pulso.

— O que aconteceu com seu braço?

O contato de seus dedos provocou uma agradável descarga elétrica. Acompanhei seu olhar enquanto ele verificava meu braço. A princípio, não soube do que ele estava falando, mas então vi as manchas azuladas na parte interna do antebraço.

— Essas marcas de dedos. — Luc pressionou os lábios numa linha fina. — Quem fez isso?

Balancei a cabeça, frustrada.

— Alguns idiotas estavam protestando contra os Luxen na escola hoje, e as coisas saíram do controle.

Ele inclinou a cabeça de lado.

— Quem fez isso, Evie?

Olhei para ele. A violência mal contida em seus olhos combinava com o tom de voz. De forma alguma eu ia contar o que havia acontecido, de modo que comecei imediatamente a pensar em cachorrinhos peludos abanando o rabo e gatinhos correndo atrás de novelos de lã.

Luc estreitou os olhos.

— Não é nada — falei.

— Não é o que parece. — Ele, enfim, desviou os olhos e apoiou meu braço sobre sua coxa. — Ninguém deveria tocá-la desse jeito, a ponto de deixar um hematoma.

Precisava concordar com essa última parte.

— Tenho certeza de que os Luxen apreciam o fato de você querer defendê-los, mas precisa tomar cuidado.

— Eu tomo.

Ele fechou a mão sobre o hematoma.

— Pelo visto, não o suficiente. — Sua palma começou a esquentar. — Há pessoas por aí tão imersas em ódio e medo que não irão pensar duas vezes antes de machucar alguém em nome do que quer que acreditem. Inclusive pessoas que você acha que conhece.

O calor subiu pelo antebraço até envolver o cotovelo.

— Você está me curando? — Ao não obter resposta, arregalei os olhos. — Luc, não precisa fazer isso. É só um hematoma. — Mantendo a voz baixa, puxei o braço. — E se...?

— Uma cura rápida não vai provocar nada. — Sua outra mão se fechou sobre a minha, o polegar acariciando minha palma. — Você não vai sofrer nenhuma mutação.

— Como você sabe?

Um sorrisinho meio de lado repuxou-lhe os lábios e ele ergueu as pestanas.

— Eu sei tudo, Pesseguinho. Não aprendeu ainda?

— Você não é onipresente. — Um agradável formigamento espalhou-se por minha pele.

Luc riu.

— Você quer dizer *onisciente*, Pesseguinho.

— Tanto faz — murmurei, apoiando a cabeça na cabeceira da cama. Precisávamos falar mais sobre o Micah e como ele realmente se sentia, mas o suave formigamento era uma tremenda distração.

Seus dedos soltaram a área machucada, e não precisei nem olhar para saber que o hematoma havia desaparecido. Ele, porém, continuou me acariciando.

— Você não vai ficar com um rastro. O...

— Soro Andrômeda — completei. — Eu lembro. Mas mesmo que não fique nenhum rastro, eu não posso sofrer uma mutação?

Luc deslizou a mão pela parte superior do meu braço, provocando um forte arrepio em minha espinha. Encolhi a perna direita.

— Não se for eu quem a curar.

Virei a cabeça para ele.

— Os Originais não podem transformar os humanos?

— Exato. — Luc deslizou a palma calejada pelo meu braço de novo, plantou um beijo em minha mão e a depositou com cuidado em meu colo. — Lembro de você ter mencionado alguns dias atrás que gostava daquela websérie *BuzzFeed Unsolved*?

— Gosto. — Heidi me falara da série, e os dois apresentadores, Ryan e Shade, estavam rapidamente se tornando meus humanos favoritos. Bom, *presumindo* que eles fossem humanos e não Luxen. Hoje em dia já não dava para dizer. Não quando havia tantos Luxen sem registro usando lentes de contato para confundir os drones VRA.

Humanos ou Luxen, eu definitivamente adorava o jeito dramático de narrar do Ryan e as tiradas hilárias do Shade.

— Quer assistir alguns episódios? — perguntou ele, pegando o laptop.

— Quero — respondi, pressionando o dedo no leitor de digital para destravar o computador.

Ajeitei-me na cama enquanto o Luc procurava pelo episódio que falava das aparições do Homem Mariposa na West Virginia. Lutei para ignorar nossa proximidade, ombro com ombro, coxa com coxa. De alguma forma, ele tinha metido as pernas embaixo do cobertor também, e o tecido macio da calça do pijama roçava minhas pernas nuas. Quando o programa, enfim, começou, sentia como se precisasse jogar as cobertas longe.

Tentei prestar atenção, mas em poucos minutos minha mente se voltou novamente para uma das muitas coisas que tinham me levado a cair de joelhos no banheiro. Será que o Luc tinha feito algo parecido com a Nadia? Ficar acordado assistindo vídeos bobos porque ela — eu — não conseguia dormir?

Arrisquei um olhar de relance para ele, adorando e odiando o leve aperto em meu peito ao ver o suave sorriso que iluminava seu rosto enquanto ele observava o Ryan e o Shade andando cuidadosamente por uma floresta. De alguma forma, Luc sentira que eu tinha acordado e, embora uma parte de mim quisesse saber como, tinha medo de descobrir.

E se fosse algum tipo de ligação, uma estranha conexão alienígena forjada com a Nadia em decorrência das inúmeras vezes que ele havia tentado me curar quando eu ainda era ela que o trouxera até meu quarto hoje? Talvez ele não pudesse me transformar, mas será que essas curas não teriam criado alguma espécie de vínculo?

Como o Luc sabia que eu estava tendo pesadelos? Nem minha mãe sabia das várias noites em claro que eu vinha passando semanalmente. Não queria que ela se preocupasse ou se sentisse ainda mais culpada do que já se sentia.

Ela já tinha coisas demais para se culpar.

Pelo que a Emery me dissera, curas repetidas podiam criar um vínculo entre um humano e um Luxen ou Original num nível metafísico. Não tinha ideia se isso era verdade ou não, mas rezava para que eu e o Luc não estivéssemos conectados desse jeito, uma vez que seria superestranho e invasivo.

— Ei — disse ele.

Arrancando-me dos meus devaneios, me virei para ele.

— Que foi?

— Você por acaso é mágica?

— Como? — Com uma gargalhada, baixei os olhos para a tela do laptop. Shade estava parado na margem de uma rua escura próximo a Point Pleasant, na West Virginia, imitando sons estranhos de animais.

— Porque sempre que eu olho para você, todo o resto desaparece.

— Ai, meu Deus — retruquei, revirando os olhos.

— Alguém precisa chamar a polícia.

Mordi o lábio inferior.

— Porque deve ser ilegal eu ser tão gostoso assim. Peraí! Quis dizer *você*. Deve ser ilegal ser tão linda assim.

Deitei de costas, rindo por entre os dentes. Luc tinha as piores cantadas que eu já escutara na vida, mas nada me distraía mais do que escutar aquelas bobagens ridículas.

— Idiota!

— Tenho uma melhor ainda. — Ele se deitou também, e ficamos ali, ambos com as cabeças apoiadas nos travesseiros. — Seu pai era um alienígena?

— Não quero nem ver aonde você vai chegar com essa.

— Porque não existe ninguém como você na Terra.

— Para, por favor.

— Nunca. — Seguiu-se uma breve pausa. — Você deve ser uma vassoura, porque varreu o chão debaixo dos meus pés.

— Você é o rei das idiotices.

De repente, ele estava mais perto, nossas bocas a centímetros uma da outra.

— Mas você morre de saudade de mim quando eu não estou aqui.

Fechei os olhos e soltei um suave suspiro. Eu realmente sentia falta das suas camisetas ridículas, cada uma pior do que a outra. Sentia falta da maneira como ele conseguia me irritar num segundo e me fazer rir no seguinte. Daquele misterioso meio sorriso sempre estampado em seu rosto, como se ele conhecesse todos os segredos do universo. Sentia falta das visitinhas surpresa à janela do meu quarto, parecendo um louco com uma lata de Coca gelada na mão. Do modo como ele parecia não conseguir tirar os olhos de mim. Da maneira como me fitava, porque ninguém, nem mesmo o Brandon, jamais me fitara como se eu fosse a coisa mais importante no mundo. Sentia falta...

— Eu sinto saudade de *você* quando não está aqui, Pesseguinho.

Sentia falta até mesmo daquele apelido idiota.

Inspirando de maneira superficial, abri os olhos e vi que os deles estavam fechados, as pestanas grossas roçando as bochechas.

— Eu sinto saudade de você.

11

esus! — resmungou Heidi durante o almoço de sexta, tirando minha atenção da comida em minha bandeja. Achava que fosse um bife de hambúrguer artesanal com molho, mas não tinha muita certeza, uma vez que o tolete em meu prato parecia mais uma fatia disforme de bolo de carne com gosto de papelão molhado. — O que a gente fez para merecer isso?

Zoe e eu erguemos os olhos e analisamos a cantina lotada e fortemente iluminada. Nós duas a vimos ao mesmo tempo. April. Vindo em nossa direção, abrindo caminho entre mesas e pessoas, o rabo de cavalo como um chicote às suas costas. Não sabia por que ela estava vindo falar com a gente. Será que a April ainda não havia percebido que nenhum de nós queria nada com ela? Tínhamos deixado isso dolorosamente claro.

Apoiando os cotovelos na mesa, soltei num grunhido:

— Hoje não, diaba.

Zoe suspirou e soltou seu sanduíche de manteiga de amendoim sobre o guardanapo.

— Não estou com paciência para ela.

— E quando alguém está? — Heidi apoiou o rosto no punho fechado enquanto eu soltava o garfo de plástico, só para não correr o risco de querer usá-lo como um projétil.

Em poucos segundos, April estava junto à nossa mesa, os olhos claros e brilhantes focados em mim.

— O que você fez?

— Eu? — Olhei para meus amigos, confusa. — Não fiz nada.

Espremendo-se entre a Heidi e a Zoe, April plantou uma das mãos de unhas francesas na mesa, debruçou-se sobre o tampo e apontou a outra na minha cara.

— Mentira.

— Fui. — James se levantou, pegou um punhado de batatas fritas no prato da Zoe, se virou e partiu, deixando-nos sozinhas para lidar com a April.

Toda a minha atenção estava focada no dedo magro a centímetros do meu rosto. Quão fácil seria estender a mão e quebrá-lo? Fácil demais. Meus lábios se curvaram num dos cantos ao mesmo tempo que minha pele formigava com o desejo de escutar o estalo.

Peguei-me erguendo a mão. Chocada, me afastei do dedo em riste, meu coração martelando contra as costelas. Eu pretendia quebrar o dedo dela mesmo? Não que alguém fosse me culpar por isso, mas eu não era uma pessoa violenta.

Pelo menos, achava que não.

— Não sei o que você acha que eu fiz — falei após alguns instantes. — Mas é melhor tirar esse dedo da minha cara.

— E é melhor sair da minha frente — acrescentou Zoe, inclinando-se para a esquerda a fim de abrir o máximo de espaço possível entre elas.

— Não estou falando com você. — April olhou de relance para a Zoe e fez uma careta. — Isso é um macacão?

Zoe ergueu as sobrancelhas escuras e olhou para mim.

— Diz pra mim que ela não vale a pena.

— Não vale. — Olhei rapidamente para a Zoe e, em seguida, de volta para a April. — Honestamente, não faço ideia do que você está falando, mas o seu dedo continua na minha cara.

— Você realmente não sabe que um cara acossou o Brandon na porta de casa hoje de manhã? — O dedo dela continuava diante do meu rosto, agora mais perto.

— Acossou? — Heidi riu. — Desculpa, mas quem fala assim?

— Alguém o atacou? Pode ter certeza de que não fui eu.

— Não brinca! Mas o tal sujeito o atacou por sua causa. — rebateu ela. Fui tomada por um mau pressentimento. — Pegou-o de surpresa quando ele estava entrando no carro e quebrou todos os ossos da mão dele.

Meu queixo caiu. Tive uma súbita e forte suspeita de quem poderia ter sido.

— Depois disse pro Brandon que se ele sequer olhasse para você ou respirasse em sua direção de novo, seria a última coisa que ele faria na vida. — Com o corpo praticamente vibrando de raiva, April acrescentou num sibilo: — E o cara era um Luxen. Ele tinha aqueles malditos olhos.

Meu queixo estava oficialmente no chão. Luc. Só podia ter sido ele. Mas eu não lhe dissera nada na véspera. Tinha tomado o cuidado de sequer pensar no nome do Brandon.

Na mesma hora, lembrei do que o Daemon tinha me dito — seu aviso.

— Brandon passou a manhã inteira no hospital, e vai ter que ficar engessado por três semanas — continuou April. Parte de mim estava surpresa pelo Luc só ter feito isso.

— Talvez o Brandon não devesse agarrar as pessoas como fez com ela ontem. — Zoe pegou o sanduíche e deu uma generosa mordida. — Estou só dizendo.

Será que ela havia contado para o Luc?

— Diz pro seu amiguinho Luxen ficar longe do Brandon... de todos nós... ou ele vai se arrepender.

Não consegui evitar. Soltei uma sonora gargalhada ao me imaginar dizendo para o Luc ficar longe deles, *caso contrário...*

April ficou vermelha feito um pimentão.

— Você me acha engraçada?

— Acho. — Assenti.

— Vamos ver o quanto você vai continuar achando engraçado depois que... — Ela encostou o dedo no meu nariz.

Dei um pulo para trás, surpresa. Sem conseguir controlar a súbita explosão de raiva, reagi de maneira instintiva. Antes que a April tivesse a chance de puxar a mão de volta, meus dedos se fecharam em volta do dela.

Ela arregalou os olhos, chocada e, em seguida, seus lábios vermelhos brilhantes se curvaram num sorrisinho debochado.

— Continua, Evie. Estou esperando.

Ossos eram coisas frágeis. Eu sabia. Diabos, sabia em primeira mão o quão frágeis os ossos podiam ser e com que facilidade eles se quebravam. Sentindo a pele quente, inspirei fundo pelo nariz, os olhos fixos nos dela. Eu podia fazer isso. Queria muito. Provavelmente, mais do que qualquer outra coisa que já desejara na vida.

O que não era nada legal.

Mas não dava a mínima.

— Evie. — A voz da Zoe me arrancou do transe.

Piscando, soltei o dedo da April como se o simples toque me queimasse. Incomodada, entrelacei as mãos sobre o colo.

O sorrisinho dela se ampliou ainda mais.

— Não achei que tivesse coragem. — Ela se empertigou e girou nos calcanhares, o rabo de cavalo quase chicoteando os rostos da Heidi e da Zoe.

Heidi me fitava.

— Eu achei que você fosse fazer. Juro por Deus, pensei: *Puta merda, ela vai quebrar o dedo da April*. E não sabia se devia impedi-la ou aplaudi-la.

Eu ri, mas a risada soou forçada. Olhei para a Zoe.

— Você contou pro Luc?

— Não.

Então como ele…

Virei na cadeira, meu olhar recaindo sobre a mesa dos Luxen. Estavam todos lá, exceto um.

Connor.

Virando de volta, peguei meu celular na mochila e mandei uma rápida mensagem para o Original.

Precisamos conversar.

Luc me respondeu pouco antes das cinco. Ele sequer perguntou por que a gente precisava conversar. Simplesmente disse: *Me encontra no Walkers*.

Walkers era uma lanchonete razoavelmente perto da minha casa especializada em hambúrgueres, do tipo velha guarda, ou seja, nada saudáveis. Fazia séculos que eu não ia lá, embora sempre lançasse um olhar comprido na direção dela toda vez que passava pelo estacionamento geralmente lotado.

Peguei minha pequena bolsa no banco do carona e saltei do velho Lexus que pertencera ao homem que por anos achara ser meu pai, sentindo como se um ninho de borboletas tivesse se alojado em meu peito.

Por que diabos eu estava tão nervosa?

Não tinha ideia.

Mentira.

Estava nervosa porque o beijara dois dias antes. Não tinha sido um beijo de cinema, mas o gesto havia partido de mim. Mesmo que já tivéssemos nos encontrado depois, eu estava... estava me apaixonando pelo Luc.

Apesar do fato de estar absolutamente certa de que ele quebrara a mão do Brandon. Não que meu ex não tivesse merecido, mas o Luc não podia sair por aí quebrando a mão das pessoas.

Tranquei o carro e, pulando para a calçada, segui em direção à porta de vidro. As vidraças da lanchonete eram cobertas de cartazes de propaganda. A maioria parecia estar ali havia tempos, oferecendo coisas para vender ou de graça. Alguém estava doando uma linda ninhada de gatinhos brancos e pretos.

Um dos cartazes se destacava. Era difícil não notá-lo, uma vez que ele estava pregado bem no meio da porta, e dizia em letras de forma grandes:

LUXEN NÃO SÃO BEM-VINDOS.

Abaixo dos dizeres havia uma cara de alienígena padrão, com a cabeça oval e grandes olhos pretos. Sobre a imagem, um círculo com uma barra invertida. Talvez para os alienígenas que não soubessem ler?

Esse devia ser novo. Da última vez que estivera aqui, os Luxen não eram proibidos de entupir suas artérias com aquelas maravilhas gordurosas.

Por que o Luc escolheria um lugar que discriminava os Luxen?

Por outro lado, isso não me deixava exatamente surpresa.

Abri a porta e fui imediatamente assaltada por um aroma de dar água na boca. Carne grelhada e cebolas, uma combinação que só funcionava em lanchonetes. Segurando a bolsa, dei um passo à frente e corri os olhos pelas mesas redondas do centro. Não o vi em lugar algum. E se ele ainda não tivesse chegado? E se...

Lá.

Lá estava o Luc.

O fato de só precisar ver uma mecha de cabelo despontando acima dos reservados revestidos com vinil vermelho e saber que era ele me deixou com vontade de socar a mim mesma. Argh. Paixonites eram coisas estúpidas.

Contornei uma mesa cheia de crianças e segui em direção aos fundos da lanchonete. À direita de onde ele estava sentado havia uma televisão ligada em algum canal de notícias.

Luc sequer ergueu os olhos quando me aproximei da mesa. Ele estava concentrado em alguma coisa no telefone.

— Pêssegos — disse ele. — Mesmo num lugar imerso em gordura eu consigo sentir o cheiro de pêssegos.

Franzindo as sobrancelhas, sentei no banco diante dele e soltei a bolsa ao meu lado.

— Você sabe que isso é superestranho, né? Essa sua fascinação por pêssegos.

— Não é fascinação por pêssegos. É fascinação *pela* Pesseguinho. Você. Isso é bizarro?

— É — respondi de maneira arrastada enquanto uma parte horrível de mim que existia bem lá no fundo sentia uma espécie de… vertigem.

— Não dou a mínima que seja bizarro. Estou radiante com a minha vida no momento. — Ele, enfim, ergueu os olhos e eu… Deus do céu, fiquei sem ar. Aqueles olhos. Por mais que já os tivesse visto inúmeras vezes, aquele tom violeta era fascinante. Luc era…

— Extraordinariamente gato? A ponto de você se perguntar como um espécime tão perfeito pode estar sentado na sua frente?

Trinquei o maxilar, as bochechas queimando.

— Tão gato que você quase não acredita que eu seja real? — continuou ele. — Eu sei. Também tenho dificuldade em acreditar que eu seja real.

— Não é isso…

Ele se debruçou sobre a mesa e apoiou o queixo na palma da mão. Uma mecha de cabelo ondulado caiu sobre sua testa, roçando as sobrancelhas.

— Não era o que você estava pensando?

Inspirei fundo. Não estava pensando *exatamente* com essas palavras, embora fosse mais ou menos isso.

— Fica fora da minha mente, Luc.

Ele soltou uma risadinha por entre os dentes.

Estreitei os olhos.

— Preciso lembrá-lo que você me prometeu não ler meus pensamentos? A gente já conversou sobre isso, tipo, um milhão de vezes.

— Eu prometi que ia fazer o *máximo* para não ler seus pensamentos. Mas, como disse antes, de vez em quando você pensa alto demais. — Ele deu de ombros e focou os olhos em algum ponto acima do meu ombro. — Até que enfim. Estou com sede.

Uma mulher mais velha parou junto à nossa mesa e botou um copo de refrigerante na frente de cada um, juntamente com os canudos.

— Duas Cocas. — Ela deu uma piscadinha para o Luc. — Seu pedido já vem.

Esperei até que a garçonete se afastasse e me debrucei sobre a mesa.

— Você não tem medo de vir aqui, num estabelecimento anti-Luxen?
— perguntei. Não dava para notar a diferença entre Originais e Luxen,
e duvidava de que os donos da lanchonete conseguissem. Duvidava também
de que eles fossem capazes de notar a diferença mesmo que soubessem da
existência dos Originais. Luc não estava usando as lentes de contato. Se um
drone VRA entrasse aqui, a merda ia atingir o ventilador.

Seus lábios se repuxaram num dos cantos.

— Eu pareço com medo?

— Não. Você parece pomposo e arrogante.

O meio sorriso debochado se ampliou ainda mais.

— Acho que esses dois visuais caem muito bem em mim.

— Pomposo não é um visual bom em ninguém, meu chapa — repliquei de modo seco. — E, para sua informação, eu não estava pensando que
você é um gato.

O que, na verdade, era uma mentira deslavada.

Luc riu e arqueou uma sobrancelha.

Ai, meu Deus, lá ia ele *de novo*.

— Luc...

— Eu pedi um cheeseburger com bacon pra você, sem tomate nem picles
— interrompeu-me ele, pegando um dos canudos.

Pega de surpresa, fiz menção de perguntar como ele sabia que eu não
gostava de picles nem de tomate nos meus hambúrgueres, mas então me dei
conta.

— Eu nunca gostei de picles e tomate, certo?

Ele me fitou por um breve instante e, em seguida, desviou os olhos.

— Não. Você gostava de comê-los separadamente. De tomates cereja...

— Fatiados e polvilhados com sal? — murmurei.

O Original fixou os olhos novamente em mim.

— Exato. Picles não tem problema se...

— Forem servidos como aperitivo. — Recostei no banco e soltei as mãos
sobre o colo. — Uau!

Um longo momento se passou.

— Então, você queria me ver? Sei que sentiu minha falta, mesmo que
tenha passado uma boa parte da noite de ontem agarradinha comigo.

— Eu não fiquei agarradinha com você. — Será? Para ser honesta, não
me lembrava. Quando acordei, Luc já não estava mais lá.

Ele enfiou o canudo no meu copo.

— Você parecia um polvo agarrado a mim.

Fuzilei-o com os olhos.

— A propósito, só para lembrá-la, você me disse ontem à noite que sentia saudade de mim.

Tinha dito mesmo.

— Eu devia estar chapada.

— Minha presença faz isso.

Bufando, peguei o invólucro do canudo e comecei a dobrá-lo em pequenos quadradinhos.

— Eu te mandei uma mensagem porque precisamos conversar sobre o Brandon.

— Quem é Brandon? — Ele se recostou no assento.

Fitei-o sem expressão.

— Você sabe exatamente quem ele é. Principalmente levando em consideração que quebrou o braço dele hoje de manhã.

— Ah, esse cara. — Luc me observava, os olhos focados nos meus dedos. — Na verdade, eu quebrei a mão dele. Não o braço. O que tem ele?

Parei de dobrar o invólucro.

— O que tem ele? Você quebrou a mão do cara.

Luc assentiu, tomando um gole do refrigerante.

— Quebrei mesmo.

Fitei-o sem dizer nada por alguns instantes.

— Isso não foi legal, Luc.

— Não?

A garçonete surgiu de novo e colocou dois pratos com hambúrgueres e fritas na nossa frente.

— Vocês querem mais alguma coisa?

Fiz que não, e o Luc disse:

— Por enquanto, não. Obrigado.

A mulher assentiu e girou nos calcanhares, seguindo para outra mesa.

Luc pegou o ketchup e verteu uma boa quantidade sobre seu hambúrguer.

— Para começar, ele não devia ter te agarrado. — Ofereceu-me a garrafinha. — E definitivamente não devia ter te agarrado com força o bastante para deixar marcas.

Peguei o ketchup.

— Concordo, mas isso não significa que seja certo quebrar a mão dele. Não vivemos numa sociedade olho-por-olho-dente-por-dente.

— Tem razão. É uma sociedade uma-mão-por-um-hematoma. — O Original deu uma mordida no sanduíche e, por milagre, nem uma gotinha de ketchup escapou e pingou em sua camiseta. Esse fato por si só tinha que ser resultado de superpoderes alienígenas. — Vamos ter que concordar em discordar.

Soltei um suspiro.

— Luc.

— Sabia que muitas pessoas pronunciam meu nome como a palavra inglesa para sorte, *luck*? — perguntou ele enquanto eu dava uma mordida menor no meu cheeseburger.

A mesa ficou toda suja de ketchup. Soltei outro suspiro.

— Não, não sabia. E não tenta mudar de assunto.

Metade do hambúrguer dele já se fora.

— Sabia que às vezes, quando está dormindo, você faz suaves ruídos de animais?

Baixei meu sanduíche, franzindo o cenho.

— O quê?

Luc assumiu uma expressão pensativa, os lábios contraídos.

— Ontem à noite, quando você pegou no sono pouco depois de o Ryan e o Shane entrarem na cervejaria, começou a fazer leves ruídos semelhantes a um filhote de leão.

Inclinei a cabeça ligeiramente de lado.

— Sério?

— Sério.

Meu rosto ficou quente.

— Você está mentindo.

— Eu jamais faria uma coisa dessas. — Seus olhos brilharam com malícia. — A propósito, fui embora por volta das quatro, e posso jurar que a Sylvia já tinha saído.

— Ela tem saído para trabalhar bem cedo. — Revirei os olhos e dei outra dentada no sanduíche. — E para de ficar mudando de assunto. Você não pode sair por aí quebrando a mão das pessoas, Luc.

Ele terminou de comer o hambúrguer e passou para as batatas fritas.

— Posso sair por aí e fazer praticamente o que eu quiser.

— Vou jogar esse sanduíche na sua cara.

Seus lábios se repuxaram num sorrisinho.

— Por favor, mira na boca.

— Você é ridículo.

— Entre muitas outras coisas. — Luc pegou uma das batatas e a apontou para mim. — Olha só, sei que minha reação ao fato de um cara ter te agarrado com tanta força a ponto de deixar marcas pode parecer exagerada, mas se ele te tocar de novo, vou fazer pior.

— Luc, sério…

— Ele odeia os Luxen, certo? Acha que eles não merecem os mesmos direitos básicos que os humanos e que não há nada melhor do que um Luxen morto, acertei? — O Original se inclinou sobre a mesa, mantendo a voz baixa. — Essas pessoas sentem o mesmo por aqueles que apoiam os Luxen, interagem com eles e os protegem. É assim que ele se sente a seu respeito, e provou isso quando a agarrou.

Meu estômago se contorceu ligeiramente.

— Assim sendo, ele precisava de um bom aviso para se manter longe de você. — Ele meteu a batata na boca. — Se eu não tivesse feito isso, Connor teria, e ele é registrado, passível de ser rastreado. As coisas não terminariam bem para ele.

— Talvez não terminem para você. Você pode não ser registrado, mas não é invisível. — Peguei o guardanapo para limpar os dedos. — Diabos, você está aqui sem as lentes, e não faço ideia como ninguém percebeu ainda o que você é.

— As aparências enganam, Pesseguinho.

Estreitando os olhos, terminei de limpar os dedos.

— Como assim?

— Bom, pode ser que exista um cartaz anti-Luxen na porta desse belo e engordurado estabelecimento, mas nossa garçonete? Uma das raras Luxen mais velhas. Sem registro e escondida em plena vista.

Fitei-o, boquiaberta.

— E aquele grupo de adolescentes ali? Nenhum deles é humano. — Fiz menção de me virar para olhar, mas ele me impediu. — Não seja tão óbvia, Pesseguinho. Os donos?

— Luxen? — murmurei.

— Uma Luxen e o marido híbrido dela. O casal idoso que todos acham serem os donos na verdade não passam de fachada. São dois humanos que conhecem os verdadeiros donos há mais de uma década.

Soltei o guardanapo na mesa e peguei a Coca, pensando no assunto.

— Eles realmente estão escondidos em plena vista.

Luc sorriu.

— Estamos seguros aqui.

Nossos olhos se encontraram, e um estranho farfalhar se insinuou no fundo do meu peito, como se houvesse um ninho de beija-flores tentando cavar um buraco para escapar. O que era absolutamente idiota, porque como eu podia gostar tanto de alguém que me deixava tão revoltada?

E gostava muito.

Luc pegou outra batata e a meteu na boca. Seus olhos não se desviaram dos meus. Nem por um segundo.

Um calor se espalhou por minha pele ao vê-lo curvar os lábios num sorriso. Uma espécie de conexão ardente e pulsante veio à tona. O farfalhar em meu peito se espalhou para o estômago, mais intenso do que antes. Soube imediatamente que isso só podia significar uma coisa.

Problema.

Um problemão.

12

A vida toda, sempre adorei o Halloween — Halloween e Natal. Pelo menos, achava que sim. Quem poderia saber com certeza uma vez que minhas lembranças anteriores aos últimos quatro anos não eram reais? Mas até onde me lembrava, eu adorava me fantasiar e assistir a filmes de terror devorando montanhas de doces.

Esse ano estava sendo diferente. Tudo parecia meio estranho, e não só porque eu estava numa boate em vez de na casa da Zoe ou da Heidi, sentada ao lado do Luc e olhando para ele como…

— Você está me encarando.

Pisquei e desviei os olhos. Verdade, estava mesmo. Era um pouco difícil não fazer isso quando ele estava sentado ali daquele jeito, com a cabeça ligeiramente inclinada de lado e um sorrisinho misterioso no canto dos lábios.

— Não estou, não — murmurei.

— Λ-hã. Você parecia estar sonhando. Estava pensando em quê? — perguntou Luc.

Pergunta difícil. A sensação era de que eu estava pensando em tudo e nada ao mesmo tempo. Com um dar de ombros, corri os olhos pela pista de dança lotada da Foretoken e os feixes de luz púrpura que incidiam do teto, iluminando os corpos ondulantes. Tinha perdido a Heidi e a Zoe de vista em meio à multidão de anjos, gatinhas sensuais, Panteras Negras e vampiros. Sobre o que eu *não* estava pensando?

— Pesseguinho…

Olhei para ele. Luc estava do meu lado, um dos braços jogado sobre o encosto do sofá. A outra mão descansava em minha coxa, os dedos compridos tamborilando sem parar. Ele era a personificação da arrogância preguiçosa, mas eu sabia que podia entrar em ação num piscar de olhos. Ao não obter resposta, ele deu um leve puxão em uma das minhas marias-chiquinhas.

Puxei o cabelo para longe dos dedos dele.

— Não vai tentar ler meus pensamentos?

— Você não gosta quando eu leio.

— E quando isso te impediu? — Apertei os olhos, achando ter visto uma linda Mulher Maravilha. Zoe. Só que não era ela. Zoe havia desaparecido com um universitário, e tinha a sensação de que a noite dela terminaria com uma ardente e divertida troca de saliva.

— Muitas vezes, Pesseguinho.

Olhei para ele, que simplesmente sorriu.

— Estava pensando... em um monte de coisas ao mesmo tempo.

Luc inclinou a cabeça ligeiramente de lado.

— Parece um pouco demais.

— E é. — Realmente era.

Ele ficou quieto por um longo tempo.

— Um centavo pelos seus pensamentos.

Eu ri. Não escutava essa expressão fazia tempos. A verdade é que não sabia se conseguiria organizar a confusão de pensamentos e explicar a estranha inquietação que invadira cada célula do meu ser.

Sentia como se devesse estar no meio da multidão, dançando e me divertindo com minhas amigas, em vez de ficar ali sentada, apreensiva demais, controlada demais, *tudo* demais para me soltar e ser a pessoa que eu costumava ser.

Mas, para ser honesta, não queria conversar sobre nada disso.

Enrolando uma das marias-chiquinhas entre os dedos, olhei para ele. A luz fraca do ambiente deixava seus olhos envoltos em sombras, porém dava para sentir a força e a intensidade do olhar.

— A gente alguma vez saiu para brincar de doce ou travessura? Você sabe, quando éramos crianças? — perguntei após alguns instantes.

— Uau! Por essa eu não esperava. — Luc riu. — Algumas vezes.

— Saímos mesmo? — Meus olhos perscrutaram os dele.

O Original assentiu.

— Antes de te conhecer, eu nunca tinha saído. Nunca tive vontade.

Ergui as sobrancelhas.

— Como assim? Você nunca teve vontade de se fantasiar e sair para pedir doces?

— Não fui uma criança normal.

— Você continua não sendo um cara normal.

Luc riu de novo, um som que eu gostava muito. Às vezes até demais.

— Tem razão.

Virei-me para ele e puxei uma perna para junto do corpo.

— Me conta como foi. Tipo, a gente se fantasiou de quê? Você se divertiu?

— A gente se divertiu. — Ele mordeu o lábio inferior. — Paris nos levou para um dos bairros mais nobres, onde as pessoas distribuem doces tamanho família.

— Legal. — Eu ri, soltando a maria-chiquinha, apenas para recapturá-la e voltar a torcê-la.

Ele semicerrou os olhos.

— Ele fazia a gente esvaziar os sacos no fim da noite e dividia os doces igualmente, mas você sempre terminava com mais.

— Porque você me dava parte dos seus?

— De jeito nenhum. Eu dava duro para ganhá-los. De alguma forma, no meio da noite, você dava um jeito de me fazer carregar seu saco. Meus braços eram pequenos na época. E aquela porcaria toda era pesada, de modo que eu jamais iria abrir mão da minha parte. — Ele estendeu o braço e fechou a mão em volta da minha, me obrigando a parar de torcer o cabelo. — Você me esperava dormir, entrava de mansinho no meu quarto e roubava.

— Mentira! — Deixei que ele afastasse minha mão do meu cabelo.

— Juro por Deus que é verdade, minha pequena e sexy Garibaldo.

— Pela terceira vez, não estou fantasiada de Garibaldo! — exclamei, apontando com a outra mão para a meia-calça amarela que estava usando sob um macaquinho jeans e uma camiseta amarela de mangas compridas. O gorro amarelo e os óculos de esqui que eu havia encontrado num brechó complementavam a fantasia. — Estou fantasiada de minion.

— Uma minion muito sexy.

— Tanto faz. — Dei uma risadinha. A fantasia dele se resumia a uma camiseta preta com a frase NÃO PRECISO DE FANTASIA. AS PESSOAS GOSTARIAM DE SER EU escrita em letras brancas.

Aquela camiseta era a cara do Luc.

Ele ficou quieto por alguns instantes. Ao falar, o tom brincalhão deu lugar a uma expressão distante.

— No nosso primeiro Halloween, você se vestiu de princesa Leia, e eu fui de Han Solo.

Bufei.

— Sério?

— Sério. Exceto que você exigiu um sabre de luz.

Baixei os olhos para nossas mãos entrelaçadas. Parecia tão natural ficar de mãos dadas com ele, então por que aquilo mexia tanto comigo? Pigarreei.

— Leia deveria ter sido uma Jedi. E nada vai me convencer do contrário.

— Não vou contestar. — Ele acariciou minha palma com o polegar. — No segundo ano, você foi de novo como princesa, mas de alguma forma conseguiu arrumar um nunchaku, de modo que se tornou uma princesa ninja. Até hoje não sei como você conseguiu botar as mãos numa arma dessas.

Adoraria saber como. Parecia bizarro demais.

— E você?

— Eu saí de fantasma. Com direito a lençol e tudo o mais.

— Criativo.

Luc bufou.

— Noutro ano a gente se fantasiou de fora da lei. Eu fui como Jesse James e você, Belle Starr.

— Belle Starr?

— Ela foi uma criminosa famosa que dizem ter se associado a Jesse James — explicou ele. Achei adorável a ideia de a gente ter se fantasiado de fora da lei. — Nenhum de nós sabia quem eles tinham sido de verdade. Foi ideia do Paris. No ano seguinte você… estava doente e a gente não saiu. — Luc abaixou a voz. — Você estava tão animada. Halloween e Natal eram seus feriados prediletos, mas você estava doente demais. — Fez uma pausa. — Isso foi antes de descobrirmos o que havia de errado com você. Paris achou que era só uma gripe.

Tensa, observei-o fechar os olhos. Não tinha sido só uma gripe.

— Você chorou e esperneou porque ele não queria deixá-la sair. Aquilo… mexeu comigo. — Ele esfregou o peito com a base da mão. — De qualquer forma, eu acabei indo sozinho, determinado a trazer para casa a maior quantidade de doces que você já vira na vida.

Sentindo o coração apertar, ergui os olhos para ele. Uma imagem se formou imediatamente em minha mente: um garotinho com revoltos cabelos cor de bronze e travessos olhos violeta saindo para recolher doces no Halloween como um soldado encarando a linha de frente numa batalha. Seria essa outra rara lembrança ou apenas minha imaginação? Decidi que não tinha importância. Gostava o suficiente da imagem para guardá-la.

— E você conseguiu? — perguntei, imaginando que já sabia a resposta.

Seus olhos encontraram os meus.

— Claro que sim. Você adorava Prestígio. Consegui o suficiente para durar meio ano.

— Jura? — Sorri. — Eu ainda adoro Prestígio, e não conheço ninguém mais que goste. Zoe praticamente vomita quando como na frente dela.

— Talvez porque eles sejam nojentos?

Revirei os olhos.

— Eles não são nojentos. São um pedaço do paraíso feito de chocolate e coco.

— Seu gosto para doces é tão ruim quanto para filmes. — Luc se aproximou, a boca a centímetros da minha.

Meu coração acelerou.

— E antes? Eu costumava gostar de James Bond?

— Sim e não. Você achava que James Bond deveria ser Janet Bond.

Eu ri, mas a risada esmoreceu rapidamente.

— Pelo visto a Nadia estava à frente do tempo dela.

— *Você* estava à frente do seu tempo — corrigiu-me ele brandamente.

Inspirei fundo, mas o ar ficou preso na garganta. Não sabia o que dizer. Era tão estranho! Eu me sentia como uma bola de vôlei jogada de um lado para outro da quadra, dividida entre a aceitação de ter sido a Nadia, de que ela era eu, e a sensação de ser uma pessoa completamente diferente.

Tudo o que sabia era que não me sentia como *ela* no momento.

— Bela fantasia — comentou Kent, sentando-se numa das poltronas próximas ao sofá. Ele estava definitivamente fantasiado, com uma meia-calça de listras brancas e pretas sob uma bermuda estilo balonê presa com elásticos logo acima dos joelhos. Para complementar, uma camisa branca com mangas bufantes e botões enormes no meio do peito, e lágrimas grandes pintadas sob os olhos.

— Ela é o Garibaldo — explicou Luc.

Eu ia socar o Original.

— Sou uma *minion*.

— Você está adorável, docinho. — Kent apoiou os pés sobre a pequena mesa de centro de vidro.

— Você está vestido de quê?

— Não sabe? — Ele me ofereceu um sorrisinho travesso que deixou à mostra uma insinuação de covinhas. — Vou dar uma dica.

— Tudo bem.

Kent se inclinou para a frente e arregalou os olhos.

— *Todos nós flutuamos aqui embaixo.*

— Você é o Pennywise!

— Mais ou menos. — Ele se recostou na poltrona, franzindo as sobrancelhas e apontando para as lágrimas sob os olhos. — Eu sou o Pennywise emotivo.

— Pennywise emotivo? — Eu ri e olhei para ele de cima a baixo. — Agora entendi. Gostei. Você é tão psicótico quanto o Pennywise normal?

— Gosto de pensar que sou uma versão dele que, embora continue comendo criancinhas, se sente mal por fazer isso. Não só porque acho que criancinhas me dariam indigestão, mas porque comê-las me faria sentir como um glutão e eu tenho intolerância a glúten. Tenho a sensação de que crianças são um poço de glúten — explicou ele. Luc piscou lentamente. — Além disso, seria cansativo, você sabe, ter que atraí-las para os bueiros para fazer uma boquinha. Imagino que, quando não estivesse devorando-as, sairia andando por aí, reclamando do quanto minha vida era difícil e como eu era mal compreendido.

Fitei-o, boquiaberta.

— Você pensou muito nesse assunto.

— Verdade.

— Chega a ser assustador, Kent.

O sorriso aumentou e as covinhas apareceram nitidamente.

— Eu sei.

— Sabia que tinha um motivo para eu gostar tanto de você — observou Luc. — Você é o tipo perfeito de esquisitão.

— Sou mesmo. — Kent riu com vontade, o que ficava superestranho com as lágrimas e tudo o mais. — Cadê o Grayson?

— Provavelmente na rua, roubando doces das criancinhas — comentou o Original. Bufei.

Podia imaginar o Grayson fazendo exatamente isso.

Puxei a outra perna para junto do corpo também, passei os braços em volta delas e fiquei observando as pessoas dançarem, sentindo uma espécie de energia nervosa pulsar dentro de mim. Enquanto observava os corpos se movendo ao ritmo da música, fui tomada por uma súbita vontade de ir me juntar a eles. A inquietação de antes retornou com uma sede de vingança.

Um desejo atroz de deixar a música invadir meus músculos e pele, de jogar a cabeça para trás e deixar o ritmo guiar meus movimentos. Já sentira isso antes, e agora sabia por quê.

Era algo que eu costumava fazer como Nadia, então por que não conseguia agora?

— Ah, lá está ele — murmurou Kent. Erguendo os olhos, acompanhei seu olhar.

Era o Grayson.

O Luxen alto e louro sentou na poltrona de frente para o Kent e tirou um pirulito do bolso. Ele não estava fantasiado. Duvidava de que sequer comemorasse o Halloween. Provavelmente odiava todos os feriados: Halloween, Natal, Dia dos Namorados etc. Após uma ligeira pausa para desembrulhar o pirulito, Grayson olhou para a gente.

— Que foi?

— Você é tão fofo! — comentou Kent com um sorrisinho.

Grayson arqueou uma sobrancelha.

— Todo mundo parece estar se divertindo pra valer. — Seu tom de voz seria capaz de secar um pântano. — Fico feliz de ter vindo me juntar a vocês.

— Não precisava — ressaltou Luc.

— E não abençoá-los com a minha presença? — zombou Grayson. — Eu jamais seria tão egoísta.

Revirei os olhos, mas não disse nada. Grayson não era meu fã. Não tinha ideia do motivo. Jamais fizera nada para ele. A princípio, achei que fosse por eu ser humana, mas ele não tinha problemas com o Kent.

Voltei os olhos de novo para a pista de dança e senti novamente a tensão em meus músculos. Eu podia fazer isso. Podia ir até lá, encontrar as meninas e dançar. Podia.

Não saí do lugar.

Mas o Luc sim.

Ele tirou o braço que estava apoiado sobre o encosto do sofá, se levantou e me ofereceu a mão.

— Vamos lá.

Merda.

O Original tinha lido a minha mente.

Continuei imóvel, fuzilando-o com os olhos. De jeito nenhum eu ia deixá-lo me arrastar para a pista de dança.

Luc balançou os dedos.

— Confia em mim.

Congelei.

Ele jamais me pedira para fazer isso. Uma vez eu lhe perguntara se ele esperava que eu confiasse nele, e Luc me respondera que jamais pediria isso de mim.

Agora estava pedindo?

Era um grande passo.

Para ser sincera, eu confiava nele. Não no começo, mas agora sabia que ele jamais me obrigaria a fazer algo que eu não quisesse ou que não estivesse pronta. Ciente de que o Grayson e o Kent nos observavam, baixei as pernas e dei a mão a ele.

Luc me puxou para me botar de pé.

— Vocês sabem onde me encontrar se precisarem — disse ele, me fazendo contornar a mesinha de centro. — Apenas certifiquem-se de que seja importante.

— Em outras palavras, é melhor que alguém esteja morrendo. — Kent riu, e eu fiz que não. — Entendido, chefe.

O Original não me conduziu para a pista de dança, graças a Deus. Nós passamos por ela e seguimos em direção ao corredor, para a entrada que dizia SOMENTE EMPREGADOS AUTORIZADOS. A maioria das letras estava riscada, de modo que se lia SÓ ENGODOS. Não dissemos nada o caminho inteiro até o apartamento dele, não até estarmos lá dentro, de porta fechada. Uma das luzes próximas ao sofá se acendeu, espalhando um suave brilho amarelado.

— O que viemos fazer aqui?

Luc parou diante de mim com um sorrisinho misterioso, fazendo meu estômago revirar de leve. Sem dizer uma única palavra, ele retirou meu gorro e os óculos de esqui e os jogou sobre o sofá.

Ergui uma sobrancelha.

— Luc?

— Você vai ver. — Ele puxou o celular do bolso e digitou alguma coisa antes de colocá-lo sobre o braço do sofá.

Sem a menor ideia do que ele estava tramando, deixei que tomasse minhas mãos entre as dele. Instantes depois, uma batida ritmada começou a ecoar do telefone, apenas o som da bateria acompanhado pelo riff da guitarra.

Todos os meus pelos se arrepiaram ao sentir o Luc me puxar de encontro a si, segurando minhas mãos junto ao peito. Aquela música. Lembrava de tê-la escutado na primeira vez em que entrara na boate com a Heidi.

Don't fret, precious, I'm here…

Step away from the window, go back to sleep…★

Havia algo mais a respeito daquela música, mas…

Luc baixou as mãos para os meus quadris, e parei de pensar na música.

— Feche os olhos — disse ele. — E se solte.

Mais fácil falar do que fazer. Fitei-o, os olhos arregalados. Dançar com ele não era mais fácil do que dançar numa boate com um bando de gente que eu não conhecia… ou com as quais não me importava.

Sorrindo ainda mais, Luc começou a balançar o corpo no ritmo das batidas da bateria. Ele baixou as pestanas e fechou os olhos, remexendo-se de maneira fluida a centímetros de mim e fazendo meu coração acelerar.

— Feche os olhos — repetiu ele.

Obedeci, o coração martelando com força. Fechei os olhos e me concentrei na sensação do coração dele sob minha palma. Luc estava dançando, e eu continuava parada ali. Mas podia dançar. Sabia que podia, e não estava nem tentando.

Podia pelo menos *tentar*.

Tinha a sensação de que a Nadia tentava tudo.

— Você não precisa ser como era antes. — Seus lábios roçaram minha orelha. — Só precisa ser *você* mesma.

Inspirei de maneira entrecortada e, concentrando-me na batida, comecei a me mover de encontro a ele. Levei uma eternidade para soltar as pernas e os braços e encontrar o ritmo da música, mas enfim consegui.

A música, e tanto o ritmo quanto as batidas da percussão destrancaram algo dentro de mim — algo que me trouxe uma sensação de *liberdade* que reverberou por todo o meu corpo.

Luc permaneceu quieto enquanto dançávamos. Não abri os olhos. Não me permiti perceber que estava no apartamento dele, dançando de macaquinho e meia-calça amarela. Não me permiti pensar no passado — nosso passado — nem no futuro. Não havia nada além da música, das batidas da percussão e do coração dele.

Eu me soltei.

Movendo os ombros e quadris, deslizei as mãos por aquele abdômen de tanquinho e, em seguida, ergui-as acima da cabeça, tal como achei que deveria fazer. Como *queria* fazer. Girei, fazendo a mão do Luc escorregar do meu quadril para o baixo-ventre, o que provocou uma série de arrepios por todo o meu corpo. Com o queixo dele roçando meu pescoço, senti a batida acelerar.

★ *Não se preocupe, querido, eu estou aqui…/ Afaste-se da janela, volte a dormir.* Trecho da música "Pet", da banda A Perfect Circle. (N. T.)

Não sei quanto tempo ficamos assim, mas a música passou para outra e o ar à nossa volta ficou mais denso. Uma camada de suor cobria minha testa. Sem parar de dançar, soltei as marias-chiquinhas.

Luc também não parou.

Com as costas pressionadas contra o peito dele e nossos corpos se movendo em sincronia, fui invadida por uma espécie diferente de calor que não tinha nada a ver com vergonha ou constrangimento, e sim com a proximidade física, com aquele perfume singular. O ar à nossa volta ficou ainda mais denso, e quando o Luc me virou novamente de frente para ele, dei-me conta de que não mais se tratava de provar que eu ainda conseguia dançar.

De que eu ainda era *ela*, porque até então era disso que se tratava.

Agora era algo mais.

Havia uma espécie de poder naquilo. Uma gratificante liberdade. Coloquei-me na ponta dos pés e passei os braços em volta do pescoço dele. Luc abaixou a cabeça e pressionou a testa contra a minha. Uma descarga de energia emanou do Original e penetrou minha pele enquanto nossos corpos se moviam em sincronia com a batida, colados em todos os pontos certos, interessantes. Era como a noite que tínhamos passado juntos com uma escassa quantidade de roupa entre nós. Lembranças dessa noite pipocaram em minha mente como um banquete de docinhos açucarados na forma de um Original seminu.

Sentindo-me tonta e com o corpo em brasa, abri os olhos. Luc ergueu a cabeça, as pupilas brilhando como alfinetes de luz.

Uma de suas mãos grandes deslizou pela lateral do meu corpo, acompanhando as curvas até chegar ao pescoço. Seu polegar fez uma ligeira pausa sobre a veia pulsante e, em seguida, aqueles dedos compridos envolveram meu rosto.

Fechei os meus em volta das mechas curtas de cabelo em sua nuca.

— Eu acho... — Luc roçou o polegar pelo meu lábio inferior. Soltei um arquejo ao senti-lo puxar meu queixo ligeiramente para baixo. Nossos olhos se encontraram. — Acho que estou um pouco distraído.

— Pelo quê? — perguntei, aconchegando-me a ele.

O braço que envolvia minha cintura me apertou um pouco mais ao mesmo tempo que ele emitia uma espécie de rosnado gutural.

— *Por isso.*

Congelei, os olhos arregalados e as bochechas em brasa. Santos bebezinhos de lhama, podia sentir exatamente o quão distraído ele estava.

Não tentei me afastar. Em vez disso, me aproximei ainda mais, o que não parecia possível, mas foi. Estávamos totalmente colados, peito com peito, quadril com quadril. Um forte calor se espalhou pela minha pele, derretendo meus músculos. Fui tomada por uma série de sensações novas e poderosas. Sentia-me ao mesmo tempo dolorosamente vazia e ardendo de desejo.

Com um grunhido, ele pressionou a testa na minha mais uma vez, a mão deslizando para o meu quadril, me apertando de encontro a ele. Uma pungente descarga de prazer acendeu minhas veias. Nossas bocas estavam tão próximas que eu podia praticamente sentir o sabor dele em minha língua.

Me beija.

Eu não pronunciei essas palavras em voz alta. Não disse nada enquanto apertava o algodão da camiseta dele entre os dedos. Luc inclinou a cabeça ligeiramente de lado e roçou o nariz em minha bochecha, passando em seguida para o outro lado do maxilar. Seus lábios afagaram aquele espaço logo abaixo do osso e sobre o ponto exato onde minha pulsação batia enlouquecidamente. Eu não conseguia respirar. Fechei os olhos. Queria que ele me beijasse. Precisava que...

Luc mudou de posição e, de repente, estávamos nos movendo. Fui levantada e, em seguida, abaixada de novo. Em menos de um segundo, estava deitada de costas no sofá. Luc pairava acima de mim, uma das mãos apoiada na almofada ao lado da minha cabeça, a outra deslizando pela minha garganta, o toque suave como uma pena. Mas a mão dele não parou por aí. Ela continuou descendo pelo meio do meu peito, o contato queimando minha pele através do jeans e da camiseta fina e larga. Ele mal me tocava, mas minhas costas arquearam mesmo assim. Pressionei a boca com força, engolindo um gemido e as palavras que sabia estar prestes a deixar escapar.

Eu gosto de você.

A música parou. Seu olhar acompanhou o trajeto da mão, deixando um rastro pulsante de promessas silenciosas.

Eu quero você.

Com o braço tremendo, Luc roçou os dedos pela minha barriga e, em seguida, deslizou-os em direção ao quadril. Ele, então, ergueu devagarinho aquelas pestanas inacreditavelmente grossas e pude ver as pupilas de seus extraordinários olhos violeta brilhando feito diamantes, com uma intensidade devoradora. Percebi, então, minhas mãos em seu peito, na barriga e, quando ele se abaixou ainda mais, meu sangue pareceu ferver em minhas veias.

— Você — disse ele. — Sempre foi e sempre será você. Antes. Agora. Depois. Jamais haverá outra. Simplesmente... não pode haver.

Entreabri os lábios ao sentir as palavras penetrarem a névoa de prazer. Espera um pouco. Estaria ele tentando dizer o que eu achava que estava?

Uma batida à porta nos pegou de surpresa. Sem consegui acreditar naquilo, escutei o Luc soltar uma maldição por entre os dentes e fechar os olhos. Seus belíssimos traços eram um conjunto de linhas duras e lábios grossos entreabertos.

Outra batida, dessa vez seguida por uma voz.

— Sinto muito. Sei que você está ocupado, mas isso não pode esperar.

O Original abriu os olhos, as pupilas ainda brancas, ofuscantes. Por um segundo, achei que não fosse responder.

Não sei se queria que ele respondesse.

— Desculpa — pediu ele e, num piscar de olhos, estava de pé, me puxando para que eu me sentasse.

— Não tem problema. — Ainda tonta, afastei várias mechas de cabelo do rosto enquanto o Luc ia atender a porta.

Uma figura alta apareceu na soleira. Reconheci imediatamente os cabelos escuros e revoltos e os estonteantes olhos verdes — olhos que se arregalaram ao me verem sentada no sofá, provavelmente toda suada e desmantelada. Ele me fitou como se nunca tivesse me visto antes, o que não era o caso.

— Daemon? — Não sabia que ele estava de volta à cidade, especialmente depois de ter dito que ficaria um tempo com sua mulher.

— Não. — Ele continuou me fitando, confuso. — Sou o Dawson.

Uau!

Ainda bem que eu estava sentada. Era o irmão do Daemon e da Dee — o terceiro gêmeo Luxen, uma raridade. Tendo visto três deles agora, dois pessoalmente e uma na televisão, era como se eu tivesse visto um unicórnio.

Eu jamais tinha visto um conjunto completo de trigêmeos Luxen. Daemon, Dawson e a irmã eram os primeiros. Sabia que isso era uma raridade, visto que a maioria tinha perdido pelo menos um irmão durante a invasão ou depois.

Pisquei algumas vezes, pasma. Tal como o Luc dissera, eles eram praticamente idênticos. Jesus, era como ver o reflexo do Daemon no espelho. Apertando os olhos, analisei-o com atenção. Bom, havia algumas pequenas diferenças. O cabelo do Dawson era um tiquinho mais comprido e cacheado, e a voz não era tão grave quanto a do irmão.

Essas, porém, eram as únicas diferenças.

Assustador. Legal. De certa forma, bizarro.

— A gente já… hum… se encontrou antes? — perguntei, desconcertada. Não tinha a menor ideia, mas podíamos ter sido melhores amigos quando eu era a Nadia.

— Rapidamente — respondeu Luc, mudando de posição de modo a ficar entre mim e o Dawson. Não conseguia mais ver o Luxen. Luc era tão alto quanto ele e um pouco mais largo. — Essa é a *Evie* — apresentou, enfatizando meu nome enquanto eu me levantava e dava um passo para o lado a fim de conseguir ver o Dawson.

O Luxen meneou a cabeça em cumprimento.

— É um prazer conhecer você, Evie.

— O prazer é meu. — Sorri para o Luxen, que era ao mesmo tempo estranho e familiar.

— Desculpa incomodar vocês, mas isso não pode esperar. Tem algo acontecendo com a garota — explicou ele. — Acho que ela está morrendo.

13

arota? — Meu estômago foi parar no chão. Pensei imediatamente nas minhas amigas, mas se fosse uma delas, Dawson teria dito, certo? Além disso, elas estavam lá embaixo, se divertindo. Estavam bem. — Que garota?

Luc hesitou.

Olhei dele para o Dawson.

— O que está acontecendo, Luc?

— O nome dela é Sarah — respondeu ele, saindo para o corredor. — Achei que ela estivesse apenas gripada ou algo parecido — disse para o Dawson.

Não tinha ideia de quem era essa tal de Sarah, mas gripada?

— O mesmo tipo de gripe que está rolando em Kansas City?

— Não sei, Pesseguinho.

Saí para o corredor também, e dei-me conta de que o Dawson não tinha vindo sozinho. Grayson aguardava com ele.

— O que ela está fazendo aqui? — perguntou Grayson.

Estreitei os olhos. Luc olhou por cima do ombro para mim como se só então tivesse percebido que eu o seguira.

— Me dá só um minuto — disse ele. Em seguida, pegou minha mão e me puxou de volta para o apartamento, encostando a porta, mas sem fechá-la totalmente. — É melhor ficar aqui e esperar por mim. Isso não deve demorar.

Fitei-o sem dizer nada por alguns instantes, sentindo um misto de incredulidade e irritação.

— Ainda há pouco, nós dois estávamos naquele sofá, você com as mãos em mim e eu com as minhas em você.

Ele fechou os olhos e soltou um grunhido.

— Não me lembre. Estou tentando com todas as forças não pensar nisso no momento.

Minhas bochechas coraram ao escutar o grunhido, e um arrepio desceu pela minha coluna.

— O que estou querendo dizer é que nós estávamos totalmente, completamente grudados, perto de...

— Você não está ajudando — gemeu ele.

As pontas das minhas orelhas queimaram.

— É óbvio que algo está acontecendo e você quer que eu fique sentada aqui esperando você voltar?

Ele abriu os olhos, as pupilas novamente brancas.

— Basicamente.

— Não é assim que a coisa funciona, Luc. Quero ir com você.

— Não acho que seja uma boa ideia, Pesseguinho.

— Por que não? — Plantei as mãos nos quadris.

— Porque se houver qualquer possibilidade de a garota estar com algum tipo de vírus estranho, não quero que você se exponha.

Eu também não queria me expor.

— Coop não me passou nada, e eu me sentava ao lado dele.

— Pode ser, mas não é só isso. Você fazia parte desse mundo antes, mas não faz mais. Não quero que seja afetada pelo que acontece aqui. Ou pelo que eu faço.

— Mas eu sou parte desse mundo, sim. Minha mãe é uma Luxen sem registro. Uma das minhas melhores amigas é uma Original, e a outra está namorando uma Luxen. Além disso, fui injetada com uma quantidade considerável de DNA alienígena, e não foi por diversão.

Luc abriu a boca para retrucar, erguendo as sobrancelhas.

Não deixei que ele dissesse nada.

— E, para completar, tem você... você e eu. Estou tentando entender o que nós somos. E não posso fazer isso se você ficar me excluindo desse mundo... do seu mundo.

— Tudo bem. — Um lampejo de algo semelhante a respeito cintilou nos olhos dele e seus lábios se repuxaram num lento sorriso. — Então vamos atolá-la até os joelhos nesse mundo.

Assim que o Luc e eu voltamos para o corredor e começamos a seguir em direção à escada, Grayson abriu a boca para falar. Sabia que ele estava prestes a soltar alguma grosseria, porém o Original o calou antes que o Luxen tivesse a chance.

— Ela está aqui porque quer. — Seu tom não dava margem a argumento, e eu resisti à vontade de mostrar a língua para o Grayson. — Como está a garota?

Dawson nos observava com curiosidade, acompanhando com facilidade as longas passadas do Luc. Começamos a descer as escadas.

— Ela está acordada, mas não sei se isso é uma boa coisa.

— Dá para andar mais rápido? — rosnou Grayson atrás de mim. — Você é tão lenta quanto uma tartaruga de três pernas.

Fiz um muxoxo. A forma como ele disse *você* foi como se estivesse falando com uma barata mutante rastejando pelo chão.

— Por que não anda na minha frente?

— Não confio em você atrás de mim.

Eu ri.

— O que diabos eu poderia fazer?

— De você eu espero qualquer coisa — rebateu ele.

— Gray? — chamou Luc, alguns passos adiante.

— Que foi?

— Cala a boca.

Grayson soltou um palavrão por entre os dentes e, em seguida, falou num tom mais alto:

— É só que eu acho que você não vai gostar que ela veja isso.

— Veja o quê? — Fui descendo a escada, segurando o corrimão. Grayson continuava atrás de mim. Podia apostar que ele estava engajado num intenso debate interno sobre me empurrar ou não escada abaixo.

Dawson olhou de relance para o Original antes de falar, e imaginei que o que quer que tivesse visto na cara do Luc foi interpretado como permissão.

Todo mundo sempre olhava para ele antes de fazer alguma coisa.

Bom, todo mundo exceto eu.

— Eu estava transferindo um grupo ontem, e entre eles havia um casal… um Luxen e uma garota humana… Sarah — disse Dawson. — A gente se deparou com alguns problemas e tivemos que voltar.

Será que o problema tinha sido causado pela relação entre o Luxen e a garota humana? Relacionamentos entre Luxen e humanos eram ilegais. Se o humano tivesse menos de 18 anos, os pais encaravam uma multa considerável, e, se tivesse mais, poderia passar um bom tempo na cadeia.

Heidi estava se arriscando muito para ficar com a Emery, mas o amor valia a pena. Eu realmente acreditava nisso, de modo que estava superfeliz pela minha amiga. Heidi sentia o tipo de amor que cala fundo no peito, algo que me deixava ao mesmo tempo assustada e cheia de esperança, e era óbvio que a Emery se sentia da mesma forma... o que não significava que eu não me preocupasse com as duas.

Chegamos ao terceiro andar. Mantive os olhos fixos no Luc enquanto ele atravessava o amplo corredor, observando seus ombros largos. Tendo em vista que o público em geral não sabia da existência dos Originais, eles achariam que ele era um Luxen se vissem seus olhos ou o pegassem usando a Fonte. Assim sendo, qualquer relacionamento entre a gente seria um risco também.

Espera um pouco. Eu estava planejando me envolver com ele? Bom, tinha acabado de dizer que estava tentando entender o que havia entre a gente, o que era verdade. Talvez só agora estivesse me dando conta disso. Além do mais, uns dois minutos atrás, eu estava prestes a me enroscar nele como um polvo carente, portanto...

Luc virou a cabeça lentamente e olhou para mim por cima do ombro, erguendo as sobrancelhas e movendo a boca como quem diz: *Polvo carente?*

Ai, meu Deus! Crispei os punhos, mas antes que pudesse começar a gritar com ele, Dawson falou novamente:

— A gente se deparou com problemas perto da fronteira com a Virginia — disse ele. — Fomos avistados por uma daquelas malditas equipes de reconhecimento, e houve uma luta. Dois Luxen foram mortos, sendo um deles o namorado da garota humana.

Meu coração apertou pelo casal que eu sequer conhecia. Olhei para o Luc de novo, surpresa por ele não ter mencionado nada quando eu chegara à Foretoken hoje. Uma sensação de pânico pesou em meu estômago como bolas de chumbo. Será que o Luc participava dessas missões? Ele jamais dissera nada, mas, também, quase nunca falava sobre o que fazia com seu tempo livre. Com certeza não tinha dito nada sobre isso.

Tudo o que fizera fora me carregar para seu apartamento e dançar comigo.

— Ela se feriu durante a luta? — perguntei, voltando a me concentrar no assunto.

Dawson fez que não, sacudindo as mechas negras em todas as direções.

— Archer nos encontrou no meio do caminho e assumiu o transporte dos outros Luxen, mas a garota...

— O quê? — perguntei, confusa.

— Sem o namorado, ela não seria bem recebida no lugar para onde eles estavam indo — respondeu Luc, diminuindo o passo e permitindo que eu o alcançasse. — E, como eu disse, ela está doente.

É, isso ele já tinha dito.

A porta no fim do corredor se abriu subitamente. Kent, ou melhor, o Pennywise emotivo, meteu a cara para fora.

— Nunca fiquei mais feliz em ver vocês do que estou agora. Mais até do que se tivessem me trazido um balde de coxinhas de frango do Popeyes — comentou ele, e Grayson bufou atrás de mim. — Tem algo muito estranho acontecendo aqui, e sinto que preciso de um adulto. Gostaria também que o Chas nunca tivesse descido para chamar o Grayson e a mim.

Chas? Levei um segundo para associar um rosto ao nome. Ele era o Luxen que tinha levado uma surra do Micah. Ainda me surpreendia o fato de ter sobrevivido. Não o via há séculos.

Kent deu um passo para o lado, escancarando a porta. Luc entrou, e eu pude finalmente ver o que havia lá dentro. Soltei um arquejo assim que meus olhos repousaram sobre a garota. Ela estava diante de uma cama estreita, os cabelos louros pendendo em feixes ensebados em torno do rosto encovado.

Sarah estava de pé, mas como dissera o Dawson, não sabia se isso era uma boa coisa. Era como se a morte estivesse parada ao seu lado. Coop não tinha ficado assim, e eu já achara a cara dele péssima. Isso era muito, muito pior.

Luc falou num tom calmo e baixo, como se estivesse se dirigindo a um animal doente e encurralado.

— Ei, o que você está fazendo fora da cama? Precisa de alguma coisa? Fica descansando que a gente pega pra você.

A garota cambaleou. Com os ombros curvados para frente, ergueu a cabeça. Veias grossas e pretas despontavam sob sua pele.

— Jesus! — murmurei, recuando um passo. Bati no Grayson, que estava tentando entrar no quarto. Ele me apertou contra a parede. Isso não era igual ao que acontecera com o Coop. Ele não tinha veias pretas.

Uma tosse cheia e engasgada sacudiu o corpo inteiro dela.

— Eu... não estou me sentindo muito bem.

— O eufemismo do ano — murmurou Kent enquanto o Dawson, com as costas coladas na parede, se aproximava lentamente da garota.

Luc o ignorou.

— Eu sei. É por isso que você devia voltar pra cama, para poder melhorar. Não achava que ela iria melhorar.

— Quer que eu pegue algo para ela? — perguntei, querendo ajudar. — Talvez um copo de água?

— Você acha que água irá ajudá-la? — rebateu Grayson, me fitando com uma expressão que dizia claramente o quanto ele me achava imbecil. — Acho que nem mesmo um balde de penicilina irá ajudá-la.

Odiava admitir, mas o Grayson meio que tinha razão.

— Você não precisava ter dito isso em voz alta.

— O quê? — retrucou ele. — Só estou sendo honesto.

— Que tal tentar ser mais diplomático?

Grayson abriu a boca para replicar, mas Luc lançou um olhar para ele por cima do ombro. O Luxen ficou quieto. Por fim, voltei a atenção para o Original. Era difícil não perceber a postura dele, em pé com os ombros empertigados e as pernas afastadas, como que bloqueando a Sarah para que ela não me visse, tal como fizera com o Dawson mais cedo.

Será que ele tinha medo de que ela espirrasse em cima de mim?

Estiquei o pescoço para olhar pelo lado dele.

A garota estava com os braços finos cruzados diante da barriga.

— Cadê o Richie?

— Você sabe que ele não está mais aqui, mas eu estou. Kent e Dawson também estão. Somos amigos. Até mesmo o Grayson. Lembra? — perguntou Luc. Richie devia ser o namorado da menina. — Vou cuidar de você, Sarah, e acho melhor que…

Ela se curvou, dando a impressão de que ia vomitar. Um líquido preto azulado jorrou de sua boca e se espalhou pelo chão. O negócio parecia… *brilhar*.

Levei a mão à boca, porque aquilo parecia familiar.

Grayson tirou um pirulito — maçã verde — do bolso e começou a desembrulhá-lo lentamente.

— Isso é nojento.

Sarah vomitou de novo, e o que quer que estivesse saindo de sua boca não parecia normal. Era como se ela tivesse engolido um galão de óleo misturado com tinta azul e estivesse botando a mistura toda para fora.

Demonstrando mais coragem do que eu jamais seria capaz diante de alguém vomitando um negócio daqueles, Luc deu um passo na direção dela, mas parou ao vê-la jogar a cabeça para trás. Qualquer que fosse a substância que estivesse sendo expelida escorreu por seu queixo e sujou toda a frente da blusa amarrotada.

— Eles... fizeram *alguma coisa* comigo — disse a garota, arfando. — Eles fizeram *alguma coisa* comigo...

De repente, suas costas arquearam num ângulo impossível. Seguiu-se um estalo, que me lembrou um galho seco sendo partido ao meio. Soltei um arquejo ao vê-la cair de quatro no chão. Os braços se soltaram das juntas. Os quadris pareceram alargar. Outro jorro do líquido oleoso atingiu o chão.

Seus ossos continuaram estalando, tal como acontecera com o Coop.

Dawson parou de se mover.

— Que merda...

Sarah jogou a cabeça para trás e abriu a boca num grito silencioso que praticamente rasgou suas bochechas em dois. As veias enegrecidas saltaram — no rosto, na garganta e nos braços.

Num piscar de olhos, Luc estava diante de mim, o braço aberto, me empurrando para trás. Horrorizada, observei o corpo dela se contorcer com uma série de estalos que me remeteram a leite sendo derramado sobre uma tigela de flocos de arroz.

Eu nunca mais ia comer cereal.

Sarah despencou, encolhendo-se numa bola, e ficou ali, imóvel. Não parecia sequer estar respirando. As veias desincharam, desaparecendo por baixo da pele.

De repente, seus ombros se ergueram e ela inspirou fundo. Ela continuou se levantando, um pouco mais a cada respiração. Estava viva. Como ela podia ainda estar viva?

— Acho que ela virou um zumbi — murmurou Kent. — Preparem-se. Tiro na cabeça, galera. Tiro. Na. Cabeça.

Luc soltou o ar com força.

— Tá falando sério?

Kent fez que sim.

— Eu vi nos filmes. Estou dizendo, se ela conseguir terminar de se levantar, só pode ser uma coisa zumbi, e ela vai ser rápida e vai querer comer meu rosto, porque eu sou o mais charmoso aqui, e os mais charmosos sempre têm os rostos comidos primeiro.

— Ele meio que tem razão — comentou Dawson, erguendo uma sobrancelha. — Gosto de pensar que sou um especialista em zumbis.

Luc se virou para ele.

— Um especialista em zumbis?

Ele assentiu.

— É, e tenho certeza de que já vi isso num…

Sarah se levantou.

Tipo, elevou-se do chão sem nem mesmo se colocar de pé, como se fosse uma marionete e alguém estivesse puxando suas cordas. Em um segundo, ela estava totalmente de pé e, em seguida, *levitando*.

Puta merda, ela estava *pairando* no ar. Coop não tinha feito isso.

Meu queixo caiu. Pisquei uma e, em seguida, outra vez, imaginando que estava vendo coisas, mas, não, a garota estava realmente levitando.

— Isso não é coisa de zumbi — disse Grayson, as pupilas ficando imediatamente brancas. — Não sei que merda é essa, mas definitivamente não é humano.

Com uma expressão de curiosidade, Luc olhou para a garota.

— Isso é… diferente. Inesperado.

Meu coração martelava contra as costelas como se quisesse saltar para fora do corpo enquanto o Luc a observava como se ela fosse um interessante projeto de uma feira de ciências.

Sarah ergueu a cabeça. Seus olhos — uau, seus olhos pareciam duas órbitas negras com pupilas…

Olhei para o Grayson.

As pupilas dela eram como as de um Luxen, como as do Grayson, quando eles estavam prestes a assumir a forma verdadeira. Duas estrelas destacadas contra um céu noturno.

Dawson e Luc tinham dito que ela era humana, e embora eu não fosse médica nem cientista, sabia que aqueles olhos não eram humanos e que humanos não levitavam.

Os pelos dos meus braços se arrepiaram.

Ela pousou os pés no chão e correu aqueles olhos estranhos pelo quarto. Ao ver o Luc tentar dar um passo em sua direção, repuxou os lábios e soltou uma espécie de rosnado.

Ela estava rosnando para o Luc?

Num movimento brusco, Sarah virou a cabeça. Eu prendi o ar quando nossos olhos se encontraram. Ela inflou as narinas, cheirando o ambiente. Em seguida, deu um passo em minha direção. Inclinando a cabeça ligeiramente de lado, emitiu um som semelhante a um trinado baixo.

Pressionei as costas contra a parede. Não fazia ideia do que estava acontecendo, mas definitivamente não queria ser o centro da atenção dela.

Luc deu um passo para o lado, me bloqueando mais uma vez.

— Acalme-se, Sarah. Não quero machucar você. — Um cheiro de ozônio queimado impregnou o ar ao mesmo tempo que uma aura esbranquiçada envolvia o corpo dele. — Mas, se precisar, eu vou.

Sarah virou a cabeça para ele. Após alguns instantes, ela se moveu — e *rápido*. Partiu com tudo, passando pelo Luc, pela cama e pela cadeira vazia em direção à janela quadrada.

Ela não parou.

Fiquei tensa.

— Ela vai...

Sarah cruzou correndo o quarto e pulou. O vidro explodiu, lançando uma chuva de cacos sobre o chão. A cortina desabou e, de repente, ela sumiu — atravessou a janela e desapareceu no beco lá embaixo.

Todos nós ficamos congelados no lugar, num silêncio estupefato, até que o Luc soltou um forte suspiro e disse:

— Bom, estava pensando em trocar a janela mesmo.

14

ntāo, a gente vai simplesmente fingir que não aconteceu nada? — perguntei, sentada numa das salas comunais do terceiro andar. Luc tinha saído com o Grayson, o Dawson e a Zoe, que se juntara a eles… ainda vestida de Mulher Maravilha… para tentar localizar a garota, que por sua vez não estava estatelada no beco com todos os ossos quebrados como aconteceria com um humano normal que tivesse atravessado uma janela do terceiro andar de um prédio.

Kent botou uma lata de Coca geladinha na mesinha de centro à minha frente.

— Bem-vinda ao meu mundo. Apenas outro Halloween normal aqui na Foretoken.

Olhei para ele.

— Você disse que ela… levitou? — perguntou Emery, sentada de frente para mim. Virei-me para ela, que usava uma elaborada fantasia de couro azul-marinho da Mulher Gato. Heidi estava com seu conjunto vermelho, branco e azul, e Kent continuava de Pennywise, de modo que era superestranho ter uma conversa dessas no momento.

Peguei a Coca com as mãos trêmulas, apreciando o alívio do líquido gasoso ao descer por minha garganta seca.

— Ela saiu completamente do chão.

— E isso aconteceu logo depois que ela vomitou um líquido preto em tudo quanto foi canto — acrescentou Kent, sentando-se no braço do sofá.

— Tinha um quê de azul no líquido também. Não faço ideia do que poderia ser.

Heidi estremeceu e afastou uma mecha de cabelo vermelho do rosto.

— O que poderia ter provocado uma coisa dessas?

— Ela foi mordida por um zumbi? — sugeriu Kent. — Porque tenho quase certeza de que ela virou um. Talvez um zumbi vegetariano, visto que não tentou comer a gente, mas definitivamente um zumbi.

Pisquei uma e, em seguida, outra vez.

— Dei uma olhada nela mais cedo, antes de vocês chegarem. — Emery olhou de relance para a Heidi. — Ela estava ardendo em febre, mas achei que fosse só uma gripe. Imaginei que tivesse pego algo durante a viagem e, com tudo o que aconteceu com o namorado, estivesse física e emocionalmente drenada.

— Aquilo definitivamente não era uma gripe — comentou Kent. — A menos que as gripes agora façam as veias das pessoas ficarem pretas.

— Não sei de nada que possa provocar isso — observou Heidi.

Recostei no sofá e baixei os olhos para a Coca. Fui invadida pela mesma sensação pesada e incômoda que sentira antes. Sarah tinha dito algo que não saía da minha cabeça.

Eles fizeram alguma coisa comigo.

— Foi muito parecido com o que aconteceu com o Coop — falei. — Mas ao mesmo tempo diferente. Tipo, ele não levitou nem ficou com as veias pretas, mas ficou super hiper forte.

— Quer seja o mesmo que aconteceu com esse tal de Coop ou não, nunca vi nada parecido. — Kent apoiou uma das pernas listradas sobre o sofá.

O que não era pouca coisa, pois tinha a sensação de que ele já vira de tudo. O fato de eu não estar surtando também dizia muito — tipo, sair correndo do prédio gritando e brandindo os braços. Três meses antes eu com certeza teria. Agora? Estava perturbada com o que tinha visto, mas já tinha visto muitas coisas perturbadoras desde que o Luc… voltara para minha vida.

— Os ossos dela… dava para escutá-los se partindo — comentei, com medo de fechar os olhos por mais de um segundo, pois tinha certeza de que a imagem voltaria à minha mente. — Como diabos ela pode ter pulado do terceiro andar e sair correndo depois disso?

Kent deu de ombros.

— Sobreviver à queda já é insano. — Heidi puxou as pernas para junto do corpo. — Vocês têm certeza de que ela era humana?

Emery assentiu.

— Definitivamente humana.

— Mas a gente não faz esse tipo de coisa — retrucou Heidi. — A gente não fica doente desse jeito, aguenta o que o corpo dela aguentou, se atira de uma janela e sobrevive a uma queda equivalente a cinco andares para sair andando em seguida.

Não achava que a Sarah tivesse simplesmente saído *andando*, mas agora essa imagem estava gravada na minha mente.

— Mas olha só o Coop. Ele também era humano.

Kent cruzou os braços.

— Ela era tão humana quanto eu, apesar do que o Grayson possa dizer sobre mim.

— Sei que vocês dizem que a mutação não é assim, mas talvez seja o que aconteceu — observou Heidi. — Ninguém sabe se os soros que o Daedalus fabricava continuam sendo usados por aí.

— A gente teria visto algum rastro nela. — Emery esticou as pernas. — Assim como a Zoe teria visto um rastro no cara da escola de vocês.

— Talvez exista um tipo diferente de soro que apague o rastro — sugeriu Kent. — Qualquer coisa é possível.

— Ela disse uma coisa. — Olhei de relance para ele, batendo um dos pés no chão. — Você escutou também, certo? Ela disse: "Eles fizeram alguma coisa comigo."

Os lábios dele se repuxaram num muxoxo.

— Eu não escutei nada.

— Não? — Olhei para ele, perplexa. — Ela disse isso logo depois de vomitar e antes de se transformar em algo saído de um filme de terror. Disse duas vezes.

Ele ergueu as sobrancelhas castanho-avermelhadas.

— Não ouvi nada do gênero.

— Como...? — Virei-me para as meninas, que me fitaram de volta. Como era possível que o Kent não tivesse escutado?

Ele franziu o cenho.

— Ela fez um barulho estranho, tipo um trinado. Isso eu escutei.

Eu idem, mas também a escutara falar. As palavras tinham saído um pouco arrastadas, mas ela havia falado. Muita coisa estava acontecendo na hora, portanto não era de surpreender que o Kent não houvesse escutado nada entre os vômitos e estalos de ossos se partindo.

— O que você acha que eles vão fazer com ela se a encontrarem? — perguntou Heidi, virando-se para a namorada.

Emery olhou de relance para o Kent. Um longo momento se passou antes que respondesse.

— Vai depender do que ela fizer. Luc não vai deixar que ela machuque ninguém, nem que exponha o que a gente faz aqui. Se algo do gênero acontecer, ele vai cuidar do problema — respondeu Emery, sem preâmbulos. — É isso o que ele faz.

É isso o que ele faz.

Engoli em seco ao sentir essas palavras substituírem as que a Sarah dissera. Luc... *cuidaria do problema*, assim como tinha feito com os Originais que o Daedalus criara, as *crianças* que eram mais perigosas para os humanos do que qualquer Luxen adulto poderia ser. Ele cuidaria da Sarah da mesma forma que o Micah o forçara a fazer naquela noite no bosque.

Ele mataria a garota se ela provasse ser um risco para as pessoas ou para o que eles faziam aqui.

Minha boca ficou seca de novo, e o refrigerante não ajudou.

Luc era... era o cara que pouco mais de uma hora atrás tinha dançado comigo e dito que eu só precisava ser eu mesma, e não quem costumava ser. Ele podia me fazer rir com suas surpresas ridículas ou cantadas terríveis, me distrair quando eu ficava presa num passado do qual não me lembrava ou revivendo o medo do ataque do Micah. Era um cara que usava camisetas esdrúxulas e acolhia Luxen ou humanos que precisassem de ajuda, que cuidava das pessoas como alguém cuidaria de um animal perdido. Ele havia ajudado a Emery a largar o vício. Luc era *gentil*.

E era um assassino.

Tinha visto com meus próprios olhos no dia em que os três Luxen haviam aparecido na boate e um deles me atacara. Eu o vira pôr um fim ao reinado de terror homicida do Micah. Vira a frieza e precisão brutal com que era capaz de matar, assim como a dor naqueles estonteantes olhos ametista depois. Ele não havia matado o Brandon, mas quebrara a mão dele sem um pingo de remorso.

Um calafrio me percorreu.

O contraste entre quem ele era e quem podia ser, entre sua inesgotável gentileza e dureza inflexível era desconcertante, ainda que eu já tivesse visto ambos esses lados de sua personalidade, que soubesse exatamente o que ele era capaz de fazer e até onde iria para proteger os outros.

Mesmo assim, escutar isso agora mexeu comigo.

— Ei. — Kent cutucou meu ombro com a ponta do cotovelo. — Luc vai fazer o que tiver que fazer, docinho. O certo. Ele sempre faz.

Surpresa pelo Kent ter captado meus pensamentos, forcei um sorriso e botei o refrigerante na mesinha de canto. Sentindo que precisava fazer algo com as mãos, comecei a desembaraçar o cabelo com os dedos.

— Ela pode estar só assustada. Quem sabe o que aconteceu com ela ou como ficou doente — argumentou ele. — Nem sempre as coisas terminam da pior forma possível.

Não?

— Eu faria a mesma coisa — disse Emery, atraindo minha atenção. Nossos olhos se encontraram. — Todos nós faríamos exatamente o mesmo que o Luc. Eu a mataria sem pestanejar para proteger aqueles que amo e que são importantes para mim. Faria o mesmo para proteger esse lugar e o que a gente faz aqui. Kent também. Assim como o Grayson. Não é algo que a gente goste de fazer, e sim que precisa ser feito. Nenhum de nós hesitaria. E todos somos obrigados a viver com isso.

Assenti com um menear de cabeça, tentando engolir o bolo em minha garganta, que parecia tão seca quanto um deserto. Daemon tinha dito a mesma coisa... e fora além.

Heidi se aproximou da Emery e cochichou algo em seu ouvido. Em seguida, deu-lhe um beijo no rosto moreno e se afastou.

— Não acho que as coisas que o Luc teve que fazer sejam erradas. Vocês falam como se matar não fosse nada de mais, mas sei o quanto isso o afeta... afeta todos vocês... como sei que faz parte do seu dia a dia. — Parei de remexer no cabelo. — Para ser honesta, não sei o que pensar porque... tudo isso é novo para mim.

— Para mim também. — Heidi deu o braço a Emery e olhou para mim. — A gente não fazia parte desse mundo.

Eu costumava fazer, na época em que era a Nadia. Não sabia se como ela eu aceitava com facilidade essas leis brutais de sobrevivência ou se essas coisas me perturbavam tanto quanto agora.

Talvez na época conseguisse compreender tudo melhor.

Eu, porém, exigira que o Luc me trouxesse para o mundo dele, que me deixasse envolver. Não é que achasse que eu não me enquadrava ali. Só não estava esperando algo assim.

Enquanto a Emery roçava os lábios na testa da Heidi, fechei os olhos e esfreguei as têmporas. Será que eu a tinha ofendido? Esperava que não, mas ela precisava entender que nada disso era um Halloween normal para mim ou para a Heidi.

A gente geralmente comprava uma montanha de doces e maratonava filmes de terror. Não tínhamos o hábito de testemunhar uma garota virando sabe Deus lá o que e se atirando por uma janela.

— Bom — disse Kent de maneira arrastada. — Essa conversa ficou um tanto bizarra.

Bufei.

A porta atrás da gente se abriu, pondo um fim ao incômodo silêncio. Virei no assento, o coração pulando uma batida ao ver o Luc entrar no aposento, seguido do Dawson. Com a mão apoiada no encosto do sofá, observei a porta se fechar em seguida. O olhar do Luc se fixou imediatamente em mim. Não dava para ler nada em sua expressão fechada.

— Vocês encontraram a garota-zumbi? — perguntou Kent.

— Ela não é um zumbi — disse Luc com um suspiro, contornando o sofá. Acompanhei seus passos, empertigando-me quando ele se sentou ao meu lado, perto o bastante para que sua coxa pressionasse a minha.

— É o que todo mundo diz até alguém derrubar uma porta e começar a comer o seu nariz — retrucou Kent.

Heidi franziu os lábios e piscou algumas vezes.

— A gente não a encontrou. — Dawson se recostou na parede e cruzou os braços. — E procuramos na cidade inteira.

— Não é possível! — exclamou Heidi numa voz esganiçada, curvando-se para a frente. — No estado em que ela estava, como pode ainda estar viva?

— Boa pergunta. — Luc se recostou e jogou um dos braços sobre o encosto do sofá. — Se ela ainda estiver na cidade, está escondida em algum lugar. Grayson e Zoe ainda estão procurando.

— Você acha que o que aconteceu com ela é o mesmo que aconteceu com o Coop? — perguntei.

— Não sei, Pesseguinho. — Ele me fitou. Senti seus dedos se entremearem em meu cabelo e se fecharem em minha nuca. Luc vivia… me tocando, quer fosse se sentando bem perto, roçando a mão sobre a minha ou brincando com meu cabelo. Parecia algo quase inconsciente, como se ele não se desse conta de sua necessidade de provar que eu estava de fato sentada ao seu lado. Não que isso me incomodasse. Caso contrário, eu não permitiria. Para ser honesta, eu até que gostava, porque uma parte escondida bem fundo dentro de mim precisava da lembrança de que ele também estava ali.

Pensei no que a Emery e o Kent tinham dito.

— A garota disse que tinham feito alguma coisa com ela.

Os olhos do Luc se fixaram em mim novamente.

— Como?

Não era possível.

Luc também não tinha escutado?

Olhei de relance para o Dawson. Ele também não parecia saber do que eu estava falando.

— Achei ter escutado ela dizer alguma coisa.

— Dizer o quê? — Os dedos dele esfregaram minha nuca.

— Tive a impressão de que ela disse: "Eles fizeram alguma coisa comigo", mas nenhum de vocês escutou?

Dawson fez que não.

Os olhos do Luc perscrutaram os meus.

— Não, Pesseguinho. A gente não escutou nada.

Como assim? Será que eu tinha imaginado? Meus ombros penderam em derrota. Talvez tivesse sido uma alucinação auditiva? Ou quem sabe eu interpretara os sons que ela fizera como palavras? Nossa mente podia pregar peças na gente, absorver sons e transformá-los em algo familiar.

Luc continuava me observando, as sobrancelhas franzidas.

— Na verdade, a situação toda me remeteu às pessoas que o Daedalus tentou transformar com os soros mais recentes. — Dawson trincou o maxilar e baixou os olhos para o chão. — Vi o suficiente com meus próprios olhos durante o tempo que... passei com eles.

O ar ficou preso em minha garganta. Dawson tinha passado um tempo com o Daedalus? Lembrei do que o Luc tinha dito sobre os Luxen que haviam sido capturados por eles e de todas as coisas terríveis que a organização os forçara a tomar parte. Coisas inimagináveis.

— Foi semelhante ao que aconteceu com algumas das cobaias, só que não. As mutações que eu testemunhei foram bem mais... sangrentas. — Dawson soltou o ar com força. — E o Daedalus não existe mais, portanto não pode ser isso.

— O que não significa que alguém não tenha conseguido botar as mãos nos soros e injeções restantes, tal como a gente já suspeitava. — Luc capturou uma mecha do meu cabelo entre o polegar e o indicador. Ninguém na sala conseguia ver, mas tinha a sensação de que estava escrito na minha cara, que todos sabiam. Havia algo de tranquilizador do toque e no suave puxão em meu escalpo toda vez que ele corria o polegar sobre a mecha. — É possível que tenha sido isso o que aconteceu com ela.

— Ou talvez... Jesus, não posso nem acreditar que vou dizer isso... ou talvez seja algum tipo de doença — observou Emery, soltando um forte suspiro. — A gente acha que não pode transmitir nada para os humanos, mas as coisas evoluem, certo? Ou talvez seja algo que os humanos ainda não tenham visto. Vocês todos viram as notícias sobre pessoas que ficaram doentes por conta de algum vírus semelhante ao da gripe, certo? Um vírus que as matou rapidamente e cujos sintomas nenhum médico jamais viu antes. Um dos colegas da escola de vocês morreu, e depois outro ficou doente.

— Será que a gente pode se ater ao fato de que uma gripe não faz isso? — Kent continuava empoleirado no braço do sofá. — A menos que seja uma gripe zumbi.

Dawson abriu um ligeiro sorriso.

— Ela levitou — ressaltou Luc. — Saiu completamente do chão. Isso é mais sobrenatural do que virótico.

Emery soltou outro suspiro.

— A gente precisa encontrá-la. Só assim vamos descobrir o que aconteceu de fato.

Na verdade, eu tinha uma ideia. Uma boa ideia. Esperta. Algo que poderia *ajudar*.

Fui tomada por uma súbita animação. Pela primeira vez, eu podia realmente ajudar a resolver o problema deles, em vez de ser uma das causas.

— Posso, hum, falar com a minha mãe. Quero dizer, se alguém sabe alguma coisa sobre o Dae…

— Não — interrompeu-me Luc. — De jeito nenhum.

Enrijeci.

— Por que não?

Seus olhos se voltaram para mim, um par de olhos da cor de pedras preciosas, e tão duros quanto granito.

— Não quero que você fale nada sobre o que vê aqui com a Sylvia Dasher.

A sensação foi como se um exército de formigas-de-fogo tivesse picado minha pele.

— Isso não faz o menor sentido. Ela já sabe sobre o Ryan e o Coop, e se alguém tem alguma informação…

— Espera um pouco. — Dawson se afastou da parede, descruzando os braços e me fitando com os olhos ligeiramente arregalados. — Você é a filha dos Dasher? Achei que fosse…

— Mais ou menos — respondi. — Ela é minha mãe "adotiva".

Um brilho esbranquiçado envolveu o corpo do Luxen, e ele deu alguns passos em minha direção. Suas pupilas ficaram brancas, a cor se expandindo até os olhos começarem a brilhar feito diamantes.

Não vi nem senti o Luc se mover.

Num segundo ele estava sentado ao meu lado e, no seguinte, parado na frente do Dawson.

— Acalme-se — pediu o Original, a voz tão suave como quando falara com a Sarah. — Evie não tem nada a ver com o Daedalus.

Dawson não respondeu. Emery soltou a Heidi, o corpo tenso e pronto para entrar em ação. Enquanto isso, Kent dava a impressão de que só estava faltando um balde de pipoca para acompanhar um espetáculo que ele obviamente achava interessante.

O brilho branco que envolvia o Dawson pulsou, e o Luc deu um passo à frente, obrigando o Luxen a recuar.

— Ela não é filha dele. Evie nunca teve nada a ver com eles, cara. Você precisa se acalmar ou serei forçado a obrigá-lo. Está me entendendo? Espero que sim, porque definitivamente não quero deixar a Bethany viúva e a pequena Ash órfã de pai.

— Luc! — Soltei num arquejo, fazendo menção de me levantar enquanto lembrava mais uma vez do aviso do Daemon. — Jesus! Isso é um pouco exagerado.

— Não é, não. — rosnou ele, baixinho. — Nem um pouco.

Fitei-o, boquiaberta.

— É, sim.

A luz que envolvia o corpo do Dawson esmoreceu após um longo e tenso momento.

— Entendido, Luc.

— Ótimo.

Ninguém se mexeu por um bom tempo, e então o Dawson voltou para seu lugar de honra junto à parede, o maxilar tremendo e os olhos pulando do Luc para mim.

— Desculpa. Só fiquei um pouco confuso.

— Bem-vindo ao clube. — Kent deu uma risadinha enquanto Luc voltava a se sentar do meu lado.

Heidi me fitou, o nariz franzido como sempre acontecia quando ela estava tentando compreender alguma coisa, e meu estômago foi parar no chão. Tendo em vista que minha amiga não sabia a verdade a respeito de mim, nada disso fazia sentido para ela.

Dawson parecia estar tentando se segurar, o corpo tenso feito uma corda de violão.

Luc abriu um sorrisinho de deboche.

Fuzilei-o com os olhos até o sorrisinho desaparecer.

— Isso foi totalmente desnecessário.

— Se você soubesse o que eles fizeram com ele, e o que o Dawson faria por pelo menos uma pitada de retribuição, entenderia que foi mais do que necessário.

Sentindo o sangue se esvair do meu rosto, olhei de relance para o Luxen. Ele não negou o que o Luc disse ao me fitar no fundo dos olhos. Se eu fosse a verdadeira filha do Jason Dasher ou se o Luc não estivesse ali, será que ele teria me atacado?

— Não quero que conte nada para a Sylvia — repetiu o Original. — Nada, Pesseguinho. Absolutamente nada.

Fiz um muxoxo.

— Ela trabalha com doenças infecciosas, e…

— E costumava trabalhar para o Daedalus — interrompeu-me ele, tirando o braço de cima do encosto do sofá. — Ela é a última pessoa que precisa saber o que aconteceu aqui.

— Como você disse, ela *trabalhava* para eles, pretérito — lembrei-o. Kent tirou a perna de cima do sofá e se empertigou. — E não tomou parte em nenhuma das experiências terríveis que eles conduziam.

— Isso é o que ela diz, Pesseguinho. Não significa que seja verdade.

Os músculos das minhas costas tencionaram.

— Você não acredita nela?

Luc não respondeu.

Mas o Luxen de cabelos escuros encostado na parede sim.

— Eu nunca a vi, mas conheci o marido dela muito bem, e sei que no começo o Daedalus tinha boas intenções. Eles queriam erradicar doenças e melhorar a vida humana, mas não havia uma única pessoa dentro daquela organização que não soubesse o que eles se tornaram. Todo mundo lá dentro tinha total ciência do que estava sendo feito e de como eles estavam desenvolvendo os soros.

Apertei as mãos entre os joelhos.

— Ela não sabia, eu juro. Sei que trabalhava para eles, mas você não entende.

Será que eu podia contar para o Dawson quem minha mãe realmente era e o que ela fizera para assegurar que Jason Dasher não machucasse mais ninguém?

— Ela pode nos ajudar a descobrir o que aconteceu com a Sarah — repeti. — Além disso, a noite de hoje não foi um caso isolado.

— De jeito nenhum. — Luc se levantou de novo. — O que aconteceu na sua escola não é o mesmo que aconteceu aqui.

Perdendo o pouco de paciência que ainda me restava, fuzilei-o com os olhos.

— Até onde eu sei, você não me diz o que eu posso ou não fazer, amigão. Você não tem poder para me mandar fazer *nada*.

Emily arregalou os olhos ao mesmo tempo que o Luc se virava para mim num movimento fluido.

— Tenho o direito de escolher quem pode ou não pode saber o que acontece aqui, Pesseguinho. Não é o mesmo que tentar mandar em você.

— É exatamente a mesma coisa que me dizer o que fazer — rebati.

— Não no meu mundo — retrucou ele.

— No meu, que é o mesmo que de todo mundo, é. — Levantei num pulo, abrindo os braços. — Não existe razão para eu não contar para ela, ainda mais quando ela é provavelmente a única pessoa nessa cidade inteira que pode ter uma ideia do que aconteceu com a garota, que a propósito ainda está desaparecida, correndo por aí com veias pretas pelo corpo e que, com sorte, não está comendo o rosto de ninguém!

— Pelo amor de Deus, a garota não é um zumbi! Porque zumbis não são reais.

— E alienígenas são?

Ele me fitou sem expressão.

— Você não confia nem um pouco nela, não é mesmo?

Luc baixou ligeiramente o queixo e disse em voz baixa:

— Não. Eu não confio nela nem com um rato de laboratório — declarou ele, me fazendo soltar um arquejo. Aquilo parecia um tanto exagerado. — Não confio nela nem com o Diesel.

— Diesel é uma maldita pedra!

— Exatamente — retrucou ele de maneira presunçosa.

Balancei a cabeça, incrédula.

— Você está sendo ridículo.

— Estou sendo inteligente. Você deveria experimentar.

— Eu sou! — gritei. — Talvez você devesse tentar não ser um babaca metido a sabichão.

— Não estou sendo…

— Pensa direito no que vai dizer, porque você acabou de me chamar de burra — interrompi.

Luc inspirou fundo.

— Tem razão. Isso foi errado. Me desculpa — disse ele, os olhos púrpuros brilhando intensamente. — Eu não devia ter dito isso, mas reconhecer meu erro não muda quem ela é. Você pode ter esquecido as mentiras e as coisas que ela tirou de você, mas eu não.

Enterrei os dedos nas palmas das mãos.

— Você também mentiu para mim, Luc, ou já se esqueceu?

— Eu não esqueci *nada*. — Sua expressão era dura, os lábios pressionados numa linha fina. — Ela roubou de você a vida que você conhecia.

— E você a ajudou. — Fiquei na ponta dos pés. Luc se encolheu. — A culpa não é toda dela. — Mal consegui reconhecer minha própria voz. — Você escolheu me entregar para eles. Você…

— Como pode dizer uma coisa dessas? Eu não a *entreguei* para eles, Evie. — Os olhos dele assumiram uma expressão tempestuosa, de iminente perigo. — Será que preciso lembrá-la de como foi? Fiz a única coisa que podia fazer para salvar a sua vida. Você estava morrendo, e aquele filho da puta do Jason Dasher tinha a cura. Foi a Sylvia quem exigiu que eu me mantivesse longe. Ela me forçou a fazer o acordo. Se eu não concordasse, você ia morrer. Eu não a abandonei. Ir embora praticamente me *matou*.

Estremeci ao escutar aquelas palavras, e dei-me conta imediatamente que não deveria ter dito o que falei.

— Sei que você não me entregou para eles por livre e espontânea vontade. Me desculpa. Eu não devia ter dito isso, mas não muda o fato de que você escondeu segredos importantes de mim.

— Claro, como se você fosse acreditar em mim se eu tivesse contado de cara.

— O que não é desculpa para mentir por omissão. — Mas a verdade é que eu realmente não teria acreditado nele. Quem acreditaria? Esse, porém, não era o ponto, porque nossa discussão fez com que eu percebesse algo muito importante. Luc me mantivera no escuro a respeito de um monte de coisas, e até então eu achava que tinha sido para me manter a uma distância segura das coisas perigosas e ilegais que eles faziam aqui, mas agora estava começando a achar que esse não era o único motivo. Talvez ele tivesse me mantido no escuro por causa da minha mãe. — Você continua não me contando tudo, Luc. Continua escondendo coisas de mim.

— Tipo o quê?

— Você não me contou sobre a Sarah ou sobre o que aconteceu com os outros Luxen. Na verdade, não me conta 99 por cento das coisas que vocês fazem aqui, ainda que o que quer que seja gere visitas inesperadas de oficiais, o que aposto que acontece com frequência, mesmo que eu só tenha conhecimento daquela única vez.

Ele desviou os olhos.

— Me responde uma coisa: você participa dessas missões? Ajuda a transferir os Luxen?

Luc trincou o maxilar.

— Às vezes, enquanto você está na escola. Viagens rápidas, com o Archer ou o Daemon me encontrando no meio do caminho.

Inspirei, mas o ar não entrou direito.

— E você nunca me falou nada sobre isso. — Meu coração começou a martelar com força. — E se alguma coisa acontecesse com você numa dessas viagens? Eu sequer saberia, Luc. Não teria a menor ideia. Você simplesmente *desapareceria*.

Seus olhos se fixaram novamente nos meus.

— Eu não conto nada porque não quero que você se preocupe.

Despejei a verdade sem pensar duas vezes.

— Você acha que eu não me preocupo? O que você faz aqui é superperigoso. Merda, sua própria existência é um perigo. Não me contar não vai fazer com que eu me preocupe menos.

A linha do maxilar dele suavizou, assim como o brilho em seus olhos.

— Não precisa se preocupar comigo, Pesseguinho. Eu sempre vou voltar pra você. Prometo.

Meu rosto ficou quente. *Eu sempre vou voltar pra você.* Essa promessa me deixava ao mesmo tempo animada e irritada, cheia de esperança e medo.

Fui tomada por uma sensação para lá de estranha. Eu já tinha escutado essa promessa antes, não tinha?

— Eu não te conto para onde vou com os Luxen ou para onde eles são levados porque esse tipo de conhecimento não só a põe em perigo como a torna perigosa.

— Me torna perigosa? — Levei um instante para entender o que ele queria dizer, e quando entendi, não consegui acreditar. — Você realmente acha que eu contaria para alguém o que acontece aqui? Que eu faria uma coisa dessas?

Ele demorou para responder.

— Não acho que você contaria para ninguém por maldade, mas o fato de confiar na Sylvia significa que há coisas que eu não posso lhe dizer.

Luc e eu estávamos praticamente nariz com nariz. De repente, dei-me conta de que todo mundo havia desaparecido. Estávamos sozinhos, e eu sequer percebera isso até aquele momento.

— Eu tenho que confiar nela. Ela é minha mãe…

— Sylvia não é sua mãe.

Inspirei fundo, sentindo como se tivesse tomado um tapa na cara, porque isso chegava perto demais do que eu sentia e pensava, o que me deixava confusa, imersa em culpa.

Mãe. Filha. Apenas palavras, rótulos, porém palavras poderosas — que iam muito além do sangue.

De repente, a ficha caiu. Pisquei para conter as lágrimas que ardiam no fundo dos meus olhos. Ela havia me contado um monte de mentiras e escondido de mim uma quantidade ainda maior de segredos, assim como a Zoe fizera e o Luc continuava fazendo. As coisas continuavam meio estranhas entre mim e a Zoe, e eu estava começando a me acertar com o Luc, mas não era justo dar uma chance a eles e não dar a ela.

Porque, no frigir dos ovos, ela era minha mãe. Mantinha um teto sobre a minha cabeça e minha barriga cheia. Enchia-me de amor e me encorajava, agindo como uma verdadeira mãe em todos os possíveis sentidos da palavra.

— Ela é a única mãe da qual me lembro — falei, a voz grossa. — E eu a amo.

— Merda. — Luc correu os dedos pelo cabelo. — Evie, eu...

— Ela não precisava ter cuidado de mim nem me proporcionado tudo o que proporcionou todos esses anos, você sabe. — Recuei um passo. — Talvez você esteja certo. Talvez ela não seja totalmente confiável, mas continua sendo minha mãe, e eu, filha dela. Não acredito nem por um segundo que ela seria capaz de fazer algo que me pusesse em perigo ou me ferisse. E eu acabo de perceber que você não confia em mim, e não sei o que dizer a respeito disso.

Luc fez menção de se aproximar, mas ergui a mão, recuando em direção à porta. Ele permaneceu imóvel.

— Aonde você vai?

— Para casa. — Terminei de atravessar a sala com passos duros. — Você sabe, o lugar onde *minha mãe* mora.

— Evie — chamou ele. Parei e me virei. — Estou falando sério. Não conte nada para ela.

Fechei a mão com força em volta da maçaneta. Se conseguisse arrancá-la, provavelmente a jogaria em cima dele.

— Não precisa repetir de novo, Luc. Já entendi. Fique em paz.

Dizendo isso, saí, batendo a porta com tanta força que tive quase certeza de que todo mundo na boate escutou.

❋ ❋ ❋

Com as chaves na mão e os pulmões ardendo, atravessei

as portas da Foretoken ao encontro da noite fria de outubro. Inspirei fundo algumas vezes o ar gelado, apreciando a brisa sobre minha pele quente.

Não acreditava que o Luc tinha me dito aquelas coisas.

Não acreditava nas coisas que eu dissera para ele.

Esperava do fundo do coração que a Sarah não aparecesse do nada e tentasse comer meu rosto.

Sentindo a raiva fervilhar em minhas veias, forcei-me a continuar andando, abrindo e fechando a mão livre. Parte de mim entendia perfeitamente por que o Luc tinha problemas em confiar na mamãe. Isso não me surpreendia nem um pouco. Bastava ver o que acontecera durante o #incidentequeijoquente. Mas tanto ela quanto o Luc haviam pedido desculpas, e agora ele não queria nem dar uma chance a ela. Pior ainda, Luc não confiava em mim, o que tinha sido um choque.

Passei por diversas lojas fechadas enquanto descia o quarteirão em direção ao lugar onde havia estacionado o carro, muitas delas com uma placa de SOMENTE HUMANOS pendurada na porta. Balancei a cabeça, frustrada, e continuei seguindo com passos duros. O que…

A luz do poste acima de mim piscou e, em seguida, a do outro lado da rua. Diminui o passo e parei ao ver a que ficava no final do quarteirão, perto de onde estava meu carro, piscar também.

Isso não era normal.

A última vez que algo assim acontecera, eu encontrara um colega de classe morto no meio da rua.

Não. Não ia repetir aquele evento traumático.

Girei nos calcanhares e me peguei olhando para um peito largo. Com um arquejo, dei um pulo para trás. Um homem estava parado diante de mim, tão perto que podia sentir o… *frio* que irradiava dele.

Ele era mais velho, provavelmente perto dos trinta. Os cabelos profundamente negros sumiam contra o céu sem estrelas, e a pele era branca como alabastro. Os olhos…

Eram do tom mais claro de azul que eu já vira na vida, quase transparentes.

Um calafrio percorreu meu corpo.

— Com licença. — Recuei um passo, o coração martelando com força.

O homem inclinou a cabeça ligeiramente de lado, pressionou os lábios finos e *cheirou* o ar.

Ah, não.

Na-na-ni-na-não.

Quando pessoas começavam a cheirar o ar, o que eu queria era distância. Os músculos das minhas pernas tencionaram enquanto eu me preparava para correr de volta para a boate.

O peito coberto por uma camisa de botão escura *perdeu definição*. Em seguida, seu corpo inteiro se desfez numa nuvem de fumaça negra que se elevou vários centímetros do chão. Tentáculos grossos de névoa pulsaram ao mesmo tempo que a coisa se afastava alguns metros.

Sentindo uma onda de pânico explodir em minhas entranhas, abri a boca para gritar, mas nenhum som saiu. Tudo o que consegui foi ficar olhando para a criatura.

Ai, meu Deus, eu sabia o que era aquela coisa. Emery e Kent tinham descrito aquele ser para mim.

Era um Arum parado à minha frente.

Eles eram os arqui-inimigos dos Luxen, outra raça alienígena que havia lutado contra eles por milênios até os planetas de ambos serem destruídos, forçando-os a buscar abrigo na Terra. Os Arum eram tão letais quanto os Luxen, ainda que por motivos bem diferentes.

Eu jamais tinha visto um Arum, mas não tive dúvidas de que estava diante de um agora, o que significava que precisava dar o fora dali.

A massa de sombras voltou a se solidificar, retomando rapidamente a forma de um homem. Por um breve segundo, ele ficou parecido com uma criatura de obsidiana, de uma escuridão opaca, mas então voltou a parecer um ser humano normal.

Ele deu um passo à frente, repuxando os lábios e deixando à mostra uma fileira de dentes retos e, ainda assim, estranhamente afiados.

— O que você é?

 sujeito tinha realmente me perguntado o que eu era logo depois de se transformar numa maldita nuvem de fumaça pulsante?

— Humana — respondi, apertando as chaves em minha mão. Se o cara desse mais um passo na minha direção, eu ia apunhalar a cara dele com elas.

O Arum me fitou de cima a baixo.

— Tem certeza?

Encarei-o, boquiaberta. Se eu tinha certeza?

— Tenho. Sou totalmente, 100 por cento…

Espera aí.

Eu não era 100 por cento humana, era? Graças ao soro Andrômeda, havia uma pequena parcela de DNA alienígena em mim. Será que ele podia sentir? Isso meio que fazia sentido, uma vez que tinham me dito que eles podiam sentir os Luxen, e havia um tiquinho do DNA deles em mim.

Mas, se ele podia sentir, por que os drones VRA nunca tinham acusado nada? Será que os Arum eram mais sensíveis?

— Ei — chamou Grayson da direção da boate. O Arum se virou. — É você, Lore?

Lore?

Isso era um nome?

— Sou eu — respondeu ele, dando um passo para o lado.

— Com quem você está falando…? — Grayson apareceu alguns metros atrás do Arum, o cabinho branco do pirulito despontando do canto da boca.

— Ah, é *você*.

Ele disse *você* como se fosse uma recém-descoberta DST.

Fitei-o com os olhos estreitados. Imaginei que não tivesse encontrado a Sarah, tendo em vista que estava "pirulitando" aqui fora.

— Você a conhece? — Lore lançou um olhar por cima do ombro.

— Infelizmente — respondeu Grayson. — Ela pertence ao Luc.

— O quê? — Pisquei uma e, em seguida, outra vez. — Eu não pertenço a ninguém.

Lore ergueu as mãos, se afastando ainda mais de mim.

— Não toquei num fio de cabelo dela. Tudo o que fiz foi assustá-la um pouquinho. Foi acidental. Não de propósito. Eu estou me comportando.

Estreitei os olhos de novo.

Grayson bufou.

— Se veio ver o Luc, ele está lá dentro. Fala com o Clyde que ele irá chamá-lo pra você.

Eu tinha tantas perguntas. Para começar, o que diabos um Luxen e um Arum estavam fazendo conversando de maneira tão amigável quando eram, tipo, inimigos mortais? E por que o Grayson tinha dito que eu pertencia ao Luc?

— Eu te encontro lá dentro — disse Grayson para o Arum.

Lore assentiu, se virou e seguiu em direção à boate, parando brevemente para me lançar um olhar de dúvida por cima do ombro.

Continuei imóvel sob a luz dos postes, que haviam parado de piscar, pensando na noite em que encontrara o corpo do Andy. Tinha sido logo depois de descobrir que eu não era Evie. Eu havia ido para a festa do Coop e passado um tempo conversando com o James, a fim de me distanciar de tudo que estava desmoronando à minha volta. Foi o mesmo dia em que descobri que a Zoe era uma Original também. Estava saindo da festa quando me deparei com o corpo dele. Nós não éramos amigos. Andy andava fazendo bullying com um jovem Luxen da nossa escola, Daniel, mas a forma como ele morrera…

Lentamente, ergui os olhos para a luz amarelada do poste. Na noite da festa, elas também haviam piscado e se apagado, e a temperatura despencara significativamente, tal como acabara de acontecer. Pensei mais uma vez no Micah, que negara ter matado o Andy e a família.

E se tivesse sido um Arum?

Não achava, porém, que os Arum podiam matar daquele jeito, fazendo parecer que a pessoa tinha sido atingida por um raio ou queimada de dentro para fora.

Estremecendo, baixei o rosto e olhei para a rua escura e deserta. E se o Micah tivesse dito a verdade e houvesse outro assassino entre nós?

Deixei esses pensamentos de lado ao me dar conta de que não estava exatamente sozinha.

— Você encontrou a Sarah?

Grayson se virou para mim. Estávamos a alguns metros de distância, e a luz do poste não chegava até ele, mas pude sentir o sorriso em sua voz quando ele falou.

— Eu pareço ter encontrado?

Fechei a mão com tanta força que as chaves se enterraram em minha palma.

— Você é tão babaca!

— Já me chamaram de coisa pior.

— Ah, aposto que sim.

De repente, ele estava cara a cara comigo. Grayson era quase tão alto quanto o Luc, ou seja, um gigante perto de mim. Todos os meus instintos gritaram para que eu recuasse e, a julgar pelo sorrisinho presunçoso, acho que ele sentiu.

Finquei o pé.

— Não tenho medo de você.

— Vamos lá, nós dois sabemos que isso não é verdade. A menos que eu tenha superestimado sua inteligência, o que é possível.

Meu corpo inteiro ardeu de vontade de arrancar aquele sorrisinho da cara dele e mandá-lo de volta para qualquer que fosse a galáxia de onde ele saíra.

— Os humanos deveriam nos temer mesmo que a gente venha em paz e não queira lhes fazer nenhum mal. — Sua voz esbanjava desprezo. — Afinal, nós somos a forma de vida mais evoluída nesse planeta.

— Uau! — exclamei. — E eu aqui achando que ninguém tinha um ego maior que o Luc.

— E eu aqui imaginando por que diabos ele é tão obcecado por você — retrucou ele. — Você o faz lembrar alguém que ele conhecia, até aí eu sei.

Meu coração pulou uma batida. Grayson não sabia quem eu era, mas sabia sobre a Nadia?

— Eu passei tempo demais nos últimos três anos de olho em você. Uma humana tão chata e patética que chega a ser engraçado ver alguém como o Luc interessado numa pessoa assim — continuou ele. Lutei contra a vontade de revirar os olhos. — Embora alguns humanos sejam surpreendentemente interessantes, não há nada de especial ou singular a seu respeito.

As palavras dele me cortaram como uma faca, mais do que deveriam, mas me recusei a demonstrar.

— Me diz como você realmente se sente, Grayson. Manda ver.

O sorrisinho presunçoso desapareceu.

— Você é um risco para o Luc e para o que a gente faz aqui. Estamos salvando vidas, Evie. Sabe o que vai acontecer se o seu presidente conseguir o que ele quer? Um verdadeiro genocídio da minha espécie. É isso o que estamos tentando evitar enquanto você fica zanzando por aí. E fazendo o quê? Indo para a escola? Festas? Tirando fotos, passeando com seus amigos e, de vez em quando, defendendo algum pobre e inocente Luxen? Você não faz nada além de nos botar em perigo.

Encolhi-me ao escutar a dura verdade. O que eu fazia? Na maioria dos dias, nada.

Grayson ainda não terminara.

— Você não é uma ameaça só por causa da Sylvia Dasher, mas porque é o elo mais fraco que pode e será explorado — disse ele, cada palavra soando como um tapa. — Apesar do que todo mundo acha, Luc não é indestrutível. Quanto mais tempo você permanecer na vida dele, maior a chance de ele acabar sendo morto... ou pior.

❋ ❋ ❋

—Brunch é algo um tanto idiota quando você para pra pensar — murmurei, observando a Zoe tirar um pedaço de noz de seu muffin de chocolate com nozes. — Tipo, por que não almoçar logo? E por que você não pede um muffin só de chocolate em vez de ficar sentada aí, arrancando as nozes de dentro?

Zoe ergueu os olhos e deu uma risadinha.

— Você acordou com um humor maravilhoso hoje.

Eu estava realmente, definitivamente, de péssimo humor.

Nem sabia por que tinha concordado em encontrar a Zoe naquele domingo, perto da hora do almoço. Não estava a fim de companhia. Óbvio. As palavras do Grayson ainda me queimavam por dentro como um incêndio descontrolado. O que ele me dissera na noite anterior fora duro de escutar, embora verdade. Eu não era... forte. Não como a Zoe. Ou como qualquer um deles. Mesmo que fosse foda com uma katana na mão, o que não era, continuaria sendo o elo mais fraco entre eles. E isso era uma pílula amarga de engolir.

E, por mais que odiasse admitir, tinha passado a noite inteira acordada, esperando que o Luc aparecesse na janela do quarto, o que não acontecera. Nenhuma visita surpresa. Nenhuma mensagem.

Quando enfim consegui pegar no sono, acordei pouco depois, ofegante por causa de um pesadelo.

Eu imaginava que ele ainda estivesse puto, e não sabia como me sentir a respeito disso. Eu também continuava irritada, mas não estava acostumada a esse tipo de reação da parte dele. Nem um pouco. Eu sempre tivera a impressão de que mesmo quando estava irritado comigo, Luc ficava feliz por ter a chance de se sentir assim, o que era um tanto estranho, mas, dada a nossa história, de certa forma compreensível.

— E eu gosto de pedacinhos de nozes nos meus muffins. Não de pedaços grandes. É demais. — Ela soltou o pedaço de noz num guardanapo de papel. Franzi o nariz. — Não está se sentindo bem? Em geral você devora seu muffin em meio minuto. Espero que não esteja ficando doente. — Arregalou os olhos. — Ou que tenha pego alguma coisa daquela garota.

— Se tiver, pelo menos posso me atirar pela janela e sobreviver.

— Essa é minha amiga, sempre otimista.

Bufei, brincando com meu canudo.

— Não acredito que ela continue desaparecida. Tipo, onde diabos pode ter se metido?

— Não faço ideia. — Zoe soltou um suspiro, balançando a cabeça. — Ela pode estar em qualquer lugar. Talvez tenha morrido em algum esconderijo.

Uma sensação de pesar se abateu sobre mim.

— Deus do céu, sei que tinha algo muito errado com ela, mas odeio a ideia de alguém morrendo sozinha desse jeito. Ela estava assustada, Zoe. Não tinha a menor noção do que estava acontecendo.

— Eu sei.

— Emery acha que ela pegou o vírus estranho que a gente viu na TV, mas se os Luxen não podem transmitir nada para os humanos, e mesmo que seja algo completamente diferente…

— Não explica o que ela fez — completou Zoe. — A menos que seja algo totalmente maluco. Quero dizer, algo que alguém criou, mas com o Daedalus fora da jogada, isso não faz sentido.

O que significava que tudo o que a gente tinha era um monte de perguntas e nenhuma resposta.

Virei meu muffin de lado.

— Vi uma coisa superestranha quando fui embora ontem à noite. Não tanto quanto o que aconteceu com a Sarah, mas estranha.

— Tendo em vista que você estava nas imediações da Foretoken, pode ter sido qualquer coisa, literalmente.

— Verdade, mas eu vi um Arum. Cheguei até a falar com ele.

— Lore? Foi ele quem você viu?

Pisquei algumas vezes, meus dedos congelando em volta do canudo.

— Você o conhece?

— Não muito bem, mas já o vi uma ou duas vezes. Um dos irmãos também, Hunter. Não o outro, que é totalmente psicopata — explicou ela.

— Ele estava lá quando eu voltei.

— Estou um pouco confusa. Achei que os Arum fossem, tipo, os vilões. Os arqui-inimigos dos Luxen.

— A maioria é. Mas nem todos os Arum andam por aí assassinando pessoas e tentando se alimentar à força dos Luxen. Alguns são como os Luxen, buscando apenas um lugar para viver em paz nesse planeta.

— Quer dizer que existem Luxen dispostos a servir de petisco? Isso parece um tanto… pervertido. Lore é um desses?

— Se não fosse, ele não estaria vivo. — Zoe abriu um sorriso tenso. — Luc não o toleraria se ele machucasse as pessoas.

Ah, então tudo bem.

— Lore nos ajuda de vez em quando — explicou ela. — Na transferência dos *pacotes* e coisas assim. Ele ajudou o Dawson a transferir o resto do grupo quando eles se depararam com problemas.

Tomei um gole do meu refrigerante.

— Você também ajuda na transferência desses pacotes ou sua função é apenas ficar de olho em mim?

— Eu não fico de olho em você. Ajudo apenas a cuidar da minha melhor amiga — respondeu ela, apoiando os braços sobre a mesa. — Mas já os ajudei com as transferências algumas vezes, no passado.

— Isso não… a assusta? — perguntei, mantendo a voz baixa. — Quero dizer, as pessoas acham que você é humana, mas se fosse pega ajudando Luxen sem registro, mesmo que fosse humana de verdade, não faria diferença.

— É… arriscado, mas não fazer nada para ajudá-los seria pior — replicou ela. — O lance é o seguinte, Evie. Ninguém sabe para onde esses Luxen sem registro são levados quando capturados. Será que são trancafiados em algum lugar? Mantidos em instalações do governo? Mortos? A gente não sabe. O que sabemos é que eles não são simplesmente registrados e depois liberados para retornar à sociedade. Eles nunca mais são vistos.

Uma parte ingênua de mim queria acreditar que os Luxen capturados estavam por aí, em algum lugar seguro, porque isso seria algo com o qual eu conseguiria viver. No entanto, ingenuidade não era sinônimo de burrice, e depois de tudo que eu havia aprendido, não dava para não desconfiar.

Recostei na cadeira e olhei de relance para a estufa de vidro cheia de guloseimas deliciosas ao mesmo tempo que um homem entrava na lanchonete acompanhado de duas crianças. *Você não faz nada além de nos botar em perigo.* Fechei os olhos rapidamente, ainda assombrada pelas palavras do Grayson.

— Será que eu posso ajudar? Quero dizer, com os pacotes?

Zoe abriu um sorriso. Uma mecha de cabelos cacheados caiu sobre sua bochecha.

— Você já está ajudando.

— Como?

— Sendo minha melhor amiga.

— Isso não é ajudar. — Suspirei e prendi o cabelo atrás da orelha. — Tenho certeza de que posso fazer algo de útil.

Ela se debruçou sobre a mesa.

— Ser minha melhor amiga é ajudar. Você não faz ideia do que significa ser normal.

Na verdade, eu sabia exatamente o que significava ser normal.

— Eu cresci num laboratório, Evie. Minhas salas de aula eram aposentos brancos cheios de crianças criadas e desenvolvidas para serem soldados perfeitos. Nunca tive família. Nem amigos com os quais compartilhar um brunch, porque nós não podíamos ser amigos. Não quando éramos obrigados a lutar uns contra os outros a fim de provar que éramos os melhores. E você tinha que ser o melhor. Se não, as consequências eram... extremas.

— Zoe — murmurei, sentindo o peito apertar por ela, por *todos* eles.

— Minha vida só começou depois que o Luc me libertou, mas eu realmente não sabia o que era ter uma vida até conhecer você, a Heidi e o James — continuou ela, fazendo meus olhos arderem com uma súbita vontade de chorar. — Quando estou na escola ou quando encontro vocês, eu me sinto normal. Sinto que sou mais do que o que fui criada para ser. Você não faz ideia do quanto isso ajuda.

Estendi a mão por cima da mesa oval e a fechei em volta do braço dela.

— Eu sei, e fico feliz por te dar isso. É só que não quero ser um risco ou uma pessoa inútil, entende? Quero me sentir útil.

Seus olhos perscrutaram os meus.

— Por que você se acharia inútil ou um risco? Você é uma das pessoas mais fortes que eu conheço.

— Agradeço o sentimento, mas eu não sou nem de longe uma das pessoas mais fortes que você conhece.

— Você descobriu a verdade sobre quem você é, sobre sua mãe, sobre mim... *e* o Luc. Encarou um Original psicopata, se levantou, sacudiu a poeira e lidou com as consequências. A maioria das pessoas, inclusive da minha espécie, estaria se balançando num canto em algum lugar. E não é só isso, quando você achou que eu poderia me machucar, não pensou duas vezes antes de se meter na minha frente para me proteger. — Lembrou-me ela. — Você não se valoriza o suficiente. Sabe por quê? Vou lhe dizer.

Ah, não. Zoe ia começar um sermão.

— O problema é essa merda de ideal de força que eles incutem na gente. Os filmes. Os livros. A televisão. As revistas. Seria de esperar que depois de praticamente encarar o fim do mundo, as pessoas entenderiam do que a vida realmente se trata, mas não. A gente ainda opera com uma ideologia deturpada de poder feminino, que só é poder se você for uma assassina.

Recostei de volta no assento.

— O que isso ensina para nós, mulheres? Que se você não for fisicamente forte e não puder dar uma surra em ninguém, é uma pessoa fraca. Que se você se sentir sobrecarregada emocionalmente, também. Ou que se não for emotiva, é porque tem algo errado com você. Isso tudo é bobagem, não tem nada de real. — Os ombros dela ficaram tensos. — A verdadeira força não está nos músculos nem em habilidades letais. Ela está na sua capacidade de se levantar e continuar em frente mesmo depois que a merda atinge o ventilador. Isso é força.

— Tudo bem, Zoe. Concordo completamente.

Ela soltou o ar com força.

— Olha só, eu sou uma super-humana, e mesmo eu sinto, tipo, será que não dá para ler um livro ou assistir a um filme onde a garota seja, sei lá, um ser humano normal? E não vou nem falar sobre esse lance de "fixação" em garotos ou garotas, porque se eu começar vou falar até morrer sobre a misoginia internalizada por trás disso tudo.

— Tudo bem. Acalme-se. — Dei um tapinha no braço dela e, em seguida, peguei meu refrigerante e tomei um grande gole. — As pessoas estão começando a olhar para a gente.

— Não estou nem aí. — Zoe se recostou na cadeira. — Só não aguento ver você se diminuindo desse jeito.

— Desculpa. É só que… sei lá. — Ofereci-lhe um sorriso tenso. — Não há nada que a gente possa fazer para descobrir o que aconteceu com o Coop, e como eu posso ajudar a procurar pela Sarah? Acho que… só estou de mau humor. Não dê atenção ao que eu digo agora.

Enquanto me observava, Zoe afastou uma mecha de cabelo do rosto.

— Será que esse seu mau humor tem algo a ver com a briga astronômica que você e o Luc tiveram ontem?

Dei de ombros.

— Ouvi dizer que você queria falar com a Sylvia a respeito da Sarah. — Zoe voltou a retirar os pedaços de nozes do muffin. — E o Luc não gostou muito da ideia.

— O eufemismo do ano — repliquei de modo seco.

— Talvez — Ela tirou outro pedaço de noz. — Mas você entende os motivos dele, certo?

Uma ligeira náusea revirou meu estômago. Tinha passado a noite inteira pensando nisso.

— Entendo, mas ao mesmo tempo não.

— Como assim?

Baixei os olhos para meu próprio muffin de chocolate.

— Entendo por que o Luc não confia nela. Juro. Mas preciso acreditar no que ela me disse, Zoe. Que não tomou parte nas coisas horríveis que o Daedalus fez.

Minha amiga não respondeu, apenas deu uma dentada em seu muffin e começou a mastigar lentamente.

— Que foi? — perguntei, percebendo a hesitação em sua expressão. Debrucei-me sobre a mesa de novo e baixei a voz. — O Luc disse que ela não é minha mãe.

— E ele foi um babaca por dizer isso. Totalmente.

— Você sabe que foi ela quem matou o Jason, certo? Ela. Não o Luc. O casamento deles acabou quando ela descobriu o que ele fazia no Daedalus.

Zoe demorou a responder.

— Eu sei de tudo isso, Evie, mas…

— Mas o quê?

Zoe meteu quase metade do muffin na boca.

— Mas e se ela não estiver dizendo a verdade?

Meu queixo caiu.

— Me escuta, Evie. A gente não sabe com certeza. Nem você, e o que o Luc faz é arriscado demais.

— Eu sei. — Fui tomada por uma súbita irritação.

— O fato é que ela podia estar metida até o pescoço em todas as coisas do Daedalus e depois mudou de ideia. Ou talvez não tenha tido nada a ver com as terríveis experiências. A gente simplesmente não sabe.

O argumento era válido.

— Eu entendo, mas preciso acreditar nela. Ela não fez nada para me provar que o que disse é mentira. E, por que ela mentiria? Por que me aceitaria como filha, cuidaria de mim...

— E te encheria de memórias falsas da verdadeira Evie? — Sua voz se manteve baixa, mas as palavras ecoaram em mim como trovões. — Por que ela fez isso?

Meu sangue, até então quente, gelou. Eu me fizera essa mesma pergunta inúmeras vezes, mesmo depois de obter uma resposta.

— Acho... que ela simplesmente sentia falta da verdadeira Evie.

Zoe ficou quieta por alguns instantes.

— Isso eu consigo entender... até certo ponto. Entendo mesmo, não me interprete mal. Mas você tinha uma vida antes de conhecê-la. Tinha amigos... amigos que eram como uma família. Pessoas que a amavam e sentiram sua falta. Por que ela não a curou e devolveu sua vida, deixando o Luc continuar com você?

Tive a sensação de que ia vomitar.

O que a Zoe estava dizendo era algo que volta e meia me atormentava tarde da noite, mas que eu não aguentava ficar pensando por muito tempo.

— Por que ela exigiu esse acordo? — continuou Zoe, enrolando o guardanapo. — Não estou tentando botar uma pulga atrás da sua orelha, mas nunca entendi por que ela insistiu para que você se tornasse outra pessoa.

Sentindo como se meu coração estivesse sendo cortado ao meio, ergui a mão e corri os dedos pelo cabelo.

— E não é a única coisa que eu não entendo.

— Tem mais? — Uma risada trêmula escapou de meus lábios.

Zoe me fitou por um bom tempo.

— Onde você esteve durante o intervalo de tempo entre o Luc entregá-la para a Sylvia e você entrar para a escola?

Pisquei.

— Como assim? O que você quer dizer com isso?

Ela ergueu as sobrancelhas.

— Luc nunca te perguntou? Falou sobre isso?

— Não. Quero dizer, ele me contou que me entregou para eles e que fez o acordo, mas nunca tive uma ideia exata de quando cada coisa aconteceu.

Ela trincou o maxilar e desviou os olhos.

— Luc a levou para a Sylvia em junho, cerca de um mês depois que a invasão terminou, e ninguém teve notícias suas até você entrar para a escola em novembro. O primeiro dia de reabertura das escolas após a invasão.

Franzi as sobrancelhas.

— O que você está insinuando?

— Não sei. — Ela ergueu as mãos. — Você se lembra desse verão? Quero dizer, algo além de lembranças vagas?

Fiz menção de dizer que sim, mas seria verdade? Minhas lembranças depois da invasão eram poucas e vagas. Eu me lembrava de… estar numa casa, encolhida numa poltrona lendo e… assistindo televisão depois que ela voltou a funcionar. No entanto, quanto mais pensava nisso, mais vagas ficavam as lembranças. Surgiam buracos, lapsos de tempo em que não conseguia dizer exatamente o que estivera fazendo. Apenas vislumbres de estar sentada diante de uma janela ou no sofá com um livro na mão e a sensação de… estar esperando.

Antes de descobrir quem eu era, lembrava o suficiente para não questionar essas lembranças, mas agora?

Agora eu sabia demais para não questionar.

— Não me lembro de nada que pareça… concreto. — Ergui os olhos e a fitei. — Está dizendo que eu fiquei desaparecida durante esse tempo?

— Não sei se *desaparecida* é a palavra certa, mas o Luc ficou de olho naquela casa desde o começo. E ele não a viu. O que não significa que você não estivesse lá ou que não tenha ido para algum outro lugar, mas é estranho. — Ela se recostou de novo e cruzou os braços. — As escolhas dela foram, no mínimo, estranhas.

De repente, lembrei do que minha mãe tinha dito antes de me mostrar as fotos da verdadeira Evie.

Gostaria de ter feito escolhas diferentes para que as suas também pudessem ter sido diferentes.

Na hora, achei que ela estivesse falando do Luc.

Mas e se ela estivesse falando de algo completamente diferente? E, se o Luc tinha ficado de olho na casa durante os meses de intervalo entre ele ter me levado até ela e eu ter começado a frequentar a escola, por que diabos ele não dissera nada?

O que ele sabia?

epois que a Zoe e eu nos despedimos, não voltei para casa. Simplesmente... não dava, de modo que fui até o lago Centennial e fiz algo que não fazia havia tempos.

Peguei minha câmera e comecei a tirar fotos de todos os vermelhos e dourados do outono. Ela estava mais uma vez na minha frente, servindo como uma espécie de escudo, mantendo uma barreira entre mim e o mundo, e erguendo outra dentro de mim. Eu precisava disso, porque as coisas que a Zoe dissera tinham ficado marcadas em minha pele, entalhadas em meus ossos.

Por que minha mãe me dera a vida da Evie?

Passei quase toda a tarde lá, e só fui embora ao cair da noite. Ficar ao ar livre, fazendo algo que eu amava, ajudou a acalmar a inquietação em minha alma. Não consegui compreender melhor as coisas nem tive um súbito insight, mas me senti mais como eu mesma do que me sentia havia semanas.

Quem quer que *eu* fosse.

Mamãe não estava quando cheguei, e acabei parada no meio da cozinha, correndo os dedos pelo granito frio da ilha, sentindo como se devesse estar fazendo outra coisa. Algo mais.

Algo com um propósito.

Tipo, sair à procura da ainda desaparecida e possivelmente "zumbizada" Sarah, mas, onde começar a procurar? Se o Luc, o Grayson e o Dawson não tinham conseguido encontrá-la, que chance eu tinha?

Sentindo-me desconfortável na minha própria pele, corri os olhos pela casa. Mamãe tinha finalmente comprado novas velas para substituir as danificadas. Elas estavam posicionadas no centro da mesa — pilares brancos e grossos fincados num par de castiçais de madeira cinza. O andar de baixo finalmente voltara a ter a cara que tinha antes de o Micah aparecer.

Peguei o telefone que deixara sobre a bancada da pia e verifiquei as mensagens. Meu dedo pairou acima da última mensagem que o Luc me enviara na sexta à tarde, outra bizarra observação sobre guaxinins não receberem amor suficiente.

Com os dedos voando sobre o teclado, digitei rapidamente: *Por que ela me deu a vida da Evie?*

Mas não enviei.

Não sabia o que era pior — Luc não saber ou... saber exatamente o motivo.

Suspirando, deletei o texto e fui para a sala. Peguei a câmera que havia deixado sobre o encosto do sofá e segui para meu quarto. Uma vez lá, botei o celular sobre a mesinha de cabeceira, ao lado do Diesel. Meu livro de história estava aberto sobre a cama. Eu devia estudar, pois sabia que teria um teste nos próximos dias, mas estava inquieta demais.

Em vez disso, sentei na cama e liguei a câmera. Ainda não tinha olhado nenhuma das fotos que tirara nas últimas semanas, nem mesmo as do Luc. Que forma melhor de distrair a mente do que ficar olhando fotos?

No momento, nenhuma.

Enquanto olhava para as fotos do Luc, dei-me conta imediatamente de que estava certa ao tirá-las. Os traços magníficos do rosto dele tinham sido perfeitamente capturados pelas lentes.

A foto em preto e branco era a minha predileta. Algo nos tons monocromáticos garantia a ele uma beleza selvagem, brutal. Com um sorrisinho no canto dos lábios, continuei verificando as outras. Fazia tempo que eu não passava nenhuma para o computador ou checava a câmera, e fiquei surpresa ao me deparar com as imagens que havia tirado no dia em que o corpo da Colleen fora encontrado no banheiro da escola.

Jesus, tinha esquecido completamente que havia tirado aquelas fotos.

Continuei verificando, sentindo um bolo de emoções se formar em minha garganta. Ver aquelas imagens era como reviver o momento, ser novamente engolida por um misto de confusão e medo. Os rostos tornaram-se um borrão, e pisquei várias vezes para clarear a vista. As fotos das sombras contra o chão mexeram muito comigo.

Era exatamente como eu me sentia.

Como se fosse a sombra, e não a pessoa.

Jesus!

Isso era deprimente e um tanto melodramático.

Fechei os olhos e soltei o ar com força. Precisava me controlar. Vamos lá, eu estava viva. As coisas podiam ser bem piores. Tipo, eu podia estar morta.

Fui passando as fotos daquele dia até que uma coisa estranha chamou minha atenção.

— Que merda... — murmurei.

A última foto era de um pequeno grupo. Entre as pessoas estava o Andy. Deus do céu! Meu peito apertou. Havia algo de surreal em olhar a foto de alguém tirada dias antes dessa pessoa morrer e imaginar que ela não fazia ideia de que seus dias estavam contados. Não foi isso, porém, que chamou minha atenção. Foi quem estava parada ao lado dele.

April Collins, e havia alguma coisa errada com ela.

Franzindo o cenho, aumentei a imagem. Era como se houvesse duas Aprils. Uma normal — bem, tão normal quanto ela podia ser. Alta. Magra. Cabelo louro comprido preso num rabo de cavalo alto. E outra parada diretamente atrás dela, como uma sombra sobreposta. Verifiquei de novo as fotos que havia tirado nesse mesmo dia e não vi nada parecido em nenhuma delas, o que era para lá de estranho.

Não era a primeira vez que eu via uma foto dela com esse efeito. Busquei a que eu havia tirado no parque e olhei para a April parada ao lado dos balanços com a irmã mais nova.

A mesma coisa. A impressão era de que havia uma sombra parada atrás dela.

— Tão estranho — murmurei, voltando para a foto da escola. Lembrei que havia tirado mais outra, durante o protesto no estacionamento.

Passei rapidamente por todas até encontrar a que estava procurando. Lá estava a April, o cabelo preso e o rosto contorcido, gritando alguma coisa. Dava quase para sentir sua raiva vibrando através da imagem. A raiva, porém, não era a única coisa que eu havia capturado.

A sombra estranha, quase como uma sobreposição, também era visível. Muito bizarro.

Lembrei do que eu tinha visto na noite da festa do Coop, pouco antes de encontrar o corpo do Andy, e quando me deparara com o Lore do lado de fora da Foretoken. Os Arum eram como sombras — sombras flamejantes, uma escuridão entremeada de luz. Todos estavam convencidos de que tinha sido o Micah quem eu vira na noite em que encontrara o Andy, ou que meus olhos haviam me pregado uma peça, mas...

— Puta merda — murmurei. — Será que a April é… uma Arum?

Abafei uma risadinha nervosa. Sabia que isso soava ridículo, mas a April odiava os Luxen. E, de certa forma, ela era como o diabo encarnado.

Afastei uma mecha de cabelo do rosto e olhei de novo para a imagem estranha. Havia muitos buracos na minha teoria. Se ela fosse uma Arum, a Zoe não teria sentido? Algum dos outros Luxen? Além disso, se bem me lembrava, Emery tinha dito que os Arum não se misturavam com os humanos, que eles costumavam manter distância.

Mas, se não era um defeito fotográfico estranho e aleatório, o que podia ser?

✳ ✳ ✳

Na manhã seguinte, tive uma ideia entre a aula de literatura inglesa e a de química, enquanto dava o melhor de mim para não me estressar com a discussão que tivera com o Luc nem pensar nas coisas que a Zoe dissera. O que significava que eu estava com um humor estranhíssimo, embora de alguma forma produtivo.

Precisava de outra foto da April, de preferência uma que não tivesse sido tirada ao ar livre, a fim de ver se ela apresentava o mesmo estranho efeito de sobreposição, e sabia exatamente onde encontrar uma.

Nos anuários.

Não tinha certeza se havia comprado o do ano anterior, mas a biblioteca da escola tinha uma tonelada deles.

Resolvi dar um pulo lá na hora do almoço. Ao entrar no ambiente frio e cheirando a mofo, fui para a esquerda, em direção à mesa principal, ao lado da qual eram mantidos todos os anuários.

Sabia no fundo da mente que minha súbita obsessão com a April tinha mais a ver comigo do que com ela. Uma vozinha baixa e irritante me dizia que eu estava tão focada nela porque era muito mais fácil do que me focar em todo o resto.

Mas e daí?!

Folheei as fotos impressas em papel brilhante até encontrar o lugar onde deveria estar a da April, espremida entre a da Janelle Cole e do Denny Collinsworth.

Só que não havia foto nenhuma dela no livro do terceiro ano.

Fechei esse anuário, botei-o de volta no lugar e peguei o do segundo ano. Em poucos segundos, encontrei o que procurava. Era definitivamente uma foto da April, tirada uns dois anos antes. Seu nome estava sob a imagem. O cabelo louro estava preso num rabo de cavalo bem apertado, e os familiares lábios vermelhos abertos num amplo sorriso.

Era uma foto normal. Sem nenhum estranho efeito de sombra. Chequei, então, a do primeiro ano e vi que era normal também.

Duas fotos normais e outra faltando. Será que isso significava alguma coisa? Não tinha a menor ideia, mas conhecia o suficiente sobre fotografia para saber que ver aquele estranho efeito somente nas fotos dela era superbizarro.

Em vez de seguir para a cantina, encontrei um banco vazio ao lado das janelas que davam para o pátio e tirei a câmera da mochila. O zumbido baixo dos computadores e das luzes do teto era quebrado apenas por uma risada ou espirro ocasional. Havia algo de relaxante na quietude da biblioteca, e depois de só ter conseguido dormir umas duas horas na noite anterior, era provavelmente melhor ficar sentada ali do que com meus amigos.

Não que eu os estivesse evitando, mas precisava, sei lá, de silêncio.

Peguei um saco de batatas fritas dentro da mochila e, enquanto comia, liguei a câmera e comecei a olhar as fotos do lago. Não tinha verificado essas no dia anterior.

Estavam muito boas, pelo menos na minha opinião. Não que fosse preciso muito talento para tirar fotos de árvores. Mas as do Luc? As dele tinham ficado tão fantásticas que queria imprimi-las e emoldurá-las, mas isso seria um tanto assustador. Continuei passando pelas fotos até me deparar mais uma vez com a primeira foto estranha da April.

Afundando no assento, meti outra batata na boca e fiquei olhando para ela. Todas as três fotos tinham sido tiradas ao ar livre. As duas únicas tiradas dentro de algum lugar eram de mais de um ano atrás. Será que isso significava alguma coisa? Talvez. Provavelmente não. Enquanto devorava mais outra batata, pensei em como ela sempre ficava irritada perante a ideia de ser fotografada, mesmo na época em que ainda éramos amigas. April reagira de forma muito exagerada no estacionamento. Como se tivesse algo a...

— Oi.

Tomei um susto ao escutar a voz da Heidi e quase deixei a câmera cair no chão. Erguendo os olhos, vi os cabelos vermelhos presos numa trança.

— Oi.

Ela ergueu as sobrancelhas.

— Isso é tudo o que você tem a me dizer?

— Hum. — Corri os olhos em volta. — Boa tarde? — Fiz uma pausa. — Quer uma batata?

Ela me fitou sem expressão e se sentou ao meu lado.

— O que você está fazendo aqui?

— Estava checando uma coisa. — Dei de ombros. — E não estou com muita fome.

— Mentira. Em primeiro lugar, você sempre está com fome.

Verdade.

— Credo! Obrigada — murmurei.

— Você nunca vem para a biblioteca na hora do almoço. — Ela apoiou o queixo na palma da mão. — Fiquei preocupada.

— Por quê? Não há nada com que se preocupar.

— Não? — Sua expressão me disse que eu não devia tentar enganá-la. — As coisas no sábado à noite ficaram bem estranhas, para não dizer feias. E sei que você passou por muita coisa nas últimas semanas, especialmente com esse lance do Micah.

Abri a boca para retrucar, mas a fechei de novo. Ela podia saber sobre o Micah, mas isso era apenas a ponta do iceberg.

— Não precisa se preocupar.

— Tem certeza? Você e o Luc continuam brigados?

Fiz que não, soltando um suspiro e brincando com a câmera.

— Está tudo bem entre a gente. — Não exatamente. — Só estou me sentindo um pouco antissocial no momento.

— Não tem problema se sentir um pouco antissocial de vez em quando. — Heidi fez uma pausa. — Luc falou umas coisas bem desagradáveis sobre a sua mãe.

Merda.

Tinha esquecido que ela havia testemunhado parte da discussão.

Desviei os olhos, lutando para não ter uma súbita diarreia verbal e contar tudo — que eu não era Evie Dasher, que estava gostando do Luc, que havia uma boa chance de que a única mulher que eu jamais conhecera como mãe não estar sendo totalmente sincera comigo e que eu… me sentia *inútil*.

De repente, tive o súbito insight que esperava ter tido no dia anterior quando fora até o lago. Vinha me sentindo assim desde antes de descobrir a verdade e de o Luc voltar para a minha vida. Como se estivesse apenas deixando os dias passar, existindo, mas sem viver de verdade, inquieta e sem rumo.

Será que era porque eu estava vivendo a vida de outra pessoa?

Bom, dã! Agora isso parecia meio óbvio.

De qualquer forma, Heidi merecia a verdade.

— É uma longa história.

— Temos tempo.

— Não acho que temos tempo suficiente para tudo, mas minha mãe… descobri que ela não é minha mãe de verdade — falei, mantendo a voz baixa.

— Ela te adotou ou algo do gênero?

— Algo do gênero…

Olhei de relance para ela, que me fitava com o cenho franzido.

— Você não me disse o que está acontecendo porque eu não contei que a Emery é uma Luxen?

— Não. Não tem nada a ver. É só que… é tudo muito confuso, mas… eu não… não sei como dizer isso. — Apertei a câmera em minhas mãos.
— Certo. Vamos lá. Eu não sou Evelyn Dasher.

Não precisei nem olhar para saber que a Heidi estava me encarando.

— Como?

Inspirei fundo e contei… a verdade. Que eu costumava me chamar Nadia Holliday e que vivia com o Luc até ficar doente. Levei quase todo o horário de almoço para explicar o que era o soro Andrômeda e como eu havia me tornado a Evie.

Quando finalmente terminei, Heidi me fitava de boca aberta.

— Puta merda, Evie… quero dizer, Nadia. Como eu devo te chamar?

— Evie, eu acho. Quero dizer, Nadia soa estranho. Eu não sou ela… bem, sou, mas também sou Evie.

— É. Você é Evie. — Ela balançou a cabeça lentamente. — Não sei o que dizer.

Soltei uma risada por entre os dentes.

— Bem-vinda ao clube.

— Que loucura! — exclamou Heidi, correndo os olhos por mim como se estivesse procurando algum sinal de que eu não era quem ela achava que era. — Essas coisas que o Daedalus fez, entende? Algumas não são nada menos que milagres. Eles conseguiram salvar sua vida, mas ao mesmo tempo fizeram todas aquelas coisas indescritíveis. É… é bizarro.

Era mesmo.

— Andei pensando nisso. Tipo, acho que tudo tem um lado bom e um ruim, e com o Daedalus não é diferente. Eles provavelmente salvaram muitas vidas, o que não justifica as atrocidades que cometeram. Talvez por isso mamãe tenha trabalhado para eles, por conta das coisas boas que ela estava fazendo... que eles fizeram até determinado momento.

— Não acredito que ela seja uma Luxen. Jesus! — Heidi riu. — É por isso que a Zoe nunca ia na sua casa quando sua mãe estava?

Fiz que sim.

— É. Mamãe teria sentido o que a Zoe é. Ela achava melhor manter distância.

— Caramba. — Ela correu uma das mãos pela testa, ajeitando a franja. — Que merda, Evie.

Fiz um muxoxo.

— Eu sei.

— Agora tudo faz mais sentido, pelo menos a parte do Luc. O modo como ele age com você. Emery não entendia. Desde que o conhece, ela nunca o viu agir desse jeito com mais ninguém.

Pressionando os lábios, inspirei fundo, fechei os olhos e confessei algo que sequer me permitia pensar.

— Eu gosto dele, Heidi.

— Eu sei.

Balancei a cabeça, ainda de olhos fechados.

— As coisas entre nós são complicadas, mas eu gosto dele. Posso sentir aqui dentro. — Levei a mão ao centro do peito. — Gosto do Luc, de suas camisetas ridículas e das cantadas idiotas, Heidi. Você não faz ideia do quanto elas são terríveis. E gosto da maneira como ele olha para mim, como se... — Minha voz falhou. — Ele me olha da mesma forma que você olha pra Emery. Também gosto do modo como ele me faz sentir especial. Luc é engraçado e superinteligente. Gosto até... do seu jeito demasiadamente arrogante, mesmo sabendo que é errado. Não ligo. Sei que eu gosto do Luc, e agora ele está puto comigo.

— Não tem problema nenhum nisso, Evie. Não a parte de ele estar puto com você, mas não tem problema nenhum no resto.

Abri os olhos lentamente.

— Sei que gosto dele por quem ele *é*, mas o Luc gosta de mim por quem eu *era*.

Um lampejo de compreensão cintilou nos olhos dela.

— Evie, você não tem como saber isso.

— Mas eu sei. Talvez tudo mude, ou talvez não tenha importância, porque, no fundo, eu sou ela. Só que isso me apavora, porque, e se eu nunca conseguir ser como ela era? Entende?

— Ah, Evie. Eu não conheci a Nadia, mas você é uma pessoa superfoda. O problema é que não se valoriza o suficiente.

Abri um sorriso.

— Você diz isso porque é minha amiga.

— Não, não é verdade. Eu poderia fingir que recebi uma ligação e fugir dessa conversa.

Uma risada escapou de meus lábios.

— Que horror! — Soltei o ar com força e empertiguei o corpo. — Fico feliz que você agora saiba a verdade.

— Eu também. — Ela inspirou fundo. — Certo. Então, o que você estava fazendo com a câmera?

Agradecendo a distração para não acabar me debulhando em lágrimas, mostrei para ela a foto da April.

— A última foto que tirei dela antes dessa também ficou assim. Tá vendo? Não tem mais nada de estranho na imagem exceto ela.

Heidi franziu o cenho.

— Você tem outra foto dela que nem essa?

— Tenho. — Contei que tinha checado os anuários. — É super hiper estranho. Nunca vi nada parecido, e sabe o que isso me lembra? — Baixei a voz e corri os olhos pela biblioteca para me certificar de que não havia ninguém perto da gente. — Os Arum. Mas a Zoe teria sentido se ela fosse um, não teria?

— Acho que sim. Pelo menos, foi o que a Emery me disse. Eles podem sentir uns aos outros, inclusive Originais e híbridos. — Ela afastou uma mecha de cabelo vermelho do rosto. — Talvez ela esteja sendo assombrada por um fantasma tipo o daquele filme antigo, quem sabe? Qual era o nome do filme mesmo? Ah, lembrei! *O Grito*. Talvez o fantasma tenha se vinculado a ela — observou Heidi, olhando para a imagem com o cenho franzido. — Sabe do que eu estou falando? A garota fantasma assustadora...

— Eu sei do que você está falando. — Olhei para ela com as sobrancelhas levantadas. — Mas não acho que seja isso.

— Então, o que seria?

— Não sei. — Analisei a sombra estranha. — Gostaria de ter outra foto dela, uma que tenha sido tirada dentro de algum lugar para ver se é só algum efeito estranho de exposição em fotos externas ou...

— Ou se ela está sendo assombrada por um fantasma vingativo? — sugeriu Heidi.

Dei de ombros. Um fantasma vingativo soava tão plausível quanto a April ser... sabe Deus lá o quê.

— Quero dizer, isso faria sentido, entende? Explicaria por que ela tem se mostrado tão amarga e malvada. — Heidi se empertigou. — Vamos tirar uma foto dela.

Eu ri.

— April não é exatamente minha fã.

Ela revirou os olhos.

— Como se ela fosse fã de alguém. Adoro vê-la irritada. É algo que me deixa extremamente feliz.

— Sempre que a April fica puta, você literalmente desaparece — gritei numa voz sussurrada. — Tipo, num segundo você está lá e, no seguinte, sumiu.

Heidi riu, e meus lábios se curvaram num sorriso.

— Verdade, mas se você bater a foto, ela vai ficar puta com você, não comigo. E eu vou ter a chance de testemunhar.

— Cretina.

— Ah, vamos lá. Vamos tirar essa foto. April estava no corredor quando eu vim para cá, conduzindo outro de seus protestos idiotas de "chega de Luxen, chega de medo" — retrucou ela.

Soltei um gemido.

— Achei que eles tivessem sido proibidos de protestar dentro da escola.

— Eu também, mas é o que eles estavam fazendo quando vim atrás de você. Dá para bater uma foto dela e depois postar na internet. É uma ótima forma de denunciar e divulgar.

Heidi não me deu muita escolha. Ela pegou minha câmera e partiu em direção à entrada da biblioteca.

Merda.

Recolhi o resto das minhas coisas e saí correndo atrás dela. Heidi já estava na porta quando terminei de fechar a mochila.

— Devolve a minha câmera.

— Só se você prometer tirar uma foto da April. — Ela a segurou no alto, fora do meu alcance.

— Isso é estupidez. — E realmente era, porque eu tinha quase certeza de que a foto sairia normal. No entanto, eu estava sorrindo, tendo parado de pensar na confusão que estava minha vida, e era por esse motivo que a Heidi estava fazendo isso. — Tudo bem. Me dá a câmera.

— Promete?

— Prometo.

— Vamos lá. — Heidi me entregou a câmera e seguimos para o corredor próximo à cantina.

— Eu não estou escutando nada. — Assim que viramos no corredor, vi cerca de uns 12 alunos parados ao lado da estante de troféus, segurando seus cartazes idiotas. Brandon estava entre eles, a mão engessada. Argh. Com um sorrisinho um tanto ou quanto cruel, corri os olhos pelo grupo. Um dos professores estava parado de braços cruzados na frente deles. Rezei para que isso significasse que eles estavam em apuros. — Não estou vendo a April.

— Ei! — Heidi deu um passo à frente, acenando para uma das meninas que segurava um cartaz. — Cadê a líder de vocês?

— Quem? — retrucou a garota com arrogância.

Heidi soltou um suspiro que teria deixado o Grayson orgulhoso.

— April. Cadê ela?

— No banheiro.

Heidi se virou para mim e pegou minha mão.

— Perfeito.

— Você quer que eu tire uma foto dela dentro do banheiro? Tenho certeza de que isso é contra a lei.

— Não precisa bater com ela sentada no vaso. — Heidi saiu me arrastando de volta em direção aos banheiros. Diminuímos o passo ao nos darmos conta de uma coisa. April estava no mesmo banheiro em que o corpo da Colleen fora encontrado.

Parei de supetão, como se tivesse dado de cara num muro de tijolos.

— Não vou entrar lá.

Heidi parou também.

— Nem eu.

Não havia mais ninguém nessa parte do corredor, e só pude pensar que era porque ninguém em seu juízo perfeito desejava se aproximar do lugar onde a Colleen fora encontrada. A área toda tinha uma vibe ruim. Estava prestes a dar meia-volta quando a April saiu do banheiro, o cabelo puxado em seu tradicional rabo de cavalo e com uma camada recém-aplicada de batom vermelho.

Ela parou ao nos ver.

— Agora — murmurou Heidi, dando uma cotovelada tão forte em meu braço que quase me derrubou.

April franziu o cenho.

— Agora o quê?

Sentindo-me como uma pateta, ergui a câmera e disse numa voz alegre:

— Feliz Natal!

— O quê? Não é nem Ação de Graças… — April soltou um arquejo ao ver o flash espocar. — Que merda! — explodiu.

Heidi soltou uma risadinha que me lembrou uma hiena. Baixei a câmera para verificar a foto.

— Desculpa — murmurei, nem um pouco arrependida, ao mesmo tempo que recuava um passo. — Só queria checar uma coisa.

— Você fez o que eu estou pensando? Tirou uma foto minha? — demandou April.

— Não — menti, clicando na imagem que eu tinha acabado de bater. Lá estava ela, os olhos estreitados e os lábios repuxados. Não tinha certeza do que diabos eu estava vendo. Ali estava a prova, a sombra estranha em volta do corpo da April. — Aí está.

— De novo? — Parte do humor evaporou da voz da Heidi.

— De novo. — Ergui os olhos.

April parecia totalmente normal parada ali diante da gente. Talvez fosse realmente um fantasma vingativo.

— Que foi? — perguntou ela. — Me deixa ver.

Antes que eu tivesse a chance de responder, ela arrancou a câmera da minha mão. Meio que esperei que a jogasse contra a parede, mas tudo o que ela fez foi olhar para a imagem, pressionando os lábios até não restar nada além de uma linha vermelha bem fina.

— Bom — comentou Heidi de maneira arrastada. — Isso é realmente…

Virei-me para ela ao escutar um som semelhante ao de alguém engasgando. Sua boca estava se movendo, mas não saía nada. De repente, seu corpo foi para a frente como se algo a tivesse puxado.

Heidi piscou ao mesmo tempo que a mochila escorregava de seu ombro e caía no chão.

O tempo pareceu parar.

Um fio vermelho escorreu do canto de sua boca. O que estava acontecendo? Que negócio vermelho era aquele? Baixei os olhos. Ai, meu Deus! A camiseta dela estava rasgada na altura do ombro direito, toda coberta pela mesma substância vermelha. Fui tomada por um súbito e gélido pânico.

— Heidi?

Ela se dobrou — que nem um acordeão. Dei um pulo à frente, tentando capturá-la antes que caísse, mas meu pé escorregou, e o súbito peso foi mais do que consegui segurar. Caí de joelhos, ainda tentando segurar a Heidi, mas ela escorregou de meus braços e rolou para o chão.

— Heidi — murmurei, fechando as mãos em sua camiseta. — *Heidi*.

Seus olhos estavam abertos, o rosto demasiadamente pálido. Heidi segurou meu braço e fez menção de falar, porém o único som que saiu foi uma espécie de tosse molhada e *sangrenta*.

Ergui os olhos lentamente para a April.

Ela segurava minha câmera em uma das mãos, e a outra... tinha algo errado. A mão parecia quase transparente, o braço coberto de sangue... e pedaços de tecido. Meu peito apertou.

A câmera fumegou. Um fedor de plástico queimado se misturou ao cheiro pungente de sangue. April me fitou no fundo dos olhos, e eu me encolhi. Os olhos dela... ai, meu Deus, os olhos...

Seus olhos estavam totalmente pretos, como obsidianas, porém as pupilas brilhavam feito diamantes.

Eu já vira olhos assim.

Sarah.

A garota que o Kent acreditava ter virado um zumbi e atravessado uma janela.

April soltou a câmera arruinada, ainda fumegando.

— Olha só o que você me obrigou a fazer.

17

lhei para a April, sentindo todos os músculos do meu corpo se contraírem.

Ela riu como se alguém tivesse acabado de contar uma piada.

— Você devia ver a sua cara. Me faz lembrar a do Andy antes de… você sabe… ele morrer.

Estremeci, voltando a olhar para a Heidi. As mortes que o Micah dissera que não havia cometido. Andy. As famílias…

— Você — murmurei. — Foi você.

Sua boca se retorceu numa espécie de sorriso.

— Verdade. A culpa é toda minha.

A mão da Heidi escorregou do meu braço. O pânico deu lugar à raiva, e senti vontade de voar na April, despedaçá-la com unhas e dentes feito um animal, porém o lado lógico do meu cérebro estava no controle. Heidi era minha prioridade. Sabia que precisava tirá-la dali, e rápido. Luc podia curá-la — consertar o que quer que fosse como tinha feito comigo, porque eu não ia deixá-la morrer.

Isso não ia acontecer.

April estendeu a mão em minha direção. Com o coração a ponto de explodir, brandi o braço para afastá-la com um safanão, mas não cheguei a tocar nela. O rabo de cavalo levantou como que açoitado por uma lufada de vento e ela cambaleou alguns passos para trás, mas recuperou o equilíbrio antes de cair.

Ela abaixou o queixo e mostrou os dentes brancos e perfeitamente alinhados numa espécie de rosnado que não soou nem um pouco humano.

Puta merda.

Reagi sem pensar, afastando-me um pouco e me levantando num pulo. Em seguida, me virei e corri em direção à parede às minhas costas — para o quadrado de metal vermelho. Fechei os dedos em volta da alavanca branca e puxei o alarme de incêndio.

A sirene alta e aguda soou imediatamente. Virando-me de volta, vi as pequenas luzes do teto começarem a piscar por todo o corredor.

April recuou mais um passo, virando a cabeça na direção das vozes e dos passos que se aproximavam rapidamente. Ela, então, voltou a olhar para mim e soltou uma espécie de trinado enervante que provocou um calafrio em minha espinha.

Era o mesmo som que a Sarah havia feito.

Com um sorrisinho presunçoso, April me soprou um beijo e se virou. Num piscar de olhos, tinha sumido de vista.

Não fiquei pensando nela. Não era hora. Corri para o lado da Heidi e a peguei pelo braço direito.

— Você precisa se levantar, Heidi. Por favor. Precisa me ajudar a tirá-la daqui. *Por favor.*

Heidi gemeu enquanto eu a ajudava a se sentar, mas não disse nada.

Outra onda de pânico brotou em meu peito.

— Heidi, por favor. — Minha voz falhou. — Ai, meu Deus! Levanta, por favor.

Passei o braço em volta da cintura dela e usei toda a minha força para suspendê-la. Com ela tremendo sem parar, a conduzi pelo corredor em direção à saída mais próxima.

— Vai dar tudo certo. Prometo. Vou conseguir ajuda pra você.

Mesmo que o Luc e eu não tivéssemos nos falado desde nossa discussão, eu precisava dele. Não sabia se a Zoe conseguiria ajudá-la. Nem todos os Originais e Luxen tinham o dom de curar, mas o Luc tinha.

— Eu prometo. Por favor, aguenta firme.

Abri a porta com o quadril e saímos para a área pavimentada do estacionamento dos fundos. Chorando, enfiei a mão no bolso de trás da calça e pesquei o número do Luc. *Por favor, atende. Por favor.*

Heidi choramingou quando a forcei a subir a pequena colina gramada em direção aos carros. Sua respiração estava rasa e ofegante, acompanhada de estranhos chiados.

— Evie, eu... eu não...

— Só mais um pouco. Por favor. — O telefone chamou uma vez e, então, ele atendeu. — Preciso da sua ajuda. Tipo, agora.

— Onde você está? — perguntou ele imediatamente.

— Heidi está machucada... muito machucada. — A mão que a segurava começou a deslizar ao alcançarmos a segunda fileira de carros. — Foi a April. Ela é... não sei o que ela é, mas ela atacou a Heidi...

— Você está na escola? Onde?

— No estacionamento... Heidi! — gritei, quase deixando o celular cair. Seus joelhos cederam, e a ajudei a se sentar da melhor forma que consegui.

— Por favor, rápido. Ai, meu Deus, diz pra mim que você vai chegar *agora*.

— Já, já estou aí.

Soltei o telefone e pressionei o ombro da Heidi. A pele parecia estranha sob minha palma, irregular e macia demais.

— Vai dar tudo certo. Luc está a caminho.

Seus olhos arregalados pularam de mim para o céu, e de volta para mim.

— Foi... foi uma... ideia... estúpida. Todo o lance... de bater a foto.

— Para. — Lágrimas escorriam pelo meu rosto. O sangue brotava por entre meus dedos. Como ela podia já ter perdido tanto sangue e continuar perdendo? Seu rosto estava ainda mais pálido, a pele em volta dos lábios começava a ficar arroxeada. Será que ligar para o Luc tinha sido a opção certa?

— Está tudo bem — repeti mais uma vez. — Está tudo bem.

— Eu quero... — Ela tossiu, e gotas de sangue voaram de sua boca. — Quero ver... a Emery.

— Você vai ver. — Debrucei-me e dei-lhe um beijo na testa. — Você vai vê-la. Com certeza.

De repente, Zoe estava do meu lado, o rosto semicoberto por um emaranhado de cachos.

— Luc ligou. Ele está vindo.

— Você pode curá-la? — O sangue escorria pelo meu braço, penetrando por baixo da manga da camiseta.

Zoe fez que não e se agachou ao lado da Heidi. Com uma demonstração surpreendente de força, pegou-a nos braços.

— Meu carro está aqui perto.

Pegando o celular e a mochila, levantei num pulo e fui atrás da Zoe, que já estava duas fileiras de carros adiante. A essa altura, tudo parecia um borrão. Ao ver a Original ajeitar a Heidi no banco traseiro, tive uma terrível sensação de déjà vu, só que dessa vez era eu quem estava ajudando minha amiga. Acomodando a cabeça dela em meu colo, pressionei seu ombro. Zoe se postou atrás do volante. Mal ela ligou o carro, a porta do carona se abriu.

Não era o Luc.

Emery entrou, o rosto uma máscara de preocupação.

— Ai, meu Deus... ah, não, Heidi. — Ela afastou minha mão e posicionou as dela sobre o ponto que eu estava pressionando. — Abre os olhos, querida. Abre esses lindos olhos para mim, Heidi. Vamos lá, abre... *por favor.*

— Sinto muito — murmurei. Minhas mãos ainda pairavam sobre a Heidi. — Sinto muito...

A porta atrás de mim se abriu e um par de braços me envolveu pela cintura. Soube imediatamente que era o Luc. Ele me tirou do carro e, com um dos braços ainda em volta de mim, se debruçou ao meu lado.

— A gente se encontra na Foretoken.

Ele fechou a porta ao mesmo tempo que a Emery assumia sua forma verdadeira. O banco de trás se acendeu com uma brilhante luz branca.

— Eu tenho que ir com elas. — Tentei me desvencilhar dele e abrir a porta. — Eu tenho que...

Zoe saiu da vaga levantando uma nuvem de cascalho e passou feito um foguete pela saída estreita do estacionamento. Contorci-me, deixando minhas mãos cobertas de sangue escorregarem do braço do Luc.

— Não, eu preciso...

— Não há mais nada que você possa fazer. — Ele me virou e, mantendo um dos braços firmemente em volta da minha cintura, envolveu meu rosto com a mão livre. — Você está bem?

— Emery disse que não é muito boa nesse lance de cura. Foi por isso que liguei pra você...

— Ela está em excelentes mãos, Evie. Preciso saber se você...

— Eu estou bem! — gritei, tentando me afastar. Luc, porém, não me soltou. — Emery disse...

— Emery a ama. — Luc me puxou para si e fechou a mão em minha nuca. — Escuta. Jamais se meta entre um Luxen e a pessoa que ele ama, não importa a situação.

— Como assim? — Nada disso tinha importância no momento. — Heidi não pode morrer, Luc. Ela não pode...

— Ela não vai morrer. Emery não vai deixar. — Ele baixou o braço e me pegou pela mão. — Me dá as chaves do carro. Eu dirijo.

— Ela vai ficar bem? — Enquanto pescava as chaves dentro da mochila, escutei as sirenes dos carros de bombeiro. — Ela vai ficar bem?

Luc pegou as chaves.

— Emery não vai deixá-la morrer.

— Não entendo — retruquei, as mãos trêmulas enquanto seguíamos correndo para o meu carro. — Emery disse que não é boa nesse lance de cura.

Luc abriu a porta do motorista.

— Lembra que eu te falei que todos os Luxen têm o poder de curar? Alguns são melhores do que outros, mas juro, quando é alguém que eles amam, não tem ninguém melhor para fazer isso.

— Não faz sentido. — Sentei no banco do carona ao mesmo tempo que o Luc fechava a porta do motorista. — Você me curou…

Ele me fitou intensamente e ligou o carro.

Com o coração martelando contra as costelas, desviei os olhos e engoli em seco, sentindo a garganta ressecada demais. Não conseguia pensar nisso no momento, ou no fato de que não havíamos nos falado desde nossa discussão no sábado à noite. Tudo em que conseguia pensar era na Heidi.

Luc saiu da vaga.

— Você sabe que os Luxen e os Originais têm o poder de curar e que nem todos são bons nisso, especialmente quando se trata de alguém com quem eles não… têm muita afinidade. Mas quando é alguém que eles amam, por mais fraco que seja esse poder de cura em qualquer outra situação, eles conseguem trazer a pessoa de volta dos portões da morte. O Daedalus estudou essa habilidade em detalhes. Existe uma ciência por trás da cura dos humanos.

Até aí eu lembrava. A energia que havia dentro deles podia reparar tecidos e outros danos ao corpo. Era como eles conseguiam se curar, mas nada disso explicava como a Emery, que não conseguira remendar meu braço quebrado, seria capaz de curar um buraco enorme no ombro e no peito da Heidi.

— Existe também um certo misticismo em torno da cura — continuou Luc. — Algo que nem os melhores médicos e pesquisadores conseguem explicar. — Ele fez uma pausa. — Por favor, coloque o cinto.

Eu ri, mas a risada soou engasgada. Com as mãos ainda trêmulas, prendi o cinto. Elas… estavam cobertas de sangue — sangue da Heidi. Se ela morresse…

Apertei os lábios, vagamente ciente de que estava balançando o corpo para frente e para trás. Uma espécie de dormência se abateu sobre mim enquanto o Luc dirigia. Baixei os olhos para as mãos.

— Me conte o que aconteceu — pediu ele após o que me pareceu uma eternidade.

Inspirei fundo, mas o ar não chegou a lugar algum.

— Foi a April. Foi ela.

— Preciso de mais detalhes.

Um calafrio me percorreu de cima a baixo. Fechei os olhos. Eu precisava me controlar. Luc precisava saber o que eu tinha visto. Inspirei de novo e comecei pelo início, com a foto da April e o estranho efeito de sombra.

— Mostrei as fotos para a Heidi. Acho que estava tão focada nisso porque assim não precisava pensar em mais nada, e a Heidi… percebeu. — Lágrimas bloquearam minha garganta, fazendo minha voz falhar. — Ela sugeriu que a gente tirasse outra foto para ver se o efeito aparecia apenas nas imagens externas. Foi burrice, mas ela estava só tentando me distrair.

Luc continuou escutando enquanto virava na rua que levava aos fundos da Foretoken.

— Nós a encontramos e eu bati a foto. Foi… foi só isso. — Erguendo a mão direita, limpei o rosto. — O efeito apareceu de novo. Era como se houvesse uma sombra em volta dela. April arrancou a câmera da minha mão e olhou a foto, e não sei nem como tudo aconteceu. Só sabia que precisava tirar a Heidi de lá e ligar pra você, porque a situação era crítica. Aí eu acionei o alarme de incêndio.

— Foi esperto da sua parte.

Inspirei de novo, dessa vez com mais calma. Não achava, porém, que eu tinha sido esperta. Se não estivesse tão focada em meus próprios problemas e a Heidi não tivesse tentado me distrair, nada disso teria acontecido.

— Foi como se a April tivesse enfiado a mão *dentro* do ombro da Heidi. Como se o tivesse atravessado, e a mão dela… parecia quase transparente. Os olhos também estavam estranhos… como os daquela garota, da Sarah. Totalmente pretos e com as pupilas brancas.

Luc estacionou numa vaga apertada próximo à entrada dos fundos. Pude sentir seus olhos fixos em mim.

— Tem certeza?

— Tenho. — Olhei para ele. — Os olhos dela ficaram pretos, exceto pelas pupilas. Elas brilhavam feito diamantes. Que nem as dos Luxen. Ela também se moveu com a mesma rapidez. Igualzinho a Sarah, só que nenhuma delas é Luxen.

— Não.

— Elas também não são Arum ou Originais, certo?

Luz fez que não.

— Sarah ficou doente. A gente viu com nossos próprios olhos, e mesmo que eu nunca tenha visto um humano passar pela mutação e que vocês tenham dito que a coisa não acontece desse jeito, acho que precisamos reexaminar todo o processo — repliquei. Luc desviou os olhos, o maxilar trincado. — Porque o que quer que a April seja é o mesmo que a Sarah, e sei que vocês não a escutaram, mas eu sim. Ela disse que alguém fez aquilo com ela.

Luc se virou para mim e me fitou no fundo dos olhos.

— Acredito em você.

— E, se algo assim foi feito com a Sarah e com a April, quem é o responsável?

Ele apoiou a cabeça no encosto do banco.

— Só existe um grupo capaz… de fazer esse tipo de coisa.

Acho que já sabia a resposta.

— O Daedalus.

— É.

✺ ✺ ✺

Zoe e eu estávamos sentadas lado a lado, esperando notícias. Luc me trouxera para cá ao chegarmos e, em seguida, saíra para verificar como a Emery e a Heidi estavam. Ele ainda não havia voltado.

Kent apareceu nesse meio-tempo. Ele estava extraordinariamente quieto, parado ao lado da janela, os olhos fixos no chão. O moicano azul estava preso num pequeno rabo de cavalo.

Soltei o ar de maneira trêmula e apoiei o rosto no ombro da Zoe. As coisas tinham ficado subitamente claras naqueles longos momentos de silêncio. Havia muito a respeito do mundo que eu desconhecia. Muita coisa que precisava descobrir sobre mim mesma, mas de uma eu tinha certeza.

Eu ia matar a April.

E sabia que a Zoe estaria ao meu lado quando fizesse isso.

Não sei quanto tempo se passou, mas, de repente, a porta abriu e o Luc entrou. Ergui a cabeça do ombro da Zoe e nós nos levantamos de mãos dadas.

— Ela…? — Não consegui me forçar a completar a frase.

— Vamos lá. — Luc segurou a porta aberta para a gente.

Zoe apertou minha mão ao sairmos para o corredor. Descemos um lance de escada atrás do Luc e seguimos para um quarto que ficava a três portas da entrada. Grayson esperava do lado de fora e, para minha surpresa, não me fitou como se quisesse me jogar contra uma parede.

Parei de pensar imediatamente no Grayson quando a porta se abriu. Enjoada, atravessamos um aposento fracamente iluminado e, em seguida, entramos em outro. Corri os olhos em volta até repousá-los sobre uma cama.

Heidi e Emery estavam ali.

Elas estavam deitadas bem no meio. Heidi de costas e Emery de lado, enroscada nela. Pareciam duas estátuas de tão imóveis. Um cobertor estava enfiado sob os braços da Heidi. Os ombros estavam à mostra, e pude ver a pele feia e repuxada em seu ombro direito. Era uma cicatriz razoavelmente grande, mas parecia algo que havia acontecido semanas antes, e não horas.

Soltei a mão da Zoe.

— Elas estão…?

— Elas estão bem — respondeu Luc.

Zoe foi a primeira a se aproximar e parar ao lado da cama. Ela se ajoelhou e apoiou as mãos sobre o colchão. Não disse nada, mas a Emery ergueu ligeiramente a cabeça. Olheiras escuras destacavam-se contra sua pele morena.

Não consegui me mover. Sentia como se estivesse enraizada no lugar.

Heidi pestanejou algumas vezes e abriu os olhos. Franzindo o nariz, olhou para a Zoe.

— Oi — murmurou ela.

— Oi. — A voz da Original falhou. — Como está se sentindo?

— Como se… alguém tivesse enfiado a mão *dentro* de mim. — Heidi virou a cabeça para mim e umedeceu os lábios. — Foi a pior… ideia de todos os tempos, não foi?

Soltei uma risada rouca que terminou num soluço. Minhas pernas se moveram por conta própria e eu me aproximei da cama, sentando-me com cuidado ao lado dela.

— Sinto muito… Muito…

— Não foi… culpa sua. — Heidi inspirou de maneira superficial e semicerrou os olhos.

Não tinha certeza se podia concordar.

Ela engoliu em seco e olhou de relance para a Emery.

— Sempre achei… que a April era… uma verdadeira aberração.

Emery afastou uma mecha de cabelos vermelhos do rosto da Heidi.

— Eu vou matá-la. De forma lenta e extremamente dolorosa.

— Entra na fila — observou Zoe.

Não conseguia acreditar que a Heidi estava ali deitada, viva e falando — brincando até. Maravilhada, olhei para a Emery. Quando o Luc me curara, eu também tinha ficado maravilhada, só que de um jeito um tanto ou quanto distante, desconectado. Talvez devido a algum mecanismo de defesa. Isso, porém, era extraordinário.

— Obrigada — falei.

Emery não tirou os olhos da Heidi.

— Não precisa me agradecer.

— Onde... ela está? — perguntou Heidi. — April?

— Não sei. — Engolindo em seco, olhei por cima do ombro para o Luc. — Mas a gente vai encontrá-la.

Heidi fechou os olhos novamente.

— É tão estranho!

— O quê? — perguntou Zoe. Sentia como se houvesse um milhão de coisas estranhas no momento.

— Ela odeia os Luxen, certo? Estava liderando protestos e... ela definitivamente não é humana.

Zoe trincou o maxilar e olhou para a Emery.

— É bizarramente irônico.

— É mesmo — retrucou Heidi num suspiro.

Ela, então, pegou no sono. Não foi fácil deixá-las ali, mas era evidente que a Emery também estava exausta. Elas precisavam descansar. Já no corredor, recostei na parede, tonta de alívio.

— Achei... — Fiz que não. — Achei que ela fosse morrer.

— E teria se você não tivesse reagido com tanta rapidez. — Zoe apoiou o ombro na parede ao meu lado. — Você a salvou.

— Não. Emery a salvou.

Luc e Grayson fecharam a porta ao saírem do apartamento da Emery e vieram se juntar a nós. Inspirei fundo pelo que me pareceu a primeira vez em horas e ergui a cabeça.

— Pronta? — Grayson perguntou para a Zoe.

Ela fez que sim e se afastou da parede.

— Pronta.

— Aonde vocês vão? — perguntei, empertigando-me.

— Vamos dar um pulo na casa da April — explicou Zoe. — Ver se ela está lá.

— O quê? — retruquei, imediatamente preocupada. — Vocês vão lá? Eu vi o que ela é capaz de fazer, Zoe.

— Não vamos confrontá-la — interveio Grayson. — Não que você esteja preocupada com o *meu* bem-estar.

Fuzilei-o com os olhos. Realmente não estava.

— Ela enfiou a mão *dentro* do ombro da Heidi...

— E eu vou enfiar a minha dentro do peito dela — replicou Zoe com uma risadinha presunçosa. — Não pretendemos confrontá-la, mas se por acaso ela se aproximar e eu acabar matando-a acidentalmente... bom, só lamento.

— Vocês nem sabem o que ela é — argumentei. — April não é Luxen, Arum, híbrida ou Original, e nem um unicórnio mágico. Ela é algo que o próprio Luc nunca viu antes.

— Não brinca? — Grayson lançou um olhar na direção do Luc. — Isso é novidade.

Os lábios do Original se repuxaram num dos cantos.

— Existe uma primeira vez para tudo.

Crispei as mãos. Não havia nada de engraçado nisso.

— Os drones VRA nunca acusaram nada ao analisarem a April — lembrei-os. — Só Deus sabe o que ela é, e vocês querem sair à procura dela. Não quero que se machuquem.

— Se a gente não tentar encontrá-la, então quem vai? — desafiou Grayson. — A polícia? Não sabemos se as armas deles conseguirão detê-la.

— E vocês conseguem? — rebati.

Grayson ergueu as sobrancelhas.

— Você acha que não somos incríveis o bastante?

Olhei para ele e balancei a cabeça, frustrada.

— Não estou sugerindo chamar a polícia. Não sou idiota.

— Bom saber — retrucou ele, curto e grosso. — Estava começando a ficar preocupado.

Qualquer resquício de autocontrole que eu ainda tivesse se esvaiu.

— A garota naquele quarto que quase morreu é minha amiga, e essa aí — falei, apontando para a Zoe —, prestes a arriscar a própria vida, também. Portanto, se você não tem nada de útil a acrescentar, que tal ficar calado?

Zoe mordeu o lábio inferior. Eu conhecia essa expressão. Ela estava se segurando para não cair na gargalhada.

— Bom, agora que esclarecemos tudo, acho que está na hora de cada um seguir seu rumo — declarou Luc.

Sentindo como se tivesse engolido uma pedra de chumbo, virei-me para a Zoe.

— Não quero que você se machuque.

— Não vou.

— Nem eu — acrescentou Grayson com um suspiro. — Não que você se importe.

— Tem razão — retruquei, odiando não poder fazer nada. Eu podia ter um pouco de DNA alienígena em mim, mas isso não me tornava mais útil nessas situações… a menos que houvesse um alarme de incêndio ao alcance da mão.

Dei um passo à frente e abracei a Zoe, apertando-a com força o bastante para quebrar suas costelas. Tinha visto do que o Luc era capaz, mas não significava que eu não me preocupasse com ela… ou com ele. Com qualquer um deles… até mesmo o Grayson, independentemente do que eu acabara de dizer.

— Cuide-se.

— Vou me cuidar.

Olhei para o Luxen.

— Você também. Cuide-se para não acabar morto. Zoe pode ficar traumatizada.

Ele revirou os olhos.

Só então me virei para o Luc. Um brilho divertido cintilava em seus olhos.

— Você vai com eles?

— Não. Nós dois temos algo a fazer.

Tínhamos?

— Vem comigo. — Sem esperar resposta, ele me pegou pela mão. O que provavelmente era uma boa ideia, porque eu talvez saísse correndo atrás da Zoe e a derrubasse para impedi-la de sair.

Ele não falou nada o caminho todo até seu apartamento, nem uma única palavra ao me fazer sentar no sofá largo e aconchegante.

Esfreguei as palmas nos joelhos e olhei por cima do ombro para ele, que havia subido na plataforma que delimitava a área do quarto.

Uma imagem de nós dois se formou imediatamente em minha mente. Dançando e, em seguida, esparramados no sofá, quase nos beijando.

Merda, isso parecia ter sido há séculos.

Escutei um barulho de água correndo enquanto pensava em como tudo podia mudar num piscar de olhos.

Luc voltou para a sala com uma toalha umedecida e se ajoelhou na minha frente. Sentindo a respiração presa na garganta, observei-o pegar minha mão e começar a limpar as manchas escuras. Tinha esquecido que eu estava coberta de sangue.

— Você está com sua arma de choque? — perguntou ele.

Levei um momento para entender sobre o que ele estava falando.

— Não. Eu, hum, não a vejo desde aquela noite com o Micah. — Fitei-o por alguns instantes. — Por que você não foi com eles?

— Você precisa de mim aqui — disse ele, acrescentando antes que eu pudesse replicar: — Vou levá-la para casa, mas preciso limpá-la primeiro. Quando terminar, vou pegar uma camiseta limpa pra você. Aí a gente pode ir.

— E quanto à Heidi?

— Vai demorar um pouco para ela recuperar as forças. — Luc esfregou a toalha em minha mão. — Mas depois ela vai se sentir como a mulher de um milhão de dólares.

— Que nem eu?

— É, só que ela ficou com um rastro. O que significa que está prestes a contrair uma infecção séria de doença do beijo.

Heidi tinha ficado com um rastro, tal como acontecia com qualquer humano normal. Eu não ficara com um após o Luc me curar por causa do soro Andrômeda.

— Então ela vai ter que ficar em casa para que os Arum não a encontrem?

Os Arum rastreavam os Luxen e aqueles próximos a eles através dos rastros que eles deixavam para trás e que podiam ser vistos somente pelos alienígenas e Originais.

Luc assentiu.

— Até o rastro desaparecer.

Pensei no Lore.

— Aquele Arum ainda está aqui?

Ele ergueu as pestanas, e seus olhos violeta se fixaram nos meus.

— Ele saiu com o Dawson, mas o Lore jamais faria nada com ela.

Precisava acreditar nele.

— Ela vai… sofrer a mutação?

Luc limpou a área entre meus dedos com delicadeza.

— Não dá para saber ainda. Provavelmente não, visto que essa é a primeira vez que ela é curada por um Luxen. Mas a cura foi bastante extensa. É um caso de esperar-para-ver.

Meu estômago foi parar no chão.

— Mas, se isso acontecer, ela pode morrer, certo?

— Nós não vamos deixá-la morrer. — Ele soltou a mão que terminara de limpar e pegou a outra. — Temos tudo o que precisamos para ajudar na mutação, assegurar que ela ocorra com sucesso, caso a coisa chegue a esse ponto.

— Os soros que vocês roubaram do Daedalus?

Ele assentiu de novo.

Um longo momento se passou enquanto eu tentava digerir todas aquelas informações, mas então minha atenção foi atraída para outra coisa. Finalmente reparei no que estava escrito em sua camiseta preta.

Era uma nave espacial abduzindo cachorros, e com os dizeres: ESTAMOS AQUI PELOS CACHORROS PORQUE OS HUMANOS SÃO NOJENTOS. Uma risada ensandecida escapou de meus lábios.

Luc abriu um meio sorriso.

— Que foi?

— Sua camiseta. — Pisquei para conter as lágrimas. De riso ou de nervoso, não tinha certeza. — É engraçado.

—Ah. — Ele baixou os olhos para o próprio peito. — Um tanto irônico, não?

Fiz que sim.

Luc me analisou em silêncio por alguns instantes.

— Você está bem?

Sim. Não. Talvez? Não sabia como responder, portanto não disse nada.

— Você ligou pra Sylvia? — perguntou ele.

— Ela não deve estar em casa, mas mandei uma mensagem dizendo que eu estava com a Zoe e a Heidi. Não contei o que aconteceu.

— Parte de mim não quer nem tocar nesse assunto por conta da forma como as coisas terminaram da última vez, mas preciso repetir. Sylvia não pode saber o que está acontecendo. Mesmo que eu confiasse nela, sua mãe está numa situação precária. É impossível que ninguém com quem ela trabalha, ou para quem trabalha, não saiba o que ela é. Por algum motivo, eles aceitam que ela finja ser uma simples humana, mas se ela começar a fazer perguntas… — Luc parou de limpar minha mão. — Ela não precisa saber. Além disso, temos que tomar cuidado com quem confiamos e colocamos em risco.

Seus olhos se fixaram nos meus.

— Isso pode colocá-la em perigo, Evie. Mesmo que o Daedalus não exista mais, ainda tem gente aí fora que seria capaz de matar para descobrir como você foi curada. Eles viriam atrás de você.

Um calafrio me percorreu de cima a baixo.

— Eles tentariam capturá-la. Entende?

Eu entendia. Luc baixou os olhos novamente e voltou a se concentrar no que estava fazendo.

— Luc?

— Pesseguinho?

Era a primeira vez que ele usava meu apelido desde que me encontrara no estacionamento.

— Sei que as coisas ficaram… explosivas entre a gente no sábado, e sei que você não confia nela, mas ela não pode estar envolvida no que aconteceu com a Sarah ou no que quer que seja que a April se tornou.

— Ela estava envolvida na sua cura. Trabalhou para o Daedalus até quatro anos atrás. — Ele ficou imóvel. — Tudo o que sei com certeza no que diz respeito à Sylvia é que ela a ama de verdade e que desejaria que você jamais tivesse entrado na boate.

Fechei a mão livre em meu joelho, incapaz de imaginar onde eu estaria se não tivesse vindo para a Foretoken com a Heidi naquela noite.

Luc olhou para mim novamente.

— Posso contar nos dedos de uma só mão em quantas pessoas eu confio sem pestanejar, e sua mãe não é uma delas. Aprendi que por mais que a gente ame alguém ou que pense que a conhece, as pessoas são capazes de tudo e qualquer coisa.

Minha garganta queimou.

— Se isso é verdade, como você consegue confiar em alguém?

Ele deu de ombros e baixou os olhos.

— Você reza pelo melhor, mas se prepara para o pior, Pesseguinho.

— Você confia em mim? — A pergunta escapou como um vulcão em erupção.

Um músculo pulsou em seu maxilar.

— Eu costumava confiar.

Costumava. Pretérito. Escutar aquilo foi como um soco no peito. Desviei os olhos, focando-os na guitarra que eu jamais o escutara tocar.

— É porque eu não me lembro de… nada ou por causa da minha mãe?

— Sim e não. Ambas as coisas e, ao mesmo tempo, nenhuma delas — respondeu ele.

— Você está puto comigo — comentei. — Continua puto comigo.

Luc não disse nada. Um lampejo de emoção cruzou-lhe o rosto, mas desapareceu antes que eu conseguisse decifrar.

— Por causa do Halloween. Porque eu... — Parei, sentindo como se minha língua estivesse colada no céu da boca. Fechei os olhos com força. — Eu fui embora puta da vida no sábado. Estava zangada com você. E você obviamente continua zangado comigo, mas, mesmo assim, veio no momento em que o chamei. Você não hesitou ou...

Luc me fitou no fundo dos olhos.

— De vez em quando, tenho vontade de te sacudir.

— Como?

— O que você achou que eu faria? Você precisava de mim, portanto eu fui. Não existe outra opção. — Uma expressão feroz cintilou naqueles olhos ametista. — Não é possível que você não tenha percebido ainda. Sim, eu estou puto; esse é um estado constante em minha vida, Evie. Eu só escondo bem.

Meu coração martelou dentro do peito.

Seus olhos pareciam duas adagas.

— Fico puto pelo que você foi obrigada a passar, por você ter pesadelos, e pela situação em que a gente se encontra. Fico furioso com o que aconteceu com a Heidi e com todos os Luxen inocentes que só querem viver suas vidas. Fico louco por achar que estava salvando... — Luc parou no meio da frase e inspirou fundo. Em seguida, balançou a cabeça, frustrado. — Vivo zangado por um monte de coisas, mas jamais fico puto *com* você.

Estremeci.

Luc entrelaçou os dedos nos meus.

— Se fiquei irritado com o que aconteceu no sábado? Fiquei. Se o fato de você ficar surpresa por eu aparecer quando você precisa de mim me irrita? Sem dúvida. Mas eu nunca fico puto com você — repetiu ele. — Estava só querendo lhe dar um pouco de espaço depois de tudo o que aconteceu. Achei que você precisasse. Que nós dois precisássemos.

Não sabia o que dizer. Percebi naquele momento que, mesmo que as palavras fossem poderosas, nem sempre elas eram necessárias.

Inclinando-me, joguei os braços em volta dele antes que tivesse a chance de pensar no que eu estava fazendo. Minha reação obviamente o pegou de surpresa, porque ele congelou, mas não cambaleou. Isso, porém, só durou cerca de um segundo, e então ele me envolveu em seus braços e me apertou com força.

Enterrei o rosto no peito dele.

— Obrigada — falei, sem saber ao certo pelo que eu estava agradecendo. Tudo?

Por aí.

Ele fechou a mão em minha nuca e entrelaçou os dedos em meu cabelo.

— Pesseguinho...

Apertei-o ainda mais.

Seu queixo roçou o topo da minha cabeça.

— Um dia desses, você vai perceber que eu nunca a deixei e que jamais deixarei.

18

ntes de Luc e eu sairmos, fui dar uma olhadinha na Heidi. Tanto ela quanto a Emery estavam dormindo. Não quis acordá-las, de modo que saí de fininho, prometendo a mim mesma que voltaria no dia seguinte.

Luc foi dirigindo e, no caminho, compramos hambúrgueres e eu respondi à série de mensagens do James. Ele queria saber onde todo mundo tinha se metido depois do alarme de incêndio, e eu odiava ser evasiva.

— Sei que eu não posso contar a verdade para ele, mas isso é uma merda. — Joguei o telefone de volta na mochila e a larguei entre meus pés. — É como viver uma vida dupla.

Ele arqueou uma sobrancelha.

— Fica mais fácil com o tempo.

— Jura? — Olhei para a fileira de árvores escuras. O bairro onde eu morava era cercado por uma mata densa em ambos os lados da rua, algo que eu costumava gostar. Agora parecia apenas um lugar escuro e repleto de pesadelos. — Não sei se isso é uma coisa boa.

Ele olhou de relance para mim.

— Depende de como você olha.

Não sabia de que outra forma eu podia olhar, mas quer fosse bom ou ruim, era minha vida agora, e precisava aprender a lidar com ela.

Ao pararmos na entrada da garagem, percebi imediatamente que minha mãe não estava em casa. Não era tão tarde assim, mas a única luz acesa era a do corredor do segundo andar, o que indicava que ela ainda não havia voltado de Frederick.

Olhei de relance para o Luc quando ele desligou o carro.

— Obrigada mais uma vez…

— Não me agradeça.

— Foi o que acabei de fazer.

— E eu não aceito. — Ele abriu a porta do motorista, puxou as pernas compridas para fora e saltou.

Pulei para fora do carro com tanta pressa que quase esqueci a mochila. Pegando-a, atravessei correndo o gramado, acionando os detectores de movimento. Luc já estava me esperando na varanda.

— O que você está fazendo?

A luz da varanda projetava sombras sobre o rosto dele.

— Esperando você destrancar a porta.

Inclinei a cabeça ligeiramente de lado.

— Isso deu pra ver, mas, você vai entrar?

— Não quero que fique sozinha. Não com a April zanzando por aí sem a gente saber onde ela está. — Ele fez uma pausa. — Se não quiser que eu fique, posso chamar a Zoe ou…

— Não, tudo bem. — Peguei as chaves de casa e destranquei a porta, rezando para que ele não percebesse meus dedos tremendo. — A gente só precisa tomar cuidado.

— Por quê? Sylvia vai surtar se chegar em casa e me encontrar aqui? — Ele riu por entre os dentes e entrou atrás de mim. — Ela não vai perceber.

Mesmo que ela não tivesse dito nada sobre a última visita do Luc, de madrugada, não tinha certeza se não havia percebido que ele estivera lá.

Parei no vestíbulo e ajeitei a mochila no braço.

— Preciso tomar uma chuveirada. — Mesmo que eu estivesse com uma das camisetas térmicas do Luc, com o cheiro dele, sabia que ainda havia sangue em lugares que ele não havia limpado. — Se estiver com fome ou quiser beber alguma coisa, é só pegar.

Com as mãos nos bolsos, ele me fitou e assentiu.

Hesitei por um breve instante e, então, girei nos calcanhares e subi correndo a escada. Ao entrar no quarto, fechei a porta e soltei a mochila sobre a escrivaninha. Em seguida, peguei um par de calças de pijamas, tirei a roupa rapidamente, enrolei a calça jeans e a joguei no cesto de roupa suja. Fiz menção de pegar uma camiseta limpa, mas decidi ficar com a que o Luc havia me emprestado.

Após escovar o cabelo, arrancando sabe Deus lá quantos fios no processo, enrolei-o num nó e entrei no chuveiro.

A água quente queimou meu peito e minha barriga, fazendo com que me encolhesse sob o jato. Inspirei fundo, mas o ar não chegou a lugar algum. Lentamente, ergui as mãos e cobri o rosto.

Algo pareceu rachar dentro de mim. Uma parede que eu sequer sabia que havia erguido, e não foi uma rachadura pequena, mas um buraco que chacoalhou todos os ossos do meu corpo. Uma enxurrada de lágrimas subiu pela minha garganta e se acumulou por trás das pálpebras fechadas. Não havia como retê-las, de modo que as deixei escorrerem livremente, trincando o maxilar para não fazer nenhum som.

Chorei pela Heidi e por ela quase ter morrido hoje. Pelo pânico que a Emery devia ter sentido ao vê-la. Pelo medo que a Zoe e eu havíamos sentido enquanto esperávamos para saber se ela ia ficar bem. Chorei porque não queria que o Luc vivesse tão zangado o tempo todo. Por ter a afeição dele, sua lealdade, embora não sua confiança. E porque tantas vezes eu própria duvidara dele.

Controle-se.

Controle-se, caramba.

Tirei as mãos ainda trêmulas do rosto, peguei a esponja rosa e esfreguei minha pele até ela ficar vermelha e a água em volta do ralo parecer completamente límpida. Quando, enfim, terminei de me secar e vesti a calça de pijama e a camiseta do Luc, o espelho estava embaçado, mas eu tinha conseguido me acalmar. Abri a porta do banheiro e meu coração foi parar na boca.

Luc estava no quarto, parado diante do quadro de cortiça com fotos. Ele me olhou por cima do ombro, os olhos me percorrendo desde a ponta dos pés — cujas unhas eu precisava ou tirar o esmalte ou refazer — até as mechas de cabelo úmido enroscadas em volta das minhas bochechas. Um ligeiro sorriso repuxou-lhe os lábios.

— Desculpa — disse o Original, se virando de volta para as fotos. — Imaginei que seria melhor esperar aqui, para o caso de a Sylvia chegar de surpresa.

— Faz sentido. — Brincando com a bainha da camiseta cinza, fui até a cama e me sentei. — Espero que não se importe que eu esteja usando sua camiseta.

Ele se virou para mim.

— Nem um pouco. Na verdade, muito pelo contrário.

Não soube o que dizer.

Luc voltou a atenção novamente para o quadro de cortiça.

— Grayson ligou enquanto você estava no banho. Eles verificaram a casa da April. Ela não estava, e a impressão é de que ninguém vive lá há um tempo. Nenhum sinal dos pais.

— Isso é realmente muito estranho. April tem uma irmã caçula.

— Grayson disse que a Zoe falou a mesma coisa, mas não havia ninguém lá.

Um mau pressentimento brotou como erva daninha no fundo do meu estômago.

— Essa não pode ser uma boa notícia.

— Provavelmente não.

Ele foi até a mesinha de cabeceira e tirou algo do bolso da calça. Reconheci imediatamente o objeto pequeno e preto. Uma arma de choque.

— Peguei algumas coisas antes da gente vir para cá. Guarde essa com você. Não sei se ela vai funcionar na April, mas é bom ter.

Assenti com um menear de cabeça.

— Também trouxe isso. — Em sua palma estava um objeto preto na forma de um pingente comprido e brilhante, com a ponta afiada. Ele estava preso numa correntinha de prata. — É uma obsidiana. Lembra para o que ela serve?

— Lembro. Ela é letal para os Arum.

— Também não sei se vai funcionar contra a April, mas quero que a mantenha consigo o tempo todo. Mesmo quando estiver no banho. — Luc levantou o colar e, com o coração batendo de maneira pesada, abaixei a cabeça e o deixei prendê-lo em volta do meu pescoço. As pontas de seus dedos roçaram minha pele quando ele o ajeitou. — Tudo bem?

— Tudo bem. — Envolvi a obsidiana em minha mão. O colar não era tão pesado quanto imaginei que seria. O vidro vulcânico tinha uns 7,5 cm de comprimento e a correntinha de prata era delicada, envolvendo o topo da pedra com uma pequena espiral. — Isso consegue deter um Arum? Imaginava algo… maior e mais grosso.

— Foi o que ela disse.

Ergui a cabeça e olhei para ele.

— Sério mesmo?

— A culpa é sua. Foi você que levantou a bola — retrucou ele com um sorrisinho dissimulado. — Um pequeno pedaço de obsidiana pode provocar um estrago sério num Arum. Apunhale-o em qualquer lugar com isso e ele já era. E a ponta é extremamente afiada, portanto cuidado para não se machucar.

Essa era uma promessa que eu não sabia se conseguiria cumprir.

Soltei a obsidiana, que ficou pendurada entre os meus seios, por fora da camiseta do Luc.

Ele voltou para o quadro de cortiça.

— Posso dizer uma coisa e você promete que não vai ficar puta?

Cruzei as pernas, peguei meu travesseiro e o ajeitei sobre o colo.

— Depende do que você vai dizer.

— Já vi algumas dessas fotos antes, e não estou falando das vezes em que estive aqui.

— Como assim?

Luc virou o corpo meio de lado e apontou para uma delas. Zoe e eu na festa de homecoming do primeiro ano.

— Vi essa foto uns quatro anos atrás. Fazia poucos meses, uns quatro, eu acho… que você se tornara Evie. Eu nunca a tinha visto de vestido. Achei… que você ficou muito bonita.

Eu estava com um vestido roxo de cintura alta, e não tinha certeza se ficara bem com ele. No entanto, eu brilhava como se alguém tivesse jogado um saco de purpurina em cima de mim.

Luc, porém, achava que eu tinha ficado bonita e, apesar de tudo, isso me fez sorrir.

— E essa aqui? Halloween. Três anos atrás. — Ele apontou para uma foto minha com a Heidi e a Zoe, e quase engasguei. Luc sabia o ano exato. Nós tínhamos nos fantasiado de Heathers, as patricinhas do filme *Atração Mortal*. — Toda de preto. Adorei. E essa aqui? Foi a primeira vez que vi uma foto sua com o James, e…

— E?

Ele balançou a cabeça.

— Achei que ele fosse seu namorado.

— James? Fala sério! — Eu ri. — Não tem nada a ver. Nunca houve nada entre a gente.

— Eu sei. Zoe falou.

Uma coisa me ocorreu.

— Você viu alguma foto minha com o Brandon?

— Vi. Você podia ter escolhido melhor.

Engoli outra risada. Luc tinha razão, principalmente considerando a retórica anti-Luxen do Brandon. Jesus! Se ele fizesse ideia do que a April era.

O Original se virou de costas para mim de novo.

— Você o amava?

Arregalei os olhos, sentindo as bochechas corarem.

— No começo, achava que sim. Quero dizer, ele foi meu primeiro namorado sério.

Seus ombros ficaram tensos.

— Achava? Isso quer dizer que não?

— Achei que o amava por, tipo, meio segundo, mas não. — Conversar sobre meu ex com o Luc era estranho. — Eu gostava dele, mas sempre achei que deveria sentir algo mais. — Abracei o travesseiro. — Quer dizer que você viu todas essas fotos na época em que elas foram tiradas?

— Observei-a crescer sem que você soubesse. — Ele cruzou os braços diante do peito. — Isso soou mais bizarro do que eu pretendia.

— Não. — E não tinha mesmo. Não para mim, para a gente. Fora de contexto, sim, claro. Mas eu sabia como ele tinha visto aquelas fotos. Apenas duas outras pessoas tinham cópias delas. — Zoe?

Ele assentiu de maneira distraída.

— Eu não pedi para vê-las. Parecia errado. Já era bizarro o bastante ter a Zoe de olho em você. Mas eu queria vê-las. Queria ver você, e a Zoe sabia, de modo que ela volta e meia me mostrava ou as pendurava em algum lugar bem à vista. Por favor, não fique puta com ela.

— Não estou. — Eu provavelmente teria feito a mesma coisa.

Observei-o por alguns instantes, sabendo que ele próprio não tinha nenhuma foto.

— Você alguma vez quis isso?

— O quê?

— Uma vida normal de adolescente? Festas de Halloween com amigos? Fotos penduradas em quadros de cortiça? Contas no Instagram? — Soltei uma leve risada, mas que rapidamente esmoreceu. — Ir para a escola. E odiar. Desejar fazer faculdade, mas... ter medo de crescer. Você nunca quis nenhuma dessas coisas?

Luc se virou lentamente para mim.

— Honestamente?

Fiz que sim.

— Minha resposta talvez... a incomode.

— Aconteceram muitas coisas nos últimos tempos que me incomodaram. Duvido que sua resposta seja pior.

Luc andou até o outro lado da cama e se sentou.

— Nunca quis nada disso até ver você vivenciar essas coisas. — Ele se recostou na cabeceira. — Nunca senti a menor vontade de frequentar uma escola ou ir a festas até ver essas fotos. Aí eu quis.

Meu peito apertou.

— Você ficaria superentediado na escola.

— Não se você estivesse comigo. — Um sorriso meio de lado repuxou-lhe os lábios. — Cheguei até a considerar me matricular, sabia? Só para ficar perto de você. Mas não podia arriscar. Portanto, fiquei na cidade, e assim que eles começaram a registrar os Luxen e forçá-los a usar um Desativador, abri a Foretoken.

— Só isso? Você nunca quis fazer outra coisa?

— Tipo o quê? — Ele ergueu a mão, e o controle veio voando da cômoda até ela. — Viver como um adolescente normal? — Entregou-me o controle. — Não.

— Estou falando de ser outra pessoa. Alguém que não precisasse se preocupar com a possibilidade de outros descobrirem que você não é exatamente humano.

— Eu não me preocupo com isso — observou ele com um dar de ombros. — E por que eu iria querer ser outra pessoa? Eu sou incrível.

— Uau! — murmurei, imaginando que ele não estava sendo totalmente sincero. Como podia estar, tendo admitido horas antes que vivia zangado o tempo todo?

Luc riu, mas a risada rapidamente esmoreceu.

— Não quis te fazer chorar.

— O quê? — Quase deixei o controle cair.

Seus olhos violeta escureceram ligeiramente.

— Sei que você chorou quando estava no banheiro.

— Como…? — Balancei a cabeça. — Eu estava debaixo do chuveiro. Você me escutou?

Ele me lançou um olhar de relance.

— Eu não escutei nada, Pesseguinho. Mas deu pra ver quando você saiu. Os olhos vermelhos.

— Ah! — Fazia sentido. — Você não me fez chorar. É que foi…

— Um dia difícil? Eu sei, e sei também que eu dizer que não confio completamente em você não ajudou. Não… foi intencional. Eu confio em você, Evie. Só que a sua relação com a Sylvia complica as coisas. A gente precisa descobrir uma maneira de lidar com isso.

Um nó se formou em minha garganta. Se fosse honesta comigo mesma, já sabia que a falta de confiança dele não tinha tanto a ver comigo, e sim com qualquer coisa que pudesse envolver minha mãe.

— Eu sei. Só que... hoje foi um dia assustador, e eu estou de cabeça cheia. Na verdade, já estava. Foi por isso que fui até a biblioteca. Para tentar me distrair.

— Distrair de quê?

Brincando com o controle remoto, apoiei a cabeça na cabeceira da cama, pensando no que a Zoe tinha me dito no domingo. As palavras estavam presas na garganta, mas não queria dar voz a elas. Sentia como se assim que desse vida às suspeitas e aos pensamentos insidiosos, não conseguiria guardá-los de volta.

No entanto, eu precisava fazer isso.

— Conversei com a Zoe ontem, e ela disse algumas coisas que fizeram sentido.

— Zoe dizer algo que faça sentido? Jamais.

Sorri de leve, sentindo meu estômago se retorcer numa série de nós.

— Tipo, é estranho minha mãe ter me dado a vida da Evie Dasher — murmurei, olhando para o ventilador de teto que girava lentamente. — Acho que ela fez isso por sentir falta da verdadeira Evie, mas não foi justo.

Luc estava tão quieto, tão imóvel, que precisei olhar para ele. Seus olhos estavam fixos em mim, as pupilas ligeiramente dilatadas.

— Não foi nem um pouco justo comigo. Eu tinha uma vida. Amigos — comentei, pensando que as palavras da Zoe eram tão verdadeiras que chegavam a machucar. — Meus amigos eram a minha família. Eu tinha *lembranças*, e o que ela fez não foi correto.

Luc fechou os olhos, as pestanas grossas roçando a pele sob eles.

— É, não foi.

Engoli em seco.

— Por que ela não me deixou voltar a ser quem eu era? Por que me transformar em outra pessoa?

Ele virou a cabeça para o outro lado, engolindo em seco também.

— Não sei, Pesseguinho.

— Eu quase mandei uma mensagem pra você ontem, porque... e se esse não foi o verdadeiro motivo? E se eu só estiver sendo extremamente ingênua? Você não confia nela. Mamãe trabalhou para o Daedalus. E se ela teve algum outro motivo? — O bolo em minha garganta aumentou, ameaçando me sufocar. — Zoe disse algo que não sai da minha cabeça. Ela disse que você me levou para os Dasher por volta de junho, e que ninguém me viu de novo até eu entrar para a escola, em novembro. Não sei por que isso está me incomodando tanto, mas está.

Luc abriu os olhos e entreabriu os lábios, mas não disse nada.

— É verdade? — Com os olhos cheios de lágrimas, olhei para o perfil dele. — Ninguém me viu durante todo esse tempo? Nem uma única vez?

Ele mordeu o lábio inferior. O silêncio me deixou ainda mais desconfortável.

— Eu não a vi. Ninguém viu. Não acho… — Luc olhou para mim e tocou meu rosto com as pontas dos dedos. — Não acho que ficar se estressando com isso vai te fazer bem.

— Mas…

— Sei que há muitas coisas sem explicação. Coisas para as quais não tenho resposta, mas não tente enveredar por esse caminho, não agora.

Meus olhos perscrutaram os dele.

— E se eu quiser me enveredar por esse caminho? E se quiser me atolar nele até o pescoço?

— Se quiser, terá que confrontá-la, mas quero estar junto se você decidir fazer isso. Tudo bem? — perguntou ele num tom suave, correndo o polegar pela linha do meu maxilar. — Eu preciso estar junto.

— Tudo bem.

Luc se inclinou e, por um segundo, fiquei tensa, mas então seus lábios simplesmente roçaram minha testa.

— Agora… vamos tentar relaxar e ver o que está passando na TV.

Não tinha ideia de como conseguiria relaxar, mas assenti mesmo assim, observando-o se afastar. Em seguida, peguei o controle remoto, liguei a TV e comecei a verificar distraidamente os canais.

— Para aí — pediu ele. — É a Dee.

Luc estava certo.

Ela estava mais uma vez no ar, juntamente com o senador Freeman, com cara de quem estava prestes a ter um AVC.

— O presidente McHugh tem todo o direito de revogar a Vigésima Oitava Emenda.

— Está dizendo que ele pode revogar os direitos de cidadãos americanos? — desafiou Dee. — Assim que ele começar com os Luxen, quem pode garantir que ele vai parar por aí?

— Os Luxen não são cidadãos americanos.

— Não é o que diz a Vigésima Oitava Emenda — corrigiu ela. — O que o presidente quer fazer é moralmente inaceitável…

— O que os Luxen fizeram com o nosso país é que é inaceitável, srta. Black. — O senador balançou a cabeça. — Eles mataram indiscriminadamente, e agora há evidências que sugerem que sua espécie carrega um tipo de vírus que não só está infectando como matando os humanos. O que a senhorita tem a me dizer a respeito disso?

Um lampejo de irritação cintilou no semblante até então tranquilo da Dee.

— Os Luxen não são responsáveis por nenhum vírus ou doença. Impossível.

— Está sugerindo, então, que não apenas os governos locais estão mentindo como também o Centro de Controle e Prevenção de Doenças?

— Não seria a primeira vez, seria? — retrucou ela. — Se algum relatório afirma que os Luxen estão fazendo os humanos ficarem doentes, é mentira. Isso é biologicamente impossível. Assim sendo, o que o senhor e todos os telespectadores precisam fazer é perguntar por que alguém mentiria a respeito de uma coisa dessas.

que a Dee falou fez com que eu conseguisse encaixar algumas peças do quebra-cabeça. Pensei em como a Heidi havia questionado o ódio que a April sentia pelos Luxen e sua feroz defesa dos direitos humanos. Não era irônico, considerando que ela obviamente não era humana?

April havia matado o Andy e a família que morava na região, e embora não tivesse dito por que, o motivo tornou-se óbvio para mim enquanto escutava o senador prosseguir com seu sermão sobre o caráter violento e assustador dos Luxen.

— Ela queria que as pessoas achassem que foi um Luxen. — Soltei de supetão.

— O quê? — Luc olhou para mim, erguendo as sobrancelhas.

— April! Ela matou o Andy e aquela família de modo a parecer que foi um Luxen. Ou um Original. Mas ninguém sabe que vocês existem, portanto, dá no mesmo — continuei. — Além disso, ela começou um protesto contra os Luxen na escola, arrematando uma quantidade considerável de seguidores. Nada disso é coincidência, Luc. Ela está matando e fazendo as pessoas acreditarem que foi um Luxen. Por quê?

Luc olhou de relance para a TV. O senador estava agora discutindo com um dos advogados de defesa dos direitos dos Luxen.

— E se essa família que o senador citou não foi morta por um Luxen, mas por alguém que fez com que parecesse ter sido um? April não deve estar nisso sozinha. Nesse negócio de matar pessoas e fazer parecer que um Luxen é o responsável. De instigar ódio e medo no público. Deve ter mais gente envolvida, talvez até mesmo os pais dela.

— Sempre há mais gente envolvida.

— Então deve haver provas disso em algum lugar. Talvez na casa dela. Talvez haja alguma coisa lá que nos aponte na direção de quem é o responsável por essas mortes e que nos diga o que diabos a April é.

Ele me fitou.

— Talvez você esteja certa, mas usou o majestoso *nós*, e *nós* não vamos fazer nada. De forma alguma vou deixá-la se aproximar da casa da April.

Fui tomada por uma súbita irritação.

— Luc…

— É arriscado demais.

— Tudo é arriscado! — Quase gritei, mudando de posição e me colocando de joelhos ao lado dele. — Minha vida por si só é arriscada.

— Pesseguinho…

— É verdade! Como você mesmo disse, eu sou um milagre ambulante. Um exemplo raro de soros capazes de ajudar os humanos sem transformá-los. Eu vivo com uma Luxen sem registro e sou amiga de vários, além de você… e da Zoe! Cada dia é um risco.

— Tem razão, mas não vamos torná-los ainda mais arriscados. — Seus olhos violeta faiscaram.

Espalmei as mãos sobre as coxas.

— E você quer que eu faça o quê? Me esconda em casa ou na escola?

— Ahn. — Ele franziu o cenho. — Exatamente.

— Não é justo. Todos vocês saem por aí se arriscando enquanto eu fico sentada sem fazer nada ou colocando meus amigos em perigo…

— O que aconteceu com a Heidi não é sua culpa.

Ignorei a observação.

— Sei que não há muito o que eu possa fazer. Vocês têm superpoderes. Na maioria das vezes, eu sou completamente inútil…

Luc franziu ainda mais o cenho.

— Você nunca é inútil.

Ignorei-o de novo.

— Mas nisso eu posso ajudar. Posso auxiliar na busca. Isso eu posso fazer.

Ele fez que não, desviando os olhos. Um músculo pulsou em seu maxilar.

— Preciso fazer alguma coisa — argumentei, perscrutando o rosto dele e fechando a mão em seu braço. — Por favor, entenda que eu preciso fazer alguma coisa e me ajude, em vez de tentar me impedir.

Luc jogou a cabeça para trás, fechando os olhos e pressionando os lábios numa linha fina. Em seguida, fez algo muito estranho. Soltou uma sonora e retumbante gargalhada.

Foi a minha vez de franzir o cenho.

— Que foi?

Ele balançou a cabeça e reabriu os olhos, fitando-me longamente.

— Você queria saber mais a respeito da... Nadia?

Fiquei tensa. Não esperava por isso.

— Ela era a única pessoa que conseguia me obrigar a fazer algo que eu não queria ou que não achava que fosse uma boa ideia. Por mais que achasse que daria errado, ela acabava me convencendo. Na verdade, ela me tinha na palma da mão. — Ele baixou as pestanas grossas. — Vamos até a casa da April amanhã, depois das aulas.

Entreabri os lábios e inspirei fundo. Mais uma vez, Luc estava dizendo muito com poucas palavras. Mordi o lábio inferior, mas não consegui evitar.

Sorri.

* * *

Acordei com meu próprio grito, ofegante, os olhos arregalados. Por um momento, não entendi onde estava, até ver o brilho suave da televisão iluminando o pé da cama.

Com o coração martelando contra as costelas, corri os olhos em volta. Eu estava no meu quarto, e não na mata diante da casa, dessa vez cara a cara com uma ensanguentada April em vez do Micah. Estava em casa. Segura. Heidi estava segura. Micah estava morto, e a April... ela estava em algum lugar lá fora, só Deus...

— Evie? — A voz grave e sonolenta soou ao meu lado.

Na cama.

No meu quarto.

Virei a cabeça para a esquerda e vi a silhueta do Luc se erguendo num dos cotovelos. Ele ainda estava ali? Minha mente continuava embaçada pelo sono e por imagens da April despedaçando...

— Ei. — Luc se sentou. Com o rosto a centímetros do meu, começou a traçar círculos lentos e tranquilizadores na base das minhas costas. — Está tudo bem?

Lutei para controlar a náusea e soltei num gemido:

— Está.

A outra mão envolveu meu rosto. Mesmo que não pudesse ver seus olhos direito, pude sentir seu olhar me estudando com atenção. Com toda a delicadeza do mundo, ele me ajudou a deitar de novo, apoiando minha cabeça em seu ombro. Havia espaço entre nós — alguns vários centímetros para ser exata —, porém seu braço continuava em volta de mim, o punho fechado descansando logo acima do meu quadril. Meu coração continuava disparado.

Mantive as mãos no espaço entre nós.

— Você ainda está aqui.

— Estou. Sylvia chegou em casa um pouco depois da meia-noite, eu acho. Depois disso, dormi. Desculpa.

— Não tem problema.

A outra mão dele estava apoiada sobre a própria barriga.

— Não?

Será que não? Eu escutaria até o fim dos meus dias se mamãe o pegasse ali, dormindo ao meu lado. Não que fosse a primeira vez, mas nenhum de nós sabia em que pé estávamos, e dormir lado a lado com certeza não ajudava em nada.

De qualquer forma, fiz que não, sentindo meu coração finalmente começar a desacelerar.

Luc ficou em silêncio por um bom tempo.

— Pesadelos?

— É — murmurei.

— Quer conversar?

Fiz que não de novo.

— Quer que eu fique?

Encolhi as pernas sob o edredom macio, pressionando-as contra a dele. Normalmente o edredom estaria no chão, mas ele devia ter me coberto em algum momento. Não disse nada. Não conseguia.

Apenas assenti.

O braço que envolvia minha cintura me apertou um pouco mais; o único som, o zumbido baixo de conversas que vinha da TV. Luc permaneceu quieto, somente os dedos se movendo. Ele os tamborilava num ritmo lento sobre a barriga e, assim que meus olhos enfim se ajustaram à fraca iluminação, pude ver que a camiseta havia subido um pouco quando ele se deitara novamente, deixando à mostra uma faixa estreita de pele logo acima do cós do jeans. Fiquei olhando para aqueles dedos compridos que se moviam sem parar, imaginando o poder contido neles.

Fui erguendo os olhos lentamente, passando da barriga para o peito, que subia e descia em movimentos compassados, quase como se ele tivesse pegado no sono de novo. Sabia, porém, que o Original estava acordado.

Perguntei-me quantas vezes teríamos deitado daquele jeito e eu simplesmente não lembrava. Lado a lado, com apenas um pequeno espaço entre nós — espaço este que podia ser vencido com facilidade se eu resolvesse me aproximar um tiquinho ou levantasse uma das mãos.

Um súbito calor se espalhou por minha pele, e senti vontade de chutar o edredom longe. A camiseta térmica não era a melhor peça de roupa para se usar na cama, mas sabia que o calor que queimava minhas veias tinha pouco a ver com ela.

E sim tudo a ver com o garoto deitado ao meu lado e o que eu sentia por ele. Fui tomada por um misto desconcertante de desejo e expectativa.

Olhei para o perfil do Original. Seus olhos estavam fechados, porém o maxilar parecia tenso. Será que estava tão acordado quanto eu? Todo o meu ser parecia superciente daquela presença ao meu lado — cada respiração, o subir e descer do peito, o ritmo dos dedos tamborilando sobre a barriga. Será que ele estava tão ciente de mim quanto eu estava dele?

Imaginava que já tivéssemos deitado assim incontáveis vezes, mas duvidava de que eu houvesse pensado no que estava pensando agora. Éramos jovens demais para que eu acalentasse as imagens que pipocavam em minha mente no momento. Lembrei da noite que havíamos passado na cama dele, nossas mãos e bocas frenéticas e famintas. Do rápido beijo de agradecimento que eu lhe dera após ver a foto emoldurada de Harpers Ferry. De nós dois dançando coladinhos na noite de Halloween, e dele pairando acima de mim, me tocando, a boca a centímetros da minha.

Se o Dawson não tivesse batido à porta na hora, Luc teria me beijado, e eu teria *adorado*.

Meu pulso acelerou, batendo forte ao mesmo tempo que meus dedos se fechavam no edredom entre nós. Precisava afastar esses pensamentos. Era tarde, e eu tinha acabado de acordar de um pesadelo. Tinham acontecido coisas realmente horríveis, de modo que minha mente não estava funcionando direito. No entanto, o sangrento pesadelo havia me proporcionado uma súbita clareza que me escapara durante a ida até o lago no domingo; na verdade, desde que entrara na Foretoken pela primeira vez.

Ainda estava tentando descobrir quem eu era — Nadia ou Evie, e se isso sequer tinha importância no frigir dos ovos. Estava lutando para encontrar meu lugar no mundo do Luc, para me sentir mais útil, e não um peso a ser protegido. E continuava reticente mesmo após tudo o que ele tinha dito e prometido, temerosa de que o Original ainda estivesse apaixonado pela garota que eu costumava ser, e não quem era hoje.

No entanto, o fato de saber de tudo isso não mudava a maneira como eu me sentia ao ser abraçada por ele, nem a sensação de ser a única pessoa no planeta por quem ele seria capaz de mover mundos e fundos caso fosse necessário. Minhas incertezas não diminuíam a doce sensação de tê-lo deitado ao meu lado, assistindo a vídeos engraçados comigo ou me distraindo com suas terríveis cantadas. As reticências não ofuscavam seu jeito ferozmente protetor nem o modo como ele parecia entender quando eu precisava de espaço ou quando precisava fazer algo além de ficar simplesmente para trás, esperando. A confusão que sentia a respeito do meu passado não era mais poderosa do que o modo como me sentira no dia em que ele havia segurado minha mão e me mostrado a Jefferson Rock.

Nesses momentos, eu era sua *Pesseguinho*. Não a Nadia. Meus sentimentos por ele não tinham nada a ver com quem costumava ser nem com quem me tornara. E sim tudo a ver com quem eu era agora.

Eu o queria.

Queria suas mãos e sua boca em mim.

Queria sentir seu corpo contra o meu.

Queria ser dele.

Queria que ele fosse meu.

Queria sua *confiança*.

Fechei os olhos, estremecendo ao sentir essa súbita realização se abater sobre mim como um soco na boca do estômago. Eu parecia vibrar, as mãos trêmulas. Inspirei fundo, e o perfume que emanava dele, fresco, de vida ao ar livre, fez com que minha respiração ficasse presa na garganta. A tremedeira só aumentou. Sabia o que estava sentindo, o que desejava, e sabia que era *eu* quem queria essas coisas.

Foi como acordar de repente após anos de um sono profundo. Meu peito inflou de tal forma que senti como se pudesse levitar feito um balão até o teto não fosse pelo braço dele em volta de mim. A tremedeira, porém, não passou.

— Está com frio? — perguntou Luc, a voz quebrando o silêncio.

— Estou — menti. Na verdade, eu queimava tanto que talvez entrasse em combustão espontânea.

Mesmo na pouca claridade do quarto, tive a impressão de vê-lo sorrir como se soubesse que eu estava mentindo. Talvez soubesse mesmo. Talvez tivesse escutado meus pensamentos o tempo todo, mas não dei a mínima, porque o braço em torno da minha cintura me apertou ainda mais e, de repente, a frente do meu corpo estava pressionada contra sua lateral, minha perna direita enganchada na dele.

O contato fritou minhas terminações nervosas. Meu peito apertou, pesado e dolorido, e a sensação de expectativa, o pulsar, escorregou para o meio das minhas pernas, para o ponto exato onde a coxa dele descansava contra mim.

Luc abriu a mão que repousava sobre o meu quadril. O calor de sua pele sob o edredom pareceu me queimar através do tecido fino da calça de pijama. Seu polegar começou, então, a se mover em lentos círculos, tal como ele havia feito na base das minhas costas. No entanto, não havia nada de tranquilizador na carícia dessa vez.

Meu sangue se acendeu numa labareda. Havia poder nessa súbita realização, no que estava me permitindo sentir. Semelhante ao que acontecera quando dançáramos juntos no Halloween.

Liberdade.

Aproximei o quadril um pouco mais, esperando que sua mão continuasse se movendo, que iniciasse um passeio, mas ela permaneceu onde já estava, os círculos diminuindo cada vez mais.

Qualquer que fosse o ar que eu estivesse conseguindo injetar nos pulmões não era nem de perto o suficiente. Espalmei a mão no peito dele, logo abaixo do coração.

Luc ficou imóvel feito uma estátua. O polegar parou, os dedos enterrados na pele do meu quadril.

Sequer senti o peito dele se mover enquanto deslizava a mão pela superfície lisa de sua barriga, em direção aos dedos que haviam parado de tamborilar.

Meus dedos encontraram os dele e começaram a subir, acompanhando a elegante linha dos ossos e tendões, passando por cima dos nós e seguindo para a fina camada de pelos que cobria seu antebraço.

— Pesseguinho — murmurou ele. — Você devia estar dormindo.

Encorajada pela escuridão do quarto, deixei minha mão passear por seu braço, por baixo da manga da camiseta. A pele dele era uma interessante combinação de aço e cetim.

— Não estou com sono.

Ele inspirou de maneira profunda e irregular.

— Você devia tentar dormir. Tem aula amanhã de manhã. Tente ser responsável.

O tom brincalhão me fez sorrir.

— E se eu não quiser ser responsável?

Luc mudou de posição ligeiramente, pressionando a coxa firme contra a parte mais macia de mim. Fechando os olhos, escutei-o dizer:

— Então você é definitivamente uma má influência.

— Não acho que ninguém possa influenciá-lo. — Quase não reconheci minha própria voz.

O Original virou a cabeça para mim e, ao falar, pude sentir sua respiração contra minha testa.

— Erro seu.

Deslizei a mão mais uma vez pelo peito dele, parando bem em cima do coração.

— Prove.

Luc soltou um som gutural que fez meus dedos dos pés se enroscarem.

— Evie...

Mordi o lábio inferior e, erguendo-me num dos cotovelos, olhei para ele. Levantei, então, a mão de seu peito e envolvi-lhe o queixo. A barba incipiente pinicou as pontas dos meus dedos ao mesmo tempo que ele deslizava a mão para a base das minhas costas.

— Não estou com sono — repeti. — Você está?

Ele me fitou. As pupilas pareciam dois alfinetes brancos.

— No momento, nem um pouco.

— Desculpa.

Um dos cantos de sua boca se repuxou num ligeiro sorriso.

— Você não está nem um pouco arrependida.

Ele tinha razão.

— Estava pensando...

— Sobre? — A mão dele subiu pelas minhas costas até se entremear nos fios de cabelo que haviam se soltado do nó durante o sono.

— Sobre uma coisa que você me falou no Halloween. — Corri os dedos pelo queixo dele até tocar o meio de seu lábio inferior. A mão em meu cabelo se crispou.

O branco das pupilas aumentou e ficou ainda mais brilhante.

— O quê?

— Você disse... que eu era a única. Que nunca poderia haver mais ninguém. — Lembrei-o.

— Disse?

Inclinei a cabeça ligeiramente de lado, meus lábios se curvando num muxoxo.

— Não se lembra?

Luc soltou meu cabelo.

— Não.

— Babaca. — Estreitei os olhos.

Ele respondeu com uma mordiscada leve na ponta do meu dedo, me fazendo soltar um arquejo ao sentir a mordida provocar uma descarga de eletricidade em todo o meu corpo. Com os olhos fixos nos meus, Luc fechou os lábios sobre o dedo e deu uma pequena lambida.

Estremeci da cabeça aos pés.

Ele continuou me fitando.

— O que foi que eu disse? Pode repetir? Estou com um problema sério de amnésia no momento.

— Você disse que nunca houve ninguém além de mim — respondi, a respiração ofegante. Corri o dedo lambido por seu lábio inferior. Senti, vitoriosa, Luc fechar a mão em meu cabelo novamente. — Que jamais haveria.

Ele semicerrou os olhos.

— É, eu disse.

Abaixei a cabeça, parando a centímetros da boca dele.

— É verdade?

— É. — Sua voz soou mais grave, quase gutural.

A ponta do meu nariz roçou o dele.

— Isso significa o que eu estou pensando?

O Original ergueu a outra mão da barriga e a fechou em meu quadril.

— O que você está pensando?

Ele ia me forçar a dizer em voz alta.

— Que você nunca esteve com mais ninguém?

— Houve… outras com as quais tive alguns momentos de… diversão. Beijos — respondeu ele, puxando minha cabeça para trás e expondo meu pescoço. — Carícias. Aprendizado. Um pouco de prazer. — Sua boca roçou meu pescoço, me fazendo estremecer. — Mas está querendo saber se eu alguma vez estive *com* alguém?

Corei das pontas das orelhas até os dedos dos pés.

— É. — Minha voz soou rouca. — Foi o que eu perguntei.

Ele plantou um suave beijo sobre a veia em meu pescoço.

— Então a resposta é não.

Fechei os olhos.

— Isso jamais poderia acontecer — continuou ele, a voz arranhada. — Eu nunca quis. Não com as lembranças que eu tinha de você e do que a gente poderia ter se tornado.

A sensação de peito inflado retornou, e imaginei que se eu tivesse essas lembranças, me sentiria da mesma forma.

Só que não era esse o caso. Baixei o queixo e abri os olhos. Suas pupilas estavam completamente brancas agora, brilhantes como o sol.

— Eu estive com o Brandon. A gente...

— Não quero saber — interrompeu ele. — Isso não muda nada para mim. *Nada*.

Sentindo a respiração trêmula, encostei a testa na dele. Não sabia como lidar com o conhecimento de que ele nunca estivera com ninguém por minha causa. Saber disso me deixava absurdamente feliz, e parte de mim deveria se sentir mal por isso, mas eu não me sentia.

— Continuo sem sono — murmurei.

— Eu sei.

Não respondi. Sequer tive chance. Luc mudou de posição, movendo-se mais rápido do que meus olhos poderiam acompanhar. Ele me virou de costas e se esticou ao meu lado, uma das mãos em meu quadril e a outra segurando o peso do próprio corpo. Meu coração quase pulou para fora do peito ao vê-lo abaixar a cabeça em direção à minha.

— O que você quer? — Seus lábios roçaram os meus. — Diga com palavras, Evie.

— Você — murmurei no espaço entre nossas bocas. Meu coração batia tão rápido que não sabia como ele podia continuar batendo. — Eu quero você.

O Original balançou a cabeça, fazendo uma mecha de cabelo roçar minha testa.

— Você já me tem. Peça outra coisa.

Soltei um arquejo, o coração apertado. Ergui as mãos e as fechei em seus ombros.

— Acho que eu sei. — Luc roçou o nariz no meu. — Você quer a minha boca. — Seus lábios tocaram minha face. — Quer as minhas mãos. — A que estava em meu quadril se fechou com mais força. — Meus lábios sobre os seus.

Ele *tinha* escutado meus pensamentos.

Virei o corpo de frente para ele, desejando que sua mão se movesse, que seus lábios tocassem os meus. Qualquer coisa.

Luc soltou um grunhido baixo no fundo da garganta e me pressionou de volta contra o colchão.

— Não.

— Não? — repeti, pasma.

Ele negou mais uma vez com um balançar de cabeça.

— Tem algo que você precisa entender primeiro.

Não tinha certeza se conseguiria entender nada a essa altura, mas ia tentar.

— O quê?

Aquelas pupilas brilhantes se fixaram nas minhas, recusando-se a me deixar desviar os olhos.

— Você não faz ideia de quanto tempo esperei para a gente chegar a esse ponto. Quantas vezes fantasiei sobre esse momento. Sonhei com ele. Tive pesadelos a respeito disso. Houve momentos em que acreditei que jamais chegaríamos ao que estamos vivendo agora, mas eu nunca, *nunca* deixei de desejar... de querer você. Nunca abandonei a esperança de que encontraríamos um jeito de voltar um para o outro, e que um dia estaríamos aqui, que você me encontraria e me desejaria. E que eu faria por merecê-la.

Fazer por me merecer? Como ele podia achar que não me merecia?

— Eu a quero tanto que às vezes dói só de pensar. — Seu tom de voz tornou-se mais suave, as palavras mais poderosas. — Não há nada que eu deseje mais do que me perder completamente em você. *Nada.* E não, não estou exagerando. Dane-se a paz mundial e a harmonia entre todas as espécies do planeta. Você é tudo o que eu sempre quis.

Escutar aquelas palavras foi como ser atingida por um raio, e ele ainda não havia terminado.

— Se eu lhe der o que você deseja, não haverá volta. Tem certeza de que está pronta? — Luc deslizou a mão pela minha cintura, parando logo abaixo do seio. — Porque eu já esperei tempo demais por isso... *por você*. Não fiz nada além de observar e esperar, e não vou me afastar novamente. Se eu a beijar, se a tocar de novo, não conseguirei voltar para o jeito como as coisas são agora. — Ele inspirou, a respiração tão trêmula quanto eu me sentia. — Não vou mais poder fingir que você não é absolutamente *tudo* para mim.

Eu não conseguia respirar.

— Que você sempre me terá. Que sempre será minha — continuou ele, falando rápido e apaixonadamente. — Tem certeza de que está pronta? Porque é intenso, eu sei. Sou muita coisa para digerir. Você me acha difícil? Ainda não viu nada, Pesseguinho. Sou carente de afeição... da sua afeição... e vivo *faminto* por ela.

Eu estava faminta por *ele*.

— Então, me diga, *por favor*, você realmente teve um momento de clareza, Evie? Ou foi só um momento nascido da necessidade de distração?

Toquei o rosto dele com os dedos trêmulos, sentindo sua pele vibrar sob as pontas. Sentia como se estivesse prestes a me jogar de um precipício.

— Quero que você me beije.

Com um rosnado de satisfação, Luc colou a boca na minha. Sem perda de tempo, seus lábios partiram os meus num beijo profundo e apaixonado. Enquanto ele deslizava a língua sobre a minha, puxei-o pelos ombros, colando nossos corpos. Ficamos assim por um momento e, então, ele inclinou a cabeça meio de lado e envolveu meu queixo em sua mão.

Luc me beijou como se *estivesse* faminto, como se pudesse me devorar com os lábios, a língua, e eu queria ser devorada. Tentei me mexer, mas o edredom tinha, de alguma forma, se enroscado em nossas pernas, me imobilizando. Um gemido de frustração escapou de meus lábios, fazendo-o soltar uma risada que me deixou toda arrepiada.

— Isso é tudo o que você quer? — perguntou ele.

Tentei negar com um balançar de cabeça, mas a mão dele em meu queixo impediu o movimento. Tive que falar. E falei.

— Não.

— E o que mais?

— Você — repeti. Deslizei as mãos pelas laterais do corpo dele até encontrar a faixa de pele nua.

Ele inclinou a cabeça para trás e soltou um grunhido ao sentir as pontas dos meus dedos em suas costas. Em seguida, abaixou o queixo e me beijou novamente, mudando de posição e se deitando de lado. Não tive sequer chance de protestar.

Luc, então, soltou meu queixo e deslizou a mão pela minha garganta. Segui o caminho de sua mão, arqueando o corpo ao sentir a palma roçar meu seio. Ele, porém, não parou aí, me deixando ligeiramente desapontada.

— Mais tarde — prometeu, traçando preguiçosos círculos sobre a minha barriga, os dedos deslizando por cima do umbigo e continuando em direção ao cós da calça de pijama.

Acho que parei de respirar.

Ele me fitou, os olhos como fogo líquido. Somente as pontas dos dedos escorregaram por baixo do tecido macio.

— Isso? É isso o que você quer?

Eu tinha perdido completamente a capacidade de falar, a pulsação a mil. Tudo o que consegui fazer foi assentir com um menear de cabeça.

Ao senti-lo meter o resto da mão sob o cós da calça e as pequenas descargas de eletricidade provocadas pelo contato, mordi o lábio com força para não gritar. Um gosto de sangue inundou minha boca, mas não dei a mínima. Meu corpo se levantou por conta própria quando seus dedos continuaram o passeio.

— É. — Com a voz grossa, Luc olhou para a própria mão. — Acho que eu sei, mas quero ter certeza. O que você quer que eu faça?

Inspirei fundo, percebendo vagamente que ele ia me obrigar a dizer.

Um dos dedos dele se moveu, aproximando-se ainda mais e arrancando um som estrangulado de mim.

— O que você quiser. Sempre. Só precisa me dizer.

— Me toca — pedi, a voz pouco mais que um sussurro. — Por favor.

Aqueles olhos brilhantes se fixaram mais uma vez nos meus.

— Claro.

Ele, então, me tocou. Meus quadris se levantaram do colchão e minha cabeça pendeu para trás. Acho que o escutei soltar uma maldição, porém o rugido do sangue em meus ouvidos não me deixava ouvir direito. Ou talvez tivesse dito meu nome, mas eu não tinha como ter certeza.

Comecei a me mover de encontro à mão dele, levantando e remexendo os quadris enquanto ele me observava, os olhos fixos no meu rosto, absorvendo cada minúscula reação. Com qualquer outra pessoa eu teria ficado desconfortável demais, nervosa demais para me soltar completamente, mas com ele...

Com o Luc, tudo parecia possível.

O Original soltou outra maldição e, de repente, estava em cima de mim, sorvendo meus lábios. Agarrei-me a ele, meus dedos se enterrando na pele rija de seu flanco. Luc não aliviou. Não parou. Arqueei as costas, e ele me acompanhou, a ponta de sua língua saboreando cada arquejo que escapava de meus lábios entreabertos

— Preciso me lembrar disso — murmurou ele contra a minha boca. — Você parece gostar bastante.

E gostava.

Gostava muito.

Luc captou meus pensamentos e, com uma risada, ajeitou minha cabeça. Em seguida, começou um passeio ardente com os lábios pela minha garganta.

— Sei que vai gostar ainda mais disso.

Um espasmo percorreu meu corpo inteiro, me fazendo encolher as pernas e erguer os quadris. Agarrei o pulso dele ao mesmo tempo que um gemido escapava de minha boca. Não para afastar sua mão, mas para mantê-la ali.

— Eu sabia. — Ele mordiscou meu pescoço, arrancando um grito de mim.

Sua boca se fechou sobre a minha mais uma vez, e perdi completamente a noção de tempo, envolvida pela escuridão, por ele. Com a respiração pesada contra meus lábios entreabertos, Luc soltou outra maldição por entre os dentes...

Foi a gota d'água.

Com uma explosão, a tensão se desfez. Meu grito foi engolido pela boca dele sobre a minha, por um beijo tão feroz quanto o prazer que reverberava por todo o meu corpo.

Tinha a sensação de que meu coração havia parado em algum momento. Só sabia que ainda estava viva porque podia sentir os beijos suaves que ele depositava em minha testa suada, nos meus olhos fechados, na ponta do nariz e no restante do rosto.

— Evie.

A forma como ele proferiu meu nome me forçou a abrir os olhos, como se estivesse me implorando e me amaldiçoando ao mesmo tempo. Um suave brilho esbranquiçado envolvia seu corpo. O rosto estava a centímetros do meu. Senti uma súbita necessidade de dar a ele a mesma atenção que acabara de receber. Queria que ele sentisse o que eu tinha sentido, queria compartilhar...

Estendendo o braço, deslizei a mão por sua barriga, descendo cada vez mais. Meu coração pareceu parar novamente.

Luc capturou meu pulso.

— Pesseguinho.

— Que foi? — Lutei para soltar a mão. — Quero que você...

—Jesus! — gemeu ele. — Não complete essa frase. Você está me matando.

— Não preciso completar a frase. Só me deixe terminar o que eu quero fazer.

Sua risada soou estrangulada.

— Você não faz ideia de como eu adoraria deixá-la acabar comigo.

Corei.

— Mas não aqui. — Ele levou minha mão à boca e plantou um beijo no centro da minha palma. — A gente vai acordar a Sylvia.

Fitei-o.

— Agora você está preocupado com ela, é?

— Estou. Confie em mim. Eu vou acordá-la, definitivamente — retrucou ele. Ergui as sobrancelhas. — Quer me dar uma coisa que eu desejo?

— Quero. — E queria mesmo. Muito.

— Só me deixe abraçar você. — Ele entrelaçou os dedos nos meus. — É tudo o que eu quero fazer agora.

Com base no que eu acabara de sentir segundos antes, duvidava de que isso fosse tudo o que ele desejava, mas tinha me esquecido de que não estávamos sozinhos em casa. Era melhor não tentar a sorte.

— Mais tarde, então? — Senti meu rosto queimar. — Teremos outras oportunidades, certo?

Um ligeiro sorriso repuxou-lhe os lábios.

— Certo.

— Tudo bem, então. — Apertei a mão dele. — Acho que podemos ser responsáveis e tentar dormir.

Luc riu e, erguendo-se acima de mim, me deu um beijo rápido antes de se ajeitar do meu lado. Segundos depois, estava com um dos braços debaixo de mim e o outro me envolvendo por cima. Fiquei deitada de costas para ele, com o Original me mantendo tão apertada de encontro a si que não dava para duvidar de que ele estava sendo responsável.

Definitivamente mais do que eu.

Remexi-me ligeiramente, soltando uma risadinha ao escutá-lo gemer junto ao meu ouvido.

— Comporte-se — avisou Luc, apertando a mão que ainda segurava sob a dele. — Vá dormir.

— Sim, senhor. — A risadinha se transformou num sorriso de orelha a orelha. Alguns momentos se passaram. — Luc?

— Ahn? — Ele suspirou.

— O...

— Por favor, não me agradeça — interrompeu-me ele. — Sei que foi maravilhoso. Deu para perceber. Fiquei observando você o tempo todo. Mas o prazer foi meu.

Abri os olhos e olhei para ele por cima do ombro.

— Credo, Luc! Eu só ia dizer que hoje foi especial.

— É, eu sei, foi mesmo.

— Eu não ia agradecer, porque isso soaria estranho, e não houve nada de estranho no que aconteceu. — Afundei o rosto novamente no travesseiro. — Você é tão arrogante!

— Mas você adora.

Minha respiração ficou presa na garganta. Eu realmente adorava a arrogância dele, embora fosse irritante. Quando não me deixava puta, ela me fazia rir. Também adorava a maneira como ele estava abraçado comigo, tão coladinho que não havia espaço algum entre nós, e com os dedos entrelaçados nos meus. Adorava o que tínhamos acabado de compartilhar, o fato de ele sentir prazer em me dar prazer. Adorava...

— Vá dormir, Evie.

Inspirei fundo e fechei os olhos marejados de lágrimas. Peguei no sono mais rápido do que imaginava que fosse conseguir, e dormi tão profundamente quanto não dormia havia meses, talvez anos.

uando acordei com os primeiros raios de sol penetrando pela janela, Luc já não estava mais. Virei de lado e inspirei fundo. O travesseiro ao lado do meu tinha o cheiro dele.

Fechei os olhos e virei de barriga para cima novamente. A noite de ontem parecia um sonho, mas sabia que tinha sido real. Tudo o que eu percebera, tudo o que ele dissera e tudo o que havíamos feito.

Não me arrependia de nada, nem um único segundo, o que não deteve a súbita ansiedade que me forçou a sair da cama e ir para o chuveiro.

As coisas haviam mudado.

Para mim.

Para o Luc.

Entre nós.

Eu tinha o dia inteiro para ponderar exatamente o que isso significava e para onde a nova situação nos levaria, mas agora havia outro motivo para eu estar me aprontando tão rápido, uma hora antes do que normalmente faria.

Queria conversar com minha mãe antes que ela saísse.

Com o cabelo ainda úmido, desci correndo a escada e fui recebida pelo rico aroma de café fresquinho. Mamãe estava na cozinha, pegando sua caneca térmica na lava-louças. O cabelo louro estava preso atrás das orelhas, e ela usava uma blusa preta com calças da mesma cor. O jaleco que usava no laboratório se encontrava ao lado da bolsa e da pasta.

— Você levantou cedo — comentou ela, virando-se para mim. Olheiras fundas destacavam-se sob seus olhos. — Luc está lá em cima?

— O quê? — Congelei, horrorizada, sentindo minhas entranhas se contraírem. Será que ela sabia... sobre ontem à noite?

Mamãe ergueu uma sobrancelha loura.

— Você acha que eu não sei que ele continua com o hábito de bater na janela do seu quarto no meio da noite, feito um ladrão?

Ai, meu Deus!

Minhas bochechas queimaram.

— Um ladrão não bateria antes de entrar.

— Luc é o tipo de ladrão que bateria, sim.

Não tinha ideia de como responder.

— Eu nunca falei nada sobre as visitinhas dele porque sei que você é uma garota esperta — começou ela. Arregalei os olhos. Esse não era o tipo de conversa que eu estava esperando ou que desejava ter. Tipo, nunca. — Também sei que depois de tudo o que aconteceu e de tudo o que você descobriu, você precisa de apoio, e eu não quero me meter nisso, de modo que tenho sido complacente com essas visitas. Mas ele precisa começar a bater à porta como um ser humano normal.

— Ele não é um ser humano normal — ressaltei, incapaz de me segurar.

Ela levantou ainda mais a sobrancelha.

— Luc precisa começar a agir como um.

— Certo. Vou dizer isso pra ele. — Mudei o peso de um pé para o outro. — Você chegou tarde em casa ontem.

— Verdade. Tem muita coisa acontecendo no trabalho. — Ela foi até a cafeteira.

— Tipo o quê? Você tem trabalhado até tarde com frequência.

— Eu sei. — Ela balançou ligeiramente a cabeça, despejando o café na caneca. — É todo esse lance de vírus alienígena. Estamos basicamente correndo atrás de rumores e impossibilidades para ver se deixamos passar alguma doença transmissível.

Fui até a geladeira e peguei o suco de laranja. Eu não podia falar sobre a Sarah, mas não significava que não podia falar sobre a situação dela de maneira generalizada.

— Aconteceu algum outro caso?

— Alguns, aqui e ali.

— Algo parecido com o que aconteceu com o Coop? — perguntei.

Mamãe fez que não e botou o bule de volta na cafeteira.

— Não que eu saiba. Só outros casos de pessoas ficando doentes e algumas morrendo. — Ela estendeu o braço, pegou um copo e me entregou. — É por isso que você acordou tão cedo?

Não, não era, e mesmo que quisesse falar mais sobre esse assunto, havia outra coisa que queria conversar com ela antes que eu tivesse que sair para a escola e ela fosse trabalhar.

Levei o copo e o suco para a ilha.

— Na verdade, tem uma coisa que eu queria conversar com você.

Ela se virou para mim, fechando a caneca.

— Tudo bem. Sou toda ouvidos. — Olhou de relance para o relógio de pulso. — Ainda tenho uns 15 minutos.

Quinze minutos deviam ser suficientes para abordar o assunto que o Luc queria estar presente quando acontecesse. Ele ficaria puto se descobrisse o que eu estava prestes a fazer, mas achava que era o tipo de conversa que seria melhor termos sozinhas.

— Estive pensando sobre o período logo depois que você me deu o soro que me curou.

— Ah! — Um lampejo de surpresa cruzou-lhe o rosto. — O que você quer saber?

Despejei o suco no copo.

— Luc me trouxe para você em junho, certo?

Mamãe franziu as sobrancelhas e assentiu.

— Foi. Por volta do final do mês.

— Quanto tempo… levou para o soro funcionar? — Tomei um gole do suco para lavar a sensação de secura na boca e na garganta.

— Uns dois dias para a febre ceder e depois mais ou menos uma semana para você se recuperar totalmente — respondeu ela. — Foi quando eu contei pra você sobre… a Evie.

— E depois? — perguntei, sentindo a mão escorregar em volta do copo.

— Estive tentando me lembrar do verão antes de começar a frequentar a escola, mas tudo o que tenho são lembranças vagas, tipo, lendo livros e assistindo televisão. Nada de concreto. É que nem quando tento me lembrar de quem eu era antes de tomar o soro.

— Deve ser por causa da febre e provavelmente um efeito colateral do soro. — Ela apoiou a caneca térmica sobre um porta-copos. — Ele afetou sua memória de curto prazo.

Ela nunca mencionara nada do gênero, e eu não tinha certeza se isso significava alguma coisa.

— O que eu fiz naquele verão? Fiquei simplesmente fora de órbita?

Mamãe apoiou as mãos sobre o granito da ilha, os olhos assumindo uma expressão penetrante.

— O que...? — Ela umedeceu os lábios. — O que o Luc disse que você fez?

Um calafrio desceu pela minha espinha, me fazendo enrijecer.

— Luc não disse nada. — O que não era exatamente mentira.

— Então por que está me perguntando isso?

— Porque a Zoe falou que ninguém me viu até eu começar a frequentar a escola, e desse dia eu lembro. Dos dias que antecederam também... as compras para a volta às aulas e coisas assim, mas não... — Engoli em seco. — Não lembro nada do que aconteceu antes disso.

Foi alívio o que percebi em sua expressão ou será que eu estava sendo desconfiada demais? Não tinha certeza, mas mamãe soltou um forte suspiro e prendeu os fiapos de cabelo que tinham caído sobre o rosto atrás da orelha.

— Você estava se recuperando, Evie. Não estava fora de órbita, mas precisava de tempo para recobrar as forças e...

— Para me tornar outra pessoa?

Ela se encolheu. Fiquei dividida entre me sentir mal e não sentir um pingo de culpa.

— É. Havia dias em que você parecia perfeitamente bem e, de repente, não tinha a menor ideia de quem era. Não era a Nadia. Nem a Evie. Era apenas a carcaça de uma garota. Você precisava de tempo, portanto a mantive aqui.

Olhei para ela, o suco esquecido. Fazia sentido. Mais ou menos. Duvidava de que após uma febre tão intensa eu seria capaz de sair saracoteando por aí, totalmente transformada numa cópia carbono da Evie, mas...

— É isso o que estava te incomodando? — perguntou ela, me analisando com atenção. — Sei que a Zoe não teve nenhuma segunda intenção quando te falou sobre isso, mas gostaria que ela tivesse tido um pouco mais de tato.

— Como assim?

— Para não fazê-la se preocupar com coisas que não têm importância. — Mamãe deu a volta na ilha e parou na minha frente. — É óbvio que você ficou preocupada, caso contrário não teria se levantado tão cedo para conversar comigo.

Desviei os olhos.

— Por quê?

— Por que o quê? — Ela envolveu meu rosto entre as mãos frias, me forçando a olhar no fundo de seus olhos castanhos. Olhos que me eram familiares, mas que não eram reais. Lentes de contato escondiam quem minha mãe realmente era.

— Por que você me deu as lembranças da Evie? — perguntei. — Por que fez isso comigo? Por que não me deixou voltar a ser quem eu era?

— Eu te falei. Já me fiz essa mesma pergunta um milhão de vezes, e...

— Você sentia falta da verdadeira Evie. — Afastei-me dela. — Mas isso não foi justo comigo. — Recuei um passo, o lábio inferior tremendo. — Nem um pouco.

— Eu sei. — Um lampejo de dor cruzou seu belo rosto. — Confie em mim, eu sei.

❋ ❋ ❋

Passei a terça-feira inteira esperando que a April aparecesse na escola, mas ela não deu as caras, e ninguém pareceu notar sua ausência. Zoe e eu, porém, sabíamos que isso não duraria muito.

Tampouco conseguiríamos manter o James no escuro por muito mais tempo.

— Só estou dizendo que vocês têm agido de forma muito estranha — observou ele enquanto subíamos a pequena colina que levava ao estacionamento.

— Quem tem agido de forma estranha? — Zoe apertou os olhos, vasculhando a mochila em busca dos óculos escuros.

— Todas vocês, sem exceção. — James apontou para mim e para ela. Em seguida, apontou para o espaço à frente dele. — Esse sou eu apontando para a Heidi, que supostamente pegou a doença do beijo.

— O que você quer dizer com *supostamente*? — Eu e a Original nos entreolhamos. — Até parece que isso não acontece com ninguém.

— Nunca ouvi falar de alguém que tivesse pego a doença do beijo com a nossa idade.

Zoe bufou.

— Não significa que não aconteça com relativa frequência. Ela pegou da Emery — retrucou ela, me fazendo erguer as sobrancelhas. — Aquelas duas não param de se beijar.

— Não dou a mínima para suas desculpas. Vocês têm agido estranho desde...

— Desde quando? — perguntei.

— Desde... que *ele* apareceu. — James parou. Zoe e eu paramos também e acompanhamos seu olhar.

Luc estava recostado no meu carro, as pernas compridas cruzadas na altura dos tornozelos e os braços cruzados sobre o peito. Seus olhos estavam escondidos pelo familiar óculos prateados de aviador e ele usava seu tradicional gorro cinza. Complementando o look, calças jeans escuras e uma camiseta azul-marinho da Henley.

O Original estava gato. Muito gato.

Um simples olhar para ele me remeteu à noite passada, ou melhor, à última madrugada — não fazia diferença. Corei da cabeça aos pés, e mesmo de onde estava pude ver seus lábios se curvando num pequeno e presunçoso sorriso.

Egomaníaco.

Eu tinha passado o dia inteiro com uma energia nervosa fervilhando em minhas veias, em parte por causa da conversa que tive com a minha mãe, em parte porque esperara dar de cara com a April a qualquer momento, e em parte devido ao que pretendíamos fazer hoje à noite. Mas também por causa do Luc — de nós dois.

Havia definitivamente um *nós* agora.

O sorrisinho dele aumentou ainda mais. Soube imediatamente que o canalha havia lido meus pensamentos.

Luc, então, inclinou a cabeça na direção do James, e seu sorriso tornou-se predatório. Ele era como um gato prestes a dar o bote num ratinho.

Os dois tinham se encontrado apenas uma vez, por alguns breves instantes. O encontro não ocorrera lá muito bem. O que não era de surpreender — Luc não era bom em socializar.

— Oi. — Luc meneou a cabeça na direção do James.

— Oi — resmungou ele de volta, olhando para o Original como se quisesse pedir por sua carteira de identidade, o último endereço conhecido e possíveis pseudônimos. — O que você está fazendo aqui?

— James. — Dei-lhe um tapinha no braço.

Luc riu e, afastando-se do carro, veio em nossa direção.

— Vou levar a Evie para ver um filme — disse ele. Ergui as sobrancelhas ao senti-lo apoiar um braço em meus ombros. — Certo, Pesseguinho?

A gente definitivamente não ia ver nenhum filme, mas não era como se eu pudesse contar a verdade ao James. Fuzilei-o com os olhos.

— Algo assim.

James olhou para a gente.

— Posso ir com vocês?

— Na verdade, você vem comigo. — Zoe, que sabia o que o Luc e eu pretendíamos fazer, deu o braço a ele.

— Vou? — perguntou James, o tom esbanjando surpresa. Luc me apertou um pouco mais de encontro a si.

— Vem. — Zoe começou a puxá-lo. — Vamos comprar um presente de melhoras pra Heidi. Algo que envolva chocolate e talvez algumas uvas.

— Chocolate e uvas? — repetiu Luc, fazendo uma careta.

— Heidi adora essa combinação — expliquei, enquanto a Zoe acenava em despedida.

— Que nojo!

Fiz menção de me desvencilhar do Original, mas ele foi mais rápido e colou nossos corpos, frente com frente. Vi o reflexo dos meus olhos se arregalando através das lentes dos óculos dele.

— Lembra o que eu te disse ontem à noite? — perguntou ele.

— Você disse um monte de coisas.

— Foi, mas eu te alertei para uma em particular.

— Alertou?

Luc me beijou. Não um beijo feroz e faminto como os da véspera. Esse foi lento e sensual, um leve roçar de lábios que me incitou a entreabrir os meus. Ele, então, aprofundou o beijo, e pude sentir o gosto de chocolate em sua língua ao mesmo tempo que me entregava completamente à sensação.

Quando ele, por fim, se afastou, eu estava ofegante.

— Eu te avisei que sou carente.

— Avisou mesmo. — Isso foi basicamente tudo o que consegui dizer.

— Muito carente.

Abri os olhos.

— Deu pra perceber.

— Passei do ponto?

— Não — murmurei, e não tinha passado mesmo.

— Que bom. — Rindo, Luc depositou um beijo em minha testa e recuou um passo. Fiquei parada por um bom minuto tentando lembrar o que eu pretendia fazer. Abri, então, a porta de trás do carro e fiz menção de jogar minha mochila no banco, mas parei, olhando para o assento vazio.

Ele se aproximou por trás.

— O que você está fazendo?

Pisquei algumas vezes, balançando a cabeça.

— Não sei. É que parece estranho não ver minha câmera no banco de trás e saber que ela não está na mochila. April a destruiu. Mas isso não é importante. Pronto?

— Pronto. — Ele se dirigiu para o lado do carona. — Tem certeza de que o James não tem uma quedinha por você?

— Tenho. E não faria a menor diferença se tivesse, porque eu não gosto dele dessa forma. — Abri a porta do motorista. — Ele simplesmente não gosta de você.

Luc apoiou os braços no teto do carro.

— Como alguém pode não gostar de mim? Eu sou incrível.

Estreitei os olhos.

— Na verdade, sou uma pessoa adorável, amada por todos. — Ele abriu um sorriso de orelha a orelha, demasiadamente charmoso. — Seu amigo tem que gostar de mim.

Fiz uma careta.

— Entra no carro, Luc.

— Sim, senhora. — O Original bateu continência.

Com um revirar de olhos, me postei atrás do volante e fechei a porta. Em seguida, liguei o carro e olhei de relance para ele.

— Espera. — Luc se inclinou e correu o polegar pelo meu lábio inferior, provocando uma descarga de eletricidade em minhas veias. Meu corpo inteiro pareceu se concentrar no toque daquele dedo. O contato foi inesperado e breve, muito menos do que um beijo, mas me deixou tonta mesmo assim. — Peguei.

— O quê? — Pisquei.

— Um fiapo. — Com um sorrisinho misterioso, ele se ajeitou no banco. — Acho que devíamos dar uma passada na boate primeiro. Assim você pode visitar a Heidi e comer alguma coisa enquanto a gente espera o sol se pôr. É mais fácil entrar despercebido na casa de alguém no escuro.

Fazia sentido, o que me levou a pensar que o Luc tinha muita experiência em entrar em lugares sem ser convidado. Além disso, eu realmente queria ver a Heidi. A gente tinha trocado algumas mensagens durante o dia, e ela me parecera estar de volta ao normal, mas eu precisava constatar com meus próprios olhos.

— Parece um bom plano.

Tirei o carro da vaga, mantendo os olhos fixos no estacionamento movimentado.

— Alguma coisa interessante na escola hoje?

Fiz que não e abaixei o vidro, deixando o ar fresco do outono penetrar o carro.

— Na verdade, não. Ninguém pareceu reparar que a April não deu as caras. O grupinho dela fez outro protesto hoje de manhã.

Com as mãos apoiadas sobre os joelhos dobrados, Luc ficou olhando pela janela do carona. Seu perfil era de tirar o fôlego, especialmente contra o brilhante sol de outono. Chegava a ser criminoso alguém ficar tão gato de gorro.

— Com sorte, eles vão encontrar um novo hobby — observou ele.

— Ter esperanças não mata, mas eu duvido. April despertou alguma coisa nessas pessoas, deu a elas algo onde depositar toda a culpa pelos seus problemas.

Ele assentiu com um lento menear de cabeça.

— Estava tentando ser otimista.

Bufei.

— Bom, e eu estou sendo realista.

— Pesseguinho?

Meu coração pulou uma batida.

— Que foi?

— A luz está verde, portanto… — Ele se virou para mim, os lábios repuxados num ligeiro sorriso. — Você precisa parar de olhar para mim e dirigir.

Pisquei, sentindo as bochechas ficarem vermelhas.

— Ah, tá. Tem razão.

Luc riu.

Heidi parecia ter passado um mês num spa, a pele brilhante e o apetite voraz. Mesmo comparado com o meu. Ela comeu o hambúrguer que o Kent trouxe da cozinha e três cupcakes comprados numa das padarias da vizinhança.

Eu comi dois cupcakes, e provavelmente teria comido mais se o Kent não tivesse roubado os últimos dois ao sair do quarto.

Passei a maior parte da tarde com ela e a Emery, e só depois que o sol se pôs foi que escutamos uma batida à porta. Imaginando que fosse o Luc, pronto para dar início ao nosso pequeno projeto de invasão domiciliar, me despedi das duas, sentindo meu estômago se retorcer numa série de nós. Dei um beijo na Heidi e um abraço na Emery, que retribuiu o gesto com a falta de jeito típica de alguém que não está acostumado a abraçar.

Feito isso, saí para o corredor. Luc havia dispensado o gorro e os óculos escuros, e seus cabelos cor de bronze estavam adoravelmente espetados em todas as direções.

— Oi. — Com uma súbita e estranha timidez, entrelacei as mãos.

Ele correu os olhos pelo meu rosto.

— Como a Heidi está?

— Ótima. Como se tivesse tirado um mês de férias. Emery também perdeu aquele ar de exaustão.

Um dos cantos de seus lábios se repuxou num meio sorriso.

— É o que o amor faz com as pessoas.

Ergui os olhos para ele, que se afastou da parede. Não soube o que fazer ao vê-lo fechar a distância que nos separava. Na véspera, eu me sentira corajosa e confiante, mas agora, com ele parado na minha frente, fui tomada por uma terrível timidez. Era como se eu nunca tivesse tido um relacionamento antes, e mesmo que ainda não tivéssemos definido nada, sabia que era o que estávamos tentando fazer.

Talvez parecesse diferente porque agora era importante? Como se fosse a primeira vez de *tudo*?

Luc me fitou no fundo dos olhos. Desviei os meus, soltando uma risadinha trêmula.

— Desculpa. Sei que estou estranha. É só que não sei mais como agir.

— Apenas seja você mesma — retrucou ele, capturando uma mecha do meu cabelo e o prendendo atrás da orelha. — Ou um unicórnio. Qualquer um dos dois serve.

Soltei outra risada.

— Você é bizarro.

— Bizarramente charmoso — corrigiu-me ele, a mão se demorando atrás da minha orelha. — Pronta?

Fiz menção de dizer que sim, mas parei.

— Você e eu. É isso mesmo? Estamos juntos? Tipo, namorado e namorada? — Minhas bochechas queimaram. — Eu não falei nada pra Zoe ou pra

Heidi porque simplesmente… não sabia o que dizer. Queria me certificar de que é isso mesmo.

Luc me fitou por tanto tempo sem dizer nada que comecei a ficar preocupada. Ele, então, se inclinou e falou junto ao meu ouvido.

— Se você está perguntando, então eu talvez não tenha sido claro o bastante ontem. Somos eu e você. Namorado. Namorada. Companheiros. Amantes — respondeu Luc, fazendo meu estômago se contrair. — Use o termo que quiser, contanto que diga que eu sou seu.

Ai, meu Deus.

Ai, meu Deus.

Derreti-me inteira, e apoiei a cabeça no peito dele. O Original fechou a mão em minha nuca.

— Tudo bem? — perguntou ele. — Fui claro agora?

— Foi — respondi de encontro ao peito dele.

— Pronta, então?

— Pronta.

— Você precisa levantar a cara do meu peito primeiro.

— Certo.

Ele riu. Ergui a cabeça.

— Não tem problema — disse ele.

— O quê?

— Se sentir nervosa.

Fitei-o no fundo dos olhos.

— Pelo que a gente vai fazer hoje?

— Bom, por isso também, mas estava falando sobre se sentir nervosa ou não saber como agir em relação à gente — disse ele. — Também estou nervoso.

— Jura? — perguntei, um tanto incrédula.

— Juro. — Seus olhos perscrutaram os meus. — Você é a única pessoa cuja opinião me importa.

Inspirei fundo, mas o ar ficou preso em algum lugar em volta do meu coração ensandecido.

— Tenho medo de que eu seja *muita* coisa, porque sei que sou. — Ele inclinou a cabeça ligeiramente de lado. — Tenho medo de que o que eu quero te apresse a querer também. De que… eu jamais seja bom o bastante.

Olhei para ele, chocada.

— Como você pode…? — Fiz que não. — Você é bom o bastante, Luc, e não é muita coisa.

Ele ergueu as sobrancelhas.

— Bom, tudo bem, você é muita coisa, mas eu gosto, portanto, não tem problema. — Espalmei as mãos no peito dele e pude sentir que seu coração batia tão rápido quanto o meu. — Não acredito que você esteja nervoso ou que ache que não é bom o bastante.

— Só porque eu não demonstro, não significa que não me sinta assim. — Ele engoliu em seco e baixou a voz. — Eu nunca fiz isso, Pesseguinho. Nunca tive um relacionamento sério ou segurei a mão de outra pessoa. Posso ter feito algumas coisas, mas você é a primeira... a primeira em muitos aspectos. Como posso não ficar nervoso?

Não soube o que dizer. Sabia de forma instintiva que palavras não tinham importância no momento. Não depois do que ele acabara de admitir numa voz sussurrada.

Esticando-me, envolvi o rosto dele entre as mãos e trouxe sua boca até a minha. Eu, então, o beijei, rezando para que o beijo transmitisse tudo o que suas palavras significavam para mim, o que elas faziam por mim.

Acho que ele entendeu, porque quando plantei os pés no chão novamente e deixei minhas mãos deslizarem por seu peito, pude sentir que deixara o Original ofegante.

Com um caloroso sorriso repuxando-lhe os lábios, Luc pegou minha mão. Sabendo agora que não era só eu quem estava preocupada e nervosa, senti a timidez ir embora enquanto descíamos as escadas e saíamos pela porta dos fundos, que dava no beco. Kent nos esperava atrás do volante de um SUV preto. A essa altura, eu já tinha conseguido me controlar.

— De quem é esse carro? — perguntei, abrindo a porta de trás.

Luc sorriu. Decidi que era melhor não saber a quem o veículo pertencia ou como eles o haviam adquirido.

— Achei melhor a gente não ir no seu, para o caso de alguma coisa sair errado — respondeu ele, fechando a porta.

Sentindo meu estômago se retorcer numa série de nós, cheguei para a frente e fechei as mãos no encosto do banco dele.

— Você acha que alguma coisa pode sair errado?

— Não, mas é sempre bom estar preparado.

— Estou aqui exatamente por causa disso, docinho. — Kent me cumprimentou com um aceno de mão. Franzi o cenho, sem entender por que ele me chamava assim. Seu moicano roçava o teto do carro. — Sou um excelente piloto de fuga.

— Isso é algo que você faça com frequência?

Ele sorriu para mim através do espelho retrovisor.

— Se você soubesse!

Meu olhar se fixou na parte de trás da cabeça do Luc. Com que frequência eles precisavam de um piloto de fuga? Será que toda vez que transportavam os Luxen sem registro? Recostei no assento e entrelacei as mãos sobre o colo, pensando em todas as coisas que o Luc e sua equipe faziam e que eu não tinha ideia.

Isso teria que mudar.

Mas, no momento, precisava me concentrar em minhas novas aspirações criminosas.

Não demoramos muito para chegar à casa da April. Ela morava num dos subúrbios mais próximos da cidade, logo depois de uma longa reta. O bairro era pequeno, com casas bem espaçadas. Kent estacionou em outro quarteirão e permaneceu no carro enquanto o Luc e eu saltávamos. As ruas estavam quietas e desertas, exceto por um ou outro carro e os latidos distantes de um cachorro.

Tentei desesperadamente não pensar no que estávamos prestes a fazer. Embora tivesse sido ideia minha, eu jamais invadira a casa de alguém, especialmente a de uma criatura psicótica.

Por outro lado, não podia afirmar com certeza, podia? Talvez na época em que era a Nadia eu tivesse sido uma tremenda invasora de domicílios.

Minhas mãos tremiam tanto que as meti nos bolsos da calça jeans ao cruzarmos a rua da April em direção à calçada.

— Está tudo bem? — perguntou Luc.

— Estou nervosa — admiti. — E não estou falando da gente.

Ele olhou de relance para mim.

— Já era de esperar. Não é como se você tivesse o hábito de fazer isso diariamente.

— E você tem?

Ele soltou uma risadinha por entre os dentes ao mesmo tempo que a casa de dois andares, em estilo colonial, surgia à vista.

— Já invadi uma casa. Ou melhor, umas vinte.

Fuzilei-o com os olhos.

— Bom saber.

— Você não precisa fazer isso. Pode ficar esperando com o Kent. Não tem problema. Na verdade, eu até prefiro.

— Não — respondi sem pestanejar. — Eu quero.

Luc assentiu e partiu em direção à lateral da casa, passando por várias janelas às escuras. O jardim dos fundos era cercado, porém o portão estava aberto, emoldurado por uma profusão de arbustos-borboleta. Dali, dava para ver a silhueta de um parquinho infantil. O balanço oscilava sob a brisa, rangendo suavemente. Mesmo de casaco, todos os pelos dos meus braços se arrepiaram.

Parei.

Luc também.

Meu instinto veio à tona, gritando que estávamos sendo observados. Mal terminei de formular esse pensamento, uma sombra se destacou do fundo da casa, parando sob o brilho suave de uma lâmpada fotoelétrica.

Grayson.

Ó céus.

Quase me dobrei ao meio de tanto alívio quando o Luxen alto disse:

— Não tem ninguém lá dentro. Pelo menos, ninguém com vida.

Apertei a barriga.

— Quer dizer que tem… alguém morto?

— Se tem, eu não vi.

— Então por que você…? — Deixei a frase no ar, decidindo que não valia a pena tentar entender por que ele dissera aquilo.

Luc subiu os poucos degraus que levavam à varanda.

— Vocês viram alguma coisa ontem?

Ele fez que não.

— A gente apenas deu uma olhada para ver se a April estava em casa, mas só isso. Depois a Zoe e eu fomos até as casas dos amigos dela. A porta está destrancada e, pelo que pudemos ver, ninguém pisa aqui há tempos.

— Ótimo. — Luc olhou para mim por cima do ombro. — Quer entrar?

Sentindo a garganta seca, assenti com um menear de cabeça e subi os degraus, ciente de que o Grayson me observava.

— Tem certeza de que é uma boa ideia? — perguntou o Luxen. — Ela?

Parei e olhei para ele.

— Gray. — Luc soltou um suspiro.

— Que foi? Ela não tem experiência alguma nesse tipo de coisa — retrucou ele. O babaca não deixava de ter razão. — Não devia nem estar aqui.

— Não achei que tivéssemos pedido a sua opinião — rebati, praticamente sentindo o olhar penetrante e furioso do Grayson.

— Não pedimos. — Luc manteve a voz calma. — Vá fazer companhia ao Kent.

Grayson enrijeceu.

— Não é melhor eu ficar com vocês?

— Vai conseguir ficar de boca fechada? — perguntou o Original.

O Luxen pareceu ponderar por alguns instantes e, então, disse:

— Não.

Revirei os olhos.

— Então se manda.

Lançando-me um último olhar de puro ódio, Grayson desapareceu num borrão, indo fazer companhia ao Kent.

— Por que ele me odeia? — perguntei ao ter certeza de que ele se fora.

Luc parou diante da porta.

— Ele não te odeia, Pesseguinho.

Eu ri.

— Ah, vamos lá. Ele definitivamente me odeia.

Luc balançou a cabeça e entrou numa espécie de área de serviço escura.

— Você está interpretando da forma errada.

— Tenho certeza de que estou interpretando muito bem.

Com um suave brilho branco envolvendo sua mão, o Original entrou na cozinha, seguido por mim.

— Se a gente fechar as cortinas e as persianas, podemos acender algumas luzes.

Assenti com um menear de cabeça e corri os olhos pelo entorno. Uma gamela de madeira estava posicionada bem no meio da ilha. Ela continha um cacho de bananas ainda frescas. Passei por uma geladeira repleta de ímãs. Alguns dos ímãs eram letras, mas não formavam nenhuma palavra reconhe-cível. Luc seguia à frente, fechando sistematicamente persianas e cortinas, usando a Fonte para guiar o caminho.

A cozinha se abria numa sala de jantar e, em seguida, outra de estar, com almofadas convidativas espalhadas por todos os lados. Revistas decoravam a mesinha de centro e porta-copos de um bar local descansavam sobre as de canto. O aposento cheirava a maçãs, e tudo a respeito dele parecia normal.

Virando, vi a escada e comecei a me encaminhar em direção a ela. Eu tinha estado na casa da April algumas vezes no decorrer dos anos, de modo que sabia que o quarto dela ficava no segundo andar. Luc e eu subimos em silêncio os degraus acarpetados até alcançarmos um longo corredor.

Era estranho estar ali agora, imaginando se tudo a respeito da April não tinha sido uma farsa montada para nos enganar. Será que ela sempre fora... o que quer que ela fosse agora? Seria seu ódio pelos Luxen real ou mais outra farsa? Será que ela sabia o que a Zoe era e será que nossa amizade tinha sido verdadeira?

— Tem algo estranho a respeito dessa casa — observou Luc, abrindo a porta de um armário de roupas de cama.

— Por que está dizendo isso? — Fui andando colada à parede.

— Não consigo escutar nenhum barulho. Nenhum ventilador, estalos, rangidos ou deslocamentos de ar. — Agora que ele chamara minha atenção, percebi que era verdade. — É como andar num cemitério... um cemitério assombrado.

Estremecendo, abri a porta do que me pareceu o quarto de visitas.

— Obrigado por colocar essa imagem na minha mente.

— De nada. — Ele abriu outra porta, perguntando: — Você disse que a April tinha uma irmã caçula, certo?

— Certo.

— Esse deve ser o quarto dela. — Ele entrou. — Tem algumas roupas sobre a cama. Parecem de criança.

Fechei os dedos na maçaneta fria do cômodo seguinte, o coração martelando. Onde estava a família da April? Será que eles eram iguais a ela, inclusive a irmã? Criando coragem, abri a porta do quarto da April com uma das mãos enquanto segurava o pingente de obsidiana com a outra, o polegar roçando a pedra lisa. Ao perceber que as persianas já estavam fechadas, fui depressa até a cama e acendi o abajur. A primeira coisa que reparei foi na penteadeira, com vários batons vermelhos organizados em uma caixinha com divisórias.

— Bingo! — exclamou Luc em algum lugar do corredor. — Encontrei o escritório.

O quarto dela era impecavelmente arrumado, que nem... o da minha mãe. Tudo tinha seu devido lugar. Uma pequena estante de livros arrumados em... *ordem alfabética*? Apertei os olhos. Isso mesmo. Uau! Cachecóis enrolados e empilhados num cesto; artigos de maquiagem organizado em outras caixinhas com divisórias, e uma escrivaninha limpa, sem nada fora do lugar. Tal como eu me lembrava.

No centro de sua cama perfeitamente arrumada havia um unicórnio de pelúcia.

Eu conhecia aquele unicórnio.

Durante o primeiro verão após começar a frequentar a escola, um verão do qual me lembrava bem, tínhamos ido a uma feira country. Zoe havia ganhado o unicórnio e dado para ela.

Não sei quanto tempo fiquei olhando para ele até que, por fim, desviei os olhos, fui até a escrivaninha e comecei a abrir as gavetas. Nada além de grampeadores e uma variedade de clipes coloridos. As paredes do quarto estavam nuas. Nenhuma fotografia. Nenhum quadro ou pôster. Achava que tinha visto fotos ali antes. Virei-me para a cômoda, soltando a obsidiana.

Não fazia ideia do que estava procurando. Não era como se esperasse encontrar um diário explicando tudo.

Embora isso fosse ajudar bastante.

Abri a primeira gaveta e me encolhi ao ver a coleção de roupas íntimas. Eu pretendia realmente...?

Luc apareceu de surpresa atrás de mim, fechando o braço em minha cintura e me puxando de encontro a ele.

— Tem alguém aqui.

21

om o coração na garganta, perguntei num sussurro:

— O quê?

— A pessoa acabou de passar pela porta da frente.

— Merda — resmunguei, sentindo um buraco se abrir em meu estômago.

— Quero ver quem é e o que essa pessoa veio fazer aqui.

Assenti com um menear de cabeça, rezando para que isso significasse que ninguém ia matar ninguém essa noite. A menos que fosse a April. Nesse caso, matá-la seria um prazer.

Um sorriso se acendeu no rosto do Luc.

— Quanta sede de sangue! Gostei.

Não tive nem tempo de ficar irritada com o fato de ele ter lido a minha mente. Luc, que sem dúvida era muito mais experiente nesse tipo de coisa, entrou em ação imediatamente. Num piscar de olhos, ele me pegou no colo como se eu não pesasse mais do que um gatinho assustado. A gaveta da cômoda se fechou e a luz do abajur apagou sem que ele sequer tocasse em nada, mergulhando o quarto numa profunda escuridão. O Original, então, se virou para a porta do armário.

Escutei um som de passos subindo a escada, nem de longe tão silenciosos quanto os nossos. Meu corpo parecia ao mesmo tempo quente e frio. Um segundo depois, senti-me pressionada contra uma pilha de camisetas e suéteres enquanto o Luc fechava rápido e silenciosamente a porta do armário.

Os cabides chacoalharam, batendo uns nos outros e liberando uma nuvem de poeira no ar. Estendendo o braço, fechei a mão em volta deles, interrompendo o balanço dos pequenos canalhas alguns segundos antes de a luz do quarto da April se acender.

Meu coração batia tão rápido que achei que fosse passar mal. Luc esticou o braço para trás, fechou a mão em meu quadril e recuou um passo, me fazendo colar as costas contra a parede. Não passava sequer uma mosquinha entre nós.

Na última vez em que estivera num espaço semelhante, eu acabara com um beijo roubado e tendo que fugir dos oficiais da FTA.

Esperava do fundo do coração que dessa vez não houvesse nenhum oficial da FTA envolvido na história.

Através das frestas entre as ripas da porta, vi uma mulher de calças pretas entrar no quarto.

Fechei as mãos na camiseta do Luc e pressionei os lábios. Ele apertou meu quadril em resposta. Quem quer que tivesse entrado no aposento abriu a gaveta da cômoda que eu estivera...

Meu nariz começou a coçar. Maldita poeira! A coceira aumentou até meus olhos lacrimejarem. Ah, não! Podia sentir o espirro se formando lá no fundo.

Ah, não. Na-na-ni-na-não.

Péssima ideia. Terrível. Eu ia chutar minha própria cara por aprontar uma dessas.

Fechei os olhos com força e enterrei os dedos nas costas do Luc. Ele virou a cabeça para trás ao mesmo tempo que eu colava o rosto em suas costas, rezando a todos os deuses para não espirrar. Sabia que se fôssemos expostos, Luc reagiria sem pensar, e a gente não fazia ideia de quem estava ali fora, se era uma pessoa boa ou ruim, ou mesmo... humana.

A gaveta se fechou com um estalido. Uma corrente de eletricidade irradiou do Luc e se espalhou por minha pele. O corpo dele exalava tensão, eletrizando o pequeno espaço. Será que ele sabia que eu estava prestes a espirrar? Será que estava lendo...

Aconteceu.

Meu corpo inteiro pareceu implodir com a liberação do pequeno *atchim*.

— Merda — murmurou ele.

Arregalando os olhos, levantei a cabeça bem a tempo de ver a mulher diante da cômoda se virar para o armário.

Tudo aconteceu muito rápido.

Luc me empurrou para trás quando a porta se abriu, batendo com força contra a parede. Uma luz branca e faiscante desceu pelo braço dele, lançando centelhas no ar à nossa volta ao mesmo tempo que a mulher erguia o próprio braço. Um raio da Fonte foi arremessado da mão aberta do Original.

Pop. Pop. Pop.

A mulher gritou ao ser lançada para trás, os braços girando feito cata--ventos. Uma arma. Ela estava segurando uma arma, que foi arremessada no ar juntamente com algo branco. Ambos os objetos caíram sobre o carpete ao mesmo tempo que ela se chocava contra a cama, apertando o ombro.

Luc cambaleou de volta para mim. Envolvi-o em meus braços, tentando segurá-lo, mas não teve jeito. Ele era muito grande e pesado. Fui tomada por uma terrível sensação de déjà vu ao vê-lo cair de joelhos com um grunhido de dor que me deixou profundamente aterrorizada, seu peso me arrastando junto para o espaço entre o armário e a cama.

Não.

Não podia ser.

Buracos vermelhos do tamanho de uma moeda apareceram na frente da camiseta dele. O sangue começou a verter no mesmo instante, escorrendo por sua barriga.

— Não! — gritei, agarrando seu ombro. Não era possível. Estávamos falando do Luc. Ele não podia ter sido baleado. — *Não.*

Uma palavra que não mudava a realidade. Luc — ai, meu Deus —, Luc tinha sido *baleado*. Três vezes. As garras geladas do medo se fincaram em minhas entranhas.

Não posso fazer isso sem ele.

A voz que penetrou minha mente parecia a minha, mas não era, e elas carregavam uma espécie de peso anunciado.

Em pânico, vi o Original rolar de costas, os olhos fechados, os lábios apertados numa linha fina. O brilho da Fonte pulsou em torno do braço dele e, em seguida, se apagou ao mesmo tempo que as veias sob seus olhos se acendiam com uma luz branca ofuscante, tornando-se visíveis sob a pele. Os buracos — os ferimentos — pareciam estar aumentando. Pressionei as mãos sobre eles, tentando estancar o fluxo de... sangue arroxeado.

— Luc — murmurei. Ele era poderoso. Era um maldito super-homem, mas tinha sido baleado três vezes no peito, e ali dentro havia um coração. Eu o sentira bater, e um dos buracos... ó céus...

Afastei esse pensamento.

Luc ia ficar bem. Tinha que ficar, porque eu não podia perdê-lo. Não desse jeito. *Não de novo...*

A mulher rolou para fora da cama pelo outro lado. Corri os olhos pelo quarto e vi a arma a mais ou menos um metro de mim.

Avancei de joelhos e a peguei no exato instante em que a mulher se levantou, oscilando nos próprios pés. Apertando o metal em minha palma, coloquei-me de pé num pulo e dei uma boa olhada nela pela primeira vez. Ela parecia mais velha, o cabelo preto preso num rabo de cavalo. Eu nunca tinha visto a mãe da April. Aquela mulher não se parecia com ela, exceto pelos lábios vermelhos, mas quem mais poderia ser? Uma de suas mãos pressionava o ombro. Sangue escorria pelo braço.

Com um grito, ela veio com tudo para cima de mim, e eu...

O instinto veio à tona, assumindo o controle da situação. Meu cérebro desligou. Erguendo o braço, apertei o gatilho. Sequer escutei o tiro, mas a bala acertou direto no alvo. A mulher foi lançada sobre a cama, deslizando alguns centímetros antes de parar, os braços inertes. Seu peito não se mexia. Os olhos estavam abertos, arregalados e sem vida. A testa...

Uma sensação familiar se insinuou nos recônditos da minha mente, tal como uma palavra que está na ponta da língua, mas que você não consegue lembrar. Era como se eu já tivesse estado ali antes — feito aquilo antes? Não podia ser. Eu jamais havia segurado uma arma.

Com certeza jamais havia atirado em ninguém. Ainda assim, uma voz sussurrou no meu subconsciente. *Quando apontar uma arma, mire para matar. Não para ferir. Matar.* Essa voz... era familiar...

Lentamente, abaixei a arma.

— Evie — gemeu Luc. Tive um sobressalto ao escutar sua voz, que me arrancou do transe.

— Luc! — Girando nos calcanhares, ajoelhei ao lado dele e soltei a arma no chão. Em seguida, suspendi a camiseta. Senti uma fisgada de pânico ao ver os três ferimentos. Um no lado esquerdo do peito, perto demais do coração. Outro do lado direito. E o terceiro logo abaixo. Sangue escorria por sua barriga, brilhando num tom azulado sob a luz.

Seus olhos estavam abertos, as pupilas brancas. Ele ergueu a cabeça do chão.

— Essa era... minha camiseta favorita.

— O quê? — Eu ri, mas a risada soou como um soluço estrangulado. Afastei o cabelo que lhe cobria a testa, deixando um rastro de sangue para trás... sangue dele. — É só uma camiseta idiota, Luc. Você está perdendo muito sangue. Foi...

— Transformado num queijo suíço. Eu sei.

— Me diz o que eu tenho que fazer — implorei. Sabia que não podia ligar para 911. — Você não está bem.

— Pega o celular no meu bolso. O direito. Ele está destravado. Liga pro Grayson. Não está tão ruim assim, ele pode dar um jeito.

— Não está tão ruim? Você tem três buracos de bala no peito! — gritei, pegando o celular no bolso direito e encontrando rapidamente o número do Grayson.

O Luxen atendeu no primeiro toque.

— Fala.

— Luc foi baleado — falei.

— E daí? Não é a primeira vez.

Não era a primeira vez? *O quê?* Voltei os olhos para o rosto pálido do Original.

— Ele tomou vários tiros no peito, seu babaca!

A risada do Luc terminou num gemido.

— Iai.

— Você devia ter dito logo. — Grayson desligou.

— *Acho* que ele está a caminho. — Guardei o celular no meu bolso traseiro.

— Está, com certeza. Com a ajuda dele, posso me curar... mais rápido, mas... — Luc ergueu um dos braços, franzindo o cenho. Um brilho branco-azulado envolveu sua mão. — Acho melhor você não olhar, porque vai ser... nojento.

Eu não ia nem piscar. Tinha medo de que se piscasse, ele pararia de falar e de respirar, e de forma alguma ia correr esse risco.

— Tenho que tirar essas balas. Tem algo... errado com elas. — Luc trincou o maxilar e deixou a cabeça cair de volta sobre o carpete. Com a mão trêmula, invocou a Fonte. Um segundo depois, suas costas se arquearam e três balas despontaram de dentro do peito, pairando sob a palma.

Boquiaberta, caí sentada sobre os calcanhares.

— Puta merda.

Não acreditava no que estava vendo, e olha que já tinha visto o Original fazer algumas loucuras antes. Arrancar árvores pelas raízes. Arremessar o Micah vários metros pelo ar. Recuperar-se de ferimentos que teriam matado um humano em menos de um milissegundo. Mas isso...

Luc despencou de volta, a respiração pesada.

— Isso foi divertido.

— Como? — Debrucei-me sobre ele e peguei sua mão. — Como você fez isso?

— São especiais — disse ele com um arquejo, me fitando, as pupilas de um branco ofuscante. — Não sou um... especialista em armas, mas elas não parecem balas normais, parecem?

As pequenas e ensanguentadas cápsulas cilíndricas pareciam... estranhas. As pontas eram nitidamente arredondadas, mas o interior parecia algo semelhante a água ou uma luz azul.

— Não. — Observei-o fechar a mão em volta delas. — Elas não deviam parecer mais... usadas?

— Acho que sim. Algo não deve ter funcionado direito. — Um fio de sangue escorreu pelo canto do lábio dele. — Sinto muito.

Fiz que não, limpando o sangue de sua boca.

— Pelo quê?

— Por você ter tido que atirar nela. Eu devia tê-la matado.

Sentindo os músculos das minhas costas se contraírem, apertei a mão do Original contra o peito.

— Não foi sua culpa. Eu é que espirrei feito uma perfeita idiota. Não tive opção, certo? Ela atirou em você de cara, antes mesmo de ver quem era. Era uma mulher má, não era?

— Era.

Luc fechou os olhos, e meu coração parou.

— Luc! Abre os olhos. *Por favor.*

Ele abriu, as pupilas de volta ao normal. Todo o sangue parecia ter se esvaído do rosto dele.

— Eu já te vi ser atravessado por galhos e se levantar em seguida, mas...

— Tem algo errado com essas balas.

— O que...?

— Bom, isso é uma verdadeira lambança — comentou Grayson, parado junto à porta. Um segundo depois, estava ao lado do Luc, analisando seu peito. — Dá para esperar até a gente te tirar daqui?

— Ele não pode esperar. — Apertei a mão do Luc. — Cure-o agora.

Aqueles olhos azuis penetrantes me fitaram no fundo dos meus.

— Você é uma maldição, sabia? — cuspiu o Luxen. — Ontem a Heidi. Hoje o Luc. Quem será o filho da puta sortudo amanhã?

— Cala a boca — gemeu o Original. — E me tira daqui.

Grayson balançou a cabeça e, passando um braço por baixo dos ombros do Luc, o ajudou a se sentar e, em seguida, a levantar. Coloquei-me de pé. Com as pernas bambas, soltei a mão do Original. Fiz menção de me virar para a cama...

— Não — gemeu Luc. — Não olhe para ela, Pesseguinho. Isso não vai te fazer bem.

Ele provavelmente tinha razão. Desviei os olhos, e vi sobre o carpete o item que a mulher devia ter tirado da cômoda. Era uma espécie de nécessaire branco, do tamanho de um livro de capa dura. Pegando-o, segui atrás do Grayson e do Luc até sairmos pela porta dos fundos. O fato de o Luc estar conseguindo andar não era nada menos do que um milagre.

Graças a Deus Kent já estava encostando o carro quando chegamos na frente da casa.

Ainda sem fôlego, lancei um último olhar para a casa da April. Havia um sedã parado na entrada da garagem que não estava lá antes. Tudo parecia normal. Não podia acreditar que os vizinhos não tinham escutado nada.

— Pesseguinho — chamou Luc, o tom urgente.

A porta de trás do SUV estava aberta. Entrei e cheguei para o lado a fim de dar espaço para o Luc, que se ajeitou ao meu lado com a ajuda do Grayson. No mesmo instante, estendi a mão e peguei a dele.

— Como posso ajudar? — perguntei, soltando o nécessaire branco no banco.

Ele recostou a cabeça no apoio do assento e trincou o maxilar.

— Apenas fique comigo.

— Isso eu posso fazer — prometi, sentindo o peito apertado e a garganta queimando. — Definitivamente.

— Você pretende sujar o carro todo de sangue? — Kent se virou entre os dois bancos dianteiros. — Porque eu sou que nem motorista de Uber. Se vomitar ou sangrar no carro, vai ter que pagar uma multa. — Ele me fitou. — A senhorita deseja um copo de água?

Encarei-o sem dizer nada.

— Ele gosta de fingir que é motorista de Uber. — O sorriso do Luc foi mais fraco do que o normal. — E não tem água nenhuma para te oferecer.

Kent revirou os olhos.

— Eu queria sair para comprar, mas alguém... leia-se, Grayson... disse que não dava tempo. É como se ninguém entendesse meus sonhos e aspirações.

— No que diz respeito a você, ninguém entende nada, Kent.

Soltei um gritinho esganiçado quando a porta atrás de mim se abriu subitamente. Tomei um susto ao ver a Zoe entrar.

— Como...?

— Nosso caro motorista de Uber me ligou. — Ela fechou a porta. — Imaginei que vocês pudessem precisar de uma mãozinha.

— Luc foi baleado — contei para ela, enquanto o Grayson se acomodava no banco da frente. — Tipo, três vezes.

— Dá pra ver. — Ela se debruçou por cima de mim, encolhendo-se ao ver o estrago. — Não acredito que você foi baleado. De novo.

— Vocês são tão solidários — murmurou Luc quando o Kent partiu.

— Por que estão falando como se isso acontecesse com frequência? — Virei-me para ele. — É verdade? — Minha voz ficou mais esganiçada. — Você costuma ser baleado?

Luc não disse nada.

Virei-me para a Zoe, que olhava atentamente pela janela para o mundo lá fora.

— Ele costuma ser baleado?

— Não responda — ordenou o Original.

— O quê? — gritei.

— Sem querer ser chato, mas eu disse a todos nesse carro que era uma péssima ideia entrar naquela casa — declarou Grayson. — Ninguém nunca me escuta.

— Tem algum motivo particular para você estar dizendo isso, Grayson? — perguntou Luc.

— Na verdade, não.

Metade do rosto do Original estava envolto em sombras, mas achei ter visto a insinuação de um sorriso.

— Você não precisava ter vindo.

O Luxen balançou a cabeça de maneira frustrada e se virou ao passarmos por um par de faróis que seguia em direção ao bairro da April.

— Como se eu tivesse escolha.

— Sei que você não pode me ver — retrucou Luc. — Mas acabei de revirar os olhos com tanta força que eles saltaram para fora das órbitas.

— Dá pra vocês pararem com isso? — rosnou Zoe. Concordava com ela em gênero, número e grau. — Você está com cara de quem vai desmaiar a qualquer momento, Luc.

Estava mesmo.

— Jura? — Grayson se virou para a gente. — Eu posso te curar agora, porque com certeza não vou te carregar.

— Boa ideia — falei para ele.

Grayson me ignorou.

— Não vou desmaiar — grunhiu Luc. — Eu nunca desmaio.

— Espero que não, porque você é pesado — murmurou o Luxen. — E não é assim que quero terminar a minha noite.

— Às vezes a gente precisa fazer coisas que não quer — retrucou o Original.

— Tipo agora? — Grayson olhou para mim.

— Bom, agora estou com vontade de desmaiar, só para você ter que me carregar. — Luc apertou minha mão.

— Zoe pode te carregar — replicou o Luxen.

— É, poderia mesmo. Sabe por quê? Porque nós, Originais, não somos nem de perto tão cheios de mimimi quanto os Luxen.

— Só percebeu isso agora? — A risada do Luc terminou numa tosse molhada. — Vamos lá, todo mundo sabe que *Luxen* significa… "um tremendo bebê chorão" em latim.

— Mentira — disse Grayson, olhando para trás. — Não significa nada disso.

Zoe soltou uma risadinha de deboche.

— Na verdade, acho que *Luxen* significa "falta de personalidade" em latim.

— É, acho que você está certa — concordou o Original.

— Ei, galera… — Apenas com uma das mãos no volante, Kent acelerou. — Estamos sendo seguidos.

Virei no banco ao mesmo tempo que a Zoe e o Luc. O carro pelo qual tínhamos passado havia feito um retorno e estava quase nos alcançando. Os faróis altos foram ligados, fazendo com que eu me encolhesse.

— Aqui vamos nós. — Luc inclinou a cabeça para trás e soltou uma sonora gargalhada, do tipo que seria contagiosa em qualquer outra situação. — As coisas estão prestes a ficar realmente interessantes.

As coisas estavam *prestes* a ficar interessantes? Será que estavam todos loucos? Tinha certeza de que a resposta era *sim*, e tinha um péssimo pressentimento com relação à risada do Luc.

— É um carro só? — perguntou Grayson.

Luc assentiu.

— Aparentemente.

Os faróis estavam se aproximando. Minha cabeça imediatamente se encheu de imagens de épicas perseguições de carro que terminavam num emaranhado de corpos e metal retorcido.

— É melhor colocar o cinto. — O Original chegou o corpo para a frente e começou a tatear em volta do banco, procurando pelo cinto de segurança.

Olhei para ele como se sua mão houvesse brotado subitamente no centro da testa e ela estivesse erguendo o dedo do meio para mim.

— Você está preocupado com um cinto?

— Estou. Não quero que você seja projetada pelo para-brisa ou coisa parecida. — Ele não conseguia encontrar o cinto. Talvez eu estivesse sentada nele. — Pode se mover? Acho que ele está atrás de você ou da Zoe.

Inclinei-me para a frente, e Luc falou junto ao meu ouvido.

— Vai dar tudo certo.

Antes que eu pudesse responder, as veias do Grayson se acenderam. Minha respiração ficou presa na garganta. Não importa quantas vezes já tivesse visto um Luxen assumir a forma verdadeira, ainda ficava chocada de ver algo assim tão de perto.

Um véu branco ofuscante acendeu o interior do carro à medida que a luz em suas veias encobria a pele, substituindo ossos e tecido. Um súbito calor se espalhou como se o aquecedor tivesse sido ligado. Encolhi-me, pressionando o corpo contra o assento. O brilho era tão intenso, tal como olhar diretamente para o sol, que precisei proteger os olhos. Não tinha ideia de como o Kent conseguia continuar dirigindo.

Em questão de segundos, Grayson estava envolto numa linda luz — parecendo um anjo. Tudo o que faltava eram as asas.

— Acho que precisamos de música. — Kent apertou um botão no volante e o som começou a sair pelos alto-falantes, me pegando de surpresa.

Música? Agora era hora de botar *música*? Sério mesmo?

Sério.

A princípio, não reconheci o ritmo rápido das batidas nem a letra. Talvez sob circunstâncias diferentes, eu tivesse reconhecido, mas no momento era apenas barulho — um barulho alto que fez tudo parecer ainda mais surreal, mais fora de controle. Meu coração começou a bater a mil por hora e o nécessaire escorregou do banco, caindo ao lado dos meus pés.

Com um guinchar de pneus, Kent pisou no freio, fazendo meu corpo ser jogado para a frente. Eu teria acabado de cara no painel se o Luc não tivesse estendido o braço e me segurado. Ele soltou um grunhido, enquanto a música continuava fluindo. "*Oh! I see a man in the back — as a matter of fact his eyes are as red as the sun. And the girl…*"★

★ "*Oh, eu vejo um homem nos fundos/ na verdade, seus olhos são vermelhos como o sol./ E uma menina…*" Trecho da música "The Ballroom Blitz", da banda Sweet. (N. T.)

Zoe me puxou de volta no exato instante em que o carro inclinou, levantando duas rodas do chão. Ele, em seguida, girou algumas vezes, derrapando sobre o asfalto.

— Ai, meu Deus! Ai, meu Deus! — berrei.

— Bota o cinto! — gritou Luc.

Grayson abriu a porta do carona ao mesmo tempo que o vocalista berrava: *"And the man in the back said, 'Everyone attack', and it turned into a ballroom blitz."*★

O Luxen pulou para fora do carro, segurando-se na porta. Por um segundo, achei que ele fosse ser atropelado, mas então o Grayson passou feito um tufão pelo SUV, um borrão de luz com forma humana.

— O que ele está fazendo? — gritei, virando no assento enquanto o carro continuava a derrapar, girando no próprio eixo feito um pião. Achei que ia vomitar, e tapei a boca com a mão. Ao meu lado, Luc cantarolava a música, tamborilando os dedos sobre o joelho. Completamente alheio ao mundo que girava sem parar, ele continuou procurando pelo cinto, mesmo com *três ferimentos à bala* ainda sangrando.

Em sua forma verdadeira, Grayson surgiu entre o nosso SUV e o carro. Sua luz pulsava num tom ligeiramente avermelhado.

A janela ao lado da Zoe explodiu, lançando uma chuva de cacos de vidro para todos os lados — meu rosto, meu cabelo. Alguém — ela ou o Luc — empurrou a parte de trás da minha cabeça, pressionando-a para a frente.

Grayson lançou um raio de luz que atingiu os pneus dianteiros do veículo.

Faíscas espocaram por baixo da parte da frente do carro, que em seguida foi arremessado no ar como um míssil enquanto os alto-falantes prosseguiam a todo o volume.

O carro passou voando por cima do nosso, dando piruetas: capô, porta-malas, capô... Fiquei olhando, boquiaberta.

Ele, enfim, parou de cabeça para baixo na frente do nosso, o impacto fazendo nosso SUV chacoalhar.

— Acho que vou vomitar — gemi, sem reagir ao sentir minha cabeça ser empurrada para a frente mais uma vez.

"And the girl in the corner said, 'Boy, I want to warn you..."★★

Tomei um susto ao escutar o Grayson bater a porta do carona novamente.

★ *"E o homem nos fundos disse: 'Ataquem'/ e a coisa se transformou numa guerra de salão."* Outro trecho da música "The Ballroom Blitz", da banda Sweet. (N. T.)

★★ *"E a garota no canto disse:/ Garoto, eu quero te avisar..."* Mais um trecho da música. (N. T.)

Nosso SUV partiu com tudo, guinchando pneus e jogando meu corpo para trás. Minha bunda descolou do assento quando o Kent fez uma curva acentuada. Zoe abriu um dos braços para se escorar, e acho que alguém — provavelmente o Luc — tentou me segurar, porém tarde demais.

Bati a cabeça com tudo no teto do carro. A explosão de dor irradiou pelas minhas costas, roubando o ar dos meus pulmões e me fazendo ver estrelas. Seguiu-se um flash de luz branca ofuscante e, então, uma abençoada e silenciosa escuridão.

22

u estava cercada por um perfume cítrico de pinho e mergulhada num calor sibilante, deitada num lindo e bem cuidado gramado sob o sol, que indicia diretamente sobre mim — sobre nós.

Eu podia ficar aqui para sempre.

Tudo o que você quiser.

A lembrança se dissipou como fumaça ao som de outra voz.

— Você precisa tomar cuidado, Luc.

Grayson. Ele estava aqui, não na lembrança, mas aqui, e eu estava... deitada ao lado do Luc? Exatamente. Estava enroscada ao lado dele, a cabeça apoiada em seu ombro. Como acabara aqui era uma incógnita.

— Sou sempre cuidadoso — retrucou ele, a voz cansada, porém forte.

Fiquei surpresa, visto que ele tinha sido baleado. Três vezes, e...

Tudo voltou no mesmo instante. A casa da April. Luc tomando os tiros. As balas estranhas. Eu... matando a mulher, e depois a perseguição de carro. Tinha batido a cabeça, mas me sentia bem. Descansada. Recobrada.

Alguém havia me curado.

— Preciso discordar — rebateu Grayson. — Você tomou três tiros, Luc. Estava distraído por causa...

— Posso estar deitado, mas se você a culpar por isso, vou arremessá-lo *através* da parede. Não contra, mas através. — A voz do Original soou calma, calma demais. — O que vai me deixar puto, porque eu gosto do meu apartamento e não quero ter que reconstruir nenhuma parede.

Não tinha a menor dúvida de que o Luc cumpriria a ameaça.

Isso, porém, não deteve o Luxen.

— Prefiro não ser arremessado através de parede nenhuma, mas não muda o fato de que você estava distraído por causa dela. O que você teria feito se eu não estivesse por perto para curá-lo? — desafiou ele. Uma fisgada de medo revirou minhas entranhas. — Se eu não tivesse conseguido curá-la?

Espera um pouco. O quê? Grayson tinha me curado? Alguém apontara uma arma para ele e o obrigara a fazer isso?

— E, já que tocamos nesse assunto, por que diabos ela não ficou com um rastro? De novo? — perguntou Grayson. — Ela não ficou quando você a curou do braço quebrado nem depois da luta com aquele Original. Isso não é normal.

— Qualquer que seja o motivo não é problema seu.

Grayson riu, mas a risada soou fria.

— O que diabos essa garota é, Luc? Porque humana ela não é.

Uma súbita tensão invadiu meus músculos. Eu era humana. Só tinha um pouco de DNA alienígena em mim, mas o Luxen não sabia desse detalhe.

— Não faz diferença se ela é humana ou uma maldita chupa-cabra. Se eu tiver que repetir mais uma vez, você vai se arrepender. — Seguiu-se uma pausa tensa. — Entendeu?

Grayson ficou em silêncio por alguns instantes.

— Tudo bem, Luc. Entendi.

— Ótimo. — Luc soltou um suspiro. — Agora sai da minha frente.

— Como quiser, chefe.

— Gray? — chamou o Original após um momento. — Obrigado por cuidar da gente.

— De nada. — Não havia um pingo de sarcasmo na resposta. — Eu te aviso se o Kent descobrir o que tem naquelas balas.

— Excelente — respondeu Luc. Em seguida, escutei a porta bater. Passados alguns instantes, o Original disse: — Já pode parar de fingir que está dormindo.

Sentei tão rápido que foi como se tivesse molas sob o corpo. Virando-me para ele, absorvi cada detalhe de seu rosto. O tom da pele havia melhorado. Ele não mais parecia um fantasma de tão branco enquanto me fitava de volta com os olhos semicerrados. Baixei os olhos para seus ombros nus e agarrei o edredom, afastando-o para longe a fim de ver como estava o peito.

Mesmo sabendo que ele tinha sido curado, o choque foi tanto que meu queixo caiu. Não conseguia acreditar no que estava vendo por baixo da fina camada de pelos castanhos. Um hematoma acima da pele rosada do mamilo esquerdo. Outra marca suave um pouco abaixo, no centro do peito, e mais outra arroxeada no ombro direito, perto de onde eu tinha apoiado a cabeça.

Eu me movi sem pensar.

Envolvendo-lhe o rosto, puxei sua boca para a minha, despejando todo o meu medo e minhas incertezas num único beijo. Não havia nada de experiente na maneira como meus lábios pressionaram os dele ou no modo desesperado como busquei sentir sua respiração em minha boca. Meu beijo tinha um quê de pânico, que me disse que mesmo que eu não houvesse me permitido pensar na possibilidade de jamais vir a beijá-lo novamente, o pensamento estivera lá o tempo todo.

Luc se afastou, ofegante.

— Se continuar me beijando assim, vou acabar me entregando a atividades para as quais não estou fisicamente preparado no momento — disse ele de maneira arrastada, as mãos mal roçando minha cintura.

Levantei.

— Só hematomas. Quero dizer, eu não devia ficar surpresa, mas... — Gentilmente, toquei o ponto mais próximo de seu coração. — Você foi ferido.

— Estou bem. — Ele fechou a mão sobre a minha. — Apenas um pouco cansado. Em uma ou duas horas, vou estar novo em folha.

Eu o escutei. Escutei mesmo. E vi que ele estava bem. Podia ver com meus próprios olhos, mas ao mesmo tempo via o sangue que escorreu por seu peito, o rosto branco feito papel, contraído de dor. Meus lábios tremeram.

— Você podia ter morrido.

— Não morro com tão pouco.

— Aquilo não foi pouco. — Olhei para ele e balancei a cabeça, frustrada. — Você estava sangrando, e precisava de ajuda. Nunca o vi precisar de ajuda antes.

Um lampejo de alguma coisa cruzou-lhe o rosto.

— Eu estou bem, Pesseguinho. Não precisa se preocupar.

— Mas estou preocupada! — Sentei de novo e puxei a mão. — Você tomou esses tiros porque eu espirrei. Além disso, todos falam como se você já tivesse sido baleado uma dúzia de vezes e isso não fosse nada de mais.

— Eu não diria uma dúzia.

— Luc! — Senti vontade de esbofeteá-lo. — Estou falando sério.

— Eu também. — Ele se virou para mim. — Já fui baleado três vezes. Duas transportando os Luxen e uma quando virei as costas para a pessoa errada. Ao contrário do que os outros possam dizer, não faço disso um hábito.

Olhei para ele de queixo caído.

— Você faz ideia de que a maioria das pessoas passa a vida inteira sem levar um único tiro, Luc?

— Não sou como a maioria das pessoas. — Seus lábios se repuxaram num dos cantos.

— Isso não é engraçado! — Balançando a cabeça de novo, tentei engolir o bolo de emoções que bloqueava minha garganta. — Ontem foi a Heidi. Achei que ia perdê-la. Hoje foi você, e também achei que ia perdê-lo. Não posso fazer isso sem você.

O ar de preguiça se esvaiu de seu rosto, e os olhos tornaram-se penetrantes.

— Você não vai fazer nada sem mim.

Lágrimas idiotas pinicaram o fundo dos meus olhos.

— O que teria acontecido se a mira dela fosse um pouco melhor? Mais alguns centímetros para a esquerda? Ou se ela…

Luc se sentou rapidamente com uma ligeira careta.

— Evie…

— Você não devia se sentar! — gritei. — Devia ficar deitado para terminar de se recobrar e…

— Estou bem. — Ele envolveu meu rosto em suas mãos quentes. — Juro. Não vou a lugar algum. Não vou deixá-la.

— Não pode prometer isso! Você me disse uma vez que nunca iria me deixar e deixou! — Assim que as palavras saíram da minha boca, o ar pareceu gelar. Fui invadida por uma súbita tontura.

— O quê? — murmurou Luc, segurando meu rosto, os olhos perscrutando os meus. — O que foi que você disse?

— Não… não sei. — Fechei os olhos com força. — Não sei por que eu disse isso. Você nunca me prometeu nada.

— Prometi, sim.

Abri os olhos.

— O quê?

— Prometi isso antes de te levar para os Dasher. — Ele acariciou meu rosto com os polegares. — Eu disse que nunca iria te deixar.

— Não… não me lembro — falei, confusa. — Quero dizer, eu sei o que eu falei, mas não é uma lembrança.

Luc assentiu com um lento menear de cabeça e correu uma das mãos pelo meu cabelo.

— Mas não quebrei a promessa. Eu me mantive por perto. Nunca a deixei, embora entenda por que você possa ter pensado que sim.

— Não faz sentido que ela… quero dizer, que eu tenha pensado isso. A febre destruiu minha memória, de modo que eu não tinha como me lembrar de você. Tipo, não tinha como saber que você havia feito uma promessa e a quebrado. — Tentei dar sentido ao quebra-cabeça em minha mente. — É tudo tão confuso.

— É mesmo. — Luc entremeou os dedos no meu cabelo. — Está se sentindo bem?

— Estou. Minha cabeça não está doendo nadinha — respondi. — Não acredito que o Grayson me curou. Você o ameaçou?

Ele abriu um meio sorriso.

— Não.

Não tinha certeza se acreditava.

— Mas não estava falando da pancada na cabeça — continuou ele. — Estava falando de como estão as coisas aí dentro. Os últimos dois dias foram… pesados.

— Estou bem. — Pisquei para conter as lágrimas. — Você está bem. E a Heidi também.

— É, estamos.

Fechei os olhos e, inclinando-me para a frente, pressionei a testa na dele. Alguns momentos se passaram.

— Fiquei com medo. Não sabia o que fazer. Me senti uma completa inútil ao te ver sangrando.

Luc roçou os lábios nos meus, me deixando toda arrepiada.

— Você não foi inútil.

— Eu… — Ele estava certo. Pela primeira vez, eu não tinha sido totalmente inútil. Tinha matado alguém com um tiro na cabeça, mas não sabia se isso era bom ou ruim.

— Bom — murmurou ele, fechando os dedos com mais força em meu cabelo e roçando os lábios novamente nos meus. — Porque, caso contrário, você teria sido ferida, e isso é inaceitável.

— Eu…? — Inspirei, mas o ar não entrou direito. — Já matei alguém antes?

— O quê? — Ele se afastou.

Abri os olhos.

— Eu atirei na cabeça da mulher como se não fosse nada de mais. Peguei a arma, mirei e puxei o gatilho, e…

Luc soltou as mãos sobre os joelhos.

— A adrenalina faz as pessoas fazerem coisas que pareceriam impossíveis. Ela aguça os sentidos, chegando até a fazer com que tudo pareça estar acontecendo em câmera lenta.

— Pode ser, mas... depois, escutei uma voz em minha cabeça.

Luc ficou imóvel.

— Escutou o quê?

— A voz de um homem dizendo alguma coisa tipo: "*Quando apontar uma arma, mire para matar.*" A voz soou familiar, mas não sei quem disse isso ou... se por acaso eu escutei na TV ou algo assim. — Fiz que não. — Nem sei se foi real ou o que isso significa.

— Vamos descobrir. — Luc fechou as mãos em meus braços e me puxou, de modo que ficamos deitados de frente um para o outro. — Você fez mais uma coisa.

— O quê? — perguntei, distraída.

Ele beijou minha testa.

— Você pegou algo na casa. Algo que a mulher tinha tirado da cômoda. O nécessaire branco. Tinha esquecido.

— O que tinha dentro dele?

— Seringas — respondeu ele. — Seringas cheias do que me pareceu soros.

Cerca de uma hora depois, Luc já estava de pé, saracoteando por aí como se nada tivesse acontecido. Estávamos numa das salas comunais do terceiro andar.

O time todo estava lá, e eu estava sentada ao lado dele, agora completamente vestido. Como sempre, seu braço estava apoiado no encosto do sofá.

Tinha mandado uma mensagem para minha mãe dizendo que estava estudando com a Zoe. Como ela não respondeu, imaginei que ainda estivesse no trabalho.

— Acho que eles eram alguma espécie de oficiais da lei. Bom, pelo menos é o que imagino — dizia Kent, parado atrás da Emery e da Heidi. Seus braços estavam cruzados diante do peito. — Eles não estavam de uniforme, mas como nos perseguiram, podemos presumir que deviam estar ligados ao governo de alguma forma.

— O que aconteceu com o carro e com eles? — perguntou Heidi.

— Puf! — respondeu Kent. — Chas e eu nos certificamos de que ninguém encontre nada. Ele incendiou tudo.

Zoe abriu um sorriso profundamente assustador.

— Ele usou a Fonte para atear fogo no carro e em tudo o que havia lá dentro até não restar nada além de cinzas.

Jesus!

— E a mulher na casa da April? — perguntei.

— Ouvi falar que a casa explodiu devido a um vazamento de gás — comentou Kent, com um sorriso tão perturbador quanto o da Zoe.

— Isso quer dizer que não ficou nenhuma prova, certo? — resumiu Heidi. Olhei para ela, imaginando qual seria a aparência do rastro. — Nada que possa ser usado contra vocês?

— Não, nada. Embora tenhamos guardado algumas provas. — Grayson deu um passo à frente e depositou vários objetos cilíndricos sobre a mesinha de centro. As balas que o Luc havia removido de si mesmo. Fiquei tensa. O Luxen, porém, ainda não havia terminado sua apresentação. Em seguida, como que num passe de mágica, colocou quatro armas sobre a mesa. — Essas foram retiradas dos ocupantes do carro antes de cremarmos tudo.

Fechei os olhos rapidamente.

Luc estendeu o braço, pegou uma das pistolas e tirou o pente como um profissional.

— As balas são idênticas — disse, me mostrando. Ele tinha razão. As pontas pareciam recheadas com uma espécie de luz azul. O Original olhou para o Kent. — São o que eu estou pensando?

— Uma forma nova de munição semelhante às PEM? Sim, são — respondeu Kent, e meu estômago foi parar no chão.

PEM significava *pulso eletromagnético*, uma arma letal para os Luxen. Elas tinham sido usadas em grande escala durante a invasão, fritando completamente a rede elétrica das cidades e matando os Luxen que estavam nelas. Os oficiais da FTA usavam armas desse tipo, porém mais parecidas com Tasers.

— Não apenas para os Luxen, Pesseguinho. Elas também podem matar híbridos e Originais. — Luc tinha lido meu pensamento. — Mas essas balas são diferentes. — Ele colocou a Glock e o pente de volta sobre a mesa.

— Elas não foram projetadas para matar, apenas ferir. — Grayson pegou uma e a analisou com o cenho franzido. — O que é bastante interessante, não acham?

— Verdade. — O Original se recostou no sofá e jogou o braço sobre o encosto novamente. — Por que eles portariam uma arma que apenas fere, em vez de matar?

— Parece uma boa coisa — comentou Heidi, olhando para a Emery. — Certo?

— Não necessariamente. Não sabemos o que teria acontecido se o Luc não tivesse conseguido retirá-las. — Ela manteve os olhos fixos na exibição bizarra sobre a mesa. — As equipes tradicionais da FTA não portam esse tipo de arma. Eles usam as velhas e mortíferas PEM ou Tasers, embora os Tasers com menos frequência. E, em geral, atiram para matar. Esse grupo, porém, está usando algo que eu nunca vi antes.

Merda.

Cruzei os braços em volta da cintura, sentindo como se tivesse mergulhado de cabeça num daqueles antigos episódios de *Arquivo X*.

— E quanto ao nécessaire? Alguma ideia de que tipo de soro havia nas seringas?

Kent fez que não, sentando-se no braço da poltrona onde estava a Zoe.

— Nenhuma. Nós não temos recursos para tentar descobrir que tipo de soro é, de modo que não temos como saber se tem algo a ver com a Sarah ou com o cara da sua escola.

— A maioria dos soros era muito parecida. — Luc entremeou os dedos no meu cabelo. — Quando o Dawson ou o Archer chegarem, o que não deve demorar, vamos entregar as seringas para eles.

— Por quê? — perguntei, brincando com o pingente de obsidiana.

— Eles conhecem alguém que pode saber do que se trata — respondeu ele.

Eu também.

Minha mãe.

Mas sabia que era melhor ficar quieta.

— Bom, então, resumindo. A gente continua sem a menor ideia do que a April realmente é, embora pareça óbvio que ela está trabalhando com a mulher que encontramos na casa, que tinha em mãos um nécessaire cheio de algum tipo de soro que pode ou não ter relação com o que aconteceu com a Sarah e talvez o Coop, e com o pessoal que vocês... cremaram, que por sua vez portavam uma nova versão dessas PEM.

Luc deu uma risadinha.

— Acho que é um bom resumo.

— O que nos leva à pergunta de quem poderiam ser esses caras — comentou Emery.

— Só pode ser o Daedalus. — Um músculo pulsou no maxilar do Luc, que olhou para mim.

— Como? — Zoe arregalou os olhos. — Você destruiu...

— Eu destruí todas as bases que consegui encontrar, e achei que tinha acabado com eles, mas obviamente estava errado.

Ninguém ousou soltar uma piadinha sobre o Luc estar errado. O que dava a dimensão do quão séria era a simples ideia de o Daedalus estar de volta à ativa.

Soltando um palavrão, Zoe se levantou da poltrona e foi até a janela.

— Eles não podem estar de volta. Não podem.

Luc tirou o braço de cima do encosto do sofá.

— Não acho que estejam de volta — disse ele. — Estou começando a achar que eles nunca desapareceram de fato.

❋ ❋ ❋

Λja normalmente.

Foi o que o Luc me disse na véspera, antes de pegar no sono com minha cabeça apoiada em seu peito, perto de um dos ferimentos praticamente curados. Ele havia voltado para casa comigo e passado a noite lá, mesmo sabendo que minha mãe provavelmente descobriria.

O Original, porém, usou a porta da frente, e não houve nenhum tipo de brincadeirinha entre nós, nada como o que acontecera na noite anterior. Ele me beijou. Várias vezes. Um leve roçar de lábios contra os meus, meu rosto e minha testa. E, então, pegou no sono antes de mim.

Tinha a impressão de que aquelas balas modificadas o haviam exaurido mais do que ele queria deixar transparecer, e isso me apavorava. O que provavelmente foi o motivo de eu ter passado metade da noite acordada, escutando-o respirar.

Aja normalmente na escola. Em casa. Aja como se não tivesse atirado na cabeça de uma mulher, como se um carro cheio de pessoas que provavelmente eram oficiais do governo não tivesse sido cremado, e como se não fosse possível que a mais poderosa e maquiavélica organização governamental já vista continuasse operacional.

E como se eles não fossem adorar botar as mãos em mim.

Todos nós precisávamos nos manter fora do radar. Não deveríamos fazer nada que pudesse chamar uma atenção indesejada enquanto tentávamos descobrir o que havia naquelas seringas e se o Daedalus realmente continuava na ativa.

Mais fácil falar do que fazer, porque sempre que alguém olhava de relance para mim, tinha a sensação de que eles sabiam de tudo.

Tipo agora.

Brandon e seu grupinho anti-Luxen, mais moderados agora que sua líder não estava presente, estavam reunidos numa das mesas da cantina, almoçando como pessoas normais, em vez de estarem protestando.

Exceto que o Brandon me olhava com raiva a cada cinco minutos. Provavelmente por causa do enorme gesso azul e branco em volta de sua mão. Mas e se ele soubesse o que a April realmente era?

E se todos na mesa soubessem?

Eu estava ficando paranoica.

Abafando uma tosse na parte interna do cotovelo, James pegou uma garrafinha de água e tomou um gole.

— Credo. Acho que peguei a doença do beijo.

Zoe ergueu as sobrancelhas.

— Jura? Você não disse ontem que isso não acontece com gente da nossa idade?

— Pelo visto, Deus está querendo provar que eu estava errado. — Ele espirrou. — Estou me sentindo péssimo.

— Não acho que seja a doença do beijo — comentei, resistindo à tentação de me afastar um pouco ao mesmo tempo que ficava preocupada. — A menos que você tenha trocado uns amassos com a Heidi ou a Emery.

— Quem me dera! — Ele estendeu os dedos cheios de germes e roubou uma das minhas batatas fritas. — É só um resfriado.

— Você acabou de contaminar minhas batatas. — Peguei o saco e o soltei no prato dele.

James riu e não se fez de rogado.

— Obrigado.

Estreitei os olhos.

— Você fez de propósito.

— Talvez — respondeu ele de modo arrastado.

— Sacana.

A risada da Zoe soou forçada. Olhei para minha amiga e vi que ela também o observava com uma expressão preocupada.

— Eu diria esperto.

Era pouco provável que o James tivesse pego a mesma coisa que a Sarah ou o Coop, ou mesmo o Ryan, o que não diminuía minha preocupação.

— Você está com febre?

Ele fez que não.

— Não. E não acho que vocês precisem se preocupar em pegar alguma coisa. Nunca as vi doentes — observou ele, comendo as batatas. — Mesmo quando a Heidi e eu ficamos gripados no ano passado, vocês duas continuaram bem.

Eu sabia por que a Zoe não ficava doente. Os Originais não ficavam resfriados nem eram afetados por nenhum tipo de vírus. Será que eu também não, por causa do soro Andrômeda? Pensando bem, não me lembrava de já ter ficado doente.

Hum.

Olhei para o relógio na parede e vi que faltavam poucos minutos para o horário de almoço acabar. Enrolando o guardanapo, pendurei a mochila no ombro e me levantei.

— Aonde você vai? — perguntou Zoe.

— Banheiro. — Peguei minha bandeja. — Quer ir comigo?

Ela me fuzilou com os olhos, pegando o próprio garfo. Com um aceno de despedida, fui até a lixeira, descartei a bandeja e saí para o corredor. Segui para a esquerda, em direção ao banheiro perto da entrada da escola. Ele ficava fora do caminho, mas a única outra opção era o banheiro onde a Colleen fora encontrada — onde ocorrera o confronto com a April.

Mesmo sabendo que a April não era humana, não entendia como ela conseguia usar aquele banheiro.

Argh.

Enquanto caminhava, vasculhei o bolso dianteiro da mochila até encontrar o celular. Ao pegá-lo, vi que havia uma mensagem do Luc.

Te encontro no estacionamento depois das aulas. Tenho uma surpresa pra você.

Um sorriso se desenhou em meus lábios. Digitei de volta: *É um Chia Pet?*

Você bem que gostaria, foi a resposta.

Rindo, abri a porta do banheiro. Fui imediatamente assaltada por um cheiro forte de desinfetante, e meu sorriso esmoreceu. Parecia estranho ter um momento de normalidade depois de... tudo o que havia acontecido, mas, ao mesmo tempo, era legal.

Era como ter uma vida dupla, imaginei, entrando no reservado. Talvez eu já estivesse me acostumando a isso — mais rápido do que jamais imaginara que fosse me acostumar.

Ou talvez fosse realmente boa em compartimentalizar.

Não contara para a Zoe nem para a Heidi sobre a mudança no meu relacionamento com o Luc. Em primeiro lugar, porque ainda não tivera tempo, mas também porque parecia algo totalmente sem importância em meio ao possível ressurgimento do Daedalus e de tudo o mais.

Mas eu queria contar.

Uma parte boba de mim desejava gritar do topo de uma montanha.

Após dar descarga, pendurei a mochila no ombro de novo e saí do reservado, e dei de cara com a April.

23

entindo o sangue gelar, olhei para a April, tão chocada que não consegui sequer me mover. Um estranho pensamento me ocorreu ao escutar a porta do reservado bater atrás de mim.

Ela parecia… tão normal, tão ela mesma.

Os cabelos louros estavam presos num rabo de cavalo bem apertado. Os lábios pintados de vermelho-sangue. A blusa branca com mangas japonesas. E os olhos azul-claros fixos nos meus pareciam humanos.

Será que ela sabia que eu provavelmente tinha matado sua mãe?

— Vai lavar as mãos, Evie? — perguntou ela.

Meu corpo inteiro se arrepiou.

— Você vai deixar?

— Claro. — April recuou um passo, afastando-se. — A gente precisa conversar, mas prefiro fazer isso depois de cumpridas as regras de higiene.

Sem saber se era alguma espécie de pegadinha, fiquei de olho nela enquanto seguia para a pia mais próxima da janela — uma janela pequena demais para servir como rota de fuga.

Não que eu fosse ter chance de correr. Tinha visto o quanto ela era rápida.

— Você parece surpresa em me ver.

Com as mãos trêmulas, abri a torneira, observando-a através do espelho manchado por gotas de água.

— Estou mesmo.

— Não devia.

Minha cabeça estava a mil, mas lutei para me manter calma. Meu Taser estava no bolso da frente da mochila, e a obsidiana pendurada no colar sob meu suéter. Eu não era uma garotinha indefesa. Só precisava pegar um dos dois. E depois? Será que teria coragem de ferir a April?

Teria. Depois do que ela havia feito com a Heidi? Com certeza. Mas será que teria uma chance?

— Como não? — perguntei, forçando minha voz a permanecer calma. — Você quase matou a Heidi.

— Quase? — Ela suspirou e cruzou os braços. — Estou decepcionada. Achei que ela estivesse morta.

Sentindo uma onda de raiva fervilhar dentro de mim, lavei as mãos lentamente sob o jato de água morna. Em seguida, lancei um rápido olhar na direção da porta.

— Ninguém vai entrar. A menos que eu queira. Somos só nós duas. E tenho uma pergunta pra você. Heidi não devia ter sobrevivido. Isso quer dizer que ela está envolvida com um Luxen, certo?

Engoli em seco, mas não disse nada.

— Ou seria um Original?

Meu coração parou.

— Você acha que eu não sei sobre eles… sobre o *Luc*? Sei o bastante para ficar longe dele. Por enquanto — continuou ela. — E acha que não sei o que a Zoe é? Eu sempre soube. Foi ela quem curou a Heidi?

Nem morta eu contaria nada para ela.

April bufou e, em seguida, abriu um sorriso.

— Não tem importância. Vou descobrir todos os seus segredos logo, logo.

E eu ia enfiar a obsidiana nos olhos dela logo, logo.

— O que você é? perguntei, fechando a torneira.

— Nós somos o alfa e o ômega. — Seu sorriso se ampliou, deixando à mostra os dentes brancos. — Somos o começo e o fim.

— Certo. Agora já tenho a resposta para uma de minhas perguntas. Você é louca de carteirinha. — Estendi o braço para pegar uma toalha de papel. — Também é uma filha da puta assassina e idiota…

— Cuidado! Você não quer me deixar puta, Evie. Preciso dar uma de boa moça.

Sequei as mãos e a encarei.

— Por que você *precisa* dar uma de boa moça?

— São as regras. — Ela revirou os olhos. — Até eu preciso segui-las.

Joguei a toalha de papel no lixo, puxei a mochila para a frente e comecei a abrir o bolso dianteiro.

April deu um passo à frente.

— O que pensa que está fazendo?

— Pegando meu hidratante de mãos — respondi, terminando de abrir o zíper. — Para quem você está trabalhando?

Ela inclinou a cabeça ligeiramente de lado.

— O Daedalus?

Se a April ficou surpresa em escutar esse nome, não demonstrou.

— Quero dizer, você está matando gente e fazendo parecer que foi um Luxen. Está virando as pessoas contra eles, e obviamente não é humana.

— Claro que eu não sou humana. Quero dizer, dã! — Ela riu como se eu tivesse sugerido algo completamente ridículo. — Quer saber? A princípio achei que fosse a Heidi.

Franzi as sobrancelhas, ainda segurando o zíper entre os dedos.

— Como assim?

— A pessoa que eu estava procurando. — April jogou o rabo de cavalo para trás. — Obviamente, estava errada.

Fechei os dedos em volta do plástico duro da arma de choque.

— Não faço a menor ideia do que você está falando.

— Vai fazer. Logo, logo. Não tenho permissão...

Tirei o Taser de dentro da mochila e arremeti, estendendo o braço na direção dela.

April reagiu tão rápido quanto uma cobra. Ela agarrou meu pulso e o torceu com força, colocando pressão suficiente para provocar uma fisgada de dor. Soltei um arquejo.

— Solta — murmurou ela, como se estivesse falando com um filhotinho travesso. — Garotinha má. Solta!

Não soltei.

— Uma arma de choque? — April torceu meu pulso novamente e, dessa vez, não aguentei. Meus dedos se abriram contra a minha vontade. Ela rapidamente pegou a arma. — A única coisa que você conseguiria com isso seria me deixar realmente puta. — Dizendo isso, soltou meu pulso, deu um passo para trás e jogou o Taser na lixeira. — Aqui estou eu tentando ser educada e paciente, e você...

Com um puxão no colar, arranquei o pingente de obsidiana e avancei contra ela. Meu ataque a pegou de surpresa, porque ela não reagiu, recebendo todo o impacto do meu peso ao mesmo tempo que a obsidiana se fincava em seu peito. A pele cedeu com um nauseante ruído de sucção. Um calor molhado se espalhou pelo meu pulso enquanto a April cambaleava alguns passos para trás…

De repente, eu estava voando.

Bati com as costas na parede ao lado da janela. O ar escapou de meus pulmões e eu caí para a frente, arrebentando os joelhos no chão frio, mas consegui me recobrar um segundo antes de colidir de cara contra o piso absolutamente nojento. Ofegante, ergui a cabeça e olhei para ela através das mechas de cabelo que cobriam meu rosto.

A obsidiana estava fincada na parte superior esquerda do peito, alto demais para ter acertado o coração. Merda.

Um sangue escuro como tinta manchava a blusa branca. April ergueu a mão e arrancou o pingente.

— Jura? Obsidiana? — Ela a soltou no chão. — Você acha que eu sou um Arum? Porque isso chega a ser um insulto.

Lutei para controlar o pânico que se insinuava em meu peito, ameaçando me sufocar.

— O que diabos você é?

April foi absurdamente rápida.

Num segundo ela estava parada ao lado das pias e, no outro, ajoelhada na minha frente, os dedos envolvendo meu queixo, forçando minha cabeça para trás.

— Vou te dar uma dica.

Com os dedos enterrados em meu queixo, ela estendeu a outra mão para trás e tirou algo do bolso traseiro da calça. Por um momento, quase não reconheci o que ela segurava entre os dedos magros.

Uma foto.

Uma foto de uma garotinha loura com um homem — o homem que tinham passado os últimos quatro anos dizendo ser meu pai —, e uma mulher que reconheci como sendo minha mãe.

Era uma das fotos que tinham sido roubadas do álbum.

Puta merda!

— Foi você quem esteve na minha casa… quem roubou as fotos.

— É, fui eu. — April jogou a foto em cima de mim. Encolhi-me ao senti-la bater na minha cara e cair flutuando em direção ao chão. — Suspeitei que era você depois que você começou a defender os Luxen. Decidi, então, dar uma olhada na sua casa para ter certeza e encontrei essas fotos. Interessante. A garotinha parece com você, de modo que pensei que era mesmo. Coisas estranhas acontecem, entende? Mas aí você começou a andar com aquele Original, o Luc.

Meu coração começou a bater ainda mais rápido quando ela se aproximou. Roçando os lábios no canto da minha boca, April disse:

— Ainda não estava na hora de ninguém saber sobre mim. Eu tinha um objetivo. Você já descobriu o que é, e arruinou tudo com aquela sua câmera idiota. — Ela fechou ainda mais os dedos, me fazendo gritar. — Você não faz ideia do problema que me causou por causa disso.

Eu não tinha como falar com os dedos dela enterrados em meu maxilar, me imobilizando. Assim sendo, despejei tudo o que sentia com um olhar. Toda a raiva e todo o ódio que me corroíam por dentro.

— Como devo chamá-la? Porque obviamente você não é a Evie Dasher. É isso o que não consigo entender — comentou April. Não tinha ideia sobre o que ela estava falando. — Quem diabos é você? O que a torna muito, muito interessante para mim. — Ela riu. — Mas não vamos demorar a descobrir. Tudo o que eu fiz, tudo o que *nós* estamos fazendo, é em prol de um bem maior. Uma guerra está a caminho, Evie. A grande guerra… a única guerra… e vamos equilibrar as forças.

April parecia *louca*.

— Vamos tornar o mundo um lugar melhor. — Ela, enfim, soltou meu queixo. Cai para trás. — Você e eu.

— A única coisa que vou fazer é te matar.

Ela inclinou a cabeça ligeiramente de lado.

— *Você não vai matar ninguém.*

— Já matei sua mãe — cuspi, mal reconhecendo minha própria voz. — Atirei na cabeça dela.

April bufou.

— Aquela não era a minha mãe. Era o meu contato. Ops. Eu não devia ter dito isso em voz alta.

Um calafrio desceu pela minha espinha.

— O quê?

Sorrindo como se tivesse acabado de compartilhar um segredo importante, April se levantou, os olhos totalmente negros, exceto pelas pupilas, que brilhavam num branco ofuscante. Em seguida, pegou algo no bolso da frente da calça. Parecia um chaveiro.

Coloquei-me de pé num pulo, ignorando a fisgada de dor em minhas costas.

— Hora de acordar. — Ela pressionou um botão no chaveiro. — Quem quer que você seja.

Meu mundo explodiu.

24

Uma dor aguda e penetrante explodiu na base do crânio, roubando o ar dos meus pulmões e me deixando com as pernas bambas.

Segurando a cabeça entre as mãos, cai de joelhos, mas sequer senti o impacto ao bater no chão.

A pressão dentro da cabeça era insuportável. Abri a boca para gritar, mas não saiu som algum. A dor vinha em ondas cada vez maiores, provocando um curto em todas as sinapses dos nervos cranianos. Meu cérebro parecia estar pegando fogo. Podia sentir esse fogo perfurando o crânio ao rolar de lado, me encolhendo numa bola.

Que dor! Ai, meu Deus!

Ela era tão forte que eu podia ser atropelada por um caminhão de lixo que não ia nem sentir.

Na verdade, até preferiria.

Um súbito espasmo enrijeceu meu corpo inteiro, me fazendo soltar a cabeça e esticar as pernas. *Não aguento mais.* Não aguentava mesmo. Meu cérebro estava derretendo. Dava para sentir. Era como se tudo dentro da minha cabeça estivesse sendo embaralhado.

— Eles chamam isso de Onda Cassiopeia, porque obviamente alguém é obcecado por mitologia grega. É uma onda sonora supersônica. Você não consegue escutá-la, mas ela penetra o seu cérebro. — A voz da April atravessou a dor excruciante. — Funciona como um dispositivo de interferência, pelo menos é o que me disseram. Ela penetra o cérebro, mexe com todos os neurotransmissores e *coisas do tipo*. Bizarro, se você parar pra pensar. Aparentemente, existem ouras armas com um poder bem maior de destruição em massa em desenvolvimento, mas nenhuma assim. Essa não tem impacto algum nos humanos. Escutou, Evie? Esse negocinho é que nem um apito para cachorros.

Tive a impressão de que ela me cutucou com a ponta do sapato, mas não tinha certeza. Nauseada, senti minha visão ficar branca. Fui tomada por um pânico profundo, que se juntou à dor aguda e ofuscante. Eu não conseguia enxergar. Ia…

Imagens começaram a pipocar *dentro* de mim. Areia dourada. Águas azul--esverdeadas. Espuma do mar. Eu nunca estivera na praia, mas pude vê-la e sentir o calor do sol contra minha pele, a areia quente sob meus pés descalços — entre os dedos. Outra imagem se seguiu. Um homem que eu jamais vira antes, magricelo, com cabelos louros ensebados. Desmaiado num sofá que cheirava a urina de gato e comida velha. Em seguida, um garoto correndo pela margem do rio Potomac. Ele ria, os cabelos cor de bronze brilhavam ao sol. O garoto corria tão rápido que eu não conseguia alcançá-lo.

Vai ficar tudo bem. Foi o que ele disse. Agora me lembrava. *Prometo.*

Ele havia mentido. Tinha me prometido que jamais me deixaria, e mentira sobre isso também. Ele me deixara, e eu nem queria ter ido até *eles*. Não confiava *neles,* mas ele insistiu, e foi tudo mentira. Tudo a respeito deles, do que eles ofereciam, tinha sido uma mentira, e eu havia pago o preço dessa mentira com suor e lágrimas, sangue e *morte*…

O fogo lambeu, apagando o garoto, nós dois, para todo o sempre. Seu rosto e sua voz se quebraram em mil pedaços. Eu estava morrendo — não, tinha morrido na mão de uma agulha e uma mulher que havia me prometido que tudo ficaria bem.

Verdade.

Uma verdade envolta em mentiras.

— A Onda Cassiopeia só afeta pessoas com um código genético específico oriundo do soro Andrômeda — disse April. Eu a escutei, mas não conseguia conectar as palavras ou fazer sentido delas. — O soro é um código à espera de ser acessado.

Vi a mim mesma. Uma versão mais jovem de mim. Por volta dos 13 anos? Era eu, com o cabelo puxado num rabo de cavalo. Eu de calça preta e camiseta preta. Uma arma — uma arma em minha mão e uma voz sussurrando ao meu ouvido.

Palavras dele. Olhos castanhos fixos nos meus. *Você não é como eles.* Eu era um milagre que na verdade não era. Eu sabia. Ele sabia também.

Você sabe o que tem que fazer.

Eu sabia o que...

Outra voz interveio, uma que tive a impressão de reconhecer. *Eles virão atrás de você. E quando vierem, não saberão o que os atingiu.*

Não. Não, eles...

Nada.

Num piscar de olhos, não havia mais nada em minha mente. Apenas um enorme e frio vazio. Oco. A dor desapareceu, deixando para trás um doce e abençoado buraco escuro. Lentamente, a rigidez em meus músculos foi se desfazendo, e pude dobrar as pernas. Feixes de suor escorriam pelo meu rosto. Abri os olhos e vi um par de pernas envoltas em brim.

Onde eu estava?

Erguendo a cabeça, vi uma garota parada diante de mim, os olhos completamente negros, com as pupilas brancas.

Quem era ela?

Eu a conhecia. Achava que sim, mas minha mente estava embotada, parecendo cheia de algodão. Assim como minha boca e minha garganta.

A garota estendeu o braço, oferecendo a mão.

— Uma vida...

— Por uma vida — completei, a voz rouca.

— Perfeito. — Seus lábios vermelhos se curvaram num sorriso. — Vamos. Ele está nos esperando.

Estendi a mão e a apoiei sobre a dela. Em seguida, fechei os dedos, segurando-a com firmeza.

Apoiando a outra mão no chão, estiquei a perna e passei-lhe uma rasteira. Ela arregalou os olhos, surpresa, um segundo antes de cair a bater o quadril com força no piso frio.

Coloquei-me de pé.

— O que você está fazendo? — rosnou ela, tentando se levantar.   Isso não está certo. Você não deveria...

Avancei, agarrando-a pelo rabo de cavalo e a suspendendo. Ela soprou um ar gelado, e sua metade inferior começou a perder densidade.

Girei, trazendo-a comigo. Com a mão em sua nuca, empurrei-a para a frente. Ela tentou se segurar na pia.

Ah, não, de jeito nenhum.

Seus braços flexionaram e escorregaram, ao mesmo tempo que eu a empurrava de cara contra o espelho.

— Isso não foi legal. — Ela cuspiu um punhado de sangue quando puxei sua cabeça de volta. — Você está cometendo um erro. Um grande er...

A garota deu um chute para trás que acertou meu estômago. Recuei alguns passos, mas não caí. Virando-se para mim, começou a levitar ao mesmo tempo que tentáculos de sombras entremeados por uma luz avermelhada se desprendiam dela, envolvendo-lhe primeiro as pernas e depois o resto do corpo.

Ela se tornou uma sombra — uma sombra flamejante.

Num movimento rápido, peguei a obsidiana no chão. Sentindo a pedra quente contra minha palma, pulei na pia atrás dela, girei e a agarrei pelo rabo de cavalo, puxando sua cabeça para trás.

— Como...? — ofegou ela, as sombras envolvendo-lhe o peito.

— Não sou como você.

Em seguida, finquei a lâmina no centro de sua cabeça, perfurando osso e tecido.

A garota abriu a boca, mas despencou sem emitir nenhum som, o corpo pulsando de maneira intercalada entre luz e sombra.

Ela estava morta antes mesmo de bater no chão, um corpo pálido e ressecado em meio a uma poça de tinta escura.

Desci da pia e limpei a obsidiana em minha calça. Em seguida, ergui a outra mão e corri os dedos pelo cabelo, ajeitando as mechas enquanto olhava para o espelho rachado.

Vi a mim mesma.

Meus olhos, com as íris pretas e as pupilas brancas. Vi...

De repente, como se meu espírito tivesse sido sugado de volta, era eu de novo. Minha consciência enfim despertou e voltei a ser eu mesma.

Com um arquejo, afastei-me do espelho e soltei a obsidiana.

— Ai, meu Deus! O que eu fiz...?

Girei nos calcanhares e a vi — April com um buraco no meio da cabeça.

— Ai, meu Deus!

Eu tinha feito aquilo.

Lembrava-me muito bem. Não sabia direito como, mas me lembrava de tê-la atacado e... enfiado uma lâmina em sua cabeça.

E não me sentia nem um pouco mal por isso.

A parte lógica do meu cérebro assumiu o controle. April estava morta. Ninguém podia entrar ali e me encontrar com ela. Na verdade, ninguém podia encontrar o corpo, porque isso seria ruim, muito ruim.

Porque eu literalmente a havia matado e limpado seu sangue na minha calça. Eu estava coberta de provas.

Entrando em ação, corri até a porta do banheiro e quase chorei de alívio ao ver que ela podia ser trancada por dentro. Certificando-me de que continuasse trancada, corri de volta até minha mochila. Não sabia quanto tempo eu tinha antes que alguém tentasse entrar no banheiro.

Liguei primeiro para a Zoe. Ela estava perto e era quem podia chegar mais rápido. No entanto, ao escutar o telefone tocar diversas vezes sem resposta, dei-me conta de que ela provavelmente o botara no silencioso.

— Merda. — Desliguei e liguei para o Luc, olhando de relance para a April, que continuava esparramada no chão. Um gosto de fel subiu pela minha garganta. O telefone tocou uma vez.

— Você não devia estar em aula? — perguntou Luc. — Ou está tão curiosa assim com a minha surpresa? Não é um Chia Pet, Pesseguinho.

Meus joelhos quase cederam ao escutar a voz dele. Consegui me segurar, mas me dobrei ao meio.

— Aconteceu uma coisa muito ruim.

Todo o humor se esvaiu de sua voz.

— Você está bem?

— Estou, mas... acabei de matar a April no banheiro da escola, e não sei o que fazer. Liguei pra Zoe, mas ela deve estar em aula e não está atendendo. — Despejei numa enxurrada. — Matei, Luc. Ela está totalmente morta, e eu não posso sair do banheiro.

— Por que não?

Olhei de relance para o espelho, estremecendo.

— Tem algo errado comigo.

— Me diz em qual banheiro você está.

Disse para ele exatamente onde me encontrar.

— Luc, por favor... rápido.

— Já, já chego aí.

Segurando o celular de encontro ao peito, fechei os olhos e me escorei na pia. Luc era rápido. Ele estaria aqui em poucos minutos, se tanto, e tudo ficaria bem.

Como ele sempre prometeu.

Uma dor aguda rasgou minha têmpora, e quase deixei o celular cair. Fragmentos de memória tentavam vir à tona — imagens que eu tinha visto depois que a April... O que ela havia feito comigo? Abri os olhos e inspirei, mas o ar não entrou direito. Ela havia apertado um botão num chaveiro.

O que foi que ela dissera mesmo? Ondas Cassiopeia? Encolhi-me ao sentir uma fisgada atrás dos olhos. Meu nariz começou a escorrer, e ergui a mão trêmula para limpar. As pontas dos dedos ficaram sujas de vermelho. Meu nariz estava sangrando. Virei-me de novo para o espelho, com medo de ver meus próprios olhos.

Eles estavam normais, castanhos como sempre. Não mais com aquele tom assustador de preto, com as pupilas brancas. Como os da Sarah e da April. Talvez eu tivesse apenas imaginado. Algo tinha...

Vi o corpo da April pelo espelho, esparramado no chão.

— Certo — murmurei, engolindo em seco. — Não foi imaginação. Você pulou nessa pia como uma ninja assassina e fincou uma lâmina na cabeça dela.

Virei-me de volta e vi que a mão da April estava aberta. O chaveiro descansava no centro de sua palma. Curvando-me, peguei-o e o meti no bolso.

Ainda segurando o celular, contornei a pia, mantendo distância das pernas dela. Talvez matá-la tivesse sido um erro. Eu tinha perguntas — muitas perguntas. Mas, por outro lado, não estava exatamente no controle de mim mesma. Assim que a mão dela tocara a minha, eu reagira... com uma precisão letal. Queria matá-la. Precisava acabar com ela e, embora não estivesse brincando sobre querer matá-la após o que ela havia feito com a Heidi, jamais imaginara que fosse capaz de levar a cabo esse desejo.

Também não imaginara que fosse capaz de pegar uma arma e atirar na cabeça de alguém.

Escutei a voz dele de novo, fraca, porém nítida, no fundo da mente. *Você precisa ser mais rápida e mais forte do que ele.*

Era a mesma voz que eu tinha escutado após atirar na mulher — na assistente da April.

— Evie? — Soou uma voz abafada do outro lado da porta do banheiro. — Pode nos deixar entrar?

Fui correndo até a porta, destranquei e abri. Assim que vi o Luc, joguei-me em cima dele, envolvendo-o com braços e pernas. Ele me pegou com facilidade, entrando no banheiro ao mesmo tempo que entremeava os dedos em meu cabelo.

— Pesseguinho — murmurou ele junto à minha cabeça. — Se é preciso alguém ser morto para você me receber desse jeito, não vou reclamar.

Com uma risadinha histérica, enterrei o rosto em seu pescoço.

— Isso não é engraçado.

— Não estou brincando. — Seguiu-se uma pausa. — Você se machucou? Tem sangue no seu rosto.

— Foi só um sangramento de nariz. — Minha cabeça pulsava, e minhas costas doíam bastante, mas eu estava bem.

— Tem certeza?

Murmurei um *sim* contra sua pele quente.

— Uau! — A voz do Grayson ecoou pelo banheiro. — Você realmente a matou.

Fiz que sim, imaginando se ele usara lentes de contato para passar pelos drones VRA.

— Estou impressionado — acrescentou o Luxen de modo relutante.

— Aquilo é um buraco na cabeça dela? — Fiz menção de erguer a cabeça ao escutar a voz da Emery, mas Luc manteve meu rosto enterrado em seu pescoço. — E... sou só eu ou o sangue dela parece superestranho?

— Preciso que vocês limpem esse banheiro antes que alguém perceba o que aconteceu aqui — ordenou Luc. — Me dá a mochila dela, Gray. — Um segundo depois, senti o Original pendurar minha mochila no ombro. Tentei me desvencilhar dele, mas o braço que me envolvia me apertou um pouco mais. — Não. Gosto do jeito como você está.

Alguém soltou um forte suspiro. Tive a impressão de ter sido o Grayson.

— Preciso que você me bote no chão — falei.

— Não. Não precisa, não. — Ele começou a recuar. — O que você precisa é se segurar firme.

— O que...

Luc se virou e partiu, e me dei conta de que ele estava correndo, movendo-se tão rápido que não passaria de um borrão para qualquer pessoa que nos visse. Assim que senti o ar esfriar, soube que estávamos fora da escola. Segundos depois, ele desacelerou e parou, abrindo uma porta.

— Estamos no seu carro. — Sem sequer se mostrar ofegante, o Original me botou no banco do carona. Em seguida, envolveu meu rosto entre as mãos e inclinou minha cabeça para trás. — Seu nariz continua sangrando.

— Está tudo bem. — Senti sua palma começar a ficar quente. Agarrando-lhe o pulso, afastei sua mão. — Não acho que você deva mais fazer isso.

— Posso curar o que quer que esteja fazendo seu nariz sangrar...

— Acho que não — murmurei.

— Você sabe que sim.

Ele não estava entendendo. Inclinei-me na direção dele, enterrando os dedos em seu pulso.

— Aconteceu alguma coisa comigo.

— O quê? — Com os olhos fixos nos meus, Luc encostou a palma em meu rosto.

— Acho que me transformei na Exterminadora do Futuro.

Ele ergueu as sobrancelhas.

— Você o quê?

— Sério. Eu passei uma rasteira nela como se fosse faixa preta de jiu-
-jitsu. E depois saltei, Luc. *Saltei* sobre a pia e me virei como uma bailarina.
Agarrei-a pela cabeça e enfiei a obsidiana no centro dela.

Ele inclinou a cabeça ligeiramente de lado.

— Isso é... excitante.

— Luc! Estou falando sério.

Seus olhos violeta faiscaram.

— E eu não estou brincando.

— Nem eu. Fiz algo impossível, e tem mais. Muito mais. — Minhas
unhas estavam quase perfurando a pele do pulso dele. Eu podia sentir, mas
o Luc sequer se encolheu. — Acho... ó céus... acho que sou como elas...
como a April e a Sarah.

Ele entreabriu os lábios.

— Evie...

— Você não está entendendo. April destravou algo dentro de mim. —
Estremeci. — Era eu, mas ao mesmo tempo não era.

Seus olhos intensos se fixaram nos meus.

— Certo. Preciso que me conte tudo.

Contei tudo durante o caminho até a boate e o
apartamento dele. Assim que entramos, o Original me entregou uma Coca
geladinha. Tomei a lata inteira como se tivesse acabado de voltar do deserto,
morrendo de sede.

— Você disse que ela apertou um botão num chaveiro? — Ele parou
diante de mim.

Botei a lata vazia sobre a mesinha de canto, inclinei-me ligeiramente
de lado e peguei o chaveiro no bolso. Ele era preto, com um pequeno botão
vermelho no meio.

— Esse aqui. — Entreguei-o para ele. — Ela disse... acho que ela disse
que era uma espécie de onda sonora chamada Onda Cassiopeia? E que essa

onda só afeta as pessoas que tomaram o soro Andrômeda, ativando alguma espécie de código presente nele. Quer dizer que eu tenho um código instalado na cabeça?

— Tipo um código de computador? — Ele virou o chaveiro de cabeça para baixo. — Não acho que o seu cérebro seja um código de computador.

— Dã — retruquei, esfregando as palmas nos joelhos. — Mas que tem algo dentro de mim, isso tem, porque além da dor excruciante, eu vi imagens, Luc. Vislumbres de lembranças. Vi um homem; ele parecia chapado, e havia um cheiro de urina de gato… e mofo.

Luc ficou imóvel feito uma estátua.

— Acho que você viu seu pai. Seu verdadeiro pai.

Encolhi-me, não exatamente surpresa, mas… perturbada.

— E vi você ainda garoto. Correndo ao lado do rio Potomac. Nós estávamos descalços e enlameados. E acho… acho que estávamos rindo. A gente fez algo assim?

Luc deu um passo à frente e parou.

— Fizemos. Várias vezes.

Soltei um suspiro trêmulo.

— Quando a dor parou, ela começou a dizer alguma coisa, e eu completei a frase. "Uma vida por uma vida", o que soa como algo retirado de um dos livros do Stephen King.

Ele ergueu as sobrancelhas.

— Na hora, eu sabia o que ela estava querendo dizer com isso, mas não tenho ideia de como eu sabia ou por quê. Depois, ela disse: "Vamos. Ele está nos esperando."

As pupilas dele ficaram brancas.

— Ele?

Assenti com um menear de cabeça.

— Não faço ideia de quem possa ser, mas, durante a dor que parecia dilacerar minha cabeça por dentro, escutei a voz de um homem. Ele disse algo tipo: "Você não é como eles", e, em seguida, me vi vestida com uma calça e uma camiseta pretas, segurando uma arma. Eu não o vi, mas escutei a voz dele.

Luc fechou os dedos em volta do chaveiro.

— Isso foi quando ele disse que você não era como os outros?

— Foi. E ele disse mais alguma coisa. Tipo, que eu precisava ser mais rápida e mais forte. Não me lembro exatamente. — Encolhi-me ao sentir uma fisgada de dor em meu cérebro.

— Você está bem? — Num piscar de olhos, Luc estava ao meu lado, uma das mãos envolvendo meu rosto.

— Estou. — Respirei lentamente, sentindo a dor ceder. — Sempre que tento lembrar o que escutei, minha cabeça dói.

— Então para. Para…

— Não posso parar. Nada disso faz sentido, e com certeza não vou descobrir se não tentar. — Afastei-me dele e corri as mãos pelo cabelo, afastando as mechas do rosto. — Pelo jeito da April, ela achou que assim que apertasse o botão eu viraria outra pessoa, e que a acompanharia por vontade própria ou algo do gênero. Achei…

Luc guardou o chaveiro no bolso e, fechando as mãos sobre as minhas, gentilmente removeu os dedos ainda entremeados em meu cabelo.

— O quê?

Inspirei, mas o ar não entrou direito.

— Achei que ia morrer. A dor foi excruciante, Luc. Era como se não fosse restar mais nada de mim quando ela finalmente parasse. Achei… — Minha voz falhou. — Foi horrível. Não sei como ainda estou viva…

— Pesseguinho. — Ele se inclinou e apoiou a testa na minha. — Para. Não consigo… escutá-la dizer isso. Sinto vontade de explodir alguma coisa só em saber que você passou por uma dor dessas e que não havia nada que eu pudesse fazer para impedir. Que eu sequer sabia o que estava acontecendo… Eu devia ter estado lá.

Estremeci e fechei os olhos.

— Não sei o que ela fez, mas ela fez alguma coisa, Luc. Essa Onda Cassiopeia, ou o que quer que seja, destravou algo dentro de mim. Eu vi, Luc.

— Como assim? — Ele puxou minha cabeça ligeiramente para trás e, quando nossos olhos se encontraram, pude ver a preocupação estampada em seu belo rosto. — Além de transformá-la na Exterminadora do Futuro?

Fechei as mãos nos pulsos dele e, assentindo, murmurei:

— Fico com medo só de falar em voz alta.

— Não fique. — Ele tocou meu rosto com as pontas dos dedos. — Nunca quando estiver comigo.

Nunca quando estiver comigo. Essas palavras me deram coragem de dizer o que me apavorava só de pensar.

— Eu vi meus olhos. Eles eram iguais aos da Sarah… e da April. Eram pretos, com as pupilas brancas. Por isso eu não podia sair do banheiro. Eles voltaram ao normal após alguns minutos, mas eu vi.

Luc franziu as sobrancelhas.

— Não é possível.

— Eu sei. — Engoli em seco. — Mas eu vi. Não foi coisa da minha imaginação. Eu vi meus olhos, e foi assim que eles ficaram.

As mãos dele tremeram.

— Você é humana, Evie. Humana, exceto…

— Exceto pelo DNA alienígena que havia no soro Andrômeda. Além disso, segundo a April, havia alguma espécie de código também. Talvez não um código de computador, mas ela apertou o botão e meu cérebro entrou em curto, e, em seguida, eu virei uma ninja, Luc. Na maioria dos dias, não consigo andar em linha reta nem estando sóbria, mas dei uma surra nela, tipo, em um milissegundo. Só que é mais do que isso — falei, o coração martelando. — A voz do homem? Eu já a escutei antes, e hoje o James disse algo que chamou minha atenção. Ele pegou um resfriado, e comentou que nunca tinha me visto ficar doente. Nem eu, nem a Zoe. E sabe de uma coisa? Ele está certo.

— Isso não significa que você não seja humana. — Luc soltou meu rosto e se levantou.

— Mas o que eu fiz hoje não foi normal, pelo menos não para mim. — Umedeci os lábios. — Talvez seja por isso que eu não fico com nenhum rastro. Talvez não seja o soro em si, mas o que havia dentro dele, e agora… O que vai acontecer? E se eu começar a me transformar como a Sarah ou o Coop? Porque vamos aceitar o fato de que o Coop provavelmente passou por alguma versão do que aconteceu com a Sarah. E se… — Inspirei fundo, sentindo o ar gelado. Após ficar doente, Sarah havia fugido como se não tivesse ideia de quem era, como se estivesse indo ao encontro de alguém. — E se eu perder o controle de mim mesma de novo? E se me transformar e não me lembrar de nada…

— Nada vai acontecer com você, Pesseguinho. *Nada.* Não vou deixar que nada aconteça com você.

— Para de dizer isso! — Levantei num pulo, o coração a mil. — Você não tem como controlar tudo o que acontece. Ninguém tem.

— Permita-me discordar. — Ele pressionou os lábios numa linha fina e se virou de costas. Seus ombros pareciam tensos, e o ar à nossa volta ficou carregado de estática. — Estou sempre no controle…

— Não nesse caso — argumentei, balançando a cabeça, frustrada. — Por que você acha que é impossível? Todas as evidências apontam para…

— Porque eu saberia! — rugiu ele, virando-se de volta para mim. Uma descarga de eletricidade espalhou-se pelo aposento. A lâmpada do abajur na mesinha de canto explodiu, me fazendo dar um pulo. Luc baixou o queixo e acrescentou num tom mais suave. — Eu *saberia* se você não fosse humana... Se aquele soro tivesse feito algo além de lhe devolver a vida.

— Você não tem como saber tudo, Luc.

Ele fez que não e se aproximou um passo.

— Eu sei. Eu conheço *você*.

Soltei um arquejo.

— Alguns dias atrás você me disse que conhecia a Nadia, e não a mim. Isso mudou?

— *Mudou*. Eu estava errado. — Em um piscar de olhos, ele estava na minha frente. — Percebi que estava no momento que você disse que me queria.

Meu coração falhou e, em seguida, pulou uma batida.

— O que não significa que saiba o que está acontecendo comigo, e alguma coisa definitivamente está.

Luc inspirou fundo, inflando o peito. Então, se virou e foi até a janela. As cortinas estavam abertas, e o céu encoberto de novembro estava escuro e cinzento.

— Não gosto disso. Sempre sei o que está acontecendo. Sempre tenho respostas. — Ele correu uma das mãos pelo cabelo. — E não tenho a menor ideia do que está acontecendo aqui. Isso me lembra...

Dei um passo na direção dele.

— O quê?

— De quando você ficou doente pela primeira vez — disse Luc, tão baixo que mal o escutei. — Eu não tinha as respostas na época. Não conseguia curá-la. Não podia fazer nada, mas... — Jogando a cabeça para trás, soltou um forte suspiro. — Foi a única vez em minha vida que fiquei com medo.

Senti vontade de ir até ele, mas estava enraizada no lugar.

— E está com medo agora?

Outra descarga de eletricidade cruzou o apartamento, enchendo o ar de estática mais uma vez.

— Estou.

e o Luc estava com medo, então eu devia estar apavorada. Não é que não estivesse apreensiva, mas ao mesmo tempo me sentia... alheia a tudo. Sabia que alguma coisa estava acontecendo comigo, mas não sentia nada de diferente em mim ao observar o Original se virar de costas para a janela e me encarar.

Eu me sentia a Evie, fosse lá o que isso significasse.

— Você nunca me pareceu o tipo de pessoa que fica com medo — falei com honestidade.

— Geralmente não fico, mas quando se trata de você... — Ele deixou a frase no ar e desviou os olhos. Em seguida, inspirou fundo, e um músculo pulsou em seu maxilar. — Vamos descobrir como resolver isso.

— Vamos?

— Vamos. — Luc se aproximou de mim, pegou minha mão e se sentou, me puxando para o colo. Ajeitei-me com as pernas encolhidas sobre as dele. Seus olhos penetrantes perscrutaram meu rosto. — Precisamos conversar. De agora em diante, as coisas vão mudar.

O ar ficou preso em minha garganta. As coisas *tinham* que mudar agora. Eu sabia. Coisas importantes. Baixei os olhos, sentindo meu estômago se retorcer numa série de nós. Fui tomada por um misto de medo e incerteza. Não precisava nem perguntar para saber que eram coisas decisivas para nossas vidas.

Luc pressionou dois dedos sob meu queixo e o ergueu.

— Mas tem duas mais importantes que precisamos resolver primeiro.

— O que poderia ser mais importante?

— Isso.

Os dois dedos se curvaram e puxaram minha boca para a dele, parando um tiquinho antes de nossos lábios se tocarem. Ele, então, deslizou a mão para minha nuca. Um segundo depois, me beijou. Uma inegável centelha espocou entre nós no instante em que nossos lábios encostaram um no outro. O beijo começou lento, apenas um leve roçar de lábios, mas assim que entreabri os meus, Luc soltou um rosnado que fez minhas entranhas se contorcerem. Ele, então, foi aprofundando o beijo, e tudo em que pude pensar era que apenas o Original tinha o poder de apagar com um beijo todos os meus medos e incertezas, de me fazer esquecer que havia algo terrivelmente errado comigo.

Os problemas continuavam lá, mas por alguns breves instantes, não podiam nos afetar. Quando o Luc, enfim, se afastou, eu estava tonta.

— Tem mais uma coisa.

— Hum. — Meus lábios formigavam, enquanto partes do corpo pulsavam em sintonia com as batidas do coração.

— Minha surpresa.

Tinha me esquecido completamente.

— Tem certeza de que não é um Chia Pet?

Ele riu e ergueu uma das mãos. Segundos depois, uma caixa apareceu no centro de sua palma, vinda de algum lugar fora do meu campo de visão. Ela estava embrulhada num papel de presente da cor exata dos olhos dele. Luc, então, me entregou a caixa.

Olhei para ela e, em seguida, para ele.

— O que é isso?

— Abre.

Nenhuma das surpresas anteriores tinha vindo embrulhada em papel de presente. Deslizando o dedo sob a dobra, rasguei o papel brilhante.

— Ai, meu Deus! — exclamei, olhando para uma câmera novinha em folha. Um modelo supercaro. Uma Canon T6 Rebel com todos os acessórios... acessórios que eu nunca tivera dinheiro para comprar ou a chance de usar. — *Luc.*

— A sua antiga foi destruída, e eu sei o quanto você adora tirar fotos.

Sentindo a visão turva devido às lágrimas, olhei para a câmera.

— Além disso, você precisa bater de novo aquelas fotos do meu belíssimo rosto.

— Luc — murmurei, fechando os dedos em volta da caixa.

Ele ficou em silêncio por alguns momentos.

— Você vai chorar? Por favor, não chore. Não gosto quando você chora. Fico com vontade de fritar alguma coisa, e já queimei duas lâmpadas hoje.

Rindo, envolvi-o em meus braços e o beijei.

— Você não precisava ter feito isso, mas agora ela é minha. Para todo o sempre.

Ele riu e correu os dedos pelo cabelo.

— Fico feliz que tenha gostado.

— Eu amei. — Corri os dedos sobre a caixa, rindo. — Eu hoje virei uma ninja assassina e matei a April. Talvez esteja ou não me tornando sabe lá Deus o quê, mas… estou me sentindo bem. Não por causa da câmera ou do beijo, embora ambos tenham ajudado — acrescentei ao vê-lo erguer as sobrancelhas. — Mas por sua causa. Obrigada.

Ainda sorrindo, ele desviou os olhos e baixou a mão.

— Não tem de quê… — O celular tocou. Luc enfiou a mão no bolso e o pescou. — Eles voltaram… com o corpo da April.

✳ ✳ ✳

Parte de mim não queria saber por que eles tinham trazido o corpo da April, o que não me impediu de sentir uma curiosidade mórbida enquanto seguia o Luc até o andar da boate, onde todos nos aguardavam.

Zoe veio direto ao meu encontro, seguida de perto pela Heidi. As duas me abraçaram e, ao se afastar, Zoe disse:

— Não acredito que você a matou. Eu tenho um monte de perguntas. E, para ser honesta, estou um pouco puta por não ter sido eu.

— Junte-se ao clube — comentou Emery ao passar pela gente, seguindo em direção ao corredor do qual havíamos acabado de sair.

— Como você a matou? — perguntou Heidi, praticamente pulando de um pé para o outro. — Certo. Isso não soou muito bem, mas como tudo aconteceu? Tenho tantas perguntas!

Olhei de relance para o Luc.

— Bom, é uma longa história…

— Me mostra a sua mão — pediu Grayson, materializando-se do nada.

Ainda que temendo que ele soltasse uma tarântula em minha mão, acatei o pedido.

Grayson soltou a obsidiana em minha palma, já limpa de sangue e com uma nova correntinha. Antes que eu pudesse lhe agradecer ou perguntar como ele havia trocado o colar tão rápido, o Luxen já estava a caminho da cozinha.

Troquei um rápido olhar com o Luc, que inclinou ligeiramente a cabeça e abriu um sorrisinho misterioso. Fechei os dedos em volta do pingente. Tinha sido um belo gesto da parte do Grayson.

Mas eu ainda não gostava dele.

— Aonde todo mundo está indo? — perguntei.

— Fazer uma autópsia — respondeu Luc.

— O quê? — dissemos eu e Heidi ao mesmo tempo. Ela, então, se virou e foi atrás da Emery.

Luc passou por mim, parando para plantar um rápido e inesperado beijo no canto da minha boca.

— Sou carente. Não se esqueça — murmurou ele.

Arregalei os olhos, sentindo as bochechas corarem enquanto o Original retomava seu caminho.

Zoe se virou para mim.

— Nós duas precisamos ter uma longa conversa. E não estou falando só da April.

Olhei de relance para o corredor por onde todos haviam desaparecido.

— Luc e eu... bom, estamos namorando, eu acho. Quero dizer, não. Não acho. Tenho certeza. — Meu rosto queimava. — Estamos definitivamente namorando...

Ela me deu um tapinha no braço.

— E você não me contou?

— Iai! — Esfreguei o braço. — Isso aconteceu uns dois dias atrás, e com todas as loucuras que têm rolado, não tive chance.

— Você podia ter encontrado um tempo para me dizer que estava namorando, especialmente quando esse namorado é o Luc. Cruzes, Evie!

— É, podia. Talvez entre o quase assassinato da Heidi e os tiros que o Luc tomou — retruquei. — Talvez durante uma sessão de manicure e pedicure.

— Eu teria adorado uma sessão de manicure e pedicure. — Ela abriu um rápido e largo sorriso. — Agora, sério. Fico feliz em saber. Vocês dois passaram por muita coisa para chegar aqui.

Assenti com um menear de cabeça e, brincando com o pingente em minha mão, olhei para o corredor.

— É que ele... é o Luc.

Zoe riu.

— Não precisa dizer mais nada. Entendi.

Dei uma risadinha também.

— Talvez a gente devesse ir ver o que eles estão fazendo. Depois te conto tudo o que aconteceu.

Ela concordou. Seguimos, então, em direção ao corredor. Enquanto eu prendia o colar, passamos pelas portas vaivém e entramos na cozinha. Usá-lo depois de ter utilizado a obsidiana para apunhalar a cabeça da April era…

Nós duas paramos de supetão.

April estava deitada em uma mesa estilo bancada sob uma coleção de panelas e tigelas de aço inoxidável. Sua pele adquirira uma palidez de cera, e a testa…

Desviei os olhos rapidamente, fixando-os na Heidi e na Emery. Heidi estava com a cabeça inclinada de lado, olhando para a garota morta.

Luc estava em pé de costas para a porta, os braços cruzados, e o Grayson estava parado junto ao pé da mesa com uma expressão impassível.

Minha atenção se voltou para o segurança tatuado e cheio de piercings, Clyde, e o outro Luxen, Chas. Clyde estava vestido como um açougueiro num filme de terror, com luvas grossas que iam até os cotovelos e um avental de borracha sobre o macacão. Ele usava também um par de óculos pequenos, com armação preta, empoleirados na ponta do nariz.

— Vocês não estavam brincando — murmurei, horrorizada e, ao mesmo tempo, morbidamente interessada.

Chas entregou algo que me pareceu um bisturi para o segurança, que disse:

— Vou realizar minha primeira autópsia.

— Numa cozinha? — perguntou Kent, entrando no aposento e parando de supetão. — Onde eu fritei batatas para mim hoje de manhã?

Clyde arqueou uma sobrancelha.

— Ahn… bom, é um lugar perfeito.

— Não — retrucou Kent. — É o oposto de um lugar perfeito.

— É um local limpo e privativo, com uma superfície lisa e muitas tigelas — argumentou Clyde.

— Não quero nem saber o que você pretende colocar nas tigelas que eu uso para minhas saladas e cereais! — exclamou Kent. Precisava concordar com ele.

— Por que estamos realizando uma autópsia? — perguntou Emery, parecendo um pouco pálida. — Quero dizer, será que isso pode realmente nos dizer o que ela é?

Luc deu de ombros, balançando a cabeça lentamente.

— Quero ver como ela é por dentro — respondeu Clyde com toda a calma do mundo.

Arregalei os olhos.

— Tenho certeza de que essa é a primeira coisa que os serial killers dizem quando são pegos.

O segurança abriu um sorriso cheio de dentes.

Tudo bem, então.

— Clyde foi médico em outra vida. — Luc olhou para mim por cima do ombro. — Ele é muito bom em cortar e fatiar.

Não exatamente a coisa mais tranquilizadora de se ouvir.

— Quando os Luxen e os Arum morrem, eles retornam à forma verdadeira. Ambos parecem... conchas. A pele se torna translúcida; a de um, clara, a do outro, escura. — Luc inclinou a cabeça ligeiramente para o lado. — Os híbridos parecem humanos normais. Os Originais também. Já sabemos que ela não é nenhuma dessas coisas.

Prendi a respiração.

— E já sabemos que morta ela não se parece nem com um híbrido nem com um Original — continuou ele, fazendo sinal para o segurança.

— O corpo dela continua quente — explicou Clyde. Teria que confiar nas palavras dele. Com uma das mãos enluvadas, ele ergueu um braço ainda mole. — Estão vendo essas marcas que parecem hematomas? São pontos de concentração de sangue. É muito cedo para isso já ser tão perceptível. Geralmente leva umas duas horas. — Ele baixou o braço dela novamente e, em seguida, ergueu a blusa, deixando à mostra uns dois dedos de barriga. Havia marcas arroxeadas ali também. — E isso não é tudo.

Heidi engoliu em seco e falou numa voz um tanto esganiçada.

— Não?

— Não. — Clyde abaixou a blusa novamente. — Ela... está se desintegrando.

— Como assim? — perguntei.

— A pele está começando a escamar e a parecer algo que me lembra poeira ou cinzas. — O segurança ergueu a mão e mostrou a palma. Uma espécie de pó branco rosado cobria as pontas dos dedos enluvados. Parecia blush. — Ela parece estar se decompondo rapidamente.

— Além disso, o sangue dela é diferente — observou Grayson. — Quase preto, com um leve tom azulado. Parece a substância que a Sarah vomitou e que vocês disseram que o Coop também.

Será que meu sangue era preto também?

Não. Meu sangue era vermelho, normal. Eu já o vira vezes o suficiente para saber. Mas se fosse como a April em algum aspecto, será que ia me desintegrar quando morresse? Será que minha pele ia… escamar? Sentindo o peito apertar, cruzei os braços em volta da barriga.

— Existe uma possibilidade de que haja outras diferenças — continuou Clyde. Luc se virou e veio para perto de mim. — Tecidos. Órgãos. E por aí em diante. Tenho um amigo de confiança que é patologista e que pode fazer alguns testes. Mas preciso recolher algumas amostras.

— Podemos conversar a respeito disso? — perguntou Kent, com as mãos na cintura. — Porque não estou nem um pouco feliz que isso esteja acontecendo na cozinha. Sei muito bem que algum de vocês vai querer que eu limpe, e essa não é a América que me prometeram.

Os lábios da Zoe se curvaram num sorriso ao mesmo tempo que o Clyde erguia o bisturi mais uma vez.

— Não. — Recuei um passo, erguendo as mãos. Era tudo surreal demais. — Não vou ficar aqui enquanto vocês fazem isso. Sei que vou acabar vendo coisas que não conseguirei esquecer. Não quero tomar parte nisso.

Grayson soltou uma risadinha debochada, mas não dei a mínima. Girando nos calcanhares, saí para o corredor silencioso e mal iluminado.

— Pesseguinho? — Luc veio atrás de mim. Continuei andando. Não tinha certeza de para onde estava indo, mas já estava perto do bar quando ele surgiu subitamente diante de mim, movendo-se tão rápido que sequer percebi. — Ei — disse, fechando as mãos em meus ombros. — No que você está pensando?

— No momento? — Eu ri. — Hum. Estava só rezando para não me desintegrar quando morrer, mas, por outro lado, vou estar morta, portanto acho que não vou nem perceber.

— Você não vai se desintegrar.

— Bom, não temos como saber, temos?

As mãos baixaram para os meus quadris.

— Olha só, sei que tem algo acontecendo com você. Não vou negar, mas no momento as coisas não estão fazendo muito sentido. — Fechando as mãos, ele me suspendeu e me botou sentada no balcão. — Não sabemos de nada com certeza ainda, portanto não vamos nos focar nessa história de morte.

Engolindo em seco, assenti com um menear de cabeça ao mesmo tempo que escutava a porta do corredor se abrir. Alguns momentos depois, Heidi, Zoe e Grayson se juntaram a nós.

Ao ver a maneira como o Luc estava parado entre as minhas pernas, com as mãos nos meus quadris, Heidi ergueu uma sobrancelha e fez um biquinho.

Pretendia ter uma conversa com ela mais tarde também.

— Então, qual é o lance? — perguntou Zoe, recostando-se no bar. — O que aconteceu com a April no banheiro?

Luc ergueu os olhos para mim, me analisando com atenção.

— Quer falar sobre isso agora?

Fiz que sim, sabendo que era melhor falar agora do que depois. Assim sendo, contei tudo e, enquanto falava, Luc ficou ao meu lado, uma presença estranhamente reconfortante.

— Ela estava com as fotos da verdadeira Evie, as que foram tiradas do álbum da minha mãe. Achei que tivesse sido o Micah, mas foi a April — expliquei, esfregando as palmas nos joelhos. — Mas ela não sabia que na verdade eu sou a... Nadia.

— Espera um pouco. *O quê?* — Grayson ficou duro feito uma pedra.

Olhei de relance para o Luc. Ele observava o amigo atentamente.

— Meu verdadeiro nome é Nadia Holliday. Eu tomei o soro Andrômeda e... bom, é uma longa história, mas não tenho lembranças da minha vida como Nadia.

— Você é *a* Nadia? — demandou ele, descruzando os braços.

— Ela mesma — respondeu Luc.

Duas simples palavras, mas que pareceram acertar o Grayson como uma bala de canhão. O Luxen recuou um passo, olhando para o Luc.

— Por que não me contou?

— Zoe sabia porque conheceu a Evie antes, quando ela ainda era a Nadia. — A voz do Luc soou baixa e calma. — Somente os que já a tinham conhecido é que sabiam. Daemon e Dawson. Archer. Clyde. Ninguém mais precisava saber. Era arriscado demais. Continua sendo um risco.

Grayson piscou como se alguém tivesse invadido seu espaço pessoal. Deu a impressão de que ia dizer alguma coisa, mas fechou a boca e balançou a cabeça.

Um longo momento se passou, e então ele disse:

— Você devia ter me contado.

Luc inclinou a cabeça ligeiramente de lado.

— Isso teria mudado alguma coisa?

Não sabia ao certo o que ele queria dizer com a pergunta, mas se estivesse insinuando que o Luxen teria me tratado melhor se soubesse que eu era a Nadia, eu apostaria que não. Grayson, porém, não respondeu, apenas desviou os olhos, um músculo pulsando em seu maxilar.

O Original se virou para mim e disse com suavidade:

— Continua.

Contei tudo, sem deixar nada de fora. Minha atenção, porém, era volta e meia atraída para o Luxen. Grayson parecia *furioso*. Seus olhos cor de safira se estreitavam mais e mais a cada segundo, os lábios pressionados numa linha fina, o maxilar trincado.

Parte de mim não podia culpá-lo por estar zangado.

Sob ordens do Luc, ele passara anos de olho em mim, e tinha a impressão de que me odiava por isso. Mas ele nunca soubera que eu era ela — *a* Nadia.

O que não justificava o fato de ter me chamado de inútil.

Quando terminei, Zoe e Heidi me fitavam como se um terceiro olho tivesse surgido subitamente na minha testa e estivesse dando piscadinhas para elas.

— Eu sei que tudo isso parece impossível, mas é verdade — concluí. — É tudo verdade.

Zoe correu umas das mãos pelo cabelo, juntando os cachos e os afastando do rosto.

— Não acho que nada seja impossível. Não depois de ter visto em primeira mão do que o Daedalus é capaz. Mas isso é realmente insano.

Grayson continuava puto, mas perguntou:

— Você está com esse chaveiro?

— Está comigo. — Luc meteu a mão no bolso e o tirou. — Nunca vi nada parecido que possa fazer o que fez com a Evie. Espero que o Daemon ou algum dos outros consiga me dar uma luz. Vou mandar uma mensagem para eles.

Olhei para o chaveiro na mão dele, lembrando da dor.

— Ela pressionou o botão e… foi isso. Dor. Em seguida me transformei na Exterminadora do Futuro.

— O que acontece se a gente apertar de novo? — perguntou Grayson.

Virei-me para ele, os olhos estreitados.

— Além da sensação de estar sendo apunhalada repetidas vezes na cabeça?

— É, além disso — retrucou o Luxen de modo seco.

— Ninguém vai apertar nada de novo — interveio Luc, fechando os dedos em volta do chaveiro.

— Mas e se apertar fizer alguma coisa? Como recuperar outras memórias e a transformar na Exterminadora de novo? — argumentou Grayson.

— E se causar mais dor? Se a machucar? — Luc baixou a mão, os dedos ainda fechados em volta do chaveiro.

— E se não fizer nada? — desafiou Grayson. — Saber nos daria uma vantagem.

— Não. — Luc balançou a cabeça com veemência.

— De que forma pressionar o botão e ele não fazer nada com a Evie nos daria uma vantagem? — perguntou Zoe.

— Não sei por que ainda estamos falando sobre isso. — O Original cruzou os braços.

— Bom, nos diria se o que quer que essa coisa tenha feito, essa Onda Cassiopeia, realmente destravou esse código que a April alegou estar no soro. Diria pelo menos se devemos ou não nos preocupar com a possibilidade de alguém apertar o botão de novo e fazer sabe lá Deus o que com ela.

Zoe assumiu um ar pensativo e...

Merda.

— Ele tem razão — falei. — Quer faça algo ou não, isso nos dará uma resposta.

Luc se virou para mim, o rosto duro.

— De jeito nenhum. Nem pensar.

— Luc...

— De forma alguma vou permitir que alguém aperte um botão que pode te causar uma dor debilitante.

— Talvez não aconteça nada. — Fechei as mãos na beirada do balcão. — Olha só, não quero sentir aquela dor de novo, mas é um risco...

— Que não estou disposto a deixá-la correr.

Fui tomada por uma súbita irritação.

— Mas eu estou.

Ele inclinou a cabeça ligeiramente de lado.

— Que parte das minhas palavras ou do meu jeito te deu a impressão de que vou deixar isso acontecer? Vamos mudar de assunto.

— A escolha é minha, Luc.

— E é minha escolha impedi-la de fazer escolhas idiotas — retrucou ele.

Pulei para o chão.

— Você não tem o direito de escolher o que eu faço ou deixo de fazer com o meu corpo.

— Ah, não. Nem começa. — Ele me encarou. — Uma coisa não tem nada a ver com a outra. Não se trata do seu direito de fazer o que bem quiser. Se trata do meu direito de impedi-la de fazer algo que pode machucá-la.

— Concordo com o Luc. Talvez a gente descubra alguma coisa apertando o botão, mas não sabemos o que irá provocar — interveio Heidi. — Apertar esse botão pode acabar apagando sua memória ainda mais. Portanto, não acho que devemos arriscar.

Cruzei os braços.

— Você não está ajudando.

— Desculpa — murmurou Heidi. — Mas é a minha opinião.

Inspirei fundo e lentamente, e tentei uma abordagem diferente.

— Mas e se eu conseguir recuperar outras lembranças, memórias da minha vida anterior? Vale o risco. Faça. Aperte o botão. É o único jeito.

— Nada vale o risco de vê-la machucada. Nem que isso a faça se lembrar de cada maldito segundo da sua vida como Nadia. — Ele projetou o queixo e continuou num tom mais baixo. — Sei que você quer se sentir útil. Que quer provar que pode nos ajudar, ajudar a si mesma, mas esse não é o caminho.

Congelei.

Grayson soltou uma maldição por entre os dentes.

— Esquece — disse ele. — Foi uma ideia idiota.

— É. — Luc guardou o chaveiro de volta no bolso. — Foi mesmo.

— Não, não foi! — Negando com um balançar de cabeça, virei de costas e me apoiei no balcão. — Sei que você não quer me ver com dor…

— Ou coisa pior — interrompeu Luc. — Nós nem sabemos o que essa Onda Cassiopeia realmente é. O que ela provoca de verdade quando penetra seu cérebro e mexe com tudo lá dentro. Até descobrirmos mais sobre ela e o que ela faz, precisamos tomar cuidado e não sair apertando botões a esmo.

— Vou concordar com o Luc nessa também. — Zoe apoiou os cotovelos sobre o balcão. — Acho que devemos esperar até descobrirmos mais.

Eles não deixavam de ter razão. Cruzei os braços, frustrada.

— E o que eu devo fazer enquanto esperamos? — Todas as coisas importantes sobre as quais eu e o Luc precisávamos conversar, e que eu tinha deixado de lado, voltaram à tona. — Posso ir à escola? Para casa? Se a April estava trabalhando para o Daedalus ou algum outro grupo, eles vão dar pela falta dela, desconfiar de que ela está morta, e aí? Ela falou como se eles soubessem da minha existência.

— Não acho que você esteja pronta para essa conversa, Pesseguinho.

Não estava mesmo, o que não significava que não devêssemos tê-la.

— Eu preciso me preparar, porque amanhã vai chegar mais cedo ou mais tarde. E depois?

— Você não pode se aproximar dos drones VRA. Não até fazermos um teste com um. Portanto, ir à aula está fora de questão.

Acho que já sabia disso desde o momento em que vira meus olhos completamente pretos e com as pupilas brancas refletidos no espelho, mas, ainda assim, foi como um soco no estômago. E se eu não pudesse voltar? Nunca mais? Se não pudesse me formar?

— A gente pode arrumar lentes de contato para ela — sugeriu Grayson, atraindo minha atenção. — Ninguém perceberia a diferença.

— Ele tem razão, mas lá não é seguro para você — observou Luc, dando um passo em minha direção. — Não até sabermos mais.

Eu sabia o que *mais* significava. Se era realmente o Daedalus por trás de tudo. Se eles realmente pretendiam vir atrás de mim. Mas, se a escola não era segura, será que minha casa era?

Minha mãe?

Um calafrio desceu pela minha espinha. Tinha passado a tarde inteira tentando não pensar nela — se ela sabia que havia algo no soro, se tinha mentido o tempo todo. Ergui a cabeça e vi o Luc com os olhos fixos em mim.

— Nada disso… faz sentido — comentou Heidi, torcendo uma mecha de cabelo ruivo entre os dedos. — Você é humana. Quero dizer… sei que tem todo esse lance do soro, mas você é humana. Os drones VRA nunca detectaram nada em você.

— Também nunca detectaram nada na April — observou Zoe, franzindo o cenho.

— Será que a April usava lentes de contato? — perguntou Heidi.

— Vamos descobrir se o Clyde arrancar os olhos dela — respondeu Grayson.

Fiz uma careta.

— Eu vi os olhos dela mudarem.

— Ela ter ou não usado lentes de contato não explica nada. O seu sangue é vermelho. E você não se transformou numa criatura feita de sombras — ressaltou Heidi. Assenti com um menear de cabeça. Ambas as coisas eram verdade. — Mas não consigo entender. Como você pode ter deixado de ser uma pessoa que tropeça nos próprios pés para se transformar numa assassina profissional?

Fiz outra careta.

— Boa pergunta.

— Será que um soro pode fazer tanta coisa? — Heidi se virou para o Luc.

— Não sei. Os soros podem provocar mutações, mas eles não a transformam numa especialista em artes marciais de um segundo para o outro — respondeu ele.

Zoe se afastou do balcão e me fitou. Imaginei que estivesse pensando a mesma coisa que eu.

Os meses de verão perdidos dos quais não me lembrava de nada. E se eu não tivesse permanecido em casa? Lembrei da maneira como havia empunhado a arma na casa da April. Da voz masculina que havia escutado. E se…?

Não consegui sequer terminar o pensamento. Não era possível, era? Como eu podia ter sido treinada e todas essas lembranças terem sido apagadas? Como uma simples onda sonora podia destrancá-las?

E como diabos minha mãe não estaria envolvida?

— Você me perguntou… se eu sabia por que a Sylvia lhe deu a vida da Evie, e eu respondi que não sabia — falou Luc, quebrando o silêncio.

Congelei. Ele não sabia que eu tinha conversado com ela a respeito disso. Não tivera a chance de contar em meio a tudo o que acontecera.

— Eu queria acreditar que era porque ela sentia falta da menina. O coração, mesmo de um Luxen, pode fazer a gente cometer loucuras. Mas nunca consegui me forçar a acreditar nisso — continuou ele, os olhos violeta fixos nos meus. — Quando você me perguntou se eu sabia onde você esteve durante o verão após ter sido curada, não menti. Queria acreditar que você estava lá, entre aquelas paredes, sendo cuidada. Precisava acreditar nisso na época.

Outro calafrio me percorreu, e pude sentir os olhos de todos na gente.

— Quer saber por que eu não confio nela? Por causa disso. Por conta do que aconteceu agora. Eu posso não saber o que aconteceu com você, mas tem uma pessoa que com certeza sabe. A Sylvia.

26

Minha casa estava deserta quando o Luc e eu chegamos lá cerca de uma hora depois, o que fazia sentido, visto que as aulas tinham acabado de terminar. Mamãe só chegaria dali a umas três horas, isso se voltasse para casa na hora.

— Você mandou alguma mensagem para ela? — perguntou Luc, entrando atrás de mim, carregando minha mochila e a câmera nova.

Fiz que sim.

— Tentei ligar, mas caiu direto na caixa postal. — Sentindo-me inquieta, segui para a cozinha. — O que é normal, então mandei uma mensagem, dizendo que precisava conversar com ela e que era urgente.

— Ótimo.

— Eu não a vejo desde… anteontem. — Dei-me conta enquanto abria a geladeira e pegava uma garrafa de água. — Quer um copo?

Parado na porta, Luc fez que não.

— Ela tem trabalhado até tarde. Mas isso você já sabe, portanto não é nada que nos faça desconfiar… — Fechei a geladeira e me virei para ele. — Você vai ficar puto comigo.

— Duvido.

Fui até o Original.

— Conversei com ela na manhã seguinte ao incidente com a Heidi, sobre… sobre o verão antes de eu começar a frequentar a escola. Sei que você disse que queria estar presente, mas…

— Não conseguiu esperar? — Ele começou a recuar. Com um sorriso um tanto sem graça, fui atrás dele. — O que ela disse?

— Não muito. Ela achou que você tinha dito algo e me perguntou o quê.

Os olhos dele estavam penetrantes quando alcançamos a escada.

— É claro.

Comecei a subir os degraus.

— Disse a ela que o assunto surgiu durante um papo que tive com a Zoe, e ela me falou que eu estava aqui, mas que não estava em condições de sair em público. Que tinha dias que eu não me lembrava de nada, nem mesmo de que era a Evie, e que em outros parecia bem. Perguntei também por que ela me deu as lembranças da filha do Dasher. — Chegamos ao primeiro patamar. Sabia que o Luc estava andando mais devagar para que eu pudesse acompanhá-lo. — Ela falou a mesma coisa que tinha dito antes. Que sentia falta da verdadeira Evie.

Luc entrou no quarto, soltou a mochila ao lado da escrivaninha e depositou a câmera sobre ela. Só então disse:

— E você acreditou?

Sem coragem de expressar meus pensamentos em voz alta, fui até a mesinha de cabeceira e coloquei a garrafa de água ao lado do Diesel. Feito isso, peguei o controle e liguei a TV, mantendo o volume baixo.

— Eu…

— Não precisa responder. — Luc se sentou na cama, apoiando os braços nas pernas.

— Por que não? Porque você já sabe a resposta?

Ele não respondeu, e tampouco me fitou com aquele típico ar arrogante. Em vez disso, mudou de assunto.

— Sei que ficou chateada comigo mais cedo.

— Como você percebeu?

Um meio sorriso se desenhou em seus lábios.

— Acho que você é corajosa…

O adjetivo me fez rir.

— Não sou corajosa.

Ele ergueu as sobrancelhas.

— Como pode dizer uma coisa dessas depois de ter tomado outra porrada de virar a vida de cabeça para baixo há poucas horas?

— Ah, eu posso parecer estar lidando bem com a situação, mas provavelmente vou precisar de anos de terapia intensiva. — Fiz uma pausa. — Isto é, se por acaso existir algo do tipo para traumas causados por experimentos alienígenas.

Experimento.

Era exatamente o que eu era, não é mesmo?

Jesus! Era tão difícil processar uma coisa dessas quanto era descobrir a verdade sobre mim mesma.

Luc não se deixou abalar.

— E não é só isso. Você precisou se defender. Tirou uma vida hoje porque teve que tirar, mas sei que não é algo fácil de digerir.

Ele sabia melhor do que ninguém. Um calafrio me percorreu de cima a baixo. A verdade é que não conseguia nem pensar no fato de que havia matado alguém... ou de que não sentia um pingo de culpa. Será que isso significava que havia algo errado comigo? Tipo, será que eu não...

— Não tem nada de errado com você — observou o Original, lendo minha mente. — Você fez o que precisava fazer.

Eu estava andando de um lado para outro, brincando com o pingente de obsidiana.

— Que nem você?

Ele assentiu.

— Às vezes não sinto nem um pingo de culpa. Nada. Mas nem sempre é assim.

Pensei nos jovens Originais.

— Você é corajoso, Luc. Faz coisas que ninguém mais faria para proteger os outros.

— E você se voluntariou para passar por uma dor que, pelo que entendi, é uma das piores dores possíveis — insistiu ele. — E agora está pronta para encarar a Sylvia, mesmo sabendo que o resultado pode não ser muito legal.

Ela podia não nos dizer nada ou despejar tudo e, nesse caso, eu não tinha ideia do que poderia acontecer.

Mas, com certeza, não seria bonito.

— Se isso não faz de você uma pessoa corajosa, não sei mais o que faz.

Fazia com que eu estivesse... desesperada para descobrir o que eu era e o que podia acontecer.

— Não fica assim. — Luc estendeu a mão e fechou os dedos em volta da minha. Em seguida, me puxou para o colo, os olhos perscrutando os meus. — Você é muito parecida com quem costumava ser. Não faz ideia. Você sempre foi corajosa. Sempre foi forte.

Relaxei de encontro a ele.

— Você encarou o diagnóstico de câncer da mesma forma. Simplesmente lidou com a notícia. Ficou chateada? Claro. Desmoronou uma ou duas vezes? Também. — Soltando minha mão, ela envolveu meu rosto. — Mas você se levantava todos os dias e encarava a situação. Da mesma forma como tem se levantado diariamente desde que descobriu quem realmente é. Isso é força, Pesseguinho. Força de verdade.

É o que a Zoe tinha dito.

— É que sinto que não tenho controle de nada. Nenhum de nós sabe o que vai acontecer. — Baixei a voz como se temesse que alguém escutasse. — Eu posso acabar me transformando. Posso... Qualquer coisa é possível.

Luc deslizou a mão para minha nuca e puxou minha cabeça, encostando a testa na minha.

— Se algo do gênero acontecer, vou estar do seu lado. Não vou deixá-la fugir. Não vou deixá-la esquecer.

— Promete? — murmurei.

— Nunca mais — jurou ele, roçando o nariz no meu. — Sei que você vai vencer essa. Não por minha causa, nem por causa dos seus amigos, mas por *você*.

Inspirei de maneira trêmula. Talvez... talvez ambos tivessem razão. Talvez, à minha maneira, eu fosse corajosa. Forte. E, se isso fosse verdade, se ele estivesse certo, talvez eu conseguisse encarar o que vinha pela frente... fosse lá o que fosse.

Permitir a mim mesma acreditar nisso aliviou um pouco a tensão em meus ombros, ainda que não completamente. Não sabia, porém, se o Luc tinha ideia do quanto aquilo significava para mim.

Fechei a pequena distância que nos separava e o beijei, rezando para que ele pudesse sentir o que eu estava sentindo, mesmo que não tivesse coragem de dizer em voz alta, ou pensar, porque, ainda que eu pudesse ser tão corajosa quanto ele estava dizendo, havia coisas que me aterrorizavam.

O que estava começando a sentir por ele era uma dessas coisas.

De repente, Luc olhou por cima do meu ombro para a televisão.

— Ah, não!

— Que foi? — Olhei também. O volume aumentou. A menos que a TV tivesse adquirido vida própria, sabia quem tinha sido o responsável. — Ele de novo.

Um sorrisinho sarcástico repuxou-lhe os lábios.

— Ele vive aparecendo na TV.

— Sério, acho que nunca vi um presidente aparecer tanto na TV quanto o presidente McHugh — comentei.

Luc bufou.

Ele estava dando uma espécie de coletiva no que me pareceu o Jardim de Rosas da Casa Branca. Na parte inferior da tela, uma tarja com as ÚLTIMAS NOTÍCIAS anunciava que o Congresso não havia aprovado o projeto para mudar o Programa de Registro Alienígena, ou revogar a Vigésima Oitava Emenda, que reconhecia e garantia aos Luxen os mesmos direitos básicos dos humanos.

O presidente com certeza não estava muito feliz com esse resultado.

— Durante minha campanha para me tornar presidente deste grandioso país, prometi que iria tornar os Estados Unidos seguros novamente, e a votação de hoje foi uma decepção. — Ele olhou diretamente para a câmera com aquele jeito estranho, sem piscar. — Essas mudanças no Programa de Registro Alienígena são não apenas necessárias como inevitáveis. Somente nas últimas 48 horas ocorreu um ataque em Cincinnati perpetrado por dois terroristas Luxen sem registro. E não se enganem, é isso o que eles são, terroristas.

Um músculo pulsou no maxilar do Luc enquanto ele desabotoava com maestria os pequenos botões do meu cardigã.

Nada destruía mais rápido qualquer clima do que ver o presidente na TV.

— Existem Luxen que desejam viver de acordo com as regras... As mudanças no Programa irão garantir a segurança deles. Já outros não querem acatar regra alguma e desejam nos fazer mal — continuou o presidente. — É por esse motivo que não posso ficar parado sem fazer nada para proteger as pessoas que jurei proteger. Eu irei decretar uma ordem executiva para implementar essas mudanças no Programa a qualquer custo.

Saí do colo do Luc e me sentei na cama.

— E não só isso. Irei decretar também uma ordem executiva para restabelecer o Ato Patriota e o Ato Luxen, permitindo que todos os órgãos do governo, inclusive os militares, tomem as medidas necessárias.

Ele podia fazer isso? Não tinha a menor ideia. Quero dizer, sabia como os níveis mais básicos do governo funcionavam. Todo o lance de pesos e contrapesos. O Congresso. O Senado. O Judiciário. Mas será que o presidente tinha o poder de decretar uma ordem e forçá-la a ser acatada?

Ainda olhando diretamente para a câmera, McHugh acrescentou:

— Essas mudanças entrarão em vigor imediatamente, com total respaldo da lei, de acordo com a Constituição dos Estados Unidos.

Luc enrijeceu e murmurou:

— E é assim que tudo começa.

✱ ✱ ✱

—Evie, acorda.

Resmungando, virei de bruços e enterrei o rosto no travesseiro. Não podia já ser de manhã. Não tinha escutado o alarme tocar.

Mamãe fechou a mão em meu ombro e me sacudiu.

— Preciso que você acorde.

Afastei a mão dela com um safanão e abracei o travesseiro.

Ela me sacudiu de novo.

— Querida, você tem que acordar. Agora.

Alguma coisa em seu tom penetrou a névoa reminiscente de sono, e tudo o que acontecera mais cedo retornou no ato. April. As perguntas. O presidente falando na TV e o Luc recebendo uma ligação do Grayson cerca de uma hora depois. O oficial tinha aparecido de novo — o oficial Bromberg, a fim de aplicar um misto de Ato Luxen e Ato Patriota. Ele exigira acesso imediato à boate, e queria ver o Luc. Eu tinha pedido para ir junto, mas o Original não me queria lá até descobrir o que Bromberg estava tramando.

Luc me prometeu que voltaria, e fiquei esperando a noite toda por ele e minha mãe. Acabei vestindo o pijama e pegando no sono. Parte de mim sequer conseguia acreditar que eu tinha dormido depois de um dia tão louco.

Será que acontecera alguma coisa?

Com o coração martelando dentro do peito, virei de lado. O quarto estava escuro, mas pude ver a silhueta da minha mãe. Ela estava debruçada sobre mim, uma das mãos plantada ao meu lado. Parte da sonolência se desfez. Obviamente ainda era noite.

— É o Luc? — perguntei, esfregando o rosto.

— Não — respondeu ela. — Preciso que você se levante.

— Que horas são?

— Duas e pouquinho. — Mamãe se afastou da cama ao me ver soltar a mão ao lado do corpo. — Preciso que você se levante — repetiu.

Um segundo depois, a luz do teto se acendeu, inundando o quarto com uma intensa luz branca. Joguei o braço sobre o rosto para proteger os olhos do brilho ofuscante. Mamãe estava agachada diante da cômoda, pegando o que me pareceu uma muda de calcinha e sutiã.

Que merda...

— O que você está fazendo? — Ergui-me nos cotovelos. — Recebeu minha mensagem...

— Não tenho tempo para explicar — disse ela de costas para mim. — Preciso que faça exatamente o que eu disser, Evie, porque eles estão vindo te pegar.

27

iquei paralisada de medo. Uma espécie de instinto primitivo me disse quem eram eles. Eu sabia, simplesmente sabia.

— O Daedalus?

Mamãe se levantou num pulo e veio correndo para perto de mim. Ajoelhando-se, envolveu minhas mãos entre as dela. Suas mãos estavam geladas. Fitei-a, sentindo o peito subir e descer pesadamente.

— Sinto muito — disse ela, o rosto pálido. Os suaves pés de galinha em torno dos olhos pareciam mais acentuados do que o normal, mais perceptíveis. — Sinto muito mesmo.

— O que está acontecendo? Onde...?

— Ah, Evie. — Ela fechou a boca e fez que não, apertando minha mão. — As coisas no trabalho fugiram ao controle.

— Você sabe o que aconteceu hoje? — perguntei.

Mamãe envolveu meu rosto entre as mãos e me fitou no fundo dos olhos. Suas palmas pareciam dois blocos de gelo.

— As coisas estão prestes a começar, e quando começarem, será tudo muito rápido. Entende? — Ela me soltou e se levantou. — As pessoas só vão perceber quando for tarde demais.

— As pessoas só vão perceber o quê?

Mamãe soltou um suspiro trêmulo e engoliu em seco.

— Era tudo parte de um plano. Desde o começo. Eles deixaram tudo isso acontecer, mas perderam o controle. Precisamos sair daqui.

— Que plano? Do que você está falando? — Uma sensação de enjoo revirou meu estômago. — Você sabe o que...?

— Sei. E eles também.

Olhei para ela, boquiaberta. Se ela sabia e eles também, isso significava que ela *sempre* soubera. E havia mentido.

— Vou explicar o que puder, mas preciso que se levante e se arrume. — Mamãe se virou para minha escrivaninha. Vi minha bolsa de viagem sobre ela, a que eu adorava, roxa com bolinhas azuis. Já cheia até a boca. — Só faz o que estou pedindo. Por favor.

Levantei, as pernas bambas, e fiquei olhando enquanto ela ia até meu armário e pegava um par de calças jeans escuras numa das prateleiras.

— Aqui. Veste isso.

Tonta, peguei a calça e a soltei em cima da cama. Ela pegou um suéter. O cabide balançou e caiu no fundo do armário. O fato de minha mãe não pendurar o cabide de volta nem comentar sobre a bagunça do armário me assustou mais do que qualquer outra coisa. Ela havia mentido — vinha mentindo havia tempos, mas o modo como estava agindo...

Alguma coisa terrível estava acontecendo.

Ela me entregou o suéter.

— Evie, você precisa se vestir. Rápido.

Continuei imóvel por alguns segundos e, então, peguei o suéter. Com as mãos trêmulas, mamãe afastou algumas mechas de cabelo do rosto. Ela estava vestida como se tivesse acabado de chegar do trabalho. Calças pretas e blusa branca. E com seus sapatos mais confortáveis, pretos, de salto baixo. Pelo visto, tinha acabado de chegar do Forte Detrick.

Ela parou diante de mim novamente, envolveu meu rosto com uma das mãos e afastou meu cabelo com a outra.

— Juro por Deus, Evie, nunca quis que esse dia chegasse.

Sentindo o ar preso na garganta, soltei o suéter sobre a cama e envolvi-lhe os pulsos.

— Você sabe o que aconteceu comigo?

— Por favor, Evie. Não temos tempo pra isso. — Seus olhos castanhos devido às lentes de contato se fixaram nos meus. Eles estavam marejados. — Vai ficar tudo bem. Prometo. Mas preciso que você se arrume.

Não acreditava nela de jeito nenhum.

Mesmo que tudo o que acontecera hoje não tivesse acontecido, ser acordada daquele jeito no meio da noite não era sinal de que as coisas iam ficar bem.

Mamãe se curvou e pressionou os lábios no meio da minha testa.

— Sei que você tem perguntas, mas preciso que confie em mim.

Meu lábio inferior tremeu. Recuei um passo.

— Só que eu não confio.

Ela se encolheu como se eu tivesse lhe dado um tapa e baixou as mãos.

— Eu mereço essa resposta. De verdade. Mas, por favor, se arrume.

Sentindo uma súbita vontade de chorar e gritar ao mesmo tempo, assenti com um menear de cabeça. Meu estômago revirava sem parar. Tirei a calça do pijama, peguei o jeans e o vesti.

Onde estava o Luc?

Mamãe andou até o pé da cama, tirou o celular do bolso e olhou de relance para ele.

— Vamos lá — murmurou ela, pressionando os lábios numa linha fina enquanto digitava alguma coisa rapidamente. — Vamos lá.

De olho nela, peguei um sutiã na cômoda e prendi o pequeno fecho dianteiro.

Sabia, sem sombra de dúvida, que não ia a lugar algum com ela.

Batendo o pé esquerdo nervosamente no chão, vesti o suéter que mais parecia uma blusa grossa ao mesmo tempo que uma grande inquietação brotava como bolas de chumbo em meu estômago. Ajeitei o tecido grosso de algodão com a sensação de que tudo parecia surreal demais.

Feito isso, fui até as sandálias que deixara ao lado da escrivaninha e as calcei. Vendo um envelope grosso ao lado da minha bolsa de viagem, eu o peguei e o abri.

— Puta merda.

Dentro dele estava um maço de notas de cem. Devia haver mais de mil dólares ali. Talvez uns dois mil. E, atrás das notas, uma espécie de caderninho com capa verde-escura. Um passaporte. Ao abri-lo, quase caí dura no chão.

Uma foto de mim mesma sorrindo. A mesma foto da minha carteira de motorista, porém o nome sob ela não era Evie Dasher.

Também não era Nadia.

A inquietação se espalhou como erva daninha.

— Quem diabos é Stephanie Brown? — Virei-me para minha mãe. — Aqui tem dinheiro e uma identidade falsa.

— Termine de se arrumar — respondeu ela, tirando o dinheiro da minha mão e o colocando ao lado da bolsa. — Anda.

Continuei fitando-a.

— Diz logo o que está acontecendo.

— Evie…

— Você mentiu pra mim desde o começo! — gritei, o coração disparado. — Se sabe o que aconteceu comigo hoje, isso significa que você sempre soube que… tem *algo* dentro de mim.

— Por favor. Eu explico…

— Você roubou a minha vida e agora espera que eu confie em você?

— Estou tentando te devolver essa vida…

A janela explodiu.

O corpo da minha mãe foi projetado para frente como se alguém a tivesse empurrado. Ela cambaleou alguns passos. O celular quicou ao bater no carpete. Em seguida, mamãe abriu a boca e baixou o queixo.

O tempo pareceu desacelerar.

Vi a janela quebrada e as cortinas balançando atrás dela, e acompanhei seu olhar. Ela estava olhando para a parte da frente de sua linda blusa branca — uma linda blusa branca com uma mancha vermelha do tamanho de uma moeda bem no meio.

Ela deu mais um passo, e os joelhos cederam. Antes que eu pudesse entender o que estava acontecendo, mamãe se dobrou feito um saco de lona e caiu de costas.

A mancha vermelha se espalhou tão rápido que em poucos segundos o peito inteiro estava coberto.

Permaneci enraizada no lugar até que meus músculos reagiram por conta própria. Com um pulo, estava ao lado dela.

— Mãe! Ai, meu Deus, mãe! — Caí de joelhos. — Mãe!

Ela abriu a boca e piscou algumas vezes, brandindo as mãos no ar. Aquilo não era uma simples mancha. Era sangue, muito sangue.

— Evie…

Horrorizada, pressionei as mãos em seu peito. Fui tomada por uma terrível sensação de que a história se repetia numa espécie de ciclo vicioso. Heidi. Luc. Minha mãe. Minhas mãos ficaram encharcadas de sangue.

— Não. Isso não está acontecendo. — Minha garganta fechou. Achei que ia sufocar. — Isso não está acontecendo!

Com seu esbelto corpo sofrendo uma série de espasmos e os olhos arregalados, ela tentou se segurar a mim, mas os dedos escorregaram do meu braço.

Não. Não. Não. Não.

Pressionei com mais força o peito dela, mas não adiantou. Talvez tivesse até piorado a situação, pois o sangue começou a escapar por entre meus dedos. Comecei a tremer, o que tornou ainda mais difícil manter as mãos firmes no lugar.

— Você vai ficar bem — falei, a voz grossa. O celular! Eu precisava ligar para o Luc. Ele podia curá-la. — Vai dar tudo certo. Preciso ligar…

Ela agarrou meu pulso quando tirei as mãos do ferimento para pegar o telefone que havia caído no chão.

— Eu tentei. — Um fio de sangue escorreu pelo canto de sua boca. Eu sabia, ó céus, sabia que isso era um péssimo sinal. Assistira a reprises suficientes de *ER – Plantão Médico* para saber. — O que quer que... aconteça, Evie. — Com a respiração chiada, ela tentou inspirar, mas o ar não pareceu chegar a lugar algum. — Saiba que... eu amo você... amo como se fosse minha, e... tentei consertar... tudo, mas é... tarde demais. Ele está vindo... atrás de você. Me desculpa.

— Não — murmurei, sem saber exatamente o que estava tentando negar.

Ela soltou meu pulso e deixou a mão cair no chão. Seu peito subiu uma última vez e, então, seus olhos se fixaram em mim. Vidrados. Sem enxergar.

Uma espécie de formigamento se espalhou por minha pele. Era como se eu estivesse sendo dividida ao meio. A parte lógica sabia o que estava acontecendo. Mamãe tinha tomado um tiro através da janela do meu quarto e estava morta, a bala tendo atingido algum lugar fatal até mesmo para uma Luxen. Ou talvez fosse uma daquelas balas especiais para matar Luxen. Não sabia, mas sabia que não havia como salvá-la, embora a outra parte se recusasse a aceitar esse fato.

Agarrei-a pelo ombro e a sacudi de leve. Meus dedos mancharam de sangue a gola da blusa.

— Mãe?

Nenhuma resposta.

— Mãe! — Isso não estava acontecendo. Ai, meu Deus, isso não podia estar acontecendo. Chorando, debrucei-me sobre ela, minhas mãos manchadas de sangue pairando sobre seu peito, incapazes de fazer qualquer coisa para ajudar.   Não faça isso comigo. Eu não estou puta com você. Juro. Sinto muito. Eu confio em você. Eu...

Uma luz suave pulsou por baixo da blusa, como uma lanterna piscando. Olhei para o rosto dela. Uma espécie de brilho líquido começou a escorrer pelo canto de sua boca. Assustada, caí de bunda no chão ao ver uma luz fosca substituir a pele clara. De repente, o corpo... não era mais o *dela*. O formato das mãos e os traços do rosto eram os mesmos, porém com veias prateadas sob uma pele translúcida.

Não.

Balançando a cabeça em negação, olhei para minha mãe em sua forma verdadeira. Sabia o que isso significava. Já sabia desde que seu peito ficara imóvel e ela parara de respirar. Não podia mais retirar tudo o que eu tinha dito. Não tinha como mudar o que acontecera.

Enterrando os dedos nas palmas, fechei rapidamente os olhos. Abri a boca para gritar, mas não saiu som algum. Estava engasgada de medo e raiva. O grito, enfim, saiu — um grito que veio lá do fundo, que reverberou em meu cérebro e chacoalhou minhas entranhas.

O chão tremeu debaixo de mim. A cama balançou. A cômoda também. Até que a casa inteira começou a tremer...

Porta dos fundos aberta. Janela esquerda dos fundos aberta.

Inspirei fundo.

Era o alarme da casa. Desviei os olhos do rosto translúcido da minha mãe para a porta aberta do quarto. Um medo súbito fincou suas garras geladas em mim. Não era o Luc. Ele geralmente aparecia na janela do quarto. Tudo bem que alguém tinha acabado de estraçalhar essa mesma janela com um tiro, mas o Luc jamais acionaria o alarme.

Sistema desativado. Pronto para reativar.

O ar escapou de meus pulmões. O alarme da casa fora desativado. Ninguém além de mim e da minha mãe sabia o código...

Havia alguém na casa. O instinto gritou para eu me levantar e entrar em ação.

Tremendo, coloquei-me de pé e me afastei da mamãe. Minha visão estava embaçada, fazendo o corpo dela parecer borrado. Mas não podia ficar pensando em sua aparência agora, no que isso significava. *O que eu faço? O que eu faço?* Virando de costas, vi a bolsa de viagem e o maço de notas.

Precisava dar o fora dali e ligar para o Luc. Tentar me esconder seria burrice. Tinha visto *Busca Implacável* vezes o suficiente para saber que isso nunca terminava bem. Lutar também não era uma opção, a menos que por algum milagre eu me transformasse na Exterminadora de novo, e não estava me sentindo tão fodona assim no momento.

Movendo-me como se estivesse presa num sonho, peguei o envelope e o meti dentro da bolsa. Encolhi-me ao ver as marcas de sangue que deixei nos dois.

Esfregando as palmas nos quadris, corri de volta até a cama e peguei meu celular. Fiz menção de me virar, mas parei e peguei o Diesel. Em seguida, corri os olhos pelo quarto, sem a menor ideia de onde estava o carregador. Talvez na mochila? Não dava tempo. Fui de novo até a bolsa, já ligando para o Original. O telefone tocou uma vez... depois outra... Mau sinal. Luc sempre atendia no primeiro toque ou, no máximo, no segundo.

E se eles tivessem ido atrás dele também?

Com o peito apertado, desliguei e soltei o celular dentro da bolsa. Não podia pensar nisso agora. Não podia pensar... na *mamãe*. Assim sendo, pendurei a bolsa no ombro.

Inspirei fundo e andei de mansinho até a porta. Não olhei para trás. Não podia. Precisava me concentrar. É o que o Luc diria. Concentre-se. Mas era difícil, pois assim que saí para o corredor, tive a impressão de que cada passo sobre o piso de tábuas corridas soava como o estampido provocado por uma manada de bois. Meu corpo inteiro tremia. Continuei seguindo pé ante pé, agarrada à parede.

A luz da entrada estava apagada, mas um brilho suave emanava da sala de estar. Não escutei nada. Sabia, porém, que havia um intruso na casa, e a única saída era descendo a escada.

Não queria olhar.

Não queria me mexer.

Mas precisava.

Desgrudando da parede, prendi a respiração e me aproximei do corrimão. Sentindo o suor escorrer pela testa, olhei para baixo. A princípio, eu não vi nada.

E, então, eu vi um rifle.

O tipo de rifle de assalto usado pelos oficiais da FTA. Quem quer que estivesse portando a arma estava de preto da cabeça aos pés. O rosto coberto. Não por um daqueles capacetes da SWAT, mas por uma balaclava preta do tipo usada pelos assassinos.

E o sr. Assassino não estava sozinho.

Um homem ou uma mulher surgiu atrás dele, seguido por outro. Parei de contar ao ver o quarto, porque eles estavam se encaminhando para a escada.

Merda.

Afastei-me do corrimão e pressionei o corpo contra a parede de novo. Se eu ia virar uma ninja assassina, a hora era agora. Agora...

Abri a boca, mas não consegui puxar ar suficiente. Fui tomada por um súbito pânico. Eles tinham vindo me pegar. Meu peito apertou. *Não pense nisso. Agora não.* Meus olhos apavorados dardejaram por todo o corredor até recaírem na porta do quarto da minha mãe. Forcei-me a me mover. A essa altura, tudo o que eu podia fazer era me esconder.

A maçaneta do quarto dela girou.

Meu coração parou.

Ah, não!

Escutei o som de botas subindo os degraus. Sentindo a vista escurecer nos cantos, vi a porta do quarto dela se abrir silenciosamente. Meus músculos se contraíram, preparando-me para tomar uma rajada de balas.

O medo era como uma onda cada vez maior. Sem aviso, os músculos e ligamentos dos meus joelhos pararam de funcionar. Meu corpo escorregou parede abaixo. Eles estavam vindo pelos dois lados. Eu estava total e absolutamente ferrada, e o que quer que estivesse dentro de mim quando encarara a April mais cedo tinha desaparecido. Eu ia morrer.

Ia morrer antes de ter a chance de dizer para o Luc...

Uma silhueta surgiu na porta do quarto da minha mãe, as pernas compridas vencendo rapidamente a distância que nos separava. Encolhi-me ainda mais, tentando me tornar invisível, mas não dava.

A morte se aproximava com passos decididos. Meus olhos enfim se ajustaram à escuridão e pude reconhecer os traços — traços familiares. Lábios cheios repuxados num sorrisinho presunçoso. Uma camiseta cinza com um daqueles adesivos vermelhos e brancos dizendo OLÁ, MEU NOME É, e escrito em letras pretas no espaço branco abaixo: EXTERMINADOR.

Exterminador?

Ele estendeu a mão para mim ao se aproximar.

— *Vem comigo se quiser viver.*

Soltando uma risada baixa e áspera, ergui os olhos para ele. A pressão em meu peito aumentou ainda mais.

Luc estava parado diante de mim.

Ele tirou os olhos da mão estendida e me fitou.

— Você devia me dar a mão para eu poder ajudá-la a se levantar.

Continuei olhando para ele, a respiração pesada.

— Aí eu poderia dar uma de fodão do pedaço e salvá-la. — Ele inclinou a cabeça ligeiramente de lado. — Isso não saiu do jeito que eu tinha imaginado. — Fechando a mão, abaixou o braço. — É um tanto constrangedor.

— Como assim? — Foi tudo o que consegui dizer.

Luc olhou na direção da escada.

— *O Exterminador do Futuro 2*, Pesseguinho. Se você não viu o filme, vamos ter um problema. — Aqueles olhos violeta se fixaram em mim mais uma vez. — Por favor, me diz que você é fã do Arnold. Porque se não for, acho que vou chorar.

Fechei os dedos cobertos de sangue na alça da bolsa.

— Tá falando sério?

Ele se moveu inacreditavelmente rápido.

Luc me agarrou pelo braço. Num segundo eu estava agachada contra a parede e, no outro, recuando aos tropeços. Bati na parede oposta ao mesmo tempo que ele se postava no meio do corredor ao ver um dos sujeitos mascarados surgir no topo da escada.

— Você é fã do Arnold? — perguntou Luc, dessa vez para o cara.

O soldado apontou o rifle para o Original. Um ponto vermelho deslizou pela parede e se fixou no meio do peito dele. Prendendo a respiração, afastei-me da parede. De novo não...

— Imagino que não. — Luc deu um pulo para o lado e me pegou no exato instante em que o cara atirou. A bala acertou a parede.

Movendo-se num borrão, o Original soltou meu braço e avançou, arrancando o rifle da mão do sujeito.

— Já levei um tiro essa semana. Não estou muito a fim de um repeteco.

Num piscar de olhos, o soldado passou voando por cima do corrimão. Seu grito de surpresa terminou com um baque surdo e um gemido.

Dois segundos.

Acho que foi todo o tempo que levou.

Puta merda.

Recuando, me virei, preparada para correr, mas dei de cara com a Zoe...

Lá embaixo, uma explosão arrancou a porta da frente das dobradiças e a lançou contra o homem mais próximo, que foi esmagado no chão como um inseto. Grayson surgiu no vão agora aberto, ainda com uma aparência normal. Isso durou uns cinco segundos e, então, ele se acendeu feito um vaga-lume. Uma malha de veias brancas brilhantes surgiu sob sua pele. O ar ficou carregado de estática.

— Evie... — Zoe passou por mim sem sequer um olhar em minha direção. — Você precisa correr.

Foi o que fiz.

Corri para o quarto da mamãe, a bolsa pesada batendo contra minha coxa. Um grito de dor soou às minhas costas, mas não olhei. Assim que entrei no quarto, bati a porta com força.

Tropeçando nos meus próprios pés, me virei e afastei o cabelo do rosto. O quarto estava escuro — escuro demais. Comecei a tatear a parede até encontrar o interruptor. Uma luz forte se derramou por todo o aposento. A cortina da janela balançava ao sabor de uma leve brisa.

Sabia que não estava pensando direito. Mais tarde, me odiaria por ter corrido, mas no momento, nada fazia sentido. Nada...

— Ó céus! — murmurei, engolindo em seco e correndo os olhos pelo quarto. Os tênis dela estavam debaixo do banco ao pé da cama. Ao lado deles, aquelas ridículas pantufas com cabeça de gatinho. Ela as comprara em seu último aniversário.

Minha garganta apertou e meus olhos se encheram de lágrimas. Minha mãe estava deitada no chão do meu quarto, morta. Eu não podia pensar nisso. A dor amarga da perda era desgastante demais, ameaçando roubar toda a minha energia…

Afastei esse pensamento, dizendo a mim mesma que precisava ser forte. Tinha que ser, porque eu só tinha dois caminhos a seguir. Sobreviver ou desistir, e eu não queria morrer. Não queria me esconder. Queria lutar.

É para isso que você foi treinada…

A voz surgiu acompanhada de uma dor surda atrás dos olhos, fazendo com que eu me dobrasse ao meio. Era a voz dele, do homem.

A porta do quarto se abriu subitamente. Com seu olhar intenso, Luc me analisou de cima a baixo, demorando-se em meus braços e mãos.

— Você está ferida?

— Não. — Minhas mãos tremiam. — O sangue… não é meu.

— Então de quem…? — Um lampejo de compreensão cruzou-lhe o rosto, e ele soltou um palavrão. — Evie…

A tristeza com que o Original disse meu nome quase me fez desmoronar, porque foi pesada e sincera, e ele percebeu.

— Ela disse… ela disse que eles estavam vindo me pegar.

Alguma coisa bateu contra a parede do lado de fora do quarto, mas o Original continuou me fitando.

— Como você sabia que era para vir? Eu liguei, mas você não atendeu.

Luc se moveu sem que eu percebesse. Num piscar de olhos, estava na minha frente, envolvendo meu rosto entre as mãos.

— Não temos tempo para falar sobre isso agora.

Ele tinha razão.

Desvencilhei-me dele, colocando alguma distância entre nós.

— Mas…

— Sylvia me ligou cerca de uma hora atrás, mas eu estava… ocupado. Vim assim que vi a mensagem. Se meu timing foi perfeito ou horrível, depende de como você enxerga.

Essa era definitivamente a última coisa que esperava que ele dissesse.

— Agora, preciso que seja corajosa, Evie, como sei que você pode ser, porque precisamos dar o fora daqui. Nosso tempo está se esgotando.

Assenti com um menear de cabeça, o corpo tremendo.

— Estou pronta.

Um estrondo soou do lado de fora do quarto. Dei um pulo, meio que esperando que alguém ou alguma coisa passasse voando pela porta.

Luc girou nos calcanhares e foi até a janela. Com um brandir da mão, arrancou a cortina.

— Essa é nossa única saída.

— A janela? Como vou conseguir sair daqui pela janela?

Ele me olhou por cima do ombro.

— Pulando.

Meu queixo caiu.

— Tudo bem que eu fui uma ninja com a April, mas não acho que consigo pular por essa janela.

Ele se virou meio de lado e estendeu a mão.

— Vou me certificar de que você aterrisse em segurança.

Desviei os olhos do rosto dele e olhei para a mão estendida. Sabia que ele se certificaria de que eu não quebrasse o pescoço, mas pular pela janela...

— E quanto à Zoe?

— Ela vai ficar bem — respondeu ele. — Me dá sua bolsa.

Tirei-a do ombro e a entreguei a ele.

— O que tem aqui dentro? Um bebê?

— Não sei. Minha mãe... — Minha respiração falhou. — Foi ela quem arrumou.

Sem dizer nada, Luc jogou a bolsa pela janela. Sequer a escutei bater no chão do pátio lá embaixo — o chão de cimento duro, a uma distância de quebrar o pescoço. Em menos de um milissegundo, o Original estava agachado no peitoril da janela, empoleirado ali como se tivesse todo o espaço do mundo.

— Sobe.

Olhei dele para a janela e, então, para a mão estendida. Sentindo-me ousada, peguei sua mão.

Porque eu confiava nele.

Sem sombra de dúvida.

Seus dedos quentes se fecharam em volta dos meus. Segurando na moldura com a mão livre, apoiei um pé no peitoril. Em seguida, dei uma espiada na escuridão lá embaixo, sentindo como se não conseguisse respirar.

Luc mudou de posição, passando um braço em volta da minha cintura. Com um leve roçar de lábios na minha bochecha, disse:

— Você vai ficar bem.

Ele, então, pulou.

Sequer pude reagir. Num segundo, estávamos no ar. Não tive nem tempo de gritar. A noite nos engoliu por inteiro, nos sugando com tamanha velocidade que o vento lançou meu cabelo no rosto.

O impacto ao aterrissarmos sacudiu todos os meus ossos.

Luc caiu de pé, assumindo o pior da queda — uma queda que teria quebrado ao meio as pernas de qualquer ser humano. Ele sequer cambaleou. Sem soltar minha mão, empertigou-se e pegou minha bolsa no chão.

— Temos que ir.

Começamos a correr. Não tive sequer chance de pensar no fato de que havia pulado de uma janela do segundo andar e sobrevivido. Os cachorros da vizinhança começaram a latir enquanto atravessávamos um jardim após o outro. Quando por fim passamos pela lateral de uma casa a várias outras de distância da minha em direção à rua, eu estava ofegante. Rios de suor escorriam pela minha pele, e meu coração parecia que ia saltar fora do peito.

Um SUV escuro aguardava junto ao meio-fio. Luc soltou minha mão e abriu a porta de trás. Não hesitei. Enquanto me ajeitava no banco traseiro, fiquei aliviada ao ver o moicano azul do Kent.

Mas alguma coisa estava errada.

Sob a luz suave do teto, pude ver que seu lábio estava partido. Havia, também, um feio hematoma em seu rosto, logo acima da maçã esquerda.

Fechei as mãos no encosto do banco dele ao mesmo tempo que o Luc soltava a bolsa de viagem ao meu lado.

— Você está bem?

— Já estive melhor, docinho.

Luc entrou atrás e fechou a porta.

— Vai.

Virei-me para ele.

— Cadê a Zoe? O Grayson?

— Eles sabem onde nos encontrar. — Ele puxou o cinto imediatamente e o prendeu em volta de mim. — Não vamos repetir a noite de ontem.

Kent partiu cantando pneu. Olhei para trás, meio que esperando ver algum carro nos perseguindo. A rua, porém, estava deserta e escura.

— O que foi que aconteceu? — Olhei para o Original, pensando no rosto do Kent, na chamada que fizera o Luc voltar para a boate. Meu estômago se revirou numa série de nós. — Alguma coisa aconteceu. O quê?

Luc se recostou no banco e soltou o ar com força. Não houve troca de farpas. Nem música. Mau sinal.

— O oficial Bromberg não apareceu sozinho. Ele estava acompanhado de um pelotão de oficiais da FTA.

Minhas mãos escorregaram do banco da frente.

— A ordem executiva — continuou ele, olhando para fora pela janela. — Eles não vasculharam apenas o andar da Foretoken, eles reviraram tudo. Levaram todo mundo antes mesmo que eu chegasse lá, e aqueles que não aceitaram acompanhá-los pacificamente...

Não.

— Quem? — perguntei num sussurro.

— Chas — respondeu ele, a voz sem nenhuma entonação. — Clyde. Eles... se foram. Estão mortos.

Não.

— Kent conseguiu fugir. Grayson também.

Mas... Havia sempre um *mas*.

— Eles levaram a Emery e a Heidi — acrescentou ele num tom afiado e penetrante. Meu estômago foi parar nos pés. — Por isso eu estava ocupado. Não na boate, mas numa área de detenção. Consegui tirá-las de lá. Foi um tanto... explosivo. Tenho certeza de que estarei em todas as manchetes amanhã de manhã.

Fui invadida por uma forte sensação de alívio, mas que não durou. Manchetes amanhã de manhã? Clyde? Chas? Eu não os conhecia muito bem, pelo menos não como Evie, mas saber que eles estavam mortos...

E minha mãe...

Inspirei de maneira trêmula.

— Onde elas estão? Emery e Heidi?

— Num lugar seguro por enquanto. Não podemos nos preocupar com elas agora. — Luc olhou para mim. Não tinha ideia de como eu podia não me preocupar com elas. Ou com a Zoe. Até mesmo com o Grayson. Eles sabem. Eles se certificaram de que eu estivesse ocupado e, então, vieram atrás de você. Foi uma armadilha, Evie.

28

les se deram mal.

O ataque à boate do Luc e à minha casa tinha sido uma armadilha, uma tremenda armação, mas eles não tinham conseguido me matar nem capturar.

Tentei entender como tudo acontecera.

— A boate? Você disse que ela foi revirada?

— Nada além de fumaça e cinzas agora — respondeu Kent do banco da frente. — Mas quem fez isso foi o Luc.

O Original se recusava a olhar para mim. Estava focado na escuridão lá fora.

— Depois que eu cheguei lá, vi o que tinha acontecido e me assegurei de que não havia mais ninguém, fiquei um pouco zangado. Precisava apagar todas as provas. Nós sempre tomamos cuidado, mas não significa que não houvesse nenhuma evidência.

Tipo o corpo da April?

Estendi a mão para tocar o braço dele.

— Sinto… sinto muito pelo Chas e pelo Clyde. Por tudo.

Luc abaixou o braço e meus dedos se fecharam no ar.

— Só depois que cheguei ao local onde eles estavam mantendo a Emery e a Heidi foi que descobri o que estava acontecendo na sua casa.

— Como? — Puxei a mão de volta e a pressionei em meu próprio peito.

— Transmissões de rádio. — Kent riu, porém sem um pingo de humor. — Soldados imbecis. Nós os escutamos conversando. Ouvimos o seu endereço.

— E aí eu vi a mensagem da Sylvia — acrescentou Luc. — Ela disse que eu precisava te tirar de lá. Que eles estavam vindo te pegar.

Eu me encolhi.

— Só eu? Ela não?

O silêncio do Luc foi resposta suficiente. Perguntei-me se em algum momento ela planejara sair também. Se já sabia...

Colocando esses pensamentos de lado, esfreguei as mãos na calça.

— Foi o Daedalus?

— Foi — rosnou Luc, e uma luz branca pulsou em torno das juntas de seus dedos. — Foi o Daedalus.

✸ ✸ ✸

O **percurso foi um borrão** de árvores escuras e, em seguida, casas. Tudo o que pude perceber quando o SUV parou num beco estreito atrás de uma fileira de casas aparentemente vazias foi que estávamos fora de Columbia.

Saltei do carro, soltando um arquejo e colidindo contra a lateral do veículo ao ver o Grayson aparecer subitamente ao lado do Luc — sozinho.

Um gosto de medo invadiu minha boca.

— Cadê a Zoe?

— Ela está bem — respondeu ele, mas eu queria mais do que apenas escutar essa informação. Precisava ver com meus próprios olhos.

Luc fechou uma das mãos em meu ombro e me puxou para longe do carro alguns segundos antes de o Kent partir.

— Aonde ele está indo? — perguntei.

— Encontrar com a Zoe para pegar mantimentos — respondeu Luc, me virando. Ele vai voltar. Os dois vão.

Será?

— Sim — disse o Original, lendo meus pensamentos enquanto me conduzia por uma entrada de carros pavimentada em direção a um pequeno jardim.

Grayson, que estava um pouco mais à frente, destrancou e abriu uma porta. Entramos em silêncio numa pequena cozinha que cheirava a doce de maçã. Eles seguiram para a sala. Uma lâmpada se acendeu, projetando um brilho amanteigado sobre mobílias gastas arrumadas de maneira espaçada por todo o ambiente fechado.

Grayson foi até a janela e parou de costas para a gente. Ele ficou imóvel feito uma estátua, quase como se fizesse parte da decoração, um simples item da mobília.

— Por que não se senta? — sugeriu Luc.

Para variar, não discuti. Sentei e só então me dei conta do quanto as minhas pernas estavam fracas. Olhei para minhas mãos cobertas de sangue. De novo.

Só que agora o sangue era da minha mãe.

— Esse é um local seguro por enquanto.

— Um local seguro... — Abri os olhos e os corri pelo entorno. Meu cérebro parecia cheio de fiapos de algodão, como se eu tivesse me esfregado numa toalha. — Que tipo de mantimentos o Kent e a Zoe estão providenciando?

Grayson soltou um suspiro tão pesado que poderia ter chacoalhado as paredes e, por fim, se virou para nós.

— Espero que algo bem forte para a gente beber.

Não tinha certeza se gostaria de ver o Luxen bêbado.

Meus olhos foram atraídos para um porta-retratos na mesinha de canto ao meu lado. Estendi a mão e o peguei. Era a foto de uma família — pai, mãe, e duas crianças com rostinho de anjo.

Local seguro? Será que a gente tinha invadido a casa de alguém?

— Preciso saber o que a Sylvia te contou, se é que contou alguma coisa. — Luc se sentou na beirinha da arranhada mesa de centro de madeira à minha frente. — Pode me dizer?

Minha garganta queimava, mas assenti com um menear de cabeça.

— Fiquei esperando você voltar. Estava preocupada, mas acabei pegando no sono. Quando dei por mim de novo, ela estava do meu lado, me sacudindo para me acordar. Isso foi um pouco depois das duas.

— Então, menos de trinta minutos antes da gente chegar — declarou Grayson.

— E depois? — Luc esfregou a base da mão no peito.

Olhei para ele, sentindo a respiração presa na garganta.

— Mamãe me disse que a gente precisava ir, que eles estavam vindo, e que ela sentia muito por isso. Que as coisas tinham fugido ao controle.

O Original me fitou e, então, se ajoelhou, de modo a deixar nossos olhos nivelados.

— Ela disse o que tinha fugido ao controle?

Fiz que não.

— Não, mas ela falou que foi tudo um plano. Mamãe não estava sendo muito coerente. Nunca a vi daquele jeito. Ela estava com medo. — Percebi que o Grayson nos fitava com atenção. — Ela disse que eles deixaram isso acontecer, mas que perderam o controle. Nunca me disse quem "eles" eram, e eu...

Olhei para minhas mãos de novo. Elas agora estavam mais alaranjadas do que rosadas. Tanto sangue! Sentindo o ar preso na garganta mais uma vez, baixei-as para o colo. Luc acompanhou meus movimentos. Percebi vagamente quando ele se levantou e se afastou, deixando-me sozinha com o Grayson.

Que era o mesmo que ficar completamente sozinha.

O Luxen tinha se virado para a janela de novo, e embora parecesse calmo no momento, relaxado, podia sentir a tensão emanando de seu corpo. O ar entrava e saía rasgando de meus pulmões. Meio que esperava que os donos da casa aparecessem a qualquer instante e começassem a surtar. Eles ligariam para a polícia, e aí o Grayson se transformaria num vaga-lume alienígena mais uma vez e alguém acabaria machucado.

Alguém acabaria morto.

Mais pessoas iriam morrer essa noite.

Fechei os olhos com força até começar a ver pontos brancos por trás das pálpebras. Talvez tudo isso não passasse de um pesadelo.

Eu continuava na cama, e ia acordar a qualquer momento. A vida seguiria num *novo* normal. Mamãe estaria lá embaixo com suas pantufas ridículas, se preparando para ir trabalhar, e eu perguntaria a ela sobre o soro e a Onda Cassiopeia, e ela teria uma explicação lógica. Ela sempre tinha.

Só que não era um pesadelo, e era tolice sequer acalentar essa ideia. A realidade retornou com a mesma velocidade que alguém levaria para puxar o gatilho de uma arma invisível.

Não era algo de que eu pudesse acordar.

Era a vida.

E estava acontecendo.

Os pensamentos se atropelavam, competindo por atenção. Lentamente, abri os olhos. A sala saiu ligeiramente de foco ao mesmo tempo que as palavras da mamãe voltavam para mim.

Ela havia pedido desculpas.

Suas últimas palavras tinham sido para se desculpar. Meu peito apertou.

Tentei esvaziar a mente. Precisava provar a mim mesma que o que o Luc dissera mais cedo era verdade. Eu era forte. Corajosa. Conseguiria lidar com a situação. De repente, um pensamento horrível me ocorreu, me deixando sem ar. Será que minha mãe continuava deitada no chão do quarto? Será que alguém a tinha encontrado? Não fazia ideia de quanto tempo havia se passado. Ou será que ninguém sabia ou se importava?

Desliguei.

Bem ali.

Naquele exato instante.

Foi como se o fio que alimentava minhas emoções tivesse sido cortado. Meus ombros penderam, e o ar que escapou de meus lábios pareceu vazio.

— Aqui.

Sentindo-me anestesiada, ergui os olhos. Luc havia retornado, e segurava uma toalha umedecida.

Um músculo pulsou em seu maxilar. Ele, então, se sentou na beirada da mesinha de centro de novo. Estava bem na minha frente, perto o bastante para que nossos joelhos se roçassem.

— A gente precisa parar com isso — falei, apontando para a toalha. — Está virando um hábito.

Ele arqueou uma sobrancelha.

Não sei por que falei o que disse a seguir. As palavras simplesmente escaparam da minha boca.

— Eu devia ter dado ouvidos a ela. Mamãe falou para eu me levantar e me arrumar, mas fiquei enrolando. Fiz perguntas demais. Talvez se não tivesse feito, a gente tivesse conseguido fugir antes…

— Acho que não, Pesseguinho. — A toalha balançou, pendurada entre os dedos dele. — Acho que se você não tivesse enrolado, eles a teriam capturado do lado de fora, antes que a gente conseguisse chegar.

— Antes de mor… — Inspirei fundo e devagar, tentando aplacar o peso sufocante em meu peito e minha garganta. — Ela disse que tentou, mas que ele estava vindo me pegar. Mas não disse quem era ele.

Luc segurou minha mão, envolveu o tecido morno em volta dos meus dedos e olhou para mim.

— Ninguém vai pegar você. Ninguém, Evie.

Acreditava nele.

De verdade.

— Você disse que ela ligou. Talvez estivesse falando de você. — Fazia sentido, que ela estivesse tentando me tranquilizar. — Deixa comigo… posso limpar minhas próprias mãos.

Ficamos olhando um para o outro por alguns instantes.

— Sei que pode, mas eu quero fazer.

Soltei um suspiro trêmulo e assenti. Um breve silêncio recaiu entre nós.

— Luc?

Ele ergueu as pestanas grossas, e sua mão parou sobre a minha.

— Eu falei que não — murmurei. — Quando ela me pediu que confiasse nela, eu respondi que não confiava.

Ele se aproximou ligeiramente, deixando nossos olhos nivelados mais uma vez.

— Não faça isso consigo mesma. — A voz dele soou tão baixa quanto a minha.

— Eu disse para ela... — Desviei os olhos de seu rosto e repousei-os novamente em minhas mãos. Elas estavam limpas, imaculadas, exceto pela parte de baixo das unhas. Tentei engolir o nó em minha garganta, mas ele continuou lá. — Disse que ela roubou minha vida.

Luc encostou a testa na minha.

— Evie...

— E ela respondeu que estava tentando me devolver essa vida. Foi a última coisa que disse antes de levar o tiro.

A toalha desapareceu com um espocar da Fonte, virando cinzas. Em seguida, Luc me puxou para si, e terminamos enroscados no sofá. O estranho distanciamento que eu sentira dentro do carro se fora. Ele me abraçou e eu o abracei, porque ambos tínhamos sofrido perdas essa noite.

Tínhamos perdido muita coisa.

Um bom tempo se passou até que o Grayson disse:

— Ela disse que as coisas tinham fugido ao controle? No Forte Detrick?

— Mamãe não disse que foi lá, mas vi que tinha acabado de chegar do trabalho — respondi, e o Luxen se virou para a gente. — Disse também que as coisas estavam prestes a começar e que seria tudo muito rápido. Não sei se estava falando das pessoas que apareceram na nossa casa ou de algo mais.

Esfreguei as palmas nas coxas, tentando me lembrar das palavras exatas, porém a dor e a confusão daqueles momentos tornavam tudo mais difícil.

— Ela havia preparado uma bolsa de viagem, com uma identidade falsa e dinheiro... — Dei-me conta de que essas coisas continuavam no carro. — Muito dinheiro. Acho que milhares de dólares.

— Ela estava preparada — observou Luc, puxando o braço que envolvia minha cintura. — A menos que costumasse manter milhares de dólares em casa, tinha se preparado.

— O que indica que ela sabia que isso podia acontecer — murmurei. — Esse tempo todo...

Luc desviou os olhos por alguns instantes e, então, me fitou.

— Sinto muito, Evie. Pelo que aconteceu com ela, pelo que você teste-munhou.

Agora era eu quem não conseguia olhar para ele. Baixei o queixo, cansada.

— Obrigada — respondi, pigarreando. — Você sabe por que eles a mataram? Quero dizer, eles já deviam saber que ela não era registrada. Mamãe trabalhava para eles.

— Tenho a impressão de que ela estava tentando tirar você de lá. Ela sabia que eles estavam a caminho, e não estava disposta a permitir que a levassem. — Luc esfregou o rosto com as mãos e, em seguida, balançou a cabeça de maneira frustrada. — O que nos deixa com uma montanha de perguntas.

Inspirei, mas o ar não entrou direito.

— Ela sabia o que aconteceu comigo na escola... com a April e o lance da Onda Cassiopeia. Mas, se estava ciente do que havia dentro do soro, então por que tentou impedi-los de me levarem?

— É impossível que ela não soubesse o que havia no soro — retrucou Luc, me fitando atentamente. — Foi ela quem o administrou.

— O que não significa que soubesse exatamente o que havia dentro dele — argumentei, desesperada.

Um músculo pulsou no maxilar do Original, que voltou a atenção para os arranhões na mesinha de centro.

— De qualquer forma, ela estava tentando te tirar de lá antes que eles chegassem — observou Grayson. — Eles devem ter desconfiado.

— E o Daedalus veria isso como uma traição — acrescentou Luc. — Tudo o que ela fez ou continuava fazendo para eles perdeu importância. O Daedalus a veria como uma traidora, e eles não toleram ninguém que possa ser um inimigo em potencial.

Fechei os olhos. Será que ela sabia o que havia no soro, tinha compac-tuado com eles e depois mudara de ideia? Se fosse esse o caso, será que tornava o que ela havia feito comigo menos horrível? Se mamãe sabia o que eles estavam me dando, isso tornava sua morte mais fácil de processar?

Não.

Não tornava.

Pressionei a base das mãos nos olhos.

— Eu tentei... não sei, invocar o que quer que tenha acontecido comigo quando encarei a April. Queria lutar, mas não senti nada de diferente em mim. Não como quando fui atrás da April.

— Talvez tenha sido um caso isolado — sugeriu Grayson.

— Ou talvez você apenas não saiba como usar… o que quer que exista dentro de você — replicou Luc. Ao baixar as mãos, vi que ele tinha se levantado. Sequer o escutara se mover.

Baixei os olhos.

— Não acredito que ela ligou pra você.

Luc me encarou.

— Porque ela me odiava?

Minha respiração ficou presa na garganta.

— Não acho que ela te odiasse.

— Ela não gostava de mim, mas não tem problema. — Um sorrisinho irônico insinuou-se em seus lábios. — A espingarda que sua mãe apontou para mim mostrou muito bem em que pé nós estávamos.

— Ela apontou uma *espingarda* pra você? — perguntou Grayson.

— Apontou.

O Luxen riu.

— Uau! Gostaria de ter tido a chance de conhecê-la.

Olhei para ele, balançando a cabeça. Inacreditável.

— Depois da história com o queijo quente… — Minha voz falhou. — Acho que ela estava tentando confiar em você.

— Ela não tinha motivo algum para não confiar em mim — replicou Luc. Encolhi-me ao reconhecer a verdade da declaração e o que ela significava. Nós é que não tínhamos motivo para confiar *nela*. — Sylvia sabia que eu viria se você estivesse em perigo. Por mais que não gostássemos um do outro, ela sabia disso.

***

Vários minutos se passaram enquanto esperávamos pelo retorno da Zoe e do Kent. Cada minuto mais parecia uma hora. Grayson voltou a olhar pela janela, mantendo-se calado. Luc também.

Momentos depois, o Original veio se sentar do meu lado no sofá e, em silêncio, me puxou para o colo e passou os braços em volta de mim. Ainda sem dizer nada, pressionou meu rosto contra o peito e apoiou o queixo no topo da minha cabeça.

Tudo o que ele podia me oferecer num momento desses era a mesma coisa que eu podia oferecer a ele. Proximidade. Consolo. Companheirismo.

Não mudava o que tinha acontecido, nem diminuía a dor, a confusão e a raiva que corriam por minhas veias como ácido de bateria, mas ajudava. Eu não estava sozinha. Nem ele.

Um estremecimento me sacudiu por inteira, da ponta dos dedos até os pés. Minha garganta fechou. *Controle-se*, repeti para mim mesma até sentir que conseguia respirar novamente. Precisava estabelecer prioridades e me concentrar. Havia coisas a fazer.

Inspirei, sentindo a respiração tão frágil quanto uma taça de vidro.

— A gente precisa pedir a alguém para cuidar do corpo da minha mãe. — Ergui o rosto. — Não posso deixá-la lá. Temos que ligar para alguém.

— Certo. — Grayson fechou as mãos na cintura. — Essa é provavelmente uma pergunta retórica, mas você é burra, é?

— Cuidado — avisou Luc, fitando o Luxen com os olhos estreitados. — Não estou com humor para explicar o quão idiota seria você me irritar agora.

Grayson inflou as narinas.

— Não sou burra. — Virei-me para o Luxen. — Mas não posso deixar minha mãe daquele jeito. Sei que parece loucura, mas você não entende. Ela era…

— Você acha que não entendo o que é deixar o corpo de pessoas que eu amo para trás, apodrecendo? — Um brilho branco o envolveu. Soltei um arquejo. — Acha que é a única que tem que viver sabendo que não pode fazer nada para dar à sua família um mínimo de respeito? Odeio ser eu a lhe dizer, mas você não é a primeira nem será a última a passar por isso.

— Já chega! — Num piscar de olhos, eu estava largada no sofá, e o Luc em pé diante de mim. — Você sabe em primeira mão qual é a sensação de ver uma luz se apagar. Ela *acabou* de passar por isso.

Eu não conseguia ver o Grayson, mas sabia que ele tinha se virado de costas para o Luc e estava olhando pela janela mais uma vez. Balancei a cabeça, frustrada.

— Sinto muito — murmurei. — Eu não sabia.

Não obtive resposta.

Abri as mãos e pressionei as pontas dos dedos nos joelhos. Ia ter que deixá-la lá. Mamãe não seria cuidada por aqueles que a amavam. Nenhum funeral. Nada. Isso era muito para digerir. Mesmo para mim.

— Tem razão. — Luc estava de novo ao meu lado. — Mas pense da seguinte forma: Sylvia desejava vê-la em segurança. Ela não ia querer que você fizesse nada que pudesse comprometer isso.

Antes que eu tivesse a chance de responder, ele se virou para os fundos da casa. Grayson deu um passo à frente. Fiquei tensa ao escutar uma porta bater, mas relaxei ao ver que eram a Zoe e o Kent.

— Como você está? — Zoe veio imediatamente para o meu lado enquanto o Kent seguia até o Luc e falava com ele numa voz baixa demais para que eu pudesse escutar. Com uma expressão preocupada, minha amiga fechou as mãos em meus ombros. — Evie?

Pude sentir tudo dentro de mim começar a *desmoronar*. Contive-me a tempo, colocando tudo de volta no lugar.

— Bem.

Ela não pareceu acreditar.

— E você? — perguntei. — Você se feriu quando eles apareceram de surpresa na boate?

Ela fez que não.

— Não. Estou bem. Consegui fugir, mas…

— Viu a Heidi? A Emery? Elas estão bem?

— Estão. Estão bem, sim. Heidi está assustada, mas está bem. — Ela olhou de relance para o Grayson, que tinha voltado a olhar pela janela como um cachorro esperando o carteiro. — Eu entrei no seu quarto…

Minha garganta travou.

— Sinto muito, Evie. Se a gente tivesse chegado mais rápido…

Mesmo que tivessem, será que isso teria mudado alguma coisa? Não sabia. Jamais saberia.

— Para onde a gente vai agora? — perguntei, correndo os olhos pela sala. Kent se sentou no braço do sofá.

— Para a Zona 3 — respondeu ela. Para ser honesta, a surpresa não teria sido maior se a Zoe tivesse dito que íamos para a lua.

Uma risada seca escapou dos meus lábios.

— O quê?

— Vamos para Houston. — Luc deu um passo à frente. — É o lugar mais seguro que conheço. Há pessoas lá que podem nos ajudar a descobrir o que aconteceu.

Fiquei confusa.

— Mas não tem nada na Zona 3. É uma área totalmente devastada — retruquei. Houston era uma das cidades que tinham sido completamente destruídas pelas bombas de pulso eletromagnético. Ela fora evacuada e depois murada. — Por que diabos a gente iria para lá?

— Você não faz ideia do que existe nessas cidades por trás dos muros. — Luc inclinou a cabeça ligeiramente de lado. — É para onde levamos os Luxen sem registro. Bom, um dos lugares. Também é onde o Daemon e o Dawson moram.

Eu continuava sem entender.

— Como? Eles disseram...

De repente, a janela da frente explodiu, lançando uma chuva de cacos para todos os lados. Zoe soltou um grito ao ser lançada para trás.

Levantei num pulo, cega de pavor.

— Zoe!

Do nada, um braço me pegou pela cintura e me puxou de encontro a um peito duro. *Luc.* Eu sequer o vira se mover.

Fechei a mão em seu braço, lutando para me desvencilhar dele.

— Me solta! Zoe foi...

— Ela está bem — disse o Original, me segurando com firmeza. — Veja! Ela está bem.

Eu estava olhando, mas levei alguns segundos para entender o que meus olhos estavam vendo. Zoe tinha se agachado. Grayson segurava alguma coisa. Ela espiava por cima da mesinha de centro, esfregando o ombro.

— Uma pedra — observou o Luxen, parecendo confuso. — *Uma pedra?*

Kent estava deitado de barriga no chão. Ele olhou do Grayson para a gente.

— Não estou entendendo nada.

— Isso doeu — observou Zoe, e minhas pernas quase falharam.

— Bom... — O braço do Luc parecia um torno em volta da minha cintura. Seu polegar começou a traçar círculos lentos em minhas costelas, tentando me acalmar. — Isso foi inesperado.

Eu continuava segurando o braço dele.

— Você acha?

Grayson se levantou bem devagar e, então, tornou-se um borrão. Num piscar de olhos, estava ao lado da porta da frente, a maior parte do corpo escondida enquanto olhava através de uma pequena janela.

— Não estou vendo nada... Ah, merda! — Ele assumiu sua forma verdadeira, uma lâmpada ofuscante com contornos humanos, no exato instante em que a porta foi arrancada das dobradiças.

Soltando um palavrão, Luc me apertou ainda mais de encontro a si. Um segundo depois, outra explosão estremeceu a casa — a casa *inteira*. Uma onda de ar quente colidiu contra a gente. O chão desapareceu sob meus pés ao mesmo tempo que um grito ficava preso em minha garganta. As paredes tremeram. Uma nuvem de poeira se espalhou pelo ar. As janelas explodiram. Já não podia mais sentir o Luc atrás de mim.

Caí de joelhos no chão. O instinto veio à tona. Ergui os braços acima da cabeça no exato instante em que alguma coisa desabou sobre mim. Pedaços de parede? Drywall. Soltei um grunhido de dor ao sentir um dos pedaços bater nas minhas costas e me derrubar. O ar ficou imediatamente pesado, fechando minha garganta e tornando difícil respirar.

Tínhamos sido *bombardeados*?

Com os ouvidos apitando, dei uma espiada pelo espaço entre meus braços. A sala estava imersa numa fumaça branca, e eu não conseguia ver mais do que um palmo na frente do rosto. Meu coração martelava com força. Tentei chamar pelos outros, mas meus pulmões não responderam. Tomada por um acesso de tosse que sacudiu meu corpo inteiro, virei de lado. Destroços de parede e mobília escorregaram de cima de mim. Meus olhos ardiam e meu corpo parecia convulsionar. Pigarreei.

— Zoe? Luc? — gritei, ou pelo menos acho que sim. O apito em meus ouvidos ainda era alto demais.

Corri os olhos pela sala destruída, parando onde costumava ficar a mesinha de centro. Ela estava em pedaços, as pernas arrancadas. Não vi a Zoe em lugar algum. Olhando para a direita, achei ter visto alguém tentando se levantar. Apenas o contorno de alguma coisa.

Em pânico, comecei a engatinhar, procurando pelo Luc. Ali! Alguém estava esparramado no chão perto da escada. Não podia ser ele — de jeito nenhum.

— Luc! — gritei, a voz rouca. Parando, tentei me levantar.

Uma figura alta surgiu em meio à fumaça grossa, vindo em minha direção. A princípio achei que fosse o Grayson, ou talvez o Kent, mas, quando a figura se aproximou o bastante para eu conseguir enxergar, vi algo apontado para mim.

O cano de uma arma.

homem usava uma balaclava preta que cobria seu rosto inteiro. Foquei a atenção na ponta do cano, sentindo o coração parar.

Eu ia morrer. As pessoas mentiam.

Minha vida não passou diante dos meus olhos. Não vi nenhum álbum de fotos mental destacando os melhores momentos. Tudo o que via era o cano da arma. A mão enluvada que empunhava a dita cuja. Firme como aço. Nem sequer um ligeiro tremor. Ele a segurava como se já houvesse apontado uma arma para uma adolescente centenas de vezes.

Uma descarga de energia se espalhou pela minha pele ao ver a mira recair no centro do meu peito e ele apertar o gatilho. O tiro soou como o retumbar de um trovão. Estendi os braços à frente de maneira instintiva, como se minhas mãos pudessem de alguma forma desviar a bala.

Esperei pela dor — a dor surda e fatal.

Não senti nada.

O homem olhou para a arma. Será que ele havia errado o tiro?

— Que bosta é essa? — disse ele numa voz abafada.

Não questionei minha sorte.

Peguei o pesado pedaço de drywall que tinha caído em cima de mim, me coloquei de pé num pulo e o arremessei o mais forte que consegui. O pedaço o acertou no braço e se partiu em dois. O homem soltou um ganido e atirou novamente. Dessa vez, o tiro atingiu o chão ao meu lado.

De mãos vazias, recuei um passo, vendo a fumaça e a poeira se dissipando. Corri os olhos em volta em busca de outra coisa que pudesse usar como arma. Sequer vi o soco que me pegou em cheio.

Uma dor aguda explodiu na lateral da minha cabeça. Estrelas espocaram por trás das pálpebras. Soltando um grito, cambaleei para o lado, tonta e enjoada. Caí de joelhos no chão.

Puta merda, o sujeito socava como um boxeador profissional.

Um rugido invadiu meus sentidos e, por um segundo, achei que fosse um tanque invadindo a casa. A essa altura, qualquer coisa era possível, porém o som… era parte animal, parte humano. Um rugido de puro ódio sendo liberado. O ar ficou carregado de eletricidade, parecendo crepitar e estalar.

Ergui a cabeça, me encolhendo ao ver a sala girar e oscilar. Sem aviso nenhum, uma figura apareceu na minha frente, postando-se diante de mim como uma sentinela furiosa, os ombros empertigados e as pernas afastadas.

Luc.

Ele era a fonte do som — a origem do rugido furioso. A casa começou a tremer de novo. Com um arquejo, despenquei contra uma das paredes destruídas.

— *Isso* foi um grande erro — rosnou o Original.

As tábuas do piso rangeram. Partículas de poeira se elevaram no ar, seguidas por pedaços de parede. Uma luz branca e incandescente se espalhou pelas veias de seus antebraços. O ar se encheu de estática. Pedaços de mobília começaram a flutuar em direção ao teto.

Era o Luc quem estava fazendo isso, sem a ajuda de ninguém. Um poder daqueles era absolutamente inconcebível.

O Homem Mascarado devia estar pedindo para morrer. Ele virou a arma na direção do Luc, que simplesmente… riu. Uma risada profunda e desafiadora que me arrepiou da cabeça aos pés. Lembrei imediatamente das palavras do Micah.

Nós éramos como estrelas negras, mas o Luc… ele era a estrela mais escura.

A arma voou da mão do Homem Mascarado, indo direto para a do Original. Os músculos ao longo de seus ombros e costas flexionaram. O metal virou sucata.

— Acho que você não vai mais precisar disso.

Ele, então, abriu a mão.

Nada além de pó escapou por entre seus dedos compridos, caindo silenciosamente em direção ao chão.

— Jesus! — O Homem Mascarado recuou um passo.

Eu podia entender perfeitamente o que ele estava sentindo.

Faíscas de eletricidade espocavam em meio à luz branca que cintilava sobre as juntas dos dedos do Original. Apoiando as mãos no chão, me esforcei para me levantar.

Luc ergueu o braço. Uma poderosa bola de energia brotou de sua palma e atingiu o homem no meio do peito. Ele foi arremessado no ar, desabando a alguns metros de distância.

O Homem Mascarado despencou numa massa disforme e fumegante.

Nenhuma contração muscular. Nenhum gemido. O sujeito já estava morto antes mesmo de bater no chão.

Luc fez menção de se virar para mim, mas a Zoe o chamou. Ele parou no exato instante em que pelo menos meia dúzia de homens entrou na casa pelo buraco onde antes havia a porta e se espalhou pela sala.

Eles pareciam com os homens que haviam invadido a minha casa — de preto da cabeça aos pés e portando os mesmos rifles de cano longo.

Zoe surgiu do nada, saltando por cima do sofá virado como uma linda ginasta olímpica. Ela era rápida, nada além de um borrão de cachos e membros esguios ao aparecer na frente do assassino mais próximo. A Original arrancou o rifle das mãos do estupefato sujeito, brandiu-o como um taco de beisebol e o arremeteu contra a cabeça do desgraçado, que despencou no chão. Aquele ali estava definitivamente fora de combate.

Movendo-se como um raio, Zoe mergulhou no exato instante em que outro atirou. Em seguida, estendeu o braço e agarrou o sujeito pela panturrilha. Ele gritou e soltou a arma. Os joelhos cederam ao mesmo tempo que ele se transformava num raio X ambulante, os ossos acesos por baixo da pele.

De repente, um raio de energia atravessou a sala e atingiu outro atirador. Dessa vez foi o Grayson. Ele estava de pé, em sua forma verdadeira, enquanto o Luc...

Luc estava levitando. Tropecei em alguns pedaços de parede, boquiaberta. O Original flutuava no ar a alguns centímetros do chão.

Nunca o vira fazer *isso*.

— Vocês viram o primeiro filme dos X-Men? — perguntou ele, falando como se estivesse conversando sobre o tempo. — É antigo, mas um dos meus favoritos. Na minha opinião, esse filme tem uma das melhores cenas de toda a história do cinema.

Todos se viraram para ele, recuando lentamente. Sirenes soavam à distância.

Deu para perceber o riso na voz do Luc ao dizer:

— Vou fazer um favor a vocês e recriá-la.

Ele ergueu as mãos.

Todos os rifles voaram das mãos dos atacantes e pararam em pleno ar. Em seguida, se viraram de volta para eles.

Esse filme eu *tinha visto*.

E *conhecia* a cena.

Duvidava de que algum professor X fosse se intrometer.

— Zoe? — chamou o Original.

A mão quente de alguém se fechou em volta da minha. Olhei e vi a Zoe parada atrás de mim, o rosto e os cabelos cobertos por uma fina camada de poeira branca. Ela disse alguma coisa, mas o rugido do sangue em meus ouvidos não me permitiu escutar. Em seguida, começou a me puxar para longe. Sem discutir, fui com ela.

Contornando pedaços de parede e móveis tombados, entramos no que restara da cozinha. As portas dos armários estavam abertas, os utensílios flutuando junto ao teto. Potes e panelas. Eletrodomésticos. Tudo o que havia de metal estava retorcido como se tivesse tentado atravessar o teto.

— Precisamos ir — disse Kent, aparecendo de repente e abrindo a porta de tela. Ela se soltou das dobradiças e ficou pendurada meio de lado. O queixo dele estava sujo de sangue, mas não sabia se tinha sido de antes ou não. Simplesmente fiquei feliz por vê-lo inteiro.

Ainda segurando minha mão, Zoe seguiu para a saída. Já na porta, parei e olhei de volta em direção à confusão da casa.

— E quanto ao Luc?

— Ele vai ficar bem — respondeu ela, parando sob o ar frio da noite. Eu, porém, me recusei a me mover.

— Não vou deixá-lo — retruquei.

— Ele vai ficar bem, juro. Jesus! — Zoe soltou um arquejo quando puxei o braço com força, fazendo-a perder o equilíbrio.

Girei nos calcanhares, e já estava prestes a entrar na casa de novo quando escutei uma série de estampidos semelhantes a fogos de artifício, uma rápida sucessão de *pops* seguida de baques surdos, um após o outro.

Não sabia o que deveria sentir. Pena daqueles homens? Empatia? Não, nem de longe. Eles estavam ali para nos matar.

Num piscar de olhos, Luc estava na minha frente, parado diante da porta. Com as pupilas brilhando, ele me fitou no fundo dos olhos.

Meu coração martelava feito louco. Ergui a mão, a palma virada para cima.

Ele fechou a dele na minha e começamos a correr. Atravessamos o jardim dos fundos, abrindo caminho pelo mato alto e malcuidado. Passamos por um galpão em ruínas e entramos num beco.

De repente, Zoe parou. Um SUV enorme estava estacionado nos fundos do beco, o motor ligado. O carro era branco e grande o bastante para acomodar um time inteiro de jogadores de beisebol. Não era o mesmo que havíamos usado mais cedo. Era um Yukon. Não conhecia muito sobre carros, mas sabia que aquele ali era bizarramente caro.

— Como você arrumou um desses? — perguntei.

— Usando minhas habilidades e poder de crédito inacreditável. — Kent se sentou ao volante e esfregou o queixo. — Entrem.

— Essas habilidades incluem roubo de carros?

Zoe abriu a porta traseira e fez sinal para que eu entrasse.

— Entre outras coisas.

No momento, carros roubados eram a menor das minhas preocupações. Entrei e, segundos depois, Zoe estava do meu lado, batendo a porta, enquanto o Luc entrava pela outra. Grayson se sentou no banco do carona.

Em silêncio, saímos do beco e pegamos a rua principal, diminuindo a velocidade ao passarmos por vários carros de polícia que seguiam para a pobre casa destruída. Assim que deixamos o tranquilo e silencioso bairro para trás e pegamos a estrada, Kent acelerou de novo.

Olhei para o Luc. Ele estava virado para a janela, o perfil parecendo ter sido talhado em pedra. Ondas de tensão irradiavam dele.

— Devíamos ter deixado pelo menos um com vida — resmungou Grayson, se ajeitando no banco. — A gente poderia obrigá-lo a falar.

Virei a cabeça na direção do Luxen.

— Acho que não teríamos tempo para isso.

Luc se virou lentamente para mim. Mesmo na escuridão do interior do carro, pude sentir seus olhos me analisando com atenção. Meu coração pulou uma batida quando ele encostou a palma gentilmente no meu rosto e os dedos compridos começaram a acariciar minha têmpora, no ponto exato onde eu tinha levado o soco.

Seus dedos mal roçavam a pele, um movimento não exatamente indesejado, mas que provocou uma série de reações em mim. Inspirei de maneira superficial e, então, *senti*. Um suave calor começou a irradiar das pontas dos dedos dele, fazendo com que eu me contraísse e batesse na Zoe. Luc estava me curando. Isso não era necessário, eu estava bem. Ele, porém, estava pensando em mim, sempre pensando em mim, de modo que me inclinei e toquei de leve seu maxilar. Passados alguns momentos, ele tirou a mão do meu rosto. Afastei-me também, fitando-o atentamente. Com o rosto novamente encoberto pelas sombras, o Original voltou a olhar pela janela, e assim prosseguimos, em silêncio, por quilômetros e quilômetros.

✸ ✸ ✸

Foi o Kent quem quebrou o silêncio, a princípio tentando começar um jogo de Eu Espio com o Grayson, o que foi impossível por dois motivos. Em primeiro lugar, estava um breu lá fora e a gente não conseguia enxergar nada e, em segundo, Grayson não estava interessado. Nem um pouco. Tinha quase certeza de ter escutado o Luxen ameaçar dar um soco numa área que faria o Kent ter dificuldade de ir ao banheiro por algum tempo.

Kent, então, ligou o rádio.

Para surpresa de todos, ele escolheu uma estação de música country.

Ahn. Por essa eu não esperava.

Iniciou-se uma discussão, que terminou quando o Grayson ameaçou acabar com a raça dele. Kent, então, desligou o rádio, e ficamos novamente em silêncio enquanto eu tentava não pensar em quatro coisas:

Minha mãe.

O silêncio do Luc, totalmente fora do normal.

Onde estavam a Heidi e a Emery.

Minha vontade desesperada de ir ao banheiro.

Olhei para o Original, desejando que estivéssemos sozinhos para podermos conversar. Havia algo de errado com ele, e eu sabia que tinha a ver com o que acontecera na casa e na boate. Luc matara aqueles homens. Ele fora obrigado a matá-los, e eu sabia que isso o estava incomodando, assim como as perdas que sofrera hoje. Luc tinha me dito que algumas mortes não o afetavam, porém outras sim, e dava para ver que essas afetaram.

Estava dividida entre uma forte ansiedade e a vontade de fazer xixi. Aqueles homens eram pessoas de carne e osso.

Pessoas que provavelmente tinham família. Que, imaginava eu, se levantavam de manhã, tomavam um café e verificavam as notícias. Que deviam gostar de bolo de chocolate e carne. Pessoas que desejavam me matar.

Que tinham matado minha mãe antes que eu tivesse a chance de conhecê-la de verdade. Sentada ali naquele Yukon, espremida entre a Zoe e o Luc, dei-me conta de que jamais a conhecera.

Não de verdade.

Só conhecera o lado que ela havia me mostrado.

E já estava na hora de admitir que quase tudo o que ela havia me mostrado era mentira, assim como a April. Como é que a April tinha chamado mesmo a mulher que eu pensara ser sua mãe? Seu contato. Será que era isso o que minha mãe era também? Um contato?

Sentindo a garganta fechar, inspirei com dificuldade e olhei para o perfil do Luc, deixando de lado meus próprios problemas. Aquelas mortes estavam acabando com ele, mesmo que os caras… mesmo que eles fossem maus. E eu tinha certeza de que eram.

Pigarreei e esfreguei as mãos nos joelhos.

— Então… hum, pra onde a gente está indo? Quero dizer, sei que vocês disseram Houston, mas quanto tempo vai levar pra gente chegar lá?

— Dirigindo sem parar, pouco mais de um dia. — Zoe puxou uma perna para cima do banco e a apoiou na porta. Ela bocejou, e imaginei que pegar um avião estava fora de questão. — Talvez um pouco mais ou um pouco menos, dependendo do trânsito.

— A gente vai pegar a hora do rush em algumas das grandes cidades — intrometeu-se Kent, sentado atrás do volante.

— Mas não vamos direto — disse Luc. Era a primeira vez que ele abria a boca em mais de uma hora. — Não podemos.

Olhei de relance para ele.

— Importa-se em explicar melhor?

Ele não olhou para mim. Tive a impressão de que seus olhos estavam fechados.

— Não podemos simplesmente ir até a Zona 3 e bater na porta.

Kent riu.

— E por acaso tem alguma porta para bater?

— Você já esteve lá? — perguntei.

— Eu venho de lá.

Antes que eu tivesse a chance de perguntar mais alguma coisa, Luc falou de novo.

— Precisamos fazer algumas… ligações. Nos certificar de que saibam que estamos chegando. Teremos que nos esconder por uns dois dias.

— Vamos para Atlanta. — O moicano do Kent balançou, fazendo alguns fios se entrelaçarem. — Para Hotlanta, que rima com Mylanta. E com santa. Ah, e com Fanta. — Ele fez uma pausa. — Deus do céu, eu seria capaz de algumas boas sacanagens por uma lata de Fanta. E você, Evie? Nunca perguntei. Você gosta de Fanta?

Olhei para ele.

— Nunca experimentei.

— O quê? É a primeira coisa que a gente vai fazer quando chegarmos a Peachtree City. Arrumar uma Fanta pra você. É como ter um orgasmo gasoso de fruta pela boca.

Arregalei os olhos. A imagem que me veio à mente…

— Jesus! — murmurou Zoe por entre os dentes. — Na verdade, não vamos para Atlanta, mas para um dos subúrbios.

Meu estômago resolveu naquele momento me lembrar de que na verdade havia cinco coisas que eu estava tentando ignorar. Ele roncou alto.

Luc ergueu a cabeça da janela e virou o corpo para mim.

— Com fome?

Não adiantava tentar mentir.

— Estou.

— Pare no próximo posto de gasolina ou lanchonete.

— Sim, senhor. — Kent bateu continência.

— Tem certeza de que é uma boa ideia? — Grayson tirou as pernas de cima do painel. — Ainda estamos na Virginia. Não nos afastamos o suficiente.

— Vamos fazer uma parada rápida e continuamos. — Luc se inclinou para frente e apoiou os braços nas coxas. — Acho que não vai ter problema.

Acho não era muito tranquilizador.

— Vamos nos *certificar* de que não tenhamos problema — observou Zoe.

Daquele ponto em diante, a conversa girou em torno dos diferentes sabores de Fanta que o Kent insistia que eu precisava provar. Para ser honesta, achava que só existisse um. Cerca de uns quinze minutos depois, ele pegou uma saída próximo a Richmond e acabamos no estacionamento de um posto Exxon aberto 24 horas. Só havia mais um carro no estacionamento.

Zoe tocou meu braço de leve, chamando minha atenção. Ela já tinha saltado e estava debruçada sobre o assento.

— Sua bolsa está lá atrás. É melhor pegar uma camiseta limpa antes de entrar na loja.

A princípio não entendi por que, mas então olhei para mim mesma. Embora estivesse escuro, pude ver as manchas sobre o peito e a barriga. Sangue.

É. Isso chamaria uma atenção indesejada.

Reprimindo um calafrio, assenti com um menear de cabeça e saltei do carro. Ergui a cabeça e vi que o Grayson e o Kent já estavam a meio caminho da loja de conveniência. Zoe esperava junto ao carro, de costas para mim, vigiando a rua. Com as pernas bambas, fui até o porta-malas do Yukon, que já estava aberto. Lá estava minha bolsa de viagem roxa.

A bolsa que mamãe havia arrumado.

Pisquei algumas vezes para conter as lágrimas e, com cuidado, abri o zíper e escancarei a bolsa. O envelope com o dinheiro continuava ali, assim como o passaporte... e o Diesel.

Tentei não pensar nas manchas no envelope nem em como tudo aquilo tinha ido parar dentro da bolsa, e peguei a primeira camiseta que vi. Depois de me certificar de que a "costa estava limpa", tirei rapidamente o suéter arruinado, planejando jogá-lo na lata de lixo mais próxima ou talvez queimá-lo. Um dos dois. Em seguida, vesti a camiseta limpa, inspirando o perfume de amaciante.

Meu peito apertou com uma dor forte e profunda. Casa. O perfume da camiseta me lembrava minha casa. Minha mãe...

Afastei esses pensamentos e comecei a fechar a bolsa, parando de repente ao lembrar do celular. Eu não o tinha jogado dentro dela?

— Você não vai achar seu telefone — comentou Luc.

Soltei um arquejo e me virei, levando uma das mãos ao peito.

— Jesus! Você quase me mata do coração!

— Eu não ia querer que isso acontecesse. Sério. — Ele deu a volta por trás do SUV. — Destruímos seu telefone quando chegamos na casa em Columbia. Provavelmente tarde demais. Afinal de contas, nossa localização foi descoberta com uma rapidez impressionante.

Meses antes, eu teria surtado se meu celular tivesse sido destruído. Quero dizer, eu tinha tudo dentro dele. Até mesmo uma das versões de Candy Crush que vinha jogando há dois anos direto, tendo chegado ao nível 935. Mas hoje?

Simplesmente suspirei.

— Tudo bem.

Luc apoiou o quadril no SUV. Em silêncio, ficou me observando ajeitar as roupas para fechar a bolsa.

— Eu tive que fazer — disse ele por fim.

Terminei de fechar o zíper e o encarei. Sabia exatamente sobre o que ele estava falando.

— Sei que teve. Pode soar duro, mas tinha que ser feito. Eles iam nos matar.

— O homem que estava com a arma apontada para você não estava usando balas. — Ele cruzou os braços diante do peito. — Era algum tipo de sedativo. Eles não estavam planejando matá-la.

Fiquei chocada.

— Por que isso parece pior do que eles quererem me matar?

— Porque é.

Um calafrio me percorreu de cima a baixo. O Daedalus não me queria morta. Eles queriam apenas me capturar, e sabendo o que eu tinha feito, isso seria pior do que a morte. Botei esses pensamentos de lado. O que eu podia fazer agora? Nada. Dei um passo na direção do Luc.

— Você está bem?

Ele não disse nada por um longo tempo.

— Não é a morte deles que está me incomodando, Evie. Eles assinaram sua própria sentença de morte no momento que apareceram para capturá-la. Não iam sair de lá com vida. Também não estou incomodado pelo que aconteceu na Foretoken. A morte do Chas e do Clyde vai me corroer por dentro, sem dúvida, mas o que está acontecendo com você agora é culpa minha.

Meu estômago se contorceu.

— Eu fiz isso com você — disse ele. — Fiz tudo para salvá-la, e só o que consegui foi colocá-la na mira do Daedalus.

entei fazer o Luc conversar comigo sobre o assunto, mas ele se recusou, e depois disso não tivemos mais chance. Não havia privacidade, e nós não estávamos com tempo.

Por enquanto, teria que deixar passar.

Depois de usar o banheiro e comprar uma tonelada de batatas fritas e biscoitos na loja de conveniência do posto, voltamos para a estrada. Meu estômago cheio me dizia que eu tinha saciado minha gula com sucesso. O banquete contou até com uma Fanta Laranja, cortesia do Kent. Passado um tempo, Zoe pulou para o último banco e se deitou enquanto eu observava pela janela os vales arborizados passarem feito um borrão.

Não me lembrava de ter pegado no sono, mas acho que dormi, porque tempos depois acordei aconchegada ao Luc. Vendo o dia raiar, meus sentidos voltaram à vida e comecei a funcionar novamente.

O peito do Luc subia e descia num ritmo constante sob minha palma. A mão sobre meu quadril estava imóvel. Ele estava dormindo, e eu não queria acordá-lo. Sequer ousei me mover ou respirar fundo. Ergui os olhos do encosto do banco da frente.

E me deparei com os olhos azuis incandescentes do Grayson.

Soltei um arquejo de susto, mas consegui não me mover.

Grayson estava virado para trás, olhando para mim — para a gente. Uau! Há quanto tempo ele estava fazendo isso?

— Assustador — murmurei.

Ele sorriu. Franzi o nariz. Aquele sorriso de orelha a orelha era ainda mais assustador. Grayson ergueu os olhos e, em seguida, se virou para frente novamente, me deixando em paz para descobrir um jeito de me sentar sem acordar o Original. Eu só precisava ser furtiva, como um...

O polegar sobre o cós da minha calça se moveu. Prendi o ar. O movimento não tinha sido involuntário. De jeito nenhum, ele foi totalmente pensado, um leve roçar do polegar sobre a curva da minha cintura que provocou uma série de arrepios em minha perna e na lateral do corpo.

Voltei a olhar para o assento diante de mim, respirando rápido e de maneira superficial.

Luc estava... ele estava desenhando... *símbolos*? Um círculo. Uma estrela. Uma... ampulheta?

Ele estava definitivamente acordado.

Todo o meu ser se concentrou naquele polegar, sem espaço para pensar no porquê eu estava ali, para onde estávamos indo ou o que tinha acontecido. Meu cérebro oficialmente desligou, entregando o controle ao meu corpo, um corpo que vibrava de curiosidade.

Luc desenhou um sinal de visto.

Fui invadida por uma espécie de calor e ansiedade que fez meus dedos dos pés se enroscarem dentro dos sapatos. Ele mal estava me tocando, mas meu coração acelerou mesmo assim.

Fechei os olhos e a vi imediatamente — minha mãe em sua forma verdadeira, morta no chão do meu quarto. Uma profunda tristeza dissipou a névoa de prazer. Senti o corpo enrijecer enquanto meus pensamentos assumiam a trajetória de um trem em rota de colisão. Depois do que acontecera com a April, eu sabia que levaria um tempo para minha vida voltar ao normal. Se é que um dia voltaria. Acho que eu tinha acalentado esperanças de poder voltar para a escola, ver o James e me formar. De que conseguiria conciliar essas duas vidas. Mas deitada ali, aconchegada ao Luc, fugindo para uma cidade que não conhecia e depois para outra que acreditava ter sido destruída, dei-me conta de que talvez entendesse por que o Luc não queria me incluir nas coisas que fazia na boate.

Não havia como conciliar esses dois mundos. Ou você vivia num ou no outro, e agora não havia mais escolha. Eu estava mergulhada até o pescoço.

A mão dele parou.

Inspirei fundo e lentamente e, virando a cabeça, ergui os olhos.

Duas gemas ametista me fitavam atentamente.

— Oi.

— Oi — respondi, a voz rouca.

— Desculpa — murmurou ele, e soube que estava falando sobre a minha ausência de escolha. Talvez ele nem precisasse ler meus pensamentos para saber que direção eles tinham tomado.

Sentei e afastei o cabelo do rosto, nem um pouco surpresa ao perceber que era como se um esquilo tivesse feito um ninho em minha cabeça.

Com um olhar por cima do ombro, vi que a Zoe continuava dormindo, enroscada no último banco. Virei novamente para frente e entrelacei as mãos.

— Que bom que vocês finalmente resolveram se juntar a nós — observou Kent, ainda atrás do volante.

Não podia acreditar que ele ainda estivesse dirigindo, mas percebi que o hematoma e o corte no lábio haviam desaparecido. Olhei de relance para o banco do carona. Será que o Grayson o tinha curado?

Virei-me para a janela e apertei os olhos. Não tinha ideia de onde a gente estava. Estávamos cercados por uma paisagem de árvores altas e densas, quebrada aqui e ali por lindas casas de aparência antiga. Kent entrou numa rua estreita, flanqueada por carvalhos ancestrais cujos galhos se entrelaçavam acima da gente, criando uma copa estranha que me lembrava dedos ossudos encostados nas pontas.

Não era assim que eu imaginava um subúrbio de Atlanta.

— Onde estamos?

— A cinco minutos de onde precisamos estar, coelhinha — respondeu Kent, me fazendo franzir o cenho. — Estamos em Decatur.

Coelhinha? Acho que preferia *docinho*.

— A que distância estamos de Atlanta?

— Não muito longe. Apenas alguns quilômetros — informou ele. — A rede de trens MARTA vem de Atlanta até aqui. Muitos passageiros. Muitas pessoas que não irão prestar atenção na gente.

Retorci as mãos, nervosa.

— As... árvores são bonitas. Assustadoras, mas bonitas.

— Decatur é uma cidade antiga, fundada antes da Guerra Civil. — Luc mudou de posição. Um segundo depois, ele deu um tapa no encosto do banco, me fazendo pular de susto.

— Que merda... — Zoe pulou, parando a centímetros de bater a cabeça no teto. Ela se virou para o Original, os olhos estreitados. — Babaca.

Ele riu e ergueu a mão, correndo os dedos pelas mechas bagunçadas.

— Estamos quase chegando.

— Você podia ter me acordado de um jeito melhor — retrucou ela.

Ele deu uma risadinha por entre os dentes.

— Você já devia me conhecer.

— Verdade — murmurou Zoe, se sentando. Seus olhos se voltaram para mim. — Faz tempo que você acordou?

— Alguns minutos.

— Aposto que ele não te acordou desse jeito. — Ela suspirou.

Ri também e me virei para frente, sentindo-me estranha. Com um suspiro trêmulo, voltei a olhar pela janela, porque era algo mais fácil de fazer do que ficar pensando em todo o resto. O Yukon diminuiu e virou à direita, começando a subir uma colina íngreme. A luz do sol penetrava por entre os galhos dos carvalhos, agora mais esparsos. Uma casa surgiu à vista.

Uma casa grande, estilo cabana.

Com dois andares e uma ampla varanda, o lugar parecia um retiro. Inclinei-me para frente, observando a grande quantidade de janelas.

— De quem é essa casa?

— Minha — respondeu Luc.

Virei-me de costas para a janela e olhei para ele.

— O quê?

Seus lábios se repuxaram num dos cantos.

— Eu possuo muitas propriedades que comprei com bastante dinheiro e uma identidade falsa. — Ele fez uma pausa, coçando o peito de maneira distraída. — Essa é uma delas.

Fiquei sem palavras. Depois de tudo o que tinha acontecido, não sabia por que o fato de ele possuir várias propriedades me deixava tão surpresa. Talvez fosse porque o Luc jamais tivesse mencionado nada. Por outro lado, não tinha ideia de quando esse assunto poderia ter entrado em qualquer de nossas conversas.

O Yukon parou diante de um portão de garagem de madeira. Grayson abriu a porta do carro. O motor ainda estava ligado quando finalmente me dei conta de onde estávamos.

Eu não estava mais em Maryland.

Estava na Georgia, numa cidade da qual jamais ouvira falar.

— E agora? — perguntei, a ninguém em particular.

Foi o Luc quem respondeu.

— Vamos entrar.

Engolindo o bolo em minha garganta, olhei para ele.

— Vamos descansar. E esperar — acrescentou ele, me fitando no fundo dos olhos. — É isso o que vamos fazer.

Nada disso parecia ser suficiente. Nem de longe. A gente podia descansar. Podia esperar. Mas havia mais.

— Precisamos descobrir o que diabos foi feito comigo e por que tudo isso aconteceu.

Um lampejo de admiração cruzou seu belo rosto.

— Nós vamos.

O interior da casa era de cair o queixo, tão bonito e espaçoso quanto o lado de fora. O primeiro andar era totalmente aberto, o espaço dominado por uma gigantesca sala de estar, com um daqueles sofás em módulos cuja profundidade equivalia a duas almofadas grandes, do tipo que engolia você inteiro e nunca mais deixava levantar. Uma televisão do tamanho do Yukon tomava toda uma parede. Havia também uma área de jantar e uma cozinha digna de um grande chefe. E escadas que levavam ao segundo andar.

— Mora alguém aqui? — perguntei, imaginando que seria um desperdício um lugar tão lindo ficar vazio.

Luc seguiu para a cozinha.

— Muita gente vem e vai, mas ninguém vive aqui permanentemente.

— É meu lugar predileto. — Kent se jogou no sofá, aterrissando com um suspiro de felicidade. — Me acordem antes de vocês…

Parei atrás do sofá, franzindo o cenho. Kent tinha enfiado a cara nas almofadas, de modo que eu só conseguia ver seu moicano azul.

Grayson entrou na cozinha atrás do Luc, que havia parado diante da geladeira.

— Precisamos comprar comidas e bebidas — disse ele, a cabeça ligeiramente inclinada enquanto observava o que quer que houvesse lá dentro.

— Quanto tempo vamos ficar aqui? — perguntei.

— O tempo necessário para o Daemon descobrir o que aconteceu. — Ele fechou a porta da geladeira, empertigou o corpo e seguiu para a gigantesca ilha. — É isso o que estamos esperando. Está vendo aquelas portas ali? — Apontou para as duas do outro lado da cozinha. — A da esquerda é da despensa. A outra é do porão. Não desça lá.

— É assim que começam os filmes de terror — retruquei.

Ele me lançou um olhar sério.

Levantei as mãos para o alto.

— Tudo bem. Como quiser. — Não estava planejando ir até o porão mesmo. Eles eram cheios de aranhas, teias e fantasmas, mas agora eu estava supercuriosa.

Zoe passou por mim.

— Vou subir e escolher um quarto.

— Não é justo! — exclamou Kent numa voz abafada, mas sem se levantar.

Zoe fez que não e continuou em direção à escada. Peguei minha bolsa e a segui.

— Tem duas suítes principais — explicou ela ao terminarmos de subir. — Em cada uma das extremidades do corredor.

— Você já esteve aqui?

Ela assentiu, sem olhar para mim.

— Quando?

Zoe seguiu até um quarto fechado com portas duplas.

— A última vez foi no verão, quando eu…

Minha mente voltou no tempo.

— Quando você disse que ia viajar com seu tio? Você disse que vocês iam para Ocean City.

— Em vez disso, vim para cá. — Ela abriu a porta, e fomos recebidas por uma lufada de ar fresco com um leve perfume de madeira de teca. — Tive que vir. De qualquer forma, pode pegar esse quarto. Ele tem seu próprio banheiro, como o do outro lado do corredor, que irei confiscar para mim. Os rapazes podem escolher entre os outros e dividir o banheiro sobressalente. — Após acender a luz, ela parou e se virou para mim. — Porque eu definitivamente não vou dividir um com eles. — Fez uma pausa. — Mas imagino que você vai dividir o seu com o Luc, certo?

Não soube como responder. A gente estava junto. Namorando. Mas dividir um quarto parecia… um passo além. Assim sendo, dei de ombros.

Zoe ergueu uma sobrancelha.

Entrei no quarto espaçoso, soltei a bolsa sobre a cama e me sentei. Passados alguns segundos, ela se juntou a mim. Ficamos ali sentadas sem dizer nada, olhando para a porta fechada do banheiro. Corri os olhos pelo aposento e vi uma guitarra encostada num dos cantos.

Aquele era o quarto do Luc.

Foi a Zoe quem quebrou o silêncio.

— Não era assim que tinha imaginado passar a semana.

Fiz uma careta e, em seguida, uma risada escapou de meus lábios.

— Nem eu.

— Vamos ficar bem. — Ela bateu o ombro no meu. — Vamos conseguir chegar em segurança à Zona 3. Tem gente lá que pode nos dizer o que… fizeram com você. Eles terão respostas, e ficaremos seguros.

Engoli em seco e assenti com um menear de cabeça.

— A gente vai ver a Emery e a Heidi de novo?

— Vamos. Claro. Elas estão indo para lá também, mas vão ficar escondidas por mais um tempo. Como foram vistas, precisam tomar cuidado.

— E depois? — perguntei, olhando para ela. — O que vamos fazer depois que chegarmos lá? Que descobrirmos… o que foi feito comigo? — Soltei uma risada seca. — Vamos passar o resto das nossas vidas numa cidade destruída pelas bombas de pulso eletromagnético? Sem escola. Nem faculdade. Nem trabalho. — Fiz que não. — Esse é o nosso futuro?

Zoe ficou quieta por um longo tempo.

— Não sei, Evie. Realmente não sei.

primeira coisa que fiz depois que a Zoe saiu para confiscar a outra suíte foi tomar um banho. Estava me sentindo suja e grudenta, e esperava que limpando o corpo conseguisse limpar a mente também.

Revirei a bolsa até encontrar um par de calça jeans e uma camiseta. Ainda que a temperatura dentro de casa estivesse agradável para o mês de novembro, lá fora o ar estava úmido e pegajoso. Minha mão roçou um tubo ao pegar a calcinha e o sutiã limpos.

Pêssegos.

Soltei um arquejo.

Mamãe tinha colocado na bolsa meu hidratante predileto. Não podia acreditar. Em meio a todas as loucuras que estavam acontecendo, ela havia se lembrado de pegar o hidratante.

Sentindo as lágrimas arderem no fundo dos olhos, botei o tubo em cima da cama. Em seguida, peguei o Diesel e o coloquei na mesinha de cabeceira. Piscando para conter a vontade de chorar, fui para o banheiro.

Tirei a camiseta, arranquei o jeans e olhei para baixo. Congelei. Manchas amarronzadas cobriam minha barriga, as coxas...

Minhas mãos penderam ao lado do corpo.

O sangue havia atravessado o tecido e secado em minha pele. Não tinha reparado porque o jeans era escuro. Mas acho que não teria percebido de qualquer jeito. Meu peito apertou, e o ar escapou de meus pulmões. Ergui os olhos, observando meu reflexo no espelho acima da pia.

Quase não me reconheci.

Eu não tinha me olhado no espelho ao usar o banheiro do posto. Não sei por que, simplesmente não conseguira. Continuava sem querer olhar para mim agora, mas não conseguia desviar os olhos.

Suaves olheiras haviam se formado sob um par de olhos castanhos de aparência cansada. Meu rosto estava mais pálido do que o normal, quase como se eu estivesse prestes a ficar doente. Será? Quem poderia prever o que aconteceria? As sardas continuavam lá, sempre lá. Meus lábios pareciam um pouco ressecados. Nojento.

Toquei o ponto onde o homem havia me batido. Não havia nenhuma marca. Nada.

Minha cara era a mesma de sempre. Quantas vezes eu havia parado diante do espelho do banheiro, tentando descobrir se me parecia mais com a Evie ou com a Nadia? Quantas vezes tinha passado a noite acordada, lutando para aceitar quem eu costumava ser e quem me tornara? Inúmeras.

Vezes demais.

Agora parecia dolorosamente claro que isso não importava. Eu era um misto de ambas e, ao mesmo tempo, nenhuma delas.

E parecia que não dormia fazia uma semana.

Talvez um mês.

Virando de costas para o espelho, liguei o chuveiro e, em poucos segundos, um vapor quente começou a se espalhar pelo ambiente. Tirei o restante das roupas e entrei no box, contendo um gemido ao sentir a água bater em minha pele. Músculos que eu sequer sabia que existiam gritaram de alívio quando me virei, deixando o jato escorrer por todo o corpo. Ao baixar os olhos para os pés, soltei um arquejo.

Uma água rosada escorria por entre meus dedos em direção ao ralo. Sangue. Sangue da minha mãe.

Cobri o rosto com as mãos, apertei os olhos com força e pressionei os lábios, prendendo a respiração.

Mamãe.

Não dava para acreditar. Parte do meu cérebro continuava se recusando a aceitar que ela se fora. Fazia somente umas 16 horas desde a última vez que falara com ela.

Dezesseis horas. Talvez um pouco mais, mas ainda assim, *horas* atrás ela estava viva...

E agora se fora.

De certa forma, eu também, não?

Pontos brancos se formaram por trás das pálpebras. Uma espécie de queimação invadiu meus pulmões.

Será que alguém estava me procurando? Será que eles tinham deixado minha mãe lá para que a polícia a encontrasse? A comoção devia ter sido denunciada. Será que alguém tinha achado minha mãe e começado a fazer perguntas? Estaria eu sendo considerada uma pessoa desaparecida, presumidamente… morta? Ou será que o público sequer sabia o que acontecera? Talvez nós tivéssemos sido apagadas.

Minha cabeça girou, e meu corpo pareceu se desfazer em mil pedaços.

Um estremecimento invadiu meus braços e pernas. Comecei a me dobrar, mas me contive. Tirando as mãos do rosto, abri os olhos e a boca e inspirei fundo algumas vezes, tão fundo que cheguei a engasgar e ter ânsias de vômito. Estendi o braço e apoiei a mão na parede de azulejos para me equilibrar.

Controle-se. Era isso o que eu precisava fazer. *Controle-se*. Eu precisava me controlar. Tinha que me controlar.

E foi o que fiz.

Abri os olhos, empertiguei o corpo e tirei a mão da parede — do azulejo *rachado*. Virei a cabeça de lado e olhei dele para minha palma. Será que eu tinha feito isso? Ou será que ele já estava rachado?

Tomada por uma profunda sensação de ansiedade, ergui a cabeça para o jato de água e me forcei a esvaziar a mente. Em seguida, remendei cada pedacinho quebrado. Lavei o cabelo duas vezes e esfreguei o corpo duas vezes também com o maravilhoso sabonete líquido com perfume amadeirado que tinha certeza pertencer a um cara. Esfreguei até a sola dos pés e entre os dedos. Quando finalmente terminei o banho, meu corpo estava corado de tanta esfregação, mas tinha a sensação de que conseguira me controlar.

Peguei uma toalha grande e felpuda, me enrolei e a prendi acima dos seios. Após encontrar um pente, comecei a desembaraçar os nós ridículos, mantendo os olhos fixos nos pés, porque evitar o espelho parecia a opção mais sensata para não desmoronar novamente.

Ao me dar por satisfeita, abri a porta do banheiro e me deparei com um peito — um peito esculpido, dourado e *úmido*.

O peito do Luc.

Com um arquejo, recuei um passo, segurando a toalha como se minha vida dependesse disso. Ergui os olhos para ele.

Todo o oxigênio escapou de meus pulmões, corpo e cérebro ao ver a *expressão* dele, seu *olhar*.

Os olhos estavam arregalados, as íris ametista turbilhonavam com uma emoção tão forte que senti as pontas das minhas orelhas ficarem quentes. Os traços pareciam mais destacados, cortantes, cheios de tensão. Apesar dos lábios entreabertos, Luc não parecia estar respirando. Ele simplesmente me fitava com um olhar...

Com um olhar de... *fome*.

Um arrepio desceu por minha pele. Minha língua coçou com uma série de exigências. *Me abraça. Me toca. Me beija. Fica comigo*, porque assim eu não precisaria pensar em mais nada, e sabia que o Luc tinha o poder de fazer tudo desaparecer.

Ele baixou os olhos — para o ponto onde meus dedos se fechavam em volta da toalha e, então, baixou ainda mais. A toalha era larga, mas não comprida. Ela mal cobria minhas partes íntimas, e o olhar dele era lento e pesado como uma carícia.

Meu coração começou a martelar dentro do peito. Luc ergueu as pestanas inacreditavelmente grossas, percorrendo meu corpo de novo, de baixo para cima. Senti como se não estivesse nem com a toalha.

Como se estivesse *nua*.

Nossos olhos se encontraram, e me dei conta do quão perto estávamos um do outro. Apenas alguns centímetros nos separavam.

O peito dele inflou.

— Você está... — Ele deixou a frase no ar, mas a palavra que faltou retumbou em meus ouvidos, grave e rouca.

Nua.

Luc ergueu uma das mãos e deu um passo em minha direção. Um leve calor se espalhou por minha pele. Suas pupilas tinham virado dois diamantes.

Umedeci os lábios, nervosa. Ele soltou um grunhido rouco que fez os músculos em minha barriga se contraírem.

Sabia que se ele me tocasse, seria minha perdição. A dele também.

Luc piscou, e foi como se um interruptor tivesse sido acionado. Ele recuou um passo, o rosto vermelho. O Original estava envergonhado?

Ai, meu Deus. Ele *estava* envergonhado.

— Desculpa — pediu, a voz rouca. — Tomei um banho no outro quarto e vim aqui pegar a guitarra. Ia só entrar e sair. — Engoliu em seco. — Não tive intenção de nada.

Eu acreditava nele, mas estava confusa.

— Tudo bem.

Luc abriu a boca para dizer alguma coisa, mas pareceu mudar de ideia. Por um segundo, deu a impressão de estar profundamente nervoso. Ele, então, girou nos calcanhares, o movimento duro, carecendo da graça e fluidez natural, e saiu do quarto sem olhar para trás. Fiquei parada no lugar por alguns instantes, imaginando o que diabos tinha acontecido. Qual era o problema com ele?

Olhei de relance para a guitarra.

Voltando a mim, me vesti rapidamente. Descalça, atravessei o quarto e saí para o corredor. Vi que a porta de um dos quartos na outra extremidade estava aberta e, de alguma forma, soube que ele estava lá.

Fui até lá e dei uma espiada. Luc estava parado diante de uma cama estreita, os músculos delgados das costas à mostra enquanto vestia uma camiseta. Assim que sua cabeça passou pelo buraco da gola, ele congelou e a deixou cair naturalmente.

Ele sabia que eu estava ali.

— Você esqueceu a guitarra.

— É, esqueci mesmo. — Ele se virou lentamente, e o alívio em sua expressão ao me ver me fez pensar se achava que eu ainda estaria só de toalha.

Permaneci parada na porta, sentindo-me insegura.

— Vi uma guitarra no seu apartamento também. Presumo que não seja só um item de decoração. Que você toque.

A declaração soou tão idiota em voz alta quanto soou na minha mente. Ele assentiu.

— Aquele é o quarto que você usa normalmente?

— É, mas pode ficar com ele. — Ele me encarou, os olhos perscrutando meu rosto. — Você devia descansar um pouco. Grayson e Zoe foram até o mercado comprar algumas coisas. Eles vão demorar um pouco.

— Acho que não consigo dormir. Minha cabeça está a mil. — Sementes de incerteza germinaram em meu peito. Queria perguntar por que ele tinha escolhido outro quarto, mas não tive coragem. Talvez o Luc quisesse apenas me dar um pouco de espaço ou, então, ficar sozinho. Na verdade, não era um problema.

— Compreensível — disse ele.

Tomada por uma súbita ansiedade, entrelacei as mãos.

— Kent ainda está desmaiado no sofá?

— Está. O mundo poderia terminar numa explosão nuclear que ele continuaria dormindo.

— Deve ser legal. — Não conseguia pensar em mais nada para dizer. Pelo menos, nada que tivesse coragem de dizer em voz alta. Comecei a me virar para ir embora. — Certo. Hum, acho que vou tentar descansar...

— Meu verdadeiro nome é Lucas.

Virei-me de volta, achando que tinha escutado mal.

Luc se sentou na beirada da cama.

— Bom, pelo menos era assim que me chamavam quando eu vivia com o Daedalus. Nunca tive um sobrenome. Eu era apenas o Lucas.

Fui até ele e parei a poucos centímetros de tocá-lo. Meu instinto me dizia que ele não gostaria disso no momento.

— Sobrenomes são superestimados.

— É, pode ser. — Um sorrisinho irônico se desenhou em seus lábios. — Ninguém me chama mais assim. Merda, a maioria nem sabe que meu verdadeiro nome é Lucas. Nem mesmo a Zoe. Paris sabia. Você... — Ele soltou o ar com força. — Você também. Eu contei quando você era mais nova. — Fez uma pausa. — Nem sei por que pensei nisso agora, mas queria que soubesse de novo.

Olhei para ele, tomada por uma profunda sensação de empatia, mesmo tendo acabado de descobrir que tinham me dado algo que provavelmente me faria passar por algum tipo de mutação — algo que me proporcionara a habilidade de lutar e matar, ainda que por breves momentos. Havia lapsos de tempo que não podiam ser preenchidos, um verão inteiro que se perdera, o que me deixava enjoada só de pensar. Eu era uma experiência, mas continuava sem ter a menor ideia de como era crescer como ele ou a Zoe. No final das contas, não importava o quanto eles eram poderosos. Ambos pensavam e sentiam como os humanos, tinham desejos e necessidades, e tudo lhes fora arrancado, até mesmo o sobrenome.

Meu coração se despedaçou por ele — por todos eles, por nós.

— Você pode escolher um sobrenome, sabia?

— Acho que é um pouco tarde para isso.

— Por quê? — Apoiei-me na cômoda. — Não acho que exista limite de tempo para escolher um sobrenome.

Ele inclinou a cabeça.

— Tem razão.

— Claro que tenho. — Sorri de leve. — Escolha um.

Luc ergueu as sobrancelhas.

— Agora?

— Por que não? Não é como se tivéssemos nada melhor para fazer.

Ele esticou as pernas compridas e as cruzou na altura dos tornozelos.

— Precisamos descobrir o que fizeram com você.

Fiquei tensa.

— Eu sei. Mas podemos fazer isso agora?

Luc abriu um meio sorriso.

— Não. Só porque não tem muito o que possamos descobrir por aqui. Quando nós chegarmos à Zona 3, aí sim. Tem gente lá que talvez saiba. Ou pelo menos que saberá aonde temos que ir para descobrir. — Ele fez uma pausa. — É estranho.

— O quê?

— Que eu não saiba o que foi feito com você — respondeu ele, cruzando os braços diante do peito. — Não paro de pensar nisso. Eu sempre tenho todas as respostas. Mas isso? Não tenho a menor ideia.

— Bom, péssima hora para a sua onisciência falhar.

— Verdade. — Ele me fitou.

— Você também não sabe o que a Sarah e a April são... ou eram. Provavelmente é o mesmo que eu — ressaltei.

— Obrigado por enumerar minhas falhas.

Sorri.

— É pra isso que estou aqui.

— Isso e me dizer para escolher um sobrenome.

Assenti.

Os olhos dele se fixaram nos meus. Após alguns instantes, ele bateu no colchão ao seu lado.

— Senta aqui. Preciso da sua ajuda, e sua proximidade vai me dar inspiração.

— Isso não faz o menor sentido. — Ainda assim, me afastei da cômoda e fui me sentar na cama. Não havia muito espaço, de modo que nossas coxas ficaram pressionadas uma na outra. — Satisfeito?

Luc me fitou no fundo dos olhos com um sorrisinho misterioso.

— Quase. Tudo bem. — Ele cruzou as pernas na altura dos tornozelos de novo. — Acho que sei qual sobrenome escolher.

— Qual? — perguntei.

— Tenho a sensação de que combina comigo. Você vai gostar.

— Só Deus sabe o que pode ser — retruquei de modo seco.

— King.

— O quê? — Arqueei uma sobrancelha.

— King. Rei. Meu sobrenome vai ser King.

— Uau! — Eu ri. — Nem sei o que dizer.

— Luc King. Acho que soa bem.

— Acho que soa como se você fosse um chefão da máfia.

— Como eu disse, tudo a ver comigo.

Esfreguei os dedos dos pés no carpete macio e soltei uma risadinha.

— Tem uma boa sonoridade. Luc King, o fodão dos fodões.

— O quê? Você me acha fodão?

Lancei um olhar de relance para ele.

— Você sabe que é. Quero dizer, vamos lá. Você consegue até levitar.

— E isso é requisito para ser fodão?

— Com certeza. — Prendi o cabelo atrás da orelha e parei de esfregar os pés no carpete. — Então, esse lance de Zona 3. Realmente não entendo. Essas cidades foram basicamente inutilizadas, certo? Nenhuma eletricidade. Nada. E todas foram evacuadas.

Luc inspirou fundo.

— Elas não estão vazias. Nunca estiveram. — Ele se virou para mim e apoiou uma das mãos atrás das costas. — O público em geral acha que nosso belo e prestativo governo foi lá e evacuou todo mundo depois que as bombas de pulso eletromagnético foram lançadas e todos os Luxen mortos, certo?

Franzi o cenho.

— Eles tiveram que fazer, não? Elas ficaram completamente sem energia. Nenhum sistema de aquecimento ou resfriamento. Sem fogões ou equipamentos médicos. A lista é longa, mas você entendeu aonde quero chegar.

Ele me analisou com atenção.

— Não é verdade.

A incredulidade deu lugar a um profundo choque.

— Está me dizendo que eles deixaram gente nessas cidades... as cercaram com muros e depois disseram para o mundo que tinham evacuado todos os humanos?

— É exatamente o que estou dizendo.

Fitei-o, boquiaberta. Não tinha motivo para não acreditar nele, mas isso era algo muito sério, horrível demais.

— Nem todos foram evacuados. Os velhos ou os doentes. Os que eram pobres demais ou que tinham familiares que precisavam cuidar. Pessoas... humanos... que o governo decidiu que não valiam a pena ser salvas. Pessoas que eles julgaram e chegaram à conclusão de que não ajudariam a tornar o amanhã um lugar melhor e mais seguro.

Eu estava completamente horrorizada.

— Ai, meu Deus...

A expressão do Luc era dura.

— Acho que Deus não teve nada a ver com isso. Pessoas, sim. Humanos. Os maiores babacas da Terra.

Não podia discutir.

— As Zonas tinham populações bem variadas. Muitas das pessoas que ficaram para trás... bem, digamos que sua condição de vida era tão miserável que elas não chegaram a sobreviver um ano após as cidades terem sido muradas. Várias morreram dentro daqueles muros, naquelas cidades inóspitas, acreditando na mentira de que a ajuda estava a caminho, até que por fim a ajuda chegou. Os Luxen.

— Os... Luxen sem registro?

— Os próprios. Essas cidades podem não ter eletricidade, mas elas não são destituídas de energia.

Fui invadida por tamanha raiva e asco que não conseguia sequer pensar direito. Como o governo podia ter deixado essas pessoas lá? Como eles podiam ser tão *desumanos*?

E como o povo não sabia de nada disso? Os muros tinham sido erguidos numa rapidez inacreditável, mas como o resto do mundo podia não saber que ainda havia pessoas nessas cidades?

— O mundo só vê o que interessa a ele — declarou Luc baixinho, respondendo à pergunta que eu não fizera. — Ninguém quer reconhecer o quão desumanos os humanos podem ser. Não foi a primeira vez que pessoas foram abandonadas após uma tragédia.

— Mas como eles puderam acobertar tudo isso? Nem todos são babacas egoístas.

— Por causa das bombas de pulso eletromagnético. Os aviões não podem chegar a menos de cem milhas de distância dessas cidades. Os drones também não funcionam. Os satélites não captam essas áreas, e tampouco há sinal de celular. Segundo os especialistas, essa situação irá perdurar por pelo menos mais uma década.

Ele tinha razão. Tinha esquecido o raio de efeitos colaterais e como vários dos principais aeroportos próximos a essas cidades tinham sido obrigados a realocar.

— Então essas pessoas estão presas lá?

— Por enquanto — respondeu ele. — Mas elas estão sendo cuidadas.

— Pelos Luxen? Pelos Luxen sem registro?

— Registrados e não registrados.

— Quando você começou a ajudá-los a fugirem para lá? — perguntei, rezando para que ele não me deixasse de fora como muitas vezes fazia.

Ele não deixou.

— Quando o presidente McHugh começou a fazer campanha. Ele disse coisas que deixaram muitos Luxen preocupados. Primeiro foi o desejo de transferi-los para suas próprias comunidades. — O Original fez uma careta. — Acho que *comunidade* é um termo leve para outra palavra menos atrativa que a história nunca olhou com bons olhos.

Um calafrio me percorreu. Nem por um segundo achava que algo de bom podia decorrer de comunidades restritas aos Luxen.

— A Zona 3 é um dos nossos destinos para os que desejam fugir do controle governamental ou para aqueles que precisam sair do radar por um tempo. Obviamente, transferi-los tem seus riscos.

— Obviamente — murmurei, mais uma vez maravilhada com o que ele estava fazendo, com o que todos estavam fazendo. — Não sei se já disse isso alguma vez, mas o que você faz é fantástico.

Ele deu de ombros.

— O que eu faço significa que muitas pessoas me devem favores.

Fitei-o atentamente.

— Não acho que colecionar favores seja o único motivo para você ajudar os Luxen.

Luc não respondeu de cara.

— E por que você acha isso?

— Porque te conheço bem o suficiente para saber que não é verdade — repliquei.

Seus olhos percorreram meu rosto, e desejei que ele me tocasse. Que fizesse mais do que apenas me olhar.

— Não acho que você me conheça tão bem quanto pensa — disse ele.

— E por que você diz isso?

— Porque você me dá crédito demais. — Ele deu de ombros novamente e, antes que eu pudesse dizer mais qualquer coisa, mudou de assunto. — Obviamente, um dos maiores problemas com as zonas é a comunicação. Como os celulares não funcionam a menos de 160 quilômetros delas, montamos pontos de acesso fora do raio, lugares onde podemos deixar mensagens em celulares descartáveis.

— Uma daquelas corujas da escola do Harry Potter seria mais legal — murmurei.

— Verdade.

Ficamos em silêncio enquanto eu pensava nas coisas que tinha acabado de descobrir. Sentia um misto de admiração e desesperança, uma combinação estranha. A verdade é que o Luc e sua gangue não tinham como transferir todos os Luxen para áreas mais seguras. Muitos seriam forçados a irem para essas *comunidades*.

Algo precisava ser feito, porque não havia como salvar todos eles.

— Ei! — Luc acariciou meu rosto com as costas da mão, pegou uma mecha de cabelo e a prendeu atrás da orelha.

Ergui o queixo e o fitei no fundo dos olhos. Duas gemas brilhantes de um tom intenso de lilás se fixaram nos meus. Ele deu a impressão de que estava prestes a dizer alguma coisa, mas ficou sem palavras.

Seus dedos se demoraram no ponto logo abaixo da minha orelha. Uma centelha espocou, passando da pele dele para a minha, e provocando uma espécie de zumbido. Inspirei fundo, mas o ar não chegou a lugar algum.

Por favor.

Era tudo em que eu conseguia pensar. *Por favor.* Queria que ele me beijasse. Queria me perder nele. Esquecer. E me lembrar.

Ao ver a tensão na boca do Luc, meu coração acelerou. A respiração dele era como uma cálida carícia deslizando por meu rosto, cada vez mais perto...

Uma súbita maldição ecoou da sala de estar, fazendo com que eu me afastasse com um pulo, um pouco ofegante. A voz do Kent soou como um trovão.

— Luc? Evie? Acho que vocês precisam vir aqui.

Pude sentir o olhar intenso do Luc em mim ao me levantar, sem conseguir ver o quarto direito.

— Achei que você tinha dito que ele estava desmaiado e que não acordaria nem com uma explosão nuclear.

Luc pigarreou e, ao falar, sua voz soou ligeiramente rouca.

— Pelo visto, eu estava errado.

Desapontada e confusa por não entender o motivo de não tê-lo beijado, saí correndo do quarto. Luc veio logo atrás, passou por mim sem o menor esforço e começou a descer os degraus primeiro.

Fuzilei as costas dele com os olhos. Ao chegar à base da escada, ele se virou e deu uma piscadinha.

Estreitei os olhos.

Kent estava sentado no sofá, a atenção focada na TV. O moicano parecia ter desistido da vida e pendia flacidamente de lado.

— Vocês precisam ver isso.

— Ver o quê? — perguntou Luc. Em seguida, soltou um palavrão.

— Que foi? — Entrei na sala, olhando do Luc para a televisão.

Meu queixo caiu.

Era uma foto da minha mãe — minha linda e alegre mãe. A mesma foto do crachá do Forte Detrick.

O chão desapareceu sob meus pés.

A mão de alguém — do Luc — envolveu meu braço ao mesmo tempo que a imagem na TV era substituída por outra.

— Ai, meu Deus! — murmurei.

Era o *meu* rosto — um retrato sorridente tirado para o álbum de fotos da escola. Ao ler o que estava escrito em letras de forma abaixo dele e do meu nome, minha visão ficou turva.

PROCURADA POR LIGAÇÃO COM O ASSASSINATO DA CORONEL SYLVIA DASHER.

32

u ri.

Sentei e escutei a declaração do chefe de polícia da Columbia, vendo a foto da minha mãe no lado esquerdo da tela, com a minha logo abaixo. Segundo ele, eu era suspeita de ter cometido um assassinato tipo emboscada.

Nem sabia o que significava *assassinato tipo emboscada*. Como se eu tivesse me escondido atrás de um maldito arbusto e a atacado de surpresa?

Ele também disse que eu estava armada e era considerada perigosa.

Foi nessa hora que eu soltei uma gargalhada.

Essa foi a minha reação ao escutar que era suspeita de ter matado minha mãe. Eu ri, e senti como se fosse rir ainda mais. Tipo aquelas risadas histéricas que a gente não consegue controlar.

Havia algo de errado comigo.

Não passou pela cabeça dos oficiais da lei que talvez algo ruim tivesse acontecido comigo? Ninguém cogitou a possibilidade de eu estar precisando de ajuda? Eu fui imediatamente acusada de um ato cujas provas sem dúvida apontavam o contrário. Não era uma especialista em patologia forense, mas com certeza dava para ver que o tiro tinha vindo de *fora* da casa. Será que eles achavam que eu era uma atiradora de elite? Para não falar no fato de que a porta da frente tinha sido arrancada das dobradiças.

Por que estava me dando ao trabalho de fazer essas perguntas? Eles não iam dizer o que realmente acontecera, e eu sabia o que isso significava. A polícia estava envolvida no que acontecera com a minha mãe.

Ela estava envolvida com o Daedalus.

Kent desligou a televisão e jogou o controle remoto sobre uma das almofadas.

— As coisas ficaram bem complicadas. Isso é muito maior do que a gente previu.

Pressionei os lábios para não soltar uma risadinha nada apropriada.

Luc cruzou os braços diante do peito. O maxilar estava trincado com tanta, tanta força, que me perguntei se ele não ia acabar rachando o rosto ao meio.

— Um tremendo eufemismo.

— É o que eles fazem. — Kent correu os dedos pelo moicano azul. — Eles distorcem os fatos de acordo com seus interesses.

Olhei para ele. Fiz menção de falar alguma coisa, mas fechei a boca, sem a menor ideia do que dizer.

O portão da garagem se abriu subitamente e nós três nos viramos. Grayson e Zoe entraram com várias sacolas repletas de mantimentos e pararam no mesmo instante.

— O que houve? — perguntou Zoe, olhando para cada um de nós.

Grayson suspirou.

— Será que eu quero saber?

— Ah, nada de mais — respondeu Kent, sentando-se de novo no sofá. — É só que a Evie acabou de ser acusada em rede nacional pelo assassinato da mãe.

Zoe soltou as sacolas que estava segurando.

— Nada como um matricídio para começar a semana — comentei, contendo outra risadinha histérica. — Certo?

— Certo — murmurou ela.

* * *

Fiquei olhando para o teto, incapaz de dormir, incapaz de desligar o cérebro por tempo suficiente para sequer tirar um cochilo.

A noite anterior tinha sido igual.

Depois que a Zoe e o Grayson voltaram com as compras, preparamos o jantar. Espaguete. Eu tinha comido meio prato e ido para o quarto, e fingi estar dormindo quando a Zoe bateu e chamou meu nome.

Assim que minha amiga me viu na manhã seguinte, ela tentou conversar comigo sobre o que fora dito no noticiário, mas mudei de assunto rapidamente, tentando ignorar a expressão preocupada que se insinuou em seu rosto.

Luc, porém, não veio até meu quarto, nem ontem, nem hoje. Quando levantei de manhã, ele já tinha saído e, segundo a Zoe, estava vasculhando a área para se certificar de que não havia nenhuma atividade suspeita que pudesse indicar que alguém havia descoberto nosso esconderijo.

Não tinha ideia do que estava rolando na cabeça dele. Algo havia mudado entre a gente. A pessoa que estivera comigo no quarto no dia anterior ao pessoal do Daedalus ter vindo atrás de mim e matado a minha mãe não era o mesmo Luc de agora. Podia perceber vislumbres daquele cara, como quando ele lavara minhas mãos e me abraçara em nosso primeiro esconderijo. Aquele era o Luc pelo qual eu tinha começado a me apaixonar de verdade enquanto dormia encostada nele no carro.

No entanto, havia uma distância entre nós agora que eu não conseguia entender. Justo quando eu mais precisava dele, Luc se afastara, e não sabia se era por causa do que havia acontecido na boate, com o Clyde e o Chas, ou se era algo mais.

Virei de lado, observando o reflexo da lua no teto. Pensei na minha mãe, no quão pouco eu sabia a respeito dela. Mamãe podia ter estado envolvida com o Daedalus até o momento em que eles a haviam matado com um único tiro. Não tinha a menor ideia, e provavelmente jamais descobriria.

Mas como? Como ela podia ter me tratado como filha, me amado e cuidado de mim…

Sentindo o peito apertar, inspirei fundo, sentei e joguei as pernas para fora da cama. Não conseguia mais continuar deitada.

O quarto pareceu encolher subitamente. Pelo visto meu cérebro tinha decidido me pregar uma tremenda peça, porque as perguntas começaram a se formar uma atrás da outra, perguntas terríveis, angustiantes. Será que eu acabaria me esquecendo de como era minha vida antes… bem, antes de tudo descer pelo ralo? Será que eu sobreviveria…

— Para com isso — falei para mim mesma, crispando os punhos.

Será que eu veria a Heidi de novo? Estaria ela realmente segura? O que eu ia fazer quando chegasse à Zona 3?

Minha garganta fechou. Arrancando a camiseta de dormir, vesti um sutiã e um cardigã por cima. Não tinha ideia se mais alguém estava acordado. Andei depressa até a porta do quarto, a abri e segui rapidamente para a escada, meus pés descalços sussurrando sobre os degraus. Um pequeno abajur fora deixado aceso ao lado do sofá, iluminando a sala com um brilho suave.

Segui para a cozinha. Chegando lá, parei diante da porta dos fundos que dava para uma varanda telada.

— O que eu estou fazendo?

— Boa pergunta.

Soltando um arquejo, me virei e dei de cara com o Grayson parado no meio da sala de estar.

— Jesus! — Engoli em seco, apertando a barriga. — Você me deu um susto.

Ele arqueou uma sobrancelha, os olhos fixos em mim.

Ceeerto. Corri os olhos em volta.

— Eu... não consegui dormir.

Ele continuou me fitando.

Um profundo silêncio se estendeu entre nós enquanto eu mudava o peso de um pé para o outro. A coisa estava ficando estranha.

— Imagino que você também não tenha conseguido dormir.

— Eu estava patrulhando, me certificando de que ninguém se aproxime da casa sem que a gente saiba.

— Ah! — Fechei os dedos em volta da bainha do meu short de dormir. — Vocês sempre fazem isso?

Ele me olhou de maneira desinteressada, o que era bem melhor do que como se eu fosse o cocô do cavalo do bandido morto.

— Sim. É algo que todos os Luxen fazem desde o começo dos tempos.

Bom, isso soava um tanto dramático, mas quem era eu para contestar?

— Não fazia ideia.

— Claro que não. Agora você teme o futuro, porque passou por uma situação pessoal que lhe mostrou o quão assustador o mundo pode ser. — O tom dele foi duro. — Nós sempre tivemos medo do futuro.

Mudei de posição de novo, me sentindo desconfortável.

— Eu sei o que significa ter medo.

Grayson desviou os olhos, um músculo pulsando em seu maxilar.

— Imagino que sim.

Não tinha ideia de como responder a uma observação daquelas.

Ele inclinou a cabeça ligeiramente de lado.

— Não fazia ideia de que você era ela.

Estava falando da Nadia.

— Agora faz sentido. Nunca tinha entendido por que ele estava disposto a arriscar tudo por você. — Fez uma pausa, os olhos me percorrendo de cima a baixo. — Nunca desconfiei, embora já tivesse ouvido falar da Nadia. Luc falou sobre ela… sobre você, muito poucas vezes. Era óbvio que estava apaixonado. Agora entendo por que ele agia com você da forma como fazia. Se eu soubesse quem você era, jamais a teria chamado de inútil.

Abri a boca para dizer que ele jamais deveria ter dito uma coisa dessas, independentemente de quem eu costumava ser ou quem ele pensava que eu era.

Grayson, porém, já tinha se mandado.

Ele se moveu tão rápido que levantou as pontas do meu cabelo. Fiquei sozinha, parada no meio da cozinha como se estivesse falando comigo mesma.

— Que diabos? — murmurei.

Esfreguei o rosto com as mãos e me virei para a geladeira. A simples ideia de comer me deixava enjoada, mas eu estava estressada, de modo que comer era a única coisa aceitável…

Um rangido baixo e penetrante quebrou o silêncio — um som típico de uma porta com dobradiças enferrujadas abrindo ou fechando.

Baixei as mãos e me virei lentamente. A cozinha parecia normal. Nada que acusasse a origem do som — *lá*. A porta do porão ou da despensa estava ligeiramente aberta.

Como assim?

Aproximei-me pé ante pé, fechei a mão na maçaneta fria e abri a porta de uma vez só. As dobradiças *rangeram* de novo e um cheiro de mofo impregnou o ar à minha volta. Com o coração martelando, dei um passo à frente e tentei ver alguma coisa na escuridão.

— Olá!

Silêncio.

Franzindo o cenho, olhei para a porta. Ela parecia um pouco torta. Provavelmente não tinha sido bem presa. Estava prestes a fechá-la quando senti uma lufada de ar frio contra a pele. Soltei o ar com força, e vi minha respiração formar uma suave nuvem diante dos meus lábios. Meus pelos se arrepiaram ao sentir a temperatura despencar.

Olhei de novo para a escada escura. Estava um breu lá dentro, tão escuro que só dava para ver os dois primeiros degraus. A luz que vinha da cozinha parecia bloqueada por uma parede invisível, impedida de penetrar a interminável escuridão.

As trevas retintas do porão galgaram o segundo degrau, deslizando por cima da madeira velha e gasta como se fosse óleo.

Estranho.

Definitivamente estranho.

Talvez a casa fosse assombrada.

Ainda segurando a porta, recuei um passo. A escuridão, as sombras se elevaram, expandindo e ondulando contra a parede. Tentáculos de fumaça se estenderam em direção à luz, e o ar ficou gelado.

Um grito se formou em minha garganta, mas morreu em contato com o ar gélido.

A sombra densa se retraiu, recuando e espiralando. Algo começou a tomar forma em meio à massa de escuridão. Duas pernas. Um torso. Ombros e braços. Uma cabeça. Um corpo inteiro, preto e brilhante como óleo.

Um Arum — era um Arum.

Ele se empertigou e subiu no primeiro degrau. Em seguida, inclinou a cabeça de lado, movendo-se como uma cobra. Uma voz sussurrou. *O que temosss aqui?*

Puta merda, a voz — a voz soou na minha mente.

Ele estendeu um braço, os dedos terminando de se formar. Um segundo depois, os dedos desapareceram de novo. *Alguma coisa essstá errada.*

Em determinado momento, percebi nos recônditos da mente que a voz me lembrava a da Sarah — as palavras que somente eu tinha sido capaz de escutar num quarto cheio de gente.

O corpo de sombras pulsou e ondulou, aproximando-se um pouco mais. Os dedos, visíveis novamente, se fecharam. Meu corpo foi atraído como um ímã, e dei um diminuto passo à frente antes que conseguisse me deter.

O ser sibilou, estendendo o braço novamente. *Alguma coisa essstá errada. Algo não essstá normal...*

Ele emitiu outro som, uma mistura de rosnado e gemido. Em seguida, recuou, perdendo a forma. Em uma explosão de fumaça preta e gelada, dissolveu-se entre as sombras que cobriam as paredes rachadas. A escuridão da escada que levava ao porão voltou a um nível normal de lugar assustador.

Continuei parada ali, boquiaberta. Será que o que eu tinha visto acontecera mesmo? Ou será que tinha sido um pesadelo completamente surtado? Tipo, um daqueles pesadelos vívidos e horripilantes.

— Que merda você está fazendo?

oltei um gritinho esganiçado e pulei mais de um metro do chão.

— Luc.

Ele estava parado no meio da cozinha, os olhos ametista parecendo duas turbinas.

Com o coração a mil, lutei para recuperar o fôlego.

— Eu não entrei no porão. A porta se abriu e um Arum apareceu subindo os degraus. Puta merda, achei que esse lugar fosse assombrado.

Ele me fitou, o rosto sem expressão.

— Esse lugar não é assombrado.

— Agora eu sei. Por que tem um Arum no porão?

O Original passou por mim e deu uma espiada na escada. Um momento se passou.

— Eu disse pra você ficar longe do porão porque tem túneis lá embaixo que permitem que os Arum se locomovam sem serem notados. Às vezes, quando eles sabem que estou aqui, sobem para dar um alô.

Meu queixo caiu.

— Uau, isso é tão normal, Luc!

— Não é sempre que tem Arum no porão e, em geral, não é um problema. — Ele fechou a porta e se virou para mim. — Eu não disse nada porque não achei que alguém fosse aparecer, e não queria te assustar.

Fitei-o no fundo dos olhos, tendo quase certeza de que minha cara devia estar dizendo: *Tá falando sério?*

— Mas claro que eu devia ter imaginado que você ia tentar se matar e colocado um cadeado na porta.

— Peraí. Eu não fiz nada — rebati, arrancando-me do estupor. — A porta se abriu sozinha. Não toquei nela, e se disser isso de novo, vou começar a achar que você é quem está tentando se matar.

Luc estreitou os olhos.

— Que merda você está fazendo na cozinha às duas da manhã?

— Não consegui dormir — respondi, surpresa ao ver a expressão dele abrandar um pouco. Ignorei-a. — E o que você está fazendo na cozinha a essa hora?

— Também não consegui dormir.

Afastei o cabelo do rosto.

— E o que um Arum estava fazendo no porão às duas da manhã?

Ele fez uma careta e olhou de relance para a porta fechada.

— Provavelmente dando uma passadinha para ver quem estava aqui.

— Você não acha que podia ter me dito que talvez houvesse um Arum andando sorrateiramente pelo porão, em vez de ser totalmente vago?

Luc trincou o maxilar.

— É. Dá pra ver que isso não passou pela sua cabeça. Em vez de *“Não desça lá”*, você podia ter dito: *“Ei, de vez em quando um Arum aparece de surpresa no porão, portanto não desça lá.”*

— Achei que você tivesse dito que não tinha descido.

Ai, meu Deus, estava com vontade de bater os pés, tipo, bater os pés sobre a cara *dele*.

— Eu não desci. Apenas terminei de abrir a porta, e ele veio subindo a escada como algo saído de um maldito filme de terror.

O Original arqueou uma sobrancelha.

— Acho que o Arum consideraria essa descrição um tanto ofensiva.

De queixo caído, senti a raiva fervilhar e se misturar à frustração, sobre-pujando *tudo*.

— Dane-se. Não quero mais falar com você.

— Mas você *está* falando comigo.

Passei pisando duro pelo Original, a mão estendida diante da cara dele.

— Fala com isso.

— Muito maduro da sua parte.

Ergui a outra mão, levantando o dedo do meio.

— Promoção: dois pelo preço de um.

— Isso não faz o menor sentido.

Ao chegar à base da escada, lancei um olhar para ele por cima do ombro.

— Cala a boca.

Luc riu — ele literalmente riu.

Sabendo que havia gente dormindo, dei o melhor de mim para não subir os degraus batendo os pés e segui feito um tufão para o quarto, as mãos crispadas. Mal tinha entrado quando escutei:

— Não acredito que você me mandou calar a boca.

Girei nos calcanhares e olhei de maneira furiosa para o Luc, parado diante da porta do quarto.

— Não acredito que você ache que eu dou a mínima para a sua surpresa. — Fechei a mão na maçaneta e tentei bater a porta na cara dele. — *Lucas*.

Como que impedida por uma parede invisível, a porta parou antes de fechar. Ó céus! Luc entrou no quarto, o rosto um misto de incredulidade e raiva.

Talvez usar o nome verdadeiro dele tivesse sido um erro.

Sem que ninguém a tocasse, a porta se fechou com um clique suave. Fitei-o, e tive a impressão de que ele parecia… perplexo e maravilhado. Tal como eu imaginava que alguém ficaria ao ver uma estrela cadente pela primeira vez.

— Não lembro a última vez que alguém me mandou calar a boca e não terminou como uma mancha fumegante no chão.

— Ah, eu nunca te disse isso antes? Por alguma razão, acho que já disse sim, mas vou falar de novo. Cala a boca. E vou dizer ainda mais. Cai fora daqui.

Ele entreabriu os lábios.

— Você…

— O quê?

Em silêncio, ele olhou de mim para a mesinha de cabeceira. Imaginei se estaria olhando para o Diesel.

— Você fica linda zangada.

— Quer saber? Vai se… espera aí. — Foi como se eu tivesse tomado um choque. — O quê?

Luc inclinou a cabeça ligeiramente, fazendo com que várias mechas de cabelo pendessem de lado sobre sua testa.

— Eu disse que você fica linda zangada. Na verdade, você é linda simplesmente parada aí. É linda quando fica triste, mas, quando está feliz, é de tirar o fôlego.

Estava tão chocada que não consegui dizer nada. Minhas mãos penderam ao lado do corpo.

— Por essa eu não esperava — falei, a voz rouca. O bater de asas de borboleta surgiu no fundo do meu peito, juntamente com uma sensação de algo se rachando. Como se alguém estivesse martelando minhas costelas. Uma emoção forte e primitiva se abateu sobre mim com a velocidade de um trem desgovernado. — Péssima hora para você dizer uma coisa dessas.

— Péssima hora? Gosto de imaginar que não existe hora ruim para elogiar alguém — respondeu ele baixinho. — Especialmente porque o tempo das pessoas, sejam elas humanas ou não, tende a acabar antes que digam tudo o que sentem.

— Jesus! — murmurei.

A sensação de algo se rachando aumentou e rasgou fundo. Cobri o rosto com as mãos ao sentir o bolo de emoções ficar ainda maior, ameaçando sufocar todo e qualquer pensamento racional. Lágrimas queimaram o fundo da minha garganta e dos olhos.

Após alguns momentos de silêncio, Luc fechou os dedos quentes em volta dos meus pulsos.

— Não disse isso para te deixar chateada.

Não foi o que ele disse que me deixou chateada.

Nem como disse.

Foi porque me fez sentir e pensar e, no momento, essas duas coisas eram perigosas.

Luc puxou minhas mãos do rosto com delicadeza. Ele não me soltou e, quando abri os olhos, deparei-me com os dele me analisando intensamente.

— Você precisa botar tudo pra fora. Não pode continuar sem pensar ou sentir.

Pressionei os lábios com força e fiz que não.

— Isso vai corroê-la por dentro como ácido. Você precisa botar pra fora.

Um urro de dor rasgou o ar. Levei um momento para perceber que o som tinha vindo de mim.

— Você disse que eu era forte e corajosa. É o que estou tentando ser agora. Preciso me controlar.

Ele baixou o queixo. Nossos olhos não estavam no mesmo nível, não com ele sendo tão alto, mas estávamos perto um do outro.

— Você é forte e corajosa. Só estou dizendo que não precisa ser agora.

Fui tomada por um profundo pânico. Eu não podia botar para fora, não podia encarar o que tinha acontecido com a minha mãe, não agora. Isso faria com que fosse verdade, real.

Puxei as mãos.

— Estou puta com você, portanto, pare de ser solidário. É confuso demais.

Luc arqueou as sobrancelhas.

— O quê?

— Isso mesmo! Eu estou puta e você está me deixando confusa. Para começar, você estava agindo feito um babaca comigo lá embaixo. Eu não abri aquela maldita porta, e você está estranho desde… desde que tudo aconteceu.

— Evie…

— Você está distante. Sei que está passando por muita coisa também, e estou tentando ser compreensiva. Você perdeu o Clyde e o Chas, a boate, mas eu… — Minha voz falhou. Levei um momento para me recobrar. — Eu vi minha mãe morrer na minha frente. O sangue dela sujou minhas mãos e minhas roupas. Não dou a mínima que ela não fosse minha mãe de verdade ou que tivesse algo a ver com o que foi feito comigo, ela era minha mãe! Não tenho ideia do que está acontecendo ou do que vai acontecer daqui a cinco minutos. Você perdeu pessoas importantes, que você protegia e cuidava, e sei que está sofrendo por isso, quer admita ou não. Quero estar aqui para apoiá-lo, mas você está me evitando, e eu não entendo por quê.

Luc fechou a boca e desviou os olhos. Pelo visto, não tinha resposta, o que não era bom o suficiente. Não agora. Não depois de tudo.

Dei um passo na direção dele, as mãos trêmulas.

— Você me disse que não ia me deixar. Que nunca me deixaria de novo.

Ele virou a cabeça para mim, os olhos violeta brilhando.

— E não deixei.

— Deixou, sim — murmurei. — Mental e emocionalmente. Você me deixou totalmente sozinha, e não sei o que quer de mim. Você diz que nunca houve nem haverá ninguém além de mim. Como se eu fosse a única…

— Você é. — Luc se aproximou, ficando a menos de um passo de mim. — Você é a *única* para mim, sempre foi. Fomos feitos um para o outro.

— Então por que está me evitando, Luc?

Ele desviou os olhos e fez que não de novo.

Sentindo o peito apertar, balancei a cabeça, frustrada. Não tinha espaço para esse tipo de coisa no momento, não com todo o resto que havia acontecido.

— Sai daqui. Por favor. Está tarde e…

— Eu fiz isso com você — disse ele, a voz tão baixa que não tive certeza se tinha escutado direito.

Mas tinha.

Encolhi-me.

— O quê?

— Eu fiz isso. Tudo isso, porque sou fraco e egoísta e não consigo imaginar viver num mundo onde você não exista.

Meu coração parou.

— Quando aquele filho da puta do Jason Dasher ofereceu curá-la em troca da vida dele, eu sabia que haveria consequências. No fundo, sabia que tinha que ter alguma coisa por trás, porque *sempre* tem, mas eu estava desesperado. Seria capaz de qualquer coisa para mantê-la viva, portanto, a levei para eles e deixei que lhe dessem sabe lá Deus o quê. E depois fui embora. Mantive minha parte do acordo e virei as costas enquanto só Deus sabe o que estavam fazendo com você. Eu sou responsável por isso, Evie.

Minha garganta fechou.

— Luc...

— Entenda. Eu me certifiquei de que você continuasse viva, mas pra quê? Para descobrir que tudo o que sabia sobre sua vida era uma mentira. Para encontrar vários corpos e se tornar alvo de um Original. Para ver sua mãe morrer diante dos seus olhos e ter seu futuro arrancado de suas mãos. Para ser caçada por algo absurdamente maligno, porque é isso o que o Daedalus é, a verdadeira personificação do mal. Eu fiz isso, e pessoas morreram. A culpa é minha. É o que penso toda vez que olho pra você, porque eu...

— Me devolveu minha vida — murmurei.

Ele se encolheu.

— Foi isso o que você fez. Certificou-se de que eu continuasse viva. Você não tinha como prever o que ia acontecer.

— Não importa. — Suas pupilas ficaram brancas. — Eu devia ter imaginado. Devia saber que estaria trocando sua morte por...

— Por vida! — repeti. — Tem razão, as coisas estão completamente surtadas no momento, mas se você não tivesse aceitado o risco, não estaríamos aqui, um diante do outro. Não teríamos essa segunda chance, algo que poucas pessoas conseguem. Se temos essa chance, é por sua causa.

— E essa segunda chance compensa qualquer coisa? O que aconteceu com a Sylvia? Com você? Ela... — Ele soltou um suspiro trêmulo. — Não importa. Não acho que eu a mereça.

Congelei, e levei um momento para perceber que ele já tinha dito algo similar antes.

— Como você pode achar uma coisa dessas?

— Eu não acho — respondeu Luc, baixando as pestanas. — Eu sei.

— Você está errado. — Ao me ver cruzar a pequena distância que nos separava, Luc enrijeceu. Envolvi o rosto dele entre as mãos. — Você me merece, sim. Gostaria que nada disso tivesse acontecido, mas não o culpo. Jamais poderia culpá-lo, porque eu amo você e não quero que se arrependa de estar aqui comigo...

Luc se afastou, o peito subindo e descendo rapidamente.

— O quê? O que foi que você disse?

Baixei as mãos.

— Eu disse que não quero que se arrependa de estar aqui comigo.

— Isso não. — Suas pupilas brilhavam feito dois diamantes. — O que você disse antes?

Fiz uma rápida verificação mental do que eu tinha dito e... ai, meu Deus, eu tinha dito que o amava. As palavras haviam saído da minha boca sem pensar, admitindo algo que nem eu mesma queria reconhecer. Uma declaração. Eu podia não estar pronta para sentir, mas pelo visto estava para falar.

Porque era verdade.

Eu tinha me apaixonado por ele, e nem sabia exatamente quando. Talvez em algum momento entre a primeira péssima cantada e as surpresas estranhas que não faziam o menor sentido. Talvez na primeira vez que ele me beijara naquele quartinho na Foretoken ou na primeira vez que segurara minha mão.

Ou talvez eu sempre tivesse sido apaixonada por ele, porque tinha certeza de que era antes, mesmo que não me lembrasse.

— Eu amo você — falei, tremendo. — Estou apaixonada por você, Luc.

uc se moveu tão rápido que não consegui acompanhar. Só me dei conta quando sua boca colou na minha e os braços me envolveram. O beijo roubou meu fôlego e minha alma. A ferocidade do gesto me partiu em mil pedaços para, em seguida, me reconstruir de novo.

— Acho que esperei a vida inteira para ouvi-la dizer isso — disse ele de encontro à minha boca, as mãos acariciando minhas costas. — Para ver seus lábios formularem essas palavras. Posso não merecê-la, mas sou ganancioso e egoísta. Não vou deixar que volte atrás no que disse.

— Não vou voltar. — Soltei um arquejo ao senti-lo me suspender, se virar e me levar para a cama, onde se sentou comigo montada em seu colo.

— E você me merece, sim.

Luc envolveu meu rosto entre as mãos. Seus dedos acompanharam o desenho dos meus lábios e maxilar e, por um longo tempo, ele apenas me fitou. Seus lábios, então, se colaram nos meus novamente. Nossos beijos tomaram um rumo diferente, ganhando uma urgência que eu nunca havia sentido antes. Empertiguei-me no colo dele e fechei as mãos em seus ombros. Em seguida, deslizei-as por aquele tórax de pedra até deixá-las presas entre nós quando ele me apertou ainda mais. Algo na maneira como o Luc me beijava tornou-se desesperado, beirando o pânico. Ele me beijava como se nosso tempo estivesse se esgotando.

Assim que esse pensamento cruzou minha mente, fui invadida pela mesma urgência desesperada, ainda que ficasse repetindo para mim mesma que não era verdade. Contorci-me para liberar as mãos, fazendo-o soltar um grunhido que me deixou com as pontas das orelhas vermelhas.

Não diminuí o ritmo, mesmo sabendo que havia muitas outras coisas nas quais deveríamos nos concentrar. Nós dois precisávamos desse tempo para lidar com a confusão e a falta de respostas, o sangue… e a morte.

Não sei se foi ele, eu ou nós dois, mas as mãos dele se fecharam nos meus quadris, e ele começou a se esfregar em mim ao mesmo tempo que mordiscava meus lábios e minha garganta. Os pequeninos botões do meu cardigã se abriram e um lado se afastou do outro, embora as mãos dele não tivessem saído do lugar.

Surpresa, me afastei e baixei os olhos para o sutiã de renda rosa.

— Esse é um talento e tanto.

— Não é? — As pupilas se tornaram dois alfinetes brancos, e um dos cantos da boca se repuxou num meio sorriso.

Luc plantou outro beijo em minha boca e, em seguida, começou o passeio. Os beijos foram descendo, deixando um rastro fervente em minha garganta, na clavícula e, então, na parte superior de um dos seios. Senti seus dedos em meu ombro, deslizando por uma das alças do sutiã e a puxando para baixo até a taça cair e aqueles dedos, aqueles lábios, roçarem minha pele demasiadamente sensível. A mesma coisa aconteceu com a outra alça, a outra taça, e uma tempestade de arrepios se espalhou por minha pele fria e úmida. Joguei a cabeça para trás e soltei um sonoro arquejo.

Luc ergueu a cabeça, empertigou o corpo e me fitou. Um brilho sem vergonha iluminava-lhe os olhos, os lábios repuxados de maneira desafiadora. Eu nunca me sentira tão exposta em toda a minha vida. Não sabia no que ele estava pensando enquanto me fitava, observando o tom rosado que se espalhou por meu pescoço e tronco.

— Você é linda, Evie — disse ele, a voz rouca e reverente. — Sei que já disse isso, mas não importa. Ainda não falei o bastante. Você é tão linda que sua beleza me distrai. Perfeita. — Seus olhos se fixaram no fundo dos meus com uma expressão maravilhada.

Envolvi o rosto dele entre as mãos e o beijei, desejando que de alguma forma ele pudesse sentir o que eu pensava dele, uma vez que palavras não eram o suficiente. Luc me merecia, e isso não tinha nada a ver com o que ele já fizera por mim, mas sim com o que fizera por inúmeros Luxen, pela Emery e pelo Grayson, pelo Kent e pela Zoe, e por tantos outros.

Puxei-lhe a camiseta e ele cedeu, afastando-se e levantando os braços para que eu pudesse logo tirá-la. Soltei-a na cama ao meu lado e, maravilhada, olhei para toda aquela pele nua e firme.

Nenhum hematoma visível.

Luc estava completamente curado dos três tiros. Ainda assim, me curvei e beijei cada ponto onde ele fora baleado. Não precisava de um hematoma para saber onde cada tiro o acertara; lembraria dos lugares pelo resto da vida. Uns três centímetros abaixo do ombro direito. Bem no centro, no meio do peitoral definido. Poucos centímetros à esquerda do coração.

Escutei-o sugar o ar de maneira entrecortada ao deslizar as mãos por sua barriga até o umbigo. Em seguida, em direção ao botão da calça jeans, descendo mais um pouco. Ele endureceu contra minha palma.

— Posso?

— Pode. C. L. A. R. O. Totalmente — respondeu ele. — Definitivamente.

Com uma risada suave, abri o botão e, em seguida, o zíper. Ao ver que ele não tentava me impedir, enchi-me de coragem.

Ao primeiro toque dos meus dedos, Luc arqueou as costas como se eu o tivesse queimado e se afastou, interrompendo o beijo, o corpo inacreditavelmente retesado. Abri os olhos, com medo de ter feito algo errado.

Ele abriu a boca, mas a fechou em seguida. Pela primeira vez, parecia estar totalmente sem palavras.

O que era novidade.

Deslizei os dedos por aquele corpo delicioso e baixei os olhos. Sentindo o rosto queimar, olhei de volta para ele.

— Você é um gato, e merece tudo isso.

Ele fez que não, o maxilar trincado.

— Não entendo como você pode achar que não merece. Eu... não quero que se sinta assim. Não gosto disso.

Luc inspirou com força.

— Jesus, Evie, você não... — Ele apoiou a cabeça em meu ombro e plantou um beijo em meu pescoço. — Você não precisa fazer isso.

— Mas eu quero. — Fechei os dedos em seu cabelo e, com a outra mão, o envolvi.

Isso não era algo que eu tivesse feito muitas vezes na vida. Uma, talvez? Não tinha ideia do que estava fazendo, mas com base no modo como o Luc prendeu a respiração, imaginei que estivesse fazendo algo direito.

E quando os quadris dele se moveram por conta própria, fazendo com que seu corpo se desgrudasse da cama, tive a sensação de que ele não estava nem um pouco desapontado.

Apoiei uma das mãos no peito dele, que se inclinou para trás mais uma vez. Aqueles olhos brilhantes percorreram meu rosto e, então, desceram para o cardigã entreaberto e a mão que o acariciava.

Luc entreabriu os lábios num suspiro, o peito subindo e descendo rapidamente.

— Evie — gemeu ele, e então... então algo começou a acontecer.

As pupilas ficaram totalmente brancas e uma malha fina e delicada de veias surgiu por baixo da pele do rosto e do pescoço, espalhando-se para baixo. Ele começou a emitir uma luz branca. O ar à nossa volta ficou carregado de estática, crepitando...

De repente, Luc se sentou, fechou uma das mãos em minha nuca e entremeou os dedos em meu cabelo. Em seguida, me puxou para si e esticou o corpo, e nossas bocas colidiram mais uma vez. Lábios. Dentes. Línguas. Uma corrente de eletricidade espocou e se espalhou por todo o meu corpo. Ele pareceu inchar; o corpo inteiro ficou tenso, cada músculo se retesando enquanto ele ofegava em meio aos nossos beijos. O ar à nossa volta ficou eletrificado por alguns instantes e, então, a tensão foi se esvaindo pouco a pouco do corpo dele.

Luc continuou me segurando com força, mas manteve uma pequena distância entre nós enquanto seu corpo estremecia sob o meu, aquele corpo largo e poderoso. Quando ele finalmente se aquietou, afastei-me e abri os olhos.

Ele me fitava como se nunca tivesse me visto antes, o que achei estranho, porque o Luc sempre me olhava como se soubesse exatamente quem eu era. Havia uma doçura em sua expressão e, por um tempinho, ficamos simplesmente ali, olhando um para o outro.

— Me dá só um segundo, ok? Não se mexa.

Ao me ver assentir, ele me suspendeu e me depositou na cama ao seu lado. Em seguida, levantou e foi para o banheiro. Tentando usar o tempo de forma inteligente, ajeitei o sutiã enquanto escutava o barulho de água correndo lá dentro.

Luc voltou e se sentou silenciosamente ao meu lado. Após um longo momento, disse:

— Você não precisava ter feito isso.

— Eu sei. — Olhei de relance para ele. — Eu quis.

— E eu gostei. Muito. Tipo, muito mesmo. — Um pequeno sorriso repuxou-lhe os lábios. — Eu nunca...

Ergui as sobrancelhas.

— Você nunca... o quê?

Seus olhos se fixaram nos meus.

— Nunca experimentei *isso* com ninguém antes.

— Achei que tivesse dito que havia se divertido com outras garotas.

— Me divertido, sim. Mas nunca fiz isso com ninguém. — Ele deu de ombros, nem um pouco constrangido de estar conversando sobre esse tipo de coisa. — Sozinho? Sim. Mais vezes do que você provavelmente gostaria de saber.

Um lento sorriso repuxou meus lábios.

— Provavelmente.

— Mas você foi a primeira. Eu sabia que seria assim e... ao mesmo tempo, não tinha a menor ideia. — Ele abriu a boca, fechou, e tentou de novo. — Eu não a machuquei, machuquei?

— Não. — Debrucei-me sobre ele e dei-lhe um beijo no rosto. — Por que acha isso?

— Se você não percebeu, eu meio que perdi o controle. A Fonte? — Ele apontou com o queixo para a lâmpada do teto. Arregalei os olhos. Puta merda, ela estava fumegando!

Sorri de maneira presunçosa ao perceber que tinha sido eu quem provocara aquilo.

Luc se virou para mim e me beijou de forma lenta e lânguida. Seus dedos roçaram minha barriga.

— Você sabe o que isso significa, certo?

— O quê? — Franzi o cenho.

— Já que você brincou comigo, agora é a minha vez. — Ele me deitou de novo; os músculos sob a pele exposta dos ombros e braços ondularam e flexionaram.

Ah!

Ó Pai!

Luc me beijou como se estivesse sorvendo meus lábios. Sua boca, então, começou um passeio pela minha garganta, em torno da correntinha de prata e do pingente de obsidiana. Seus lábios e dedos pareciam estar em tudo quanto era lugar ao mesmo tempo, puxando e acariciando, lambendo e mordiscando.

Minha pulsação foi a mil ao sentir as mãos dele deslizarem pelo meu corpo, passando por cima do umbigo e descendo ainda mais, em direção ao cós do short de dormir.

Ele fez uma pausa e me fitou no fundo dos olhos.

— Posso?

Com o coração disparado, assenti com um menear de cabeça.

Luc puxou o short para baixo um tiquinho.

— Preciso ouvi-la dizer com palavras, Pesseguinho.

— Sério?

Um dos cantos de seus lábios se repuxou num meio sorriso.

— Sério.

— Sim — respondi. — *Pode*.

— Seu desejo é uma ordem. — Ele beijou a pele logo abaixo do umbigo e então...

Minhas veias se acenderam. Ergui os quadris para ajudá-lo a remover o short, que foi parar no chão em algum lugar. Luc continuou de calça, mas já não havia mais nada para ele tirar de mim.

— Eu tenho uma pergunta muito importante — disse ele, me fitando, os lábios entreabertos. — Tem ideia do que você faz comigo?

Meu peito apertou e, em seguida, inflou.

— O que... o que eu... faço com você?

As pontas de seus dedos deslizaram sobre a dobra entre minha coxa e quadris, me fazendo ofegar.

— Você acaba comigo de todas as formas possíveis. — O ar ficou preso em minha garganta, agora por um motivo completamente diferente.

Ele correu um dedo por minha coxa e, em seguida, abaixou a cabeça. O cabelo roçou a região logo abaixo do umbigo e... meu coração foi parar na garganta.

— Eu... nunca fiz isso antes — murmurei, abrindo e fechando as mãos em volta do lençol.

A boca dele acompanhou o passeio do dedo.

— Nem eu.

— Ah-hã... sei. — Meu corpo inteiro se contraiu ao sentir os lábios dele em minha pele. — Você parece saber muito bem o que está fazendo.

— Mas não sei. Juro. — Ele abriu minhas pernas e se posicionou no meio delas. — Estou só agindo por instinto. — Seu hálito quente dançou sobre a parte mais sensível de mim ao mesmo tempo que ele corria o dedo de novo por minha coxa. — Estou fazendo direito?

— Eu... acho que sim.

— Acha? — O dedo se aproximou ainda mais do ponto onde eu *pulsava*. — "Acho" não é bom o bastante. Vou ter que fazer melhor.

Eu não ia reclamar.

Luc riu, e soube imediatamente que ele tinha lido minha mente. Seu dedo se aproximou de novo, afastando-se em seguida. Ergui os quadris da cama de maneira instintiva, num pedido silencioso.

— Sabe o que isso me lembra? — perguntou, me fitando mais uma vez.

Fiz que não, minha respiração saindo de maneira superficial e entrecortada.

— Quando você pensou em se enroscar em mim como um...

— Pode parar — falei.

— Polvo...

— Luc.

— Carente — completou o Original.

— Eu te odeio.

— Mentira. — Luc abriu um lindo sorriso de orelha a orelha que amenizou as linhas duras de seu rosto. — Você me ama.

Ele, então, começou a me provar, dessa vez diretamente sobre a pele, e eu entrei em curto.

Todo o meu corpo entrou em curto.

Língua. Dentes. Mãos. Eu me movi em sincronia com ele, me contorcendo da cabeça aos pés, ofegante. Ao sentir o ritmo aumentar, enterrei os dedos em seus cabelos macios e bagunçados. Uma forte tensão se formou em meu âmago. Tudo em mim ficou frenético. Meus arquejos. A maneira como me movia. Os sons que escapavam da minha boca. O modo como fiquei repetindo o nome dele sem parar até que, de repente, foi como se tivesse tocado a Fonte. Uma corrente de eletricidade se espalhou por minha pele. Meu corpo se encheu de luz. Luc me acompanhou em cada onda de prazer até minhas pernas ficarem flácidas e meus dedos escorregarem de seu cabelo.

Ele, então, se ergueu e deitou ao meu lado. Envolvendo minha cintura com um dos braços, puxou meu corpo mole para cima dele. O cobertor se esticou sobre nós, embora ninguém o tivesse tocado.

— Você é tão preguiçoso— murmurei.

— Você está é com inveja.

— Estou mesmo.

Ele ficou quieto por alguns instantes.

— Eu deveria saber.

— O quê?

O Original plantou um beijo logo abaixo da minha orelha.

— Devia ter percebido quando vi o Diesel.

Por um segundo, não entendi sobre o que ele estava falando, mas então meu olhar se voltou para a pedra oval e sorridente.

— Devia ter percebido na hora que você me amava.

uc e eu ficamos deitados em silêncio no aconchego da cama por um tempinho. Os dedos dele traçavam formas aleatórias na minha barriga. Um círculo em torno do umbigo. Um triângulo logo acima. Uma carinha sorridente perto do quadril. Meus pensamentos pulavam de uma coisa para outra, evitando aqueles que destruiriam a paz que invadira minha alma.

— Acabo de me dar conta de que não te perguntei sobre o Arum — comentou ele, os dedos se enterrando na curva da minha cintura. — Ele falou ou fez alguma coisa?

— Não exatamente, só… — Virei de costas, fazendo com que o cobertor escorregasse e descobrisse meu peito. Os dedos do Luc voltaram imediatamente para o meio da minha barriga. — Na verdade, ele falou… dentro da minha cabeça.

Uma leve careta se insinuou naquela boca bem desenhada.

— É assim que eles se comunicam quando estão na forma verdadeira. O que ele disse?

Estremeci ao lembrar.

— Ele disse que eu não era… normal. E não foi a primeira vez, você sabe. Aquele outro Arum, o Lore, disse a mesma coisa.

Luc estreitou os olhos.

— Como assim?

Dei-me conta de que não havia contado para ele o que o Lore tinha dito quando se deparara comigo do lado de fora da boate.

— Lore me perguntou o que eu era. Como se pudesse sentir algo... diferente em mim. Achei que fosse por causa do soro Andrômeda, mas agora...

— Ele não conseguiria sentir a alteração provocada pelo soro. — A preguiça desapareceu e ele me fitou com atenção. — E você não devia tê-lo escutado.

Tentei digerir a nova informação.

— Ele soou igual à Sarah. Lembra quando eu disse que a escutei falar? Ela disse que tinham feito alguma coisa com ela, mas ninguém mais ouviu. Talvez porque a voz tenha soado na minha mente, que nem a do Arum. Sei que parece loucura, mas...

— Não parece, não. — Luc abaixou a cabeça e roçou os lábios na minha testa. — Só não sei o que isso significa, ainda. Nada das coisas em que consigo pensar são possíveis. — Os músculos do braço tencionaram. — Ou fazem algum sentido.

Sombras cruzaram o rosto dele.

— E você não gosta de não saber, não é?

Ele bufou.

— É tão óbvio assim?

— Totalmente.

Um ligeiro sorriso repuxou-lhe os lábios.

— Não estou acostumado a não saber alguma coisa, Pesseguinho. Não é um superpoder, entende? Eu simplesmente sei das coisas. Posso ler mentes, de modo que quase nada fica escondido de mim.

A meu ver, parecia um superpoder.

— Quando encontrei o Jason e a Sylvia, dei uma espiada na mente deles. Não foi fácil — disse ele após alguns instantes. — Ambos tinham escudos levantados. Eles sabiam que eu podia ler seus pensamentos, de modo que foram cautelosos.

— O que você quer dizer com *escudos*?

— Muitos dos que trabalhavam para o Daedalus, especialmente aqueles envolvidos no desenvolvimento dos Originais, aprenderam a bloquear seus pensamentos. Em geral, pensando em coisas aleatórias, mas alguns conseguiam fazer com que suas mentes parecessem... vazias. Jason e Sylvia eram bons nisso, mas ninguém é perfeito. Nem mesmo eles. Dei uma espiada na mente dos dois, e não encontrei nada que me fizesse pensar...

Que eles pretendiam me transformar num experimento.

Não precisava ler a mente do Luc para saber o que ele estava pensando. Virei de frente para ele e me aconcheguei de novo. Levantando o queixo,

apoiei o rosto sobre seu peito, meti um braço sob o cobertor e o envolvi pela cintura. Luc me apertou ainda mais, entrelaçando as pernas nas minhas.

— Luc? — murmurei após alguns instantes.

— Que foi, Pesseguinho?

— Obrigada.

— Tá me agradecendo pelo quê?

— Por estar aqui — respondi e dei um beijo na pele quente do peito dele. — Obrigada por estar aqui.

❋ ❋ ❋

O sol tinha acabado de nascer quando o Luc se levantou, me acordando. Pisquei algumas vezes para afastar o sono.

— Vai sair?

— Grayson quer falar comigo — murmurou ele, debruçando-se sobre mim e plantando um beijo no canto dos meus lábios. — Está tudo bem. Dorme.

Fiz menção de me levantar também, mas ele me impediu.

— É cedo — disse o Original, aqueles olhos violeta se fixando no fundo dos meus. — Você precisa descansar.

Foi quase como se suas palavras tivessem um caráter hipnótico, porque me deitei de novo e peguei no sono antes mesmo que ele saísse do quarto. Quando reabri os olhos, o quarto estava claro e a cama, vazia. Levei alguns segundos para lembrar que o Grayson tinha, de alguma forma, convocado o Luc. Será que ele tinha batido à porta e eu estava tão fora de órbita que só havia acordado ao sentir o Luc sair da cama? Duvidava de que o Original tivesse deixado o Grayson entrar.

Meus pensamentos se voltaram para a noite anterior. Fui invadida por um misto de euforia e pesar, sentindo-me ao mesmo tempo completa e vazia. Era uma combinação estranha, essa felicidade de constatar o que eu sentia pelo Luc, admitir para ele e ver como isso o afetava, e a tristeza pela perda da minha mãe, da vida que eu conhecia.

Mas eu podia lidar com isso. Sabia que podia, como Evie e como Nadia.

Quando enfim me levantei, percebi que meus músculos estavam menos duros e doloridos, e imaginei que fosse porque havia finalmente descansado um pouco. Talvez mais do que deveria. Eram quase onze da manhã.

Corri para me arrumar. Tomei um banho rápido e vesti um par de calças jeans com uma camiseta listrada branca e rosa que sequer lembrava de alguma vez ter visto no meu armário.

Assim que dei um passo em direção à porta, tropecei ao sentir o chão oscilar sob meus pés e as paredes ondularem. A casa estava se movendo — não, não a casa. O problema era comigo.

Dobrei-me ao meio, a respiração chiada. Uma forte tontura se abateu sobre mim. Fechei as mãos nos joelhos e apertei os olhos com força.

Uma luz branca explodiu por trás das pálpebras. Não senti nenhuma dor, apenas *estática*, até que uma imagem se formou em minha mente: eu parada com um corpo aos meus pés. O corpo era de um garoto mais ou menos da minha idade. Um líquido preto escorria de seus ouvidos e nariz enquanto eu o observava... esperando novas instruções.

"Impecável", disse ele. "Estou orgulhoso de você. Absolutamente impecável, Nadia."

Voltei a mim quando a imagem se desfez e a casa parou de se mover. A tontura passou. Lentamente, fui abrindo os olhos e, ao perceber que não ia vomitar, empertiguei o corpo.

Que merda tinha acontecido?

Uma lembrança? Se era, de quê? Porque com certeza parecia que eu tinha... matado alguém.

E sido recompensada por isso.

E chamada de *Nadia*.

Sequei as mãos suadas nos quadris, dei um passo cauteloso em direção à porta e, em seguida, outro. Sabia que a voz que soara em minha cabeça não era do Luc. Era do homem que eu de vez em quando escutava naqueles breves vislumbres de lembranças, e ninguém me chamava de *Nadia*, exceto o Original.

Precisava contar isso a ele imediatamente, porque tinha que significar algo.

Saí do quarto, atravessei depressa o corredor e já estava no meio da escada quando escutei a voz do Luc.

— Como a Katy está? — perguntou ele.

— Não muito feliz que eu não esteja com ela. O bebê pode nascer a qualquer momento, de modo que preciso voltar para casa — respondeu uma voz grave que reconheci de cara. *Daemon.* — Mas você já sabia disso quando deixou a mensagem.

Pressionei os lábios. Na última vez que tinha falado com o Daemon, ele dissera que não ia deixar sua mulher sozinha de novo, mas aqui estava ele.

— Preciso da sua ajuda — retrucou Luc. — De todos vocês. Não é algo que eu peça com frequência. — Seguiu-se uma pausa. — Para ser honesto, nunca pedi.

— E é por isso que estamos aqui — observou Daemon. — Além disso, a Kat ficou empolgada com a chance de te ver de novo.

— Vai ser legal passar um tempo com ela — disse o Original. — Não posso dizer o mesmo de você.

Daemon riu, aparentemente nem um pouco incomodado pela declaração do Luc.

— E eu achando que você adorava passar um tempo comigo.

— Prefiro passar um dia inteiro assistindo ao canal da Câmara dos Deputados. — Outra pausa. — Você não, Dawson. De você eu gosto.

Escutei alguém bufar e, então, outra voz, ligeiramente mais áspera.

— E quanto a mim?

— Não consigo sequer olhar para o Olive Garden por sua causa, e eu costumava adorar os cogumelos recheados deles, portanto, não, não estou feliz em te ver — disse Luc. Desci mais um degrau.

— Achava que você já tinha cansado desse assunto — declarou a voz áspera. Ela soava vagamente familiar.

— O que aconteceu no Olive Garden? — perguntou Zoe.

— Bom… — começou Luc. — Digamos apenas que o Archer leva tudo muito ao pé da letra. De qualquer forma, por que vocês demoraram tanto?

— Tivemos um probleminha na fronteira com o Texas — respondeu Daemon. — Na verdade, vimos uma coisa bastante surtada.

Cheguei à base da escada e, em silêncio, corri os olhos pela sala.

Zoe estava sentada na ponta do sofá, e o Luc, em pé diante da televisão, de braços cruzados. Pela maneira como meu estômago foi parar no pé ao vê-lo e o repentino formigamento no peito, senti como se tivesse criado asas.

Desviei os olhos dele e os corri duas vezes pelos rapazes altos, de cabelos escuros, parados lado a lado. Ambos tinham cabelos ondulados, olhos da cor de esmeraldas e rostos capazes de despertar milhões de fantasias ao redor do mundo. Um deles, com o cabelo um pouco mais curto, sorria. Os dois tinham covinhas.

Covinhas.

Gêmeos Luxen. Eu já tinha visto tanto o Daemon quanto o Dawson separadamente, mas vê-los agora juntos era um pouco enervante. Levei um momento para identificar quem era quem. Se não estava enganada, Dawson era o que tinha o cabelo um pouco mais comprido.

E eles não estavam sozinhos.

Deitado no sofá como se fizesse parte da decoração estava um sujeito de cabelos cor de areia que eu tinha visto uma vez antes. Archer.

Luc se virou para mim e arregalou os olhos ao me ver.

— Evie...

Várias coisas aconteceram ao mesmo tempo.

Um dos gêmeos soltou um palavrão.

— Puta merda! — exclamou Archer. Ele se sentou, o rosto perdendo a cor tão rápido que temi que fosse desmaiar. Será que os Originais desmaiavam? Olhei de relance por cima do ombro, meio que esperando encontrar o Pé Grande parado atrás de mim.

Não havia ninguém.

Um lampejo de compreensão surgiu no rosto da Zoe, que empalideceu e se levantou num pulo.

— Ai, meu Deus! — Archer levantou também e se virou para o Luc. — Ai, meu Deus, *Luc*.

— Eu ouvi da primeira vez, Archer — rebateu Luc. — E sugiro que todos pensem com cuidado antes de reagirem ou dizerem qualquer coisa. Eu posso explicar. — Seguiu-se uma pausa. — Pelo menos, acho que sim.

— O que houve? — perguntei, começando a ficar nervosa.

Archer olhou novamente para mim de queixo caído.

— Estou falando sério. — As pupilas do Luc ficaram brancas.

Archer fechou a boca.

Dei um passo à frente, mas parei ao ver todos congelarem.

— Daemon... — Dawson deu um passo para o lado.

Daemon acompanhou o olhar do irmão e inclinou a cabeça ligeiramente de lado ao me ver. As veias sob sua pele ganharam um brilho branco.

— Que merda é essa, Luc?

Luc se moveu tão rápido quanto um raio. Num piscar de olhos, estava parado entre mim e o Daemon. A tensão emanava dele em ondas, carregando o ar de estática.

— Fica na sua, Daemon.

— Ficar na minha? — A voz dele transbordava incredulidade. — Que merda é essa, Luc?

— Eu? — guinchei. Ele estava falando de mim? — A gente se encontrou algumas vezes. Não se lembra?

— Lembro, mas você não tinha essa cara na última vez que a vi — respondeu ele, a luz branca se espalhando pelo rosto e descendo para o pescoço. Movendo-se como um raio, Zoe contornou o sofá e veio para perto da escada.

— Como assim? — Fechei a mão nas costas da camiseta do Luc e o puxei. — O que tem a minha cara?

— Está tudo bem — respondeu ele, apoiando uma das mãos no meu quadril. — E vai ficar melhor ainda quando o Daemon se afastar.

Um brilho branco envolvia o Luxen da cabeça aos pés.

— O que você fez, Luc? — demandou ele. — Foi *assim* que a salvou?

Soltei um arquejo, surpresa.

— Estou prestes a fazer algo muito ruim — avisou Luc. Uma luz branca e crepitante envolveu os dedos dele, soltando faíscas no ar. — Deixe-me lembrá-lo, Daemon. Você pode ser um alfa, mas eu sou o ômega. Se afasta, ou alguém vai ficar muito puta comigo, e esse alguém se chama Katy. Eu gosto dela. Muito. Não quero fazê-la chorar.

— Está me ameaçando? — rebateu Daemon, incrédulo.

Luc pareceu ficar mais alto. O ar na sala ficou mais pesado, abafado. Um som de trovão chacoalhou as paredes, e eu me afastei do Luc, os olhos arregalados.

— Daemon — disse Archer baixinho, olhando do Luc para mim. — Ela não é uma ameaça.

— Não é o que parece — rosnou o Luxen. — E você quer que a levemos para casa conosco? Ficou louco, Luc? Não vou levar essa coisa para casa com a Kat e meu filho...

Luc avançou. Gritei, porém tarde demais. Num segundo ele estava na minha frente e, no outro, com o Daemon pregado na parede, uma das mãos no centro do peito do Luxen. Pedaços de drywall voaram pelos ares ao mesmo tempo que o Luc levitava do chão, suspendendo o Daemon junto.

Jesus...

— Você, a Kat e o seu filho não estariam aqui se não fosse por mim. — Tentáculos de luz branca espiralaram no ar, envolvendo o Luc como as asas de um anjo. As paredes da casa rangeram sob o poder cada vez maior. — Depois de tudo o que fiz por você e os seus, vai virar as costas para mim na hora que eu mais preciso?

Daemon ergueu as mãos, que foram imediatamente pregadas na parede. As placas de gesso cederam sob eles.

— E você colocaria meu mundo inteiro em risco? — rosnou o Luxen, os tendões do pescoço retesados enquanto ele lutava para desgrudar a cabeça da parede. — Será que você é tão egoísta assim?

— Você já devia saber a resposta para essa pergunta — rosnou Luc de volta. — Sou.

— Parem com isso! — gritei. Archer agarrou o Dawson e o obrigou a se afastar do Luc e do Daemon. — Luc! Para!

— Ela não é uma ameaça pra você ou pra Kat — declarou o Original. — Evie precisa da sua ajuda.

Dei um passo na direção deles, mas uma súbita lufada de vento me fez recuar. Meu queixo caiu.

— Luc!

— Não se aproxime, porque se ele sequer olhar na sua direção vai ser o fim — avisou Luc. Mal reconheci a voz dele.

— Não sei o que está acontecendo, mas vocês precisam esfriar a cabeça — observei. Daemon continuava lutando para se desvencilhar do Luc. — Por favor? Os dois. Estou começando a ficar realmente assustada.

A sala estava carregada de estática, tornando o ar pesado. A luz que brilhava sob a pele do rosto do Daemon começou a retroceder.

— Desculpa. A culpa é minha.

Luc o fitou por alguns instantes e, então, o soltou. O Luxen aterrissou como um gato sobre os próprios pés. O silêncio tenso permaneceu por mais alguns instantes enquanto o Original voltava para o chão.

— Você quase provocou uma terrível tragédia — comentou Luc. — Vamos nos certificar de que não aconteça de novo.

Daemon sorriu de maneira presunçosa e deu um passo para o lado, me colocando novamente em sua linha de visão, ainda que só por um mísero segundo. Luc acompanhou seus movimentos, me bloqueando mais uma vez.

De repente, a porta se abriu e Kent entrou segurando uma enorme caixa branca.

— Trouxe donuts… — Ele abaixou a caixa e correu os olhos pela cena à sua frente. — O que foi que eu perdi?

— Fica aí — disse Zoe, e ele obedeceu.

Daemon recuou um passo.

— Não vou fazer nada, Luc. Só estou realmente curioso a respeito dela.

Aliviada ao perceber que o Luc não pretendia mais matar o Daemon, joguei as mãos para o alto.

— Alguém vai me dizer que merda está acontecendo e por que todos estão me olhando assim?

— Seus olhos — respondeu Luc. — São seus olhos.

— Meus olhos… — Deixei a frase no ar ao me dar conta do que devia ter acontecido. Corri até o espelho retangular sobre o consolo da lareira e constatei o que já imaginava. Meus olhos estavam completamente pretos, com as pupilas brancas. — Ai, meu Deus, não sei por que eles estão assim. — Virei e me deparei com o Luc. — Senti uma tontura no quarto e tive uma lembrança. Estava descendo para te contar.

— O que foi que você lembrou? — perguntou ele, envolvendo meus pulsos quando levantei as mãos para tocar os olhos.

Tentei me focar nele, ciente de que todos estavam escutando.

— A coisa aconteceu do nada, mas ele me chamou de *Nadia*, Luc. Foi o nome que ele usou, o que não faz o menor sentido. — Inspirei com dificuldade. — Meus olhos ainda estão estranhos?

Luc assentiu, um músculo pulsava em seu maxilar.

— Imagino que isso já tenha acontecido antes — observou Dawson.

— Já — respondeu Zoe, olhando para mim. — Uma vez.

— Acho que vocês deviam começar a nos contar o que diabos aconteceu — disse Archer, os braços cruzados na frente do peito. — Tudo o que a gente sabe é que a Foretoken foi destruída e vocês precisavam da nossa ajuda. Só isso.

— É uma longa história — retrucou Luc. — Mas o mais importante é que havia algo no soro Andrômeda que eles deram para a Evie quando ela estava doente. E eu não sei o que é.

— Espera um pouco. Você não sabe o que é? — Daemon piscou uma e, em seguida, outra vez. — Sério?

— Sério.

— Jura? — insistiu Daemon.

Luc lançou um olhar por cima do ombro.

— Juro, Daemon. Não tenho ideia do que diabos eles deram para ela, porque, obviamente, o que me disseram era mentira.

— Uau! — Daemon deu uma risadinha, e eu estreitei os olhos. — Tem sempre uma primeira vez.

— De qualquer forma — continuou Archer de maneira arrastada. — Ela não era assim da última vez que a gente a viu.

— Foi a April. Uma garota da minha escola. Vocês se lembram da Sarah? — Virei-me para o Dawson, que assentiu com um menear de cabeça. — A gente acha que a April era igual à Sarah. Transformada em algo que nunca vimos antes. April estava matando humanos e fazendo parecer que tinha sido um Luxen. Ela quase matou uma de nossas amigas, a Heidi. — Olhei para a Zoe enquanto o Luc vinha se postar ao meu lado, seu olhar de águia fixo no Daemon. — Pra resumir, a April tinha uma espécie de chaveiro. Ela apertou um botão nele e... sei lá... isso ativou algo que havia no soro. Eu virei uma assassina por uns dois segundos, e meus olhos ficaram assim, mas isso é tudo. Eu continuo sendo a Evie... ou Nadia... ou seja lá quem eu for. A gente não sabe o que aconteceu.

— Um chaveiro? — perguntou Daemon.

— É — respondeu Luc. — A tal garota chamou o efeito de Onda Cassiopeia. O chaveiro está comigo. Estava planejando mostrar pro Eaton para ver se ele sabe alguma coisa.

Eu não tinha ideia de quem era esse tal de Eaton. Era a primeira vez que escutava o nome dele.

Archer soltou um palavrão por entre os dentes e olhou para os gêmeos.

— Que foi? — perguntou Luc. — Tenho a sensação de que vocês três sabem de alguma coisa que pode explicar a reação exagerada do Daemon.

— Não foi exagerada — defendeu-se o Luxen, fazendo o Luc se virar para ele. Daemon ergueu as mãos. — Lembra quando eu disse que nos deparamos com um probleminha e que por isso nos atrasamos? A gente deu de cara com essa... coisa perto da fronteira entre a Louisiana e o Mississipi.

Coisa? Estava com um péssimo pressentimento.

— O cara parecia humano, em todos os sentidos — explicou Dawson, olhando de relance para mim. — Nós o encontramos numa das paradas. Archer precisava ir ao banheiro.

— Porque ele tem a bexiga de uma criança de dois anos — murmurou Daemon. Archer deu de ombros.

Dawson prosseguiu:

— Ele parecia um humano normal, até que veio com tudo para cima de mim. E tentou arrancar minha cabeça.

— Nunca vi nada parecido, e você sabe que eu já vi um monte de coisas — interveio Archer, sentando-se na frente do Kent. — O cara parecia um maldito androide. Nós três tivemos que nos juntar para derrubá-lo, e *quase* não conseguimos.

— Tiro na cabeça — disse Dawson. — Foi o único jeito de matar o cara.

— Que nem um zumbi? — intrometeu-se Kent, ainda parado com a caixa de donuts.

Um ligeiro sorriso iluminou o rosto do Dawson.

— É, que nem um zumbi.

— Os olhos dele eram iguais aos da Evie. Pretos, com as pupilas brancas.

— Ele parecia um Arum? — perguntei. — Como se fosse feito de fumaça ou algo assim?

Os olhos do Dawson se fixaram em mim.

— Parecia, mas não era.

Inspirei com dificuldade e olhei para o Luc.

— Bom, isso está ficando cada vez mais interessante. — Kent continuava ao lado da porta. Ele abriu a caixa e pegou um donut. — Só para que todos saibam, seus olhos estão começando a me assustar, coelhinha.

— Desculpa?! — pedi. — Mas não tenho o menor controle sobre isso. Não faço ideia de por que eles estão assim.

Kent deu uma dentada no donut.

— A última vez que seus olhos ficaram desse jeito foi depois que a April usou esse lance de onda sonora — observou Grayson, e só então me dei conta de que ele estava ali também. Grayson estava na cozinha, há quanto tampo eu não fazia ideia. — Mas isso não foi a única coisa que aconteceu.

Assenti com um menear de cabeça.

— Verdade. Eu também virei a Exterminadora do Futuro.

— Está se sentindo como a Exterminadora agora? — Kent deu outra dentada no donut.

— Eu… não estou sentindo nada de diferente — respondi, virando-me para o Luc, subitamente ansiosa. — Quero dizer, estou me sentindo normal, exceto pelos olhos.

— Não está com dor de cabeça? — perguntou ele. — Ou algo parecido?

Fiz que não.

— Eu só fiquei muito tonta, mas agora estou bem.

Luc se inclinou e roçou os lábios na minha testa, olhando para o Grayson.

— Quero que saia e se certifique de que não há ninguém…

De repente, escutei um barulho de vidro quebrado, como se alguém tivesse atirado uma pedra numa das janelas, e o donut semidevorado escorregou dos dedos do Kent.

Um calafrio desceu pela minha espinha ao observar uma cena terrivelmente familiar se desenrolar diante dos meus olhos. Um jato de um vermelho brilhante borrifou o ar ao mesmo tempo que o corpo do Kent era lançado para trás. Os gêmeos e o Archer se viraram no mesmo instante, o último limpando o rosto com a mão. Suas bochechas estavam cobertas de vermelho, e agora a mão também ficou. O moicano azul do Kent ganhou um tom mais escuro, e metade de sua cabeça desapareceu completamente…

Ai, meu Deus.

Ai, meu Deus.

Kent já estava morto antes de atingir o chão.

chei que tivesse gritado, mas não fui eu. Foi a Zoe. Ela passou por mim feito um tufão e se ajoelhou ao lado do Kent enquanto o Grayson partia da cozinha. Mas já era tarde.

— Que merda… — gritou Daemon um instante antes de assumir a forma verdadeira. Um segundo depois, Dawson se juntou a ele. Eles pareciam duas lâmpadas gêmeas brilhantes com contornos humanos.

Confusa, fiz menção de ir até o Kent, porém o Luc me deteve passando um braço em minha cintura. Ele me tirou do chão e girou. A sala saiu de foco ao mesmo tempo que a janela da frente explodiu.

Homens avançaram pelo vão aberto, primeiro as botas, e, em seguida, aterrissaram com os rifles apontados. A porta foi arrancada das dobradiças e bateu contra a parede. A dos fundos foi a próxima, colidindo contra o fogão. Homens vestidos com uniformes táticos da cabeça aos pés invadiram a casa juntamente com a chuva, as armas apontadas.

Não eram armas normais.

Com a respiração presa na garganta de tanto medo, agarrei o braço do Luc ao reconhecer as armas de pulso eletromagnético.

Os homens se espalharam rapidamente, apontando as armas para qualquer coisa que se mexesse ou respirasse. Eles podiam nos matar com um simples apertar do gatilho. Corri os olhos apavorados pela sala enquanto o Luc me mantinha apertada de encontro ao peito. Archer estava com as mãos crispadas ao lado do corpo. Os gêmeos tinham voltado à forma humana e cada um estava com uma arma apontada para si. Zoe e Grayson estavam se levantando, seus rostos uma máscara de profunda fúria.

Todos os homens, bem mais de uma dúzia, usavam o mesmo tipo de bala-clava que os sujeitos que haviam invadido minha casa. Eles faziam parte do mesmo grupo que nos perseguira até o esconderijo temporário na Columbia. E tinham nos encontrado aqui de novo.

Um deles falou:

— Tudo o que a gente quer é a garota.

A respiração do Luc dançou em minha bochecha.

— Correndo o risco de soar clichê, só sobre o meu cadáver.

— Isso pode ser facilmente arranjado.

Fiquei tensa.

O peito do Luc retumbou com uma súbita risada.

— Garanto que não vai ser muito fácil.

— Bom, podemos fazer do jeito fácil ou difícil. — O sujeito inclinou a cabeça ligeiramente de lado. — Mas preferimos do jeito fácil. Entregue a garota ou vamos começar a matar todo mundo, um por um.

O ar pareceu crepitar em volta do Daemon.

— Talvez você consiga matar um ou outro no processo — continuou o homem, a voz estranhamente calma. — Mas com certeza vamos acabar com alguns de vocês. Quer arriscar?

Eu sabia qual seria a resposta do Luc. Ele sem dúvida arriscaria.

Com o coração martelando feito louco, olhei para a arma apontada para a Zoe. Ela era rápida, inacreditavelmente rápida, mas será que seria o suficiente? Ou será que ela seria eliminada como o Kent? Morta antes mesmo de atingir o chão? Grayson também, não? Mesmo tendo quase certeza de que ele ainda me odiava, não queria vê-lo morto. E quanto aos outros? Eu não os conhecia muito bem, mas gostava deles quando eles não demonstravam medo de mim, e queria que tivessem a chance de voltar para casa, para suas famílias e esposas.

Estremeci ao sentir uma queimação no fundo da garganta. E o Luc? Eu o amava — estava apaixonada por ele. Não aguentaria vê-lo morrer.

Não queria ver ninguém mais morrer por minha causa.

E alguns deles, se não todos, *estavam* prestes a morrer por minha causa. Aquelas armas podiam matá-los com um único tiro. A constatação veio de forma súbita e surpreendente. Só havia uma forma de sair dessa.

— Entregue a garota para a gente e todos vocês podem ir embora — repetiu o homem. — Vivos e inteiros.

Os dedos do Daemon se contraíram.

— Estou supercurioso pra saber por que vocês querem tanto uma garota humana a ponto de nos deixarem ir embora.

A essa altura, tinha certeza de que o Daemon sabia que eu não era uma simples humana. Ele estava bancando o idiota.

O sujeito não desviou os olhos do Luc e de mim.

— Não temos problema algum com Luxen ou Originais.

Minha respiração ficou presa na garganta. Zoe arregalou os olhos.

— Bom, pelo visto vocês não trabalham para o governo — retrucou Daemon, mantendo um tom de conversa.

A energia borbulhava no interior do Luc. Podia sentir o zumbido através de sua pele. O corpo dele vibrava de poder. Ele mudou ligeiramente de posição, e percebi que aquela era a minha chance. Luc afrouxou o braço para me postar atrás dele. Eu só tinha alguns segundos para me decidir, o que nem foi necessário.

Pensei no Kent esparramado no chão.

Pensei na minha mãe.

Pensei no Chas e no Clyde e Deus sabe lá quantos outros que tinham morrido por minha causa. E em como o Luc havia salvado a minha vida mais vezes do que eu poderia imaginar. Agora era a minha vez de salvar a dele.

Desvencilhei-me dele, percebendo um rápido lampejo de choque cruzar ser rosto.

— Tudo bem! — gritei, erguendo as mãos. — Eu vou com vocês. Estou bem aqui. Vocês não precisam machucar ninguém.

Zoe me fitou horrorizada.

— *Evie.*

— Está tudo bem. — Dei um passo à frente, na direção do homem que havia falado. — Vai ficar tudo bem.

Mas eu sabia que não.

Percebi que não quando um dos homens agarrou meu braço e me puxou. Soube imediatamente que tudo estava indo pelo ralo quando fui empurrada em direção ao vão onde antes ficava a porta da frente. Eles iam tentar matar todos naquela sala, e eu precisava fazer alguma coisa. Não podia mais ficar de lado, apenas assistindo.

Com os ouvidos zumbindo, coloquei um pé na frente do outro. Como que anestesiada, saí para a varanda.

Luc não disse nada, mas eu ainda podia sentir o imenso poder que fervilhava às minhas costas, forçando as estruturas da casa.

Três homens esperavam do lado de fora. Um deles deu um passo à frente e agarrou meu outro braço com mão de ferro. Senti vontade de dizer algo sarcástico ao ser arrastada para longe da varanda. Queria provar que era corajosa, que não estava com medo, mas eu tremia tanto que não consegui dizer nada.

Segui, as pernas bambas, sentindo a chuva encharcar meu cabelo e soltar algumas mechas. Isso estava realmente acontecendo, e eu sabia o que estava por vir. Eles não estavam me tirando da casa para uma conversinha particular. Não estavam me conduzindo através da entrada de carros em direção à densa fileira de árvores para me levar para um piquenique.

— Pare! — mandou um dos homens.

Encharcada e tremendo, obedeci, os olhos fixos à frente. As copas das árvores abrandavam um pouco a ferocidade da chuva. Ainda assim, os troncos perderam definição e pareceram borrar. *Eu ia morrer.* Não conseguia respirar direito. Eu ia morrer antes mesmo de ter a chance de viver minha vida, antes de descobrir como ela seria — e quem eu realmente era.

— De joelhos — ordenou o homem.

Meu corpo reagiu por instinto, começando a acatar a ordem, mas me detive.

— Não — murmurei.

— O que você disse?

— Não vou tornar isso fácil pra vocês — falei, inspirando e soltando o ar com força. Fiz menção de me virar para ele, porque de forma alguma ia deixá-los atirar na minha cabeça pelas costas. — Eu…

Uma dor forte explodiu em meu maxilar, me pegando de surpresa. Oscilei e quase caí, levando a mão ao ponto atingido. Um gosto de sangue invadiu minha boca.

Um súbito tapa nas costas me empurrou alguns passos.

— Não a deixe se virar. Ela não pode ver o que está para acontecer, caso contrário, não vai funcionar.

Outra mão se fechou em meu ombro e me forçou a ficar de joelhos. De olhos arregalados, caí para frente, enterrando os dedos na terra fofa e molhada. Abri a boca; um fio de sangue escorreu de dentro dela e pingou em minha mão.

Vermelho. Um tom normal de sangue.

Uma dor surda explodiu na parte de trás do meu crânio e me vi novamente parada no meio de uma sala branca, cercada por homens.

Acabe com eles antes que eles te machuquem, a voz do homem sussurrou em meu ouvido, e eles já tinham me machucado várias vezes. Tinha os hematomas e as dores que me rasgavam os ossos para provar. *Mostre para eles do que você é capaz. Prove que merece esse dom da vida. Agora!,* gritou a voz em minhas lembranças.

Foi como se um interruptor tivesse sido acionado em meu subconsciente.

O medo se transformou em raiva, quente e poderosa, que se espalhou por mim e extravasou por meus poros numa onda de choque.

— Merda! — exclamou alguém. — Contenham a garota. Contenham a garota, agora...

Ergui a cabeça para o homem parado diante de mim, segurando um rifle. O chão sob minhas palmas tremeu e cedeu. Imaginei o sujeito na minha frente sendo engolido pela terra e pela chuva. Eu queria que ele *desaparecesse*.

Tentáculos de terra rica e escura se desprenderam das pontas dos meus dedos como milhares de cobras. Eles alcançaram as botas do sujeito em segundos e começaram a formar grossos cipós. Ele gritou e caiu para trás, o movimento fez o cano do rifle levantar e a arma disparar em direção ao céu enquanto o solo sob ele cedia e o engolia.

Ele, então, desapareceu.

Levantei e me virei para o homem mascarado atrás de mim. Ergui uma das mãos.

— Voe.

Uma lufada de vento flamejante o suspendeu no ar, erguendo-o bem acima das copas das árvores até ele sumir em meio às nuvens densas. Abaixei a mão. O sujeito despencou, estatelando-se no solo molhado com um baque surdo.

Virei-me para o terceiro, que recuava, a ponta do rifle abaixada, e ergui a mão de novo.

— Não! — implorou ele, levantando a mão. — Não...

Enterrei os dedos na palma.

A cabeça dele dobrou para a direita e os ombros se encolheram. O peito implodiu, as pernas cederam e os braços torceram e quebraram. Ele não passava de uma massa encolhida e disforme.

Um som de tiro ecoou pelo ar. Girei. A bala não me acertou. Uma luz branca brilhante iluminou todo o entorno. Um grito de dor rasgou o ar. Uma forte lufada de vento varreu a clareira e o homem diante de mim caiu para frente, estatelando-se no chão. Ele ainda segurava a arma em sua mão.

O corpo do homem começou a *fumegar*, e não tinha sido eu.

Inclinei a cabeça de lado e esperei.

Outro tiro ecoou, seguido de um faiscar azul, e o chão tremeu. Vi as armas voarem, arrancadas das mãos dos homens. Elas desapareceram em meio às árvores.

Ele se aproximou como se nada no mundo pudesse preocupá-lo.

— Estou realmente puto por ter tido que sair na chuva. — Ele olhou de relance para mim. Seus olhos tinham um estranho tom violeta. — Para vir *atrás de você*.

Franzi o cenho.

— Não preciso de você.

Um movimento chamou minha atenção. Estendi o braço, e os homens à minha esquerda foram lançados no ar, em direção aos *galhos*. Eles retornaram para o chão na velocidade da luz.

Alguém avançou contra o garoto de olhos violeta, que simplesmente inclinou a cabeça de lado.

— Sério?

O homem não parou, e o Olhos Violeta foi ao encontro do ataque, capturando-o pelo pescoço. Escutei um som enjoativo de ossos estalando ao mesmo tempo que outro partia na direção dele.

Rindo, ele girou para a esquerda e passou uma rasteira no sujeito. Olhos Violeta o pegou pela camisa antes que ele caísse e o arremessou no chão. Um brilho branco pulsava em sua mão.

Parei e fiquei observando o Olhos Violeta. O homem que ele mantinha pregado no chão jogou a cabeça para trás e gritou enquanto o brilho o envolvia por completo. Em questão de segundos, a clareira ficou impregnada com um cheiro de terra e carne queimada.

Olhos Violeta era forte.

Perigoso.

Uma ameaça.

Mas eu era *mais*.

Ergui os dois braços, e o tremor do chão tornou-se um rugido. Por toda volta, as árvores começaram a balançar e sacudir à medida que o vento ganhava intensidade, soprando meu cabelo para longe do rosto. Galhos quebrados elevaram-se do chão. Um deles atravessou a clareira como uma lança e se fincou no meio do peito do homem mais próximo. Outros dois foram derrubados da mesma forma, empalados no solo molhado.

O ar estava carregado de energia. O cheiro de ozônio queimado ficou mais forte. Comecei a levitar. As árvores continuavam a se sacudir e o chão tremia a meus pés, abrindo um buraco ao ser atingido por um raio — perto demais.

As árvores foram arrancadas do solo, expondo suas raízes longas e retorcidas. Uma nuvem de terra se espalhou pelo ar.

— Puta merda! — murmurou alguém.

Juntei as mãos, palma com palma.

As árvores voaram através da clareira. Olhos Violeta mergulhou, deitando-se no chão ao mesmo tempo que uma série de grunhidos ecoava pelo ar, seguidos por gritos chocados que se interromperam abruptamente. Seguiu-se um estrondo.

E, então, silêncio.

Abaixei os braços, abri os dedos e voltei para o chão.

Escutei um galho se partindo e foquei minha atenção no Olhos Violeta. Ao vê-lo vir em minha direção, ergui uma das mãos.

Ele parou, os olhos ligeiramente arregalados e os cachos molhados enroscados sobre a testa.

— Pesseguinho...

Olhei para ele.

Num movimento lento, ele levantou as mãos em sinal de rendição.

— Evie, está tudo bem...

Nomes.

Nomes pipocaram em minha mente. Nadia. Evie. Pesseguinho. Eles continham significado, peso, mas ele era *poderoso*. Podia me machucar, e eu não ia permitir isso. Não de novo. Nunca mais.

— Sou eu. — A voz dele soou gentil. — Evie, sou eu.

— Vocês estão brincando de paisagismo? — perguntou alguém. Virei-me na direção da voz.

Era um rapaz de cabelo escuro com olhos da cor de esmeraldas. Atrás dele, vi uma cópia idêntica do cara, além de dois louros e uma garota com a pele negra. Alguns dos homens mascarados continuavam vivos, e estavam se levantando. Eles se viraram e fugiram para o meio das árvores.

Um dos rapazes de cabelo escuro e o louro mais alto partiram atrás dos fugitivos. Os sujeitos mascarados podiam correr, mas... um Luxen seria sempre mais rápido. Sempre. E eles eram Luxen. Os dois que tinham seguido atrás dos homens. Sabia o que eles eram, o que significava que também eram uma ameaça.

— Não fui eu — disse o que tinha vindo lutar ao meu lado. Olhos Violeta. — Foi ela.

O Luxen de cabelo escuro soltou um palavrão por entre os dentes. Sentindo uma nova onda de poder se formar em meu interior, movi a cabeça para um lado e, em seguida, para o outro. Um brilho branco começou a envolvê-lo, uma amostra clara de seu poder.

Um desafio.

Uma ameaça.

— Daemon — disse Olhos Violeta. — Preciso que você faça exatamente o que vou dizer. *Corra.*

— O quê? — retrucou o tal Luxen chamado Daemon.

— Agora — ordenou o outro. — Não discuta, corra. *Agora!*

Tarde demais.

Ergui a mão e invoquei a raiva que me queimava por dentro, deixando-a escapar e encontrar seu alvo.

m raio negro como piche entremeado por feixes de luz vermelho-esbranquiçada espocou de minha palma e atingiu o ombro do tal Daemon, lançando-o para trás. Ele soltou um grito de dor ao bater contra uma das árvores, pulsando entre sua forma verdadeira e a humana. Virei a palma para cima e fechei os dedos. Daemon foi suspenso do chão, contorcendo-se e lutando contra a força que o atraía para mim. Ele não estava morto. Ainda. Mas isso ia mudar...

— Para! — gritou Olhos Violeta. — Para com isso, Evie!

Evie.

Olhos Violeta parou na frente do Luxen, o cabelo molhado sendo soprado para longe do rosto, a camiseta rasgando em torno dos ombros.

Concentrei-me totalmente nele. Inclinei a cabeça de lado e crispei a mão, imaginando seu corpo se encolhendo e estalando, abrindo caminho para que eu pudesse continuar.

Isso, porém, não aconteceu.

Ele deu um passo em minha direção, os lábios repuxados num rosnado.

— Evie, sou eu, Luc. Para com isso. Agora.

Fechei a mão com mais força.

Ele deu outro passo, e um buraco apareceu na calça jeans, em volta do joelho. Estremecendo, levantou o queixo.

— Sou eu. Estou aqui, Evie. Volta pra mim.

Não entendia como ele ainda estava de pé. Nem por que estava aqui, ou por que sua voz abafava a do outro, do homem exigindo que eu provasse que era a mais forte, a melhor.

A frente da camiseta dele rasgou. Pontos de sangue arroxeado despontaram em suas bochechas enquanto as pupilas brilhavam, totalmente brancas.

Meus músculos tencionaram ao escutar algo ou alguém começar a gritar no fundo da minha mente. A camiseta dele abriu outro rasgo sobre o peito ao mesmo tempo que ele deslizava um passo para trás. Ele estava enfraquecendo. Dava para ver no modo como os ombros se curvaram, no branco dos olhos e na boca repuxada. O cara era a personificação do poder.

Mas eu era virtualmente uma deusa.

Olhos Violeta apoiou um joelho no chão.

— Não faça isso — arquejou ele, virando a cabeça de lado. Os músculos ao longo do pescoço estavam retesados. — Não faça isso.

Eu sorri.

Ele apoiou uma das mãos no chão, mal conseguindo se segurar. As veias sob a pele ganharam um brilho branco. A mão esquerda repetiu o gesto, fincando-se no solo molhado. As costas arquearam.

— Nadia. — A voz dele falhou.

Encolhi-me ao escutar o nome, e todo o meu ser se retraiu. Minha concentração fraquejou. O poder piscou e retrocedeu em ondas.

Nadia.

Ela era uma garota, uma garotinha fraca e doente. Assustada e machucada, e eu...

Ele ergueu a cabeça novamente, a pele das bochechas descamando.

— Vai ficar tudo bem. Prometo.

Um tremor me percorreu de cima a baixo. Já tinha escutado isso antes. Ele já me dissera essas mesmas palavras. Uma promessa...

Eu nunca a deixei.

Estremeci de novo. Ele é quem tinha feito as promessas. Olhei para ele, para aqueles lindos e cativantes olhos cor de ametista. Não conseguia desviar os meus. Inspirei fundo. Olhos violeta. Eu conhecia esses olhos. Tinha sonhado com eles. Sentira saudade e chorara por eles. Eu *confiava* neles.

Soltando um arquejo, chamei o poder de volta. Com estalos que reverberaram por toda a floresta, ele retrocedeu e retornou para dentro de mim. Em seguida, joguei a cabeça para trás e gritei ao sentir o fogo e a escuridão me consumirem por dentro. Essa sombra flamejante que tatuara minha pele e envolvera meus músculos, que se enroscara em meus ossos e era uma parte de mim.

Que sempre tinha sido.

As árvores rangeram sob o peso do poder. O solo gemeu quando caí de joelhos e me deitei, apoiando o rosto na relva fria.

Meu cérebro já não estava mais vazio.

Meu corpo voltara a ser meu.

Encolhi-me numa bola ao ser atropelada por uma série de pensamentos, pelo retorno da consciência. Eu era a Nadia. Era a Evie. Era a Pesseguinho. Podia sentir a chuva gelada fustigando minha pele. Eu tinha atacado o Daemon.

E quase matara o Luc, que eu amava com todas as forças.

Ai, meu Deus!

O que tinha de errado comigo?

Que coisa era essa *dentro* de mim?

De repente, senti um toque gentil no meu ombro e no quadril. Encolhi-me ainda mais. Eu tremia da cabeça aos pés.

— Evie — sussurrou uma voz. *Luc.* Seus dedos agora estavam em meu rosto, afastando as mechas de cabelo que cobriam minha cara. — Evie, abre os olhos.

Eu não queria. Não queria ver o que tinha feito com ele.

— Evie, por favor — implorou ele. Luc nunca implorava.

— Desculpa — murmurei, apertando os olhos com força. — Não sei o que tem de errado comigo. Desculpa.

— Está tudo bem — disse ele, deslizando uma das mãos por baixo do meu rosto e o levantando da relva encharcada para envolvê-lo em seus braços. — Eu estou bem. Olhe. Eu estou bem.

Fiz que não, tentando me afastar, tentando botar alguma distância entre nós, porque havia algo definitivamente errado comigo, e eu não era confiável.

— Não tem nada errado com você.

Uma risada rouca escapou de meus lábios.

— Tem algo totalmente errado comigo.

— Certo. — Ele envolveu meu rosto entre as mãos. — Talvez um pouquinho.

— Um pouquinho? Só um pouquinho? Eu tentei te matar! E o Daemon! — Estremeci ao senti-lo pressionar os lábios em minha testa. — E quase consegui.

— Mas não matou. Eu estou aqui. — Seus lábios roçaram minha bochecha. — Eu estou aqui, e o Daemon também. Abra os olhos e veja.

Inspirei fundo algumas vezes e fiz o que ele pediu. Nós não estávamos sozinhos. O Luxen estava alguns metros afastado, em sua forma humana. Ele estava vivo, mas não parecia muito feliz.

— Não me importa se ele está feliz ou não — comentou Luc, me forçando a encará-lo. — Olhe para mim. Por favor.

Olhei.

Nos pontos em que a pele tinha começado a descamar nas bochechas, agora restavam apenas leves marcas rosadas. Parecia alguém que tinha ficado tempo demais sob o sol, mas eu ainda podia visualizá-lo em minha mente. As tiras de pele levantando e se soltando...

— Para com isso — pediu o Original, as mãos ainda envolvendo meu rosto. — Eu estou bem. Não consegue ver? Eu estou bem, Pesseguinho.

— Mas eu machuquei você e o Daemon — murmurei, fechando os dedos sem muita força em volta dos pulsos dele. — E ia matar vocês dois. Sei que parei, mas...

— Você parou. Isso é tudo que importa.

Não tinha certeza se era mesmo. Parar não era tudo que importava. Não apagava a dor que eu lhes causara. E se acontecesse de novo e eu não conseguisse parar? E aí?

Luc fez um ruído no fundo da garganta, os olhos fixos nos meus.

— Vamos descobrir o que está acontecendo. Sei que já disse isso, Evie, mas eu prometo que vamos. Tudo bem? Acredite nisso. Acredite em mim.

Eu queria, e muito, mas isso ia além dele — da gente. Desviei os olhos do Luc para os corpos espalhados pelo chão. Um forte enjoo invadiu meu estômago. Eu tinha feito aquilo, e tentara fazer ainda pior com ele, que até onde sabia era o ser mais poderoso da Terra, e quase conseguira derrubá-lo.

Não entendia como era possível.

— Não tenho a menor ideia de como fiz tudo isso. Um deles me bateu e me derrubou. Eu vi meu sangue, e foi como se um interruptor tivesse sido acionado — contei, deslizando as mãos pelos braços dele. — Escutei a voz do cara em minha mente, me mandando provar que eu merecia... o dom da vida. Acho...

— O quê? — Luc acariciou meu rosto com os polegares, desviando minha atenção dos corpos espalhados.

— Acho que já fiz isso antes... em uma sala branca repleta de homens que queriam me machucar. — Balancei a cabeça de novo. — Não entendo. Eu simplesmente sabia o que devia fazer. Visualizei e fiz.

Ele ficou quieto por um bom tempo.

— Esses homens que você acha que a machucaram... lembra o que eles fizeram?

Fiz que não.

— Sabe o que aconteceu com eles?

Sabia.

— Eu os matei.

— Ótimo.

Fitei-o.

— Vocês estão bem aí? — gritou Zoe. — Porque a gente está começando a ficar realmente preocupado.

— Você está bem? — perguntou Luc baixinho.

Fiz que sim, mesmo sem muita certeza. Não podia continuar ali sentada até a chuva parar.

Luc pegou minhas mãos, se levantou e me ajudou a ficar de pé. Deixei que me virasse na direção onde estavam o Daemon e a Zoe.

— Desculpa — pedi para o Daemon. — Não sei o que deu em mim. Desculpa.

Com os lábios pressionados numa linha fina, ele olhou de relance para o Luc e, em seguida, assentiu.

Não esperava que ele fosse aceitar minhas desculpas.

Daemon olhou para o Luc de novo, a expressão dura e impassível expressando todas as mil palavras não ditas.

— Eu sei — respondeu Luc, obviamente lendo os pensamentos do Luxen. — A gente vai conversar.

Daemon inclinou a cabeça ligeiramente de lado.

— Vamos mesmo.

Olhei de relance para a Zoe e peguei-a me fitando como se não soubesse o que dizer. Envergonhada, desviei os olhos, deixando-os recair novamente sobre os corpos, alguns ainda…

Um deles continuava vivo. O sujeito estava caído de lado e estendia a mão em direção à arma presa na coxa.

Luc viu ao mesmo tempo que eu. Ele avançou e agarrou o braço direito do sujeito. O estalo do osso foi como galhos secos se partindo. O homem gritou, porém o grito de dor foi cortado quando a mão do Original envolveu-lhe o pescoço.

Luc o suspendeu do chão e o segurou no ar. A cara do soldado ficou vermelha feito um pimentão. Respingos de saliva voaram para todos os lados enquanto ele tentava se desvencilhar do Luc com a mão boa. O coitado tentou chutar também, mas o Original continuou segurando-o como se ele não pesasse mais do que uma sacola de compras.

— Eu adoraria fazê-lo sofrer — declarou Luc, a voz assustadoramente calma. — Gostaria que cada último segundo de sua maldita vida fosse tomado pelo medo. Que seus derradeiros pensamentos fossem sobre o quão preciosa foi sua última respiração.

Recuei um passo, parando ao bater num tronco quebrado. Baixei os olhos e observei de maneira um tanto distraída as pontas irregulares e queimadas.

— Para com isso — ordenou Daemon, afastando um galho de árvore do caminho como se ele fosse um simples saco de papel e avançando alguns passos. — Luc, para!

— Por que eu faria isso, Daemon?

— Porque é uma boa ideia mantê-lo vivo. Ele sabe o que ela é.

Umedeci os lábios e engoli em seco.

— Luc, ele tem razão. O cara pode nos dizer por que eles continuam vindo atrás da gente... e talvez o que eu sou.

Luc aumentou a pressão no pescoço do homem, e os olhos dele se arregalaram. Ele não ia parar. Pensei no Kent. Não podia culpá-lo por não querer parar. Por mais que eu quisesse saber por que eles continuavam vindo atrás de mim, podia entender.

Prendi a respiração.

Com o que me pareceu um grande esforço, Luc soltou os dedos da garganta do sujeito e o deixou cair no chão. Ele despencou no solo pedregoso numa confusão de braços e pernas, respirando de maneira entrecortada.

Em silêncio, Zoe cruzou a clareira, os olhos chispando ódio.

— Tem mais algum de vocês por aí? Outras equipes a caminho?

— Não. — O homem tossiu. — Nós... nós éramos a única equipe, mas eles vão saber... que algo aconteceu se... não entrarmos em contato até a noite.

Daemon olhou de relance para o Archer, porém o Original estava com a atenção focada no Luc. Soube de cara que o Archer apoiaria o que quer que o Luc decidisse, quer fosse acabar com a vida do sujeito ou não. Parte de mim ainda achava que ele o mataria, embora o tivesse soltado. O rosto dele era uma máscara de violência mal contida, uma promessa de retribuição.

— Como você se chama? — perguntou Luc.

O homem rolou de lado, parecendo engasgar ao tentar respirar.

— Steve — grunhiu ele. — Steven Chase.

Os lábios do Luc se repuxaram numa careta.

— Você vai nos contar tudo o que queremos saber, Steve, e talvez, talvez, consiga respirar um pouco mais.

Esperava que o homem se negasse, visto que ele tinha pinta de militar. Em todos os filmes que eu já havia assistido, pessoas tipo ele precisavam de muito convencimento e tortura para começar a abrir o bico.

Mas não Steven Chase.

Ele cantou feito um canarinho.

— A gente não queria nenhum problema com vocês. Juro — grunhiu ele.

—Jura? — repetiu Luc, a voz transbordando desprezo enquanto se agachava, agarrava o homem pela frente da camisa e o botava de pé como se ele fosse um mísero gatinho. — Olha em volta. Vocês arrumaram uma tonelada de problemas.

— Eu sei. — Steven tremia, o braço quebrado pendia, flácido, ao lado do corpo. — Mas não tivemos escolha. Tínhamos uma ordem a cumprir. E vocês… estavam no nosso caminho. A gente só queria a garota. Essa era a missão. Capturá-la. Depois, poderíamos ir para casa.

✸ ✸ ✸

Archer arrastou o sujeito o caminho todo até a casa.

Ele literalmente o puxou pela parte de trás da gola da camisa. Luc se manteve perto, mas não falou nada. Não até chegarmos em casa e o Grayson e o Dawson retornarem.

— Vocês cuidaram dos outros? — perguntou o Original, referindo-se aos que tinham fugido. Não me senti nem um pouco mal pelos homens ao vê-los assentir. Luc, então, se virou para o Daemon. — Cuide do babaca.

Fiz menção de seguir a Zoe, mas o Luc deu um passo à frente e me segurou pelo braço.

— Ah, não. Você, não. Vamos ficar aqui fora mais um pouquinho.

Zoe hesitou. Achei que fosse por minha causa, mas então percebi que era por conta do *Luc*. Ela estava preocupada com ele.

— Está tudo bem — falei, querendo acabar logo com isso. Tinha a sensação de que já sabia sobre o que ele queria falar. — Ele vai só gritar comigo…

— Pode apostar — rosnou Luc.

Estreitei os olhos.

— E eu juro que não vou matá-lo.

— Tem certeza? — perguntou ela.

Meio que me senti mal por ela sentir necessidade de perguntar uma coisa dessas.

— Tenho. — Suspirei. — Tenho, sim.

Já diante do vão da porta, Daemon olhou por cima do ombro com um sorrisinho.

— Vamos lá, Zoe. Vem me ajudar a achar alguma coisa para amarrar esse babaca.

Zoe ficou parada por mais um segundo e, então, se virou e foi se juntar aos rapazes. Observei o grupo todo desaparecer casa adentro antes de soltar outro profundo suspiro. Só quando me virei de volta para o Luc foi que me dei conta, ainda que vagamente, da fúria que fervilhava em seu lindo rosto, e que percebi o quanto ele vinha se segurando até se certificar de que eu não ia matar ninguém.

Ele inspirou fundo e lentamente.

— Vou tentar manter a calma por conta do que acabou de acontecer, mas preciso tirar isso de dentro de mim, porque, se não, acho que vou implodir.

Cruzei os braços.

— Eu sei...

— Você não sabe de nada — interrompeu ele, furioso, dando um passo à frente. — Acho que já provamos isso inúmeras vezes.

Pisquei.

— Bom, isso é completamente...

Luc se moveu tão rápido que não tive chance de reagir. Suas mãos envolveram meu rosto e inclinaram minha cabeça para trás. Num piscar de olhos, sua boca estava colada na minha.

O beijo foi violento e repentino, belo em seu desespero, fazendo meu corpo reagir sem pensar à brutal emoção contida nele. Minhas mãos foram imediatamente para o tórax dele e meus dedos se enterraram em sua camiseta. Beijei-o de volta, um beijo que calou fundo em meu peito e marcou minha alma como ferro em brasa.

Isso era muito melhor do que um sermão.

Quando finalmente nos afastamos, o peito do Luc subia e descia de forma descompassada sob minhas mãos. Ele apoiou a testa na minha e ficamos imóveis por um tempo. Não ousei sequer abrir os olhos. Ficamos parados em silêncio sob a chuva fina que voltara a cair, fustigando nossas peles.

— Você precisa saber que eu não tinha ideia de que você seria capaz de fazer o que fez quando eles a levaram para fora da casa.

— Nem eu — admiti.

— O que só piora tudo. Eu não sabia se conseguiria chegar em você a tempo — disse ele, provocando um calafrio em minha espinha. — Achei que dessa vez seria o fim. Sem mais barganhas ou milagres.

Inalando o perfume da chuva e da mata, abri os olhos.

— Mas não foi.

— Poderia ter sido. — Ele soltou meu rosto e deixou as mãos deslizarem por meus braços. Em seguida, recuou um passo. As gotas de chuva se acumulavam sobre suas pestanas grossas. — Nunca mais faça algo assim de novo. Não me interessa o que você é capaz de fazer.

— Eu... precisava fazer alguma coisa. Eu tinha...

— Você não tinha que fazer nada. — Seus olhos violeta escureceram um tom. — Eu tinha tudo sob controle. É o que eu faço.

— Eles mataram o Kent. — Minha voz falhou. — E iam matar cada um de vocês por minha causa. Não podia ficar parada e deixar isso acontecer.

Ele trincou o maxilar.

— Você vai ficar parada, sim, e deixar acontecer se for necessário para garantir que você sobreviva.

Fitei-o, boquiaberta.

— Tá falando sério? Não pode estar.

— Estou falando supersério.

— Você *teria* morrido! — Desvencilhei-me dele e me afastei, ignorando o fato de que eu própria quase o matara. — Zoe teria morrido. Todos naquela casa teriam sido mortos. Não me interessa o quanto vocês sejam especiais. Vocês não são imortais. Não são intocáveis, e se algo acontecesse com... — Interrompi-me, secando o rosto com a mão. — Sei que o que eu fiz foi perigoso. Sabia que poderia morrer quando tomei a decisão de ir com eles. Não tomei essa decisão de forma impensada.

Ele estreitou os olhos.

— Foi uma decisão idiota, imprudente e descuidada. Eu teria conseguido lidar com a situação.

— Arriscando a vida de todo mundo? É assim que você teria lidado com a situação?

Os lábios dele se fecharam numa linha fina e dura.

— Foi assim que você lidou antes, certo? Com o Paris?

— Alguém andou abrindo o bico. — Os ombros dele ficaram tensos.

Sabia que era um assunto complicado de trazer à tona, mas era preciso.

— Você já fez isso antes. Já botou outros em risco por minha causa. E teria sacrificado todo mundo naquela sala. Não pode continuar fazendo isso, Luc. — Lutando para manter a calma, afastei o cabelo molhado do rosto. — A escolha era minha...

— Não era, não — retrucou ele com raiva. — Sei que já disse isso antes, mas acho que preciso repetir para que fique bem claro. Não passei metade da minha maldita vida tentando mantê-la viva para que você jogue todo o meu esforço pelo ralo!

— Eu não estava jogando seu esforço pelo ralo! — gritei, crispando as mãos. — Estava tentando salvar a vida de pessoas que são importantes para mim. Se você realmente acha que eu teria ficado parada e permitido que qualquer um de vocês morresse por minha causa, então você não me conhece nem um pouco.

38

ssim que passei pelo vão onde antes ficava a porta da frente, todos cuidadosamente desviaram os olhos. Eu não tinha mais energia para ficar constrangida pelo fato de eles terem escutado ou visto tudo.

Um rápido correr de olhos pela sala revelou vários pontos queimados no chão próximo às paredes. Não vi, porém, nenhum corpo. Não restara nada deles.

Sequer pisquei.

Segui direto até o homem amarrado a uma das cadeiras da cozinha com o que me pareceram cordas de escalada.

Archer lançou um olhar por cima do meu ombro e eu soube, sem nem mesmo me virar, que o Luc tinha vindo se juntar a nós. Não queria olhar para ele. Entendia por que o Original estava puto, mas ele também precisava entender por que eu tinha feito o que fiz.

Continuei andando, e percebi pelo canto do olho que alguém havia jogado um cobertor sobre o Kent, cobrindo a parte superior de seu corpo. Zoe. Ela estava novamente ajoelhada ao lado dele, o rosto manchado de lágrimas.

Meu peito apertou, doído, ao parar na frente do homem. De perto, vi que era um sujeito de meia-idade, com linhas em torno dos olhos e da boca. Seus olhos escuros se voltaram imediatamente para mim. Parecia um cara normal, daqueles casados, com dois ou três filhos. Alguém que passava as manhãs de sábado cortando a grama e conversando com o vizinho sobre as variedades de adubo e pesticidas.

Mas tinha sido enviado ou para capturar uma adolescente ou matá-la, e aceitara o trabalho sem questionar. Não se recusara nem nada do gênero.

Deixando de lado o bolo de emoções, soltei o ar com força.

— Quero saber o que eu sou. Se você tentar mentir, juro por Deus que vou quebrar seu outro braço.

— Ai, caramba! — murmurou alguém atrás de mim.

Steven correu os olhos pelo aposento. Senti o Luc se aproximar. Não queria nem saber como eu sabia disso, mas sabia. O homem engoliu em seco.

— Minha equipe… foi contratada. Não sei quem…

— Acho melhor pensar duas vezes antes de terminar de responder. — Luc parou ao meu lado. — Você tem mais 205 ossos no corpo que eu posso quebrar, e uma grande quantidade de tecidos que posso derreter com um simples toque.

Fiz uma careta de nojo.

Luc riu.

— Então, vamos tentar responder de novo?

— Espero que ele não responda. — Daemon entrou na cozinha chutando uma das almofadas do sofá para longe do caminho. — Adoraria poder dar vazão ao excesso de raiva acumulada.

Cruzei os braços.

— Acho melhor você responder à pergunta de outra forma.

O peito do Steven subia e descia de maneira entrecortada.

— A gente não trabalha para o governo. Fazemos parte do Filhos da Liberdade.

Daemon suspirou.

— Acho que você não está nos levando a sério. — Ele deu um passo à frente com um sorrisinho tão frio e estranho quanto o do Luc. — Acho que preciso te mostrar o quão sério estamos falando.

— Eu estou falando sério!   insistiu ele, virando a cabeça de um lado para outro. — Eles são… nós somos uma organização fundada…

— Durante a colonização americana? Espera um pouco. — Zoe se levantou, o nariz franzido. — Os Filhos da Liberdade eram uma organização secreta que protegia os direitos dos colonos e lutava contra os impostos. Vocês sabem, aquele lance todo de "Sem representação não há tributação"? A Festa do Chá de Boston?

Todos ficaram tão quietos que dava para escutar um grilo cricrilar.

— Jesus! — Ela limpou o rosto com as costas das mãos. — A gente aprendeu sobre isso na aula de história. Ao contrário de algumas pessoas — acrescentou, olhando para mim —, eu presto atenção.

— Ela está certa — disse Steven, as palavras saindo de maneira atropelada. — A organização foi criada para proteger os colonos. As pessoas acham que ela se desmantelou com o passar dos anos, mas não é verdade. Atuamos durante a Guerra Civil e a invasão dos Luxen. Sempre soubemos que havia alienígenas vivendo aqui porque há representantes nossos em todos os níveis do governo.

— Não brinca?! — retrucou Daemon secamente.

— Temos membros em todos os estados, e sempre que precisam da gente, quer seja em tempos de guerra ou de crise, nós respondemos ao chamado. — O orgulho era nítido na voz e nos olhos do homem. — Fazemos isso sem esperar reconhecimento ou glória, mesmo sabendo que podemos morrer em qualquer missão e que ninguém sequer vai saber que a gente existiu.

— Que nem o Batman? — perguntou Luc.

Daemon soltou uma risadinha debochada.

— Não acreditam em mim? Posso provar. Todos os membros possuem uma marca. Abaixa o lado direito da minha camisa. — Steven meneou a cabeça em sinal de permissão. — Vocês vão ver.

Luc fez exatamente o que Steven disse. Ele agarrou a gola da camisa preta e a puxou para o lado, revelando o que me pareceu uma tatuagem de uma cobra enrolada sobre uma bandeira americana. A imagem era de uma única cor. Preto.

Ergui as sobrancelhas.

— Tudo o que isso prova é que você possui uma tatuagem horrorosa. — Luc soltou a camisa e o Steven se encolheu na cadeira de madeira. — Tudo isso me parece um monte de merda, mas já ouvi coisas bem estranhas, portanto sou todo ouvidos. Por que esses garotos da Liberdade estariam interessados nela?

Steven engoliu em seco de novo, os olhos dardejando entre o Luc e o Daemon.

— Você acha que somos inimigos. Não somos.

— Somos, sim — corrigiu-o Luc.

— Mas não devíamos ser — insistiu Steven, a voz transbordando frustração. — A coisa está para acontecer, e irá acontecer rápido se não a detivermos. Tudo irá terminar antes mesmo que vocês percebam que começou.

Uma lufada de ar frio arrepiou os pelos da minha nuca.

— Minha mãe disse algo bem parecido. — Olhei de relance para o Luc. — Pouco antes... ela disse algo muito parecido.

— Sylvia Dasher? — Steven pronunciou o nome dela com um quê de desdém. — Ela era parte do... Projeto Poseidon.

Com um grunhido, Dawson se posicionou atrás da cadeira e jogou a cabeça para trás.

— Que fixação é essa por nomes gregos?

O irmão ficou imóvel.

— O que é o Projeto Poseidon?

— O maior sucesso do Daedalus — explicou Steven, pressionando os lábios numa linha fina, obviamente com dor. — E sua mais pavorosa criação.

Recuei um passo, esfregando as mãos nos quadris.

— Vocês sabem sobre o Daedalus?

— Claro que a gente sabe. Nós os monitoramos da melhor forma que conseguimos. — Seus olhos se desviaram do Daemon para o Luc. — Não concordamos com o que eles fazem. Eles estão brincando de Deus. Vocês sabem exatamente o que eles são.

— São? — perguntou Dawson. — O Daedalus não existe mais.

Steven fez que não. Lembrei que os irmãos e o Archer não sabiam das nossas suspeitas, do que tínhamos descoberto.

— Não, eles continuam atuantes. Vocês acham que acabaram com eles — respondeu ele, os olhos apavorados fixos no Luc. — Mas não acabaram.

— Obviamente — murmurou Luc.

— Espera um pouco. — Daemon abriu e fechou as mãos ao lado do corpo. — Você está dizendo que o Daedalus continua ativo?

— Não tivemos chance de contar pra vocês porque esses babacas nos interromperam — respondeu Luc. — Sei que vocês querem saber mais a respeito do Daedalus, entendo, mas vamos lidar com uma merda de cada vez. Portanto, um pouco mais de detalhes sobre o tal Projeto Poseidon seria ótimo.

— Uau! — Daemon bufou. — Você também não sabia sobre esse tal projeto?

Luc olhou para o Luxen.

— Não começa. Estou com um humor realmente péssimo.

— E daí? Eu também estou de péssimo humor. Caso tenha se esquecido, sua namorada tentou me matar depois que *você* tentou me matar — ressaltou Daemon. — E acabo de descobrir que a organização responsável por todos os pesadelos da Kat continua funcional.

Luc soltou o ar com força.

— Estou começando a achar que não devia ter detido a Evie.

— Legal. — Daemon revirou os olhos. — Isso ajuda muito a melhorar o meu humor.

— Tenho cara de quem se importa?

— Rapazes, sério mesmo? — Joguei minhas mãos para o alto, exasperada, e metade das pessoas na cozinha se agachou como se esperasse ser arremessada no teto. — Será que vocês podem parar com isso um pouco?

Pela cara deles, não parecia algo que pudessem controlar, mas os dois se calaram.

Foquei a atenção no Steven.

— Conta pra gente o que é esse projeto.

— O Projeto Poseidon foi o programa mais longo deles, totalmente diferente dos que eles já haviam desenvolvido antes. Híbridos? Originais? — Ele balançou a cabeça e se encolheu. — Caso obtivessem sucesso, esse projeto faria com que todas as outras criações parecessem brinquedos de criança.

Não havia dúvidas de que o Steven sabia exatamente o que o Daedalus tinha feito, mas ele não estava nos contando nada de novo.

— Estou ficando entediado — avisou Luc.

— Os registros indicam que eles começaram a trabalhar no Projeto Poseidon desde a chegada dos Luxen... e dos Arum — continuou ele. Dawson soltou um palavrão. — O projeto fracassou tantas vezes que acreditamos que eles nunca chegariam a lugar algum. Sequer nos preocupamos. Era impossível... misturar o DNA de um Luxen e um Arum.

— O quê? — perguntaram Daemon e Grayson ao mesmo tempo. Foi o Daemon quem continuou. — Isso é impossível. Nossos DNAs não são compatíveis.

— Tem certeza? — desafiou Steven. — Será que é tão impossível num receptáculo humano?

Luc descruzou os braços.

— Nada é impossível.

— Eles conseguiram. Só descobrimos depois da guerra, mas eles obtiveram sucesso de uma forma que jamais poderíamos imaginar, que nunca teríamos adivinhado. As coisas que eles criaram... esses seres são imbatíveis, possuem as habilidades tanto dos Luxen quanto dos Arum, e são mais poderosos do que o mais forte dos Originais. — O olhar dele recaiu sobre o Luc. — Eles não são vulneráveis nem à obsidiana nem ao ônix.

O ônix era o negócio que eles borrifavam no ar, uma névoa invisível. Tal como os Desativadores, ele provocava uma dor excruciante em qualquer Luxen.

— As armas de pulso eletromagnético não os afetam — continuou ele, o peito subindo e descendo pesadamente. — Uma vez completa a mutação, a única coisa que pode detê-los é um tiro na cabeça, mas eles são rápidos... mais rápidos do que uma bala. Eu já vi.

— Puta merda — murmurou Zoe, os olhos arregalados. — Você disse uma vez completa a mutação? Como ela é?

— Um show de horror. Ela acontece em nível celular. Os ossos quebram e se realinham, as veias rompem. Febre. Vômito. — Ele fechou os olhos. — O corpo e a mente se modificam completamente. Essas coisas não são como os híbridos. Não continuam sendo os mesmos depois. Eles são assassinos programados e invencíveis.

— Sarah. — Zoe se virou e correu uma das mãos pelo cabelo. — April. Talvez até mesmo o Coop e…

Ela não precisava dizer.

Eu.

— Vocês têm visto o noticiário? Os surtos pelos quais os Luxen têm recebido a culpa? — A risada do Steven foi tão seca quanto ossos velhos. — Essas pessoas não estavam doentes. Eram humanos passando pela mutação.

— Como? — murmurei. Zoe se virou de novo. — Como essas pessoas estão se transformando? Por quê?

— Algumas delas foram criadas em laboratórios. Estamos quase certos de que isso acontecia na base de Frederick — respondeu ele, referindo-se ao Forte Detrick, onde minha mãe trabalhava. — Elas eram como os Originais. Foram geneticamente desenvolvidas e chamadas de Troianos e, tal como o nome sugere, infiltradas em todos os níveis da sociedade. Outras, porém, são… eram humanos normais que passaram por uma mutação.

— Como? — demandou Daemon. — Como seres humanos normais podem ser transformados assim?

— É uma espécie de gripe — explicou Steven, engolindo em seco. — O Daedalus alterou uma cepa de vírus comum de gripe para carregar a mutação, e a liberou. Não sabemos quando, mas é por isso que alguns humanos estão começando a se transformar.

Eu estava dividida entre o horror e a descrença.

— Isso é impossível — murmurou Zoe.

— Não, não é — insistiu Steven. — Armas biológicas não são novidade, e o Daedalus teve décadas para aperfeiçoá-la.

— Se o que você está dizendo é verdade, como não temos milhares desses… humanos transformados correndo por aí? — perguntei.

— Vacinas contra gripe. As pessoas que tomaram a vacina podem até adoecer, mas o antígeno enfraquece a mutação presente no vírus. Elas não se transformam — explicou ele. Senti o chão oscilar sob meus pés ao me lembrar de quantas vezes minha mãe mencionara a importância das vacinas contra gripe. Tantas que eu muitas vezes brincava dizendo que ela devia ter alguma participação nos lucros das empresas farmacêuticas.

— Aqueles que não tomaram as vacinas ou vão morrer durante a mutação ou vão se transformar. Os que tomaram vão apenas ter a pior gripe de toda a sua vida.

A cozinha inteira recaiu em silêncio, e eu pensei no Ryan. Pessoas morriam de gripes normais se tivessem alguma doença não diagnosticada como problemas cardíacos ou doenças autoimunes. Pessoas cujos corpos provavelmente não conseguiriam passar pela mutação.

— A gente acha que eles ainda não soltaram o vírus em larga escala, mas não temos como ter certeza. Pelo menos, não ainda — continuou Steven. — Mas, como é um vírus, é só uma questão de tempo.

Senti como se precisasse me sentar.

— Não é possível. — Dawson suspirou. — Isso é... inacreditável demais.

Archer se aproximou e se postou do outro lado do Luc.

— Nunca vi ou ouvi nada parecido com isso, nem uma única vez durante todo o tempo que passei com o Daedalus.

— Você não teria ouvido. — Steven virou o pescoço de um lado para outro. — Era um projeto ultrassecreto. Pelo que descobrimos, apenas poucas pessoas tinham acesso ao projeto ou à chave que criou a mutação.

— E como ela era chamada? — perguntou Daemon. — Tá de Sacanagem 101?

Um lampejo de medo cruzou os olhos do Steven.

— Não estou de sacanagem. É a pura verdade. Eles tinham três soros. Alguns de vocês os conhecem bem. O LH-11. O Prometeu e o Andrômeda. O Andrômeda é o que cria os Troianos.

Minhas mãos penderam ao lado do corpo. Tentei falar, mas minha garganta estava fechada.

— Não — disse Luc, dando um passo à frente. Ele agarrou o homem pela camisa e o levantou com cadeira e tudo do chão. — Você está mentindo.

— Por que eu mentiria? — gritou o sujeito. — O que eu ganharia mentindo?

Olhei para o Luc, me perguntando por que ele não acreditava no Steven e percebendo rapidamente que ele não *queria* acreditar.

— Ele não tem motivo para mentir, Luc. — Archer se virou para ele. — O que ele está dizendo parece inacreditável, mas nós dois sabemos que o Daedalus era capaz de qualquer coisa.

— Ele está certo — grunhiu Steven por entre os dentes. — A gente vem tentando rastrear os Troianos, capturá-los antes que eles sejam ativados e matá-los assim que são, como fizemos em Kansas City e em Boulder. Algo está para acontecer… algo sério. Os que não conseguimos capturar desapareceram. Não sabemos por que, mas sabemos que não foi para irem viver suas vidas em paz numa fazenda. Qualquer que seja o motivo para eles terem sido criados está acontecendo agora.

Aparentemente, Daemon foi o primeiro a entender, porque se virou devagarinho e olhou direto para mim.

— É por isso que vocês vieram aqui?

Luc soltou o homem e a cadeira bateu de volta no chão com um baque surdo.

— Não responda — ordenou o Original, falando tão baixo que eu mal o escutei.

Steven o ignorou.

— Ela é uma Troiana. Vocês viram o que ela fez? Algum de vocês já tinha visto algo assim? Não, aposto que não.

Eu não conseguia falar.

— Se não acreditam em mim, posso provar — continuou ele, voltando os olhos arregalados para o Daemon. — Tentem atirar nela.

— O quê?! — exclamei.

Archer inclinou a cabeça ligeiramente de lado.

— Nenhum de nós vai cair nessa.

— Vocês não estão me escutando! — gritou Steven. — Se atirarem nela, nada vai acontecer, mesmo que ela ainda não tenha sido ativada. A coisa que existe dentro dela irá protegê-la.

— Vocês tentaram me matar com um tiro na cabeça! — gritei. Jamais poderia imaginar que um dia fosse dizer uma coisa dessas.

— Pelas costas — esclareceu Steven. — Se você não puder ver, não tem como impedir.

Olhei para ele, a respiração pesada.

— Você não pode estar falando a verdade. Sei que fiz algumas coisas assustadoras e bizarras lá fora, mas não posso deter magicamente uma bala.

— Eu posso — observou Luc.

Olhei para ele, erguendo as sobrancelhas.

— Tentem. — Steven correu os olhos pela cozinha. — Tentem atirar nela e vão ver que não estou mentindo.

— Ninguém vai atirar na Evie — disse Luc. — Desculpa.

— Bom — comentou Daemon. — Se a gente atirar e ela conseguir deter a bala, saberemos que ele está dizendo a verdade.

— Qual parte de ela ter virado uma Fênix Negra lá fora vocês perderam? — interveio Zoe. — Acho que não precisamos nos arriscar atirando nela para provar o que ele está dizendo.

Luc se virou para o Daemon.

— Não vamos atirar na Evie.

— Só estou dizendo que a gente podia, sei lá, mirar na perna dela ou algo parecido — sugeriu o Luxen. Bastante prestativo! — Isso não iria matá-la, caso ele esteja mentindo, e ela provavelmente irá matá-lo depois.

Meu queixo caiu.

— Vocês não têm motivo para atirar em mim. Eu...

Enquanto todos discutiam sobre ser uma boa ideia ou não atirar em mim, pensei na minha mãe, e meu coração se despedaçou. Qualquer esperança que eu pudesse ter de ela não ter tomado parte no que havia sido feito comigo evaporou. Mamãe tinha que saber...

— Vocês precisam matá-la — declarou Steven, quebrando o silêncio. — Precisam fazer isso antes que seja tarde demais.

Luc se virou lentamente e encarou todo o grupo.

— Ninguém vai tocar nela. Entenderam? Gastei o que restava da minha generosidade poupando a vida desse homem quando ele tentou puxar uma arma. O pote agora está vazio.

Ninguém respondeu. Apenas meneares de cabeça de assentimento e algumas trocas de olhares, e então Steven falou mais uma vez.

— Vocês vão se arrepender dessa decisão. — Ele ergueu o queixo. — Vão desejar ter acabado com ela quando podiam, mas, então, será tarde demais.

Era o mesmo que o Micah tinha dito para a gente. Olhei para o Luc e percebi que ele estava pensando a mesma coisa.

Micah sabia.

Ele sabia o que eu era.

Steven não nos deu mais nenhuma informação. Saí da casa, imaginando que ele não fosse durar muito mais.

E não durou mesmo.

Soube que ele estava morto quando vi o Grayson trazendo o Kent para fora, enrolado num cobertor. Zoe seguiu o Luxen, e fechei os olhos, visualizando o rosto do Kent.

Senti quando o Luc parou ao meu lado, embora não o tivesse escutado se aproximar. Senti seu calor.

— Isso não podia ter acontecido com o Kent.

— É, não podia.

— Sei que não o conhecia tão bem quanto vocês, mas eu gostava dele. — Abri os olhos, as pestanas úmidas. — Ele era engraçado e…

— Bom. Kent era uma pessoa boa em todos os sentidos — completou Luc, me pegando pela mão. — Vamos lá.

Descemos a varanda e seguimos ao encontro do Grayson e da Zoe. Eles não tinham ido até o local onde estavam os outros corpos, mas para os fundos da casa, próximo a um banco de pedra.

Não falamos nada sobre o que o Steven tinha nos contado ou confirmado. Acho que ninguém estava pensando nisso no momento. Zoe ergueu uma das mãos e invocou a Fonte. Grayson a imitou, assim como o Luc. Quando, por fim, não restava nada do Kent além de cinzas, os gêmeos e o Archer vieram se juntar a nós.

Kent não foi enterrado sob uma névoa pesada, nenhuma palavra foi dita ou fincada uma lápide para marcar seu túmulo. Apenas uma faixa de terra queimada e um silêncio pesado, palpável.

Se ele estivesse ali, provavelmente não haveria silêncio. Ele soltaria alguma piadinha inapropriada. Talvez me chamasse por um de seus estranhos apelidos, fazendo todos rir.

Tudo o que eu podia dizer a mim mesma é que pelo menos ele não tinha visto a morte chegando. Não houvera dor. Ele estava respirando e… entao, já não estava mais. Isso deveria servir de consolo. Ele não havia sofrido, embora não fosse justo nem certo, porque, como o Luc dissera, Kent era *bom*.

Lágrimas se juntaram à umidade da névoa em minhas bochechas.

Não sei quanto tempo ficamos ali, até que, por fim, Daemon falou:

— Precisamos partir antes que outros apareçam — disse ele. — Antes que seja tarde demais.

ão tivemos tempo de tomar banho nem trocar de roupa, simplesmente entramos nos dois carros que estavam estacionados na garagem. Eram dois modelos antigos que não chamariam a atenção: um jipe Cherokee e um Taurus de quatro portas.

Daemon se postou atrás do volante do sedã, comigo e com a Zoe no banco de trás e o Luc no do carona. Dawson, Grayson e Archer foram no jipe. Era bastante estranho ver o Daemon dirigindo. Eu estava tão acostumada a ver o Kent atrás do volante que essa nova situação parecia totalmente errada.

Era ele quem devia estar ali.

Kent não devia ter sido reduzido a pó e cinzas.

Eu me enrolei no cobertor que tinha tirado do quarto e apoiei o rosto no vidro frio da janela. Meu jeans estava gelado e duro em alguns pontos, e grudando na pele em outros. Eu estava imunda, mas estava viva.

Fiquei relembrando tudo o que o Steven tinha nos contado. Havia um vírus bizarro lá fora que podia transformar os humanos nessa *coisa* ou então matá-los. James estava espirrando na última vez que o vira. Será que ele estava doente? Ou será que tinha tomado a vacina contra gripe?

Não duvidava das coisas que o Steven dissera. Que eu era resultado do Projeto Poseidon, uma criatura tão incrivelmente perigosa que fizera uma sociedade secreta centenária me caçar. Uma Troiana, transformada por minha mãe e escondida em meio à sociedade para um dia ser despertada a fim de realizar algum objetivo nefasto.

Exceto que, pelo visto, algo tinha saído pela culatra com a minha mutação. Eu não era como a April.

Mas eu me sentia… estranha em minha própria pele, errada. Como se não soubesse o que poderia fazer a seguir, do que era realmente capaz, e não conseguia parar de pensar no Troiano com o qual o Daemon e os outros tinham se deparado quando estavam vindo ao nosso encontro. Ele tentara matá-los.

Eu tentara matá-los.

Será que isso podia acontecer de novo? Eles estavam me levando para um lugar onde famílias viviam, onde Luxen e humanos traumatizados já haviam passado por coisas suficientes, e eu…

Eu era capaz de qualquer coisa.

Inspirei fundo e soltei o ar devagarinho.

Até que eu estava lidando bem com a situação.

Onze horas. Era o tempo que a viagem levaria. Tanto o Daemon quanto o Luc queriam fazê-la com o mínimo possível de paradas, o que significava uma só, e eu podia entender perfeitamente. Correr o risco de sermos vistos por alguém era perigoso, em especial para mim, com meu rosto aparecendo direto nos noticiários.

No entanto, gostaria que tivéssemos guardado alguns dos tranquilizantes de nosso esconderijo temporário para que eu pudesse apagar.

Os minutos viraram horas. Zoe acabou pegando no sono ao meu lado enquanto eu observava o Daemon e o Luc, meio que impressionada por sua… *amizade*? Não entendia como os dois podiam trocar ameaças e jogar um ao outro contra paredes num minuto e, no outro, conversarem e rirem como se nada tivesse acontecido.

Ainda me sentia péssima por ter machucado o Daemon, mas eles pareciam ter esquecido suas diferenças. Ou talvez trocar ameaças fosse algo que acontecesse com frequência e esse fosse apenas um dia normal para eles?

Provavelmente era isso.

Luc olhou para trás várias vezes, como se estivesse checando que eu estava, de fato, no banco de trás. Não tínhamos tido a chance de conversar depois de nossa pequena discussão do lado de fora da casa.

Ele olhou para mim de novo, aqueles olhos ametista me percorrendo de cima a baixo. Desejei poder ler os pensamentos dele.

— Está tudo bem aí? — perguntou ele. — Você precisa parar ou algo assim?

Fiz que não e olhei de relance para a Zoe.

— Ela apagou.

— Ótimo. Ela precisa descansar. — Luc se virou para frente novamente. — Acho que conseguiremos chegar no prazo estimado.

Deixei o cobertor escorregar para a cintura. A essa altura, minha camiseta já tinha secado, e a calça estava só um pouco úmida. Mantendo a voz baixa, perguntei:

— Como é esse lugar para onde estamos indo?

— Você tem imaginado algo ao estilo da época medieval, não tem? — Daemon olhou de relance pelo retrovisor.

Pressionei os lábios e assenti.

— Isso ou algo pós-apocalíptico, com cachorros selvagens correndo pelas ruas e pessoas coletando água da chuva para beber.

Luc se virou para mim com um sorrisinho.

— Que foi? — Tinha quase certeza de que já vira essas duas coisas em pelo menos uma dúzia de filmes sobre o fim do mundo.

— Não é tão pós-apocalíptico assim — respondeu Daemon, e pude sentir o sorriso em sua voz. — A natureza retomou grandes partes da cidade. É meio louco ver o quão rápido isso aconteceu, mas estamos nos adaptando. Kat e eu vivemos lá há quase dois anos. O Dawson e a Beth também. Archer e minha irmã já vivem há mais tempo, ajudando aqueles que foram deixados para trás.

Uma boa parte de mim ainda não conseguia acreditar que o governo havia abandonado tantas pessoas à própria sorte. Eu não devia ficar surpresa, a humanidade era assim, mas, de qualquer forma, era perturbador.

— E ainda temos um pouco de eletricidade para emergências, tipo, se precisarmos realizar algum procedimento médico — explicou Daemon. — A gente carrega os geradores usando a Fonte. Mas não é algo que fazemos com frequência. Grandes produções de energia podem ser rastreadas. O que a gente faz é vasculhar bastante. As baterias valem seu peso em ouro. Assim como todo e qualquer material de acampamento.

Eu nunca havia acampado. Devia ser interessante.

— Pelo menos não estamos no verão — comentou Luc. — A temperatura pode chegar perto de 40 graus, e não temos ar-condicionado.

Arregalei os olhos.

— Como está o tempo lá agora?

Daemon riu.

— Por volta dos 21 graus durante o dia e uns 10 à noite. Mas não tivemos um verão tão pesado. Me pergunto se não tem a ver com a diminuição da poluição e do número de máquinas. Mas temos outros meios de manter as casas razoavelmente frescas. Ventilação é essencial, assim como sombras. Para as casas que não possuíam varandas ou árvores em volta, providenciamos toldos. Permanecer no térreo também ajuda. Casas com porões são raras por causa do terreno de rocha calcária, e as que possuem são usadas para os mais velhos ou pessoas com sensibilidade extrema ao calor. Mas, quando fica muito quente, tudo o que podemos fazer é fingir que não está tão quente assim.

— E o que as pessoas fazem na cidade?

— Todo mundo que pode trabalhar trabalha. Mesmo pessoas que nunca tiveram experiência agora estão plantando ou cuidando de fazendas de gado. Hoje em dia não precisamos mais nos preocupar tanto com comida quanto precisávamos no início — explicou o Luxen. — A vida dentro dos muros não é tão diferente da vida aqui fora. Temos leis e pessoas que cuidam para que elas sejam cumpridas. As escolas continuam funcionando, ainda que não tenhamos muitas crianças. A maioria não sobreviveu ao primeiro ano.

Engoli em seco.

— E temos médicos… Luxen e híbridos que se mudaram para lá — continuou ele. — A cidade agora é mais como uma grande comunidade. Todo mundo ajuda todo mundo. É o único jeito de sobrevivermos.

— Quantas pessoas vivem lá?

Foi o Luc quem respondeu.

— Na área metropolitana, a população costumava ser de uns dois milhões. Agora é o quê, Daemon?

— Um pouco mais de vinte mil, e dentre eles, uns cinco mil Luxen — respondeu Daemon.

— Isso significa que o resto conseguiu sair antes que as cidades fossem muradas?

Os dois ficaram calados por um longo tempo, e, então, Daemon falou:

— Ninguém sabe ao certo. Houve muitos conflitos depois da invasão e do lançamento das bombas de pulso eletromagnético. Foi um caos. Centenas de milhares devem ter morrido nas semanas e meses que se seguiram, a maioria em decorrência da violência entre os próprios humanos. Os que tinham saúde e meios conseguiram sair.

Recostei-me no banco, torcendo o cobertor entre os dedos.

— Por que os humanos não tentam sair agora? Como vocês podem ter certeza de que ninguém irá sair e denunciar todos vocês?

— É um risco com o qual convivem diariamente — disse Luc, os olhos fixos à frente. — Mas a maioria simplesmente não deseja viver em um mundo que virou as costas para eles.

— Isso eu posso entender, mas ainda assim é um grande risco.

— É verdade. Todas as saídas são muito bem monitoradas, mas não queremos ser obrigados a deter ninguém que deseje sair. Até o momento, isso nunca foi um problema. — Daemon fez uma pausa. — Se algo assim acontecer, a gente decide como resolver.

Parecia um problema muito sério para eles decidirem como resolver depois.

— Mas espero que não tenhamos que passar por isso. — A voz do Daemon endureceu. — Não planejamos ficar escondidos para sempre. A cidade não é só um santuário para os que foram esquecidos ou estão sendo caçados. Ela é também o quartel-general da resistência.

✳ ✳ ✳

Elmos e carvalhos altos deram lugar a uma vegetação pantanosa que, por fim, se transformou em longas faixas de desertas pradarias. Paramos para usar o banheiro apenas uma vez e, quando a noite caiu, estávamos na estrada de novo.

Só que agora não mais nas rodovias principais.

Daemon seguia por empoeiradas estradinhas rurais que passavam ao largo das maiores cidades próximas a Houston que ainda eram povoadas. Sabia, porém, que estávamos nos aproximando da Zona 3, uma vez que já não víamos mais carros ou qualquer sinal de vida ou luz nas casas espalhadas ao longo dos prados e nos prédios que se erguiam como mãos nuas em direção ao céu estrelado.

Fui tomada por um súbito nervosismo quando ele parou num lava-jato abandonado, seguido pelo jipe.

— Daqui a gente vai andando — disse Zoe, abrindo a porta.

Saí ao encontro da noite fria. Enquanto seguia até o porta-malas para pegar minha bolsa, percebi que havia outros carros parados, cobertos de poeira.

Luc surgiu ao meu lado e pegou a bolsa antes que eu pudesse pendurá-la no ombro.

— Deixa comigo.

— Eu posso carregá-la — falei.

— Precisamos andar rápido. — Ele fechou a mala do carro.

— Estamos em Houston? — perguntei.

— Nos subúrbios. — Daemon deu a volta no carro, seguido pelos outros três. — Essa área foi totalmente abandonada. Temos cerca de um quilômetro e meio para percorrer a pé. Tudo bem?

Fiz que sim.

— Então vamos — disse Archer, escondido pelas sombras.

Luc pegou minha mão e a apertou. Meu estômago revirava como um ventilador em alta velocidade ao seguirmos pelos fundos do lava-jato em direção ao mato alto do terreno baldio atrás.

Ninguém disse nada enquanto prosseguíamos pela escuridão. Eu sabia que todos eles podiam se mover um milhão de vezes mais rápido do que eu, e que estavam andando devagar de propósito, gastando muito mais energia por causa disso.

Eu podia tentar ir mais rápido. Levando em consideração o que eu tinha feito na mata perto da casa, provavelmente podia ser tão rápida quanto eles, se não mais.

Mas não sabia como invocar o que quer que houvesse dentro de mim e, se conseguisse, será que não me viraria e tentaria matar todos à minha volta? Ao que parecia, sempre que eu virava uma ninja assassina, ia atrás de qualquer coisa que considerasse uma ameaça e, tendo em vista que todos ali ou eram Luxen ou Originais, não achava que isso terminaria bem.

Assim sendo, fui andando o mais rápido que consegui, segurando a mão do Luc como se minha vida dependesse disso.

— Você está indo muito bem — comentou Luc, suspendendo um fio caído e o tirando do caminho.

— Obrigada — murmurei.

O quilômetro e meio pareceu se estender por uma eternidade. Cruzamos ruas vazias e fazendas enormes, passando por piscinas que cheiravam a limo e áreas onde o mato batia nos joelhos.

Esperava que a qualquer momento um chupa-cabra aparecesse do nada.

Luc riu, lançando um olhar para mim por cima do ombro.

— Chupa-cabras não existem, Pesseguinho.

— Não sei, não.

— Kat provavelmente concordaria com você — disse Daemon, um pouco mais à frente. — Ela está convencida de que eles são reais. Diz que pode escutá-los uivando à noite.

— Provavelmente é um cachorro — retrucou Luc.

— Ou um coiote — acrescentou Zoe. — Tenho quase certeza de que há coiotes nessa área.

Arregalei os olhos.

— Espero que eles sejam amigáveis.

Alguém riu. Talvez o Daemon. Archer, então, disse:

— Vamos rezar para não nos depararmos com nenhum.

Por fim, após o que me pareceu uma eternidade, terminamos de atravessar uma área de vegetação densa. Deparei-me, então, com a muralha destacada contra o luar.

— Puta merda! — exclamei.

O muro de aço se estendia diante da gente até onde o olho conseguia ver. Ele devia ter uns 30 metros de altura. Ao nos aproximarmos, nos mantendo sob a proteção das copas densas, não vi nenhuma abertura.

Como diabos eles tinham construído aquilo, sabendo que havia gente lá dentro?

— Eles não se importavam. — Luc continuou me puxando.

Um pouco mais à frente, vi um dos gêmeos assumir sua forma verdadeira, tornando-se um ofuscante holofote branco.

— O que ele está fazendo?

— Avisando os outros que estamos aqui — respondeu Luc.

Um segundo depois, o Luxen voltou à forma humana, e eu escutei um suave rangido de metal.

— Daemon — disse baixinho uma voz masculina.

— Aqui — respondeu ele. E, então, estávamos atravessando uma faixa de terra em direção a uma abertura que eu sequer conseguia ver. Os gêmeos desapareceram muro adentro e, em seguida, foi a vez da Zoe e do Grayson.

Sentindo o coração na garganta, diminuí o passo. Não tinha a menor ideia do que me aguardava do outro lado do muro. Uma cidade esquecida. Pessoas que ou nos receberiam de braços abertos ou com desconfiança. Talvez houvesse alguém lá dentro que poderia dizer o que estava acontecendo comigo.

O que eu deveria esperar.

Meses antes, eu jamais ia querer saber a verdade. Preferiria me esconder. Mas eu já não era mais essa garota.

— Evie. — A voz do Luc soou baixa, porém forte.

Inspirei fundo e assenti.

— Tudo bem. Estou pronta.

De mãos dadas com o Luc, dei um passo à frente, ao encontro do desconhecido.

40

ntramos num campo escuro que outrora tinha sido um parquinho infantil. Um conjunto de balanços brilhava sob o luar, as correntes penduradas, os assentos faltando.

Não sei por que reparei nisso primeiro, em vez de nos homens armados com rifles. Eles não estavam prestando muita atenção na gente, e rapidamente percebi que eram guardas, sem dúvida vigiando a entrada da Zona 3.

Subimos uma pequena colina que ficava atrás do parquinho e, lá de cima, vi uma fileira de casas abaixo, juntamente com uma cidade às escuras.

Um brilho amarelado surgiu alguns metros adiante, seguido por outro, e mais outro. Lamparinas a gás para iluminar a rua. Pessoas nos aguardavam.

Daemon desapareceu.

Um bom exemplo do quão rápido ele se movia. Daemon simplesmente desapareceu e, um segundo depois, escutei uma suave risada feminina.

— Como você está? — perguntou ele, lançando em seguida outra enxurrada de perguntas. — Está se sentindo bem? Não houve problemas, certo? Você está fazendo...

— Eu estou ótima — respondeu uma garota. — Especialmente agora. A gente sentiu sua falta.

Archer desapareceu também. Escutei um gritinho esganiçado e, apertando os olhos para enxergar melhor, o vi suspendendo alguém acima do ombro.

Dawson suspirou.

— Exibido.

E, então, foi a vez dele de desaparecer.

Seguiram-se risadas, tanto masculinas quanto femininas, e, então, uma série de risadinhas infantis e vozes suaves em momentos íntimos de reencontro. Zoe diminuiu o passo, e imaginei que, tal como eu, ela queria lhes dar espaço. Nós quatro demoramos para ir nos juntar a eles, com o Grayson se mantendo mais afastado.

Um estalo chamou minha atenção. Uma lufada de vento levantou os toldos presos a uma casa, sacudindo a lona.

— Santos bebezinhos alienígenas! — exclamou uma voz feminina, trazendo a lamparina mais para perto do rosto. A luz revelou uma moça bonita com cabelo castanho e olhos grandes. — É o Luc? O inferno congelou? Estamos prestes a ter outra invasão alienígena?

— É, sou eu. — Ele apertou minha mão e disse baixinho: — Quer conhecer a Kat?

Queria.

Observei a Zoe seguir até onde o Dawson se encontrava parado com outra mulher. Luc soltou minha mão e avançou em silêncio. Então, se curvou e abraçou alguém bem mais baixo do que ele, até mesmo do que eu. Logo em seguida, murmurou alguma coisa e eu a escutei rir enquanto ele se empertigava novamente.

— Tem certeza de que não são gêmeos? — perguntou ele.

— Jesus! Não diga isso, Luc — retrucou Kat. Entrelacei as mãos. — Não estou preparada para uma promoção tipo, dois pelo preço de um.

Luc riu.

— Aposto que o Daemon está.

— Na verdade... — Daemon deixou a frase no ar. — A simples ideia me faz ter uma série de ataques cardíacos.

— Coragem, Daemon. Você devia estar se preparando para trigêmeos.

— Estou tão feliz de ter ido te buscar... — retrucou ele secamente. — Tão feliz!

Eu abri um sorriso ao mesmo tempo que o Luc se virava para mim. Ele segurava o que me pareceu uma lamparina. Dei um passo à frente.

— Kat, essa é a *Evie* — disse ele, enfatizando meu nome como sempre fazia quando me apresentava para alguém que tinha me conhecido antes.

Agora que estava mais perto, pude ver o quanto a garota era bonita... e que ela estava gravidíssima. Pelo tamanho da barriga, era para a criança já ter nascido uma semana antes.

Daemon se postou atrás da esposa, as mãos descansando sobre a barriga enorme.

— Oi. — Acenei de maneira um tanto constrangida, sem saber ao certo o que dizer.

Ela sorriu, estendeu a mão e me cumprimentou calorosamente.

— Estou feliz em vê-la. Os dois. — Kat olhou de relance para o Luc e, em seguida, de volta para mim. — Daemon falou que você não se lembra… de ter me conhecido, mas quero dizer que estou feliz que esteja aqui.

— Obrigada. Digo o mesmo. Quero dizer, não me lembro de você, mas estou feliz de estar aqui — balbuciei feito uma perfeita idiota. Soltei a mão dela. — Acho melhor calar a boca.

Luc passou o braço em volta dos meus ombros e murmurou em meu ouvido.

— Você está indo bem.

Não tinha tanta certeza.

Mas a Kat sorria — sorria para nós dois —, e com um quê de mistério em seu sorriso, ela acrescentou:

— Quer saber, Luc, eu sempre soube.

— Quieta — murmurou ele, plantando um rápido beijo abaixo da minha orelha.

Daemon murmurou alguma coisa para a Kat, e seu sorriso falhou ao voltar os olhos para mim novamente.

— Sinto muito — disse ela. — Pelo que aconteceu com a sua mãe. Sei que não muda nada nem diminui a dor, mas eu entendo. Só quero dizer que sinto muito.

Inspirei de maneira trêmula.

— Obrigada. Aprecio o sentimento.

O sorriso que ela me ofereceu foi tão cheio de pesar que soube imediatamente que ela havia experimentado algo semelhante em primeira mão.

— Oi! — cumprimentou uma voz animada, fazendo com que eu me virasse para a direita.

Reconheci imediatamente a linda mulher de cabelo preto parada ao lado do Archer.

— Você é a Dee! — exclamei.

Ela piscou.

— É, sou eu.

— Você se lembra dela? — perguntou Kat.

— Não. É só que… eu a vi na TV. — Virei-me de volta para a Dee. — Sempre assisto você… — Deixei a frase no ar e me encolhi, constrangida.

Archer sorriu.

Luc murmurou:

— Não se preocupe. Isso não soou nem um pouco assustador.

Fuzilei-o com os olhos, sabendo que ele podia me ver mesmo com a pouca iluminação.

Zoe riu.

— Quer dizer que você gosta de me ver falar com uma parede? — perguntou Dee, sorrindo.

— Se essa parede for o senador Freeman, então sim.

Dee riu e se recostou no Archer. Não consegui evitar notar a maneira como os gêmeos olhavam para ele, como se quisessem chutá-lo daqui até a próxima galáxia.

— Tio Luc! Tio Luc! — chamou uma vozinha de criança.

Virei-me na direção da voz e vi uma menininha de uns quatro anos de idade balançando os bracinhos esticados e se contorcendo no colo do Dawson. Uma mulher estava parada ao lado deles, com uma das mãos apoiadas nas costas do Luxen, o cabelo escuro amarrado num nó frouxo.

Tio Luc?

Meus olhos quase pularam para fora das órbitas ao ver o Luc ir até a criança e erguer as mãos. Ela praticamente pulou do colo do Dawson para o do Original e passou os diminutos bracinhos em volta do pescoço dele.

De repente me lembrei do que o Luc tinha dito quando o Dawson percebera quem eu era — ou a quem… eu estava ligada.

Não quero deixar a Bethany viúva e a pequena Ash órfã de pai.

Eram a mulher e a filha do Dawson.

O que significava que, como o Dawson era um Luxen e a Bethany uma híbrida, a garotinha devia ser uma… Original.

A mulher balançava a cabeça, maravilhada.

— Ela não o vê há anos, e ainda se lembra dele. — Ela estendeu a mão para mim com um sorriso. — Desculpa. Eu sou Beth. A mulher do Dawson.

Apertei a mão dela, imaginando se já tínhamos nos encontrado antes ou não.

— Prazer em conhecê-la.

— Como está a minha Ashley favorita? — perguntou Luc, inclinando a cabeça para trás.

— Eu sou sua única Ashley! — A menininha plantou as mãos no peito dele e o fitou com um olhar sério demais para uma criança tão nova.

Luc apenas sorriu de volta de um jeito um tanto triste.

— Você está crescendo rápido. Está quase tão alta quanto eu.

Ela inclinou a cabecinha ligeiramente de lado.

— Não sou tão grande assim!

— Ah-hã — respondeu ele.

— Nã-não!

Meu coração… reagiu de forma estranha enquanto o observava com a garotinha. Ele apertou e inflou ao mesmo tempo, e, embora não me sentisse nem remotamente aberta à ideia de bebês de nenhum tipo, vê-lo com ela…

Suspirei.

— Isso devia ser ilegal, certo? — murmurou Zoe junto ao meu ouvido. — Um cara tão gato assim segurando uma criança.

Assenti com um menear de cabeça. Luc continuava discutindo com a menina se ela estava ou não tão alta quanto ele.

Cruzei os braços diante do peito e corri os olhos em torno. Grayson havia desaparecido.

— Cadê o Grayson? — perguntei baixinho para a Zoe.

Ela suspirou e enfiou as mãos nos bolsos da calça jeans.

— Acho que ele precisa de um tempo sozinho.

Kent. O amargo pesar retornou como um poço sem fundo. Sabia que o que quer que eu estivesse sentindo não era nada comparado aos outros.

— Quero te apresentar alguém muito especial para mim, Ash. — Luc se virou para mim. — Essa é a…

— Nadia — completou a menina.

Ahn.

— Não, essa é a Evie — corrigiu-a Luc gentilmente.

— Não é, não. — A menininha me fitou com atenção, franzindo o nariz. — É a Nadia.

Hum.

— Certo. — A mãe se aproximou e, com destreza, tirou a filha dos braços do Luc. — Já passou da sua hora de dormir. Deixei você ficar acordada para ver o papai, mas já está na hora de você ir dar um abraço nos percevejos.

— Hora de dormir é chato — resmungou a garota, quase se jogando por cima do ombro da Beth para se virar e olhar para mim. — E eu não quero abraçar nenhum percevejo.

Eu também não ia querer.

Beth se virou.

— Foi muito bom rever vocês, galera. A gente se vê amanhã de manhã?

— Claro. — Luc voltou para o meu lado.

Com um menear de cabeça na direção do Luc e um ligeiro sorriso para mim, Dawson se despediu da gente.

— Comportem-se, crianças.

— Crianças? — Luc bufou.

Beth e ele se afastaram, e a pequena Ash acabou nos braços do pai. Ela acenou para a gente, e eu acenei de volta.

— Desculpa pelo que houve — pediu Daemon. — A Ash é... diferente.

— Não tem problema. Mas como ela sabia? Pela idade dela, Ash não pode ter me conhecido antes. Certo? Ela leu minha mente ou algo do gênero? — perguntei, franzindo o cenho. — Bom, de qualquer forma isso não faz sentido, porque eu não estava pensando sobre ser a Nadia nem nada parecido.

— Ela pode ler pensamentos — explicou Dee. — Mas a Ash é... diferente. Às vezes chega a ser assustadora, ainda que de um jeito adorável.

Zoe ergueu as sobrancelhas.

— Bom, isso explica por que ela adora o tio Luc — observei.

Luc me deu uma cutucada com o braço.

— Não precisa ficar com ciúmes.

— Vocês tiveram problemas para vir para cá? — perguntou Kat, esfregando a barriga.

— Não na volta, mas na ida tivemos. — Archer apoiou o braço nos ombros da Dee. — A gente fala sobre isso depois. Está ficando tarde.

Luc olhou para algum ponto próximo ao grupo. O braço que me envolvia pelos ombros me apertou um pouco mais.

— General Eaton — cumprimentou ele. — Devo bater continência?

Um homem surgiu sob o brilho das lamparinas, um sujeito mais velho, com o cabelo branco cortado rente à cabeça. Ele usava uma camisa branca de algodão.

— Como se alguma vez você tivesse batido continência para alguém. — O homem era quase tão alto quanto o Luc e o Archer, e, embora parecesse estar na casa dos sessenta, era esbelto e estava em forma.

Então me lembrei que o Luc tinha dito que planejava ver o tal do Eaton para ver se ele sabia alguma coisa sobre a Onda Cassiopeia. Esse era o homem que talvez tivesse todas as respostas.

— Essa é a Evie — apresentou Luc.

— Não, não é. — O general me fitou por cima do nariz comprido e ligeiramente torto. — Sei exatamente quem ela é. Nadia Holliday.

Tudo dentro de mim pareceu se contrair enquanto a Zoe trocava olhares com o Archer e a Dee.

Ser chamada de Nadia duas vezes num prazo de poucos minutos era estranho.

— Bom — disse Luc, olhando para o general. — Melhor forma de quebrar o gelo impossível.

O homem abriu um sorriso tenso.

— A gente conversa mais tarde. — Ele correu os olhos pelo grupo. — Fico feliz que todos tenham chegado bem. Archer, quero meu relatório imediatamente.

Archer soltou um suspiro tão pesado que o Grayson teria ficado com inveja. Dando um beijo no rosto da Dee, se afastou.

— Isso não deve demorar — disse para ela.

— Não, não vai. — Eaton se despediu de mim com um menear de cabeça, girou nos calcanhares e começou a descer a rua escura, as costas retas como se estivesse desfilando para um exército invisível.

— Vejo vocês depois — disse Archer, saindo atrás do general e o alcançando com facilidade.

Kat ergueu as sobrancelhas.

— Ele tem andado meio mal-humorado nos últimos tempos. Acho que é estresse.

— Dá pra imaginar — murmurei, mais do que um pouco incomodada ao observar o general desaparecer na escuridão.

— Vamos lá. Tenho certeza de que vocês estão famintos e exaustos — observou Kat. — Vou mostrar a casa que aprontamos para vocês.

— Deixa que eu mostro — ofereceu-se Dee. — Daemon, leva a Kat pra cama antes que ela dê à luz na frente da gente e traumatize todo mundo.

Kat se virou para ela lentamente.

Dee sorriu de maneira angelical.

— Só estou cuidando de você.

— Ah-hã — murmurou ela.

— Perfeito. — Daemon começou a virar a esposa de novo. — Tudo o que eu quero é levar a Kat pra cama.

— Ninguém precisa saber disso — comentou Dee. — Informação demais.

— Para descansar — enfatizou ele. Em seguida, olhou para o Luc. — Não se esqueça de que precisamos conversar.

— Não vou — respondeu o Original, e um calafrio desceu pela minha espinha.

Tinha a sensação de que sabia sobre o que ele queria conversar.

A gente se despediu e, em seguida, Dee nos conduziu pela rua escura, iluminada apenas pela lamparina que a Zoe carregava.

— Tem duas casas ao lado da nossa que estão vazias e são perfeitas — informou ela. — Vocês vão poder tomar um banho rápido. Mas vou logo avisando que só tem água fria.

Quase gemi.

— Um banho vai ser maravilhoso, frio ou não.

— Como vocês conseguiram água corrente? — perguntou Zoe, andando ao lado da Dee. — Antes não tinha.

— A gente carregou alguns dos geradores imaginando que vocês gostariam de se refrescar quando chegassem. A viagem é ridiculamente longa — respondeu ela. — Sei que isso seria a primeira coisa que eu ia querer.

— Você é magnífica — retrucou Zoe.

Dee riu.

— Eu tento.

Enquanto prosseguíamos, escutei um burburinho distante de conversas. Havia definitivamente pessoas aqui, escondidas nas casas ou debaixo dos toldos.

— Chegou mais alguém? — perguntei, pensando na Heidi e na Emery.

— Vocês foram os primeiros.

— Emery e Heidi devem demorar ainda mais alguns dias — explicou Luc.

Assenti com um menear de cabeça, a preocupação me comendo por dentro como um machucado infectado.

— A propósito, a Evie tem uma quedinha por você, Dee — declarou Luc do nada.

— Luc! — Soltei num arquejo. Zoe riu. Fiz menção de dar um tapa nele, mas o Original saiu do caminho.

Dee se virou. O movimento fez o cabelo comprido balançar.

— Vou entender isso como um elogio.

Eu ia esganar o Luc.

— E é. Quero dizer, espero que seja. É só que acho realmente admirável a maneira como você consegue conversar com o senador diante de uma câmera sem perder a calma.

— Obrigada. — Ela veio até mim e me deu o braço. — Não é fácil. Fico com vontade de virar a mesa ou encontrar o raio do homem e esmurrá-lo. — Franzindo a testa, acrescentou: — Mas isso só iria confirmar todas as coisas terríveis que ele diz sobre a gente, portanto, infelizmente não posso fazer nada.

— Que pena! — comentei. Dee abriu um ligeiro sorriso.

— Andar na linha não é divertido.

— Você filma aqui mesmo? — perguntei.

Ela fez que não.

— A gente poderia carregar todos os equipamentos necessários, mas correríamos o risco de sermos rastreados. As entrevistas são feitas em outro lugar.

Zoe parou de repente e correu os olhos por uma área densamente arborizada.

— Vocês vão me colocar na casa de tijolos com venezianas brancas? A que eu normalmente uso? — perguntou ela. Fiquei mais uma vez surpresa ao constatar o quão pouco eu conhecia a Zoe.

— A própria — respondeu Dee.

— Legal. Então vou ver onde o Grayson se meteu — retrucou ela, aparecendo subitamente ao meu lado. — A menos que você queira que eu fique mais um pouco.

— Não. Pode ir. — Soltei o braço da Dee e abracei minha amiga. — A gente se vê de manhã?

— Combinado. — Ela se virou para o Luc.

— Vai lá encontrar o Grayson — disse ele baixinho, pegando a lamparina que ela carregava. — Certifique-se de que ele esteja lidando bem com tudo.

— Vou dar o melhor de mim — respondeu ela, desaparecendo num piscar de olhos.

— Vocês perderam alguém. — Dee puxou a ponta do rabo de cavalo para a frente. — Kent. — Uma única palavra, apenas um nome, mas carregada de pesar. — Ele não está com vocês.

— É, foi o Kent. — Luc me deu a mão e eu apertei a dele. — Mas perdemos outros também.

— Sinto muito — disse ela, soltando um pesado suspiro e voltando a caminhar. — Nunca é fácil. Mesmo depois de tudo o que a gente passou, e que provavelmente ainda iremos passar, nunca é fácil. Sinto muito mesmo, por todas as perdas. Ele era... era o Kent.

— Obrigado — murmurou Luc.

Com a Dee mostrando o caminho, passamos pela área arborizada e entramos numa rua à esquerda.

— É aqui que a gente mora, todos nós. Assim podemos meter o bedelho na vida uns dos outros. Essa casa foi preparada para vocês.

Ela nos conduziu por uma entrada de carros semidestruída até uma pequena construção ao estilo das casas de fazenda. Após parar na frente da porta e destrancá-la, entrou e acendeu mais lamparinas.

— Ela é toda de tijolos. Mantenham as portas dos quartos extras fechadas e as persianas abaixadas durante o dia. Abram as janelas à noite e a casa vai permanecer fresca. — Ela apontou para o teto. — Aqui tem uma boa corrente de ar que faz os ventiladores girarem.

De fato, o ventilador girava preguiçosamente. Corri os olhos em volta, vendo vários itens confortáveis de mobília e uma cozinha.

— Imaginei que vocês fossem querer ficar na mesma casa. Tudo bem? — Dee parou e botou as mãos nos quadris. — Talvez eu devesse ter checado antes.

Luc olhou para mim, a luz suave da lamparina iluminando seu rosto. Ele esperou para ouvir o que eu ia dizer, deixando a decisão para mim.

Assenti com um menear de cabeça.

— Tudo bem. Quero dizer, não tem problema. Nenhum.

Um ligeiro sorriso se desenhou nos lábios do Original, e senti minhas bochechas queimarem.

— Ótimo. Tem toalhas limpas e outras coisas no banheiro. Vou trazer algumas roupas que devem caber em vocês e um pouco de comida em alguns minutos, ok? — Dee ficou esperando junto à porta.

— Perfeito — respondeu Luc.

Ela anuiu e virou as costas, desaparecendo noite adentro.

Ficamos parados ali por alguns instantes e, então, Luc disse:

— Vamos descobrir onde fica o banheiro.

Seguimos por um corredor curto e estreito e entramos num quarto, que exalava um perfume fresco de lavanda. Luc soltou minha bolsa sobre a cama e foi até a mesinha de cabeceira. Outra lamparina a gás se acendeu. Continuando a procurar, descobrimos um pequeno banheiro atrás de uma das portas.

Luc botou a lamparina que trouxera de fora sobre a pia. A luz suave foi suficiente para espantar as sombras.

— Pode tomar seu banho primeiro.

— Tem certeza?

Ele fez que sim e, recuando alguns passos, olhou em volta.

— Você está nojenta.

Eu ri, uma risada rouca, porém genuína.

— Não brinca.

Ele sorriu.

— Aqui estão as toalhas e... tem um roupão atrás da porta. — O Original pegou uma toalha e a colocou sobre a pia, ao lado da lamparina. — Tudo bem?

— Tudo. — Olhei para a toalha. Ela era rosa-clarinho ou off-white, e havia um monograma bordado na ponta.

— Tem certeza?

Anuí de maneira um tanto forçada e corri os olhos pelo banheiro. Havia escova e pasta de dente, xampu e condicionador dentro do boxe. Tudo aquilo tinha sido colocado ali pela Dee, mas com certeza pessoas haviam morado na casa antes.

— Você acha que eles conseguiram escapar?

— Quem?

— As pessoas que viviam aqui.

— Não sei. Espero que sim.

Cheguei à conclusão de que era melhor imaginar que sim, porque se não tivessem conseguido e não estivessem mais ali, em sua própria casa, isso significava que estavam mortos.

Era tudo pesado demais, e eu... não queria mais pensar em morte.

— Vou esperar aqui fora — disse Luc, fechando a porta ao sair.

Olhei de relance para o chuveiro, sabendo que a água estaria gelada. Não me dei tempo para pensar nisso, simplesmente tirei a roupa suja e rasgada, liguei a água e, murmurando um palavrão por entre os dentes, entrei debaixo do jato.

— Puta merda! — Soltei num arquejo, o ar escapando dos meus pulmões ao sentir a água gelada bater contra a pele. Por um momento, o choque me deixou imóvel. Forçando-me a reagir, peguei o vidro de xampu e, então, tomei o banho mais rápido e mais gelado de toda a minha vida.

Ao terminar, tremendo feito uma vara verde, peguei a toalha e me esfreguei com força. Minha pele estava toda arrepiada, e meu cabelo parecia coberto por uma camada de gelo. Ainda morrendo de frio, peguei o roupão e o vesti, amarrando a faixa bem apertada na cintura. Após encontrar um pente, abri a porta. Luc vinha entrando de novo no quarto, carregando um prato de comida. Meu estômago roncou.

— Você está parecendo uma pedra de gelo.

— É como me sinto. — Comecei a pular de um pé para o outro. — Mas estou feliz de estar limpa.

— Eu também.

— Cala a boca.

Ele riu e botou o prato sobre a cômoda, junto com uma garrafinha de água.

— Dee trouxe algumas roupas também. Temos uma boa variedade de queijos e vegetais.

— Hmmm.

Ele foi até uma cadeira posicionada no canto e pegou uma muda de roupa.

— Tem mais garrafas de água na cozinha. Não tenho ideia de onde eles arrumaram, mas presumo que seja seguro beber.

Abri um ligeiro sorriso.

— Agora é a minha vez de morrer congelado. Vai ficar bem?

— Vou.

Luc hesitou por um instante e, então, seguiu para o banheiro. Concentrei-me em comer a maior quantidade de pedaços de aipo e nacos de queijo que consegui sem engasgar. Em seguida, vasculhei a bolsa em busca de algo para vestir, e só então me dei conta de que tinha deixado meu short de dormir na casa do Luc. Não havia nada que pudesse fazer agora.

Mas não tinha esquecido o Diesel.

Tirei a pedra de dentro da bolsa e a coloquei na mesinha de cabeceira, ao lado da lamparina. Em seguida, peguei a garrafinha de água e bebi até me saciar.

A porta do banheiro se abriu uns cinco minutos depois, e o Luc saiu vestido somente com uma calça de moletom, a qual pendia de maneira indecentemente baixa em seus quadris. Meu olhar se demorou um pouco em toda aquela exibição de pele nua, firme e úmida.

Eu precisava parar de ficar olhando para ele feito uma tonta.

— Não me importo — disse o Original.

— Sai da minha cabeça. — Peguei o prato e fui para a cama. — Você nem parece estar com frio.

— Na verdade, estou congelando, mas valeu a pena.

Sentei na cama e cruzei as pernas.

— Acho que é algo que a gente acaba se acostumando.

— Imagino que sim.

Olhei mais uma vez quando ele levantou a mão e afastou as mechas molhadas de cabelo do rosto.

— Então... quando a gente vai ver esse general? — perguntei. — É ele que você acha que pode responder algumas das nossas perguntas, não é?

— É. Amanhã de manhã, se você quiser.

Fiz que sim e ofereci uma cenoura a ele. Fechando os dedos em volta do meu pulso, Luc deu uma dentada e se sentou ao meu lado.

Ele, então, deu uma checada no prato de vegetais e queijos.

— Quer comer mais alguma coisa?

— Não, estou satisfeita. Mas você precisa comer.

— Mais tarde. — O prato saiu do meu colo e foi parar na mesinha de cabeceira, ao lado da lamparina e do Diesel. Ele, então, me puxou e eu me botei de joelhos. Passando um braço em volta da minha cintura, me ajeitou sobre o colo. — Como você está lidando com tudo o que aconteceu?

— Não sei. — Aconcheguei-me a ele, um pouco surpresa por me sentir tão à vontade com a proximidade. Parecia certo... natural até. — Estou surpresa de termos conseguido chegar. Achei que íamos nos deparar com algum tipo de emboscada. Passei o tempo todo esperando que algo aconteceu.

— Estamos seguros aqui. — Ele afastou meu cabelo molhado do rosto e pousou a mão um pouco acima do meu joelho, logo abaixo da bainha do roupão.

Por enquanto. Não foi dito, mas ficou subentendido.

Havia outra coisa que não tinha sido dita e que precisava ser.

— Eles estão seguros? De *mim*?

— Evie...

— É uma pergunta válida — retruquei. — Não é sobre isso que o Daemon quer conversar com você? Sei que ele não me quer aqui, e não posso culpá-lo. Ele não sabe do que eu sou capaz. Nem eu. Nem você.

— Não dou a mínima para o que o Daemon quer.

— Luc. — Suspirei.

— O que não significa que não entenda a preocupação dele — acrescentou o Original, apertando meu joelho. — Entendo. Também entendo por que você sentiu que precisava fazer alguma coisa para impedir o que estava acontecendo lá na casa, mesmo que não concorde. Eu conheço você, Pesseguinho. Sei que está preocupada também. A gente não sabe o que vai acontecer daqui a uma hora, que dirá um dia ou uma semana. O que eu sei é que estamos juntos nisso, certo?

— Certo.

— O que quer que aconteça vamos encarar juntos. Não vou permitir que você machuque alguém que não mereça ser machucado — declarou ele. — Você precisa acreditar nisso. Eu já a detive antes. Posso deter de novo.

Mas eu quase o matara no processo.

— Confie em mim — murmurou Luc de encontro à minha testa. — Preciso que confie que eu não irei deixá-la machucar ninguém aqui.

Fechei os olhos, estremecendo. Eu confiava nele. Sem sombra de dúvida. O que significava que teria que me deixar guiar por essa confiança. Inspirando fundo, assenti.

— Tudo bem.

— Tudo bem — repetiu ele, me dando um beijo no rosto.

Continuei aconchegada nos braços dele por mais um tempo, sentindo a pele finalmente começar a se aquecer.

— Quando a Kat falou sobre a minha mãe, tive a sensação de que, você sabe, ela passou por algo parecido.

— E passou mesmo. — Ele ergueu a cabeça e, sob a luz intermitente da lamparina, nossos olhos se encontraram. — Kat perdeu a mãe durante a invasão.

— Ah! — O peso voltou, fazendo meu peito apertar. — É muito triste.

— É mesmo.

O peso da mão dele em meu joelho atraiu minha atenção. Pousei as minhas sobre ela, acompanhando o osso de um dos dedos até a junta. Em seguida, ergui os olhos, analisando nosso novo quarto.

— Tudo mudou. Acho que as coisas têm vindo num fluxo constante de mudanças.

— Verdade. — Ele acariciou meu joelho com o polegar. — Muita coisa mudou.

Tantas que a tarde que passamos em Harpers Ferry parecia ter acontecido em outra vida.

— O que vai acontecer agora? — Virei-me para ele, encontrando seus olhos em meio à luz fraca do ambiente. — E se a gente conversar com o Eaton amanhã e ele tiver todas as respostas? E se ele me disser por que isso foi feito e o que vai acontecer, e então? Não podemos…

— Não podemos o quê?

Inspirei de maneira superficial.

— Não podemos ficar aqui escondidos pelo resto da vida. Não é o tipo de vida que eu quero.

— Nem eu.

— Então, o que a gente vai fazer?

— Dançar.

Pisquei.

— O quê? Agora?

— Agora. — Luc me tirou do colo e me botou de pé. Ele, então, se levantou e estendeu a mão.

— Mas não tem música.

— A gente cria a nossa própria.

Ergui as sobrancelhas.

— Isso é…

— Extremamente romântico e charmoso?

— Eu ia dizer brega.

— Brega é legal.

— É, tem razão. — Dei uma risadinha. — Mas também é muito inesperado.

— As melhores coisas são. — Ele balançou os dedos. — Dança comigo, Evie.

Com um balançar de cabeça, dei a mão a ele. Luc me puxou para si, passou um braço em volta da minha cintura, me suspendeu e me ajeitou sobre seus pés descalços. Colei as mãos no peito dele, a pele ainda fria do banho.

Ele começou a se balançar e, em poucos minutos, estávamos dançando, mesmo sem música. Luc fez todo o trabalho enquanto eu o fitava embevecida, imaginando se houvera algum momento em minha vida em que eu não tivesse sido apaixonada por ele.

Não era louco? Tinha certeza de que a Nadia o havia amado, e agora aqui estava eu, Evie, na mesma situação. Eu o amava.

Envolvi o rosto dele entre as mãos, puxei sua boca para a minha e o beijei. A princípio lentamente e, quando seus lábios se entreabriram, aprofundei o beijo. Minha língua deslizou sobre a dele. A sensação foi maravilhosa, o gosto, divino. O beijo foi tão intenso que fiquei tonta e, quando enfim me afastei, me sentia totalmente exposta. Será que seria sempre assim?

Tinha a sensação de que sim.

Sempre.

Tínhamos parado de dançar.

— Você me perguntou o que a gente vai fazer agora? — Luc roçou os lábios nos meus, e minha respiração ficou presa na garganta. — Vamos encontrar as pessoas responsáveis por isso e, então, acabaremos com elas e tudo à sua volta. Nada irá nos deter.

arte de mim não esperava pegar no sono. Não depois de tudo o que havia acontecido e com a expectativa do que nos aguardava pela manhã, e menos ainda num lugar tão estranho quanto a casa de um desconhecido. Não me sentia uma convidada, e sim uma intrusa, mas assim que ajeitei a cabeça no travesseiro ao lado do Luc, acho que desmaiei, porque ao reabrir os olhos um feixe de luz penetrava o quarto por baixo das persianas, iluminando o pé da cama.

E eu estava enroscada nele como se tivesse dormido com medo de que ele desaparecesse ou algo parecido. O lençol estava amarfanhado sobre os nossos quadris. Uma das minhas pernas tinha, de alguma forma, se metido entre as dele. Meu braço estava jogado sobre a cintura do Original e o dele relaxado sobre a minha, proporcionando um agradável peso. E, para finalizar, minha cabeça estava apoiada sobre seu peito nu.

Acordar assim era diferente. Fazia com que me sentisse outra pessoa. Era uma coisa íntima e eu... gostava. Muito.

Fechei os olhos e inspirei fundo. O perfume fresco de sabonete se misturava ao de lavanda dos lençóis. Luc era um homem surpreendentemente aconchegante. Não tínhamos deitado desse jeito. Havíamos dormido juntos, mas eu de barriga para cima e ele de lado, virado para mim. O que quer que tivesse nos atraído um para o outro durante o sono era tão poderoso como quando estávamos acordados. Seria química? Será que todas as pequenas coisas que faziam de mim e do Luc quem nós éramos se atraíam por conta própria? Ou seria nosso passado compartilhado, ainda que eu não me lembrasse dele? Ou todas as coisas das quais me lembrava, tudo o que acontecera *depois*?

O que quer que fosse não tinha importância, afinal, eu realmente o amava, o que parecia... errado depois de nós termos perdido o Kent, o Clyde, o Chas e minha mãe, e sabendo que a Emery e a Heidi continuavam à mercê do mundo lá fora, vindo para cá a passos de tartaruga. Parecia inapropriado termos pego a casa de alguém, possivelmente uma família morta. Essas coisas me faziam pensar que era injusto eu continuar recebendo tantas chances, sem nem mesmo saber se as merecia, quando ninguém mais havia tido nenhuma.

Será que eu merecia *isso* — acordar nos braços de alguém que me amava tanto quanto eu o amava?

Não tinha ideia, porque no fim das contas, não sabia o que eu era, e ele também não. Talvez eu não merecesse e talvez fosse injusto, mas com certeza ia lutar com todas as forças para ter mais manhãs como essa, para parar de perder pessoas que eu amava e ter todos os meus amigos comigo, seguros e felizes.

Quando o Luc me disse que encontraríamos os responsáveis por isso e que acabaríamos com eles e tudo à sua volta, as palavras mexeram com uma parte dentro de mim que eu sequer sabia que existia até então. Não tinha ideia do que era. Determinação. Retaliação. Justiça. Talvez um misto de todas essas coisas; o que eu sabia é que não tinha sequer piscado ao ouvi-lo dizer o que iríamos fazer. Não tive um único momento de hesitação, mesmo sabendo que, qualquer que fosse o caminho que decidíssemos tomar, seria violento. A Evie que teria metido o pé no freio e sugerido chamar a polícia tinha morrido no chão ao lado da única mulher que conhecera como mãe, e a que nascera no esconderijo nas cercanias de Atlanta não ficaria parada vendo alguém mais se machucar. O que quer que tivesse sido despertado dentro de mim naquela mata com certeza não permitiria. Eu talvez fosse perigosa. Talvez fosse realmente uma Troiana. Mas confiava no Luc, e acreditava que ele me deteria se as coisas chegassem a esse ponto. Tal como já havia feito.

Porque o que nos atraía um para o outro enquanto estávamos acordados e mesmo durante o sono era poderoso o suficiente para conter o que quer que houvesse dentro de mim.

Abri os olhos e ergui a cabeça. O rosto do Luc estava virado para mim, o perfil visível. Ainda não tinha me acostumado com sua beleza, mesmo dormindo. Os traços angulosos suavizavam de uma forma como nunca acontecia quando ele estava acordado. Aquele encanto sobrenatural continuava presente, embora menos destacado. Quase dava para nos imaginar como duas pessoas normais, com essa sendo a nossa cama, com dias, semanas, meses e anos de vida simples à nossa frente, com tempo de sobra para explorarmos um ao outro e o mundo, para crescer e aprender juntos. Para nos formar e decidir o que queríamos da vida. Irmos morar juntos apenas por desejo e vontade, e não necessidade. Para casar e, quem sabe, começar uma família daqui a muitos e muitos anos.

Só que esses não éramos nós.

Ainda.

— Pesseguinho — murmurou ele, me dando um susto. — Gostaria que você tivesse trazido a sua câmera. Assim poderia tirar uma foto. — O braço em minha cintura me apertou um pouco mais. — Esse momento duraria para sempre.

— Idiota. — Sorri. — Desculpa te acordar.

— Não tem problema. — Ele abriu um olho, ainda sonolento. — Jamais vou reclamar de ser acordado desse jeito, por você.

Meu peito inflou de uma forma extremamente doce.

— Ouvi-lo dizer isso me deixa com vontade de te beijar.

Luc virou a cabeça totalmente para mim e deslizou a mão pelas minhas costas, entremeando os dedos em meu cabelo.

— Seria uma forma ainda melhor de acordar. O que está te impedindo?

Ergui o corpo um pouco mais e abaixei a cabeça.

— Devo estar com mau hálito.

— Eu também. — Seus olhos estavam a meio mastro. — Não dou a mínima.

Enquanto o fitava, dei-me conta de que eu também não.

— Dormiu bem?

— Dormi. — A outra mão envolveu meu rosto. — Não achei que fosse conseguir dormir, mas peguei no sono logo depois de você. Acho que você é, tipo, minha dose perfeita de melatonina.

Rindo, colei nossas bocas e o beijei. Minha intenção era dar apenas um selinho, mas não foi o que aconteceu. Assim que fiz menção de erguer a cabeça novamente, Luc rolou, me colocando debaixo dele.

— Você pode me dar um beijo bem melhor de bom-dia — brincou ele e, dessa vez, eu dei.

Nós nos perdemos um no outro por alguns instantes. Beijando. Tocando. Sabíamos que tínhamos que nos levantar e ir encontrar o general, mas era como se ambos sentíssemos que isso era... tão importante quanto todas as respostas que o mundo poderia nos fornecer. Eu não estava apenas curtindo o momento. Estava me agarrando a quaisquer segundos que pudéssemos ter juntos porque já havíamos perdido tempo demais. E, quando ele se deitou sobre mim, os beijos se tornaram mais desesperados, as carícias mais frenéticas.

A gente começou a se roçar e se esfregar um no outro. O ar ficou carregado de eletricidade. Arfando pesadamente, Luc ergueu a cabeça e me encarou, as pupilas emitindo um brilho branco e intenso. A suave tensão no repuxar de sua boca fez meu coração saltar feito um louco e, ao perceber a pergunta naqueles estranhos e belíssimos olhos, eu soube. Simplesmente soube.

Chegara a hora.

Ele. Eu. Pelados. Juntos. Tipo, *realmente* juntos. Não seria a minha primeira vez, mas seria a dele e, dessa vez, mesmo numa cama e numa casa que pertenciam a outra pessoa, parecia muito mais certo do que antes.

Os olhos dele cintilaram num tom intenso de ametista.

— Evie?

Foi um daqueles raros momentos em que não me importei que ele tivesse lido a minha mente.

— Sim — murmurei. — Quero dizer, se você…

Não cheguei a terminar a frase. Luc me beijou de novo, só que agora de um jeito totalmente diferente. Lento e profundo; lindo, carregado de promessas. Ele fechou a mão na camiseta que eu tinha vestido antes de me deitar enquanto eu puxava sua calça de moletom…

Uma batida à porta da frente nos fez congelar. Olhei para ele, a mão ainda enganchada no cós da calça de moletom e minha camiseta já no meio do peito.

— Foi imaginação nossa — disse ele, a voz áspera como lixa. — Não ouvimos nada.

— Eu não ouvi nada. — Ergui a cabeça e o beijei, fazendo-o soltar um gemido que reverberou por todo o meu corpo. Luc continuou a suspender minha camiseta e eu voltei a puxar sua calça ao mesmo tempo que arqueava as costas. Aquelas mãos, a intensidade do olhar…

Outra batida, dessa vez seguida pela voz abafada da Kat.

O gemido que ele soltou não teve nada a ver com o que tinha soltado antes. Luc, então, baixou a cabeça para o meu pescoço.

— A gente pode ignorá-la.

— É, podemos. — Soltei a calça e passei os braços em volta dele.

— Ela vai acabar desistindo. — Seus lábios roçaram meu pescoço. — Mais cedo ou mais tarde.

Virei a cabeça para ele, buscando sua boca.

— É melhor que desista mesmo.

— Definitivamente. — Ele me beijou, pressionando o corpo contra o meu e nos afundando na cama.

— Foi o Eaton que me mandou! — gritou Kat, a voz mais perto, como se ela tivesse vindo até a janela. — Ele quer ver vocês e está superimpaciente. — Seguiu-se uma pausa. — Como sempre.

Luc suspirou.

Uma risadinha se formou em minha garganta.

— Acho que ela não vai desistir.

— Tem razão. Infelizmente. Nunca me senti tão desapontado em toda a minha vida. — Luc ergueu a cabeça e gritou de volta: — A gente precisa de uns vinte minutinhos.

— Acho que eu é que vou ficar desapontada — murmurei.

Luc olhou para mim, erguendo as sobrancelhas e arregalando ligeiramente os olhos.

— Pesseguinho…

Sem conseguir me deter, comecei a rir. Foi uma risada gostosa, que ficou ainda melhor quando ele a silenciou com outro beijo.

❊ ❊ ❊

O centro da cidade de Houston surgiu a distância, um cemitério de prédios feitos de aço e pedra. Essa foi a primeira coisa que avistei depois que o Luc e eu nos encontramos com a Kat, que nos aguardava na varanda. Havia algo de enervante em ver uma cidade daquele tamanho totalmente estagnada, o que me remeteu às vagas lembranças de como as coisas haviam ficado silenciosas depois da invasão. Não tinha ideia se essas lembranças eram verdadeiras ou implantadas, porém a cidade me pareceu… assombrada, um fantasma do passado.

— Desculpa por termos te feito esperar. — Luc fechou a porta. — Não esperávamos ser convocados tão cedo.

— Nem a gente. — Kat se levantou do escorrega de madeira onde estivera sentada, uma das mãos apoiando a base das costas e a outra segurando um chapéu creme. Embora não parecesse nem um pouco confortável, estava uma graça naquele vestido azul-claro simples de mangas compridas. — Mas o Eaton começou a esmurrar a porta logo que amanheceu, mandando o Daemon ir para o Parque.

— O Parque? — perguntei, descendo os degraus da varanda. Devia ter vestido uma camiseta mais grossa, visto que estava mais frio do que eu esperava.

— Fica a alguns quarteirões daqui, perto da antiga escola. — Ela botou o chapéu. As abas cobriam a maior parte do rosto. — É onde... bom, deixa pra lá. A propósito, acho que o general não pregou o olho essa noite.

Não me passou despercebido o fato de a Kat ter mudado de assunto, em vez de me dizer de que forma o Parque estava sendo usado. Será que o Daemon tinha contado a ela sobre mim? Não era preciso ser um gênio para deduzir que sim. Seria a primeira coisa que eu contaria para o Luc. Qual seria a opinião dela a respeito disso? Será que estava preocupada? Incomodada, desviei os olhos dela para a rua adiante. Uma fileira de casas quase idênticas à nossa se estendia à minha frente. O mesmo valia tanto para o lado direito quanto o esquerdo da rua, mas não havia nenhum sinal de vida dentro delas, nenhum burburinho de vozes baixas ou conversas abafadas. O único som era o da brisa que balançava as copas das árvores. Era cedo, mas não *tão* cedo assim.

— Tem gente morando nessas casas? — murmurei, imaginando que o lugar todo me lembrava a primeira temporada daquela série sobre zumbis.

Luc fechou a mão em volta da minha, atraindo minha atenção. Ele observava a Kat, que seguia ao nosso lado.

— Muitos estão trabalhando nos mercados ou fazendo o que costumavam fazer antes disso tudo acontecer — respondeu ela, enquanto descíamos a rua. Dei-me conta de que estávamos indo em direção ao ponto do qual viéramos na noite anterior. — As crianças estão na escola. Não a antiga, mas uma casa que foi preparada para turmas de idades diferentes. Outros ainda devem estar dormindo.

Não queria pensar no fato de que uma casa pudesse ser grande o bastante para todas as crianças em idade escolar.

As ruas eram limpas, enquanto a maioria dos jardins tinha sido tomada pelo mato, o que fazia sentido. Combustível era algo precioso demais para ser usado a fim de manter a grama aparada. Havia apenas uns poucos carros parados nas entradas das garagens. Talvez uns cinco. Todos tinham pelo menos uns dez anos ou mais, provavelmente anteriores à época da injeção eletrônica. Enquanto prosseguíamos, fui tomada por uma sensação de estar sendo observada e, a cada janela escura pela qual passávamos, a sensação só aumentava.

— Eaton continua no mesmo lugar? A casa azul próxima ao parquinho? Kat fez que sim.

— Por que você não volta pra casa e descansa? — sugeriu Luc, parando. — Eu conheço o caminho.

— Andar me faz bem. Na verdade, eu devia andar mais, mas me sinto exausta o tempo todo. — Ela riu e deu um tapinha na barriga. — Quem diria que ter um bebê assando no forno seria tão cansativo?

Sorri ao escutar isso.

— Você deve estar para ter o neném a qualquer momento, certo?

— Na verdade, acho que já passou um ou dois dias do tempo previsto — respondeu ela, a voz um pouco preocupada. — Mas isso é normal. Pelo menos, é o que todos dizem. Eu só...

— Você vai ficar bem. Os dois vão ficar bem — assegurou Luc. Perguntei-me se ele estaria lendo os pensamentos dela.

— Eu sei. — Kat ergueu o queixo, e pude ver que estava sorrindo, embora o sorriso me parecesse fraco e cansado. — Eu sei — repetiu ela. — Vou voltar. Deem um pulo lá em casa depois que vocês terminarem. Temos muita coisa para botar em dia.

— Nós vamos.

Fiquei quieta, observando a Kat voltar pelo caminho que tínhamos percorrido.

— Se for preciso induzir o parto ou... realizar uma cesariana, eles têm tudo o que precisam para fazer algo assim? Ou médicos que façam isso aqui?

Luc ficou em silêncio por um longo tempo.

— Temos alguns médicos, e acho que um ou dois cirurgiões. Também temos suprimentos médicos, coisas deixadas para trás e outras encontradas por aí. — Ele olhou para o céu. — Ela é uma híbrida e, além disso, tem o Daemon... e o restante de sua família. Ninguém deixará que nada aconteça com ela.

As palavras foram ditas para me acalmar, mas continuei preocupada com a garota que sequer conhecia direito. Poderes alienígenas especiais ou não, mulheres morriam dando à luz desde o começo dos tempos, mesmo quando tinham acesso a todos os recursos necessários para salvar uma vida.

— Ela vai ficar bem — disse Luc baixinho.

Assenti com um menear de cabeça e retomamos o caminho, atravessando a rua. Pelo canto do olho, vi alguém na varanda de uma casa pequena, mas quando virei a cabeça para ver melhor, a pessoa se escondeu sob a copa de uma árvore, desaparecendo em meio às sombras. Pensei em como a Kat tinha evitado me contar sobre o que estava acontecendo no tal Parque, e suspeitava de que nem todos estavam trabalhando ou na escola. Muitos estavam em casa ou escondidos porque...

— Por causa da gente.

Fuzilei-o com os olhos.

— Sei o que você está pensando e... e não é porque estou lendo a sua mente. — Luc apertou minha mão. — Bom, eu meio que li sim, mas só um pouquinho.

— Não brinca! — retruquei de modo seco.

— Foi acidental.

— Ah-hã. — Um cachorrinho saiu trotando de uma das ruas estreitas, abanando o rabo. — As pessoas estão se escondendo por nossa causa.

— Porque elas não nos conhecem — explicou ele.

— Dá para entender. — E dava mesmo. — Ela não confia em mim, confia? É por isso que não quis me dizer para que esse tal Parque é usado e mudou de assunto.

— Não é nada pessoal.

— Como assim não é nada pessoal?

— Da mesma forma que você não confiaria em ninguém que aparecesse aqui, um lugar que é um dos últimos refúgios seguros para todos, e especialmente se essa pessoa fosse alguém que você acreditasse estar morta — comentou Luc de forma lógica. — Todos eles passaram por muita coisa. A confiança não é algo que se dê de graça e raramente é conquistada quando estamos falando de pessoas que foram traídas inúmeras vezes.

Fiquei em silêncio. Luc tinha razão. Não que eu já não tivesse pensado nisso. Não podia culpá-los por serem cautelosos quando eu mesma tinha receio de mim, mas, ainda assim, era difícil perceber que alguém não confiava na gente... e saber que eles tinham um bom motivo para tanto.

Após uns dois quarteirões descendo uma rua mais estreita, vi o parquinho um pouco mais à frente. A brisa balançava os balanços quebrados e o mato tão alto quanto os cavalinhos do carrossel. A casa azul ficava entre o que me pareceu um antigo mercadinho de esquina e outra igual em formato, porém de um vermelho já desbotado.

Luc me conduziu pelo cimento rachado da calçada em direção aos degraus de madeira que rangeram sob nosso peso. Ele, então, bateu à porta e, poucos segundos depois, ela se abriu.

— Eu achei que vocês dois fossem aparecer assim que o dia raiasse. — O general Eaton deu um passo para o lado, revelando uma pequena sala que cheirava a mofo, iluminada apenas por uma lamparina posicionada num dos cantos. — Não achei que fosse ser preciso mandar alguém chamá-los.

Luc sorriu.

— A viagem até aqui foi longa.

O general bufou.

— Você está bem? — perguntou o Original, soltando minha mão e fazendo sinal para que eu entrasse primeiro. Ele entrou em seguida e fechou a porta.

— Já estive melhor e já estive pior. — Eaton se virou e seguiu até um sofá de couro com um rasgo no encosto. Em seguida, pegou uma garrafa de um líquido cor de âmbar. — Eu ofereceria algo para vocês beberem, mas tudo o que tenho no momento é cerveja quente, e os dois são menores de idade.

Luc soltou uma risadinha debochada.

— Sério? Essas regras continuam valendo por aqui?

— Se não seguirmos as regras, a civilização se perde. — Ele se sentou. — E não podemos permitir isso.

— Não, não podemos — murmurou Luc, enquanto eu me perguntava se o general tinha o hábito de beber cerveja àquela hora da manhã.

Corri os olhos pela sala e vi montanhas de livros e mapas enrolados empilhados contra uma das paredes. Era como se ele tivesse assaltado uma biblioteca ou livraria, o que não era nada impossível. A casa não se parecia nem um pouco com a que estávamos hospedados, a qual ainda mantinha a personalidade dos donos anteriores. Essa, pelo menos a sala, tinha sido totalmente esvaziada, parecendo o exemplo perfeito de uma casa pós-apocalíptica.

— Sei por que os dois querem conversar comigo. Especialmente você — disse ele para mim. O couro estalou sob o corpo esbelto do general quando ele se recostou. — Você quer saber o que realmente é.

Assenti com um menear de cabeça, gostando do fato de ele ter ido direto ao assunto.

Luc se sentou numa pilha de caixotes reforçados.

— Preciso entender uma coisa. Ela estava comigo logo após a invasão, mas você nunca a conheceu quando ela era a Nadia.

— Tem razão. Nunca a conheci oficialmente, mas conheci a verdadeira Evie Dasher — retrucou Eaton.

Por essa eu não esperava.

Luc se empertigou. Pelo visto, ele também não.

— Quando foi isso?

— Quando ela ainda era uma garotinha, alguns anos antes de sua morte. — Ele tomou um gole da cerveja. — A semelhança entre as duas é assustadora.

— Eu… não sabia até que ponto eu me parecia com ela. Vi algumas fotos, mas…

— Vocês passariam por primas com facilidade. Talvez até mesmo irmãs. Mas a semelhança foi pura sorte — declarou ele.

— Jura? — perguntei.

O general assentiu.

— Você fez parte do Projeto Poseidon, que misturava o DNA humano com os dos Luxen e dos Arum. Uma espécie de mutante em estado dormente… uma Troiana, vivendo como humana até ser ativada. Tal como o que está acontecendo por todos os Estados Unidos enquanto conversamos. Eles não podem ser detectados, nem pelos drones VRA ou qualquer outro tipo de tecnologia.

— Bom, você definitivamente sabe o que ela é. — Luc apoiou os braços sobre os joelhos. — Qual é o objetivo do Projeto Poseidon?

— Não exatamente a dominação do mundo — respondeu Eaton, tomando outro gole. — E sim a dominação do universo.

— Sério? — O tom do Luc foi seco como um deserto. — A gente escorregou e caiu num filme dos Vingadores?

— E alguma vez esse deixou de ser o objetivo do Daedalus? Quando eles tiveram um diferente? — retrucou o general. Cruzei os braços. — Querem ser os grandes titereiros, manipulando o movimento de todos, desde os líderes mundiais até os chefes dos conselhos das cidades e de tudo o mais que possa existir na vastidão do universo. Na visão deles, estão lutando para criar um mundo melhor. Não são os vilões. Pelo menos, não pensam que são. Eles acreditam que são os heróis da história. O Daedalus sempre foi assim, e você, Luc, sabe disso melhor do que ninguém.

— Mas como é possível? — perguntei, lembrando o que a April tinha dito. — Como eles podem não saber que o que estão fazendo é errado?

— No decorrer da história, muitas pessoas inteligentes se convenceram de que aquilo no qual acreditavam, suas ideologias, era o melhor para as massas. Isso já aconteceu milhares de vezes. Não é nenhuma novidade.

— Como exatamente eles planejam fazer do mundo um lugar melhor forçando os Luxen a transformar pessoas e tornando humanos comuns em híbridos de Luxen com Arum? — perguntei, imaginando que era uma pergunta muito válida.

Assim sendo, não entendi quando ele riu.

— Porque no fim das contas, aqueles que controlam o Daedalus e que nos governam representam um por cento daquele um por cento da população. Isso também não é novidade. Tudo o que acontece no mundo é em benefício deles, dos bilionários e dos presidentes das grandes empresas, fortunas antigas e novas que estão no bolso de todos os políticos desde o começo dos tempos.

Luc pressionou os lábios e assentiu.

— Obrigado por nos lembrar da pérfida, porém precisa história dos Estados Unidos. Uma lição de Cívica não ensinada nas escolas, mas isso não responde as nossas perguntas.

— Responde, sim. Esses homens poderosos, suas famílias e suas empresas nunca tiveram seu rígido controle sobre o mundo questionado. Eles podem ser seres humanos de carne e osso, mas para o cidadão comum, são como deuses. Nada nunca conseguiu desafiar o poder deles. Não até a chegada dos Luxen. Tudo mudou a partir de então. — Eaton apoiou a garrafa sobre a perna. — De repente, surgiram esses seres que podiam assumir uma aparência humana, se adaptar rapidamente, mais avançados em quase todos os aspectos, verdadeiras armas com pernas. Não é preciso ser um gênio para deduzir que se os Luxen não fossem mantidos sob rédea curta eles acabariam por tomar o mundo. Diabos, as coisas podiam até ser melhores se isso tivesse acontecido. Talvez a raça humana simplesmente não perceba.

— Talvez. — Luc fez uma pausa. — Exceto pelos Luxen invasores e assassinos.

— É, exceto por eles. — Eaton deu uma risadinha. Pisquei, perplexa. — Essas pessoas fundaram o Daedalus e o inseriram no Departamento de Defesa com a função de assimilar os Luxen, mas também de estudá-los. Vocês conhecem a história do Daedalus, portanto, não vou entediá-los com isso. — Ele começou a tamborilar o indicador na garrafa. — Lembrem-se apenas que eles queriam criar algo melhor e mais forte do que os Luxen, algo que pudesse ser controlado. Começaram com os híbridos e, então, partiram para os Originais, mas não pararam por aí. Eles queriam criar um ser que pudesse ser programado geneticamente e, como vocês sabem, os Originais têm uma consciência muito forte de… si mesmos para que isso funcionasse.

Luc inclinou a cabeça ligeiramente de lado.

— Temos mesmo.

— Nancy simplesmente não conseguia abrir mão do Projeto Originais. Era a menina dos olhos dela — declarou ele. Luc imediatamente trincou o maxilar.

Não tinha ideia de quem era a tal Nancy, e fiz uma anotação mental para perguntar depois.

— Enquanto isso, outros dentro do Daedalus começaram a desenvolver o Projeto Poseidon, brincando com a mentalidade de colmeia que tanto os Luxen quanto os Arum possuem — continuou Eaton. — O primeiro sucesso ocorreu na década de 1990, para vocês terem ideia de há quanto tempo eles estão trabalhando nisso. Houve muita tentativa e erro, tal como aconteceu com os híbridos e os Originais, mas eles obtiveram sucesso suficiente para saber que com os Troianos poderiam garantir o controle desejado. Só precisavam do cenário ideal para que tudo pudesse ser posto em andamento.

Luc pareceu captar o que ele estava tentando dizer antes de mim.

— A invasão?

O general assentiu.

— O Daedalus sabia que ela estava para acontecer. Eles haviam interceptado as comunicações entre os Luxen que viviam aqui e os que ainda não tinham chegado. Além disso, já tinham trabalhado com um número suficiente de Arum para saber que, tal como os humanos, nem todos os Luxen eram pacíficos.

— Eles sabiam que a invasão estava para acontecer. Então, por quê? — murmurei, horrorizada a ponto de ficar enjoada. — Por que eles deixaram? Tanta gente morreu.

— E a manada diminuiu. Superpopulação é um problema real. Bom, *era*. — Eaton tomou mais um gole da cerveja. — Mas ela também serviu a outro propósito. A invasão criou medo e, em decorrência dele, hostilidade.

Lembrei do que a Dee tinha dito na televisão e depois a April.

— Então é por isso que estão culpando os Luxen por coisas que, na verdade, são eles que estão fazendo?

O general assentiu novamente.

— Os humanos não têm como encarar um Luxen no mano a mano. — Luc inclinou o corpo para trás e correu uma das mãos pelo cabelo. — Os Luxen podem ser a minoria, mas ainda assim há uma quantidade suficiente deles no planeta para assumir um controle parcial, talvez até mesmo total. Merda. — O Original balançou a cabeça. — Eles querem erradicá-los completamente, e estão fazendo isso virando os humanos contra eles.

— Não só os Luxen. Eles também querem se livrar dos híbridos e da maioria dos Originais — acrescentou Eaton. — E estão usando o medo e a ignorância, que são as maiores e mais poderosas armas de destruição em massa já criadas.

Um pouco tonta, virei de costas e afastei o cabelo do rosto.

— Foi o que minha mãe quis dizer, não foi? Quando falou que eles deixaram isso acontecer, mas que a coisa fugiu ao controle. Ela estava falando sobre a invasão?

— Suponho que sim — respondeu o general. — Se eles conseguirem de fato erradicar os Luxen e o resto, nada irá impedir que os Troianos assumam o poder.

— E depois? — Virei-me para ele.

— Eu imagino que a situação será pintada como uma utopia. Mas, na verdade, será uma distopia, só que muito pior.

— Mas você tem um motivo para estar se escondendo aqui — lembrou-o Luc. — Essa não é a única Zona repleta de Luxen prontos para entrar em ação. O Parque não está sendo usado apenas para joguinhos de luta. Vocês estão treinando e se preparando.

O Parque.

Era para isso que ele estava sendo usado.

— Por quanto tempo você acha que ainda estaremos seguros aqui? É só uma questão de tempo até que sejamos descobertos.

— Quando isso acontecer, nós lutaremos — declarou Luc. Peguei-me concordando com um menear de cabeça. — Não foi para isso que a maioria de nós foi criado?

Os olhos azul-claros do Eaton se voltaram para mim.

— Quero saber o que você descobriu sobre os seus poderes... desde a primeira vez que os sentiu. Conte-me tudo.

Contamos tudo o que sabíamos sobre o que tinha sido feito comigo, sem deixar nada de fora. Quando terminamos, eu estava exausta, ainda que o Luc tivesse me ajudado no relato.

— Você é diferente do resto. Talvez porque tenha recebido outros soros antes. A mentalidade de colmeia inserida nos Troianos é mais fraca em você — declarou ele. — Mas você disse que quando foi atacada por esses homens que vieram atrás de vocês, os tais Filhos da Liberdade, foi como se tivesse se tornado outra pessoa?

— Não, foi como se... eu continuasse ali, mas vendo as coisas de um jeito diferente, como se fosse uma tarefa que eu precisasse cumprir. É a melhor forma que consigo explicar. — Comecei a andar de um lado para outro no pequeno espaço entre as pilhas de livros. — E não sei como isso aconteceu. Foi como se um interruptor tivesse sido ligado.

— É possível que houvesse outra arma de ondas sonoras sendo usada nas proximidades? — perguntou Luc. — A tal Onda Cassiopeia?

— Acho que não. Como eu disse, é provável que isso seja resultado dos vários soros que ela tomou. De certa forma, ela é uma espécie de tiro que saiu pela culatra. Esses soros que você confiscou da casa da garota? Gostaria de poder vê-los.

— Bom, já não tenho mais nenhum — respondeu Luc.

Eaton ficou em silêncio por alguns instantes e, então, olhou para mim.

— O Daedalus adoraria botar as mãos em você. Você não é como os outros, e eles gostariam de poder dissecá-la pedacinho por pedacinho para descobrir por quê.

Não era o tipo de declaração que deixaria alguém feliz e contente.

— Você precisa aprender a controlar seus poderes — disse ele, ainda olhando para mim. Em seguida fez uma pausa e, então, completou. — Se for possível.

Se fosse possível?

Uau, isso é que era saber motivar alguém.

— Ela consegue — declarou Luc. — Eu posso ajudá-la.

O general tomou outro gole da cerveja.

— Claro que pode.

O Original franziu o cenho.

— O que você quer dizer com isso?

— Vocês dois são o prenúncio de um desastre ambulante. Como podem não perceber? — Eaton baixou os olhos para a garrafa enquanto o Luc e eu trocávamos um longo olhar. Ele, então, riu. — Bom, um dos dois conseguiria enxergar a verdade se parasse de se deixar distrair pelas emoções e pelo passado.

Bom, isso realmente servia para qualquer um de nós dois.

— Acho que está na hora de você largar essa cerveja — sugeriu Luc.

Eaton olhou para ele.

— Você acha que isso não foi planejado desde o começo? Você é inteligente, Luc. Sabe como o Daedalus opera. E eles sabem como você opera.

Luc fechou a boca.

— Do que ele está falando? — perguntei.

Eaton não tirou os olhos do Luc.

— Vocês foram feitos um para o outro.

Um calafrio desceu pelas minhas costas. Virei-me para o Luc, lembrando que ele tinha me dito a mesma coisa. *Fomos feitos um para o outro.*

— Acha que isso não foi previsto desde o momento que você abandonou o Daedalus, Luc? Que um dia você encontraria alguém por quem seria capaz de fazer qualquer coisa? Você sabe como eles manipulavam os Luxen que se envolviam com humanos. Veja o exemplo do Daemon e do Dawson.

O Daedalus praticamente projetou o relacionamento deles na esperança de que eles transformassem um humano.

Ergui as sobrancelhas.

— Projetou o relacionamento deles?

— Um membro do Daedalus estava conectado tanto à Bethany quanto à Kat — explicou Luc. — Ele não colocou ninguém junto, mas estava em posição de enviar relatórios e ajudar... as coisas acontecerem, quer tenha sido estimulando o estágio final da mutação ou os entregando para o governo.

— Jesus! — murmurei.

— E vocês acham que o mesmo não aconteceu com vocês? — comentou Eaton, fazendo o Luc se virar para ele. — Nunca te ocorreu que eles sabiam sobre *ela* assim que ela fugiu de casa para os seus braços ansiosos? Que eles vigiavam os dois, acompanhando todos os seus movimentos? Ela ter ficado doente foi apenas um golpe de sorte.

Luc trincou o maxilar, ainda fitando atentamente o general. Senti como se precisasse me sentar.

— O câncer foi a oportunidade perfeita. Eles sabiam que você estava tentando conseguir os soros para ela. O LH-11. O Prometeu. Nenhum deles a curou, mas a preparou para o soro final. O Andrômeda. Eles só precisavam esperar até você ficar desesperado o suficiente para assumir o risco de entregá-la para o Daedalus.

Luc ficou branco, e senti que precisava defendê-lo.

— Ele não me entregou para o Daedalus. Ele me levou...

— Para a Sylvia Dasher? Criança, sei que você acreditava que aquela mulher era sua mãe, e talvez de alguma forma ela tenha sido, mas a Sylvia trabalhou para o Daedalus até o momento em que decidiu que não podia mais fazer o que eles estavam exigindo — retrucou o general. Se eu achava que meu coração tinha se partido ao escutar as coisas que o Steven nos contara, estava errada. Ele estava se partindo agora. — As coisas que você disse que é capaz de fazer? A luta. Os tiros. O que você fez com esses homens nas cercanias de Atlanta? Você foi treinada pelo Daedalus, entregue a eles pela Sylvia, e depois teve sua memória apagada.

Achei que era melhor me sentar mesmo, e foi o que fiz, numa velha cadeira de computador.

— O que você quer dizer com as memórias dela terem sido apagadas depois do treinamento? — demandou Luc. — O soro...

— Causou uma febre, mas nunca mexeu com as memórias dela. Sylvia mentiu. Ela ministrou o soro que a transformou. Assim que ela percebeu que você sobreviveria à mutação, a entregou para o Daedalus. Até o fim do treinamento, você sabia exatamente quem era. Depois, eles usaram a Onda Cassiopeia para fritar suas memórias de curto e longo prazo — explicou ele. Soube naquele momento que se minha mãe... aquela mulher não tivesse morrido, Luc a caçaria até o fim de sua vida.

E a mataria.

Soube no modo como ele se virou e me fitou, na expressão horrorizada que invadiu seu semblante ao se dar conta de que eu tinha acordado da febre sabendo que era a Nadia e que soubera que era ela até... o fim do treinamento.

O Original empalideceu, e mesmo que eu não conseguisse ler a mente dele, sabia que embora não me lembrasse de como era ser treinada pelo Daedalus, *ele* sim.

— Qualquer que tenha sido o motivo, Sylvia mudou de ideia. Essa era a única coisa que o Daedalus não tinha previsto. — Eaton olhou do Luc para mim. — Amor. — Ele riu, balançando a cabeça. — Eles não previram que ela pudesse vir a amá-la como uma mãe ama seu filho. Ela pode ter mudado de ideia e tentado salvar você, mas não se engane, Sylvia sabia o que havia no soro. Foi ela quem criou o Andrômeda. Trabalhou nos primeiros testes, fez um inventário de todas as falhas e sucessos. O soro Andrômeda não existiria se não fosse por ela.

Levei a mão ao peito, sobre o coração. Eu não conseguia falar.

— Você não foi o primeiro sucesso deles, longe disso. — Ele voltou a encarar a garrafa. — Mas você era diferente. Não só sua mutação, mas por causa dele. — O general apontou com a cabeça na direção do Luc, mas não ergueu os olhos. Ao falar, sua voz soou cansada... cansada e amarga. — Você tinha que saber, Luc, que eles encontrariam um jeito de levá-lo de volta.

— Eles nunca vão conseguir me levar de volta — retrucou Luc, num tom frio como o Ártico. — Isso eu juro.

O general ergueu os olhos.

— Tem certeza? — Sua atenção se voltou para mim. — Você não o reconheceu quando estava na mata, certo?

— Não — murmurei. — Eu o vi como...

— Você o viu como uma ameaça e um desafio, algo que precisava dominar. Uma das três coisas que foi programada para fazer. — Ele fez um muxoxo. — Você foi programada para responder a uma única pessoa, e não é esse garoto sentado aí.

— O que diabos isso significa? — demandou Luc.

Eu tinha uma pergunta melhor.

— Está me dizendo que o que aconteceu na mata pode acontecer de novo, e que eu não vou lembrar quem ele é? *De novo?* Que ele não vai conseguir me deter?

Uma expressão de tristeza se insinuou nos olhos aguados do general.

— Você foi programada para responder apenas a uma pessoa…

— Para de dizer que eu fui programada! — Coloquei-me de pé num pulo, o peito subindo e descendo. — Não sou um maldito computador! Sou uma pessoa…

— Não, você é a Sombra Flamejante e ele é a Estrela mais Escura, e juntos vocês irão gerar a Noite mais Brilhante.

Encolhi-me.

— Como assim? — perguntou Luc.

Eaton soltou uma risada rouca.

— Codinomes. Era assim que ele costumava chamá-los.

— Estrela mais Escura? Sombra Flamejante? Isso me parece um monte de merda — rosnou Luc.

— Não, não é. — Fiz que não. — Micah… ele chamou você de a Estrela mais Escura. Não achei que fosse um nome, mas… — Inspirei de maneira superficial. — Quem diabos é *ele*? E como você sabe de tudo isso?

— Sei de tudo isso porque tentei desativar o Projeto Poseidon quando descobri do que se tratava, mas fracassei. — Ele segurava a garrafa com tanta força que os nós dos dedos estavam brancos. — Eu o subestimei. Não vou cometer o mesmo erro novamente.

— Quem? — Luc se levantou e deu um passo na direção do general. Achei que fosse estrangulá-lo se ele não respondesse. — A quem ela supostamente deve responder? Quem está por trás disso tudo? Me conte para que eu saiba quem preciso matar.

— Você já matou — retrucou Eaton. — Pelo menos, é o que você achava. Foi o que o levaram a acreditar.

Um calafrio se formou na base da minha nuca e desceu pelas costas.

— Não. Não pode ser.

— Dasher — respondeu Eaton, puxando o braço para trás numa velocidade que não condizia com sua idade. A garrafa voou através da sala e se espatifou contra a parede. — Jason Dasher.